丛书主编：陈平原

"十二五"国家重点图书出版规划项目

· 文学史研究丛书 ·

垒建新文学价值的河床
（1923—1937）

姚玳玫 著

图书在版编目(CIP)数据

垒建新文学价值的河床：1923—1937/姚玳玫著. —北京：北京大学出版社，2022.10
（文学史研究丛书）
ISBN 978-7-301-33488-1

Ⅰ.①垒… Ⅱ.①姚… Ⅲ.①中国文学–现代文学史–文学史研究–1923—1937 Ⅳ.①I209.6

中国版本图书馆CIP数据核字(2022)第193155号

书　　名	垒建新文学价值的河床（1923—1937）
	LEIJIAN XINWENXUE JIAZHI DE HECHUANG(1923—1937)
著作责任者	姚玳玫　著
责任编辑	延城城
标准书号	ISBN 978-7-301-33488-1
出版发行	北京大学出版社
地　　址	北京市海淀区成府路205号　100871
网　　址	http://www.pup.cn　新浪微博：@北京大学出版社
电子信箱	pkuwsz@126.com
电　　话	邮购部010-62752015　发行部010-62750672
	编辑部010-62756467
印刷者	大厂回族自治县彩虹印刷有限公司
经销者	新华书店
	880毫米×1230毫米　17.625印张　426千字
	2022年10月第1版　2022年10月第1次印刷
定　　价	98.00元

未经许可，不得以任何方式复制或抄袭本书之部分或全部内容。
版权所有，侵权必究
举报电话：010-62752024　电子信箱：fd@pup.pku.edu.cn
图书如有印装质量问题，请与出版部联系，电话：010-62756370

"文学史研究丛书"总序

陈平原

中国学界之选择"文学史"而不是"文苑传"或"诗文评",作为文学研究的主要体式,明显得益于西学东渐大潮。从文学观念的转变、文类位置的偏移,到教育体制的改革与课程设置的更新,"文学史"逐渐成为中国人耳熟能详的知识体系。作为一种兼及教育与研究的著述形式,"文学史"在20世纪的中国,产量之高,传播之广,蔚为奇观。

从晚清学制改革到"五四"新文化运动展开,提倡新知与整理国故终于齐头并进,文学史研究也因而得到迅速发展。在此过程中,北大课堂曾走出不少名著:林传甲的《中国文学史》(1904)还只是首开纪录,接踵而来者更见精彩,如姚永朴的《文学研究法》、刘师培的《中国中古文学史》和《汉魏六朝专家文研究》、黄侃的《文心雕龙札记》、吴梅的《词余讲义》(后改为《曲学通论》)、鲁迅的《中国小说史略》、胡适的《五十年来中国之文学》和《白话文学史》、周作人的《欧洲文学史》和《中国新文学的源流》,以及俞平伯的《红楼梦辨》、游国恩的《楚辞概论》等。这些著作,思路不一,体式各异,却共同支撑起创立期的文学史大厦。

强调早年北大学人的贡献,并无"唯我独尊"的妄想,更不会将眼下这套丛书的作者局限在区区燕园;作为一种开放且持久的学术探求,本丛书希望容纳国内外学者各具特色的著述。就像北大学者有责任继续先贤遗志,不断冲击新的学术高度一样,北大出版社也有义务在文学史研究等诸领域,为北大向世界一流大学迈进呐喊助阵。

在很长时间里,人们习惯于将"文学史研究"理解为配合课堂讲授而编撰教材(或教材式的"文学通史"),其实,"海阔凭鱼跃,天高任鸟飞",此乃学者挥洒学识与才情的大好舞台,尽可不必画地为牢。上述草创期的文学史著,虽多与课堂讲授有关,也都各具面目,并无日后千人一腔的通病。

那是一个"开天辟地"的时代,固然也有其盲点与失误,但生气淋漓,至今令人神往。鲁迅撰《〈中国小说史略〉序言》,劈头就是"中国之小说自来无史"。后世学者恰如其分地添上一句:"有之,自鲁迅先生始。"当初的处女地,如今已"人满为患",可是否真的没有继续拓展的可能性?胡适撰《〈国学季刊〉发刊宣言》,以历史眼光、系统整理、比较研究作为整理国故的方法论,希望兼及材料的发现与理论的更新。今日中国学界,理论框架与研究方法,早就超越胡适的"三原则",又焉知不能开辟出新天地?

当初鲁迅、胡适等新文化人"整理国故"时之所以慷慨激昂,乃意识到新的学术时代来临。今日中国,能否有此迹象,不敢过于自信,但"新世纪"的诱惑依然存在。单看近年学界之热心于总结百年学术兴衰,不难明白其抱负与期待。

在20世纪的最后一年推出这套丛书,与其说是为了总结过去,不如说是为了面向未来。在20世纪中国,相对于传统文论,"文学史"曾经代表着新的学术范式。面对即将来临的新世纪,文学史研究究竟该向何处去,如何洗心革面、奋发有为,值得认真反省。

  反省之后呢？当然是必不可少的重建——我们期待着学界同仁的积极参与。

1999 年 2 月 8 日于西三旗

目 录

绪 论 ……………………………………………………… 1

上编 十字路口:新文学"群"的分化和重组

第一章 "青年"与革命文学运动(1923—1928) ……… 23
一、文学何用何为?
——以青年为说服对象的
文学观念扭转(1923—1924) ……………… 25
二、"青年"与"老年"的纠结:"青年优胜"
观念的确立(1925—1927) ………………… 35
三、游走于两种论说之间:以"青年"为言说者
的革命文学倡导(1928年1—6月) ………… 45

第二章 新文化知识分子的分化及其人文困境
——以《语丝》与《现代评论》关系为考察中心 …… 59
一、周氏兄弟的人文主义抱负和《语丝》平台的开设 …… 61
二、与科学主义相遇:《语丝》与《现代评论》的异质性 …… 69
三、意气之争:《语丝》人文主义的蹈空及其非理性陷落 …… 81

第三章 阶级论文学的初期实践
——以蒋光慈小说为考察中心(1925—1931) …… 90
一、"革命"如何整合"文学"?
——阶级论文学的初期实践及其困境 ………… 92

二、"恋爱"如何归属于"革命"？
　　　——"光赤式的陷阱" ································· 100
三、革命与文学的断裂:蒋光慈的脱党
　　及其最后的立足 ································· 108

第四章　新文学陡转期的中流砥柱
　　　——叶圣陶与1928年的《小说月报》········· 116
一、对文学品质的倚重:叶圣陶的思路和作为 ············ 118
二、两代人的接力:《小说月报》是一座桥 ············· 124
三、"四一二清党"之际:《小说月报》的凛然姿态 ········ 128
四、息事宁人:对革命文学运动的谨慎应对 ············· 131

第五章　十字路口的选择
　　　——革命背景下的"作者之群" ··············· 137
一、与"革命"靠而不拢:以《倪焕之》为例 ············ 139
二、哪里走？
　　　——转折期的朱自清 ····················· 148
三、个人的力量:成熟期的沈从文及其小群体 ············ 155
四、"作者之群"的担当和作为:以施蛰存小群体为例 ······ 163

第六章　价值之辩
　　　——1932年的"文艺自由论辩" ·············· 171
一、"五四"之脉:承续还是脱开？ ···················· 172
二、从"钱杏邨"切入:关于真假"马克思主义"的论辩 ····· 174
三、请给文学放条生路:"作者之群"的发言 ············· 175
四、左翼文化人的让步与共存局面的形成 ··············· 179

中编　新文学的经典化生成与文体规则确立

第七章　确立"鲁迅" ························· 191
一、从热议到定位 ·· 192
二、"鲁迅"经典化生成中的艺术估量 ··················· 198

三、杂文笔法与鲁迅象征 ································ 202
　　四、盖棺之论与鲁迅的经典化 ·························· 209
第八章　周作人的经典化构建 ································ 221
　　一、苦雨斋文化圈的自我构建 ·························· 222
　　二、两种"周作人论"的磨合 ···························· 228
　　三、小品文标杆形象的确立 ····························· 237
第九章　作家的等级化实践 ···································· 247
　　一、"作家论"的史学目标与作家的等级预设 ········ 248
　　二、历史的恒定性：以郁达夫论、
　　　　冰心论和徐志摩论为例 ···························· 257
　　三、传记热与作家的历史评估 ·························· 269
第十章　构建小说学 ··· 283
　　一、"现实主义"与"直觉主义"的抵牾和共存 ······ 284
　　二、构建小说学：技术的细化 ·························· 300
　　三、流派文体的自觉：新感觉派的实验 ··············· 306
第十一章　散文秩序构建 ······································ 313
　　一、为现代散文探源 ····································· 314
　　二、散文的历史铺排 ····································· 318
　　三、文体包含价值 ·· 328
第十二章　新诗的价值重建 ··································· 336
　　一、以质疑为起点：重新制定新诗学 ················· 339
　　二、新诗潮引领下的诗评规则铺建 ···················· 345
　　三、左翼诗潮的另立规则 ······························· 354
第十三章　不破不立
　　　　——现代剧的规则化实践 ························· 360
　　一、为戏剧运动所牵引的现代剧实践 ················· 362
　　二、范式较劲与价值修正：关于"曹禺"的评论 ···· 369

下编 "史"的构建与新文学的知识图谱确立

第十四章 编史
——新文学的秩序设计与价值裁定 ········· 385
一、以运动史为主线的写作样式 ············ 387
二、从细节中建立规则:创作史的艺术倚重 ······ 398
三、保守主义者的另建规则:钱基博的撰史 ····· 407

第十五章 从专题着眼
——新文学的初步历史化 ············ 414
一、专题研究的细节打捞与历史构想 ········ 418
二、年度研究的编结时间之网 ············ 430

第十六章 史料汇编与新文学秩序建构
——以阿英编史为例 ··············· 440
一、藏书癖、唯物史观与私人编史:
《中国新文坛秘录》的起步 ············ 442
二、回到正史:《中国新文学运动史资料》
的"阿英构架" ················· 449
三、编结历史之网:《中国新文学大系·史料·索引》
与新文学文献学的奠基 ············· 455

第十七章 《中国新文学大系》编纂
——汰选后的新文学历史图景 ········· 462
一、各集《导论》:为新文学立论奠定根基 ······ 463
二、作为编纂者:当事人的冷暖自知与当局者迷 ··· 474
三、选或不选:"选本"的历史评定和价值确立 ···· 482

第十八章 培养信仰群体
——新文学与中学国文教学(1920—1937) ····· 492
一、教学改革的文白之争:新文化的统帅与妥协 ··· 493
二、新文学如何教:从信仰培养到文学考量 ····· 500

三、化为"知识":新文学种子的落地生根 …………… 506
第十九章　学院派的遴选与新文学的大学课堂实践………… 515
　一、开路人的历史原创:朱自清的《中国新文学研究纲要》
　　　与教案中的新文学史 …………………………… 516
　二、培养同道者:沈从文的新文学习作课 …………… 526
　三、学院教学的体系化尝试:苏雪林的《新文学研究》…… 532

参考文献…………………………………………………… 540
作者小传…………………………………………………… 549

绪 论

1917年揭幕的白话文运动,起因于晚近社会文化的内部激变,语言改革的背后,有唤醒"人"、检讨旧文化、建设新文化的抱负。由白话文运动而派生的新文学及其相关实践,不是一场纯粹的文学实验,而更主要关涉整个文化重建之事,包括信仰、价值、语言及形式的重新设置和规划,那是文学的一场刨底换根式的革命。在艺术经验上,它相比于借鉴古人,更多的是借鉴国外。后人有所谓"全盘西化"之议,正指此。其实"西化"在其时就是一种创新。摆脱几千年旧文学的惯性笼罩,创新是新文学草创期一种不可抑制的冲动。"新文学"贵在"新",一切重新来。"新"在哪里?新的价值如何鉴定?创新之后,紧接而来的,应该是对"新"的品质作检验、鉴定、评价,使"新"变成一种稳定的常规的形态,拥有其相对恒定的价值;并按新形态构建其内部秩序和规则,形成其内部结构。作为一种前无先例之事,新文学经由创作、批评、教育和出版诸方面实践,推出成果,开辟新路径,培植新经验,形成新范例,确立新传统,以期持续发展。这个过程,既是广义的信仰建构过程,也是狭义的文体细节垒建和审美规则铺设的过程。后者是更基础性的工作,是前者足以确立的地基和河床。本书的关注点放在这种基础性价值垒建之上。

本书的"新文学"指诞生于1917年白话文运动、具有"白话文""人的文学"诸价值特质的文学。新文学经过近十年草创期的实践积累之后进入其相对成熟阶段。与此同时,社会革命潮流的冲击,政治思潮的干扰,1928年革命文学运动的强势介入,某种程度上扭转了其原来的发展方向,也激发了其自我生存的内部活力。在多方抗衡中,新文学依然立足、成熟、壮硕,引领创作的主流,赋予文学以基本的价值认知。就新文学自我成长的时间而言,《新青年》时代至北伐之前的草创期成果青涩,虽有观念预设,但真正可供新文学运用的价值规则尚未形成;1937年至1949年十年间两场战争,逼仄的生存环境阻碍了文学的正常发展;中间的十年,即1920年代中期至抗日战争之前的十年,正是新文学自我确立、迅速成长的黄金时段。相比于1949年后现代文学成为一门官方叙事主导的学科,1920—1930年代,新文学正处不受学科体制束缚的自律自治阶段,其价值体系构建是一种自我构建,充满多种可能性,呈现着多层价值坐标的错综交汇。对这个过程加以深究,从多个角度,考索早期新文学价值体系建构实践的复杂历程,其价值确立和价值传承的路径和方式,复原多元文化格局中新文学评价规则建立的丰富面貌,追踪20世纪中国文学的来龙去脉等,是本书拟展开的工作。

一

辛亥革命发生多年后,梁启超感慨地说:"革命成功将近十年,所希望的件件都落空,渐渐有点废然思返,觉得社会文化是整套的,要拿旧心理运用新制度,决计不可能,渐渐要求全人格的觉醒。"[①]鲁迅也说,二次革命失败之后,"最要紧的是改革国民性,否则,无论是专制,是共和,是什么什么,招牌虽换,货色照旧,

---

[①] 梁启超:《五十年中国进化概论》(1923年2月),《饮冰室合集·文集之三十九》,中华书局,1989年,第45页。

全不行的"①。正因为所希望的件件落空,才有《新青年》的问世和新文化运动的揭幕,改革者转向"要求全人格的觉醒"的文化启蒙,改革的触须由政治制度层面转而伸进文化伦理层面。新文化运动以辛亥革命后的中国社会现实为认识起点,展开的是一场观念形态的革命,对几千年历史凝结而成的文化系统作整体性批判,对旧伦理及其人格代表——孔学展开声讨。1917年的白话文运动将这场观念革命引入语言和文学层面,提倡以白话文取代文言文,以国民文学、写实文学、社会文学取替贵族文学、古典文学、山林文学,最终落足在"人的文学"上——"五四"新文学价值基点由此确立。文学语言变革不仅事关文学形式变革,更事关价值信仰重建;不仅事关观念的新旧替换,更事关思维表达方式的转变重置,改革在多个层面上进行。

尽管辛亥革命之后,各方军阀角逐混战,政坛没有安宁之日,但至1919年初之前,对新文化/新文学的倡导仍顺利展开。整个表达,是人文的表达,从文化伦理改革入手,一方面致力于旧文化思想、旧伦理制度批判,一方面致力于"人"的启蒙,为"人性"松绑,张扬"个人"的独立性和价值本位性。新文学创作,依循这些观念而展开:对国民陋习的揭露和批判,对人情人性的尊重和赞美,对自我的书写和张扬。当时文学潮流的伤感、浪漫,为人生的或为艺术的,写实的或自叙传的,均缘上述观念而生。那是一个"个人"觉醒、以"人的文学"为价值核心的年代。由此带来某种绮丽、伤感的文风,也是时代的产物。

其实,在各方社会矛盾缠绕下的这场以"人"为中心的文化改革运动,持续时间并不长。1919年的巴黎和会,将中国被各国列强凌辱的处境呈现出来,由此点燃了中国民众反帝爱国的热情。

---

① 鲁迅:《致许广平》,见王世家、止庵编《鲁迅著译编年全集》第6卷,人民出版社,2009年,第145页。

各个社会群体(如学生群体、工人群体、市民群体)与执政当局、与各列强国之间的冲突连连发生,从1919年的"五四"到1924年的"五三〇",到1926年的"三一八",权力方的血腥镇压和民众方的激烈反弹,使每次冲突的严酷程度不断加剧。进入1920年代之后,掠过中国的风,已变得冷峭、凌厉,刚刚问世的新文学尚未充分享受人性松绑带来的自由浪漫时光,便不得不面对血腥暴力的现实。1919年7月胡适《多研究些问题,少谈些主义》在《新青年》上发表,显示着新文化群体内部已发生分歧,改革的目标已悄然发生变化。之后,文化批评文章越来越像政论文,夹杂着关于社会出路、"主义"宣传、党派归属、执政方略、时事评论诸政治性内容。文化刊物朝政治刊物转化,如1921年之后《新青年》成为中国共产党的机关报,内容关涉"政治,经济,法律,文艺,科学";曾标榜"本刊的精神是独立的,不主附和;本刊的态度是研究的,不尚攻讦;本刊的言论趋重实际问题,不尚空谈"①的《现代评论》,很快因袒护执政府、为官方代言而被讥为"白话老虎报";另外几份为较底层青年群体而呼号的刊物,如《洪水》《狂飙》《幻洲》等,也热衷于评议时局,谩骂名流;由商务印书馆主办的新文学刊物《文学周报》,热衷于时政议论,与《中国青年》等相呼应。这个时期的文学文化类刊物,多为周刊,周期短,时效性强,便于做时论文章,对时政发言。文学文化问题与现实政治问题相缠绕,不仅带来刊物表达的转向,更带来文化风气的转变。

  1920年代之后,新文化知识分子面临多种选择。血腥现实面前的政治选择姑且不论,局势的急剧变化也使文化改革遇上瓶颈。"五四"思想文化启蒙的思路,在接二连三的血腥镇压的现实面前,显得空洞、高蹈,有失真切的现实感。何去何从,正遇进退两难之境。1928年革命文学运动的掀起,文学工具论的高扬,几乎撼

---

① 《本刊启事》,《现代评论》第1卷第1期,1924年12月13日。

动了"人的文学"的基本价值根基。"人的文学"观念在新的形势下发生内涵的渐变,经历了一个更为复杂、迂回、多种意见相抗衡的重建过程。对文学的自由立场和个人主义立场的坚持或放弃,此种文学立场具有正面的或负面的价值,"人"的含义是集体性的大众、民众、群体或是个体性的"个人",二者是共存的或是相排斥的,都成为新文学价值重建过程中各方激烈争论的核心问题。

需要指出的是,文化上,这一是个群龙无首、多元共生的时期。不同文学观念在抗衡中并没有互相取代,而是各行其是。相对宽松的文化环境,带来了新文学实践的多元形态:繁复的,多面多层的,各方砥砺共生的。直至全面"抗战"前夕,新文学并没有形成大一统的局面,它是开放式的,在外部约束与内在坚持的互动中耦合生成。其价值生成过程也并非清晰的、线性的、充满目的性和必然性的,而是错综的、迂回的、多线头的、充满偶然性和随机性的,一种过程性、细节化、多元互动式的垒建和确立。如果说纷繁的价值线索之中有其基本底线,那就是对文学自由性、独立性的认同和尊重。本书以"垒建河床"为题,正基于对这种价值的多元性、共存性、共构性的认识。

二

在多元共生形态下,价值的一元性不复存在。本书并不预设1920—1930年代的新文学有某种达成一致的价值奔赴,对那种由后见之明而带来的宏大论述保持警觉。北伐之后,中国社会进入动荡及转换时期。用朱自清的话说:"这是一个动乱时代,一切都在摇荡不定之中,一切都在随时变化之中。"[①]动荡为构建提供多

---

① 朱自清:《动乱时代》,见朱乔森编《朱自清全集》第3卷,江苏教育出版社,1996年,第115页。

种可能性,一切尚未定局。就文学自身而言,1920年代以后,新文学开始了一场自我秩序化或称体系化的内部运行。由"五四"一批知识分子出于文化改革目标、发起文学革命而诞生的"新文学",其实是一种自发自为的民间改革行为,带有很强的探索性、自我调控性和自律性。"五卅"之后,在激进社会潮流的影响下,此前备受推崇的"个人"观念渐渐淡出。有研究者称:"此前处于竞争中的各倾向基本有了结果:群体压倒了个人,政治压倒了文化,行动压倒了言论,可以说开启了一个新的时代。"①颇有道理。在新文学内部,原本基本达成一致的关于"人的文学"的价值认知在"阶级论"文学观面前变得可疑,文学的革命性、集体性观念与文学的艺术性、个人性观念频频发生冲突,抵牾抗衡。新文学的多元局面形成,贯穿于"抗战"之前的新文学运行的全过程。

新文学价值构建实践在"对话""抗衡"的背景下进行,呈现着多层价值坐标的交错。主要表现为:一、"五四""人的文学"价值观由显在的倡导转为潜在的坚持,它依然制约着该时期新文学的基本走向;二、左翼文学强调"革命"价值优先的价值观,在思想领域呈主导性强势,而在文学创作领域却因其成果寥寥而处于弱势位置,有关左翼文艺观的价值论辩频频发生,价值认知最终没有达成一致;三、京派群体关于"纯文学"、民俗乡土、人情趣味的价值坚持,城市新感觉派群体对现代主义诗学的价值认同,民族主义群体关于文学的"民族"本位价值宣扬等,各行其是。这个时期文学价值建构错综复杂,多元多维,不是简单几条线索所能涵盖得了。本书关注1920—1930年代动态性的、过程性的新文学价值构建实践历程,进入新文学运行的内部,寻觅其踪迹,发现其走向,分析其流变,确定其意义,做的是一种"知识考古学"式的实践考

---

① 罗志田:《激变时代的文化与政治:从新文化运动到北伐》,北京大学出版社,2006年,第7页。

察,强调文学运行的过程性和实践性,而不只是做"文学价值论"意义上的讨论。

本书采用福柯"谱系学""知识考古学"的研究方法。福柯认为,所谓"谱系学",是"要将一切已经过去的事件都保持在它们特有的散布状态上;……它要发现,真理或存在并不位于我们所知和我们所是的根源,而是位于诸多偶然事件的外部(exteriority)"[①]。本书努力摆脱"我们所知和我们所是"的历史结论的干扰,逐一检视"散布状态"的历史碎片,建立"个案史",缕析各条线索的来龙去脉、逻辑起点,描述特定情景中各方力量冲突和耦合的情形,还原新文学价值体系建构实践的复杂面貌,考索其后续影响。正如福柯的方法源于结构主义理论原理,本书的关键词"体系""建构"也是结构主义理论术语,结构主义方法是融化于本书论析中的基本方法。本书关注"对象"在整体结构中的位置、"关系"的动态性、"结果"的建构性等。

大体而言,新文学价值体系构建以"评价"为桥梁,通过文学群体聚散、观念交锋、创作切磋、批评研讨、文学史书写、大中小学教育和相关文本出版等方式,汰选评估,形成规则,建立秩序(主次、等级、优劣),生产"知识",约化观念,达成社会共识,构成价值体系。这是一个实践性的过程,充满碎片化的细节。无数不经意的细节叠合,构成新文学完整的河床,确定其奔赴的方向,奠定其价值的底蕴。十多年来,学界已有的成果为本研究提供了基础,简述如下:一、关于现代文学学科史、研究史、文学史学的研究,如黄修己、陈平原、温儒敏、朱德发、冯光廉、谭桂林、许怀中、徐瑞岳、刘勇、陈占彪等的现代文学"研究史""学术史""学科概要""文学史

[①] [法]米歇尔·福柯:《尼采·谱系学·历史学》,苏力译,李猛校,汪民安、陈永国编《尼采的幽灵:西方后现代语境中的尼采》,社会科学文献出版社,2000年,第121页。

学",现代文学研究"概论""史论""史纲""学术转型"等,以及徐鹏绪等的"大系"研究,张梦阳的鲁迅学研究等。二、对早期新文学历史叙述的反思研究,如罗岗关于"现代'文学'的确立"系列研究,王风关于"文学革命的胡适叙事与周氏兄弟路线"的研究等。还有沈卫威、季剑青、张传敏对早期"新文学"进入大学、李斌对新文学与中学教学的研究,伍世昭的中国20世纪文学理论批评价值取向研究等。以上或对新文学研究脉络作"史"的描述和论析,或对新文学历史叙述作质疑和解构,或对文学批评价值取向进行分类研究,各有侧重。但以1923—1937年为时段,以新文学价值建构实践为线索,细节性地检视这一"建构"的过程,追究外部环境与文学内在运行的互动关系、多元观念的抗衡共生、历史书写的秩序建构、作家经典化的生成和等级谱系的确立、文体美学规则的磨合生成、知识生产与新文学"常识"确立的来龙去脉等,则是本书有别于他人的立足点和展开面。新文学价值建构是一个全方位展开的实践过程,它错综复杂,层次丰富,既有整体形态的价值,也有具体的系列形态的价值,彼此构成一个互为牵制的动态的、开放的、复合的结构。对这个过程作深究,实际上是对20世纪中国文学确立来龙去脉的深究,它复原了一个众声交叠的碎片堆砌的原生态新文学构建历程。其开放性和多元互动性,远远超过我们的认知。这种问题设置和线索延伸,正是本书与上述研究的不同之处。

三

本书分上、中、下三编,从三个部分对1923—1937年新文学价值建构实践展开全面考察。"上编"从1920年代背景切入,以六个个案考察新文学群体的分化及重组、观念更替、价值论辩、中间层道路选择和阶级论文学的审美难题等,从不同角度理清其时新文学价值建构的生态环境。"中编"从新文学作家的等级化、历史化和作品文体的规则化、知识化实践切入,考察文学实践的两条主线:作家与作品的价值生成情况。"下编"从新文学的撰史和进入大中学课堂角度,考察新文学的价值累积、知识图谱确立和落地麦子的生根发芽的情况。三大版块各有分工,从不同角度,对该时期价值建构实践过程作细节性的稽查和考索,呈现其复杂面貌,以此摸清20世纪中国文学确立的来龙去脉。

上编共六章:《"青年"与革命文学运动(1923—1928)》《新文化知识分子的分化及其人文困境》《阶级论文学的初期实践》《新文学陡转期的中流砥柱》《十字路口的选择》《价值之辩》,通过六个个案,检视1920年代以后社会环境的变化、不同类型的新文学家在转折期的道路选择。重心放在对"五四""人的文学"观念更替和价值论辩的考索上。

与以往的将1928年革命文学运动掀起、新文学发生方向性扭转视为"必然"有所不同,首先,本编梳理了这种转变的来龙去脉:前此六年如何经历了以青年为说服对象的革命话语动员及相关整合的过程,及至1928年"革命文学"提出,其合理合法性已变得不言而喻。文学工具论的高调出台,显示了这种扭转的成功。即便有怀疑者,也不足以改变这种局面。有异议者多不表态。"阶级的文学"对"人的文学"呈现压倒性的优势。其次,1920年代新文化群体的分化比革命文学运动的揭幕来得更早,本编梳理了1925年《语丝》与《现代评论》的对垒,揭示同样推崇自由的新文化群体中,人文主义派与科学主义派的深层分化,这种分化如何注定了其后新文学价值奔赴的多维向度。而论争中文章措辞的骂街式变化,透露了新文学语言文体粗鄙化的倾向,与其后左翼大众化文学书写,呈现某种合流之态。再次,与文风粗鄙化相呼应,本编以蒋光慈小说为例,考察了早期革命文学实践过程中艺术审美上的难题,作为"文学",蒋作在艺术上不被同行认可的情况,其思想强势与创作弱势构成价值抵消的事实。从革命文学到左翼文学,这路创作在参与该时期文学价值构建中并没有优势,即便《子夜》出版,质疑声音仍没中断。从某种意义上说,直至1930年代,左翼文学仍没有形成其稳定的美学路线。最后,本编着重考察了新文化人面对1928年的陡转局势所持的态度,尤其是走中间主义路线的"作者之群"的坚守和作为。分别对1928年的叶圣陶及其主持的《小说月报》、1928—1929年位于十字路口的"作家之群"、1932年文艺自由论辩的"价值之辩"等展开考察,揭示其时"五四"新文学价值保留及传承的路径和情形。六个"个案"考察对象在时间上虽略有先后,但基本置于共时状态中;从人事角度看,彼此间未必有直接的联系,但他们所面对的生态环境基本一致,是新文学实践的六个横截面。本书打破已有现代文学史的线性预设,从横截面进入,展现1920年代中期开始的新文学价值实践错综的背景、繁复的线索及其包含的多种可能性。

中编共七章:《确立"鲁迅"》《周作人的经典化构建》《作家的等级化实践》《构建小说学》《散文秩序构建》《新诗的价值重建》《不破不立》,考察新文学作家的等级生成、作品文体规则构建两大方面。在新文学第二个十年的实践中,周氏兄弟是两座高峰,新文学两种路线的典范代表,有各自的生成逻辑和演绎路径。本编通过"从热议到定位""'鲁迅'经典化生成中的艺术估量""盖棺之论与鲁迅的经典化"三个部分,考察"鲁迅"的经典化进程。有意思的是,1920年代末至1930年代,在"鲁迅"的经典构建实践中,思想价值和社会意义考量是显要的一环,艺术考量处于次要位置。后者相对零散,不成系统,各说各的。加上1928年以后,鲁迅不再从事小说等纯文学创作,对鲁迅作品的艺术讨论空间相对缩小。1930年代鲁迅杂文被摆在与闲适小品相对垒的格局中来讨论,其思想性、战斗性被充分肯定,而艺术性仍处于晦暗状态,评价较低。1920年代末新文坛向左转之后,周作人成为自由作家的一面旗帜。本编通过"苦雨斋文化圈的自我构建""两种'周作人论'

的磨合""小品文标杆形象的确立"三方面来考察其经典化生成的过程。与鲁迅经典化实践得助于左翼文化界的推动不同,周作人的经典化生成是几方合力的结果:首先是苦雨斋文化圈文人的自我彰显,其次是被抑制的自由文化人对其精神领袖的推举,再次是小品文热潮中艺术评价的推动。从某种意义上说,周作人经典化构建完成于1930年代中期,其小品文的艺术成就、人文一致的自我形象、自成逻辑的美学体系,共构了其时作为新文学经典的周作人。此外,这一时期作家论的批评实践,推动了作家等级结构的形成,本编考察了"冰心论""郁达夫论""徐志摩论"诸艺术定位的实践过程。对传记热中作家自传和他传的历史构说和存档意识也作了梳理,揭示了其为新文学作价值垒建的内涵意义。

中编下半部分考察了新文学文体形式规则的确立,从小说、散文、诗和剧四种文体入手。1930年代,新文学有两种文体进入其黄金时期,一是小说,一是小品文。左翼文坛倚重现实主义小说,自由文人青睐"个人文体"小品文,二者的形式追求与其观念伸张相同步,形成整体性文化特征,其美学规则也迅速确立。小说方面,其时第二代作家已经成长起来,他们显示了更强的文体自觉,多种文体形式尝试共存。这其中,现实主义笔法在小说美学评价中占优势地位,而京派的直觉批评,则有另一种裁定尺度。文体成熟推动了小说学的问世,"巴金文体""老舍文体""新感觉派文体",各有体式。作为一种价值建构,小说学为现代小说制定了规则。散文是一种自由文体,但弱化规则的做法也是一种规则。这个时期,战斗杂感文与闲适小品文从思想观念到文体样式的对话、交锋,坐实了散文的两种基本形态,推动了散文价值论定的多元奔赴,自由文体的理念由之被确认。1920年代下叶,新诗正经历对早期白话诗"作诗如作文"主张的否定之后的重建时期,各派诗作、诗论、诗评多元交汇,一方面,由新月在《诗镌》上的新格律诗倡导伊始,新一轮诗的美学目标和形式规则迅速形成,推动了诗创作的有序展开；另一方面，纯诗理念的坚持刺激了新诗实验。现代主义诗潮的介入，给诗的价值论定带来更开阔、更包容的场域。新剧实践起步较晚，还来不及充分展开，1930年，不同系列的"戏剧运动"已被纳入左翼文化运动之中。值得一提的是，在现代剧创作已有一套"时代话语"的当时，曹禺坦然将自己的创作视为一种生命的创造。他的写作缘由和写作方式，明显有悖于那个时代业已形成的创作理念范式。从《雷雨》到《日出》到《原野》，"曹禺"评论和曹禺自述显示了对已有现代剧样式的超越和修正。

下编以《"史"的构建与新文学的知识图谱确立》为题，用六个个案：《编史》《从专题着眼》《史料汇编与新文学秩序建构》《〈中国新文学大系〉编纂》《培养信仰群体》《学院派的遴选与新文学的大学课堂实践》，考察新文学修史、建立知识系统背后的价值构建历程。

1920年代末，第一轮的新文学修史拉开帷幕。最先是作为中国文学史的"尾巴"出现，接着是以新文学运动史的独立成篇方式出现。早期的新文学运动史往往包含运动史和创作史两部分，此法开启了新文学的思想运动价值和创作艺术价值分头评估之先例。在新文学史叙述的结构框架里，运动史占主导地位，创作是运动成果的证明。这类写法不仅是对新文学运动作"史"的总结定位，更以其"运动"统率"文学"的观念，参与新文学的价值构建，其方法某种程度上低估了文学的独立性价值，为之后政治统率文学提供了观念支持。这个时期，新文学的专题研究也全面展开，它是新文学历史化、序列化、知识图谱化的一种实践，是新文学分门别类的专题史。本编还以阿英的编史实践为例，考察他编纂的三部新文学史料集，追究其中所蕴含的"阿英框架"。指出阿英以个人方式参与新文学史撰述，通过史料的筛选、铺排、序列化、等级化处理，确立一个有主干有支干、枝叶繁茂、层次分明的新文学谱系图，为新文学价值构建作出重要贡献。对1935年出版的《中国新文学大系》，在参与新文学价值构建方面的特色及贡献，作了三方面的考察:一是各集《导论》如何为新文学立论奠定根基,二是当事人(作为编纂者)的冷暖自知与当局者迷,三是"选本"的历史考虑与个人偏好等。1935年出版的十本《中国新文学大系》是一次历史的拔优,其背后是对新文学成就的评估,是新文学第一次由专家组团所作的价值估量。最后,本编还对新文学的进入大学、中学课堂作了考察。梳理新文学在大、中学校课堂上的知识产生实践情况,检视新文学如何转换为"知识",如何培养其信仰群体,如何经由学院派专家的教学"遴选"而确立其经典的位置等。这是新文学价值构建的重要组成部分。

四

最后,回到我们的核心问题上来,何谓文学最基础性的价值?哈罗德·布鲁姆在《西方正典——伟大作家和不朽作品》一书中的观点给我们以启发。

在各种思潮学说引领主流的西方文学批评界,哈罗德·布鲁姆力拒文学批评的意识形态化,以审美为线索,以莎士比亚和但丁为价值核心,甄选西方文学经典,梳理出一个连贯而周密的"西方正典"谱系,探索经典形成的奥秘,建立文艺复兴以来西方文学环环相扣的"道统"。他的讨论始终与"多元文化主义大潮"[1]汹涌的当代背景相抵抗,抵制"文学研究者变成了业余的社会政治家、半吊子的社会学家、不胜任的人类学家、平庸的哲学家以及武断的文化史家"[2]做法,认定审美于文学中的价值核心地位。他说:

> 一首诗无法单独存在,但审美领域里却存在一些固定的

---

[1] [美]哈罗德·布鲁姆:《西方正典——伟大作家和不朽作品》,江宁康译,译林出版社,2005年,第415页。

[2] 同上书,第412页。

价值。这些不可全然忽视的价值经由艺术家之间相互影响的过程而建立起来。这些影响包含心理的、精神的和社会的因素,但其核心还是审美的。①

布鲁姆强调审美的自主性(aesthetic autonomy),称"审美只是个人的而非社会的关切"②。"个体的自我是理解审美价值的唯一方法和全部标准。"③"只有审美的力量才能透入经典,而这力量又主要是一种混合力:娴熟的形象语言、原创性、认知能力、知识以及丰富的词汇。"④在《西方正典》一书中,他阐述了几个观点:一、在西方文学经典形成的诸要素中("包含心理的、精神的和社会的因素"),审美是最核心的要素,是其最基本的价值;二、审美具有自主性,它是一种个人的而非社会的关切,个体的自我是理解美并断定其价值的"唯一方法和全部标准";三、只有审美的力量能透入经典,这种力量是一种混合力,包括娴熟的形象语言、原创性、认知能力、知识角度丰富的词汇等。他为自文艺复兴运动以来西方文学的价值构成,画出一个基本轮廓,称"重新定义'文学'是徒劳的,因为你无法获得充足的认知力量去涵盖莎士比亚和但丁,而他们就是文学";"西方文学的伟大以莎士比亚为中心,他已经成为所有作家的试金石,不论他们是前辈还是后继者,是戏剧家、抒情诗人还是说故事者。他在人物创造上除了乔叟的提示以外并无真正的前辈楷模,而他的后人无不受他表现人性的方法的影响"。⑤布鲁姆逆时代潮流而动,与文学的阶级论、种族论、性别论和国家利益论保持对话甚至辩论姿态,与女性主义者、马克思主义者、拉

---

① [美]哈罗德·布鲁姆:《西方正典——伟大作家和不朽作品》,第17页。
② 同上书,第12页。
③ 同上书,第16页。
④ 同上书,第20页。
⑤ 同上书,第412、414页。

康派、新历史主义者、解构主义者、符号学派的美学观划清界限,抵制远离文学价值本质的各种社会思潮对文学的裹挟,坚持文学审美的独立性,主张回归西方文学正典。

布鲁姆的态度和做法给我们以启发:在1930年代的中国,左翼意识形态话语占主流强势位置的背景下,仍不能低估新文学的审美自主性。文学按自身规律运行,其中有一条潜在而本质的规则,就是艺术审美规则。它参与新文学价值建构的整个过程,制约着非艺术化的政治思潮的强行介入,平衡着文学的整体性结构,为各门类文学的合法性提供评估依据,是新文学价值构建过程中最根基性的部分。从这一角度切入,可以摆脱历来现代文学史有关1930年代叙述的常规套路——以左翼文学为主线的思维模式,关注文学的自律性,主要着眼于文学史,并兼及思想史。实际上,1930年代,左翼文学的思想强势与其审美弱势构成价值抵消的事实,前者在参与这一时期文学价值体系构建中并没有优势,即便有《子夜》这样的巨作问世,质疑声音仍不断。1930年代新文学价值建构是多方互动生成的结果,主流与边缘、权威与异端、政治与艺术的关系并没有如教科书所描述的那么线性、简单,而是混合的、迂回的、互转的及互为校正的。整个构建过程饱含强势者让步与弱势者顽抗之张力,政治思潮与艺术审美动态逆转之开放性,社会推动与个人作为之参差互补。

上 编

十字路口：新文学"群"的分化和重组

1920年代以后,"五四"新文化面临诸多冲击。1923年8月21日章士钊在上海《新闻报》上发表《评新文化运动》一文,以其"前岁"批阅北京农业大学招考的学生试卷为例,指出这批学生"文言固是不佳,白话亦缴绕无以"。细算起来,胡适发动白话文运动这五六年间,正是这批学生上高小、进中学乃至毕业应试大学之时,章称,其责任"应由适之全然负责"①。白话教育带来学生语言写作的混乱和语文素质的下降,可谓言之凿凿。身为教育总长,章也于此时在小学重新推动尊孔读经。也许与这种质疑声有关,胡适迅速推出他文化改革的第二步:"整理国故。"1923年1月《国学季刊》创刊,胡适在《宣言》中提出要对近三百年来的古学作整理,用科学的方法,"扩大研究范围","注意系统的整理","博采参考比较的资料"。② 他说,所谓"国学"即"国故学"的简称,它是一个中性词,不含褒贬之义,"包括一切过去的文化历史"③。对之作整理,就是要区分精华与糟粕,在保存精华基础上建立新文化。他相信"国学的将来定能远胜国学的过去"④。这一主张得到部分新文化人的响应。顾颉刚说,"新文学与国故并不是冤仇对垒的两处军队,乃是一种学问上的两个阶段",将"国故里的文学一部分整理了出来,可以使得研究文学的人明瞭从前人的文学价值程度更增进,知道现在人所以应做新文学的缘故更清楚"⑤。周作人也

---

① 章行严:《评新文化运动》,原载《国闻报》1923年8月21日,见张若英编《中国新文学运动史资料》,上海光明书局,1934年,第227页。

② 胡适:《国学季刊宣言》,提出"三大主义":"第一,用历史的眼光来扩大国学研究的范围。第二,用系统的整理来部勒国学研究的资料。第三,用比较的研究来帮助国学的材料的整理与解释。"见张若英编《中国新文学运动史资料》,第206页。

③ 同上书,第197页。

④ 同上书,第190页。

⑤ 顾颉刚:《我们对国故应取的态度》,见张若英编《中国新文学运动史资料》,第212页。

赞同此说法,他说:"用了自己国语的智识进去研究古代的文学,涵养创作力或鉴赏文艺的趣味,是最上算的事。"①郑振铎主持下的《小说月报》展开"整理国故与新文学运动"讨论,推出"整理和研究中国旧文学"专号;鲁迅的中国小说史研究、胡适的白话文学史研究,也恰好呼应了这一倡导。但新文化人内部也颇有异议。郭沫若就很不以为然:"整理的事业,充其量只是一种报告,一种旧价值的重新评估,并不是一种新价值的创造,它在一个时代的文化的进展上,所效的贡献殊属微末。"②茅盾认为,旧势力对新文学的反攻,正是新文学自己内部不巩固造成的。近两三年新文化运动的兴起,已迈出可喜一步。但有人怀疑,做"白话文"是否必须文言打底子,这是退了一步;当白话文根基尚未牢固时,有人搞所谓"整理国故",这算退了第二步。③ 新文化人内部的分歧,已浮出水面。

从《新青年》分裂出来的马克思主义文化人,于1920年代初期也对"五四"新文学提出质疑和批评。1921年7月中国共产党成立,中共创建人之一、从"五四"新文化运动走过来的陈独秀,深知文学运动与社会运动之间的联系,回过头来重新组织文学运动。1923年前后,一批由共产党人主持的刊物《中国青年》《向导》《学生杂志》等,联手棒喝新诗人,抵制泰戈尔④,批评文学青年沉溺于风花雪月的作风。这种干预改变了新文化原先的走向。瞿秋白指出其时各阶层人群都在发生变化:"革命的小资产阶级及智识阶级也就逐渐显现他们的左倾——最近半年来北京方面有《猛进杂

---

① 周作人:《古文学》,见张若英编《中国新文学运动史资料》,第223页。
② 郭沫若:《整理国故的评价》,见张若英编《中国新文学运动史资料》,第221页。
③ 茅盾:《进一步退两步》,《茅盾全集》第18卷,人民文学出版社,1989年,第444—445页。
④ 参见姚玳玫《"青年"与1928年的革命文学运动》,《中国文学学报》2013年第4期。

志》《莽原杂志》,上海方面有《洪水杂志》等等;至于国民党内如柳亚子、朱季恂、甘乃光、陈公博等居然形成强有力的左派,汪精卫、蒋介石等革命倾向之确定更不用说。"①文学创作、社会批评与群体运动的一体化运作,瞿秋白所举的这类杂志是其代表。"革命"与"文学"互相渗合,纯粹的文学已很难有立足的空间。

此时,新文化群体的分化已不可避免。1920年《新青年》的新文化阵营因政治改革或文化改革的目标不同而发生分化;接着,1925—1927年《语丝》与《现代评论》笔战,新文化学术群体内部本土的太炎门生派与海归的留欧美群的矛盾呈露出来;已经失和的周氏兄弟在经历《语丝》前期的默契合作之后,渐呈游离之态。《莽原》创办,鲁迅另辟发言空间,培养自己的青年追随群体,与"语丝"分道扬镳;此时,创造社也在十字路口奔突:几位元老的南下参加革命,"小伙计"的渗合,加剧了这种奔突;从苏联留学归国的蒋光慈带着无产阶级革命文学的最新信息和创作热情,串联同乡好友钱杏邨,筹建革命文学团体;已经投身社会革命的沈雁冰、郭沫若,正在发生文学观的转变,不约而同地提出"革命文学"新观点;"脚跟无线如蓬转"的徐志摩于1925年10月接手主编《晨报副刊》,建立徐氏作者圈子,为新月同人争得一个发声的"管口"②;1926年4月1日《诗镌》问世,"五四"之后首个成熟的诗群集体亮相;《诗镌》创刊前的一周,《晨报副刊》以四天的篇幅,连载尚在美国哥伦比亚大学读书的梁实秋的长文《现代中国文学之浪

---

① 瞿秋白:《国民革命运动中之阶级分化——国民党右派与国家主义派之分析》,《新青年》1926年第3号。

② 徐志摩说:"……晨报变了我的喇叭,从这管口里我有自由吹弄我古怪的不调谐的音调,它是我的镜子,在这平面上描画出我古怪的不调谐的形状。"徐志摩:《再剖》,原载《晨报副刊》1926年4月7日,《徐志摩全集》第3卷,广西民族出版社,1991年,第187页。

漫的趋势》,对新文学运动进程作清算和反思,标志着新人文主义文学理论的登台。所有迹象表明,这是一个蓄势待变的时期。

这个时期,文学在更深程度上为社会政治所捆绑。胡适将此追溯至 1919 年:"一九一九年所发生的'五四运动',实是这整个文化运动中的一项历史性的政治干扰。它把一个文化运动转变成一个政治运动。"他还说,"一九一九年以后,国、共两党的领袖们,乃至梁启超所领导的原自进步党所分裂出来的研究系,都认识到吸收青年学生为新政治力量的可能性而寄以希望。'五四'以后事实上所有中国政党所发行的报刊——尤其是国民党和研究系在上海和北京等地所发行的机关报——都增加了白话文学副刊。"《民国日报》的《觉悟》,梁启超派的两大报《北京晨报》和《国民公报》里许多专栏,"都延揽各大学的师生去投稿。当时所有的政党都想争取青年知识分子的支持,其结果便弄得(知识界里)人人对政治都发生了兴趣"。① 1925 年五卅运动爆发②,更将这种风气引向高潮。1926 年 1 月瞿秋白连续撰写两篇长文,高度评价五卅运动的历史地位,称之为中国革命史上第二块里程碑,第一、二阶段的分水岭,其划时代的转变把"五四"推入已逝的往昔。③ 在抬高"五卅"的同时,贬低了"五四"。1925 年下半年《晨报》和《京报》就苏俄十月革命问题,展开"仇友赤白"讨论。张奚若与陈启修在《晨报》上对话,张称,这种年代,《晨报》敢于发表质疑苏联的言

---

① 胡适口述、唐德刚整理/翻译:《胡适口述自传》,安徽教育出版社,1999 年,第 213 页。

② 这是中共领导的第一场具有全国性规模的群众运动,它影响之大,使只有四年党龄的共产党充分认识到群众运动之效力。

③ 参见瞿秋白《国民会议与五卅运动——中国革命史上的一九二五年》,《新青年》1926 年第 3 号;《国民革命运动中之阶级分化——国民党右派与国家主义派之分析》,《新青年》1926 年第 3 号。

论,"令人非常可佩"。① 可见其时挺苏已是大势所趋,提出反面意见者需要勇气。那几年,"五四"新文化运动已成为强弩之末,新文学为激进的社会思潮所裹挟,成为社会运动规划的一部分。各方政治力量对青年信仰群体的培养和争取,多从文学入手,文学成为通往社会革命的必经之途。文学与政治相捆绑的一个事实是,政治力量对文学施以政治运作的方法方式。纯粹的文学追求,已显得不合时宜。

正因此,1928年1月革命文学运动的兴起实属必然。运动倡导者语调的蛮横强势,对"五四"新文学家的激烈讨伐,重新定义文学、赋予文学工具性质的不容置疑,有其相应背景。革命文学运动发起不到半年间,新文学似乎换了一副面目,新文坛似乎换了一批人。至少是,"革命文学"的认同者与不认同者变成两条阵线上的人。也有中间派的,虽对"革命文学"有所质疑,但仍站在爱护的角度对它提出善意批评,如鲁迅、茅盾及《语丝》几位年轻作者;也有与"革命文学"和而不同、不与之作正面冲突的,如文学研究会人生派一群。公开与革命文学对垒则是1928年3月10日创刊的《新月》。② 最终是革命派与自由派谁也说服不了谁。之后,何谓文学和文学何为的论争渐渐进入不争辩状态,各行其是成为这场拉锯战的表达方式。拉锯背后,是新文学群体的重组、观念的调整和创作的各自奔赴。

1920年代下半叶至1930年代前期,革命文学运动的发起、群体的重组、观念的较劲,带来新秩序的形成、新规则的创建、新形式的确立等,新文学价值在多种角力中累积、沉淀,新文学逐渐走向自我体系化、自我知识化的新阶段。

---

① 张奚若:《苏俄究竟是不是我们的朋友》,《晨报副刊》1925年10月8日。
② 《新月》创刊号上由徐志摩执笔的发刊词《新月的态度》和梁实秋的一系列文章,明确亮出与革命文学倡导对垒之意,但新月社的其他人基本没有就此发表意见。

第一章 "青年"与革命文学运动
(1923—1928)

如果说1928年之后革命文学的相关论述深刻地左右着新文学第二个十年价值构建的基本取向,那么,追究这些论述的酝酿、生成,由谁提出、怎样提出,其确切含义及期待抵达的目标是什么,就是一件重要的工作。革命文学倡导的一个中心环节是如何将"革命"与"文学"整合成一个具有价值有效性和历史说服力的概念。与前此"五四"文学革命指文学之改革不同,1928年的革命文学之"革命"是一个与用暴力推翻阶级压迫相关联的政治性概念,这种"革命"与文学具有某种不可通约性。要将两者整合在一起,使之获得某种内在的逻辑关联并赢得绝大多数新文学从事者的认可,不是一蹴而就的事情。有意思的是,1928年初倡导者们提出"革命文学"时,似乎已不需要对这个词作深入讨论、证明及界定,也就是说,当其时,某种程度上,"革命文学"一词已经约定俗成,在新文学语言流通领域已成为一种共享信码,可以不假思索地被运用,并有效地向他人传递其含义信息。李初梨《怎样地建设革命文学》为文学重下定义,他引用辛克莱《拜金艺术》的一段话:"一切的文学,都是宣传。普遍地,而且不可逃避地是宣传;有时无意识地,然而常时故意地是宣传。"[①]他没有正面谈及何谓革命文学,

---

① 李初梨:《怎样地建设革命文学》,原载《文化批判》1928年第2期,《"革命文学"论争资料选编》(上),知识产权出版社,2010年,第115页。

但"宣传"的指向显然是"革命",或称,文学是革命宣传的工具。他强调文学的工具性,革命与文学的主从关系已不言而喻。同一时期另外几篇奠基性文章:蒋光慈的《现代中国文学与社会生活》径直谈革命如何给文学创作带来"生活"和"材料"的问题;麦克昂的《英雄树》用简约的分行的诗的形式,称"社会上有无产阶级便会有无产阶级的文艺",一切天经地义,无需论证;冯乃超的《艺术与社会生活》与李初梨的《怎样地建设革命文学》有自觉的分工,李文谈如何建设革命文学,冯文"就中国浑沌的艺术界现象作全面的批判"①,两者均已绕过对革命文学合理性作论证的环节,直接用革命文学原理对过去作"批判",对未来作"建设"。更有意思的是,在当时,"革命文学"就概念本身,基本没有遭到质疑。蒋光慈说:"革命文学成为了一个时髦的名词,不但一般急激的文学青年,口口声声地呼喊革命文学,就是一般旧式的作家,无论在思想方面,他们是否是革命的同情者,也没有一个敢起来公然反对。"②比如,作为革命文学倡导的对垒性群体,语丝同人加入了相关问题的论争。但其反驳和质疑的,不是"革命文学"本身,而是革命文学倡导者所呈现的"革命文学"不地道,借"革命"之词谋私利的不道德,等等。③ 一个有意思的现象是,1928年初,整个文学革命倡导及论争,基本没有围绕"革命文学"价值合理性问题而展开,而是离开学理层面,纠缠于人事意气之争,其中最重要的一条线索是

---

① 冯乃超:《艺术与社会生活》,原载《文化批判》1928年创刊号,《"革命文学"论争资料选编》(上),第90页。
② 蒋光慈:《关于革命文学》,《太阳》1928年2月号。
③ 参见鲁迅《文艺与革命(通信)》(《语丝》周刊1928年第4卷第16期)、侍桁《个人主义的文学及其它》(《语丝》周刊1928年第4卷第22期)、青见《关于文学革命》(随感录一七一)(《语丝》周刊1928年第4卷第33期)、岂明《随感九七·爆竹》(《语丝》周刊1928年第4卷第9期)诸文。

青年与老年之争。革命文学之"革命"被视为神圣,倡导方多少已滑向信仰层面的卫道,受批判方也不敢招惹这神圣之物。

这种情况与当时激进社会潮流的裹挟有关,也与前此已经展开的革命话语动员有关。实际上,早在1923年前后,革命话语动员及其信仰群体的培养工作,就已经开始。这个过程有几年的时间,发起者选择了以青年为说服、培养对象,启发其觉悟,激发其"奔走呼号"①,最终蔚为大观。以"青年"为线索,对革命文学论述的酝酿及其价值生成的来龙去脉作梳爬、考察,摸清其内在理路及确切含义,揭示其言说群体的性质特征、言说路径、在革命文学建构中扮演的角色等,是进一步探讨1928年以后新文学价值重建的基础性环节。

需要指出的是,在这里,"青年"作为一个集合性名词,类似于"人民""大众""无产阶级""工农兵",是一个含义多重的虚拟性群体。具体而言,它既是一个边界含混的年龄群体指称,又含有"未来的""新生的""后起之秀"诸修辞品质,更可能是饱含个人经验的自我角色指称。1928年最终酿成的那场革命文学运动,"革命"的执行者是"青年",而非"民众"或"无产阶级"。也就是说,20世纪中国左翼文化运动兴起之初,是由青年扮演主角而将这场运动推上历史台面的。这一现象别有意思,值得深究。

一、文学何用何为?
——以青年为说服对象的文学观念扭转(1923—1924)

出于对晚清至民国初年社会政治的失望和厌弃,"五四"新文学运动是沿着文化伦理改革的思路而展开的,整个改革基本在语言文化层面上展开。胡适自称"化零为整",用十个字"国语的文

---

① 参见实庵《青年们应该怎样做》,《中国青年》1923年第1期。

学,文学的国语"概括这场运动的目标①,可见其牵涉范围之纯粹。到了1922—1923年,无论社会形势、思想界形势还是文学形势均已发生明显变化:一是新文学活动规模扩大、新文学创作热潮真正到来,文学社团和文艺期刊"蓬勃滋生",用茅盾的话说,"从民国十一年起,一个普遍的全国文学活动开始来到"。② 二是社会政治形势激烈变化,1923年10月北京直系军阀曹锟当选为总统,彻底打破了以和平手段实行宪政的美梦,整体性的社会革命几乎成为唯一的出路。③ 国共合作,国民党改组,酝酿多年的革命潮流终于找到其决口。三是思想界,从1919年的"问题与主义"之争到1923年的"科学与玄学"论战,显示着由静而动、由学理而激进的一种变化。"五四"文化改革思路被置弃,为更激进的、更功利性的社会变革思路所代替,思想界处于复杂的分化和重组之中。与这些变化相同步,这个时期崇尚行动、注重实干渐渐蔚为一种社会风气。④ 有意思的是,文学活动的普及,与这种社会氛围并不协调,甚至呈抵牾之态:文学作为一种审美活动,其阳春白雪、远离现实、高蹈空谈的特点格外突出,文学青年"访胜,探幽,赏花,玩月",或"遨游于高山流水之间,或躺在沙发上,闭着眼睛讴歌爱和美",所谓"避尘嚣,务清高,志在高山流水"⑤,与当时拥戴革命的激进、务实风气格格不入,甚至是一种阻力和妨害。扭转这种局面已是大势所趋。

---

① 参见胡适《中国新文学大系·建设理论集·导言》,《中国新文学大系·建设理论集》,上海良友图书印刷公司,1935年。

② 茅盾:《中国新文学大系·小说一集·导言》,《中国新文学大系·小说一集》,上海良友图书印刷公司,1935年,第5页。

③ 参见姜涛《革命动员中的文学和青年——从1920年代〈中国青年〉的文学批判谈起》一文,《中国现代文学研究丛刊》2009年第4期。

④ 参见罗志田《余论:走向"行动的时代"》,《激变时代的文化与政治:从新文化运动到北伐》,第132—145页。

⑤ 秋士:《告研究文学的青年》,《中国青年》1923年第5期。

有研究者注意到,1923 年 10 月创刊的《中国青年》,发起了对新文学的批判,对"新诗人的棒喝",表明当时奔赴革命的党派刊物开始关注文学问题,由文学切入而展开革命动员,"构成了革命文学的一种'酝酿',时代潮流的'大转变'也由此被开启"。① 实际上,参与这一"扭转"文学局面,"酝酿"革命文学,推动时代潮流大转变的,不仅是《中国青年》,还有《民国日报》副刊《觉悟》、《新青年》《向导》《政治生活周报》《学生杂志》等。② 以《中国青年》为例,可以看清楚这一过程的来龙去脉。

　　作为中国社会主义青年团刊物,《中国青年》的召唤对象是青年群体。其发刊词称,中国唯一的希望是"勃勃有生气的青年",但现在的青年受"风习的薰染""魔魂的诱探",或受父兄师友"似是而非"的愚惑、"自己品性才学"的限制,"在社会上得不着指导他们纠正他们的人",《中国青年》要充当他们的指导者:"要引导一般青年走到活动的路上""强健的路上""切实的路上"。③ 由恽

---

① 姜涛:《革命动员中的文学和青年——从 1920 年代〈中国青年〉的文学批判谈起》,《中国现代文学研究丛刊》2009 年第 4 期。

② 当时有论者称:"一班从事政治运动的朋友们,在没有准确的认识文艺之前,就想把'文艺'整个推翻,将他们的政治理想代替了。"(李作宾:《革命文学运动的考察》,《文学周报》1928 年第 332 期)

③ 《中国青年》1923 年第 1 期《发刊辞》。该期头条文章,陈独秀以"实庵"为笔名的《青年们应该怎样做》指出,一方面,中国社会情况特殊,"幼稚的各社会阶级,都还在睡眠中,只有学生们奔走呼号,成了社会改造的惟一动力";另一方面,真正觉醒且努力于社会的青年太少了。他说:"行尸走肉的老废物不用说了,现代的青年们,一部分教会学生被教会教育汩没了性灵与爱国心,简直没有希望了,一般官僚的子弟,把学校和科举同样看待,也算是一些活的死人;又有一班将要醒觉的青年,却被老庄哲学或什么东方文化引到睡眠状态去了;更可怜的是一种半醒觉的男女青年,妄以个人的零碎奋斗可以解决他生活和恋爱问题之困难,此路不通,便由烦闷而自杀或堕落的亦往往有……"可见这种局面的扭转是艰难而又多么重要! 1923 年,共产党成立两年后,陈独秀等共产党人开始其从青年群体入手的舆论说服工作,文学再次成为他的切入口,就像当年他掀起新文化运动也借助新文学运动一样。

代英、实庵(陈独秀)、邓中夏、萧楚女、沈泽民、施存统、瞿秋白等一批共产党人为主要执笔者,《中国青年》肩负将青年引上正道的重任。它具体做了几件事:

首先是棒喝新诗人。邓中夏说:"凡是想做新诗人的多半都是懒惰和浮夸两个病症的表现","新文化运动以后,青年们什么都不学,只学做新诗;最后连长诗也不愿做,只愿做短诗。今日办一个弥洒,明天办一个湖光;今日出一本繁星,明天出一本雪朝……真是风靡一时!几乎把全中国的青年界都被他们占为领域了"。新诗把全国的青年界都占领了,确实是一件令人忧虑的事。他说,"坐在草地上做新诗"(欣赏自然),"撕混于男女交际场中做新诗"(讴歌恋爱),坐在"安乐椅上做新诗"(赞颂虚无),这些东西有什么用?"即使行子写得如何整齐,辞藻选得如何华美,句调造得如何铿锵,结果是遗毒社会以有余,造福社会则不足。……这是多么可怜可恼的一桩事呵!"他以胡适为例:胡也是新诗人,但人家"全副精神却在做他的中国哲学史大纲"!这种研究问题的"好处",青年人为什么不学?"我们亦不反对人们做新诗人,我们反对的是这种不研究正经学问,不注意社会问题,而专门做诗的风气。"①旨在扭转青年中某种不务实际的风气。

其次是推翻泰戈尔这座偶像。泰戈尔是"五四"新诗人的精神样榜,东方哲人的诗性象征。1924年4月泰戈尔访华,带起新一轮的崇尚冥思玄想、追求诗意生活的文学热潮。与此同时,也出现了一场前所未有的抵制泰戈尔的热潮。《中国青年》是这股热潮的发起者和推动者。该刊第27期辟"泰戈尔特号",集中文章批评泰戈尔,其思路与棒喝新诗人相一致。编者在预告中称,这个专号"从各方面批评太戈尔的学说,使一般青年对他能有一个正

---

① 中夏:《新诗人的棒喝》,《中国青年》1923年第7期。

确的认识"。① 几篇文章从不同角度批判泰戈尔。沈泽民以《园丁集》第一首诗为例,说诗中那女人"朝上起来蓬着她的头发,倚着她的窗坐着,看见了她的恋人;日暮时她还是傍着窗坐着,徐徐掠起她的头发;到了黑夜里,她还是傍窗坐着,经过了那黑夜!""这种懒惰生活,经过了神秘诗人的美化,便成了冥想。试问:'太戈尔若不是出身贵族,要像他的贫苦同胞们一样用双手赚面包吃,还能提倡冥思么?'"②从实用主义角度读泰戈尔的诗,自然毫无价值。泰戈尔主张冥思、静美,的确没有"科学的根据"、不符合"客观的真理"。③ 这种解读对"五四"一代新诗人,是当头一棒。此前不久,冰心还真挚地说:"去年秋风萧瑟、月明星稀的一个晚上,一本书无意中将你介绍给我,我读完了你的传略和诗文——心中不作别想,只深深地觉得澄澈……凄美。……泰戈尔,谢谢你以快美的诗情,救治我天赋的悲戚;谢谢你以超卓的哲理,慰藉我心灵的寂寞。"④模仿《飞鸟集》,她写了《繁星》《春水》,带来了1923年小诗热潮。《中国青年》棒喝的,正是冰心式的新诗人。他们要推倒文学青年心中泰戈尔这尊偶像,消除青年对泰戈尔的迷信。实庵称,泰戈尔是"一个极端排斥西方文化,极端崇拜东方文化的人",其推崇的东方文化式"尊君抑民,尊男抑女""知足常乐,能忍自安"⑤思想应该被唾弃。泽民称"泰戈尔在印度已是一个顽固派","一个思想落后的人"。⑥秋白称"泰戈尔已经向后退走了几百年",是"过去的人"。⑦ 实际

---

① 正厂:《欢迎太戈尔》"编者"语,《中国青年》1924年日第26期。
② 泽民:《泰戈尔与中国青年》,《中国青年》1924年第27期。
③ 亦湘:《泰戈尔来华后的中国青年》,《中国青年》1924年第27期。
④ 冰心:《遥寄印度诗人泰戈尔》,《冰心论创作》,上海文艺出版社,1982年,第56页。
⑤ 实庵:《泰戈尔与东方文化》,《中国青年》1924年第27期。
⑥ 泽民:《泰戈尔与中国青年》,《中国青年》1924年第27期。
⑦ 秋白:《过去的人——泰戈尔》,《中国青年》1924年第27期。

上,拿泰戈尔开刀是一场有备而来的安排①,旨在清除混沌的玄学之风②、浮靡的文学风气。

再次,《中国青年》在扭转浮靡文学风气的同时,推崇且普及社会科学知识。萧楚女称"一切学问都是研究社会科学的工具"③,社会科学研究的程度如何,关系"社会进步"与否。要救中国,社会科学"比技术科学重要得多"。④ 在一系列知识的价值等级中,文学最无用,科学技术比文学有用,但不如社会科学。⑤ 社

---

① 《中国青年》批判泰戈尔,是有备而来的。创刊号上实庵称青年"被老庄哲学或什么东方文化引到睡眠状态去了"应有所指。出版"专号"之前的第26期上,正如文章的编者附言称:"我们预定于《中国青年》出泰戈尔专号……可惜在我们还未及齐稿的时候,泰戈尔已经到上海了。"可见泰戈尔还未到达中国,"专号"组稿工作已经展开。朱文华的《陈独秀评传》(青岛出版社,2005年,第156页)也提及陈独秀为这个专号,向胡适约稿:"《中国青年》将出特刊反对泰戈尔……我以为此段事颇与青年有关,吾兄有暇,最好能做一文章寄弟处。"茅盾《我走过的道路》(人民文学出版社,1997年,第274页)对这个细节也有记述:"对于泰戈尔访问中国,我写了两篇短文。泰戈尔的访华,使当时的一部分知识分子十分激动,也引起了共产党的注意,中央认为,需要在报刊上写文章,表明我们对泰戈尔这次访华的态度和希望。我的这两篇文章,就是根据这个精神写的。"可见批判泰戈尔可能是以陈独秀为核心的中共中央的一项部署。

② 有研究者认为,此举是思想界科学与玄学之争的延续和深化。参见尹奇岭《泰戈尔访华与革命文学初潮——从1924年泰戈尔访华讲学受到抵制说起》,《安徽大学学报(哲学社会科学版)》2010年第3期。

③ 萧楚女:《一切学问都是研究社会科学的工具》,《中国青年》1924年第14期。

④ 代英:《学术与救国》,《中国青年》1923年第7期。

⑤ 秋士在《告研究文学的青年》中质问:"文学运动与实际运动哪一种急要?现在这种文学运动,对于社会问题的解决会有效力么?"(《中国青年》1923年第5期)代英在《再论学术与救国》中说:"我应当希望一般人唱京戏来救国呢?还是希望他们打大鼓、变魔术来救国呢?还是希望他们研究科学(自然不包括社会科学)或研究文学,或研究玄学来救国呢?我的偏见,以为这些事都不配救国。……我说要救国须研究救国的学术——社会科学。"(《中国青年》1924年第17期)

会科学"被置于知识等级的最高处,它的时代优先性被反复强调"。① 重新调整后的《中国青年》,以"每月政治经济报告""研究社会改造理论及革命问题""中国各地青年活动""农人、工人、学生、妇女、兵士运动的理论、方法,与实际经验"②为主要内容。开列"马克思学说的书目",出版社会科学讲义。③ 将文学纳入社会科学系统中,别有深意。革命文学一词,实际上是社会学意义上的"革命"与文学的一种整合。1923年前后开始酝酿、至1928年真正形成的革命文学运动,正是从社会学角度切入,将文学放在社会学范畴中来论定它的价值属性。文学成为社会学的一个分支,其独一无二的艺术品性也被弃置。此举开启了20世纪中国文学从属于社会学、政治学的先河。

《中国青年》这场棒喝新诗人、扭转社会风气的舆论鼓吹,旨在培养一个革命信仰群体。这个过程的效果是双重的:一是扭转由文学带来的脱离革命实际的风气,为青年指明出路和方向。萧楚女的《诗的生活与方程式的生活》告诉青年们有两种生活方式:"一种是回避现实,故意地走许多迂曲之路,闭起双眼,不看社会上一切罪恶——而另在想像中去构造些适意的幻象,以自娱悦。一种是逼蒁现实,不问现实如何丑恶,一点儿也不畏怯,直从罪恶丛中通过——而猛勇奋斗,誓作一番澄清工作,为人类开辟一条平坦大道,以度众生。"前者(诗的生活)是"怯懦可耻的自私者底生活",后者(方程式的生活)是"勇敢可敬的爱他者底生活"。作者

---

① 姜涛:《革命动员中的文学和青年——从1920年代〈中国青年〉的文学批判谈起》,《中国现代文学研究丛刊》2009年第4期。
② 《我们的广告》,《中国青年》1924年第25期。
③ 《社会科学讲义第一集出版了!》,这套讲义有瞿秋白《现代社会学》《社会哲学概论》,安存真《现代经济学》,施存统《社会思想史》《社会运动史》《社会问题》等。《中国青年》1924年第21期。

用褒贬有别的言辞,赋予诗的生活与程式的生活以不同的性质,呼吁:"现在的中国,正是用得着方程式来同一切罪恶算总账的时候了。"①邓中夏教导青年们该怎样写作品:"第一,须多作能表现民族伟大精神的作品;第二,须多作描写社会实际生活的作品;第三,新诗人须从事革命的实际活动。"②萧楚女说,《中国青年》"纵然要登文艺作品,也必须要是以革命为中心的所谓'革命的文学',我们自当尤其着力地把我们从来即这样注意着的'革命文学'的问题……以后当努力地觅些革命的文艺发表。"③此举某种程度上扭转了"五四"以来已形成的文学价值观念,其效果在此后几年间显现出来。

二是他们在教导、说服和扭转青年的思想倾向的同时,赋予青年以革命执行者的角色身份,强化青年作为革命者的主体性认同。创刊号上实庵的文章讲明这个关系:"知识阶级的学生自然是小资产阶级之产物,他的特性:一方面因为没有经济的基础,不能构成一个独立的阶级,他对于任何阶级的政治观念,都非坚固不可动摇,一方面正因为他的阶级性不坚固,往往有超越阶级的理想,比任何阶级都易倾向于革命。"中国社会情况特殊,"幼稚的各社会阶级还在睡眠中,只有学生们奔走呼号,成了社会改造的惟一动力"。④他们正是将青年作为潜在的革命者来召唤、扭转和引导的。在这一过程中,召唤者与被召唤者的称谓不断发生滑动和变化,"青年们"有时是《中国青年》执笔者棒喝、说服、扭转的"他们",有时又是与执笔者同为一体的"我们"。随着舆论的展开,"青年们"与执笔者渐渐合二为一,称谓上变成"我们",青年们成

---

① 萧楚女:《诗的生活与方程式的生活》,《中国青年》1923 年第 11 期。
② 中夏:《贡献于新诗人之前》,《中国青年》1923 年第 10 期。
③ 悚祥、代英:《〈中国青年〉与文学》(通信),《中国青年》1924 年第 36 期。
④ 实庵:《青年们应该怎样做》,《中国青年》1923 年第 1 期。

为"我们"的一部分,拥有革命动员中主体者的身份。刊物既是青年觉醒的召唤者又是青年革命诉求的代言人。① 这一转换非常有意思——说服动员青年奔赴革命的过程,也是确立革命信仰群体的过程。"青年"的革命优先性身份,渐被认同。

需要指出的是,1923—1924 年《中国青年》这场将文学扭到革命路上来的说服运动,虽由圈外人发起,却是大势所趋,表现了那几年中国思想潮流急剧陡转的一种实际情形。其对"五四"新文化运动的否定②,对新诗人的棒喝,对泰戈尔的批判,均没有遭到对垒性力量的反驳,反倒是支持之声不断。③以抵制泰戈尔为例,

---

① 《中国青年》的《发刊辞》用"我们"与"他们"口吻:"我们必须为青年的这种需要,供给他们一种忠实的友谊的刊物,这便是我们刊行《中国青年》的意思。"紧接着一系列"青年们应该怎样做""告研究文学的青年""怎样才是好人""对于有志者的三个要求""中国的青年现在要有几种起码的觉悟"的召唤式文字也在这种称谓中开展。之后或同时,"我们"与"他们"又悄然叠合。但一《怎样做不良教育下的学生?》就用"我们"口吻:"我们不信任学监而自讲修养,我们亦不信任教员而要自己组织读书的团体。我们要预备去进行政治革命,不是一天只知忙于学英文数学,忙于对付教员混取高分数……"(《中国青年》1923 年第 3 期)

② 参见代英的《"自从五四运动以来"》(《中国青年》1924 年第 26 期)和林根的《"文艺复兴"?》(《中国青年》1926 年第 48 期)。代英称:"'自从五四运动以来'八个字,久已成为青年人作文章时的滥俗的格调了。然而这总表明一般青年崇拜五四运动的心理。这些人崇拜五四运动,正如前十余年的人,崇拜'三代之治''先王之道'一样。"林根称:"在五四运动以后,中国思想界诚然受了一种强烈的戟刺而兴奋起来,文学革命,思想革命之空气,一时本甚紧张;而新文化运动一语,尤为极流行的时髦名词。然而不上两年的工夫,这种运动渐渐地弛缓下来,民国十年之后,就完全入于销沉麻木的状况,而最近两年来则由销沉麻木之状况一变为反动复古的局面!"两文均对"五四"新文化运动持一种否定性态度。

③ 从《中国青年》编者语和几位编者引用读者来信,可看出当时社会的拥戴。代英《学术与救国》引南京读者效春的信,称《中国青年》颇得一般青年信仰";楚女《〈中国青年〉与文学》引读者言:"五四运动后,中国出版界最足唤醒青年(转下页)

除了圈外人,圈内人如鲁迅、郭沫若、沈雁冰等都认同这种抵制。①及至 1935 年茅盾写《中国新文学大系·小说一集·导言》,仍以爱情小说数量之高为例,对该时期绮靡文风持批评态度,与《中国青年》说法几近一致。

胡适 1933 年在论及中国现代思想演变时,提出以 1923 年为界的两期说:第一期是"维多利亚思想时代,从梁任公到《新青年》,多是侧重个人的解放";第二期是"集团主义(Collectivism)时代。1923 年以后,无论为民族主义运动,或共产革命运动,皆属于这个反个人主义的倾向"。②罗志田则认为"或可将 1919—1925 年间看作两种倾向并存而竞争的时期","虽然是并存并进,毕竟'集体'渐占上风,到'五卅'后,'个人'基本丧失竞争力,终不得不让位于'集团主义'"。③1923—1924 年《中国青年》的所作所为,正是时代变化的一种表征。在革命动员的话语实践过程中,"革命"与

(接上页)底沉梦,告诉青年以革命的理由、步骤的……当推《中国青年》第一。"第 10 期"编者的话":"本刊发表各文,选经民国日报、时报等转载,长沙保定两处,各销售到一千份,南京上海的中学有些国文教师,采用本刊各文作国文教材。"另者,秋士、中夏、楚女文章的部分文字,在《学生杂志》(商务印书馆印行)上转载,同时,该刊发表的一些文章,像清卿的《向研究文学的青年的谏诤》(《学生杂志》第 11 卷第 5 期),与《中国青年》隐隐构成呼应之势。

① 参见雁冰《对于太戈尔的希望》(《国民日报·觉悟》1924 年 4 月 14 日)和《太戈尔与东方文化》(《国民日报·觉悟》1924 年 5 月 16 日)、郭沫若《太戈儿来华的我见》(《创造周报》第 23 号,1923 年 10 月 14 日)、鲁迅《坟·论照相之类》《花边文学·骂杀与捧杀》《华盖集·"公理"的把戏》《华盖集续编·马上日记之二》《三闲集·无声的中国》诸文。

② 胡适著、曹伯言整理:《胡适日记全编》第 6 卷,安徽教育出版社,2001 年,第 257 页。

③ 罗志田:《从新文化运动到北伐的文化与政治》,《社会科学研究》2006 年第 4 期,第 140 页。

"青年"作为时代的两个关键词沉积了下来,变得耳熟能详,不言而喻。觉悟了的青年作为拥戴革命的中坚群体,在此后几年间发挥着越来越重要的作用。

二、"青年"与"老年"的纠结:"青年优胜"观念的确立(1925—1927)

其实,一切早在 1919 年五四运动后就已经开始。胡适说:"一九一九年以后,国、共两党的领袖们乃至梁启超所领导的原自进步党所分裂出来的研究系,都认识到吸收青年学生为新政治力量的可能性而寄以希望。'五四'以后事实上所有中国政党所发行的机关报——尤其是国民党和研究系在上海和北京等地所发行的机关报——都增加了白话文学的副刊。[国民党的机关报]《民国日报》的文学副刊便取名《觉悟》。梁启超派所办的两大报:《北京晨报》和《国民公报》里很多专栏,也都延揽各大学的师生去投稿。当时所有政党都想争取青年知识分子的支持,其结果便弄得[知识界里]人人对政治都发生了兴趣。因此使我一直作超政治构想的文化运动和文学改良运动[的影响],也就被大大地削减了。"①

1923—1926 年是一个转折性时期,国共合作,国民党改组,"革命"不容置疑地为不同党派人群所认同。金观涛、刘青峰、罗志田、王奇生等②均论及这一点:后"五四"时期,"'革命'一词的出现频度急剧蹿升,成为压倒一切的中心词。'科学''民主''自

---

① 胡适口述、唐德刚整理/翻译:《胡适口述自传》,第 213 页。
② 参见金观涛、刘青峰《观念史研究:中国现代重要政治术语的形成》,法律出版社,2009 年;罗志田《激变时代的文化与政治:从新文化运动到北伐》;王奇生《革命与反革命:社会文化视野下的民国政治》,社会科学文献出版社,2010 年。

由''平等'等均相对沦为边缘,为'革命'让路"①。在这种背景下,《中国青年》的文学批判虽有其生硬、粗暴、不合理一面,却仍适得其时,得到呼应,其影响力潜在而深远。

  在这一进程中,建立一个革命信仰群体至关重要。《中国青年》的革命说服和文学批判正基于这一目标。至1920年代下半叶,这一目标已基本抵达。在"五四"以来推崇进化论的视界中,"青年"作为边界含混的年龄群体指称,拥有新生的、优质的、合理的、革命的诸正面价值内涵。实际上,正在为自己经济、社会地位上升而奋斗的青年群体,对现状的不满,对既定秩序的反叛,对改革、破旧迎新的满腔热情,注定他们具有天然的革命性。

  作为一个新兴社会群体,早在"五四"前后,"青年"就被赋予新文化建设者的角色身份。《新青年》正是借"青年"之名而发起新文化运动。1919年,由青年学生主办的《新潮》创刊,学生运动爆发,青年学生辈以群体的方式参与"五四"新文化运动并将其推上一个新台阶。"五四"新文化、新文学运动造就了它的信仰群体,当时的新文学青年与其说是一群文学从业者,不如说是致力于旧文化/旧文学批判和新文化/新文学建设、正活跃于中国文化改革舞台上的一批新锐青年,他们于当时中国整个政治文化局势的形成至关重要。1920年代中期中国社会形势发生变化,青年群体成为新一轮社会革命期待参与的对象。文学沉迷可能会是他们奔赴革命的障碍,给他们当头一棒,让他们清醒并扭转方向,是《中国青年》的目的所在。按中国的经验,革命能否成为一种至高无上的事业并统率文学,某种程度上有赖于青年群体的支持。《中国青年》这场有组织的革命说服运动,一方面成功地确立了"革命"的至高无上地位,另一方面也赋予

---

① 王奇生:《革命与反革命:社会文化视野下的民国政治》,第73页。

青年群体以革命承担者的重任,青年群体逐渐成为革命倡导的主角。在这一过程中,"革命"和"青年"的正面性、正当性价值也逐渐建立。

1923—1926 年,一批以"青年"为叙述主体的文学刊物先后创刊,如《创造周报》《洪水》《幻洲》《狂飙》《猛进》《莽原》等。尽管刊物成员圈子及性质各异,叙述主调却呈惊人的相似性:它们都充满一种社会底层青年怨愤的激情,以亵渎权威、发泄不平之愤、针砭时弊为特色,嬉笑怒骂,皆成文章。如果说它们有相似性,那就是这种挑衅式、讨伐式姿态。以 1923 年以后的创造社为例,可看出青年群体由文学青年向革命青年转化的实际情形。作为一个典型的受棒喝的"新诗人"群体①,创造社 1923 年之后陆续创办的几份刊物,从《创造周报》到《洪水》到《A·11》《幻洲》等,显示了两个变化:一是言说主体的"青年"预设更为自觉,几份刊物都自命为青年刊物,言说者以青年自居,从青年角度进行表达;二是表达方式由原来《创造季刊》的崇尚个人主义的唯美抒情表达转向崇尚流氓主义的泼皮泄愤表达。② 后者已明显地带有"革命"意味。郁达夫说:"表面上似与人生直接最没有关系的新旧浪漫派的艺术家,实际上对人世社会的愤恨,反而最深。"③也就是说,可能是受棒喝的浪漫派诗人最具有革命的潜质。1924 年,创造社几位骨干人物郭沫若、成仿吾、郁达夫南下参加实际工作,留在上海的小伙计们主持刊物,这个群体很快成为《中国青年》的同盟军,言论

---

① 茅盾就认为《中国青年》棒喝新诗人,"是针对于当时高唱'为艺术而艺术'的创造社痛下针砭"。(《我走过的道路》,第 233—234 页)

② 参见姚玳玫《1924—1926:生存夹缠与中期创造社的海派变异》,《文学评论》2009 年第 4 期。

③ 郁达夫:《文学上的阶级斗争》,原载《文艺论集》,上海光华书局,1926 年。

方面与之靠拢。①《幻洲》《A·11》骨干人物潘汉年,于1925年秘密加入共产党,之后又担任《革命军日报》总编辑,与《中国青年》群体已经成为革命同志。恰恰是这群受棒喝的新诗人,在革命化情势下迅速转向,成为1928年革命文学运动的呼风唤雨者。

如果说1920年代中后期新文坛内部的文学讨论和思想交锋在多个层面上展开,其中有一条重要而潜在的线索,那就是新进的青年与已成权威的元老之间的交锋。这种交锋与通常的思想论争、派系之争不一样,它发生于新文学阵营内部,以"青年"与"老年"这种模糊的年龄群落为界线,以"青年"优胜于"老年"为潜规则,由处于经济文化劣势地位的青年方挑起充满弑父意向的造反和夺权。在这种名义之下,不同性质的群体因其年龄类型(其实是"新进"派与"元老"派)的不同而划分阵线,如《小说月报》《语丝》《现代评论》是"五四"元老派,属于"老人"一方;而《创造周报》《洪水》《幻洲》《狂飙》是后起新进派,属于"青年"一方。两条阵线的交锋未必由于思想观点相左,更主要是由于社会文化地位悬殊。这种交锋,与当年《新青年》挑起批判几千年中国封建文化有相似而又不同,《新青年》弑几千年传统文化之"父",《洪水》等弑新文化权威之"父"——矛头所向由外部转向内部,革命变成革自己之命。这一方式成为1928年初革命文学运动演绎的逻辑起点。

依据"五四"时期已经形成的青年必优于老年、新生必优于没落的进化论规则,1920年代的青年刊物都或多或少拥有一种理直气壮地声讨权威的价值优势,并以重建新文化、新文学自许。1921年《创造季刊》创刊时,郁达夫在"预告"中就称:

---

① 1926年《洪水》与《中国青年》颇有呼应。如,《洪水》刊载《中国青年》第6卷第3号(128期)目录(《洪水》1926年第2卷第23、24合期);为法的《斥"国家主义与新文艺"——原文见醒狮第五十九号,胡云翼作》等(《洪水》1926年第1卷第12期)观点上也与《中国青年》遥相呼应。

> 自文化运动发生后,我国新文艺为一、二偶像所垄断,以至艺术之新兴气运,澌灭将尽。创造社同人奋然兴起,打破社会因袭,主张艺术独立,愿与天下之无名作家共兴起而造成中国未来之国民文学。①

他们假定自己是与《新青年》、文学研究会不同阵线的群体,愿与"天下之无名作家"结成联盟,来共兴"未来之国民文学"。之后,他们致力于讨伐"偶像"。成仿吾《诗之防御战》拿新诗开刀,称这是"一座腐败了的宫殿,是我们把它推倒了,几年来正在从新建造";称"《尝试集》里本来没有一首是诗,这种恶作剧正自举不胜举";康白情《西湖杂诗》是"一个点名簿。我把它抄下来,几乎把肠都笑断了";俞平伯《仅有的伴侣》"这是什么东西?滚,滚,滚你的!"②郭沫若《我们的文学新运动》径直呼白话文革命为粪土:"四五年前的白话文革命,在破了的絮袄上虽打上了几个补绽,在污了的粉壁上虽然涂上了一层白垩,但是里面的内容依然还是败棉,依然还是粪土。"③到了1925年的《洪水》,青年愤世嫉俗之声更为强烈:

> 我们不再吞声,我们毫无顾忌的叫喊,喊出青年人的全部的羞辱和愤慨。但是要叫喊,先要有自己的嘴,才能毫无顾忌地叫喊。因此,洪水便匆匆产生了,一些组织也没有,一些准备也没有,只凭我们的一腔愤火。④

---

① 郁达夫:《纯文学季刊〈创造〉出版预告》,《时事新报》1921年9月29—30日。此方面内容,参见姚玳玫《1924—1926:生存夹缠与中期创造社的海派变异》一文(《文学评论》2009年第4期)。
② 成仿吾:《诗的防御战》,《创造周报》1923年创刊号。
③ 郭沫若:《我们的文学新运动》,《创造周报》1923年第3期。
④ 周全平:《我们同声叫喊》,《洪水》半月刊第1卷第2期。

《洪水》张扬其世俗、泼皮、粗鄙的言说方式:"洪水只是我们几个青年人自由发表自己思想的一个小刊物,并不是什么值钱的东西,无聊浅薄,恐怕难免。"①"洪水太爱骂人,若再宽容,那末,天下圣人的面具,都有些危危乎了。所以洪水的得着'一条恶狗',固是活该。"②《幻洲》更揭起新流氓主义大旗:"被束缚,被压迫,被愚弄,被欺侮……的青年,假如要反抗一切,非信仰新流氓 ism 不行。新流氓主义,没有口号,没有信条,最重要的就是自己认为不满意的就奋力反抗。"③"新流氓主义"蔑视传统意义上的人格尊严,嘲弄正人君子的虚伪,鄙视等级制,与主流文化势力对着干。在这种演绎中,"老人"是一个贬义词,代表妨碍青年人前进的负面人群。全平的《老人们的沉默》用散文笔法喻写这种关系:

> 古老的堡垒里,一群年轻的毛头小伙子在鼓噪着,叫嚣着,慌忙着,碌乱着,在想法子抵抗一群突然来袭的恶强盗的时候,他们的领袖,经验丰富、识见高超的老人们这样高声的威吓着。青年们真的渐渐静寂下去了。全堡垒里死一般的沉默。老人们雍容地照常喝着生命之杯里醇酒,青年们惴惴的等候着领袖的号令。
>
> 屋外强盗的攻击渐见猛烈了。老旧的堡垒岌岌在动摇了。年轻的毛头小伙子们又在鼓噪着,叫嚣着,慌忙着,碌乱着,在想法子抵御了,有经验,有识见的老人们又竭力的这样喊起来:
>
> ——喂!静些!静些,小子们,静些!我们要沉默,要镇静。我们要在沉默中蕴酿我们的勇气。我们要在镇静中考虑

---

① 全平《废话二则》中《活见鬼》,《洪水》半月刊第 1 卷第 4 期。
② 行健、袁子和:《一条恶狗及其他——通信二则》,《洪水》半月刊第 1 卷第 7 期。
③ 亚灵:《新流氓主义(一)》,《幻洲》半月刊 1926 年创刊号。

我们的方针……

屋外的强徒的攻击愈来愈盛了,从倒塌了的墙壁中看到了冒着黑烟的火把,蛇舌一般的火焰在暗空中卷舒,耀着火光的刀矛,如潮的喊声里滚涌着狰狞的头颅。

在静静地守候着的青年们发出了最后的愤怒,火山爆发一般的呼号,大海怒潮一般的扰动,老人们的酒杯震落了……①

这则文字将青年与老人的尖锐矛盾浮现出来。毁灭城堡、燃起青年人愤怒之火的,未必是强盗,而是压制他们的老人——他们自己的领袖。象征性的话语处理,赋予青年与老人以不同的角色含义,在敌、我、友三角关系喻说中,青年人的矛头所向,是自己的领袖。

1925—1927年间,不同青年文学群体的自我身份定位、言论话题、假想敌人乃至言论演绎的逻辑方式,呈现惊人的相似性。从鲁迅主持的《莽原》分裂出来的"狂飙"群体,与"洪水—幻洲"群体的做法几乎一致:"清理出版界"②,"批评从《新青年》所沿袭下来的思想"③,抨击"思想界的权威者"④,炮轰"趣味主义"。高长

---

① 全平:《老人们的沉默》,《洪水》1925年第8期。

② 参见周全平《怎样去清理出版界》(《洪水》)、高长虹《走到出版界》系列文章(《狂飙》)。两个主要人物周全平与高长虹在文章里互相支持。1926年底周全平被迫离开《洪水》,高长虹在《走到出版界·送全平》称:"呜呼,全平者,一穷青年也!此穷者,此地当时之我深致其爱敬者也!呜呼,行矣全平!"高长虹《走到出版界·不装腔作势》对《A·11》评价很高:"到上海后第一次看到颇有意思的刊物是 A11 了,第一是因为小伙计们办的,劳动之余自然说出的是人话,第二是因为小伙计们办的,所以不装腔作势,第二是因为小伙计们办的,所以胆量却不小,好打抱不平。第四是因为小伙计们办的,我还是第一次看见,所以新鲜。"(两文均载《狂飙汇刊》1927年第1期)

③ 高长虹:《一九二五:北京出版界形势指掌图》,《狂飙》1926年第5期。

④ 高长虹称鲁迅"想得到一个'思想界的权威者'的空名"(《一九二五:北京出版界形势指掌图》)。

虹《走到出版界》系列文章,同样以"青年"与"老人"为两极,发泄青年人对"老旧""老人""已成名的人"的轻蔑情绪。他说:"成名的作者们很想把青年放在他们的肘腋之下,确能够恭维他,却不要突过他";"一般老旧的读者们喜欢读老旧的作品,原不足怪,但他们赞美老旧的作品时,又每意在言外地讥笑青年,这便不可恕了";"青年们对于老人,却将不只是报之以言外的讥笑,因为青年们没有这种沉静的工夫,也没有这种自弃的积习。青年们将是狂暴地蔑弃老人,反抗老人,并反抗那些未老先衰的老人,这也将是青年的心的扰乱的表现之一。青年们将要蔑弃那些讥笑,而以勇往直前的壮气去创造新的艺术,也便是去创造新的时代"。① 他的弟弟高歌的诗《青年与老人》更称:"青年怀里抱着的是理想,老人怀里抱着的是世故……青年是压迫的反抗者,老人是压迫的设施者……青年用他的同情的手拉老人的手,老人用他的仇恨的嘴啃青年的足……"②脱离《莽原》后,高氏兄弟与《语丝》群体、与周氏兄弟一辈"老人"分庭抗礼。他们敏感于"老人"对"青年"的压制,讥讽"小老头子及其傻瓜"③,质询:"不再吃人的老人或者还有? 救救老人!!!"④凸显青年的思想优势和时代优先性,预言"新的时代"是属于青年人的,高长虹说:

> 如果再来一次思想革命,我以为非得由几个青年来做这件工作不可,他们的思想是新的,他们是没有什么顾忌的,但他们是不妥协的,他们的小环境是单纯而没有什么纠葛的。⑤

具体的生存抱怨与"青年""老人"优劣价值喻说,构成了

---

① 高长虹:《走到出版界·再谈广州文学及其他》,《狂飙汇刊》1927 年第 1 期。
② 高歌:《青年与老人》,《狂飙》1926 年第 16 期。
③ 埃及人(高长虹):《赠小老头及其傻瓜》,《狂飙》1927 年第 17 期。
④ 高长虹:《走到出版界·公理与正义谈话》,《狂飙汇刊》1927 年第 1 期。
⑤ 高长虹:《一九二五:北京出版界形势指掌图》,《狂飙》1926 年第 5 期。

1925—1927年间青年刊物的一种言说姿态。边缘化的社会文化地位和相对贫困的经济处境,并没有妨碍他们理直气壮向"思想界的偶像",向功成名就的文化"老人"挑战。反倒是这种劣势地位,增加了他们讨伐偶像、宣战权威、反抗经济剥削的正当性筹码。从他们文章咄咄逼人的语调,可看到这一点。更值得注意的是,对文化偶像的讨伐与对书局——资本主义剥削制度象征物的讨伐往往相捆绑(如文学研究会与商务印书馆、语丝与北新书局的等同),将文化权威与出版商视为相结盟的同伙,其炮轰行为就带有阶级反抗的革命性质:受剥削的无产的青年向剥削人的有产的老人的炮轰。这种行为具有革命的正当性理由。

在这种格局中,年龄既是无法改变的自然现象又隐含正负价值,在"五四"时期曾经年轻且也呼风唤雨的元老派,于这个时期处于被动位置,面对青年人的挑战,基本处于招架状态。从创办《莽原》扶持青年文学创作到与高长虹失和、遭受高长虹的攻击,鲁迅就深受这一事件和相关青老年命题的困扰。他在《野草》中惶惑地说:"各样的青春在眼前一一驰去了,身外但有昏黄环绕。""希望、希望,用希望的盾,抗拒那空虚中暗夜的袭来,虽然盾后面也依然是空虚中的黑夜。然而就是如此,陆续耗尽了我的青春。""我早先岂不知道我青春已经逝去了?但以为身外的青春固在:星,月,僵坠的蝴蝶,暗中的花,猫头鹰的不祥之言,杜鹃的啼泣,笑的渺茫,爱的翔舞……虽然是悲凉漂忽的青春罢,然而究竟是青春。""然而现在何以如此寂寞?难道连身外的青春也都逝去,世上的青年多衰老了么?"① 对青春逝去的惆怅和质询,隐含着鲁迅深深的悲哀。在他的内心深处,他是认同青年与老人的正负价值的。崇尚进化论的鲁迅,一直对新生的、青春的、年轻的,怀有好感,予以正面肯定。他喜欢生活在青年人中间,成为其中一员。寂

---

① 鲁迅:《野草》,《鲁迅全集》第1卷,人民文学出版社,1981年,第177页。

寞、老去、暮气沉沉,是他不愿意承认却又不得不面对的一种现实,这个时期他正陷入这种纠结中。正是他的"老"不断被年轻的革命文学青年揪出来作为他非革命或不革命的理由进行抨击,加剧了他从精神到心理的彷徨。他采用杂文笔法来回应这种抨击,其本身又搅进了某种非理性的意气之争中。他在《语丝》"随感录·一七二"上,与郁达夫联手,以上海"革命咖啡厅"为例,挖苦浅薄的"革命文学家"。郁达夫说:"我想老人鲁迅,总也不会在革命咖啡馆里进出,去喝革命咖啡的,因为'老',就是不革命,就是反革命。"①鲁迅在"附记"中也称:"这样的乐园,我是不敢上去的,革命文学家,要年轻美貌,齿白唇红,如潘汉年叶灵凤辈,这才是天生的文豪,乐园的材料;如我者,在《战线》上就宣布过一条'满口黄牙'的罪状,到那里去高谈,岂不亵渎了'无产阶级文学'么?"②在这种对话中,不同年龄段的生理特征被作为诟病对方的因由,其理性的匮乏显而易见。问题是,如此荒谬的以年龄来确定其革命与否的话题,为何会被引入革命文学发生期对垒双方的对话中且作为重要问题出现?从鲁迅和郁达夫的这种招架式的质疑和自我辩护看来,他们对"青年"作为革命文学者的合法合理性身份是认可且心存羡慕的。正因为论争双方沿着同一条逻辑线索展开,尽管是口水战,他们仍喋喋不休地沿着这条线索论战下去且愈演愈烈。

有些荒谬的这种"青年优胜"观念在当时的思想文化界其实已经深入人心。"五四"之后,不论是文学演进还是社会演进,都有一种以新代旧的合理性预设和假定。郁达夫在《文学上的阶级斗争》一文中分析了文学上两代人的更替情形(所谓文学上的阶级斗争),他说:"这些曩时少年气锐的浪漫主义者,都变了文学上的 veteran,暮气颓唐,差不多也踏了前人的旧辙,成了一种文学上

---

① 郁达夫:《革命广告》,《语丝》第4卷第33期。
② 郁达夫:《革命广告》"鲁迅附记",《语丝》第4卷第33期。

的贵族,压制后起,拥护起恶化不已的现实来。于是一班读他们少年时候的著作的青年,也对了他们揭起叛旗,同他们宣战……于是代他们而起的新进阶级,就分道扬镳,走他们各人所走的路。"①郁达夫这种两代人更替的合理性的假定,应该是当时的一种共识。被指认为成了"贵族""暮气颓唐""压制后起"者,肯定是个尴尬的反面角色。在这种修辞格局中,包括鲁迅在内的"五四"元老派也就逃脱不了受批判的命运。可以说,在思想文化界,革命文学运动发生前夕,像"革命""青年"这样一组重要概念已经作为一种共用信码进入语言流通领域,被反复运用,变得约定俗成。

三、游走于两种论说之间:以"青年"为言说者的革命文学倡导(1928 年 1—6 月)

1928 年之前,文学青年群体中已经积蓄着一种革命的冲动。从张扬个性到反抗权威到主张无产阶级革命,有一种环环相扣的内在联系。此时"革命"一词已不再是几年前"文学革命"之"革命",而是苏联式的无产阶级革命,一种用暴力推翻旧制度的斗争式革命。② 斗争哲学的兴起,革命的暴力性质的正当化,使遭遇"革命"的文学也在发生一场内在质地的变化,文学为革命所捆绑,与阶级斗争相整合,形成一套独特的表达方式。在这一过程中,"青年"扮演了革命理由申诉者、文学暴动发起者、革命文学概

---

① 郁达夫:《文学上的阶级斗争》,原载《文艺论集》,见王自立、陈子善编《郁达夫研究资料》,知识产权出版社,2010 年,第 208 页。

② 金观涛、刘青峰认为,此时,"革命"与"改良"已是一组对立概念。"这时革命观念中进步之内涵就和质变,以及事物的矛盾性或内部激烈斗争等同,点滴之改良因不是质变,也就和革命对立起来。"金观涛、刘青峰:《观念史研究:中国现代重要政治术语的形成》,第 394 页。

念阐释者的几重角色。

1928年革命文学倡导的一个中心环节是如何将"革命"与"文学"整合成一个具有价值有效性和历史说服力的概念。如上所述,这一工作在前此几年已经展开,"革命"与"文学"的关联,为中国的现实情势诉求和马克思主义社会科学原理所诠释,在言论界,其合理合法性基础已初步形成。而1928年革命文学发轫时的那群倡导者,其身份并非产业工人或农民一类无产阶级群体,而是一群文化青年①,后起的尚未成为权威的青年。某种程度上,这种人员结构决定了这场文学运动的特点:青年身份被倚重,"青年"的社会现实含义被放大,其处境和诉求作为革命的正当性理由,汇入相关的理论演绎中。1928年初的革命文学倡导,一方面加强了现实与理论相渗合的概念诠释,一方面形成以青年为叙述主体的集体发声,以此汇成一个强大的声音场域,从而将"革命文学"推上历史的台面。

革命文学倡导初期文章,主要沿着两条线索展开:一是对新文学现实作清理:致力于批判"五四""旧作家"及其创作。二是致力于作"革命文学"概念诠释和观点倡导。前者以成仿吾的《完成我们的文学革命》为发端,以冯乃超的《艺术与社会生活》、成仿吾的《全部的批判之必要——如何才能转换方向的考察》为发展,以钱杏邨的《死去了的阿Q时代》为高峰,以李初梨的《请看中国的Don Quixote的乱舞》、冯乃超的《人道主义者怎样地防卫自己?》、彭康的《"除掉"鲁迅的"除掉"!》、钱杏邨的《"朦胧"以后——三论鲁迅》、杜荃的《文艺战上的封建余孽——批评鲁迅的〈我的态度气量和年龄〉》为激化,形成以鲁迅为中心目标的清算"五四"

---

① 李初梨、冯乃超、彭康等《文化批判》群体是留日刚归国的青年,《太阳月刊》《创造月刊》群体也多是30岁上下的文学青年。"青年"一词最合适笼统地涵括他们的身份。

"旧作家"热潮。后者则以郭沫若发表于1926年的《革命与文学》为开端①,以蒋光慈的《现代中国文学与社会生活》《关于革命文学》、郭沫若的《英雄树》为发展,以李初梨的《怎样地建设革命文学》《普罗塔利亚文艺批评底标准》为落实,形成以郭文、李文为两端的初期"革命文学"倡导的理论推演轨迹。郭与李互称对方文章是"在我们革命文学进展的途上一篇划期的议论"②,不无道理。两条线索交叉进行,互为照应。

初期革命文学概念诠释及观点倡导的工作,在清理"旧作家"的声势中展开。早在1926年5月《创造月刊》上,郭沫若的《革命与文学》就从概念范畴上证明革命与文学并不两立,他称:"文学是革命的函数。文学的内容是跟着革命的意义转变的,革命的意义变了,文学便因之而变了。革命在这儿是自变数,文学是被变数,两个都是 XYZ,两个都是不一定的。……所以革命文学的这个名词虽然固定,而革命文学的内涵是永不固定的。"学医出身的郭沫若以函数的变数与自变数原理诠释革命与文学的关系,认为"文学"会随着"革命"内涵的改变而改变。在作了这番逻辑推演

---

① 李初梨《怎样地建设革命文学》中称:"自郭沫若氏发表了《革命与文学》以来,中国文坛上关于'革命文学'的议论,也颇有所见……"(《文化批判》1928年第2号)意为郭文是革命文学第一篇。此话引起钱杏邨的反驳。钱在《关于〈现代中国文学〉》中称:"革命的文学并不起源于这时。在《新青年》上光慈就发表过一篇《无产阶级革命与文化》,在一九二五年在《觉悟》新年号上就发表过《现代中国社会与革命文学》……"(《太阳》1928年3月号)事实的确如此,《中国青年》也早发表过此类文章。但郭的思路,与两年后创造社的革命文学倡导呈一脉相承关系。

② 李初梨在《怎样地建设革命文学》中称"麦君(麦克昂即郭沫若)这篇文章,在我们'革命文学'进展的途上,可算一篇划期的议论。"麦克昂的《留声机器的回音——文艺青年应取的态度的考察》则称:"初梨君的《怎样地建设革命文学》这篇文章真可以算是'在我们革命文学进展的途上一篇划期的议论'。"(《文化批判》1928年第3号)从某种角度看,李、麦此言不无道理。

之后,郭文突然换上抒情诗的口吻发出号召:"青年!青年!我们现在处的环境是这样,处的时代是这样,你们不为文学家则已,你们要矢志成为文学家,那你们赶快要把神经的弦索扣紧起来,赶快把时代的精神提着。我希望你们成为一个革命的文学家,不希望你们成为时代的落伍者,这也并不是在替你们打算,这是在替我们全体的民众打算。"一方面将革命与文学相捆绑,文学附属于革命,是革命的函数;另一方面青年应将文学当作革命事业来做,青年应成为革命文学家——这不是替你个人打算,这是替全体民众打算,借民众之名赋予青年以重任。在这里,"革命""文学"与"青年"的关联性已被提出。

1927年1月成仿吾发表于《洪水》上的《完成我们的文学革命》推进了这种思路,并将着眼点转向身边的现实。文章以"年青的我们"为叙述主体,以"我"为人称主语,以讨伐"趣味主义"为中心,指名道姓,从徐志摩、陈西滢到刘半农、周作人到鲁迅,逐一挖苦指责。他指责出版界充斥"内容的空虚,文字的丑恶"的书,"创作上是时代错误的趣味的高调","评论上是狂妄的瞎说的乱响",还有,"手淫"式的小诗,"早就堕落到趣味的一条绝路上去"的文学表现力……他作了两种对比,一是阶级的对比:"北新书局呢,老板不消说是在忙着编纂,排印工人不消说是在黑魆魆的铅字房里钻动。大学堂念书的呢,他们是在耽读着,著述着,时时仍在仰着头等待什么人再给他们一点天启。"将书局老板、大学里念书或著述的人与排字工人相对照,阶级悬殊明显。二是"青年"与"老人"的对比:"年青的我们,我们应有热烈的感情,应有爱真理的勇气;我们应努力于自我表现,我们应当阐明真理。趣味是苟延残喘的老人或蹉跎岁月的资产阶级,是他们的玩艺……"成文站在青年的角度,从批判名流欺压入手,清算"五四"文化老人并将之与阶级问题相联系,从而将青/老年问题与革命、与阶级问题相贯通,这一逻辑路径在1927年已经形成。

成氏这一说法也遭到质疑。远中逊《〈完成我们的文学革命〉的回声》就提出三点疑问：一、"我觉得文学里完全排斥了趣味的时候，文学特有的美便立刻会失掉，使我们读到文学作品和读代数一样的干燥。"二、"我不知道您之对于趣味是不是根本不准它踏文学的门槛，是不是把趣味从文学的门槛里驱赶出去，要文学门槛以内永远使他们听不到的呼声？"三、"所谓'文学革命'，'如何革命'，'革命什么'，这尚且叫我茫然。是不是把趣味赶出文学的门槛就是您所说的'文学革命'？"这一质疑促使成氏就文学与革命的关联性作进一步表述。他说："革命是一种有意识的跃进。文学上的革命也是如此。我们的青年文学家这十余年来，在有些方面（因为内的要求与外的激刺）已经用跃进的方法打倒了旧日的文学（她的内容与形式）。"①用跃进的方式打倒旧文学就是一种革命，"我们的青年文学家"正是这么做的。将文学改革、与暴力革命方式、与作为革命执行者的青年文学家相贯通。1928 年 2 月成氏又发表《从文学革命到革命文学》，将"文学革命"与"革命文学"相整合，证明青年创造社"以反抗的精神，真挚的热诚，批判的态度与不断的努力"，"指导了文学革命的方针"，实现了"从文学革命到革命文学"的转变。成文虽表述牵强，说理生硬，颇遭质疑②，但其中一系列概念的转换和合并，别有深意。

郭、成二氏，都将"革命""文学"与"青年"相联结，青年是革命文学理所当然的创作者。但在他们含混的表述中，"革命"主要指新进青年以新文学革旧文学之命。真正从阶级论角度对革命文

---

① 成仿吾：《文学革命与趣味——覆远中逊君》，《洪水》1927 年第 3 卷第 30 期。
② 侍桁称该文"文不对题"，"没有讲清楚自己所要讨论的题目"。青见说："成先生对于那个'伟大的题目'就没有讲！根本就没有说出哪一条线索来！究竟'从文学革命'如何能'到革命文学'，在他的文章中我始终没有找出。"参见青见《随感录一七一·关于革命文学》，《语丝》第 4 卷第 33 期。

学作清晰诠释的,是李初梨。他在《怎样地建设革命文学》提出一系列观点:"一切的文学,都是宣传";"无产阶级文学是:为完成他主体阶级的历史的使命,不是以观照的——表达的态度,而以无产阶级的阶级意识,产生出来的一种斗争的文学";"我们的文学家,应该同时是一个革命家。他的'艺术的武器'同时就是无产阶级的'武器的艺术'……是机关枪,迫击炮";无产阶级文学样式"第一,讽刺的;第二,暴露的;第三,鼓动的;第四,教导的"。① 至于何以这样,能否这样,是否具有可行性,他没有论证。他只是就《北新》上甘人的观点——"以第一第二阶级的人,写第四阶级的文学,与住在疮痍满目的中国社会里,制作惟美派的诗歌,描写浪漫的生活一样的虚伪"②作回答。他也承认"无产阶级文学的作家问题"最难解决,"因为无产阶级文学的作家,不一定要出自无产阶级,而无产阶级的出身者,不一定会产生出无产阶级文学"。③ 他其实回答不了甘人的问题。按照这套理论,文学青年(包括革命文学倡导者们)的身份属性是小资产阶级,"五四"新文学是资产阶级文学。有人问,鲁迅属于第几阶级的人?他写的又是第几阶级的文学?反映的是第几阶级人民的痛苦?郁达夫编了一个笑话,说鲁迅谈及"上海革命咖啡馆","他的意思是仿佛在劝我不要去进另一个阶级的咖啡馆,因为他说,你若要进去,你需先问一问,'这是第几阶级的?'否则,阶级弄错了,恐怕不大好。……不晓得这咖啡究竟是第几阶级的咖啡?更不晓得豪奢放逸的咖啡馆这东西,究竟是'颓废派'呢,或是普列塔,或者是恶伏黑变?"④另者,"自悲自叹的浪漫诗人一跃而成为革命家,昨天还在表现自己,今

---

① 李初梨:《怎样地建设革命文学》,《文化批判》1928 年第 2 号。
② 甘人:《中国新文艺的将来与其自己的认识》,《北新》1927 年第 2 卷第 1 期。
③ 李初梨:《怎样地建设革命文学》,《文化批判》1928 年第 2 号。
④ 郁达夫:《随感录一七二·革命广告》,《语丝》第 4 卷第 33 期。

天就写第四阶级文学"。①可见阶级演绎的荒谬。当时革命文学倡导还有一些重要的观点,如麦克昂的文学要"当一个留声机器":"第一,要你发出那种声音(获得无产阶级的阶级意识);第二,要你无我(克服自己的有产者或小有产者意识);第三,要你能活动(把理论与实践统一起来)"②,钱杏邨的无产阶级文艺是"力的文艺",蒋光慈的"革命文学应当是反个人主义的文学,它的主人翁应该是群众,而不是个人;它的倾向应当是集体主义,而不是个人主义"③等,这些观点在当时无论用于文学创作还是文学批评,都缺乏可操作性,难以讨论且无法验证。一方面摒弃人性、个人性和审美诸文学特性,一方面强调文学的工具性、武器性、集体性,写抽象的无产阶级人物形象,这种一厢情愿式的"倡导"④没有实际效应。

也因此,在1928年革命文学倡导的两条线索中,文学的现实清理,即对"五四"作家作品的清算,成为主线索。即便是致力于理论阐释、观点倡导的文章,也会以"五四"作家作品为反面例子,展开批判,先破后立。值得注意的是,"五四"文化批判文章的主要理论线索,不是阶级论,而是新旧更替论。它们观点各异,但"后来居上"的价值逻辑却是共同的:"革命文学"比"文学革命"后来居上,"新作家"比"旧作家"后来居上。倡导者们不约而同地提出"文艺的分野"问题。一是历时性的分野:从文学革命到革命

---

① 甘人:《中国新文艺的将来与其自己的认识》,《北新》1927年第2卷第1期。
② 麦克昂:《英雄树》,《创造月刊》1928年第1卷第8期。
③ 蒋光慈:《关于革命文学》,《太阳》1928年2月号。
④ 当时有论者称他们"所用的武器是临时抓来的:屈洛茨基的'气势'和一点点辛克莱的'口号'。他们用这武器只为着它们是时代的利器。用的效果怎样,他们事前并不预闻,因为事后还可以挣扎"(李作宾:《革命文学运动的观察》,《文学周报》1928年第332期)。

文学(从旧到新);一是共时性的分野:无产阶级文学与资产阶级文学的分野。冯乃超的《艺术与社会生活》①称:"文学革命以来——白话文运动以来,封建思想的代言者——旧文学——确定地衰替了。然而,这个文化上的新运动获得了什么东西呢?白话文运动底确立!然而,不上两年,红楼梦的考证,儒林外史的标点,风靡天下了。这又有什么意义?"冯乃超从旧文学的衰替谈到白话文运动的没落,这是新旧更替规律。他"抽出"五位作家:叶绍钧、鲁迅、郁达夫、郭沫若、张资平,分析"他们的倾向与社会的关系"。在历时性分野中,五位都属于旧作家。在共时性分野中,他们仍有区别:没落的(非革命)与反抗的(革命)。这些差别隐含阶级差别、革命与非革命差别,拥有正负面不同的价值。蒋光慈发表于《太阳》创刊号上的《现代中国文学与社会生活》,认为现代中国文坛有新、旧两类作家。来自"五四"的"旧的作家"已经落伍,要让他们"认识时代、了解现代的社会,要求他们与革命的力量接近",是不可能的。"新的作家"则与时代有天然联系,他们"被革命的潮流所涌出,他们自身就是革命……他们不但了解现代革命的意义,而且以现代的革命为生命,没有革命便没有他们"。从这个角度看,"新"就是"革命",新作家是革命名正言顺的表现者。

　　将文艺的历时性、共时性分野,将新与旧、青年与老人的对立性范畴引入具体的作家作品批评中,以作品为例展开正与反、优与劣的价值论证,以此揭示某种历史趋势的,是钱杏邨的《死去了的阿Q时代》。②钱称:"我们目击政治思想一次一次的从崭新变为陈旧,我们看见许多的政治中心人物抓不住时代,一个一个的被时代的怒涛卷没;最近两年来政治上的屡次分化,和不革命阶级的背叛革命,在在都可以证明这个特征。文坛上的现象也是如此。在

---

① 冯乃超:《艺术与社会生活》,《文化批判》1928年创刊号。
② 钱杏邨:《死去了的阿Q时代》,《太阳》1928年3月号。

几个老作家看来,中国文坛似乎仍然是他们的'幽默'的势力,'趣味'的势力,'个人主义思潮'的势力,实际上,中心的力量早已暗暗的转移了方向,走上革命文学的路了。"时代变了,政治人物由新变旧,以"幽默""趣味"和"个人主义思潮"霸占文坛的老作家也面临"变旧"的问题。以此为演绎起点,他断定鲁迅的作品:"除去在《狂人日记》里表现了一点对于礼教的怀疑,除去《幸福的家庭》表现了一点青年的活性,除去《孤独者》《风波》表现了一点时间背景而外,大多数是没有现代的意味!"他引用《酒楼上》里吕纬甫的一句话"老年人记性真长久",奚落老年人鲁迅的落伍:"老年人的记性真长久,科举时代的事件,辛亥革命时代的事件,他都能津津不倦的,不知有汉,无论魏晋的叙述出来,来装点'现代'文坛的局面,这真是难得!""他不过是如天宝宫女,在追述着当年皇朝的盛事而已","把他和李伯元、刘铁云并论倒是很相宜的"。沿着新与旧、现时(时代、现代)与当年、青年与老人的优劣价值逻辑线索,钱杏邨从《呐喊》到《彷徨》到《野草》展开一系列论证,尤其是对《阿Q正传》进行分析,指出阿Q形象虽概括出中国人两种性格,"第一是我们认识了中国人过去时代的从听天由命的思想所造成的一种对人生不假思索莫名其妙的死的可怜可恨的人物。第二就是我们认识了中国人的阴险刻毒势利凭借阶级仗势欺人以及其他类似以上种种的冷酷的性格"——他也承认这两种性格"确实是中国人的病态性格的最重要的部分",但它们是"死去了的病态的国民性"。他用"死去了"将阿Q置于过去时态,进而对这一形象的现实意义作了否定:"现在中国的农民第一是不象阿Q时代的幼稚,他们大都有了很严密的组织,而且对于政治也有了相当的认识;第二是中国农民的革命性已经充分的表现了出来,他们反抗地主,参加革命……决没有象阿Q那样屈服于豪绅的精神;第三中国的农民智识已不象阿Q时代的农民的单弱,他们不是莫名其妙的阿Q式的蠢动,他们是有意义的,有目的的,不是泄愤的,而是一种政治的斗争了。"因此,"阿Q时代是早已死了! ……我们早就应该把阿Q埋葬起来!勇敢的农民为我们又已创造了许多可宝贵的健全的光荣的创作的材料,我们是永远不需阿Q时代了!"在过去与现在、新与旧的逻辑推演和价值判断中,钱杏邨自圆其说地得出结论:"旧的皮囊不能盛新的酒浆,老了的妇人永不能恢复她青春的美丽,《阿Q正传》的技巧随着阿Q一同死亡了……"

由具体作家作品切入,以相对严密的逻辑推演和作品例证,论证一个时代(包括一代人)的过去及相关价值的丧失,《死去了的阿Q时代》是该时期一批革命文学倡导文章中较有说服力且仍未失理性的一篇。① 它将革命文学倡导中的青老年命题、新旧交替命题、阶级命题熔为一炉,将新旧交替论说推至极致。正是此文,带来了革命文学倡导的一些变化。

严格来说,1928年革命文学倡导从1月份的集体发声,至6月份已转入另一个阶段,前后只持续6个月。6个月可分为两个片段,一是1—3月正面倡导阶段,一是4—6月的以清算鲁迅为中心的"五四"文化批判阶段。当然,这两个片段一直互为交叉,各有侧重而已。也许是前段无产阶级革命文学概念阐释和观点倡导有诸多破绽,难以展开;也许是现实清理更能激起青年倡导者经验的共鸣,且由批判带来论争,有利于言论空间的拓展。故4月以后,倡导方的文章以文化批判为主调。理论依据上,呈现了由阶级论向新旧交替论转换的一种变化。

1928年4—5月间,弱水的《谈现在中国的文学界》、李初梨的

---

① 钱杏邨在《死去了的阿Q时代》"附记"中称:"我觉得鲁迅的真价的评定,他的论文杂感与翻译比他的创作更重要。他在中国新文艺运动的初期是很有力量、很有地位的,同时他的创作对于新文坛的推进,也有很大的帮忙,这是不可抹煞的事实……"显得比较理性。(《太阳》1928年3月号)

《请看中国的 Don Quixote 的乱舞》、冯乃超的《人道主义者怎样地防卫自己?》、彭康的《"除掉"鲁迅的"除掉"!》、钱杏邨的《"朦胧"以后——三论鲁迅》、石厚生的《毕竟是"醉眼陶然"罢了》等,接连抛出。以鲁迅为靶子,就鲁迅前期回应文章中的一些词——"朦胧""除掉"——大做文章,文中虽充斥着像普罗列塔利亚、布鲁乔亚汜、奥伏赫变、意德沃罗基等音译新名词,理论线索仍是青年优胜于老年论。鲁迅以《我的态度气量和年纪》①做回应。鲁迅说:"因为先是《'醉眼'中的朦胧》做错了。据说错处有三:一是态度,二是气量,三是年纪。""于是'论战'便变成'态度战''气量战''年龄战'了。"态度和气量暂且不说,"因为我年纪比他们大了,便说'老生'……而这一个'老'的错处,还给'战线'上的弱水先生作为'的确不行'的根源。""至于我是'老头子',却的确是我的不行。'和长虹战'的时候,他也曾指出我这一条大错处,此外还嘲笑我的生病。……这回弱水这一位'小头子'对于这一节没有话说……他将'冷嘲热讽'的用途,也瓜分开来,给'热烈猛进的'制定了优待条件。可惜我生得太早,已经不属于那一类,不能享受同等待遇了。……因为我一个而抹杀一切'老头子',大约是不算公允的。"弱水文章②深深伤害鲁迅的,还不只是上述的攻击,更是将鲁迅与林琴南相比拟。弱水说,鲁迅"……那种口吻,适足表出'老头子'的确不行罢了。好吧,这事本该是没有勉强的必要和可能,让各人走各人的路去好了。我们不禁想起了五四时的林琴南

---

① 鲁迅:《我的态度气量和年纪》,《语丝》第 4 卷第 19 期。

② 弱水《谈现在中国的文学界》(《战线》1928 年创刊号)以貌似中间人的口吻,对 1928 年 4 月份之前的一批文章——成仿吾《从文学革命到革命文学》、麦克昂《英雄树》、蒋光慈《现代中国文学与社会生活》、《关于革命文学》、钱杏邨《死去了的阿 Q 时代》、冯乃超《艺术与社会生活》、李初梨《怎样地建设革命文学》、鲁迅《"醉眼"中的朦胧》——作评述。上述鲁迅反驳的,正是弱水这篇文章。

先生了"。晚年林琴南在"五四"新文化运动中负隅顽抗,是一个逆历史潮流而动的负面人物。这种联想的含义不言而喻。此外,称"老骑士鲁迅出来献一场乱舞……老态龙钟的乱舞"①,"老生腔调""老先生……木乃衣"②——种种关于"老"的诟病,均有类似的隐喻性内涵。

　　论争再次回到前此一年多来那种非常意气化的青/老年之争上来,这也许是青年倡导者们所意想不到的。一旦回到现实,结合自身经验,青年表达又占了上风。这里也不排除革命文学倡导的所有理由中,新对旧、青年对老年的取代规则最具价值有效性,是各方都达成的一种共识。受讨伐的鲁迅就称:"弄文艺的人们大抵敏感,时时也感到,而且防着自己的没落,如漂浮在大海里一般,拼命向各处抓攫。"③这是鲁迅一种真实心理的流露。"和长虹战",鲁迅已有些自疚。与创造社诸君战,他更处处为青年着想:"我以为'老头子'如此,是不足虑的,他总比青年先死。林琴南先生就早已死去了。可怕的是将来柱石的青年,还像他的东拉西扯。"④告诫青年别如老头子,可见他对老头子的否定。评论家刘大杰也从年龄角度分析鲁迅创作:"鲁迅的年龄,同外国的人比起来,正是创作力最盛的时候,然而他的创作时代,已经走到了末路,他由《彷徨》到了《野草》,由壮年到了老年,由写实时代到神秘时代了。……至于《野草》,人生已经走近坟墓了。……鲁迅的心是老了,是到了晚年了。"⑤这种年龄分析,有其合理之处。正是青/

---

①　李初梨:《请看我们中国的 Don Quixote 的乱舞——答鲁迅〈"醉眼"中的朦胧〉,《文化批判》1928 年第 4 号。

②　冯乃超:《人道主义者怎样地防卫着自己?》,《文化批判》1928 年第 4 号。

③　鲁迅:《"醉眼"中的朦胧》,《语丝》第 4 卷第 11 期。

④　鲁迅:《我的态度气量和年纪》,《语丝》第 4 卷第 19 期。

⑤　刘大杰:《〈呐喊〉与〈彷徨〉与〈野草〉》,《长夜》1928 年第 4 期。

老年之说的价值有效性助长了革命文学倡导者们的气焰,使新旧交替论、青年优胜论在论争中被反复运用,成为论说的中心命题。问题是,青/老年命题、新旧交替命题,并非无产阶级革命文学运动所要解决的核心问题,阶级论的被搁置而新旧交替论的成为主要武器——这场运动的目标已经发生偏移。这也许是身不由己。从某种意义上说,在这里,革命文学运动已经与青年造反文化运动相叠合,为青年立场和青年话语所控制。

至此,1928年革命文学运动之"革命"的含义也明朗起来:它与其说如倡导者们所解释的指"无产阶级革命"之"革命",不如说指当时文化青年推翻偶像的一种造反行为。或者说,某种程度上,青年的造反与无产阶级的革命被类比、被等同,共为革命文学运动之"革命"所包含。更有可能的是,谋求造反的青年借用阶级革命之名,推翻偶像,重建规则,将文学带进另一个阶段。这场以青年为叙述主体/主角的"革命"运动,表达的与其说是一种经济/政治意义上的阶级群体利益诉求,不如说是一种文化意义上的后辈文化群体争夺话语权的诉求。

1920年代中国左翼文化运动兴起之初,在阶级力量尚未成熟、党派力量尚无法控制文艺的情势下,借助了青年群体。这个群体在奔走呼号、煽动发起方面,的确扮演了重要角色。它充满血性、措辞激烈、走向极端的绝对主义思路与无产阶级革命文艺运动的思路有吻合之处。作为政党领袖,陈独秀最明白青年的角色作用:"幼稚的各社会阶级还在睡眠中,只有学生们奔走呼号,成了社会改造的唯一动力。……青年学生们的职任是:第一努力唤醒有战斗力的各阶级;第二努力做有力的各阶级之连锁,以结成国民的联合战线。"①陈的这一目标,在1928年革命文学运动中已初步实现。但青年群体的参与,又使革命运动的性质变得复杂多元,各

---

① 实庵:《青年们应该怎样做》,《中国青年》1923年第1期。

种诉求参与表达,形成众声交汇。立场之间、目标之间、演绎路径之间,抵牾冲突,自相矛盾,难以浑然一体。青年革命文学家要推翻前辈文化偶像,将之指称为资产阶级作家。无法解决的是,按照这套说法,他们自己也是小资产阶级作者。① 因此,尽管自恃代表着时代,借历史潮流而动,大势所趋,拥有话语优势,到底诸多说法仍不能自圆其说,甚至某种程度上使革命文学运动偏离既定的目标。1930年左联成立,左翼文化运动走上正轨,左联对这场运动的评价并不高。当时呼风唤雨的那几位革命青年,几乎都没有成为左联的核心人物。

1928年初的革命文学运动从酝酿到最终的形成,经过了革命话语动员、青年信仰群体培养、青年优胜价值确立和以青年为言说主体者的革命文学倡导几个阶段。在这个过程中,"青年"作为一个虚拟性的社会群体,经历了被说服(作为革命说服的对象)、被指派(被赋予革命的重任)到最终成为执行者(革命文学言说的主体)的几个阶段。其中,"青年"扮演了一个非常特殊的过渡性角色。左联成立后,以青年为言说主体的革命论说基本消失,取而代之的是以无产阶级(社会经济地位低等级)群体为言说主体。这一变化别有意思:从"五四"新文学运动到革命文学运动到左联成立、左翼文艺运动有组织地进行,文学运动经历了从民间的以年龄群体为言说者到党派的以阶级、社会阶层群体为言说者的变化。自此之后,文学的党派从属情况更加严重。

---

① 直到1930年,冯乃超仍这样解释:"中国无产阶级文学运动也就是广大工农斗争的全部的一个分野。……文学领域的革命斗争就是无产阶级文学运动。它在中国的开展不能不抓住几个革命的小资产阶级的小团体。"(冯乃超:《中国无产阶级文学运动及左联产生之历史的意义》,《新地月刊》1930年第1期)实际上充当主角的正是这些小资产阶级团体。小资产阶级的文学革命如何与无产阶级革命斗争相整合始终是一个问题,两者的内涵并不统一。

第二章 新文化知识分子的分化及其人文困境
——以《语丝》与《现代评论》关系为考察中心

1924年底,新文坛有两份刊物:《语丝》和《现代评论》几乎同时在北京大学创刊①,且同时于1927年下半叶迁往上海。二刊均以"周刊"为出版周期,注意言论的时效性;二刊均标榜思想立场的"独立";二刊同仁基本为北京大学教员,有由《新青年》《新潮》《每周评论》人马重新组合的迹象,他们不仅是北大围墙内的同事,更有私人交谊②;二刊编辑部均设于北大一院,可谓低头不见抬头见。这种近亲性和旗鼓相当性,决定他们之间关系之特殊:不是盟友,可能就是论敌。从其时北大的人事格局看,二刊成员分别代表北大两个教授群体:《语丝》成员多为本土的浙籍太炎门生派系,《现代评论》成员多为留学英美派系。前者是蔡元培任校长实行

---

① 《语丝》创刊于1924年11月17日,《现代评论》创刊于1924年12月13日。
② 周作人曾是东吉祥胡同《现代评论》诸君的座上客。据周作人日记载:"耀辰、凤举来,晚共宴张欣海、林玉堂、丁燮林、陈源、郁达夫及士远,尹默等10人,9时散去"(1923年11月3日);"往公园,赴现代评论社晚餐,共40人"(1924年6月24日);"赴现代评论社约餐"(1925年1月30日)。1925年2月他还与陈源、丁西林、郁达夫、张凤举等同游西山香山。周作人后来说:"我以前因张凤举的拉拢,与东吉祥诸君子谬托知己的有些来往……"(周作人:《女师大与东吉祥二》,《知堂回想录》[下],北京十月文艺出版社,2013年,第557页)

教授治校时期北大教授圈中势力最大的一派。① 后者则在 1920 年代之后渐呈优势,作为有西学背景的文化精英受到各方器重。两派的相遇,显示了新文化知识界思想学术的汇合与分流。

进入 1920 年代之后,《新青年》的解体,《中国青年》的棒喝"五四"新诗人、推翻新文学偶像泰戈尔、张扬社会科学至上,都透出思想文化转向的迹象。同时,大批留学欧美人员归国,改变了前期知识界的人员结构。在专家治国方略主导下,留洋人士颇受重用,不仅成为其时大学的骨干力量,更进入政界商界,作为幕僚,得到优裕社会待遇。科学与玄学之争中"科学"的胜出,显示了知识界风气的转变。用社会科学方法解决社会问题,不仅为部分明智的当权者所赞许,更为热衷于"主义"的在野政治文化群体所推崇。

在这种背景下,"五四"时期原本隐晦的人文与社科两类知识分子形成分野。《新青年》解体表面上是陈、胡两派的分道扬镳,其实掩盖了另一个问题,陈、胡均为热衷外来学说、推崇科学主义的人士,与他们有本质差别的,倒是知识背景更为本土的鲁迅、周作人兄弟及钱玄同、刘半农等。作为《新青年》骨干成员,周氏兄弟等在《新青年》时期就已呈现与陈、胡不尽一致的人文改革思路,但那时他们"听将令",他们的独特性消融于"五四"文化改革的总体表达中。《新青年》解体,思想文化界群龙无首,众声喧哗,他们的人文主义诉求反倒清晰地浮现出来。以周氏兄弟为核心的《语丝》与以一批留洋归国的社科学者为主体的《现代评论》相继创刊,其实各有要说的话。前者的人文主义张扬与后者的科学主义、事务主义宣叙,浮现了不同的路线。双方因"女师大风潮"而引发激烈交锋,其实是借题发挥,论争背后隐含不同的文化思路。

---

① 参见桑兵《厦门大学国学院风波——鲁迅与现代评论派冲突的余波》,《近代史研究》2000 年第 5 期;颜浩《文人团体的重组与转型》,《北京的舆论环境与文人团体:1920—1928》,北京大学出版社,2008 年。

本章以前期《语丝》与《现代评论》的论争为对象,考察两刊交锋的言说路径、思想实质、文化隐义及最终透出的新文学人文方向的变化,重点探讨《语丝》的人文主义诉求在1920年代中期的处境及去向。

一、周氏兄弟的人文主义抱负和《语丝》平台的开设

《语丝》是孙伏园辞去《晨报副刊》编辑职务后的"自办刊物",并得到了周氏兄弟的支持。1920年《新青年》解体,陈、胡分道扬镳,周氏兄弟转向《晨报》等新文化运动的外围刊物投稿。1921年冬《晨报》开辟《副刊》,由周氏兄弟的学生孙伏园(孙福源)任主编。兄弟二人的重头作:鲁迅的《阿Q正传》、周作人的《自己的园地》等19篇短文,均在该刊上连载。1921年底之后,周氏兄弟疏远《新青年》和《每周评论》,基本立足于《晨报副刊》。这表明他们已从陈、胡的《新青年》群体中脱离出来,谋求自己的表达空间。周作人说:"报上有这么一个副刊,让人家可以自由投稿,的确是很好的。"[1]鲁迅也说,与孙伏园"因为先前的师生关系——恕我僭妄,暂用这两个字——关系罢,似乎也颇受优待:一是稿子一去,刊登得快;二是每千字二元三元的稿费,每月底大抵可以取到;三是短短的杂评,有时也送些稿费来"[2]。从中可见《晨报副刊》给兄弟带来的全新感受。正因此,1924年10月《晨报》新任主编刘勉己擅自抽去鲁迅稿子,致孙伏园愤然辞职,转而提出"自己来办一个出版物,大家可以自由发表意见,不受别人的干涉"时[3],周氏兄弟欣

---

[1] 周作人:《语丝的成立》,《知堂回想录》(下),第562页。
[2] 鲁迅:《我和〈语丝〉的始终》,《鲁迅全集》第4卷,第165页。
[3] 周作人说:"于是由他(孙伏园)自联络筹办,结果他自己以外还有李小峰章川岛,作为经营出版(版)人,做文章的则另外约了些人,经过一次商议,这刊物的事情就算决定了。"《知堂回想录》(下),第562页。

然支持。有个细节值得一提:留学归国的刘勉己(鲁迅称"那位留学生"①)受命整顿《晨报》,抽掉鲁迅带有顽皮调侃笔调的《我的失恋》一诗,引起孙氏愤然辞职。结合前此,陈源(西滢)就《晨报副刊》上陈大悲译作、高斯倭绥剧本《忠友》的翻译问题提出尖锐批评,令编者孙伏园因外语能力欠缺而陷入尴尬之境,可见1920年代留学生群体进入知识界,显然给本土知识分子带来新的压力和挑战。鲁迅对留学生身份的敏感,两个群体关系之微妙,已见端倪。

办《语丝》主要是周氏兄弟想做点事。在文化改革落入低谷、世事忧扰、寂寞"如大毒蛇"缠住"灵魂"②的背景下,他们想做点事。连平时不大爱管事的周作人也出面张罗,"感到自由发表文字的机关之不可缺少"。③ 从1924年11月2日周作人等在开成北楼"议刊小周刊事"④到11月17日《语丝》创刊,刚好半个月,可见工作速度之快。《语丝》创办后,周氏兄弟频频推出重头作品,可见他们的全力以赴。其时,兄弟已经失和,但这并不影响他们多年形成的默契,他们在办《语丝》这件事上可谓志同道合。

周氏兄弟人文主义志趣形成于他们留日时期。关节点是鲁迅的弃医就文:"凡是愚弱的国民,即使体格如何健全,如何茁壮,也只能做毫无意义的示众的材料和看客,病死多少是不必以为不幸的。所以我们的第一要著,是在改变他们的精神……于是想提倡

---

① 鲁迅说:"那位留学生乘他外出时,到排字房去将我的稿子抽掉,因此争执起来,弄到非辞职不可了。"(《我与〈语丝〉的始终》,《鲁迅全集》第4卷,第165页)
② 鲁迅:《〈呐喊〉自序》,《鲁迅全集》第1卷,第417页。
③ 周作人:《答伏园"语丝的文体"》,《语丝》1925年第54期。
④ 周作人1924年11月2日日记:"上午在家。下午往访适之,又至开成北楼同玄同伏园小峰矛尘绍原颉刚诸人,议刊小周刊事,定名曰语丝,大约十七日出版,晚八时散。"《周作人日记》(中),大象出版社,1996年,第408页。

文艺运动了。"从此选择"文学"安放他一生之抱负。在东京那种环境,留学生学法政理化以至警察专业的很多,却没有人学文学,鲁迅称:"在冷淡的空气中,也幸而寻到几个同志了。"那几个同志中,就有他的二弟周作人。"不名一钱的三个人"①,筹办《新生》失败,转而为留日学生杂志《河南》撰稿,鲁迅写《人之历史》《科学史教篇》《文化偏至论》《摩罗诗力学》等,兄弟共同翻译"域外小说"。自此,周氏兄弟以文学为寄托:"文章之于人生,其为用决不次于衣食,宫室,宗教,道德。盖缘人在两间,必有时自觉以勤勉,有时丧我而惝恍,时必致力于善生,时必并忘其善生之事而入于醇乐,时或活动于现实之区,时或神驰于理想之域;苟致力于其偏,是谓之不具足。""涵养人之神思,即文章之职与用也"②;"文章一科,后当别为孤宗,不为他物所统"③。他们看重文学与精神之关联,体察文学的"不用之用"、有为与无为之关系,视文学为精神发生地。兄弟此时的认识,与时人迥异。

1918年初,周氏兄弟为《新青年》撰稿。周作人首次在《新青年》发表译作《陀思妥夫期奇之小说》(1918年1月15日)。鲁迅首次以"唐俟"笔名在《新青年》发表诗:《梦》《爱之神》《桃花》(1918年5月15日);同期,以"鲁迅"笔名发表小说《狂人日记》。1918年12月15日周作人的《人的文学》发表,周氏兄弟于20世纪初的文学抱负终于得以安放,且与"五四"新文学运动结伴同行。他们的加入,为内蕴不清的陈、胡文学革命方案,提供了切实而有精神深度的内涵支持。之后,鲁迅的小说一发不可收,《呐喊》诸篇,从不同角度拷问人的问题,成为初期也是其后新文学创

---

① 鲁迅:《〈呐喊〉自序》,《鲁迅全集》第1卷,第417页。
② 鲁迅:《摩罗诗力说》,《鲁迅全集》第1卷,第71页。
③ 周作人:《论文章之意义暨其使命》,《周作人集外文》(上集),海南国际新闻出版中心,1995年,第57—58页。

作最炫目的"实绩"。周作人源源推出译作,写关于"美文"、关于儿童文学与歌谣、关于妇女、关于下半身与精神诸文章,在人道主义的框架中展开文学书写,他们较之陈、胡,目标和途径更为清晰:从文学切入,直逼中国人的精神痼疾和制度的"吃人"本质,赋予文学以人道主义的新内涵:"这新时代的文学家是偶像破坏者,但他还有他的新宗教——人道主义的理想是他的信仰,人类的意志便是他的神。"①文学是人学,"文章犹心灵之学"②,是表达人的精神心灵最贴切的方式,一种超越改造国民性具体方案,超越科学常识、政治主张、宗教信仰等具体问题的终极方式。在"五四"文化改革斑驳、混杂的语境中,他们保持文学本体论的清晰思路。这一点与陈、胡显然有别。

《新青年》时代,周氏兄弟仍是"听将令"的兵,他们思路并没有尽致地贯彻在《新青年》的办刊实践中。鲁迅说:"至于我的喊声是勇猛或是悲哀,是可憎或是可笑,那倒是不暇顾及的;但既然是呐喊,则当然须听将令的了,所以我往往不恤用了曲笔……因为那时的主将是不主张消极的。"③他称《呐喊》诸篇是"遵命文学"。《新青年》解体,让鲁迅"经验了一回同一战阵中的伙伴还是会这么变化,并且落得一个'作家'的头衔,依然在沙漠中走来走去,不过已经逃不出在散漫的刊物上做文字,叫作随便谈谈"④。这才有1921年起为《晨报副刊》撰稿。从《新青年》时期用"曲笔"到《语丝》时期的"随便谈谈",文学写作已成为周氏兄弟的生活方式。

早期《语丝》在周作人的主持下,文学主义路线得到明确贯

---

① 周作人:《新文学的要求》,见钟叔河编订《周作人散文全集》第2卷,广西师范大学出版社,2009年,第210页。
② 周作人:《论文章之意义暨其使命》,《周作人集外文》(上集),第48页。
③ 鲁迅:《〈呐喊〉自序》,《鲁迅全集》第1卷,第419页。
④ 鲁迅:《〈自选集〉自序》,《鲁迅全集》第4卷,第456页。

彻。创刊前夕,周作人访问过胡适①,就《语丝》一事咨询意见。1924年11月13日他又致信胡适:"'慨自《新青年》《每周评论》不出以后,攻势的刊物渐渐不见,殊有'法统'中断之叹,这回又想出来骂旧道德、旧思想……想你也赞成的吧。"②这话表达了两个意思:一是"想出来骂旧思想、旧道德",属于人文方面的刊物;二是将《语丝》与《新青年》《每周评论》相衔接,依然是同一类型的刊物。依周氏兄弟一贯志趣,《语丝》不会完全是《新青年》《每周评论》的后续,又不可能没有关联。《语丝·发刊辞》称:

> 我们只觉得现在中国的生活太是枯燥,思想界太是沉闷,感到一种不愉快,想说几句话,所以创刊这张小报,作自由发表的地方。……我们并没有什么主义要宣传,对于政治和经济问题也没什么兴趣,我们所要做的只是想冲破一点中国的生活和思想的昏浊停滞的空气。……我们这个周刊的主张是提倡自由思想,独立判断,和美的生活。③

比起《致胡适》,《发刊词》口气低调而目标清晰,重心放在"自由思想,独立判断,和美的生活"的正面主张上,与"主义""政治""经济"等自觉撇清,与陷入"问题与主义"之争的后期《新青年》《每周评论》划清界限。《语丝》创办,明显有将当年《新青年》超政治的文化改革事业进行下去的意思。④ 周作人说:"《新青年》的

---

① 周作人11月2日日记:下午访胡适,晚在开成北楼聚餐。《周作人日记》(中),第408页。
② 周作人:《致胡适》,《语丝》1926年第86期。
③ 《语丝发刊词》,《语丝》1924年第1卷第1期。
④ 当年陈独秀、胡适分道,最初原因在谈或不谈政治上。胡适事后说:"一九一九年以后……[知识界里]人人对政治都发生了兴趣。因此使我一直作政治构想的文化运动和文学改良运动,也就大大地削减了。"(胡适口述、唐德刚整理/翻译:《胡适口述自传》,第213页)

同人最初相约不谈政治,那是我所极端赞成的,在此刻想起来也是那时候的工作对于中国最有意义。可是,这是三代以上的事了;我个人至今还没有改变这个态度,环境却改变了。"① 鲁迅在几年后谈到《语丝》时也称"……这刊物本无所谓一定的目标,统一的战线……但同时也在不意中显了一种特色,是:任意而谈,无所顾忌,要催促新的产生,对于有害于新的旧物,则竭力加以排击,——但应该产生怎样的'新',却并无明白的表示,而一到觉得有些危急之际,也还是故意隐约其词"。② 周氏兄弟对《语丝》的理解基本一致,所谓"任意而谈","随便说话",强调的是对"人"的自由表达的尊重,对批判性人文话题的推崇。与《语丝》发刊词上强调的三种姿态——"自由的思想,独立的判断和美的生活"基本一致,那是一种人文性、文学性的姿态。③

这种文学主义路线从《语丝》第 1 期起就有体现。第 1 期以周作人的《生活之艺术》为头条,体现其"美的生活"主旨。文章从契诃夫书简中一段话谈起,谈到中国礼教禁欲的无自由和无节制,非禁欲即纵欲。主张微妙的美的生活,"生活之艺术只在禁欲与纵欲的调和","中国现在所切要的是一种新的节制,去建中国的新文明……这些话或者说的太大太高了,但据我想舍此中国别无

---

① 周作人:《我最》,《语丝》1925 年第 47 期。
② 鲁迅:《我和〈语丝〉的始终》,《鲁迅全集》第 4 卷,第 167 页。
③ "语丝"一名,周作人称"至于刊物的名字的来源,是从一本什么人的诗集中得来,这并不是原来有那样的一句话,乃是随便用手指一字,分两次指出,恰好似懂非懂的还可以用,就请疑古玄同照样的写了"。《知堂回忆录》(下),第 562 页;鲁迅也称它"任意取一本书,将书任意翻开,用指头点下去,那被点到的字,便是名称"。(《我和〈语丝〉的始终》,《鲁迅全集》第 4 卷,第 166 页)那是一种半真半假的玩笑话、俏皮话。"语丝"顾名思义,一丝语、一席话,"随便谈谈",带文学的性质,是一个文学性名称。只有文学,才能自由抒写,不拘形态,以精神和美为统率。

得救之道"。① 此文呈现周作人关于健康人性的构想。与《语丝》前几期几篇文章——鲁迅的《论雷峰塔的倒掉》《再论雷峰塔的倒掉》、周作人的《林琴南与罗振玉》《再说林琴南》、刘半农的《巴黎通信》、钱玄同的《恭贺爱新觉罗溥仪君迁升之喜并祝进步》等放在一起,就会发现,《语丝》的"随便说话",想说的是什么话。

有几个细节值得注意。一是对林琴南的评价。作为有自己文化理想的旧派文人,林氏与《新青年》同人有过激烈论争。林氏去世后,社会对他"渐有怨词",保守人群对他的尊敬日增。《语丝》对林琴南作了新的表达。周作人称林"在中国文学上的功绩是不可泯没的"。② 刘半农也表示赞同:"经你一说,真叫我们后悔当初之过于唐突前辈。我们做后辈的被前辈教训两声,原是不足为奇的。"③但周作人仍坚持:"林琴南始终拥护他所尊重的中国旧礼教,在许多许多人看来是他的最可敬仰的地方。对于之一点,我极端反对。"④他和钱玄同都不同意刘半农的观点:"何以后辈不可唐突前辈,而前辈可以教训后辈?""年老不能勒索我们的尊敬,倘若别无可以尊敬的地方。"⑤态度理性且有自己的原则。

二是对陷入低谷的文化改革现实,表达忧虑之感。周作人、刘半农、钱玄同以"我们已经打破了大同的迷信,应该觉悟只有自己可靠"为话题,展开对话,继续批判旧伦理,呼唤建立新的精神人格。⑥ 这是"五四"新文化运动受冲击后的一种坚持。诚如钱玄同

---

① 开明:《美的生活》,《语丝》1924 年第 1 期。
② 开明:《林琴南与罗振玉》,《语丝》1924 年第 3 期。
③ 刘复:《巴黎通信》,《语丝》1925 年第 20 期。
④ 开明:《再说林琴南》,《语丝》1925 年第 20 期。
⑤ 钱玄同:《写在半农给启明的信底后面》,《语丝》1925 年第 20 期。
⑥ 刘复《巴黎通信》中称:"《语丝》中最让我惬意的一句话,乃是你(指启明)所说的:'我们已经打破了大同的迷信,应该觉悟只有自己可靠。'"

《回语堂的信》中指出的,中国人文改革推进之艰难,"……李鸿章张之洞等人要造枪炮,要造军舰,稍微明白的人也认为当务之急;康有为梁启超等人要开议院,要改官制,稍微明白的人还来附和响应。到了陈独秀胡适等人要戳穿'冠绝全球的精神文明'底丑相,要撕破'天下第一的道德'底鬼脸,明明白白提倡新文化,新道德,则除了极少数的几个人外,无论顽固党或者维新党,亡清遗奴与洋博士,老头子与小孩子,都群起而攻之,誓不与之共戴天了……"因此,对这个民族,"有根本改造之必要"。①《语丝》同人仍在为此而努力。

第3期起,鲁迅《野草》诸篇陆续刊载。这是鲁迅一生中熔思想性、精神性和文学性于一炉的一组杰作。其对黑洞般现实的象征性叙述,对空茫绝望自我的疗伤式书写,对自我精神出路的追问及确认,对人性劣根性的洞识与批判,浓缩着复杂的隐喻性内涵。周作人作翻译介绍类文章,掀起关于民谣的讨论,写恬淡小品文,唠叨关于人性、关于文明、关于伦理改革诸话题,致力于现代人性构建。刘半农、钱玄同、林语堂、江绍原、张定璜、俞平伯、废名等也呼应、对话、阐发,构成《语丝》整齐的阵容,形成其特有的人文品质。

三是坚持文学艺术和美的独立性,所谓"任意而谈",是对人的自由和文学独立性的尊重。沉君的《"无病呻吟"》《不著名的文人的作品》《对于文学者应有的理解》《闲暇与文艺》等文,对人的复杂性和文学的微妙性作了贴切的阐述。文艺创作需要闲暇,"无病呻吟"有其道理,对文学者要予以充分的理解和尊重。

周氏兄弟世纪初已形成的人文主义思路在《语丝》中得到真正的贯彻:以文学为方式,以重建国民精神文化心理为目标。刘半农说:"就《语丝》的全体看,乃是一个文学为主,学术为辅的小报,

---

① 钱玄同:《回语堂的信》,《语丝》1925年第23期。

这个态度我很赞成……我想当年《新青年》，原也应当如此，而且头几年已经做到如此。后来变了相，真是万分可惜。"①以周氏兄弟为核心，包括钱玄同、刘半农等，都有这种共识。周作人称当年《新青年》的追求，已是"三代以上的事"。如今多数人都身不由己地被时代裹着走，放下文化改革之初衷，投身"救亡"或"主义"之事业。超越政治的文化改革之事业，寂寞而艰难，但他们仍坚持着。

1920年代的中国社会已发生极大变化。重新聚集的《语丝》群体，以周氏兄弟为核心，试图将当年尚未充分施展的文化改革抱负继续施展下去。

二、与科学主义相遇：《语丝》与《现代评论》的异质性

比《语丝》问世迟二十多天，1924年12月13日《现代评论》创刊，也是周刊。《语丝》逢周一出版，由新潮社发行，每期16开4张8页；《现代评论》逢周六出版，由现代评论社发行，每期16开8张16页，篇幅比《语丝》多出一倍，还常常"因要紧文稿过多，特增四页"。②《语丝》报费"每份本京铜板四枚，外埠连邮费二分，半年五角，全年一元，邮票代价以九五折计算"。③广告费"每方寸每期五角，十期以上七折，二十期以上对折"，其广告多为书刊出版动态信息，且以多条广告拼合为一版。《现代评论》报费"本京每份铜板八枚，预定半年：自取大洋七角，邮寄大洋八角五分。报费先

---

① 刘复：《巴黎通信》，《语丝》1925年第20期。
② 参见《现代评论》1924年第1卷第3期《本刊特别启示》。
③ 参见《语丝》各期报头《报费》一栏。

付,邮票作九折……"①第 11 期封面刊载广告价格表,"全面 25 元,半面 15 元,四分之一面 9 元,八分之一面 6 元",广告费比《语丝》贵得多且以大板块广告为主。自第 16 期始至终刊,每期封底有"金城银行"整面广告。如果受人诟病的段祺瑞、章士钊每月津贴两千元,实有其事的话,《现代评论》的经费显然宽裕得多。鲁迅讥之为"讨得官僚津贴或银行广告费的'大报'"②,正指此。

《现代评论》成员结构清晰,撰稿人由两部分人组成:一是写文艺文章的陈源、胡适、丁西林、郁达夫、徐志摩、凌叔华、杨振声等,一是写政论时评文章的王世杰(主编)、燕树棠、周鲠生、钱端升、彭学沛、高一涵、陶孟和、唐有壬等③,后者是一批社会科学学者。总体而言,政论为主,文艺为辅④,办刊思路更像《努力》周报或《太平洋》而不像《新潮》。《现代评论》筹办时,曾邀创造社合作,其广告称:"现代评论撰述人,包含'太平洋''创造'两个社全部社员,和其他国内有名杂志的执笔者。"⑤但刊物一半政论一半文艺的拼盘方式,遭郭沫若等婉言拒绝。郭沫若称:"太平洋的那些从英国回来的学者,我们总觉得他们太绅士了,说坏些便是官僚气味太重,一时好像合作不来。又加上用文艺来做政论的附属品,

---

① 参见《现代评论》各期报头《报价》一栏。

② 鲁迅:《并非闲话(三)》,《语丝》1925 年第 56 期。

③ 当时《现代评论》的丁西林、钱端升、张奚若、陶孟和、杨振声、陈西滢、王世杰、周鲠生、皮皓白、高一涵、燕树棠、彭浩徐、唐有壬,被称作"十三太保",他们是抱着很紧的一群,更具同人性质。

④ 有研究者称,新任主编王世杰对"政论与文艺对半"的预想完全不感兴趣,《现代评论》从一开始就拒绝被视为文艺刊物。尽管有意识地增加了小说戏剧的比重,并设专人处理文艺类稿件,但刊物的整体策略依旧是"借文艺做调剂以推广政论"。参见颜浩《北京的舆论环境与文人团体:1920—1928》,第 118 页。

⑤ 《现代评论》出版广告,《学艺》1924 年第 6 卷第 6 号。

是我们出马时所最反对的办法,虽然时势变了,也觉得不好立地抛弃。"①此番话道出:一、时势变了,纯文学已呈被抛弃之态;二、"五四"新文学群体与1920年代初留欧社科政论群体之间关系错位,隔阂颇深。同理,由王世杰主持、以政论为统率的《现代评论》,与由周作人主持、以文艺为统率的《语丝》,也会貌合神离,从文章体式、关怀对象到抵达目标,都有不一致之处。

1920年代社会科学知识群体的崛起,与时局变化关系密切。晚近以来,科学救国已达成共识。"五四"新文化运动后期,在各方社会矛盾激化、政治热情高涨的形势下,用科学方法解决社会问题、寻找社会出路,几乎成为共识。1921年5月蔡元培赴欧考察,目的之一是"访求教员"②,引进人才。陈西滢正是蔡氏此次引进的人才之一。这批人员归国,改变了中国知识界原有的人员结构。刚从《新青年》分裂困境中走出来的胡适,旋即与丁文江等留学生群体走在一起,成立努力会,创办《努力》周报。努力会成员多为留学欧美背景的学者和技术型官员,而《新青年》另一拨人——周氏兄弟、刘半农、钱玄同则没有加入。从《新青年》早期的不谈政治③,到《努力》的以议政为己任④,留欧派新文化群体的目标已经

---

① 郭沫若:《创造十年》,《沫若文集》第7卷,人民文学出版社,1958年,第164页。

② 参见蔡元培《在爱丁堡学术研究会晚餐会上的答词》,《蔡元培全集》第4卷,浙江教育出版社,1997年,第344—346页。

③ 胡适《我的歧路》中说:"1917年我回国时,船到横滨……我才打定二十年不谈政治的决心,要想在思想文艺上替中国政治建筑一个革新的基础。"(胡适:《我的歧路》,《努力周报》1922年第7期)

④ 该刊第2期有蔡元培等16人签名的《我们的政治主张》,设置"社论""这一周""记载""调查"等栏目,议论时政。

转移。①

　　研究者多注意到《现代评论》与《太平洋》之间的联系,却没有注意到《现代评论》与《努力》的关系。从刊物宗旨和人员身份看,《现代评论》几乎是《努力》的后续。② 曾信心十足、要在《努力》上参政议政、推行好人政治的胡适,也只是将《努力》维持一年零五个月。③ 之后,胡适发誓要办一份新《努力》,仍邀"《努力》的一班老朋友"参加。④ 新《努力》要多做思想文学上的事业,虽然我们深信"没有不在政治史上发生影响的文化"。总之,"新《努力》和这

---

　①　参见章清《"胡适派学人群"与现代中国自由主义》,上海古籍出版社,2004年,第64、106—107页。《新青年》时期所不可能具备的条件于这一时期才真正具备,胡适派学人群的核心成员是留学欧美的归国学者,主要在著名高等学府或研究机构任职。这是新一代知识分子取代科举时代的读书人登临历史舞台的标志。这个群体名声之显赫,还表现在他们对当时为数不多的学术基金会的掌控上。王汎森认为,成为"学阀"或"学霸"必须有学术以外的网络,绵密的政府关系,同时与仅有的一些学术基金会如中基会及英庚款委员会保持密切的联系。(王汎森:《读傅斯年档案札记》,《当代》第116期,台北合志文化事业公司,1995年)胡适学人群具有这样的特征,他们正在逐渐显示现代中国的"学阀"所确立的新角色与身份。

　②　两刊都是周刊,内容设"国内政治"与"文学艺术"两部分,注重对时局发言;两刊人员有极大的重叠性,以欧美派学人为写作班子。

　③　谈政治没有如他们期许的开辟出一种新气象来,相反,政治依然黑暗。1923年10月曹锟贿买国会成功当选为总统,有人质问胡适:"先生和先生的朋友所办的《努力》周报……实在已到了太无聊的地步了。最近在十月七日出版的第七十三期,把首栏'这一周'也删除了。先生试想,最近在十月一日至十月七日这一周中,中国发生了怎样的事情?曹锟倚仗了金钱和武力,攫得了所谓大总统;吴景濂带领了狐群狗党,滥造了所谓宪法;……拿'努力'做标帜的《努力》周报竟可以缄口不谈一字吗?"《努力》对此无能为力,只好停刊。(曹伯言整理:《胡适日记》(四),安徽教育出版社,2001年,第74页)。

　④　胡适:《致高一涵、陶孟和等》(1923年10月9日),《胡适来往书信选》(上),中华书局,1979年,第216—218页。

一年半的《努力》在精神上是继续连贯的,只是材料和方法稍有不同罢了"。① 一年后创刊的《现代评论》可能正是这份新《努力》。这次胡适不参加编务,但从他致信两位《努力》老友高一涵和陶孟和看,他是《现代评论》实际主脑。当然,这回由王世杰等担纲,刊物不可能完全按胡适设想的朝"在文艺上给中国政治建筑一个可靠的基础"方向来做,甚至不大可能致力于建设一种"在政治史上发生影响的文化"。在貌似独立和严谨之下,科学主义的就事论事解决问题的方法可能更受青睐。

《现代评论》的《本刊启事》称:"本刊内容,包括关于政治、经济、法律、文艺、科学各种文字。本刊的精神是独立的,不主附和;本刊的态度是研究的,不尚攻讦;本刊的言论趋重实际问题,不尚空谈。"②虽同样强调"独立",但"态度是研究的","趋重实际问题",务实不务虚,务科学不务文艺,与《语丝》主张自由思想、美的生活,判然有别。

1925 年由北大教员办的几份刊物③,其实低头不见抬头见,时空人际紧密,不可能不留意对方。1925 年 3 月刘复从巴黎致信周作人,谈及读《语丝》感受,说老朋友们"竟是个个都到了前面了。启明的温文尔雅,玄同的激昂慷慨,尹默的大棉鞋与厚眼镜……嘿!"④之后,林语堂《给玄同的信》,将刘的话加以发挥:"半农先生想念启明之温文尔雅,先生之激昂慷慨,尹默之大棉鞋与厚眼镜……此考语甚好。但是我觉得这正合拿来评近出之三种周刊:温文尔雅,《语丝》也(此似乎近于自夸,姑置之);激昂慷慨,《猛进》也;穿大

---

① 胡适:《一年半的回顾》,《努力周报》1923 年第 75 期。
② 《现代评论·本刊启事》,《现代评论》1924 年第 1 卷第 1 期。
③ 1925 年以北大教员为主要撰稿人的三份言论性周刊:《现代评论》《语丝》《猛进》,同时刊行,联络处均设在北大一院。
④ 刘复(半农):《致启明信》,《语丝》1925 年第 20 期。

棉鞋与带厚眼镜者,《现代评论》也(《现代评论》的朋友们不必固谦,因为穿大棉鞋与带厚眼镜者学者之象征也);以《现代评论》与《语丝》比,当然是个学者无疑……"①这是《语丝》同人首次用形象化语言比拟二刊,道出其时三种知识分子类型,颇值得玩味。1925年3月31日鲁迅致信许广平,也称"《猛进》很勇,而论一时政象的文字太多。《现代评论》的作者固然多是名人,看去却很灰色,《语丝》虽总想有反抗精神,而时时有疲劳的颜色,大约因为看得中国的内情太清楚,所以不免有些失望之故罢"。② 即使在"女师大学潮"问题上已呈分歧,孙伏园仍将《语丝》《现代评论》《猛进》三家视为"兄弟刊物"。③ 高长虹则说几刊间在"虚与委蛇":"当时引人注意的周刊可以说有四个,即:《莽原》,《语丝》,《猛进》,《现代评论》。《莽原》是最后出版的,暂且不说。最先,那三个周刊并没有明显的界限,如《语丝》第二期有胡适的文字,第三期有徐志摩的文字。《现代评论》有张定璜的《鲁迅先生》一文……而办文学思想的刊物又商之于胡适之。虽然内部的同异是有的,然大体上却仍然是虚与委蛇。"④后来因"女师大事件""二千元事件"打笔仗,也主要是陈西滢在孤军作战,其他人基本没有介入。

《现代评论》以"时事短评"为重头戏,致力于对国际国内局势、重要的政治、经济、军事及社会问题作评论,如《中山北上》《军阀末运》《善后会议的形势》《贿选罪与检察官的责任》《何谓"伪

---

① 林语堂:《给玄同的信》,《语丝》1925年第23期。
② 鲁迅:《两地书》,《鲁迅全集》第11卷,第32页。另,鲁迅不时给许广平寄《猛进》。(鲁迅1925年4月7日日记:"寄许广平《猛进》五期",《鲁迅全集》第14卷,第541页)
③ 孙伏园《救国谈片》,《京报·副刊》1925年6月13日。
④ 高长虹:《走出出版界·1925,北京出版界形势指掌图》,《高长虹全集》第2卷,中央编译出版社,2010年,第199页。

工业国之文明"?》之类。政论文与文艺文的比例约2:1,政论为主,文学为辅。编辑也兵分两路,王世杰等负责时评,陈西滢负责文艺。"闲话"属于文艺栏目。创刊之初,有西滢的《开铺子主义》《独身主义的萧士比亚兄妹》《中国报纸的外闻》等文艺"闲话",但真正设"闲话"专栏的,要到第 1 卷第 19 期(1925 年 4 月 18 日)。前三次由"奚若"执笔,第 22 卷起基本由"西滢"执笔。名为"闲话",所议话题却多为时事要闻,虽与正儿八经的时评仍有差别,更为率性而谈,或批评或讽刺,是一种文艺笔法,与语丝体颇为相似。用"闲话"方式谈论眼下正在发生的隐含复杂人事内容的事件,其分寸的把握,是一难点。

陈西滢在这个群体中,颇为特别。他主修政治经济学,却喜欢文学;写时评文章,却用文艺或称闲话笔法。这种两栖性使他与《语丝》同人貌相近实相远。陈西滢 16 岁赴英上中学,在英国生活十年,完成学业并获博士学位,于 1922 年回国,其受教育的背景,思想观念形成的路径,与本土的"五四"新文化知识者,有明显差别。英国式学术/思维训练,人际交往方式浸染,回国后受聘北京大学外文系教授的优裕地位,使陈氏文章有认理不认人的执拗,虽机智、幽默却略带傲慢之态。由他来主持的"闲话",呈现出信口开河的率直、层层追究的强硬、本土问题体抚之不足、自觉不自觉流露出来的优越感,他其实没有拿捏好分寸。遇上敏感话题,卷入具体人事纷争,便会愈演愈烈。

回国之初,陈西滢已因陈大悲《忠友》翻译一事,掀起轩然大波。1923 年 8 月 13—31 日《晨报副刊》共 19 期连载陈大悲翻译高斯倭绥剧本《忠友》。陈译连载尚未结束,9 月 27 日,《晨报副刊》发表陈西滢的《高斯倭绥之幸运与厄运——读陈大悲先生所译的〈忠友〉》,四万字的文章分四天载完,指出陈译从标题到内容的数百处错误,且多为常识性低级错误。陈说:"我把红笔的记号数一数,译文里的错处和不能懂的地方有二百五十处。这二百五十个错处,如果做一个正误表,加着些说明,恐怕副刊一两个月还登不完。"他不无调侃地说:"其实陈先生做他的'新剧大家'去就得了,何必硬做这种外行事?"陈西滢有理有据,不依不饶,不仅令陈大悲丢尽面子,更触及新文学的痛处。自白话文运动以来,翻译作为新文学实践的重头戏,吸引了众多有志于此道者参与。①当年林纾不懂外文而翻译小说,为后人树立了榜样,没有扎实外文基础的人也敢于从事文学翻译。大量译作推出,误译错译俯拾皆是,让人怵目。到了1920年代,留学归国者人数增多,社会总体性外语水平提高,相关问题也浮出水面。陈西滢对陈大悲的批评,揭开了问题的盖子,由此引起轩然大波。不仅波及陈大悲,更波及大量从事翻译、推动翻译的人群。孙伏园1924年10月辞去《晨报副刊》编辑一职,与陈大悲事件有关:"作为《晨报副刊》的主编孙伏园,由他极力捧红的陈大悲遭到陈西滢这猛烈的一击,他也深感自己学识上的缺失……不久,便离开了《晨报副刊》。"②那几年间,知识界留学归国群体与本土群体之间,一个持续不断的论争,就是文学学术的"翻译"问题。胡适在《现代评论》上有几篇文章,谈翻译问题,挑起讨论。徐志摩居高临下地说:"我们是去过大英国,莎士比亚是英国人,他写英文的,我们懂英文的,在学堂里研究过他的戏","你们没到过外国看不完全原文的当然不配插嘴,你们就配扁着耳朵悉心的听。……没有我们是不成的,信不信?"③1920年代初留洋者的归国,的确给本土新文化界带来压力和挑战。

这一时期,有国外学历者获得优裕待遇,拥有更多社会资源,

---

① 周氏兄弟在世纪初就译出《域外小说集》;周作人1918年1月见刊于《新青年》的第一篇文章是翻译W. B. Trites的《陀思妥夫斯奇之小说》。借鉴外国文学,建设中国新文学,已成为当时的共识。

② 张彦林:《闲话大师陈西滢》,河南人民出版社,2014年,第25页。

③ 徐志摩:《汉姆雷德与留学生》,《晨报副刊》1925年10月26日。

其自负感和优越感也溢于言表。相比之下,没有留外资历,在新、旧教育体系杂糅背景中走过来的本土知识分子,其知识结构之不完备(如西学的欠缺),社会待遇之受冷落,便凸现出来。周氏兄弟、钱玄同、刘半农均属于后一类人。周作人后来回忆刘半农,称刘与胡适同龄,"刘半农因为没有正式学历,为胡博士他们所看不起,虽然同是'文学革命'队伍里的人,半农受了这个刺激,所以发愤去挣他一个博士头衔来,以出心头的一股闷气"。① 周作人比胡、刘长6岁,他不可能像刘半农一样去挣个博士头衔,但他对刘的心理深为理解。正是有某种自卑感,刘半农才对陈西滢在伦敦向友人介绍他时的"A teacher of the Peking National University something like a professor or a lecturer"一语耿耿于怀,这事成为1926年1月刘、陈论战的由头之一。② 鲁迅后来不断讥讽"学者""绅士""正人君子",也隐含这种宿怨。

将《语丝》与《现代评论》两个集团的矛盾放在这样的背景下来认识,才能把握其微妙处。《语丝》同人的压抑落寞之感,不仅来自时局混乱、"武人当政""科学治国"等对人文改革的多重排抑,更来自其时知识分子现代角色身份转型的多重困扰。《语丝》创刊之初,他们因终于有自己的园地,可以自由发表思想言论,耕耘美的生活,建设健康人性了。从太炎门下走出来,带着书生性情的他们需要一种寄托。从创刊至1925年5月,《语丝》度过了一个平静的自说自话的早期阶段。绕过《努力》的政治情结,走早期《新青年》文化批评和文学言说之路,初期《语丝》有一种守护自由的纯粹性和包容并蓄的多元性。除了周氏兄弟的文章,钱玄同的

---

① 周作人:《知堂回想录》(下),第630页。
② 参见刘半农《骂瞎了眼的文学史家!》(《语丝》1926年第63期)、陈西滢《致刘半农的信》(阮无名《中国新文坛秘录》,上海南强书局,1933年,第99—100页)和刘半农《奉答陈通伯先生》(《语丝》1926年第64期)。

随感录、江绍原的民俗文章、林语堂的学术长文,还有徐志摩的随笔、胡适的译诗、顾颉刚的古史杂论,不同品种,济济一堂;思想才情,各尽所兴。他们的文字流淌着一股汩汩的清泉。那是《语丝》最舒展的时期。

1925年5月30日,《现代评论》陈西滢那则"粉刷毛厕"的闲话,打破了这种平静,两刊在女师大问题上的分歧被捅开。这事其实已酝酿了几个月。1925年2月7日陈西滢在《现代评论》"时事短评"上发表《北京的学潮》,首次谈及北京美术专门学校和女子师范大学正在闹驱逐校长风潮之事。对于美术专门学校,他说:"因风潮而解散学校,我们不敢说教育部的措置得当,可是这究竟是教育部权限以内的事。至于用军警包围另一学校,阻止美专学生开会,那可不见得是教育部权限以内的事罢?我们实在不懂得马次长有什么权力可以干涉人民集会的自由与言论的自由。"这显然在维护学生方。但对于女子师范大学,他对学生却多有微词:"我们觉得那宣言中所举的校长的劣迹,大都不值一笑。至如用'欲饱私囊'的字眼,加杨氏以'莫须有'之罪,我们实在为'全国女界的最高学府'的学生不取。"[①]3月21日《现代评论》又发表署名"一个女读者"的来信《女师大的学潮》,称杨荫榆是中国大学唯一女校长,"如果她的教育训练,不在女师大历来的官僚校长之下,而她的校务行政,又无重大的过失,我们应否任她受教育当局或其他任何方面的排挤攻击?我们女子应否自己还去帮着摧残她?"[②]显然同情女校长杨荫榆,且以"女"唤起女学生的同情。

《语丝》方面,1925年6月之前,未见直接谈女师大学潮的文章。但5月12日鲁迅已起草《为北京女师大学生拟呈教育部文(第一件)》,列举女师大校方"大呼警察""开除自治会职员"诸

---

① 西滢:《北京的学潮》,《现代评论》1925年第1卷第9期。
② 一个女读者:《女师大的学潮》,《现代评论》1925年第1卷第15期。

事,呼吁撤换校长。①5月24日鲁迅又起草《为北京女师大学生拟呈教育部文(第二件)》,措辞更为激烈:"杨荫榆氏行踪诡秘,心术叵测,败坏学校,恳即另聘校长,迅予维持事⋯⋯讵杨氏怙恶不悛,仍施诡计⋯⋯"②5月27日七位教员署名的《宣言》在《京报》上发表,明确支持女师大学生驱逐校长之举。5月30日,陈西滢在其"闲话"结尾处补了一段:"闲话正要付印的时候,我们在报纸上看见女师大七教员的宣言。以前我们常常听说女师大的风潮,有在北京教育界占最大势力的某籍某系的人在暗中鼓动,可是我们总不敢相信。这个宣言语气措辞,我们看来,未免过于偏袒一方,不大公允⋯⋯我们自然还是不相信我们平素很尊重的人会暗中挑剔风潮,但是这篇宣言一出,免不了流言更加传播得厉害了。"③挑出"某籍某系"在鼓动风潮一事。女师大学潮背后的两个教授群体,站到前台,开始交锋。

　　女师大问题上同情学生方与同情校长方,既与两个群体的文化思路有关,也与他们的情感意气有关。周氏兄弟由前任校长、浙籍老友许寿裳聘请,在女师大执教数年,与学生有一定的感情。④1924年秋季,杨荫榆接替许寿裳成为女师大校长,这一变化在周氏兄弟心中引进波动。周作人说:"我本来很怕在女学校里教书,尤其怕在女人底下的女学校里,因此在这时更想洗手不干了。"⑤

---

① 鲁迅:《为北京女师大学生拟呈教育部文(第一件)》,见王世家、止庵编《鲁迅著译编年全集》第6卷,第221页。

② 鲁迅:《为北京女师大学生拟呈教育部文(第二件)》,见王世家、止庵编《鲁迅著译编年全集》第6卷,第232页。

③ 西滢:《闲话(四则)》,《现代评论》1925年第1卷第25期。

④ 学潮发生初期,鲁迅还持旁观态度。与许广平们交往渐多之后,他的态度明显发生变化:两次代她们拟呈文致教育部;起草《宣言》,联络教员,一个一个签名;组织校务维持会等。

⑤ 周作人:《女师大与东吉祥一》,《知堂回想录》(下),第553页。

从人道主义、人权平等、青年学生反抗校方家长式专制的角度来理解,周氏兄弟会更同情幼者、弱者的学生。这与他们的文化批判思路相一致。反之,留学群体此时正热心于好人政治,关注点已由文化层面转入制度层面。好人政治需要安定的社会环境,推崇专家治国治校。留学归国女学者杨荫榆执掌女师大,正符合这一思路。从维护正常教学秩序和师生尊卑秩序角度,他们更同情身为长者、精英的杨氏。另者,私人关系也在起作用。陈西滢与杨荫榆是无锡同乡,陈的表叔吴稚晖与章士钊是好朋友,陈与章士钊在英国时结下私谊,这种盘根错节的关系也决定了陈的倾向性。他将学生闹学潮理解为多数人暴政,所谓"群众专制"。对权力优劣势之估量,与周氏兄弟恰好相反。从某种意义上说,周氏兄弟同情文化等级地位更低的学生层,陈氏等同情文化等级地位更高的校长。前者着眼于反专制,后者着眼于维护理性的正常的师道秩序。

1925 年,《语丝》与《现代评论》因女师大学潮爆发了一场自"五四"以来新文化阵营内部最大的笔战,历时近一年。《新青年》解体后新文化知识界潜伏着的思想分歧于此时公开挑明,人文知识分子在落寞纷扰年代深受压抑的心理情绪找到了发泄的端口。这其中,自觉"运交华盖"的鲁迅表现得尤为强烈。有意思的是,这场论争很快绕过女师大学潮对垒两方谁是谁非问题,而转向对论争对手的文化人格作追究和责难上。现代评论派的"伪正人君子"性质被揭发,成为《语丝》文化批判的一个话题。正是这个对象,激发了鲁迅 1920 年代中期思想表达的灵感,鲁迅的一系列作品:《朝花夕拾》《野草》,《彷徨》的后半部,以及《华盖集》《华盖集续编》《华盖集续编续编》里的杂文,都产生于这一时段。这场论争,甚至成为后期鲁迅处理与外部世界关系的一个转折点。

三、意气之争：《语丝》人文主义的蹈空及其非理性陷落

1920年代已不是一个可以从容谈"美的生活"的年代了。搅入女师大风波，面对的可能是一堆公说公有理、婆说婆有理的具体纠纷①，其是非、对错难以真正说清。两个群体借此而展开的辩论，有为各自的文化思路作辩解、阐释、开拓之意，尤其是《语丝》。创刊后的前半年，《语丝》按自己的路线走，虽与整个环境不甚协调，到底自说自话，自得其乐。女师大事件的搅动，激发了周氏兄弟及《语丝》同人介入现实的热情，乱世背景下的文化杂感与时局批评相携手，某种程度上改变了刊物原来的言说基调。何况遇上陈西滢这样难缠的对手。论辩渐为事态牵着走，急就篇连连推出，深思熟虑、从容淡定之态渐失。为辩论而辩论，为驳倒对方而搜索枯肠甚至强词夺理，理性的流失也不可避免。

1925年下半年，《语丝》同人多数卷入女师大事件论争中，形成两条线索：一条是鲁迅抨击杨荫榆的线索，一条是周作人、刘半农、川岛、林语堂、张定璜等就几则传闻与陈西滢作对质、澄清的线索。前者是主线，后者是副线。1925年6月1日《语丝》第29期头条刊载鲁迅的《"碰壁"之后》，这是鲁迅首次评论女师大事件。

---

① 这是一段扰攘不安的岁月，政治腐败，风潮四起。蒋梦麟在《西潮》中记及一位老教授对他说："这里闹风潮，那里闹风潮——昨天罢课，今天罢工，明天罢市，天天罢、罢、罢。校长先生，你预备怎么办？这情形究竟到哪一天才结束。有人说，新的精神已经诞生，但是我说，旧日安宁的精神倒真是死了！"（蒋梦麟：《西潮》，业强出版社，1991年，第140页）梁实秋后来也回忆说："这时节北方还在所谓'军阀'的统治之下，北平的国立八校经常在闹'索薪'风潮，教员的薪俸积欠经年，在请愿、坐索、呼吁之下每个月也只能领到三几成薪水，一般人生活非常狼狈……"（梁实秋：《忆新月》，收入《秋室杂忆》，中国工人出版社，2012年，第108—109页）

此文写于 5 月 21 日,其时鲁迅还没有读到陈西滢 5 月 30 日发表的"粉刷毛厕"那则闲话。此前,他起草《为北京女师大学生拟呈教育部文》第一件和第二件,弹劾杨荫榆,呼吁撤换校长。介入女师大事件,鲁迅的矛头直指杨荫榆。《"碰壁"之后》先谈"心造"之境:"我眼前总充塞着重叠的黑云,其中有故鬼,有新鬼,魂游,牛首阿旁,畜生,化生。"接着就杨荫榆《致全体学生公启》中"知学校犹家庭,为尊长者断无不爱家属之理,为幼稚也当体贴尊者之心"一语作发挥,称杨氏的确视学校如家庭,家有幼长之分,实行的是家长尊卑制。他说"我踏入这学校,就有阴森森的感觉",教员们在这里教书,如"在杨家坐馆",指证学校的家长制作风。又将学生与校长的矛盾喻为"妇姑勃豀":"这家族的人员——校长和学生——的关系怎样的,母女,还是婆媳呢?"杨氏掌管下的学校实行卑尊有别的家庭式专制,校长对学生有婆婆对媳妇般的霸道,学生闹学潮是年轻人反抗家长制。这一推演,就为学潮与杨荫榆的作风作了定性。之后,他又写《女校长的男女的梦》《寡妇主义》等,继续沿着这一思路作批判:"在寡妇或拟寡妇所办的学校里,正当的青年是不能生活的。青年应当天真烂漫,非如她们的阴沉,她们却以为中邪了;青年应当有朝气,敢作为,非如她们的萎缩,她们却以为不安本分了:都有罪。只有极和她们相宜,——说得冠冕一点罢,就是极其'婉顺'的,以她们为师法,使眼光呆滞,面肌固定,在学校所化定的阴森的家庭里屏息而行,这才能敷衍到毕业;……(却)已经失了青春的本来面目,成为精神上的'未字先寡'的人物。"①"我还记得中国的女人是怎样被压制,有时简直并羊而不如。现在托了洋鬼子学说的福,似乎有些解放了。但她一得到可以逞威的地位如校长之类,不就雇用了'掠袖擦掌'的打手

---

① 鲁迅:《寡妇主义》,《鲁迅全集》第 1 卷,第 266 页。

似的男人,来威吓毫无武力的同性的学生们么?"①末了,鲁迅说:"我于是仿佛看见雪白的桌布已经沾了许多酱油渍,男男女女围着桌子都吃冰其淋,而许多媳妇儿……在苦节的婆婆脚下似的,都决定了暗淡的运命。"②文学式的笔法,将学生与校长的身份作了定性。之后,鲁迅的追究不断升级。8月10日在《京报副刊》发表《女校长的男女的梦》称,从"小说"看到"上海洋场上恶虔婆的逼勒良家妇女,都有一定的程序:冻饿,吊打。那结果,除被虐杀或自杀之外,是没有一个不讨饶从命的;于是乎她就为所欲为,造成黑暗的世界"——比拟、对照、质问、批判,从性心理角度进行剖析,称杨"将自己夜里所做的事,都诬栽在别人身上,却未免和实际相差太远了。可怜的家长,怎么知道你的孩子遇到了这样的女人呢"!可谓是人身攻击了。到了12月20日的《寡妇主义》,以杨的单身为据,推测其心理缺陷,归纳为"寡妇主义"。称:

> 中国的女性出而在社会上服务,是最近才有的,但家族制度未曾改革,家务依然纷繁,一经结婚,即难于兼做别的事。于是社会上的事业,在中国,则大抵还只有教育,尤其是女子教育,便多半落在上文所说似的独身者的掌中。这在先前,是道学先生所占据的,继而以顽固无识等恶名失败,她们即以曾受新教育,曾往国外留学,同是女性等好招牌,起而代之。社会上也因为她们并不与任何男性相关,又无儿女系累,可以专心于神圣的事业,便漫然加以信托。但从此而青年女子之遭灾,就远在于往日在道学先生治下之上了。③

寡妇主义者比道学先生对青年女子的危害更大,鲁迅分析:

---

① 鲁迅:《忽然想到·七》,《鲁迅全集》第3卷,第60—61页。
② 鲁迅:《"碰壁"之后》,《鲁迅全集》第3卷,第68页。
③ 鲁迅:《寡妇主义》,《鲁迅全集》第1卷,第263—264页。

"在女子,是从有了丈夫,有了情人,有了儿女,而后真的爱情才觉醒的;否则,便潜藏着,或者竟会萎落,甚且至于变态。"不得已而独身者,无论男女,精神心理不免有问题,"执拗猜疑阴险的性质者居多","因为压抑性欲之故,所以于别人的性底事件就敏感,多疑;欣羡,因而妒嫉"。"托独身者来造贤母良妻,简直是请盲人骑瞎马上道,更何论于能否适合现代的新潮流"。鲁迅将杨的单身与其人格心理缺陷相联系,挖掘其变态、专制的根源,坐实其"寡妇主义"性质,指出寡妇主义教育对青年女子的危害:"全国受过教育的女子,无论已嫁未嫁,有夫无夫,个个心如古井,脸若严霜,自然倒也怪好看的罢,但究竟也太不像真要人模样地生活下去了……"①这说到底只是一种推测,无法坐实杨荫榆人格心理真的有问题。先是捕风捉影,而后给所捉之影定质定性,文学写法背后的非理性质地已经浮现。

如果说鲁迅对杨荫榆的揭发还算客气,不断为她的"专制"找出根源。他说:"我说她是梦话,还是忠厚之辞;否则,杨荫榆便一钱不值;更不必说一群躲在黑幕里的一班无名的蛆虫!"②对于"躲在黑幕里"的陈西滢等,鲁迅直接以"蛆虫"骂之。读过陈西滢《粉刷毛厕》后,鲁迅当晚写下《并非闲话》,并见刊于6月1日《京报副刊》。这是鲁迅与《现代评论》首次交战。他从署名"一个女读者"的《女师大的学潮》谈起,就陈文的"流言""偏袒一方""某籍某系""挑剔风潮"一一作回应,最后就"臭毛厕"与"饭店召集教员"作发挥:"学校的变成'臭毛厕',却究竟在'饭店召集教员'之后,酒醉饭饱,毛厕当然合用了。西滢先生希望'教育当局'打扫,我以为在打扫之前,还须先封饭店,否则醉饱之后,总要拉矢,毛厕即永远需用,怎么打扫得干净?""这种蛆虫充满的'臭毛厕',是难

---

① 鲁迅:《寡妇主义》,《鲁迅全集》第1卷,第266—267页。
② 鲁迅:《女校长的男女的梦》,《鲁迅全集》第7卷,第291页。

于打扫干净的。"暗示臭茅厕之始作俑者乃是校方。写文当天,他致许广平信称:"所谓西滢也者,对于我们的宣言出来说话了,装作局外人的样子,真会玩把戏。我也做了一点寄给《京副》,给他碰一个小钉子。"又说:"我明知道笔是无用的,可是现在只有这个,只有这个而且还要为鬼魅所妨害。然而只要有地方发表,我还是不放下……""既经骂起,就要骂下去,杨荫榆尚无割舌之权,总还要被骂几回的。"①此时,鲁迅已决心"骂下去",不管"东滢西滢"。三天之后,鲁迅又写《我的"籍"和"系"》,继续追究"籍"和"系"问题。咬文嚼字,由近及远,借题发挥,作语义延伸及实质追究,这种方式成为鲁迅日后杂文写作的基本样式。

那是鲁迅经历《新青年》分裂、兄弟失和的彷徨之后,找到的一个发泄的端口。1925 年 3 月 18 日鲁迅致信许广平,谈《工人绥惠略夫》②中主人公绥惠略夫:"要救群众,而反被群众所迫害,终至于成了单身,忿激之余,一转而仇视一切,无论对谁都开枪,自己也归于毁灭。"③1925 年 6 月他写了两篇奇文:《颓败线的颤动》《失掉的好地狱》,均写梦境,写亲人和同道者的背叛,主人公被推向无边的黑夜和荒野。之后,他又写《死去》,想象死后情形。心理极度黑暗、绝望。"那时使我希望,欢欣,爱,生活的,却全都逝去了,只有一个虚空,我用真实去换来的虚空存在。"④"连饮过我的血的人,也来嘲笑我的瘦弱了。……这实在使我愤怒,怨恨了,有时简直想报复。……我近来的渐渐倾向个人主义,

---

① 鲁迅:《致许广平》,见王世家、止庵编《鲁迅著译编年全集》第 6 卷,第 240 页。
② [俄]阿尔志跋绥夫:《工人绥惠略夫》,鲁迅译,1921 年由商务印书馆作为《文学研究会丛书》之一印行,后归北新书局,作为《未名丛刊》之一印行。
③ 鲁迅:《两地书》(1925 年 3 月 18 日致许广平),《鲁迅全集》第 11 卷,第 20 页。
④ 鲁迅:《伤逝》,《鲁迅全集》第 2 卷,第 129 页。

就是为此。"① 他这样分析自己:"我的意见原也一时不容易了然,因为其中本含有许多矛盾,教我自己说,或者是人道主义与个人主义这两种思想的消长起伏罢。"② 人道主义有人道承担,个人无治主义则撤回承担,仇视一切,"对谁都开枪"。鲁迅此时正陷于绥惠略夫境地,从这个角度理解他与陈西滢的论战,以及此后他用"投枪""匕首"对付论敌,也许有他的心理原因。③ 他也承认自己"太黑暗"④,而绥惠略夫式的回击,可能是非理性的。

《语丝》与《现代评论》论战的另一条线索是周作人、刘半农以及林语堂、章川岛等。此时,已经失和的兄弟在《语丝》上各行其是,但对女师大风潮的态度却基本一致。不同的是,鲁迅与现代评论诸君原没什么关系,除胡适外,皆是陌路人。周作人则与陈西滢及东吉祥诸君有交往。登山、游玩、饮茶,"谬托知己"。他们之间有自由主义知识分子相投合的一面。之后翻脸、反目,对于周作人来说,是一种扭转。为此他分析自己内心两个"鬼":"……和道地的绅士们周旋,也仍旧是合不来的……结果终于翻脸,以至破口大骂;这虽是由于事势的必然,但使我由南转北,几乎作了一百八十度的大回旋,脱退绅士的'沙龙',加入从前那么想逃避的女校,终于成了代表,与女师大共存亡,我说运命之不可测就是如此。"⑤ 这

---

① 鲁迅:《两地书》(1926年12月16日致许广平),《鲁迅全集》第11卷,第249页。

② 鲁迅:《两地书》(1925年5月30日致许广平),《鲁迅全集》第11卷,第79页。

③ 许多研究者将后期鲁迅放在他南下之始,其实与现代评论派的笔战,已掀开他处理与论敌关系的新一页。

④ 鲁迅说,我"不愿将自己的思想,传染给别人,何以不愿,则是因为我的思想太黑暗,而自己终不能确知是否正确之故"。《致许广平》,见王世家、止庵编《鲁迅著译编年全集》第6卷,第240页。

⑤ 周作人:《女师大与东吉祥二》,《知堂回想录》(下),第557页。

段话颇有深意,主张"美的生活"的周作人,终于不得不来个"一百八十度的大回旋",对曾经的友人"破口大骂"。最引起他愤慨的是"流言者之卑劣心理":"没有凡某籍人不能说校长不对的道理,所以我犯了法也还不明白其所以然……"他就此展开质问,对陈西滢的"现在的女学生都可以叫局"的传闻尤为愤怒:"许多所谓绅士压根儿就没有一点人气,还亏他们恬然自居于正人之列。"①陈西滢否认"叫局"之说,要求公开澄清事实,传出此话的张凤举又不愿意作证,反令周作人陷入尴尬。这场对话以充满义愤的声讨开始,以遁入虚空的口水战告终。费很大劲将自己扭转过来投入战斗,却落入无聊的纷争中,周作人自感"白费精神"。② 另一场论战是刘半农就其在伦敦与陈结怨的几件事而写的《骂瞎了眼的文学史家》③,以及章川岛以"爱管闲事"署名写的《刘博士订正中国现代文学史冤狱图表》和林语堂的《写在刘博士文章及"爱管闲事"图表的后面》几篇文章。围绕两件事打笔仗:一是陈西滢妹妹说过陈西滢的英文比狄更斯说得好,英国文学史没有把陈的名字编入其中"真是瞎了眼"!一是前文提及的陈西滢在伦敦对刘半农的介绍令刘不快。这场笔战其实是意气之争,含有因1920年代社会资源分配不公而带来的积怨。

作为和事佬,徐志摩从另一个角度道出了这场论争的实情。徐说:"我是不主张随便登载对人攻击的来件的,一则因为意气文

---

① 周作人:《闲话的闲话之闲话》,钟叔河编订《周作人散文全集》第4卷,广西师范大学出版社,2019年,第479页。

② 他在1925年秋一篇杂感里写道:"今日在抽屉里找出祖父在己亥年所写的一册遗训,见第一章中有这样一则:少年看戏三日夜,归倦甚。我父斥曰,汝有用精神为下贱戏子所耗,何昏愚至此。自后逢歌戏宴席,辄忆前训,即托故速归。我读了不禁觉得惭愧,好象是警告我不要多去和人纠缠似的。无论是同正人君子或学者文士相打,都没有什么意思,都是白费精神,与看戏三日夜是同样的昏愚。"

③ 刘半农:《骂瞎了眼的文学史家!》,《语丝》1926年第63期。

字往往是无结果,有损无益;二则我个人生性所近,每每妄想拿理性与幽默来消除意气——意气是病象的分数多,健康的分数少……西洋老话说'你平空打一下罗马人,你发见一个野兽',这样猛烈的攻击看情形决不会就此结束的。我愁的是双方的怨毒愈结愈深,结果彼此都拿出本性里的骂街婆甚至野兽一类东西来对付,倒叫旁边看热闹人中间冷心肠的耻笑,热心肠的打寒噤……"①他又说:"'怨毒'已经弥漫在空中,进了血管,长出来时是小疖是大痈说不定,开刀总躲不了,淤着的一大包脓,总得有个出路……"②胡适也出来说话,1926 年 5 月 24 日他分别给鲁迅、陈西滢和周作人写信,称"三位都自信这回打的是一场正谊之战","当日各本良心的争论之中,不免都夹着一点对于对方动机上的猜疑;由这一点动机上的猜疑,发生了不少笔锋上的情感;由这些笔锋上的情感,更引起了层层猜疑,层层误解。猜疑愈深,误解更甚。结果便是友谊上的破裂,而当日各本良心之主张就渐渐变成了对骂的笔战"。③ 由于论辩两方各有理由,各执一端,滑向枝节性、意气性的纠缠之上,失去思想交锋的理性,最终两败俱伤。朱自清在读完鲁迅与许广平私下交流与《现代评论》笔战诸事的《两地书》后,"觉无多大意义","鲁迅骂人甚多,朱老夫子、朱山根(顾颉刚)、田千顷(陈万里)、白果皆被骂;连伏老也不免被损了若干次"。④ 新文化知识分子的非理性陷落已经出现。

1920 年代中期,社会各方力量的多重角力,带来一个混杂多元的局面。《新青年》时代已经结束,新文化知识分子的分化和各

---

① 徐志摩:《关于下面一束通信告读者》,《徐志摩全集》第 4 卷,广西民族出版社,1991 年,第 440 页。

② 徐志摩:《谒列宁遗体回想》,《自剖》,上海新月书店,1928 年。

③ 胡适:《胡适来往书信选》上册,中华书局,1979 年,第 377—380 页。

④ 朱乔森编:《朱自清全集》第 9 卷,江苏教育出版社,1997 年,第 220 页。

走其路已成大势。上述二刊的笔战正是新文化知识分子深层分化的一个表征。值得注意的是,双方的论辩除了个人意气、群体积怨以及社会资源分配不公造成的裂痕外,还体现了注重人文(尊重学生的个人自由)与注重科学(看重学校的教学秩序)两种文化思路之间的分歧。"民主"与"科学"是"五四"新文化的两面旗帜,到1920年代中期,二者已呈不相协调之态,其思路方式变得各执一端,不可调和,终至两败俱伤。没有科学的理性的社会秩序作为保护,发展自由的、民主的个人主义,似乎会导致非理性的激情泛滥及最终的事与愿违;反之,强硬的而缺乏人文关怀的秩序,宰制人性的科学主义,又会导致新的专制主义的出现和人性的崩裂。在缺乏良性调节的中国现实土壤中,《语丝》的人文主义倡导,其实遭遇重重困境。与科学主义相遇,激发了他们的人文偏执,一场激烈的论战让他们某种程度上失去了理性之判断力,陷入伤人又自伤的困局。

第三章 阶级论文学的初期实践
——以蒋光慈小说为考察中心(1925—1931)

在1920年代后期革命文学草创时期,蒋光慈是一位标志性的人物。自1925年《少年飘泊者》完成,1927年《鸭绿江上》《短裤党》《野祭》问世,1928年《蚁斗》《菊芬》出版,蒋光慈小说以其激进而纯粹的"赤",引领革命文学创作的风标。1928年初革命文学运动正式揭幕。作为太阳社的撑门人,蒋光慈在理论倡导上难以与其时创造社几位新锐青年理论家相比匹。但作为已有几年创作经验的老牌革命文学作家,他的小说却拥有绝对的影响力,成为起步期革命文学的样榜,为革命文学写作者所竞相仿效。后来有人慨叹掉进"光赤式的陷阱里"[①],是其证明。其小说题材选取、题旨提炼、人物形象处理乃至一整套语言词汇,都为新生的革命文学提供了活生生的案例,起着示范作用。

其时刚起步的革命文学首先要做的是,颠覆"五四"以来已达成共识的"文学何为"和"文学为何"的一整套观念和规则。从理论上清算不难,李初梨、冯乃超、钱杏邨等文章已一炮打响。但从文本形态上建立一种革命文学样式且让人信服则不易。革命文学

---

① 丁玲:《我的创作生活》,此文写于1933年4月。丁玲说,《韦护》在《小说月报》上刊载后,重读此作,"才很厉害地懊悔着,因为自己发现这只是一个很庸俗的故事,陷入革命与恋爱冲突的光赤式的陷阱里去了"。《丁玲文集》第5卷,湖南人民出版社,1984年,第381页。

创建从题材入手,阶级观念的引入,给文学带来的最直观的表征是,写阶级斗争故事。观念上的阶级对抗,如何落实为情节形态的文学叙述?写阶级斗争、血腥仇杀的革命文学的人性分寸在哪里?如何处理暴力斗争中"恶"的问题?如果说文学是一个由文字符号构成的审美结构,这个结构可以包含社会互动各个层面的内容,但它仍需强调其审美特质,那么,革命文学如何呈现这种特质?

对革命文学怀有同情理解的郁达夫提及"有许多人说,文学是点缀太平,讴歌盛世,创造美的感觉的东西,无产阶级是与美的原理不合的阶级,所以无产阶级的文学这一名句话是不通的"。郁氏反驳这种说法:"……若有个乞儿,在街上挨户求乞,蓬头垢面,将乞来的几个金钱,去买一件很便宜很粗糙的衣服来给他的可爱的人穿,也未始是不美不艺术的。"①蓬头垢面的乞丐只是表面不美,给予他衣裳、爱,他也就美了。郁达夫用人道主义观念接纳无产阶级文学,认为赤贫的无产者也有爱和美的芯子,写无产阶级文学与写"人的文学"其实无异。在何谓"无产阶级文学"尚不清晰的初期阶段,郁达夫的理解不无代表性。与这种情况相类似,蒋光慈早时革命小说也呈混杂性特征。从最早的流浪汉小说《少年飘泊者》到稍后的作为"武器的文学"的《短裤党》《蚁斗》,到温情主义的"革命+恋爱"的《鸭绿江上》《野祭》,到兼具鸳蝴言情笔法的《丽莎的哀怨》,终致在混杂的革命叙事尝试中,步步远离"武器的文学"的初衷,以愈演愈烈的光赤式"革命+恋爱"模式,给正在转换路向的文坛,献上了一种不伦不类的革命文学。这个过程充满"革命"与"文学"相博弈的紧张。蒋光慈小说从题旨、题材到语言文体的摇摆性和混杂性,正是这种博弈的动态记录。

需要指出的是,1920年代后半期至1930年代初的新文学呈多元并存格局,各类文学书写虽有强势弱势之分,却谁也主宰不了

---

① 郁达夫:《〈鸭绿江上〉读后感》,《洪水》1927年第3卷第4期。

谁。在这种形势下,革命文学的问世,得助于革命热情高涨的社会环境支持,却并不拥有绝对的价值优势。其文学合法性一直颇受质疑。那几年,它在"武器的文学"与"人的文学"之间摇摆,为奔赴"革命"或奔赴"文学"两端所撕扯。蒋光慈小说体现着这种摇摆性和撕扯感。经由蒋氏小说,考察初期阶级论文学的美学构建实践,是一个有效的角度。

一、"革命"如何整合"文学"?
——阶级论文学的初期实践及其困境

1925年写《少年飘泊者》时,蒋光慈对这一"粗暴"之作能否为文坛接受,并没把握。他说:"在现在唯美派小说盛行的文学界中,我知道我这一本东西,是不会博得人们喝彩的。人们方沉醉于什么花呀,月呀,好哥哥,甜妹妹的软香巢中,我忽然跳出来做粗暴的叫喊,似觉有点太不识趣了。"①1923年前后,共产党理论家就开始对新文坛的风花雪月、新诗人的唯美沉迷加以棒喝和抨击②,呼唤一种关注现实的风气。在这一扭转之下,"粗暴"文风正在抬头,"好哥哥,甜妹妹"习气正遭摒弃。蒋氏借此为自己辩护。他说:"我爱美的心,或者也许比别人更甚一点;……但是,现在我所耳闻目见的,都不能令我起美的快感,更哪能令我发美的歌声呢?……倘若你们一些文明的先生们说我是粗暴,则我请你们莫要理我好了。"③强硬语气后面,有其难以掩饰的心虚。从苏联回

---

① 蒋光慈:《少年飘泊者·自序》,《蒋光慈文集》第1卷,上海文艺出版社,1982年,第3页。

② 参见姚玳玫《"青年"与1928年的革命文学运动》,《中国文学学报》2013年第4期。

③ 蒋光慈:《少年飘泊者·自序》,《蒋光慈文集》第1卷,第3—4页。

国后,蒋光慈主动走近创造社,有物以类聚之意。其时正值《洪水》创刊,一批造反叫骂式文章连连推出,颇有"革命"气象。但蒋在创造社那里却碰了钉子,郁达夫说,"创造社出版部的几位新进作家,在那时着实有些鄙视他的倾向"。① 郭沫若也说,蒋光慈"做来希望登《洪水》的文字便每每有被退回的时候。而编《洪水》的几位青年朋友,尤其是有点忌避他的:自然是因为他不仅'赤'其名,而且是'赤'其实了"。② 思想上的"赤"尚可以接受,技术上的"赤",就难以被认可了。蒋作技术上不过关,让仍带有唯美主义习气的编者瞧不起。蒋上述那番自白,有其背景。

那些年,尽管"光赤的作风,大为一般人有所不满",他仍"用尽苦心,写几篇有力量的小说来,以证明自己的实力"。③ 继《少年飘泊者》后,1926 年底他写了《鸭绿江上》。一改前者写飘泊者走上革命之路的坚硬笔法,后者从李孟汉与云姑的爱情入手,写沦为亡国奴的高丽人在现实逼迫下走上救亡之路。由爱情切入,后作笔调轻松灵动,相关段落充溢诗情画意。因此郁达夫称之为蒋"后期诸作品的先驱"④,是光赤式"革命 + 恋爱"叙事的开端。其时,蒋的阶级论观念并不清晰。两作都写主人公在现实挤兑下走上革命之路,却还不是阶级论框架中的演述,所谓投身"革命"也只是一种指向模糊的奔赴。

1927 年 3 月蒋光慈借法国大革命时期"极左的""最穷的革命党人"——短裤党(Des Sans-culottes)为题⑤,推出他真正用阶级论

---

① 郁达夫:《光慈的晚年》,《现代》第 3 卷第 1 期,1933 年 5 月号。
② 郭沫若:《创造十年续编》,《沫若文集》第 7 卷,第 245 页。
③ 郁达夫:《光慈的晚年》,《现代》第 3 卷第 1 期,1933 年 5 月号。
④ 同上。
⑤ 参见蒋光慈《短裤党·写在本书的前面》一文,《蒋光慈文集》第 1 卷,第 213 页。另,郑超麟称《短裤党》书名是秋白取的。秋白用法国大革命的(转下页)

逻辑演绎人物故事的《短裤党》。该作以"革命军未到上海以前的二次暴动"①为素材,描写暴动中几个重要人物的群像,呈现了一场头绪纷繁的工人运动。文中流淌着这样的文字:

> 无数万身受几层压迫的,被人鄙弃的工人——在杨树浦的纱厂里,在闸北的丝厂里,铁厂里,在一切污秽的不洁的机器室里……对于政治反动的空气,工人比任何阶级都感觉得深刻些!沈船舫好杀人,但杀的多半是工人!军警好踩躏百姓,但踩躏的多半是工人!……红头阿三手中的哭丧棒好打人,但被打的多半是工人!米价高了,饿死的是谁?终日劳苦,而吃不饱衣不暖的是谁?工资是这样地低!所受的待遇是这样地坏!行动是这样地不自由!唉!工人不奋斗,只有死路一条!

> 邢翠英又想起自己在丝厂中所经受过的痛苦,那工头的强奸,打骂,那种不公道的扣工资,那种一切非人的生活……唉!现在的世界真是不成世界!穷人简直连牛马都不如!这不革——革命还可以吗?革命!革命!一定要革命!不革命简直不成啊!

> 金贵是一个朴直的工人,所知道的也就仅是关于工人阶级的事情。现在社会非改造不可!工人阶级真苦!有钱的都不是好东西啊!……啊,明天暴动,这是我李金贵发泄

(接上页)Des-culottes 为书名。但这个译名是错的。Culottes 是法国贵族穿的华丽的短裤,平民穿不起,只好穿长裤,贵族于是称当时的革命群众为'无华丽短裤可穿的人'"。见方铭编《蒋光慈研究资料》,知识产权出版社,2010 年,第 143 页。

① 王任叔:《评短裤党——〈短裤党〉是泰东新出版蒋光赤著的一本小说》,原载《生路》月刊第 1 卷第 1 期,方铭编《蒋光慈研究资料》,第 247 页。

闷气的时候了!把李普璋这个狗东西捉住,把他千刀万剐才如我意!①

罢工,开会,杀工贼,街上散发传单、劳资间的血腥仇杀……简略的过程描写,辅以大量的人物自述性和作者议论性的文字,从不同角度诉说阶级矛盾之深重、阶级对立之不可调和与阶级仇杀之正义合理。这其中,革命诉求得到最大程度的彰显。为了控制叙述走向,"每以篇中第三称的人物作第一称的述说"②,由人物直接站出来抒情议论,控诉成为叙述的主调。群像式的人物造型按工运人员构成来设计:工人领袖、党的工运指挥员和中委领导三方人物。几组人物以工运的发起、暴动及最终的挫败为轴心发生联系,人物之间基本没有日常感情交流和性格碰撞。为了弥补这一欠缺,每组人物特意安排一男一女,工人代表有李金贵和邢翠英夫妇,工运指导员有史兆炎和华月娟,中委领导有杨直夫与秋华夫妇。这种配置使叙述得以揉进男女爱情细节。金贵在罢工动员会上讲话,翠英听了心里想:"啊,还是我的黑子好!这几句话说得多痛快,多勇敢!哎哟!我的好黑子,我的亲爱的丈夫!……哼!只有我邢翠英才有这样的丈夫啊!"口吻笨拙、生硬,目的只为了赞美革命者。抢警察署前,"信心比石头还硬"的金贵明白"明天也许弄得不好要死的"。在翠英面前,他有些犹豫,但"党的决议,革命的要求,就是知道一定要丧命,那又有什么办法呢?"翠英也一样:"我哪能以个人的感情来劝阻他?……这也只好碰运气……倘若有什么不测的到时候……唉!那时我也只有一个死……陪着他死……"③老实干巴的考虑,直奔为革命献身的题旨。比起《鸭绿

---

① 蒋光慈:《短裤党》,《蒋光慈文集》第1卷,第215—216、222—223、243页。
② 王任叔:《评短裤党——〈短裤党〉是泰东新出版蒋光赤著的一本小说》,原载《生路》月刊第1卷第1期,方铭编《蒋光慈研究资料》,第248页。
③ 蒋光慈:《短裤党》,《蒋光慈文集》第1卷,第244页。

江上》,《短裤党》的阶级论逻辑线索更为清晰,爱情描写较为生硬且处于从属位置。这未必是作者才情欠缺,主要是阶级革命排斥个人情感的逻辑规定使然。瞿秋白这样阐释此作的题旨:"党而短裤,可谓无耻之尤者矣","暴民专政正是《短裤党》那篇小说的理想"。① 但在实际的形象塑造中,作者既无法让人物彻底地定位于"暴民""无耻之尤"上,又无法将其写成有温情的现实中人,不伦不类的笔法,使形象难以圆融。

写《少年飘泊者》时,蒋光慈还需为"粗暴"辩护,到 1928 年写《蚊斗》,"粗暴"已成为一面旗帜,一种革命文学借以炫耀的表征。1928 年 1 月革命文学运动正式揭幕,《太阳》推出其重头作蒋光慈的《罪人》各章②:《蚊斗》《往事》《夜话》《诱惑》。这回,蒋的阶级论思路已清晰。《罪人》各章以工人阿贵为主人公,写挣扎于底层的阿贵被厂方开除后在蚂蚁群斗启发下,铤而走险,枪杀工头工贼。一改《短裤党》那种主旨含混、斗争主义与温情主义纠缠不清、人物众多且主次不明、结构繁复且不得要领诸不足,《蚊斗》用全副笔墨写阿贵,无业,浪迹街头,像瘪三,像饿鬼,像猪猡。阶级仇恨由之而生:"我连一个小蚂蚁都不如吗?不如一个小蚂蚁,还算是一个人吗?啊?我被开除了,难道是我的过错吗?张金魁献好于资本家,把我弄得开除了,我就此能同他算了吗?不,不,绝对地不能!我一定要报仇,我不报仇我就不是人呀!"③原本连一只鸡都不敢杀的阿贵终于敢杀人。人物满口粗话,满腔仇恨,被人当作猪猡百般蹂躏,也对欺人者报以疯狂的仇杀。文字充满残暴的血腥气息,劳资双方均为仇恨煎熬着,杀戮成为必然的奔赴。

---

① 瞿秋白语,转自《蒋光慈生平年表(1901—1931)·1927 年 3 月》,方铭编《蒋光慈研究资料》,第 14 页。

② 1928 年 9 月,《罪人》改名《最后的微笑》,由上海现代书局结集出版。

③ 蒋光慈:《最后的微笑》,《蒋光慈文集》第 1 卷,第 427 页。

其时,革命文学作为一种时代精神书写在很大程度上被认同。往往是,不嫌"革命"写得过火,而嫌写得不够"革命",但最难的仍是如何将"革命"写得像"文学"。有意思的是,批评作品不够"革命"者,往往最终将问题追溯到作品不够"文学"上。革命与文学互为因果,循环往复,纠结不清。王任叔的《评短裤党》①称:"我竟毫不感到紧张与悲痛与愤怒,我觉得蒋先生这册小说是完完全全失败了。"他就人物塑造、情节结构的革命合理性欠缺提出批评:"李金贵的思想,断然不是一个温情的人,在他觉得压迫来了的时候,只有起来反抗是他惟一的出路。作者在此应该竭力把他写描一下;可是作者却进一步描写李金贵暴动后成功的欢喜的幻想,减少了不少的文章的力量。"他还提出,全篇主要人物由李金贵、邢翠英来担当,其余人物皆"撇开一边,做一个副角色"。"不要把李金贵死得这样早,要好好的待第二次暴动以后,李金贵才可死! 而且在最后,还当拉出一个和金贵的思想同调的人……才可以表现出《短裤党》今日的失败的错误与将来应该走去的道路。"他将作品的革命合理性欠缺追究到人物和结构处理的合理性上,究其实谈的是文学性欠缺问题。方璧的表述更为直接:"我很不客气说,《太阳》第一期中的几个短篇,使我不能满意;蒋光慈的《蚂斗》,也不见怎么出色的地方……""我并不是轻蔑具有实感的由革命浪潮中涌出来的新作家,我是希望他们先把自己的实感来细细咀嚼,从那里边榨出些精英,灵魂,然后转变为文艺作品。"②革命实感只有经过咀嚼,榨出精英和灵魂来,才是文学。钱杏邨《关于〈评短裤党〉》虽反驳王任叔意见,但也承认:"《短裤党》缺乏小说风味

---

① 王任叔:《评短裤党——〈短裤党〉是泰东新出版蒋光赤著的一本小说》,《生路》月刊第 1 卷第 1 期。

② 方璧:《欢迎〈太阳〉!》,《文学周报》1928 年第 5 卷。

那是实在。"①"创作里的人物,个人的行动很浪漫,往往的不受指挥,《短裤党》最犯这个毛病……"②蒋氏自己也检讨,《短裤党》"写完了之后,自己读了两遍,觉得有许多地方缺乏所谓'小说味',当免不了粗糙之讥"。③《短裤党》和《蚁斗》都缺乏小说味,人物心理行为不统一,所谓"不伦不类"。究其原因可能是小说的革命性与文学性试图兼顾又无法兼顾。至此,"革命"与"文学"如何整合的问题,已被提出。

1928年前后,蒋光慈革命小说因其文学性欠缺,颇受同行非议。这令钱杏邨愤愤不平,他称蒋在中国文坛的境遇就像俄罗斯文坛对待别德内依(Demian Bedny):"不是说他的创作太粗俗,就是说他的创作太浅薄;不是说他的诗是标语口号,就是说他连句子都写不通;不是说他的创作的技巧太鲁莽,就是说他的诗歌太重理论……总之,光慈算不得一个创作家,他的技巧不高深又不美丽……是连一个文学的婴儿也不如!"作为蒋的支持者和知音,钱从阶级论角度为蒋做辩护。他称蒋是"民众所要求的说诉者","一个民众的文艺喇叭手。所以一般民众,尤其是下层阶级的民众的行为和语言,在他们看来,都是粗俗不堪,不古茂渊懿,不高深太鲁莽,浅薄得异常,语句都没有文法……"他反问:"用极美的句子来写极粗暴的生活这是可能的么?用极香艳的词藻来写大革命的狂飙这是可能的事么?……乞儿的口气决不是小瘪三嘴里的方言,文士的谈吐是比谁个都文雅,能懂得技巧与阶级与题目的关系,那我们敢说,光慈的表现的技巧,到现在虽然还没有成功,但每

---

① 钱杏邨:《关于〈评短裤党〉——读王任叔〈评短裤党〉以后》,《太阳月刊》1928年2月号。

② 钱杏邨:《蒋光慈与革命文学》,《现代中国文学作家》第1卷,上海泰东图书局,1930年,第185页。

③ 蒋光慈:《短裤党·写在本书的前面》,《蒋光慈文集》第1卷,第213页。

一本都是在进步着。"①钱认为,阶级/技巧/题材有其特定关系,革命文学有自己的美学特征,不能以既往观念来理解。至于是什么关系和特征,钱也语焉不详。

左联成立前一两年,蒋光慈以玩命似的勤奋做着他的阶级论文学试验。在未获党派支持的情况下,他凭个人的热情,按阶级论文学观念、按他理解的中国革命斗争现实来演绎他的人物故事。整个过程充满尝试者观念的混杂性和技法的摇摆性。创作上他接受中共职业革命家瞿秋白的指导——《鸭绿江上》由瞿审阅修改。《短裤党》素材由瞿提供,书名按瞿的意见拟定,从观念、选材到口吻,努力按短裤党、无产者、暴民专政诸思路来规划。但在"无产阶级革命"名下其实汇聚了种种不同经验,既有基于现实中国革命的政治经验,也有基于都市日常的生活经验。一旦进入具体情景中,一旦从人情人性角度来考虑,他的作品又充满异调。《短裤党》中翠英对枪杀奸贼的不忍:"……可怜小滑头就魂归西天了。工人们……无不喜形于色。惟有这时翠英的心中忽然起了一种怜悯的心情:好好的一个人为什么要做奸贼呢?唉!小滑头啊!你这简直是自己害自己!"②这个小滑头可能就是翠英身边一名工友!此外,写史兆炎的温情,阿贵连杀鸡都不忍的恻隐之心……一旦将人物置入日常情景中,他的革命叙事就跑调。他摇摆于美与粗鲁、温情与残忍之间,对暴力斗争有不忍之心。为了弥补作品"粗暴、浅薄、口号标语"诸不足,他尝试将人性/爱情置入其中,"革命+恋爱"书写由此开始。1927年他写了被钱杏邨誉为"转换了方向,扩大了范围"③的第二时期作品《野祭》《菊芬》。两作均

---

① 钱杏邨:《蒋光慈与革命文学》,《现代中国文学作家》第1卷,第142、146、148、169—170页。

② 蒋光慈:《短裤党》,《蒋光慈文集》第1卷,第263页。

③ 钱杏邨:《蒋光慈与革命文学》,《现代中国文学作家》第1卷,第165页。

以女性为主人公,以男女爱情为主线,革命与爱情相辅相成。据说两位女子都有现实原型,讲的是 Y 江两位女革命者的故事。① 他写爱情且是非常态的爱情,他以女主人公的奔赴革命、杀身成仁而赋予爱情以革命性质,这一嫁接又使其小说出现诸多破绽和裂痕。

二、"恋爱"如何归属于"革命"?
——"光赤式的陷阱"

1927 年初由东亚图书馆出版的《鸭绿江上》,收入八篇小说,内容混杂,题旨斑驳:有写莫斯科劳动大学高丽籍同学李孟汉由爱情走向革命的《鸭绿江上》,有写某驻军杀死团长的逃兵的《逃兵》,有写被强占女工杀死厂主、投奔旧情侣的《橄榄》,有写卖淫女哭诉的《徐州旅馆的一夜》,有写革命者弟弟与渐明大义的兄长深情夜话的《弟兄夜话》,有写革命者爱情的《一封未寄出的信》和《碎了的心》,有写浪漫诗人寻花问柳无得而投身工运的《寻爱》。尽管各篇都被安上"革命"主题,却又都关涉"感情"。这是蒋"恋爱+革命"尝试的开始。

卷首冠以"纪念亡妻若瑜"的《鸭绿江上》,写于蒋光慈初尝爱情之果——与宋若瑜相爱、结婚,之后,宋又生病且离世——的一年间。蒋说:"与若瑜决定正式关系不过一年,而这一年中她也就完全在病的状态中。本书是在这一年中写成功的。现在本书出版的时候,她却久已离开人世,而无一读的机会。人世间真有许多难

---

① 钱杏邨说:"《野祭》表演一个很重要的社会问题,事实的结果是继续短裤党应有的事实,是 Y 江这一头女革命家的牺牲,《菊芬》是革命时代的事实表演,结果是表现了 Y 江那一头女革命家的牺牲,两书虽都以恋爱为重心,却含了很重大的意义……"(《蒋光慈与革命文学》,《现代中国文学作家》第 1 卷,第 165 页)

以逆料者!"①这一年,蒋的个人爱欲受到极大搅动又不得不骤然失落。这种跌宕,给他的小说注入灵感,带来新局面——开始其对男女情欲的正视和悲情书写。八篇小说可分为"爱之悲情"和"爱欲受挫"两类,前者写志同道合的爱侣,最终一方为革命牺牲,另一方追随而去或悲痛欲绝;后者写主人公爱欲受挫,激发不平及仇恨,发生仇杀或奔赴革命。前一题旨延伸出《野祭》和《菊芬》,后一题旨则与《冲出云围的月亮》《丽莎的哀怨》有关联。两者其实是蒋光慈"革命+爱情"叙事的两个展开面。

这组作品题旨简单、人物扁平、技术笨拙,但郁达夫和钱杏邨仍注意到《鸭绿江上》转向爱情描写的新变化。郁氏称该集在那个年头革命文学作品里"占到一个很重要的位置"②,它是蒋"后期诸作品的先驱"③。钱氏则引用罗丹的话肯定该集的爱情描写:"要有感动,要有爱,要有希望,要有战栗,要有生命;做艺术以前,先要做人!"④钱氏将《鸭绿江上》的新笔法与爱、感动、生命诸艺术问题相联系,其措辞已发生变化。

1929年前后有两股力量制约蒋光慈的创作:一是文学同行对其创作缺乏人情味和文学性的批评,一是市场发行的规约。其时蒋作发行量日增,处于小说发行排行榜前列。这两股力量促使蒋不断调整其创作路线。作于1927年的《野祭》《菊芬》,标志着蒋"革命+恋爱"写作样式的成熟。两作依然笼罩在得到又失去宋若瑜的缠绵氛围中,情节结构颇为相似:流浪文人"我"与革命女子相恋的故事。他将Y江那两位献身革命的女子、苏联作家笔下

---

① 蒋光慈:《鸭绿江上》开篇语,《蒋光慈文集》第1卷,第85页。
② 郁达夫:《〈鸭绿江上〉读后感》,《洪水》1927年第3卷第29期。
③ 郁达夫:《光慈的晚年》,《现代》1933年第3卷第1期。
④ 钱杏邨:《〈鸭绿江上〉——蒋光赤第二小说集》,《文学周报》1927年第4卷第9期。

玛丽亚娜式的女英雄、宋若瑜的感性原型——"中原女杰"和蒋心中的"苏维娅"等几种形象相糅合,推出他的理想女性。在革命与恋爱的奔赴中,女主人公倚重革命,男主人公耽于恋爱。那位女子不仅是"我"情爱欲望的对象,更是激发"我"革命狂热的诱因,她最终的牺牲,让"我"陷入羞愧的伤感中。逻辑上,蒋光慈努力将"恋爱"纳入"革命"的结构性叙事链条中,人物或因革命信念相同而恋爱,或因恋爱受挫而奔赴革命。革命与恋爱或携手并行或互为驱动,所谓"革命与恋爱互为经纬"。① 但在实际恋爱中,男性人物常显迟疑和茫然之态。《野祭》有两个女子:一个美貌、活泼、单纯却胆小,对革命"没有绝对的信仰",但她让"我"迷恋;一个相貌平平,生性朴实迟钝,却忠于革命,"和屠格涅夫新时代的人物玛丽亚娜相似"。② 她暗恋男主人公,却爱而无望。两人与"我"构成三角恋关系。在革命浪潮中,前者的怯弱与后者的勇敢形成对照,当"我"意识到真正所爱是后者时,她已经被当局秘密枪毙。革命优先原则使男主人公放弃对异性美貌的迷恋,而作出合乎原则的选择。这是蒋引为自傲的有别于其时一般恋爱作品之处。他称《野祭》"在现在流行的恋爱小说中,可以说是别开生面,它所表现的,并不在于什么三角恋爱,四角恋爱……而是在于现今的时代……有两种不同的女性"③,男主人公对两种女子的选择体现了革命价值优先的恋爱观。一年后,蒋又写长诗《给某夫人的信》,再次表达他对与革命原则相悖的浪漫爱情的拒绝,对美貌而不革命的女子的否决。

最早领会《野祭》的意义并将之纳入阶级论范畴加以阐释的是钱杏邨。钱称,蒋写这么长的恋爱故事还是第一次,形式上与写

---

① 书评《田野的风》,《现代》1932年第1卷第4期。
② 钱杏邨:《〈野祭〉》,《太阳》月刊1928年2月号。
③ 蒋光慈:《野祭·书前》,《蒋光慈文集》第1卷,第307页。

三角恋、四角恋作品好像没什么不同,实际上已开了"新的局面":革命使恋爱获得升华。钱还就此提出恋爱的阶级性问题:"恋爱确实是有阶级性在里面,各个人的阶级不同,他们的经济背景和生活状况当然也是不同的,以两个经济背景不同的人合在一起,他们的思想行动,事实上是没有方法调协的。""写一篇青年学生恋一个丐女的故事,事实上竟没有法子下笔,他们怎样进行恋爱呢?"①钱从理论上为《野祭》革命价值优先的恋爱书写作阐释,强调阶级/革命属性对爱的规定。实际上,为了使"革命"与"恋爱"达成一致,《野祭》这组人物关系处理得并不合理,人物有"不伦不类"之感。②

1929年前后是蒋氏小说发行的黄金时期,《野祭》《菊芬》应该占排行版前列。两作均以1927年"四一二清党"后的腥风血雨为背景,将被屠杀的革命青年放在悱恻缠绵的恋爱格局中来展开,那种哀怨、伤感而绝望的情绪与低迷黑暗的现实相呼应,颇能感染读者。因此郁达夫说,尽管"白色恐怖弥漫了全国,甚至于光赤的这个名字,都觉得有点危险",他的小说仍"接连又出了五六种之多,销路的迅速……""(《冲出云围的月亮》)在出版的当年,就重版到了六次"。③ 从这种情况看,"革命+恋爱"的软性言情创作应该让蒋尝到了甜头。

1929年革命文学运动热潮已过去,革命文学在受多方质疑之下进入反刍阶段。这一年蒋主持《海风》周刊、《新流》月刊,他先是在二刊上推出他的一组苏俄译作:里别丁斯基的《一周间》、叶

---

① 钱杏邨:《〈野祭〉》,《太阳》月刊1928年2月号。
② 小说中,"我"一直不爱淑君,即便她成为革命者:"现在淑君是我的同志了,然而我还是不爱她。"但淑君牺牲后,"我"的态度陡然转变。另,钱杏邨称郑玉弦"莫名其妙"(《野祭》),指她前后行为突兀。
③ 郁达夫:《光慈的晚年》,《现代》1933年第3卷第1期。

芙林娜的《信》、斯前珂的《最后的老爷》、弗尔曼诺夫的《狱囚》和谢廖也夫的《都霞》;继而在《新流》上连载其长篇小说《丽莎的哀怨》。其时,苏俄文学已成为中国新生革命文学的摹本,这组译作或直接或间接地促成了《丽莎的哀怨》的问世。

从《丽莎的哀怨》中可以看出蒋光慈在寻找自我突破的路径。其时,蒋已对创作的脸谱化和简单化极不满意,谢廖也夫的《都霞》让他深有触动。《都霞》写贵族女子都霞对侵占她房子的革命党人华西礼产生好感,华不像别的男子总想占她的便宜。她主动勾引华,但不成功。白军反攻,华跑了。她发现华夹在书中一封写给情人的信,痛苦万分。她主动冒充华的情人,接受白军的审问。白军走后,她为自己杜撰而不可得的爱情而泪流满面。蒋欣赏这种写敌对双方爱仇互转的格局,称这种反面的、反衬的笔法"是万分值得从事普洛文学作家注意研究的。由此可以想到我们自己试作的一些'抱着柱子固定的转'的笨拙的表现法的可笑。所以为着某一种的意义而去创作时,取材一定要绝对的'求自然',绝对要避免'抱着'的病态"。① 他决心一试,改变"抱着柱子固定的转"的模式化写法,用自然的、合乎生活逻辑的笔调,写白俄贵族丽莎在"十月革命"后的流离失所。以丽莎为第一人称叙事者,讲述"我"的经历:离乡背井,流落上海,当舞女,卖身受辱,最终染上梅毒,走上绝路。

于蒋光慈而言,这是一次全新的尝试。除了借鉴俄罗斯小说笔法外,因身处上海,他还糅进一些海派言情笔法,对市场也有迎合。总体而言,此作情节曲折而流畅,人物形象较为丰富饱满,可读性强,的确克服了脸谱、口号、粗暴诸问题。蒋苦心追求的这点变化,在冯宪章那里获得肯定。冯对《丽莎的哀怨》的"艺术价值"给予高度评价,他引用蒲列汗诺夫、卢那卡尔斯基关于普罗文学形

---

① 蒋光慈:《〈新流月报〉第一期编后》,《新流月报》1929 年第 1 卷第 1 期。

式及其美学评价的观点,称:"如果所谓艺术的价值是在使明明目的宣传,而要令读者感不到自己是在被宣传的话,那末,《丽莎的哀怨》是值得相当高评价的作品了。……它将使读者,宣传于不知不觉之中。不会象其他的初期的普罗列塔利亚文学制作,就宛如标语口号一样,使一般的读者一见生厌;或者在那里显然地感觉着有人在对自己说教。这就是说,《丽莎的哀怨》已经脱离了标语口号的形式,而深进了一步——走上了适合新内容的新形式的道路的开端。"如果说脸谱、口号是初期普罗文学形式的一大缺憾,《丽莎的哀怨》在某种程度上已克服了这一缺憾,开创了一种"适合新内容的新形式"。冯还将《丽莎的哀怨》与《短裤党》作比较,称《短裤党》的形式是"粗暴的,力学的";《丽莎的哀怨》则"宛如读一首抒情的长诗,是那样的缠绵,那样的健丽"。① 至此,革命文学的艺术形式尝试,似乎走上一个新台阶。

此作技术上是进步了,但内容上却触犯了大禁忌。蒋以被波尔雪委克扫地出门的地主贵族丽莎为主人公,让这个不乏善良的无辜女性讲述她的遭遇——站在她的角度来讲述,按照她的理解来讲述,其矛头所向已是"十月革命"。与《都霞》不同,都霞面对一个有血有肉的男人,她通过这个男人来认识"十月革命"。在"白色圈中"渐渐领悟"红色党人的崇高"。丽莎面对的是一个用暴力将贵族阶级扫地出门的无产阶级集团,它以无产阶级的名义,革她的命,让她流离失所,却没有具体对象,是一种历史性、社会结构性的变革,无从捉摸,难以抗拒。从逃离俄罗斯伊始,她已走上不归之路。蒋用合乎人物的生活逻辑和心理逻辑的"自然"笔法来写,其结果是,丽莎的遭遇越自然,其对"十月革命"的控诉就越有力。这在立场正确至上的革命文学规则里,是无法被容忍的。

---

① 冯宪章:《〈丽莎的哀怨〉与〈冲出云围的月亮〉》,《拓荒者》1930年第1卷第3期。

不管冯宪章怎样以"反面的表现方法"来说圆这篇小说:丽莎之悲惨遭遇正暗示"'黑虫'的蓬勃振起,无可压抑"①之类说法,也无法改变其反"十月革命"的基本倾向。一年多后,蒋光慈被开除党籍,此为一项罪状。

这是文学触犯了革命的规则。蒋试图克服他文学上说教化、脸谱化、口号标语化的弊端,选择了在历史变革中被清洗的白俄贵族丽莎为主人公,以她的悲剧呈现历史的强大、生命的卑微和人性受辱的惨境,他试图自然地写,甚至将反面人物按正面人物来写,主人公因不幸而获得的同情和怜悯,已自觉不自觉地将小说的内在逻辑定位于控诉十月革命上,终于陷入窘局。何谓自然?在革命时代,在阶级论格局中,有所谓原生态的自然么?在一个阶级推翻另一个阶级的社会革命中,个人规则和自然规则都是失效的。"革命"与"文学"之不可调和,让蒋光慈陷入困境。

固执的蒋光慈并没有就此止步,他继续朝着这一路子走。1929年8月他到日本养病,随身只带一本书——陀思妥耶夫斯基的《穷人》。② 借鉴《穷人》笔法,他写了《冲出云围的月亮》。他说:"受了点朵斯妥也夫斯基的技术的影响,老是偏向于心理方面的描写……这是健康呢?还是病的倾向呢?"即便"病态",他也愿意为之殚精竭虑:"《冲出云围的月亮》……已经被我写了四分之一了。我觉得越写越困难,越要耗费我的脑力。……没有办法,我是不能丢开这部书不写的!"③此作写大革命失败后找不到出路的

---

① 冯宪章:《〈丽莎的哀怨〉与〈冲出云围的月亮〉》,《拓荒者》1930年第1卷第3期。

② 蒋光慈在《异邦与故国·八月二十七日》中写道:"离国时连一本书都没带。……现在我手边有一本朵斯托也夫斯基的Poor People……"《蒋光慈文集》第2卷,上海文艺出版社,1983年,第429页。

③ 蒋光慈:《异邦与故国·九月二十日》,《蒋光慈文集》第2卷,第453页。

女革命者曼英"用自己的肉体去引诱一般她要革除的人来入彀"①,甚至引诱街边未成年少男来享乐——以获得报复的快感。最后在革命者李尚志的爱情感召下,悔过归队。模仿陀氏笔法,蒋不仅写曼英病态的经历,更写她阴暗的心理和分裂的双重人格。但陀氏《穷人》那种人道主义的悲悯情怀、小人物自得其乐的美学品质、合乎人性逻辑的深邃笔法,都是蒋所学不来的。比起《丽莎的哀怨》,后作结构零乱破碎,人物心理行为缺乏合理性,为写性而写性——蒋光慈已经落入迎合市场的泥沼中。

对于蒋光慈来说,1929年是迷惘而四处奔突的一年。革命文学该写什么?怎样写?还不清晰。哪些主题、故事、形象可以被接纳?哪些则不能触碰?什么艺术手法才符合革命的规则?还不甚了然。先是,他生硬的《短裤党》《蚁斗》让文学界同行不满,质疑之声四起,如何将"革命"写得像"文学",困扰着他。之后,他将男女爱情拉进革命书写中,试图从人性着眼,写志同道合的革命男女之爱,写女性颠沛屈辱的生活,写女性混乱、放纵的爱欲经历。笔法上趋于言情格调:缠绵的,伤感的,色情的。与此同时,预定的革命题旨不断介入叙述中,将叙述拉回阶级论的逻辑框架中,导致小说内在结构有分裂迹象,各类关系呈悖谬状态。蒋光慈不可能成为张恨水,更不可能成为陀思妥耶夫斯基。革命文学家的抱负和信念使他试图在恋爱与革命两端游走,对人性人情体察的不足和文学才情的欠缺,使他无力处理好原本性质就相悖的各组事物的关系,终于不伦不类。

平心而论,"革命+恋爱"书写,让其时不知路该怎样走的革命文学创作抓到一根救命稻草:这种叙事既与"五四""人的文学"有联系,又与海派言情小说有暗合之处,是一条易于操作、易于各

---

① 苏读余:《〈冲出云围的月亮〉(蒋光慈作,长篇小说,北新书局出版)》,《现代文学》1930年创刊号。

方讨好的路。它让陷入口号标语困境的革命文学找到了新途径,因而竞相仿效,蔚为一时风气。但革命与恋爱内在质地的分裂悖反,注定这种叙事只能是一个"陷阱",一个让"文学"背离"革命"、落入鸳蝴俗套的"陷阱"。左联成立后,对前期革命文学作检讨和清理,"革命+恋爱"模式首当其冲,仿效者纷纷自责自己落入光赤式的"革命+恋爱"陷阱中,正指此。

三、革命与文学的断裂:蒋光慈的脱党及其最后的立足

作为革命文学的开创者和引路人,蒋光慈一直在革命与文学两极间奔突。1929年后,他渐渐转到革命加恋爱、加人情/人性、加日常感情的写作样式上,一种简单的多种题旨的拼合。此前,作为对革命文学的艺术欠缺的弥补,他在革命叙事中加入恋爱内容,同时又申明这种"恋爱"不是世俗意义上的恋爱:它并不在于什么三角恋、四角恋,它要表现的是现时代青年以革命为轴心的恋爱。钱杏邨也为这种恋爱作定位,称恋爱是有阶级性的,追求革命信念一致性的恋爱,是革命的恋爱,将革命与恋爱相勾连。之后,恋爱分量在蒋作中逐步加重,且往心理分析方向发展。从《丽莎的哀怨》到《冲出云围的月亮》,他模仿苏俄文学,写人物幽暗的潜心理、分裂的双重人格、扭曲乖张的生活经历。技术耽迷的同时也出现革命题旨被搁置甚至受扭曲的现象,由此招来革命文学同行的非议。1929年蒋已陷入革命与文学两头不讨好的困境中。如有更宽裕的时间、更从容的心态,这些矛盾也许能逐渐解决。问题是,1929年之后,随着国共分裂及其斗争的白热化、国内劳资矛盾的尖锐、无产阶级政党意识的成熟、党对文艺工作的全面介入、革命文学家的革命从属性身份的明确、革命文学的革命优先原则的强化,蒋开始面临更大的困扰:文学与革命能兼顾么?

1929年8月蒋光慈以治病为名东渡日本。按他的日记和后来《红旗》杂志有关他被开除党籍的说法:"在白色恐怖加紧的时候,他私自脱离组织,逃到日本,俟后骗党说到青岛去养病,党给他一个最后警告,而他未能彻底认清错误……"①蒋的旅日是一种私自离队,是绷得过紧的自我对革命的暂时逃离。他抵东京后第一则日记写道:"老实说,我并不喜欢东京,然而我觉得在东京比在上海要自由些。虽然在事实上,东京并不是自由的地方,但是,我的天哪,那可要比上海自由得多了!"②那是一种发自内心的感慨。在东京,他曾就"文学家与实际工作"的关系与藏原惟人讨论,藏原认为"文学工作和实际革命工作那是很难联合在一起的,因为文学工作并不是很简单的工作,有其特殊性"。③ 蒋深为赞同。作为革命文学的领路人,蒋对文学情有独钟。当文学与革命有矛盾时,他更能体会文学之不能为革命所硬性捆绑的"特殊性"。但蒋又离不开"革命",到东京后他即成立太阳社东京支部,将森堡、宪章一辈团结在他的周围。当然东京支部不是上海的党组织,他既需要组织又希望有相对的自由。一群刚入道的文学青年对他的崇拜和拥戴、对革命文学相对宽松的理解,缓解了他此前的紧张④,使他能在东京旅舍安心写作,完成《冲出云围的月亮》,将《丽莎的哀怨》已经开始的心理分析笔法推向极致。

杨剑花曾分析蒋的两面性和分裂性:"我们看到他的小说时,

---

① 社论:《没落的小资产阶级——蒋光赤被开除党籍》,《红旗日报》1930年10月20日,转自方铭编《蒋光慈研究资料》,第141页。
② 蒋光慈:《异邦与故国·一九二九年八月二十五日》,《蒋光慈文集》第2卷,第427页。
③ 蒋光慈:《异邦与故国·十月十七日》,《蒋光慈文集》第2卷,第476页。
④ 蒋光慈在《异邦与故国》中多次称要"把中国的事情暂时忘记",称友人们"也许不了解我,也许要嘲笑我,鄙视我……呵,让他们去!"可见当时蒋赴日前后的心情。

直觉地以为他是一个无论在思想上,行动上的革命人物,不知他竟是一个十足的罗曼蒂克底小资产阶级。……我们认识蒋光慈,首先要知道他并不是一个意识行动完全相符的人,而是一个憧憬曙光的,并绝对同情着劳苦阶级的'作家'。近年来文坛上所流行的两句:I am not a fighter. But I am a writer. (我不是一个战士,而是一个作家)大可为光慈所吟。"[1]蒋的确有这种矛盾性。作为革命文学的摇旗呐喊者,他非常激进地写出《短裤党》《蚁斗》,凭"空想的"、概念性的、不大考虑实际生活逻辑的方式来写无产阶级革命人物及其斗争故事,呈示其十足的革命性。但"在这过渡期间的实际工作的途上,是遍生着荆棘和艰难的。所以光慈又对着这实际行动表示 Escape(逃避)"。蒋在战士与诗人的身份认同上,更倾向于"我是一个诗人""我是一个文学家","并非一个战士"[2]。按无产阶级革命文艺的规则,"诗人"是罗曼蒂克小资产者,革命作家首先是个革命者,其次才是个作家,作家身份从属于革命者身份。蒋的说法显然不符合党关于文艺的原则性要求。加上对文学的热爱、个人罗曼蒂克情绪的弥漫和爱欲的驱使,蒋还不时地迷失于"小我"世界里,他的创作有许多节外生枝,甚至呈现某种反动倾向。1930年3月左联成立,与他此前作为头号革命文学家、《拓荒者》主编的身份颇不相称的是,他只是左联常务委员会的候补委员——新生的左翼文学组织的边缘人物。

1930年,身体有病的蒋光慈越来越陷入困境中:一是当局对其作品的封杀,使其小说出版发行陷入瘫痪状态;二是左翼内外的文艺同行对他的创作表示不满意:不是不够"革命",就是不够"文学"。郁达夫说:"光慈晚年每引在为最大恨事的,就是一般从事

---

[1] 杨剑花:《关于蒋光慈》,原载杨之华编《文坛史料》,方铭编《蒋光慈研究资料》,第87页。

[2] 杨剑花:《关于蒋光慈》,方铭编《蒋光慈研究资料》,第87页。

于文艺工作的同时代者,都不能对他有相当的尊敬,并且时常还有鄙薄的情势,所以在他病倒了的一年之中,衷心郁郁老没有一日开畅的日子。"①更为致命的是,刚刚成立的左联,对革命文学的理解已经是"我们的艺术不能不呈现给'胜利不然就死'的血腥的斗争"②。党对左联工作的思路是令其直接参与血腥斗争,左联成员活动不该"局限在文艺的范围,而是以参加政治活动、进行革命斗争为第一任务。每逢节日、纪念日,'左联'都搞游行示威,或飞行集会,或散传单、写标语"。③ 蒋光慈因1929年《丽莎的哀怨》遭到"非正常的文艺批评"④,赌气到日本养病,东京生活让他体会到什么叫自由,他的思想已发生变化,对血腥暴动有抵触情绪,常不参加飞行集会。1930年某天,阿英通知他,左联要在他与阿英合租的上海吕班路万宜坊房子开会时,他断然拒绝:"一个屋子,本来可以写作的,往往一开会就开倒了!"事后,党组织负责人告诉他:"写作不算工作,要到南京路上去暴动!"蒋一气之下,向组织递交了《退党书》,"既然党说我写作不算工作,我退党!"⑤党没有理解他,也没留给他后悔余地。1930年10月20日《红旗日报》发表《蒋光慈反革命,开除党籍》消息,将他驱逐出党。他还天真地以为"我没有什么,我做学者好了,我还是忠于党"。⑥实际上,他已经"切断自己的政治生命"⑦,他被放逐了,失去了身心依托。《咆

---

① 郁达夫:《光慈的晚年》,《现代》1933年第3卷第1期。
② 《中国左翼作家联盟的成立》,《拓荒者》1930年第1卷第3期。
③ 吴腾凰:《蒋光慈传》,安徽人民出版社,1982年,第146页。
④ 同上。
⑤ 吴似鸿:《没有说过的话,我要说——蒋光慈的党籍及其他》,吴腾凰《蒋光慈传》,安徽人民出版社,1982年,第151页。
⑥ 同上书,第150—151页。
⑦ 方英:《在发展的浪潮中生长,在发展的浪潮中死亡》,《文艺新闻》1931年第27期,转自方铭编《蒋光慈研究资料》,第81页。

哮了的土地》完成于他被开除出党的半个月后。一方面,他以此作表达他对党一如既往的耿耿忠心①;另一方面,孤独、疾病和作品遭查封诸折磨开始吞噬他的生命。《咆哮了的土地》的写作让他痛苦不堪,蒋光慈当时的伴侣吴似鸿回忆道:"(他)写作时甚感吃力。有时当夜晚写作,因用脑过度而昏晕过去……有时,他对我说:'给我洗洗脚!'我就端盆冷水,放在床边,以冷水刺激他的神经末梢,使脑神经清醒不至昏晕。"②更为不幸的是,《咆哮了的土地》出版消息一经发布即遭封杀,书稿纸版一直留在他身边,直至他去世。

退党是蒋光慈绷得过紧的个人与革命关系韧带的断裂。左右受逐,生命处于绝境之际,他的创作反倒呈露生机——《咆哮了的土地》③从思想观念到艺术样式显示了革命文学成熟的气象。它摒弃"革命+恋爱"的抒情路线,走"粗暴的,力学的"的苦仇路线。比起《短裤党》等,它篇章结构更圆熟,人物心理层次更丰富,语言更鲜活洗练,题旨观念更有章可循——以党这一时期农村土地革命方针为指导思想,以"农民革命战争"的思路设计情节和人物形象。群像设置背后隐含社会各方力量较量互补的精心安排:农运领袖张进德,地主出身的革命知识分子李杰,女革命工作者何月素,农村姑娘毛姑,以打骂妻子闻名的穷苦农民吴长兴,沾有各种

---

① 吴似鸿说:"光慈受到土地革命战争的影响和鼓动,他决意要写一部长篇小说,内容便是描写初期土地革命。当时,他不管环境如何恶劣,某些人对他如何非议,他始终抱定初衷,毫不动摇。"吴似鸿:《蒋光慈回忆录》,方铭编《蒋光慈研究资料》,第91页。

② 吴似鸿:《蒋光慈回忆录》,方铭编《蒋光慈研究资料》,第107页。

③ 蒋光慈的《咆哮了的土地》第一至八节载于1930年3月出版的《拓荒者》第3期,第九至十三节载于同年5月出版的《拓荒者》第4、5期合刊。出版此合刊后,《拓荒者》被迫停刊,《咆哮了的土地》全文未能载完。1932年4月由湖风书局出版单行本,改名为《田野的风》。

恶习气的穷光蛋李木匠、小抖乱、癞痢头、刘二麻子……他们各司其职,在斗地主、成立农村自卫队、拿起枪来闹革命的斗争中扮演自己的角色。最后是李杰牺牲,张进德带领队伍奔向金刚山。该作酝酿期间,蒋"参考了不少文件,读了不少报纸,观察社会现象,研究人物形象,同时访问了不少朋友,接近各种社会团体,找生活,找经验"①,在包括研究党的方针政策、采集人物原型、设计社会关系、厘清阶级层次、指出革命前程诸方面下了一番功夫。从革命的逻辑统一性角度看,这是一部成熟之作。它将其时左翼阵线鼓噪一时的唯物史观、辩证法和社会剖析笔法熔于一炉,找到一条以"革命"统率"个人"的路径。1932年《现代》"书评"正面阐述此作的美学风格:

> 蒋光慈先生的作品向来就是很单纯:文笔是单纯的文笔,人物是单纯的人物。他只能写固定的典型。《田野的风》里的典型是更固定了。就连智识分子的李杰也是始终如一的。这种手法也许不容易在技巧上见长,可是却能够有更多支配读者的力量,盖棺定论,他始终不失为一个有力的煽动的作者。②

这则书评显然出自一位行家里手的手笔。首先,它指出蒋作艺术技巧的弱项和社会煽动力的强项——虽然未必以技巧"见长",却对读者具有极大的支配力。"力量"是其特点,"宣传"是其"效能"。其次,它用"单纯"概括蒋作的美学特质:"单纯的文笔","单纯的人物","固定的典型",连李杰这样应该充满矛盾的人物,最终也以死来保持其革命的"始终如一"性。也因此,"《田野的风》里的典型是更固定了"。正是这种"单纯"和"典型",确

---

① 参见吴似鸿《蒋光慈回忆录》,第91页。
② 书评《〈田野的风〉》(蒋光慈著,湖风书局版),《现代》1932年第1卷第4期。

保了"革命"价值优先性的贯彻。其后半个多世纪的革命文学写作,无不沿用这一规则。

蒋光慈的革命文学书写最终立足于集体斗争上。这固然与1930年前后中共领导的革命斗争由城市转入农村的现实有关,更与作者摸索革命文学书写路径有关。由《短裤党》开启至《田野的风》抵达高峰的这种写法,更能与革命文学的性质相吻合。它其实是以政党革命为线索,"政党"是作品真正的主人公,一种集合性的主体形象。作品人物只是这一形象的部件,顺着既定的路子走,即便脸谱化、概念化,也是一个自圆其说的统一体。后来《暴风骤雨》《太阳照在桑干河上》《百炼成钢》《山乡巨变》诸作,明显地沿用了这种写法。而此前蒋所热衷的"革命+恋爱"写法则不同,它属于个人生活书写,写个人在革命时代的经历,它需要按人物自身的生活逻辑来展开,先行性观念对人物的强势扭转,会让作品漏洞百出,革命导向性与人物故事合理性纠结不清,"文学"与"革命"难以相容。

关于"革命"与"文学"的矛盾关系,1940年代周扬曾从这样的角度来理解:他称左翼文学家有两只脚,"一只是'革命',一只是'文学',当环境较好的时候,他就在革命的船上踏得重一点,分明是革命者,待到革命一被压迫,则在文学的船上踏得重一点,他变了不过是文学家了"[①]。他理解中,"文学"与"革命"是两条船,踩在不同的船上,是文学家根据环境情况而作出的投机性选择。实际上,蒋光慈们的难处在于他们无法同时踩在这两条船上,他们试图兼顾二者,却不可得。从某种意义上说,革命文学"一直仰仗着资产阶级的文艺观和艺术风格手法的滋养"[②]。只有当无产阶

[①] 周扬:《马克思主义与文艺——〈马克思主义与文艺〉序言》,《解放日报》1944年4月8日。

[②] 李洁非:《解读延安》,当代中国出版社,2010年,第121页。

级革命理论作为一种价值信仰在政权护航下全面推行的时候,如延安时期或新中国建立后,无产阶级革命观念才能真正地宰制文学并创化出一种堪称无产阶级革命文学或社会主义文学的东西来。《田野的风》似乎省悟到了这一点。

需要指出的是,蒋光慈早期革命文学实践,对于1920年代末至1930年代新文学样式的重建,仍有其意义。以蒋光慈小说为代表的这股潮流,借助社会革命热情的推动,趔趄着走,左右奔突,观念先行,文学搭台,创化出一种新的样式,一定程度上扭转"五四"新文学的走向(包括风花雪月的文风),形成1930年代文学总体关注底层、趋同乡土、热衷宏大社会叙事的基本态势,文风格调转向粗犷、暴烈、血腥、严厉,以此宣告了"五四"文学时代的结束和左翼文学时代的到来。

第四章　新文学陡转期的中流砥柱
——叶圣陶与1928年的《小说月报》

　　1920年底由沈雁冰接手改革、1921年1月正式推出新版面至1931年底终刊的后期《小说月报》，是"五四"新文学的一个大段落。作为文学研究会名义上的刊物，这片舞台几乎囊括了那十年间新文学最精彩的片段，是催生、培植新文学的一片沃土。

　　1928年对于新文学来说，是一个陡然转折时期。诞生于1917年白话文运动的"五四"新文学，一开始是沿着文化改革思路在运行的。至1921年文学研究会成立、以改版后《小说月报》为园地，新文学创作真正起步。不过，从1919年"五四"学生运动、1925年五卅工人运动、1926年北伐战争到1927年"四一二清党"，社会动荡，各方矛盾纠结，新文学很难真正在文学层面上展开。胡适说："一九一九年所发生的'五四运动'，实是整个文化运动中的一项历史性的政治干扰。它把一个文化运动变成一个政治运动。"[①]这种"政治干扰"至1928年达到高峰。受"四一二清党"所激发、具有政治性反弹意向的无产阶级革命文学运动于这一年揭竿而起。出人意料的是，这场站在无产阶级立场上重新定义新文学、将新文学援引为革命工具的文学运动，却将矛头指向"五四"新文学本身——用阶级论观点重估文学价值，在新的尺度下，"五四"新文

---

① 胡适口述、唐德刚整理/翻译：《胡适口述自传》，第212页。

学被指称为"资产阶级的滥废的文学"①并受到清算。伴随社会动荡而来的对新文学的政治性干预于此时达到高峰。问世刚好十年的新文学,陡然处于重新选择路径的十字路口上。

就文学成长历程而言,十年太短促。1928年革命文学运动的横空出世,打乱了它的步履。陡然间,刚刚上路的"五四"新文学,被宣告应该"死去"或者已经"死去"②,一切都让人猝不及防。这一年,几乎所有文学刊物都卷入革命文学论争中,并分为两大阵线:一是由《文化批判》《太阳月刊》《创造月刊》《流沙》《战线》《戈壁》《落荒》《畸形》《我们》《血潮》等结成的"文化批判"阵线,对"五四"新文学家作炮轰和清算;一是《语丝》《北新》《大众文艺》《新月》《奔流》等处于守势刊物的回应和辩护。这场论战使新文学从观念到创作发生紊乱:一批观念生硬、笔法稚拙,如孟超、龚冰庐、洪灵菲、杨邨人、刘一梦、冯宪章等的小说备受推崇;与此同时,不仅老牌新文学家如鲁迅、郁达夫、叶绍钧(圣陶)、徐志摩、周作人等受清算,正在成长、具有潜质的文学新人,如老舍、沈从文、丁玲等,也没有获好评。这是一个众声喧哗、新文学价值标准紊乱、新文学重心失衡的时期。

这一年《小说月报》的平静超出了以往。这本从"五四"走过来、由商务印书馆经营的老刊物,似乎与整场革命文学运动保持着一定距离。受"四一二清党"余波漫及,《小说月报》内部此时发生了一个重要变化:原主编郑振铎因躲避当局搜捕③,于1927年5月

---

① 钱杏邨:《死去了的阿Q时代》,《现代中国文学作家》第1卷,第8页。

② 同上书,第1—53页。

③ "四一二"事变之后,胡愈之曾给当时国民党的三大知识分子——吴稚晖、蔡元培、李石写了一封抗议书,信中说"目睹此率兽食人之惨剧","万难苟安缄默"! 郑振铎是这封信的第一位签名者。此信于1927年5月15日在上海《商报》发表。吴稚晖看了大为震怒,通知浙江军阀斯烈按名搜捕。郑振铎临时决定于5月21日赴欧躲避。参见商金林《叶圣陶年谱长篇》第1卷,人民教育出版社,2004年,第373页。

21日赴欧考察,商务馆编译所国文部的叶圣陶临时被调至《小说月报》,接任主编。叶说:"期刊的编辑是跑在时间前头的。振铎兄动身之前已经把第六号编定了,还给以后几期准备了一部分稿子,所以从第七号起虽然由我接编,格局跟以前没有明显的不同。"①也就是说,该刊1927年6月号起,由叶圣陶接任主编。

1928年前后叶圣陶主持下的《小说月报》,是该年度高调掀起的革命文学热潮中的一个异数,对之作细读,于认识革命文学背景下新文坛的多元格局,认识新文学转折期上承下启、第二代新文学家脱颖而出的关系情形,独具意义。

一、对文学品质的倚重:叶圣陶的思路和作为

在多事之秋,让宽容笃实、头脑清晰、富有编辑经验的叶圣陶挂帅《小说月报》,可谓幸事。相对于前任两位主编(批评家沈雁冰和文史学家郑振铎),小说家出身的叶圣陶更像一位名副其实的文学编辑。后期《小说月报》(指1921年起)在沈雁冰接任主编头几年,排拒老鸳鸯蝴蝶派作家的稿件,刊物基本由文学研究会成员一统天下。不久,沈的改革触了礁。之后,持重老成的郑振铎接任主编,郑主持下的《小说月报》在推介外国作家作品、刊载文学研究会成员作品的同时,每期还用不少篇幅刊载文史类学术论文,后者的"掉书袋"使刊物有些名实游离。与上述两位相比,叶圣陶深谙小说刊物的道道及其应该奔赴的目标。1925年小说月报社组织过一次"创作讨论"②,参加讨论的沈、郑、叶三位对"创作"表

---

① 叶圣陶:《重印〈小说月报〉序》,《小说月报(影印本)》第19卷第1—3期,书目文献出版社,1984年,第1页。

② 《小说丛报第十三种·创作讨论》,商务印书馆,1925年,愈之、瞿世英、叶绍钧、沈雁冰、庐隐、郑振铎、王世英、许地山、陈承泽、朱佩弦等参加了此次讨论。

达了不同看法,批评家郎损(沈雁冰)强调创作"反映时代",他说:"凡被迫害的民族的文学总是多表现残酷怨怒等等病理的思想。这也不是没有证据的……'怨以怒'的文学正是乱世文学的正宗,而真的文学也只是反映时代的文学。"①郑振铎则认为"平凡与纤巧"是创作的"致命伤","艺术的好坏是必须'学而后能'的"。②强调"学"的重要性——显然是学者思路。叶圣陶关注创作如何"使人人都能感动",只反映时代显然不够:"有许多作品,所描写的诚属一种黑暗的情形,但是(一)采取的材料非常随便,没有抉择取舍的意思存乎其间;(二)或者专描事情的外相,而不能表现出内在的真际;(三)或者意思虽能表出,而质和形都非常单调。凡属于这等情形的就要减损作品自身的深切动人的效力。"③其时新文学创作还相当幼稚④,上述情况非常普遍。关于如何使创作感人,他说得很具体:"从原材料讲,要是真实的、深厚的,不说那些不可征验、浮游无着的话,从态度上,要是诚恳的、严肃的,不取那些油滑轻薄十分卑鄙的样子。"⑤那是行家里手的说法。叶对文学有更纯粹的理解和追求,这种追求体现在他1928年前后《小说月报》的主编实践中。

---

① 郎损:《社会背景与创作》,《小说丛报第十三种·创作讨论》,商务印书馆,1925年,第23页。

② 郑振铎:《平凡与纤巧》,《小说丛报第十三种·创作讨论》,商务印书馆,1925年,第32页。

③ 叶绍钧:《创作的要素》,《小说丛报第十三种·创作讨论》,商务印书馆,1925年,第17页。

④ 锦明《论体裁描写与中国新文艺》指出:"我们的新文艺,除开鲁迅、叶绍钧二三人的作品还可以见到有体裁的修养外,其余大都似乎随意的把它挂在笔头上。"《文学周报》1927年第5卷第3期。

⑤ 叶绍钧:《诚实的自己的话》,《小说丛报第十三种·创作讨论》,商务印书馆,1925年,第74页。

对文学自由、真切、深厚品质的倚重,使叶圣陶抵制了当时种种时髦说法,超越了外部环境的规约。1927年6月他在接编《小说月报》当期的《卷头语》中,引鲁迅翻译厨川白村《苦闷的象征》中一段话:"文艺者,是生命力以绝对自由而被表现的唯一的时候。因为要跳进更高更大更深的生活去的那个创造的欲求,不受什么压抑拘束地而被表现着,所以总暗示着伟大的未来。因为自过去以至现在继续不断的生命之流,惟独在文艺作品上,能施展在别处所得不到的自由的飞跃。"①他借他人之口,表达自己的见解:文艺是生命力自由的表现。同期《最后半页》中,他又指出:"在作家头上加上'什么进'的字样来称呼,我们觉得无聊而且不切实,我们以为,这个时候,作家们还是在同一的地位,大家需要不断地修炼——修炼思想,修炼性情,修炼技术,以期将来的丰美的收获。说'什么进''什么进'只是夸妄与傲慢。"②在新文学尚幼稚而外部环境动荡不安、激进政治性思潮不断干预文学的年代,叶提出作家是平等的,所谓"同一的地位"没有什么先进、后进之分,大家需要做的是修炼思想、性情和技术,以期有更丰美的收获。同年7月号《卷头语》他又说:"创作,创作岂是随便弄着玩玩的事情?该有它的深深的根柢吧?……如其我也是个作者,尤其重要的乃在我有我的深的根柢。枝叶繁滋,华实荣茂,只有联着在自己的根柢上才有可能。""莫从指点而无乎不在的这么一种——一种什么呢?却无以名之——渗透全生活,正是最深最深的根柢呢。"③叶圣陶深谙优秀作品之不可言传,而这正是文学开花结果的根基。

接手《小说月报》后,叶圣陶不仅在《卷头语》《最后半页》中表达自己的文学见解,还以"秉丞"为笔名写"补白":《完成》以一

---

① 编者:《卷头语》,《小说月报》1927年第18卷第6号。
② 编者:《最后半页》,《小说月报》1927年第18卷第6号。
③ 编者:《卷头语》,《小说月报》1927年第18卷第7号。

个优秀木工如何努力于"一件无瑕的制作"为例,强调文学家也要做"教自己十分满意"的作品,否则"像拙劣的摄影,只留下个模糊的影子,又是多少自欺的举措呢"。①《毫不》指出:"毫不吝惜地使用悲哀呀惨凄呀一类的话,未必便成言哀的名作;同样,堆满了快乐呀欢欣呀等等字眼,又岂就是言欢的佳篇。这在乎文章的精魂似的意境,在乎由诸般材料酝酿成功的空气,在乎一丝不苟,精密又忠实的技工。数者各各恰当,无所假借,文章便花一般开成个最动人的姿态。"②《法度》强调作文要遵循一定的法度,循序渐进,"画人物先习素描,学唱歌先练声音,往后的造诣如何高深伟大是无限量的。但若越过了先在的阶级,执起画笔便涂,挺直喉咙便唱,将成就些什么呢?"③1927年7月号《最后一页》中,他呼吁:"这是一个不寻常的时代","读者已经渴望好久了,因此在这里向作者们要求,提起你们的笔来写这个不寻常的时代里的生活!"④他没有回避时代,但不认同肤浅、浮游、夸妄、傲慢和只是趋附时代者。这些呼吁在当时并没引起注意,幸得他主持《小说月报》,有可能实践这一信念。

没有让文学高调地去响应时代,而是让文学回到自身,以真切、醇厚的质地去感动人,叶圣陶审稿、编刊有他自己的原则。他接手的1927年7月号《小说月报》即显示了与往期⑤的不同:刊载的都是中国作家作品和文章,且以"小说"为重心。头条是鲁彦的

---

① 秉丞:《完成》,《小说月报》1927年第18卷第7号。
② 秉丞:《毫不》,《小说月报》1927年第18卷第7号。
③ 秉丞:《法度》,《小说月报》1927年第18卷第7号。
④ 编者:《最后一页》,《小说月报》1927年第18卷第7号。
⑤ 《小说月报》自1921年沈雁冰接任主编后,便大规模地刊载外国文学译作、外国作家作品评论及动态消息等,其篇幅之大,占据每期刊物的一半甚至三分之二以上。

《黄金》,第二篇是胡也频的《牧场上》,还有徐元度、刘一梦、西谛、何燕、赵景深、锦明、老舍等作者的小说,多数是知名度不高的青年作者的作品。部分稿件可能是郑振铎走前留下来的,但将鲁彦的《黄金》排为头条,让胡也频登临《小说月报》,显然是叶的主意。这一期叶用"秉丞"笔名写的《读〈柚子〉》,称鲁彦"感受性非常锐敏,心意上细微的一点震荡,就往深里、往远处想,于是我们看见个诚实悲悯的灵魂。作者的笔调是轻松的,有时带点滑稽,但骨子里却是深潜的悲哀……"①叶说的是行内话,他懂得鲁彦小说的妙处②。

以推出力作为基本方向,叶圣陶主持两年共二十四期的《小说月报》③出现几种现象:一是作者队伍在原来文学研究会成员的基础上明显扩大;二是不知名作者的优秀之作占据刊物显要位置。刊载于1927年12月号头条位置的《梦珂》首次将丁玲带给文学界。沈从文记及:"那个时候,《梦珂》初稿,已常常有一页两页摆在一个小小写字桌上,间或为熟人见到了,问这是谁的文章,打量拿到手中看看时,照例这女作家一句话不说,脸儿红红的,轻轻的喊着'唉,唉,这可不行!'就把那几张草稿抢去……"④那是刚起步

---

① 叶圣陶:《读〈柚子〉》,《小说月报》1927年第18卷第7号。

② 叶圣陶的《读〈柚子〉》与方璧的《王鲁彦论》着眼点不同。后者从小说题材、时代背景、人物阶级属性来论鲁彦,称之为"这乡村的小资产阶级,很明显的是现代的复杂中国社会内的一层……"前者更着眼于鲁彦的艺术功力。鲁彦1924年10月首次在《小说月报》发表小说《柚子》,1925年3月号又发表小说《许是不至于罢》,尚属一名新秀。叶圣陶接任主编后,7月号刊载鲁彦的《黄金》,9月号刊载《毒药》,10月号刊载《一个危险的人》,同时约请方璧写《王鲁彦论》。对有才华的作者,叶圣陶总是极力推荐。

③ 叶圣陶说:"从十六卷第六号,我代振铎兄编了两年《小说月报》,一共是二十四期。"《小说月报(影印本)》第19卷第1—3期,第2页。

④ 沈从文:《记胡也频》,《沈从文文集》第9卷,花城出版社、香港三联书店,1984年,第72页。

的青涩的丁玲。虽为处女作,《梦珂》却呈现罕见的成熟:笔法泼辣老练又细腻鲜活,角度别致,人物性格心理刻画入木三分,情境细节圆融贴切。丁玲的天分才情被叶圣陶一眼识出,此后《莎菲女士的日记》《暑假中》《阿毛姑娘》接连以头条位置刊出。这组小说为 1928 年前后新文坛吹进一股新鲜空气,在革命文学论争之外,另开一片风景。

　　小说家的感觉赋予叶圣陶甄别佳作的能力。他说:"艺术的最初目的和最后目的便是使生活进程的本身明白表见,借示人生最内在的精髓如何在周围的空气里——无论它适宜与否——逐渐发达。"①他看重作品中蕴含人生精髓的生活流程的自然鲜活展现,他努力推出这类作品。除上述鲁彦、丁玲的作品外,小说方面,像西谛的《三姑燕娟与三姑丈》《春兰与秋菊》,茅盾的《幻灭》《一个女性》,桂山的《夜》《某城记事》,王统照的《沉船》,顾仲起的《箱子》,许杰的《子卿先生》,黎君亮的《失名的故事》,沈从文的《柏子》《雨后》,施蛰存的《绢子》,罗黑芷的《烦躁》,废名的《桃园》,彭家煌的《奔丧》,杜衡的《还魂草》;诗方面,像戴望舒的《雨巷》,浑沌的《三个时代》,鹤西的《泛泛》,蹇先艾的《孤独者的歌》;散文方面,像俞平伯的《月下老人祠》,子恺《阿难》,自清、子恺同题散文《儿女》,等。摆在 1928 年前后的背景下,这批作品与革命文学主调并不协谐,这批作者也没有一个是"从革命的浪潮里涌现出来的新作家"②。如上述小说,尽管选材各异,有摹写现实黑暗残酷、时代囊挟之下个人迷茫幻灭的,有关注自我、发出个人倔强呼叫的,有揭出人性阴暗面乃至不同阶层人群的精神丑陋的,有沉湎于乡土或野性狂放或恬淡平静或童年青涩美好经验书写的,内容形式各异。但这批作品有其共同点:它们都有自然鲜活

---

① 编者:《卷头语》,《小说月报》1927 年第 18 卷第 8 号。
② 华希里:《论新旧作家与革命文学》,《太阳》1928 年第 4 号。

的"生活进程","人生精髓"蕴藏于周围的空气里,让人受濡染、受启发,饱含浓郁的文学性和作家才情。

对文学品质的倚重,使得1928年前后执掌《小说月报》的叶圣陶形成了自己清晰的编辑理路,能够在风云变幻的时代稳如泰山,按既定方向走,有效地将文学推上新台阶。

二、两代人的接力:《小说月报》是一座桥

1920年代末是新文学成长期与成熟期的交界点。前此八年,与改版后的《小说月报》一起成长的文学研究会作家群——叶圣陶、冰心、庐隐、许地山、王统照等,以其各具一格的小说创作,为草创期的新文学奠定了基础。至1920年代下半叶,随着"五四"退潮,这批作家的创作也渐趋沉寂。革命文学运动的兴起,宣告了"五四"文学时代的结束和革命文学时代的到来,1928年恰好成为两个时代的交界点。如果说新文学积累需要由几代人来完成,1928年前后正是两代人接力的关节点。这一年,国内政治权力重新分配的"乱",城市商业经济成熟带来城乡文化价值重估的"乱",文学内部由"人的文学"到"革命文学"的观念转换带来创作及批评的"乱",某种程度上影响了新文学的正常演进。

幸亏1920年代末已不是1910年代末,趋于成熟的新文学有其内在的稳定性。期刊出版物乃至整个出版经济杠杆调节,于其中起了重要作用,《小说月报》就是一例。以商务印书馆为经济后盾的《小说月报》于变革之年处变不乱,以其头号新文学刊物的影响力,继续朝既定的目标推进。而叶圣陶的掌舵,确保了这种推进不会出现方向性的偏差。这一年,《小说月报》成为陡然急转的新文学旋涡中的砥柱。

1920年代下半叶,原本活跃于新文学舞台上的一批作家渐趋沉寂。从某种意义上说,他们已完成自己的历史使命,如果没有新

的突破，他们创作的黄金时期也将结束。与此同时，第二代新文学作者正待破土而出。两代人的接力需要有一座前后贯通的桥梁，《小说月报》正扮演了这一角色。事实也证明，这一时段从《小说月报》走出来的一批新作者：老舍、茅盾①、丁玲、沈从文、巴金、戴望舒、施蛰存、杜衡等，加上出道较早、尚未被充分注意的该刊活跃的作者——废名、俞平伯、丰子恺、朱自清、李金发、王鲁彦、彭家煌、蹇先艾等，成为第二个十年新文学创作的主力，其作品的独一无二品格，丰富了新文学宝库。就当时以革命文学唱主调的1928年的背景看，这批作者都不趋时，他们的精神根脉深植于"五四"的土壤里，而又有新时代的延伸，他们的创作显示了新文学承前启后的延续性。而新文学经由十年积累的整体性成熟，第二代作者对文学品质更自觉的追求，使他们站在一个更高的起点上。继往开来的《小说月报》，恰好为他们提供了一个接力、起跑及继续奔赴的平台。

置于这样的背景下，叶圣陶执掌《小说月报》期间提掖新人、推出佳作，才能凸显其意义。1927年8月号，署名懋琳的沈从文短篇小说《我的邻》首次见刊于《小说月报》。这篇小说写"我"的邻居，一群自以为是、终日吵闹、让四周鸡犬不宁的"副将们及其太太们"的生活②，笔触细腻，体会独到。叶圣陶"觉得满有特色，就约请他多为《小说月报》写稿"③。"投一二十次稿……从未刊

---

① 沈雁冰虽是《小说月报》的元老，但1928年，写小说的"茅盾"，应该说是一位新秀。

② 1926年沈从文、胡也频和丁玲住在北大附近的汉园公寓，沈从文在《记胡也频》中提及他与胡也频、丁玲"住到北河沿的汉园公寓"。（见《记胡也频》，《沈从文文集》第9卷，第69页）沈从文《我的邻》也记及"我的朋友""极会作诗的也频君"，指的也是这段生活。

③ 商金林：《叶圣陶年谱长编》第1卷，人民教育出版社，2004年，第382页。

登过"①之后,这位独具潜力、正待破土而出的文学青年被叶圣陶发现,并成为1928年《小说月报》见刊率最高的作者之一,一年间推出《在私塾》《或人的太太》《柏子》《雨后》《诱诓》《第一次作男人的那个人》等作品。李同愈说:"以甲辰的笔名开始,从北京寄到上海的《小说月报》发表以后,沈从文的短篇才引起了大多数读者的注意。"②苏雪林称沈是一位文学"魔术家","能从一个空盘里倒出数不清的苹果鸡蛋;能从一方手帕里扯出许多红红绿绿的缎带纸条;能从一把空壶里喷出洒洒不穷的清泉,能从一方包袱下变出一盆烈焰飞腾的大火"。③那一两年间,沈从文异样的文学才华尽致显现,他那批湘西小说多数④在《小说月报》上推出,将之前由台静农、鲁彦、许钦文、废名、彭家煌、蹇先艾等掀起的乡土小说热推上一个新台阶。

1921年以后的《小说月报》不乏有才情的女作者,但像丁玲《梦珂》《莎菲女士的日记》《阿毛姑娘》等体验独到、笔法出格的作品,还没见过。在丁玲那批小说里,"五四"主题悄然发生变化,令主人公梦珂走投无路的不是剥夺青年人自由权利的家长,而是

---

① 沈从文说:"一九二六年前后……我正在北京和胡也频一道学习写作。都曾投过一二十次稿,这些习作从未刊登过。直到他(西谛)去英国后,由叶圣陶先生接手,我的《柏子》等才在刊物上和读者见面。"(沈从文:《记胡也频》,《沈从文文集》第9卷,第69页)

② 李愈同:《沈从文的短篇小说》,《新中华》1935年第3卷第7期。另者,沈从文前此——1924年就开始在《晨报》副刊用许多笔名发表短文和小说,但没什么影响。参见邵华强《沈从文年谱简编》,《沈从文研究资料》(下集),花城出版社、香港三联书店,1991年,第905—930页。

③ 苏雪林:《沈从文论》,《文学》1934年第3卷第3期。

④ 1929—1931年在郑振铎复任主编后,沈从文继续在《小说月报》上发表《说故事人的故事》《会明》《菜园》《夫妇》《同志的烟斗故事》《萧萧》《血》《楼居》《丈夫》《微波》《逃的前一天》《薄寒》《山道中》《医生》《虎雏》等。

受过现代教育的年轻潇洒的"表哥"以及剧团经理、导演——操控都市色情业的老板们。城市商业化时代的到来把女性个人主义者逼上绝路,从影棚化妆师手下逃出来的梦珂"走到大镜子面前,看见被打扮出来的那个样子,简直没有什么不同于那些站在四马路上的野鸡"。丁玲语出惊人,"好似在这死寂的文坛上,抛下一颗炸弹一样,大家都不免为她的天才所震惊了"①。上承"五四"余绪,下创个人主义女性书写新局面,从而宣告了冰心、庐隐时代的结束。

这一年《小说月报》上,批评家沈雁冰以小说界新秀"茅盾"为人所知,《幻灭》等的发表奠定了他在现代小说史上的位置;"新月"圈外的戴望舒因一首《雨巷》而出名,戴的好友杜衡称,《雨巷》"写成后差不多有年,在圣陶先生代理编辑《小说月报》的时候,望舒才忽然想把它寄出去。圣陶先生一看到这首诗就有信来,称许它替新诗的音节开了一个新纪元"。他们原本也没有觉得这首诗有什么特别,经叶圣陶这一说,"才发现了一些以前所未曾发现的好处来"。② 戴望舒成为1930年代领衔诗人,与其在《小说月报》上发表《雨巷》并受叶圣陶高度评价不无关系;施蛰存以"向上海出版的鸳鸯蝴蝶派刊物投稿"开始其文学创作,而他"脱离了鸳鸯蝴蝶派刊物,挤进了新文学运动的队伍"③,缘于1928年1月《娟子》在《小说月报》上发表;与上述几位相比,巴金是迟来者。1928年旅居巴黎的他完成长篇小说《灭亡》的写作。该年8月他托开明书店的朋友索非代印几百册送亲朋好友,"叶圣陶在索非那里看到这部稿子,就拿去在《小说月报》发表"④。叶对此作予以热情推荐:"《灭亡》,巴金著,这是一位青年作家的处女作,写一个蕴蓄

---

① 毅真:《丁玲女士》,《丁玲研究在国外》,湖南人民出版社,1985年,第481页。
② 杜衡:《〈望舒草〉序》,《望舒草》,现代书局,1933年,第1页。
③ 施蛰存:《关于"现代派"一席谈》,《文汇报》1983年10月8日。
④ 商金林:《叶圣陶传》,安徽教育出版社,1995年,第313—314页。

着伟大精神的少年的活动与灭亡。"① 以此为第一步,巴金走上文坛。这批 1928 年前后从《小说月报》走出来的作者都有一段故事,出彩的是站在台前的他们,幕后的推手是叶圣陶。主观上,叶圣陶以推出文学佳作为目标,忠实地履行自己的编辑职责。客观上,他为新文学第二个时期培养、催生了一批人才。

这一年,老舍 29 岁,茅盾 32 岁,废名 27 岁,王鲁彦 27 岁,沈从文 26 岁,丁玲 24 岁,胡也频 25 岁,施蛰存 23 岁,戴望舒 23 岁,杜衡 23 岁,巴金 24 岁。那是蓄满实力、正待破土而出的年轻一代,他们有幸遇上叶圣陶和《小说月报》。踏在前辈肩膀上,以新文学的十年积累为起跑线,他们的创作又有前代人难以相比的成熟。他们的佳作正是叶圣陶为《小说月报》用心在寻觅的,这种相遇,实际上成全了彼此。

三、"四一二清党"之际:《小说月报》的凛然姿态

在 1927 年"四一二清党"后接手《小说月报》,叶圣陶所面临的当局白色恐怖的压力,比 1928 年虽来势汹汹但毕竟只是纸上谈兵的革命文学运动要严峻得多。那种背景下,刊物随时随地会被查封,编辑随时随地时会遭逮捕甚至枪杀。没有过人的意志和胆识,很难自如应对这种局面。郑振铎称叶圣陶"毕恭毕敬的举止,唯唯诺诺无成见的谦抑态度,每个人见了都要疑心他是一个'老学究',谁也料想不到他是意志极坚强的人"②。

"四一二清党"之后,叶圣陶率先以小说形式记述清党惨剧。1927 年 10 月他以桂山为笔名发表短篇小说《夜》。朱自清评此作时称:"这是上海的一件党案,但(这篇小说)没有一个字是直接叙

---

① 《〈小说月报〉第二十卷内容预告》,《小说月报》1928 年第 19 卷 12 号。
② 郑振铎:《回过头去——献给上海的诸友》,《良友》1934 年第 95 期。

述这件党案的。""我说这真可称得完美的短篇小说。布局是这样错综,却又这样经济:作者借老妇人、阿弟、'兄弟'三个人,隐隐绰绰,零零碎碎,只写出这件故事的一半儿,但我们已经知道了这件故事的首尾,并且知道了那一批,一大批的党案全部的轮廓,而人情的自然的亲疏,我们也可深切地感着。"①《夜》没有正面写"清党",而是从侧面写失去亲人的老妇人和阿弟:死者已逝,生者战战兢兢,悲哀委屈,提心吊胆于"这一块肉的命运"(牺牲者的后代),笔尖直抵人性人情之深处。《夜》排在《小说月报》头条位置,在残酷现实面前,编者、作者大义凛然之态跃然纸上。一年前,1926年8月6日创造社被淞沪警厅查封,柯仲平等四人被捕,叶圣陶以《涂炭日志》记述这一事件经过,刊于《光明》第6期上。叶圣陶一方面直面现实,抨击黑暗;一方面把住文学的质量关。《夜》披露清党惨案,同时又是一部"完美的短篇",用朱自清的话说:"作者穿插的手法,是很老练的;特别是中间各节,那样的叙述,能够不凌乱,不畸轻畸重,是不容易的。"②"完美"的技巧,增强了《夜》的震撼力。

面对"四一二清党"严酷的环境,叶圣陶有其应对的策略。他戴着镣铐跳舞,胆大心细。其时正遭追捕并从牯岭潜回上海、隐藏于家中的沈雁冰开始写小说,他说:"我的'隐藏'也不是绝对的,对于住在同一条弄堂里的叶圣陶、周建人我就没有保密。""我把《幻灭》的前半部原稿交给了圣陶后,第二天他就来找我了,说,写得好,《小说月报》正缺这样的稿件,就准备登在九月份的杂志上,今天就发稿……他又说,这笔名'矛盾'一看就知道是假名,如果国民党方面有人来查问原作者,我们就为难了,不如'矛'上加个

---

① 白晖:《桂山的〈夜〉》,《清华月刊》1928年第29卷第5号。
② 同上。

草头,'茅'姓甚多,不会引起注意。我也同意了。"①《幻灭》是好小说,叶圣陶当即拍板,以"十天"②速度,见刊于《小说月报》1927年9月号上。但沈正遭通缉,刊载他的小说有风险,修改笔名正体现叶对时局的谨慎应对。没有这种谨慎,《小说月报》难以在风刀霜剑的当时平安度过。

1927年10月号《小说月报》上有三篇小说直接间接地描写了"四一二"黑暗现实。一是茅盾的《幻灭》(后半部),一是桂山的《夜》,一是鲁彦的《一个危险的人》。鲁彦的小说写在城里读书并加入共产党的子平回乡避难,被乡亲甚至自己的胞叔出卖,死于追捕者的枪下。作者没有正面写子平在城里所从事的工作,只是写他回乡后乡人的反应。他们好奇、打探、怀疑,视之为怪物。之后断定他是共产共妻的危险人物,直至由他的胞叔向县府告发他,表现了"清党"前后中国乡村的黑暗,人性的暗阴、愚昧、残酷。朱自清在1928年2—4月《清华周刊》第29卷第2、5、8号上发表《近来的几篇小说》,评《幻灭》《夜》和《一个危险的人》。他用当时非常流行的一个词"力的文艺"指称这三篇作品,说它们代表了"一种新趋势。这就是,以这时代的生活为题材,描写这时代的某几方面;前乎此似乎是没有的"。在革命文学运动掀起之前,《小说月报》以小说方式大胆披露"四一二清党"之黑暗现实,可谓大义凛然。朱自清文章写于1928年初,显然受革命文学运动的影响,注意到这三篇小说所代表的"新趋势",是一种"力的文艺"。从某一侧面,肯定了《小说月报》反映时代、介入现实的浩然正气。

---

① 茅盾:《创作生涯的开始》,《新文学史料》1981年第1期。

② 茅盾得知叶圣陶准备将《幻灭》刊于《小说月报》9月号上,"我吃惊,小说还没写完呢!他说不妨事,九月号登一半,十月号再登一半,又解释道,九月号再有十天就要出版,等你写完是来不及的。"(茅盾:《创作生涯的开始》,《新文学史料》1981年第1期)

四、息事宁人：对革命文学运动的谨慎应对

在 1928 年革命文学运动席卷新文坛、新文学价值被重新估定的情势下，老牌新文学刊物正处于一个尴尬的位置上。这一年，与《语丝》《文学周报》《新月》等都卷入革命文学论争不同，《小说月报》一直保持沉默态度。它继续沿用以小说为头条、为重心的体例，理论文章位于次要位置，唯有两次例外：4 月号头条刊载布轮退耳著、陈鸿译的《批评家泰纳》，10 月号刊载茅盾的《从牯岭到东京》。前者介绍法国批评家泰纳的文艺批评观点，以《艺术哲学》《知识论》两书为中心；后者是茅盾自述《幻灭》《动摇》的写作经过及意图，以此回应钱杏邨等的批评。在 1928 年的背景下，重提泰纳"方法论""知识论"的命题，并非无意之举。泰纳注重方法，"他的一切著作都是他的'方法'的应用……其目的在使批评的原则从个人意见的参差上分离而独立……人们承认他不但是'批评家'，不但是'历史家'，而是'哲学家'"①。从个人意见的参差中抽离出来，将方法置于首要位置，以历史家、哲学家的态度来从事批评，泰纳的观点对当时革命文学论争双方所陷入的新与旧、革命与否、无产阶级与资产阶级等二元对立的纷争，有其针对性。

在革命文学运动高调展开的这一年，无论是叶圣陶本人还是《小说月报》，实际上都难以摆脱其干系。1928 年 1 月《文化批判》创刊号上冯乃超的《艺术与社会生活》，指名道姓批判叶圣陶："从主张提倡自然主义的一批——文学研究会的团体中，可以抽出叶圣陶，他是一个静观人生的作家，他只写个人（当然是寂寞的教养的一个知识阶级）和守旧的封建社会，他一方面和新兴的资产阶级的社会有着'隔膜'，他是中华民国一个最典型的厌世家，他的

---

① 布轮退耳著，陈鸿译：《批评家泰纳》，《小说月报》1928 年第 19 卷第 4 号。

笔尖只涂抹灰色'幻灭的悲哀',他反映着负担没落的运命的社会。别一方面他的倾向又证明文学研究会标榜的口号的误谬,这是非革命的倾向。"①将叶圣陶定性为"厌世家",将其文学倾向定性为"非革命"的,颇有性质论定之意。同时,连载于1927年底和1928年初《小说月报》上的茅盾《幻灭》《动摇》也成为革命文学批评家严厉批评的对象。1928年3月《太阳》月刊发表钱杏邨的《幻灭》书评,首次对这篇作品作评论。钱杏邨认为,《幻灭》表现了"小资产阶级青年心理的变迁","他们游移不定的心情和对革命的幻灭",但仍承认"全书把小资产阶级的病态心理写得淋漓尽致,而且叙述得很细致;结构很得力于俄罗斯的文学,已有了相当的成绩"。②《太阳》7月号钱杏邨又评《动摇》:"《动摇》写的比《幻灭》进步。就革命文艺创作坛已有的成绩来看,这是一部很能代表很重要的创制。"③1928年《小说月报》10月号发表茅盾的《从牯岭到东京》,就《幻灭》《动摇》《追求》的创作经过及意图作说明,算是对钱文的回应。这篇文章招来钱杏邨的严厉批评,他将上述两文,加上《追求》《野蔷薇》两篇评论,合并整理,以《从东京回到武汉——读了茅盾君底〈从牯岭到东京〉》为题发表。这回,钱杏邨的口气全变:"他(指茅盾)的创作虽说是产生在新兴文学要求他的年头,而取着革命的时代的背景,然而,他的意识不是新兴阶级的意识,他所表现的大都是下沉的革命的小布尔乔亚对革命的幻灭与动摇。"④之后又在《拓荒者》上继续清算文学的布尔乔亚问题,如鲁迅所言:"钱杏邨先生近来又只在《拓荒者》上,揎着藏

---

① 冯乃超:《艺术与社会生活》,《文化批判》1928年创刊号。
② 钱杏邨:《幻灭》(书评),《太阳》1928年3月号。
③ 钱杏邨:《动摇》(书评),《太阳》1928年7月号。
④ 钱杏邨:《从东京回到武汉——读了茅盾君底〈从牯岭到东京〉》,《现代中国文学作家》(第2卷),上海泰东书局,1930年,第114页。

原惟人,一段又一段的,在和茅盾扭结。"①《小说月报》对冯乃超、钱杏邨的发难,不予解释或回应。

这段时间,《小说月报》也并非无所作为。"四一二"之后,叶圣陶建议藏于家中的茅盾写《鲁迅论》。谨慎的茅盾觉得"全面评价一个作家,我也是初次,对王鲁彦的作品,评论界的意见比较一致,不难写;而对鲁迅的作品,评论界往往有截然相反的意见,必须深思熟虑,使自己的观点站得住"。于是,他先写了《王鲁彦论》。但叶圣陶仍坚持"还是用鲁迅来打头炮比较好,而且那时鲁迅刚从香港来到上海,也有欢迎他的意思"②。那是一个有经验的编辑所会作出的判断和安排。署名方壁的《鲁迅论》于1927年11月在《小说月报》发表,近两万字的文章分六部分,用随笔与评论兼具的笔法,对鲁迅从思想到文章,从杂感到小说,作全面论析。可视为《小说月报》对以鲁迅为代表的"五四"思想传统和文学传统所作的一次总结,在风雨飘摇、人心浮动的年代,表明了自己的态度。这篇文章与三个月后钱杏邨在《太阳》上发表的《死去了的阿Q时代》遥相对话。

创作方面,《小说月报》继续坚守文学的纯正性。这一年,发起革命文学运动的《太阳》《创造月刊》《流沙》《战线》《戈壁》《落荒》《畸形》《我们》《血潮》诸刊物,推出孟超、龚冰庐、洪灵菲、杨邨人、冯乃超、祝秀侠、刘一梦、戴平万、冯宪章等的革命文学作品。钱杏邨说:"许多作家认清了文学的社会使命,在创作中把整个的时代色彩表现了出来。这些制作,在技巧方面,当然不会怎样完善……技巧的幼稚,是不难修养的,思想落伍,却永远没有方法追赶上!"③也就是说,只要表现了时代,技巧幼稚是不要紧的。叶圣

---

① 鲁迅:《我们要批评家》,《鲁迅全集》第4卷,第240页。
② 茅盾:《创作生涯的开始》,《新文学史料》1981年第1期。
③ 钱杏邨:《幻灭》(书评),《太阳》1928年第3期。

陶不受这种潮流的干扰,《小说月报》没有赶时髦,不刊载这类作品。茅盾的《幻灭》《追求》、巴金的《灭亡》等反映了大革命时期知识分子苦闷彷徨经历,叶圣陶的《夜》《某城记事》写清党屠刀下普通人家庭惨剧,但《小说月报》刊载这些作品并非以题材论定作品的价值,看重的还是这些作品"感动人"、形象丰满、人性开掘深邃,用叶圣陶的话说:"摄取这般的心象,用解剖刀似的笔触来分析给人家看,是作者独具的手腕。因为有了作家的努力,我们可以无愧地说,我们有了写时代的文艺了。"[①]如果说茅盾、沈从文、丁玲、施蛰存、巴金等小说有共同点,那就是都有这种"独具的手腕"。《小说月报》这一年仍坚持文学的精英路线,不论是小说还是诗和散文,都没例外。在左翼文化运动尚未全面掀起之前,这一路线有效地将新文学推上一个新台阶,为其在1930年代的持续发展奠定了基础。

还需一提的是,与《新月》直接与革命文学倡导叫板不同,1928年的《小说月报》走的是一条息事宁人的中间路线。叶圣陶的理性体现在他善于平衡各方关系上。1928年1月号开始,钱杏邨的文章频频见刊于《小说月报》,从《俄罗斯文学漫评》开始,有《德国文学漫评》《英国文学漫评》《"曾经为人的动物"》(为高尔基创作三十五周年纪念作)》《牢狱的五月祭》《饥饿》《阿志巴绥夫的短篇小说评》《织工》等一批评论介绍外国作家作品的短文。《小说月报》一向热心推介外国作家作品,钱杏邨这批文章符合它的宗旨;而对于钱杏邨来说,他是站在革命文学角度来选择、介绍外国作家作品的,他说:"我们深切的知道这些作品对于无产阶级文学建设是有巨大的力量的。"[②]1929年他将这批文章结集,原名

---

① 《幻灭》《动摇》《追求》广告,《小说月报》1929年第20卷第2号。
② 钱杏邨:《力的文艺·自序》,《阿英全集》第1卷,安徽教育出版社,2003年,第42页。

为《力与争斗》,只是"怕'争斗'这一词易于引起误会,尤其是在这百不自由的时候,所以我把它改了"①,名为《力的文艺》,可见这批文章所蕴含的倾向性。应该说,那些年《小说月报》理解且支持革命文学,从《夜》《某城纪事》《赤着的脚》到《蚀》三部曲到《灭亡》等的推出,可以看出这一点。但革命文学那种简单化、概念化的写作方式,叶圣陶并不苟同。他发表钱杏邨介绍国外作家作品的文章(间接地发出革命文学声音),却不直接地刊登革命文学作品及其理论文章,这是叶的策略。同时,叶对经济拮据的钱杏邨等采用"交稿就领稿费"的方式,"当时《小说月报》规定,文章登出之后再付稿费,而钱杏邨、冯雪峰、夏衍他们都是交了稿就领稿费,而有些稿子稿费已领,后来并不见刊用。当年这些党内作家生活无固定收入,叶圣陶的关照很能解决他们生活的一些实际困难"②。这种做法某种程度上缓解了钱杏邨等与《小说月报》之间的矛盾。

此外,1928 年的《小说月报》多了一项"期刊介绍",介绍《贡献》《太阳》《当代》《真美善》《新月》《长夜》《生路》《秋野》《熔炉》等。《太阳》创刊当月它即介绍道:"《太阳》是今年新产生的文艺刊物,一班作者抱着热烈的心情,愿意向光明走,所以他们的刊物取了'太阳'这个名字。"③它介绍《贡献》:"这是一种包括政治文艺思想学术的刊物,在这一切都消沉缺乏生气的当儿,实是国人值得注意的。"④有意思的是,介绍《新月》和《真美善》等,就没有介绍词,只列出刊物当期的目录,这是否也透露编者的态度?上述这批刊物立场各异,圈子不同,是否也是叶圣陶宽容并包、平衡各方关系之举?

---

① 钱杏邨:《力的文艺·自序》,《阿英全集》第 1 卷,第 43 页。
② 吴泰昌:《从郑振铎、叶圣陶没有参加左联谈起》,《人民日报》1980 年 3 月 1 日。
③ 《介绍〈太阳〉月刊》,《小说月报》1928 年第 19 卷第 1 号。
④ 《介绍〈贡献〉旬刊》,《小说月报》1928 年第 19 卷第 1 号。

1928年主持《小说月报》的叶圣陶,其实是戴着镣铐跳舞。一方面,坚持纯文学、作品质量至上原则使他发现了一批佳作、推出了一批作者,使多事之秋没有出现新文学阶段性链接的断裂,有步骤地将新文学推至一个新阶段,为第二个十年新文学"结果"期打好了基础。另一方面,追求进步、向往光明的思想立场,包容、理性的办刊方式,又使《小说月报》没有与时代脱节。关注现实,直面黑暗,引导新文学朝健康轨道发展,1928年的《小说月报》功不可没。

第五章　十字路口的选择
——革命背景下的"作者之群"

1928年,在新文化人内部,革命文学运动的轰然而至,波及了方方面面。多数的新文学作者被排除在"革命"之外。那几年间,他们正经历一个大震荡、大调整、重新选择道路或坚持已有道路的特殊时期。1930年周作人致胡适信说:"近六七年在北京,觉得世故渐深,将成'明哲',一九二九年几乎全不把笔,即以前所作,迹多暮气,偶尔重读,不禁怃然……"①对于以读书、写作为生存方式的周作人来说,"全不把笔"是一种痛苦的搁置、消极的对抗。年轻的沈从文则有另一种感受:"倘若有那么一匹小生物,倦于骚扰,独自休息在一个岩石上或一片芦叶上,这休息,且是准备着一种更有意义的振翅,这休息不十分坏。我想,沉默两年不是一段长久的时间,若果事情能照我愿意作的作去,我还必需把这分沉默延长。这也许近于逃遁,一种对于多数骚扰的逃遁。"②对"多数骚扰"的逃遁,沉默是一种方式。1928年已经离开春晖中学、到北平清华学校任教的朱自清,在致四位朋友的信《哪里走》中,以"五四"知识分子的身份,质询激变时代该往"哪里走";该年初因《莎

---

①　周作人1930年2月1日《致胡适书》,《胡适来往书信选》(中),中华书局,第4页。

②　沈从文:《沉默》,《沈从文文集》第10卷,花城出版社、香港三联书店,1981年,第63页。

菲女士的日记》引人注目,之后又连连推出《暑假中》《阿毛姑娘》《自杀日记》等的丁玲,"逐渐懂得要从政治上看问题、处理问题";与郑振铎①在伦敦相聚、知悉国内局势的老舍,按原计划开始其《二马》的写作,一头扎进近代英法小说堆里,他说:"我昼夜的读小说,好像是落在小说阵里"②;该年1月份发表《"三一八"的死者》③,将"三一八"死难的燕大女生魏士毅的照片寄给在上海的李小峰并希望能为《语丝》刊载的周作人,2月份发表《爆竹》一文④,称有产者与无产者实无差别,都想"升官发财",以此回应革命文学的阶级论说法。至该年底又写出《闭户读书论》,称"趁现在不甚适宜于说话做事的时候,关起门来努力读书,翻开故纸,与活人对照,死书就可变成活书,可以得道,可以养生"⑤。话里有话,表明一种自我安置的态度。1927年8月宣布脱离创造社、9月出版《日记九种》的郁达夫,于1928年春天秘密加入太阳社,同年6月与鲁迅合编《奔流》,呈现了多栖的选择。在1928年文坛形势急剧陡转的背景下,多数新文学作者在沉默中观望,且看且走。本章借用苏汶"作者之群"的说法⑥,特指在"主义"和"党派"之外的新文学作者之群。他们其实成分复杂,各有坚持,共构了1920年代末1930年代初多元的文坛景观。

---

① 郑振铎因逃避"四一二清党"而赴伦敦,投奔老舍,住同一公寓。
② 老舍:《写与读》,《老舍全集》第17卷,人民文学出版社,1999年,第115页。
③ 周作人:《"三一八"的死者》,《语丝》1928年第4卷第5期。
④ 周作人:《爆竹》,《语丝》1928年第4卷第9期。
⑤ 周作人:《闭户读书论》,《永日集》,止庵校订,北京十月文艺出版社,2011年,第124页。
⑥ "作者之群"的说法来自苏汶《关于"文新"与胡秋原的文艺论辩》(《现代》第1卷第3期)一文。苏说,这作者之群"多少带点我前面所说起的死抱住文学不肯放手的气味的;否则,他也决不会在成千成万的事业中选定了这个最没出息的事业来做。……不写东西的便罢,写一点东西的都斤斤乎艺术的价值便可知道"。

1928年之后，本该是"五四"新文学步入其盛年阶段、后起之秀辈出的时期，偏遇上多事之秋。至1932年1月28日淞沪战争之前，新文学在社会革命的裹挟下趔趄地走，呈现了一种自我成长与外部牵制角力互动的情形。

一、与"革命"靠而不拢：以《倪焕之》为例

革命文学运动高调掀起之后，最受冲击的，是1920年代初倡导文学为人生、强调文学介入现实的文学研究会群体。说得更具体点，是其时上海商务印书馆和开明书店及其《小说月报》《文学周报》《一般》《教育杂志》《中学生》等的编作群体，他们或有春晖中学白马湖背景，多为江浙籍新文化人。因同事或乡谊，私交密切，有叶圣陶、夏丏尊、茅盾、郑振铎、朱自清、王伯祥、周予同、周建人、丰子恺、钱君匋、徐调孚等。1928年新文学转轨那几年，他们夹处在几种力量之间，颇为尴尬。1930年左联成立时，除了茅盾于该年4月从日本回国后即加入外，其余都不是左联成员。夏衍事后回忆道："中国左翼作家联盟筹备组委员有十二人，其中包括创造社的冯乃超、李初梨，太阳社的阿英、洪灵菲、戴平万，文学研究会的冯雪峰，等等。"①称冯雪峰为文学研究会代表，有些勉强。曾被指"垄断"文坛的文学研究会，至左联成立时已失去这种优势。或许不是他们不愿意加入，而是左联的关门主义政策将他们排在门外。② 也可能他们与左联同中有异，彼此间宁愿保持一定的

---

① 《与夏衍同志谈话的两次记录》，复旦大学《鲁迅日记》注释组整理，《鲁迅研究资料》第5期，天津人民出版社，1980年。

② 《郑振铎年谱》记载：1930年4月4日，沈雁冰由日本返抵上海，不久参加左联，对左联不吸收郑振铎等人参加感到纳闷，并表示不赞成这种"关门"的做法。陈福康：《郑振铎年谱》(上)，三晋出版社，2008年，第214页。《叶圣陶年谱》(转下页)

的距离。自1928年初革命文学运动兴起至1931年12月《小说月报》停刊这三年间,《小说月报》的我行我素,已够引人注目。作为新文坛头号刊物,先后两位主编叶圣陶和郑振铎,均不是革命文学队伍中的人。1930年4月麦克昂发表《文学革命之回顾》,将文学研究会与新月派、现代评论派及胡适等视为一伙,说他们"同时猛烈地向无产者的阵营进攻"①。虽言过其实,却有将文学研究会划入革命阵营的反对派范围之意。

1928年1月,冯乃超的名文《艺术与社会生活》,从文学研究会群中抽出叶圣陶来:"从主张提倡自然主义的一派——文学研究会的团体中,可以抽出叶圣陶。他是一个静观人生的作家,他只描写个人(——当然是很寂寞的有教养的一个知识阶级)和守旧的封建社会,他一方面和新兴的资产阶级的社会有着'隔膜'。他是中华民国的一个最典型的厌世家,他的笔尖只涂抹灰色的'幻灭的悲哀'。他反映着负担没落的运命的社会。别一方面他的倾向又证明文学研究会标榜着自然主义的口号的误谬,这是非革命的倾向!"②冯乃超称叶圣陶是"静观人生"的最典型者,他只描写个人,一种有"寂寞的教养"的"厌世"的知识阶级,与新兴的资产阶级社会也存在"隔膜",反映的是没落者的运命。他推断,这种自然主义笔法是"非革命"的。后来"为人生"一群被排于左联门

(接上页)记载:1930年3月2日左联在上海成立,冯雪峰事前劝告叶圣陶和郑振铎不要加入,认为这样做对工作更有利。(编者,1979年12月17日访问叶圣陶),商金林著:《叶圣陶年谱长编》第1卷,人民教育出版社,2004年,第425页。

① 麦克昂:《文学革命之回顾》,他说:"商务印书馆所办的《东方杂志》《小说月报》,不也零星的在登载辩证唯物论或者是倾向无产阵营的作品了吗?不管你愿意不愿意,不管你顾盼不顾盼,潮流的力量总要推着你向大海奔驰"。《文艺讲座》第1册,上海神州国光社,1930年。

② 冯乃超:《艺术与社会生活》,原载《文化批判》创刊号,1928年1月,《"革命文学"论争资料选编》(上),第87—88页。

外,可能与这种思路有关。

比起以革命统率文学的革命文学者一群,比起以自由主义者身份高扬"健康与尊严"的新月一群,比起崇尚乡土、回到书斋、彰显个人趣味的京派一群,叶圣陶们处于这几者中间,左右不是。一方面,他们关注现实,冷静谛视人生,视文学为改造社会的工具,与革命文学者的文学工具论有一致之处。在五卅之后的前革命文学时期,他们也是革命文学的积极倡导者。另一方面,他们仍有"五四"知识分子关注人性、坚守文学独立性的特点。他们从知识分子个人的角度理解社会革命,理解文学,与站在无产阶级革命立场上理解文学的革命文学家又不一样。他们是最接近"革命"的一群,同时又与"革命"存有无法消弭的"隔膜"。

与革命文学运动兴起几乎同时,1928年1月,叶圣陶的《倪焕之》在《教育杂志》上连载。从1928年1月到12月,分12期载完。他说:"这篇文字,去年1月动手,11月15日作毕。中间分12回,每回执笔接连七八天,写成一部分便投送《教育杂志》社。"①一月一稿,贯穿整个1928年,其构思随着社会局势的变化而不断调整,夏丏尊称之为"全力描写时代"。与叶圣陶以往写短篇且题材多为儿童及家庭琐事不同,这次"居然以如此的广大的事象为题材写如此的长篇了。在作者的文艺生活上,《倪焕之》实是划时代的东西"。② 此作共三十章,以第二十章五四运动爆发为转折点,前后两部分人物行为依据及情节逻辑明显不同,显示了作者向时代靠拢的努力。有多年高等小学教育经历的叶圣陶,对此作酝酿已久,成竹在胸。一经主编周予同邀约,便源源推出。主人公倪焕之有叶圣陶本人的影子。可资佐证的是,五四运动之后不久,1919年5月15日叶圣陶在《时事新报》发表短文《吾人近今的觉悟》,6

---

① 叶圣陶:《作者自记》,《倪焕之》,上海开明书店,1931年。
② 夏丏尊:《关于〈倪焕之〉》,引自叶圣陶《倪焕之》,上海开明书店,1931年。

月16日又在该刊发表他为吴县县立第五高等小学起草的罢课宣言《甪直高小国民学校宣言》。①《倪焕之》中主人公"五四""五卅"期间演讲、参与罢课等,与上述两文内容颇类似。主人公倪焕之与作者有许多叠合之处。

小说以倪焕之的教育经历为经,以"五四"前后二十年国内城市、乡镇及其学校的局势变迁为纬。前十九章在一种"无事件"状态中展开叙述。中学毕业的倪焕之认为"教育事业最有意义,情愿终身以之"②。他来到江南某镇高级小学任教,在校长蒋冰如的支持下,开始其教学实践。作者用一种平缓的笔调,写这个心志纯一、愿意从实事做起、以教育改造国人、造福人类的青年,如何打开他的人生局面,将家国前途忧虑落实为个人献身教育的行为,对白纸一张的孩子,无论哪个阶级、哪种类型,一概悉心引导、言传身教。他将同样热心教育的校长蒋冰如引为"同志",一起办农场、办工场,做各种教学实验。虽与顽固乡绅有冲突,但那是乡镇不同利益集团间的冲突,最终在人情化的斡旋中双方达成和解。前半部写得单纯、流畅,其中不乏年轻主人公对爱情、对教育事业的诗意抒写,有一种"五四"文艺腔。个人志向与日常事务相交融,有其内在的统一性。到了第二十章起,五四运动爆发,情况就发生了变化。第二十章是一个转折,通篇充满议论性文字:"'五四运动'犹如一声信号,把沉睡着的不清不醒的青年都惊醒了,起来擦着眼睛对自己审察一番。""一切价值的重新估定,渐渐成为当时流行的观念。对于学术思想,对于风俗习惯,对于政治制度,都要把它

---

① 叶圣陶:《吾人近今的觉悟》,《时事新报》1919年5月15日第二张第一版"时评"栏;叶圣陶为吴县县立第五高等小学起草罢课宣言《甪直高小国民学校宣言》,载《时事新报》1919年6月16日第三张第四版"来件"栏。参见王水《关于"五四"运动中叶圣陶的两则资料》,《中国现代文学丛刊》1983年第1期。

② 叶圣陶:《倪焕之》,人民文学出版社,2000年,第4页。

检验一下,重新排列它的等第;而检验者就是觉悟青年的心。"①第二十章后,"醒过来"的倪焕之与以往不一样了,他激愤、焦虑、躁动,对教育救国的实验不满意。奔赴城市,投身时代,成为弄潮儿。原先的秩序感消失了,主人公走进"有事件"的大历史中,从"五四"到"五卅",从乡镇到上海,从一名小学教师到街头演讲的革命青年,一切按社会学家规划的路径来走。"五卅"第二天,倪焕之在街头演讲,"每句话的背后,同样的基调是'咱们一伙儿!'既是一伙儿,拿出手来牵连在一起吧!拿出心来融合在一起吧!"②此时的倪焕之满脑子"咱们一伙儿"连在一起的想法,思想已呈现"集体主义"转向。"空泛的疏说"③代替具体的细节,"平面的纸片一样"的人物"匆匆地在布景前移动"④。

有三位评论者从不同角度看到《倪焕之》第二十章之后的问题。夏丏尊称《倪焕之》有"蛇足","最甚的是第二十章","这章述'五四'后思想界的大势,几乎全体是抽象的疏说,觉得于全体甚不调和"。⑤ 茅盾和钱杏邨虽然都肯定作者为倪焕之所设定的"路",但茅盾说:"前半部都比后半部写得精密。在前半部,我们看见倪焕之是在定形的环境中活动,在后半部,我们便觉得倪焕之只在一张彩色的布景前移动,常常要起空浮的不很实在的印象。"⑥钱杏邨也说:"除开最后十多章,把前十九章当作教育小说读,那是一部很有力量的反封建势力的教育小说。"⑦三人都注意

---

① 叶圣陶:《倪焕之》,人民文学出版社,2000年,第165页。
② 同上书,第177页。
③ 夏丏尊:《关于〈倪焕之〉》,引自叶圣陶《倪焕之》,上海开明书店,1931年。
④ 茅盾:《读〈倪焕之〉》,《文学周报》1929年第8卷第20期。
⑤ 夏丏尊:《关于〈倪焕之〉》,引自叶圣陶《倪焕之》,上海开明书店,1931年。
⑥ 茅盾:《读〈倪焕之〉》,《文学周报》1929年第8卷第20期。
⑦ 钱杏邨:《关于〈倪焕之〉问题》,原载钱杏邨《文艺批评集》,神州国光社,1930年,刘增人、冯光廉编《叶圣陶研究资料》,北京十月文艺出版社,1988年,第397页。

到前十九章与二十章之后笔法的不协调及前者之优于后者。从艺术感染力和人物行为真实性来看,他们对前十九章评价更好。茅盾说:

> 叶绍钧以前有过《隔膜》《火灾》《线下》《未厌集》等五个短篇集,《倪焕之》是他的第一个长篇,也是第一次描写了广阔的世间。把一篇小说的时代安放在近十年的历史过程中的,不能不说这是第一部;而有意地要表示一个人——一个富有革命性的小资产阶级知识分子,怎样在受十年来时代的社潮所激荡,怎样地从乡村到都市,从埋头教育到群众运动,从自由主义到集团主义,这《倪焕之》也不能不说是第一部。

茅盾清晰地为倪焕之十年奋斗勾勒出合乎时代说法的轨迹,他操作这套话语比叶圣陶娴熟。叶圣陶也认同这种说法,但要用文学方式描述出来,使之变成一桩有血有肉的"事",就不易。茅盾将之归咎于"大概那时作者是急于要完篇,下笔时已经没有写前半部时那样周详审度踌躇满志的心情,而《教育杂志》一年十二期的结束也已逼近,事实上不能容许作者慢慢地推敲,怕也是一个原因罢"①。实际上,第二十章至结束还有三分之一篇幅,三四个月的时间,不算"逼近"结束。而且隔年出版单行本,叶也可以从容修改。可见他不是没时间慢慢推敲,而是写革命运动中的人物不好操作。文学就是文学,以写实见长的叶圣陶,不可能越过相关细节而让小资产阶级个人主义者倪焕之一夜之间变成无产阶级集团主义者,它得合乎倪焕之的性格心理逻辑,何况还有善良、正义、亲情诸品质的规约。小说中,观念与情理常有相悖之处。倪焕之对婆媳关系的理解,就站在"落后"一边。从"五四"新文化背景中走出来的"女学生"妻子与守旧固执的母亲之间有矛盾,倪焕之常

---

① 茅盾:《读〈倪焕之〉》,《文学周报》1929 年第 8 卷第 20 期。

祖护母亲,认为"老年人的思想和行为,常常遭到下一辈毫不客气的否认和讥评……谁错了呢?可以说双方都没有错。然而悲哀是在老人那一边了!"①第二十章之后部分,其实叶圣陶在用心用力地写,最后一章写倪焕之因病猝死,写得回肠荡气、催人泪下。但以叶圣陶的理解,五卅前后乃至大革命初期的情况,并非一片光明。五卅之后,倪焕之眼里的景观是"旗子到处飞扬,标语的纸条几乎遮没了所有的墙壁,成群的队伍时时经过,呼喊着,歌唱着,去参加同业的集会或者什么什么几色人的联欢大会。一切业务都在暂时停顿的状态中"②。写实的笔法、冷漠的口气,使群众运动务虚不务实的浮夸景象浮现了出来。革命军进镇,坐在台上指挥的是当地劣绅蒋老虎;而被揪出来戴高帽批斗的,却是善良、正派、热心教育、愿意为乡人办事的蒋冰如。这场革命,让倪焕之看到"间隙与私仇正像燎原的火,这里那里蔓延开来,谁碰到它就是死亡"③。在革命局面紧张时期,倪焕之忧虑的"是'学生们停下了课,也不打算几时让他们开学',而且因此竟感到了幻灭"④。经过了"五四""五卅"和"大革命"几个阶段,幻灭之余,倪焕之重燃办乡村师范的念头,然而一切已如天方夜谭:"乡村师范计划的草稿纸藏在衣袋里,渐渐磨损,终于扔在抽斗里。以无所事事之身,却给愤恨呀,仇怨呀,悲伤呀,恐怖呀,各式各样的燃料煎熬着,这种生活,真是他有生以来未曾经历的新境界。"⑤他原先的精神支柱被抽去,终于沦落到像十几年前那样,买酒痛醉,作践生命。

叶圣陶对倪焕之"中间色泽"的描写,那种有限的革命性,显

---

① 叶圣陶:《倪焕之》,第164页。
② 同上书,第223页。
③ 同上书,第229页。
④ 茅盾:《读〈倪焕之〉》,《文学周报》1929年第8卷第20期。
⑤ 叶圣陶:《倪焕之》,第230页。

然令人不满意。茅盾痛批后十章,未必因其艺术性不足,更因其革命性不足。他甚至指责倪焕之弥留之际"也只是看见了妻和子,并没看见群众"。笔法和基调方面,"二十三章却用了倪焕之个人的感念来烘托出当时的情形,而不是用正面的直接描写……这使得文气松懈,很不合宜于当时那种紧张的场面。并且二十二章后半段的回叙,倒接在火剌剌的正面描写底下,也很能够妨碍前半的气势。在此时的倪焕之大概已经参加了什么政治的集团了罢,可是二十二章以后写倪焕之的行动都不曾很明显地反映出集团的背景,因而不免流于空浮的个人的活动,这也使得这篇小说的基调受了不小的损害"。① 平心而论,叶圣陶或倪焕之只能以"个人感念"来理解时代。小说并没有写倪"参加了什么政治的集团",他只是在上海教书,受革命气氛的感染而上街演讲,他的行为仍是个人行为,不可能如茅盾期待的"反映出集团的背景"。空浮和摇摆性可能更符合倪焕之的行为心理真实。这一情况有意无意地透出了叶圣陶与革命文学的靠而不拢。

作为叶圣陶的好友,茅盾对《倪焕之》仍充满同情理解。他说:"我猜想来,大概有许多人因此不满意这部小说。但在目前这样的时代,在落后的东方,我们便盼望有怎样了不得的伟大作品,岂不是等于'见卵而求时夜'? 在目前许多作者还是仅仅根据了一点儿的社会科学常识或是辩证法,便自负不凡地写他们所谓富有革命情绪的'即兴小说'的时候,像《倪焕之》那样的'扛鼎'的工作,即使有多少缺点,该也是值得赞美的罢!"② 茅盾以退为进,肯定了叶作,但仍有其难言之语。倪焕之毕竟是个"小资产阶级知识分子",哪怕他具有"革命性",哪怕他家境窘迫,他也不可能去发动农民暴动,去没收富人土地,去镇压土豪劣绅,像《咆哮了

---

① 茅盾:《读〈倪焕之〉》,《文学周报》1929年第8卷第20期。
② 同上。

的土地》主人公们所做的那些事。小说中也出现了一个劣绅——蒋老虎,他阻挠学校圈地建农场,出示地契证明农场所圈之地是他家的,但最终还是在识多见广的金树伯的劝说下,让出了那块地。后来蒋老虎摇身一变,成为革命的"蒋同志",挑拨民众起来"打倒把持一切的蒋冰如"。有人提出,宣布蒋冰如为土豪劣绅,封闭他的铺子,没收他的田地。蒋老虎却不同意这样做,他说,在民众大会上宣布就够了,何况还有标语,"过于此,就不免是'已甚',似乎不必"①。蒋老虎仍有"温情"的一面。《倪焕之》中主人公施展社会改革抱负的整个过程,仍被放在中国式伦理人情结构中来展开,考虑人之常情和人物应有的人性心性维度。有人说,叶圣陶"一牵涉到政治方面,他就不免立刻的显示出他的隔膜以及他的局促来了;不仅他对于政治没有正确的估量,科学的分析,对于参加了政治的涡里的'倪焕之'的思想与行动的转变,他也就不能很科学的追寻他的背景而加以描写,只能作浮面的描绘了"②。隔膜和局促背后有一个真实的叶圣陶。革命文学批评家总挑剔叶笔调的"灰色","灰色"即人性不好不坏的模糊一面,流连于这一面,是叶的嗜好。作为一个以写人性见长的作家,他只能如此。在革命热潮高涨的年代,他对革命有向往之心,却没有以丢弃其追求真实性的文学宗旨为代价。是写人,还是写革命,他取的是前者,这也是他对文学的基本价值理解。因此,他的作品够不上"革命水平",或者可以说他对于革命文学靠而不拢。

有意思的是,真诚地尝试写时代且被茅盾称为"扛鼎"之作的《倪焕之》,成为叶圣陶涉足革命文学的起步之作同时也是封笔之作。尽管茅盾对叶继续这一工作报以殷殷期待,钱杏邨鼓励他"更进一步的把握这狂风暴雨时代的时代精神",创作上"重行开

---

① 叶圣陶:《倪焕之》,第 220 页。
② 刚果伦:《一九二九年中国文坛的回顾》,《现代小说》1929 年第 3 卷第 3 期。

辟一个新的局面"①,叶圣陶也将夏丏尊《关于〈倪焕之〉》和茅盾《读〈倪焕之〉》的批评意见置于单行本《倪焕之》末处,诚恳地称"他们两位的文字里都极精当地指摘我许多疵病",但叶圣陶知道有些疵病是难以修改的:"我相信这些疵病超出修改的可能范围之外。现在既不将这一篇毁了重来,在机构上,这些指摘竟是必不可少的部分。"②这使得1930年之后,叶圣陶没有往这条路走,而是转变方向,开始大量创作童话,推出了《皇帝的新衣》《书的夜话》《含羞草》《蚕儿和蚂蚁》《熊夫人幼稚园》《慈儿》诸作,同时参与了《中学生》编撰工作。他的写实主义小说作为"五四"新文学的重要代表,保存着自己独特的面貌。"灰色"也好,"扛鼎"也罢,这批作品为"为人生"小说确立了典范样式,守住了"人的文学"的基本价值认知。《倪焕之》所呈现的"五四"新文学家与革命文学的"隔膜",难以消弭,二者各行其是也属必然。

二、哪里走?
——转折期的朱自清

1920年代中后期,江浙籍文人虽私交密切、志趣相投,却和而不同,对"革命"的参与、介入程度也有差别。1925年南下参加大革命的沈雁冰是革命浪潮的弄潮儿,有人称他兼"'文学家'和'革命家'的双重身份"③,甚至某种程度上,他是在以革命家的眼光处理、评析文学;叶圣陶虽努力靠近革命,写大时代的青年,却克服不

---

① 钱杏邨:《叶绍钧的创作的考察》,《现代中国文学作家》第2卷,第42页。
② 叶圣陶:《作者自记》,第12页。
③ 程凯:《革命的张力——"大革命"前后新文学知识分子的历史处境与思想探求(1924—1930)》,北京大学出版社,2014年,第42—43页。

了对革命的隔膜感和局促感①。《倪焕之》正是他这种甜酸苦辣感受的写照。② 与上述两位不同，朱自清在经历"五卅"那个阶段后，愤怒写下《血歌——为五卅惨剧作》《给死者》《白种人——上帝的骄子》。但随着局势的发展，从"北伐"到"清党"到革命文学运动掀起，令他陷入精神恐慌之中。

1927年，朱自清的一系列文字显示了与前一年写《血歌》《执政府大屠杀记》不一样的调子，南方政局的急剧变化让他极度不安和惶惑。该年5月，他作拟古诗《李白菩萨蛮》，借"烟笼远树浑如幂"表达前景渺茫之感。7月又写《荷塘月色》，从"心里颇不平静"始，至"到底惦记着江南"终，再次表达南方政治风云变幻让他苦闷不堪的心情。9月，他写《一封信》，向友人表达自己其时内心的忧闷："这几天似乎有些异样。像一叶扁舟在无边的大海上，像一个猎人在无尽的森林里。走路，说话，都要费很大的力气；还不能如意。心里有一团乱麻，也可说是一团火。似乎在挣扎着，要明白些什么，但似乎什么也没有明白。……南方这一年的变动，是人的意想赶不上的。我起初还知道他的踪迹，这半年是什么也不知道了。"③他是一个严谨的人，逢事追究个所以然。南方政坛急骤

---

① 夏丏尊评论《倪焕之》时说："游泳于这大时代的空气之中，甜酸苦辣，虽因人时不同，而且和实际的甜酸苦辣的味觉不一样是说不明白的东西，一种特别的情味是受到了的，谁也无法避免这命定地时代空气的口味。"叶圣陶正是这感受（夏丏尊《关于〈倪焕之〉》）。

② 叶圣陶没有直接参与革命的经验，《倪焕之》"第二十二章的上半，是采用了位敬爱的朋友的文字。他身历这大事件，我没有；他记载这大事件生动而有力，我就采来插入需要的处所"（《作者自白》，《倪焕之》）。这位朋友可能就是沈雁冰。1953年人民文学出版社重版《倪焕之》时，叶圣陶本人称"建议删去其第二十章及第二十四章起至末尾之数章"（叶圣陶1953年4月15日日记），也是因为这些部分与标准的革命书写有隔膜之处。

③ 朱自清:《一封信》，《清华周刊》副刊《清华文艺》1927年第2期。

的变化超出了他的理解力。在革命压倒一切的背景下,他仍诚实地将心中的疑虑和盘托出。

1928年3月朱自清在《一般》上发表长文《哪里走》,以致四位朋友(萍、郢、火、栗)的信为形式,表达他在这一年心里的惶惑和极度不安、对"五四"新文化运动迄今十年的梳理和思考、对未来的疑虑和选择。首先,他将近十年的变化归纳为三个"步骤":

> 这时代是一个新时代。时代的界限,本是很难画出的;但我有理由,从十年前起算这时代。在我的眼里,这十年中,我们有着三个步骤:从自我的解放到国家的解放,从国家的解放到 Class Struggle;从另一面看,也可以说是从思想的革命到政治的革命,从政治的革命到经济的革命。

这三个步骤有一个从思想文化启蒙到政治革命到经济革命的转变过程,其中隐含两种精神的差异:

> 在第一步骤里,我们要的是解放,有的是自由,做的是学理的研究;在第二、第三步骤里,我们要的是革命,有的是专制的党,做的是军事行动及党纲、主义的宣传。这两种精神的差异,也许就是理想与实际的差异。

在朱自清的梳理中,近十年中国社会思潮的变化一目了然。那么,这十年间,新文学知识分子面临什么?曾经做过什么?现在又该做什么?他们如何应对?朱自清说:

> 在解放的时期,我们所发见的是个人价值。我们诅咒家庭,诅咒社会,要将个人抬在一切的上面,作宇宙的中心。我们说,个人是一切评价的标准;认清了这标准,我们要重新评定一切传统的价值。这是文学,哲学全盛的日子。虽也有所谓平民思想,但只是偶然的怜悯,适成其为慈善主义而已。社会科学虽也被重视,而与文学、哲学相比,却远不能及。这大

约是经济状况剧变的缘故吧,三四年来,社会科学的书籍,特别是关于社会革命的,销场渐渐地增广了,文学,哲学反倒被压下去了;直到革命爆发为止。

将个人置于宇宙的中心,"个人"价值在早期新文化运动中被推崇。个人主义时代还是文学和哲学全盛的时代。朱自清一代知识分子,从那个时代走过来,享受着那个全盛期的一切。但革命时期,一切变了:"在这革命时期,一切的价值都归于实际的行动;军士们的枪,宣传部的笔和舌,做了两个急先锋。只要一些大同小异的传单,小册子,便已足用;社会革命的书籍亦已无须,更不用提什么文学、哲学了。这时期'一切权力属于党'。在理论上,不独政治,军事是党所该管;你一切的生活,也都该党化。党的律是铁律,除遵守与服从外,不能说半个'不'字,个人——自我——是渺小的;在党的范围内发展,是认可的,在党的范围外,便是所谓'浪漫'了。这足以妨碍工作,为党所不能容忍……党所要求于个人的是牺牲,是无条件的牺牲。一个人得按着党的方式而生活,想自出心裁,是不行的。"①1928年1月革命文学运动兴起,3月,朱自清这封信发表在《一般》上,道出了他和他的朋友群的共同疑虑。

朱自清梳理十年的变化、眼下的情形和自己的困境,发出"哪里走"的质询。他说:"值得拼命的只是现在;现在是力,是权威,如钢铁一般。但像我这样一个人,现在果然有路可走么?果然有选路的自由与从容么?我有时怀疑这个'有',于是乎悚然了:那里走呢!"他以旧小说里写勇将、写侠义追逼、围困对手的情境为例,说明自己的处境和感受:当勇将堵住他对手的时候,"往往断喝一声道,'往那里走!'这是说,没有你走的路,不必走了;快快投降,遭擒或受死吧。投降等也可以说是路,不过不是对手所欲选择

---

① 朱自清:《哪里走》,《一般》1928年第4卷第3期。

的罢了。我有时正感着这种被迫逼的心情;虽没有身临其境的慌张,但觉得心头上的阴影越来越大,颇有些惘惘然"①。他明白自己的困境,他不可能一夜之间变成革命者或无产阶级,他无法剥去"五四"已经形成的个人主义观念,他诚挚地说:"我在 Petty Bourgeoisie 里活了三十年,我的情调,嗜好,思想,论理,与行为的方式,在在都是 Petty Bourgeoisie 的;我彻头彻尾,沦肌浃髓是 Petty Bourgeoisie 的。离开了 Petty Bourgeoisie,我没有血与肉。……我既不能参加革命或反革命,总得找个依据,才可姑作安心过日子。我想找一件事,钻了进去,消磨了这一生。我终于在国学里找着了一个题目,开始像小儿的学步。"②这个阶段朱自清拜黄节为师,学作拟古诗,这就是他所谓找着的"事"? 相对于茅盾、叶圣陶及郑振铎,狷介的朱自清陷入更深的困境中。

不愿意盲从的朱自清从此遁入书斋,在"国学"里找个题目,安顿自己的人生。他依然关注新文学,但转向研究,用学术的态度来处理文学。与第一时期(从"五四"到 1926 年)作为一个诗人和散文家从事新文学创作不同,第二个时期的朱自清主要以研究者和批评家出现。那几年间,他发表一系列评论文章——《近来的几篇小说》、《〈背影〉序》(后改题为《论现代中国的小品散文》)、《〈燕知草〉序》《〈歧路灯〉》《给〈一个兵和他的老婆〉的作者——李健吾先生》《〈老张的哲学〉与〈赵子曰〉》《关于"革命文学"的文献》等,从评论者的角度讨论文学问题。1928—1929 年度第二学期,他在清华大学开设"中国新文学研究"课,自编讲义,从教学到写作,他采用研究的方式来面对新文学,以之安身立命。

1928 年以后,朱自清的写作由原来的经验性情感性的文学创

---

① 朱自清:《哪里走》,《一般》1928 年第 4 卷第 3 期。

② 参见朱自清《哪里走》,其时,朱自清与新文学反对派的黄节、吴宓关系密切,显示了更复杂、更人性化的文化取向。

作转为学理性的文学批评及研究,他将新文学放在学理的格局中来讨论,用自己的文学观念和学术尺度,估量作品的文学价值,对其时在革命潮流裹挟下文学批评的思路是一个校正。与当时几位活跃的批评家如茅盾、钱杏邨、韩侍衍等的社会学批评,呈现不同的评判依据和方法路径。尽管朱自清对大革命后期党派政治对文学和个人的裹挟有疑惑,但他仍从学术的角度梳理革命文学的来龙去脉,客观介绍其观点和各派看法,让文献说话,将何谓革命文学、其性质和形态如何作了综述。

1929年7月他发表《关于"革命文学"的文献》,有感于一年前上海"沸沸扬扬"的革命文学运动在北京竟"还没有什么人谈到",他介绍了"几种关于革命文学的理论的书籍和杂志"。① 追根溯源,从苏俄的布哈林、托洛茨基,日本的外村史郎、藏原惟人、藤森成吉和美国的辛克莱等谈起,介绍倡导期创造社和太阳社两组成员的文章、相关的刊物和两个社团间的纷争等。尽管作者一再声称不论革命文学的"是非曲直",但他仍指出革命文学倡导者内部其实有两派观点——"一派偏重文艺","一派偏重阶级"。② 他引录两者的文字,呈现他们的分歧,阐释其理论。他还特别提到署名"梅子"的《非革命文学》③一书,该书将"非革命文学的文章,收集成书",作者称:"革命文学是什么?很简单地说,就是马克思主义的宣传之一种。所谓'革命文学',完全离开了文学的本质——以及一切艺术的——而是借文学之名以作一种政事的工具。换句话说:革命文学,就是变形的马克思主义运动。……革命文学是远离了文学之本质的,彼等的诗歌,仅只是标语,彼等的小说,戏剧,仅

---

① 朱自清:《关于"革命文学"的文献》,朱乔森编《朱自清全集》第4卷,江苏教育出版社,1997年,第258页。
② 同上书,第261页。
③ 梅子:《非革命文学》,上海光明书局,1929年印行。

只是一些宣言。"①该书显然站在非革命文学立场上,它一方面分析何谓革命文学,揭示革命文学"远离文学之本质",是"政事的工具";另一方面又详细介绍被革命文学派攻击的"非革命文学"的三派——语丝派、新月派和民众文学派,将其时与革命文学相反衬的各种文学活动浮现出来。他指出:"编者似乎近于此派(语丝)。"②这本后来在各式现代文学史著中"不见经传"的小书,被朱自清详细介绍,其背后有朱的态度和倾向。这是一本与革命文学运动唱反调的书,它为这段历史保存了另一种声音。在当时大势所趋的背景下,仍不乏朱自清之类的"作者之群",注意到这本书,并加以推介。

1928年之后,朱自清作为"五四"新文学的守护者,在急剧变化的历史陡转中潜沉下来,主要精力由新文学创作转向新文学批评及研究,从学术的角度切入新文学,以文学的审美衡量和学术判断为原则,走批评的文学本位路线,对革命潮流裹挟下文学批评的政治路线是一种反拨。他虽不无犹豫却仍坚持认为,好多东西(如"革命""阶级")不能代替审美的判断和认知的判断,他不认同放弃对文学作人性、美学及认知意义上的追求,而转向一种不成熟的社会学诠释。1929年春在清华大学开设现代文学研究课,他首次梳理了十年新文学的历程。讲义由"总论"和"分论"组成:总论三章——《背景》《经过》《"外国影响"与现在的分野》,分论五章——《诗》《小说》《戏剧》《散文》《文学批评》。该讲义几乎是最早地系统地绘制了十年新文学的历史图景,对新文学的方方面面作了艺术的或学术的定位。经由课程开设,他勾画新文学的知识图谱,甄别新文学作品的价值等级,爬梳新文学的审美规则,为新

---

① 朱自清:《关于"革命文学"的文献》,朱乔森编《朱自清全集》第4卷,第273页。

② 同上书,第274页。

文学知识的体系化开了先路。创作方面，他把眼光转向家庭，写家庭伦理变革时期触痛个人情感心理的亲情故事，推出《背影》《给亡妇》《儿女》等，关注生老病死、扶老携幼等更永恒的话题，坦承人性自私，对人间伦常作更有深度的探询，继续推进"五四"文化伦理改革的文学叙事。1928年之后，正是有朱自清这样的人的耕耘和守护，新文学之流汩汩流淌，相关价值也沉积了下来。

三、个人的力量：成熟期的沈从文及其小群体

1920年代末1930年初，尽管时局动荡，新文学依然顺势生长。那几年间，旋起旋落的刊物特别多。各路人马都有开辟平台、发出声音的冲动，虽然刊物的寿命多不长。这是一个奔突、宣泄、摸索、确立的阶段。除了几份站在前台、代表几方力量发言的刊物，如《创造月刊》《文化批判》《太阳》《语丝》《小说月报》《新月》《大众文艺》《拓荒者》《前锋月刊》《文艺月刊》等外，还有一些不那么出名、面目斑驳、顽强地以其短暂的存在参与表达的刊物。他们的取向非常多元，有《沉钟》《未名》《奔流》《朝花》的青年文化取向，有《流沙》《我们》《畸形》《海风》《引擎》的革命文学取向，有《现代小说》《金屋》《真美善》《无轨列车》《新文艺》的城市现代主义取向，有《小说月报》《一般》《华严》《红黑》《人间》的"五四""为人生"取向。① 1930年左联成立，《萌芽》《拓荒者》《文艺讲座》随之诞生。与之相对照的《骆驼草》《前锋周报》《现代文学》《展开》《文艺月刊》也问世。此时刊物五花八门，办刊者有追随革命潮流、参与社会改造的，有仍坚持"五四"启蒙观念和纯文学理想的，有刚出道、想为自己开辟发表空间的，有避开主潮、热衷技术

---

① 这种划分只是一种大致情况，实际上，同一类型的刊物之间，也是千差万别的。

创新的城市写作……众多刊物百花齐放,顽强参与,呈现了社会陡转期的思想活力和文学热情。出版业的高度繁荣,社会参与和经济利益的双重驱动,使办刊成为文化界不可抑制的冲动,较大程度上催发了新文学的成长,促成了新文学多元并存的局面。

值得注意的是,1920年代后期,出现了一些青年群体。如丁玲、胡也频和沈从文一群;向培良、高长虹、高歌、尚钺一群;施蛰存、戴望舒、杜衡和刘呐鸥一群。那是"五四"之后成长起来的第二代新文学作者。他们单纯而执着,对文学怀有理想,充满创作活力。经过为生存为立足而苦斗之后,他们渐入正轨。1927年底至1928年一年间,丁玲推出6篇小说,《梦珂》《莎菲女士的日记》《暑假中》《阿毛姑娘》《一个女人和一个男人》《自杀日记》,前4篇均位于《小说月报》头条位置。1928年这一年,沈从文出版11部短篇或单行本小说集①,一时成为小说界的实力派作家。1928年7月,胡也频应邀为彭浩徐任总编辑的《中央日报》编辑《红与黑》副刊。这份美差②只做了几个月,却激起他们自办"红黑出版处"的热望。③

---

① 这11部短篇或单行本小说集是:《入伍后》(上海北新书局,1928年)、《老实人》(上海现代书局,1928年)、《好管闲事的人》(上海新月书店,1928年)、《阿丽思中国游记(第一卷)》(新月书店,1928年)、《长夏》(上海光华书店,1928年)、《篁君日记》(北平文化学社,1928年)、《山鬼》(上海光华书局,1928年)、《雨后及其他》(上海春湖书局,1928年)、《刽子手》(上海光华书局,1928年)、《不死日记》(上海人间书店,1928年)、《阿丽思中国游记(第二卷)》(新月书店,1928年)。

② 胡也频"每月可得七八十元的稿费和编辑费",可谓一份美差。丁玲:《胡也频》,《丁玲文集》第5卷,第174页。

③ 1928年10月26日胡也频等在《红与黑》第47号上发表《〈红黑〉创作预告》,预告"红黑出版处"即将成立,拟出版《红黑》月刊和"红黑丛书"。《中央日报·红黑副刊》停刊,可能与其时胡也频身份已转向革命有关。停刊原因交代得很含混:"事实使我们缄默,我们只能暂时把这工作停顿。"丁玲事后说:"我们逐渐(转下页)

他们从胡也频父亲手中借得一千元①,1929年1月,红黑出版处在上海萨坡赛路204号即他们的住处开业。《〈红黑〉创作预告》称:"不漠视别人,不夸捧自己,不以抄袭贩卖新舆论思想惊吓年青人,不假充志士或假装热情骗一部分人喜欢。"②这种文字显然来自沈从文。同时他们又与上海人间书店合作,编辑《人间》月刊。手里有两份刊物,他们已不愁发表作品的事。《红黑》第一期,"本埠在一个礼拜内就将近卖去一千份",销量很不错。③但经济很快支撑不下来,《人间》刊至四期即停刊,红黑出版处坚持六月即破产。他们在这片舞台上走向成熟的同时也呈分道之态。丁玲说,《红黑》停办一个原因是"沈从文跟我们的思想碰不拢来"。沈从文"一贯与'新月社''现代评论'派有些友谊",而"我(丁玲本人)始终规避着从文的绅士朋友"。④三人中,丁玲自信懂得革命,但由于对自己文学才能有"过分的估计",愿意"在文学上先搞出一个名堂来",也不喜欢"也频转变后的小说,我常说他是'左'倾幼稚病"。⑤在革命与文学之间,她一开始选择的是文学;胡也频则转向左倾,读卢那察尔斯基、普列汉诺夫的书,开始写《到莫斯科去》《光明在前方》等。二人同时发现,好友沈从文与他们的距离越来越大。他们"不愿失去一个困苦时期结识的挚友",只好

(接上页)懂得要从政治上看问题,处理问题,这个副刊是不应该继续编下去的(虽然副刊的日常编辑工作,彭学沛从不参与意见)。这样,也频便辞去这待遇优厚的工作。"丁玲:《胡也频》,《丁玲文集》第5卷,第174页。

① 丁玲说:"这时正好胡也频的父亲来上海,答应设法帮我们转借一千元钱,每月三分利。"(丁玲:《胡也频》,《丁玲文集》第5卷,第175页)
② 《〈红黑〉创作预告》,《中央日报·红与黑》副刊1928年第47号。
③ 沈从文:《记胡也频》,上海光明书局,1932年。
④ 丁玲:《一个真实人的一生——记胡也频》,《丁玲文集》第5卷,第151页。
⑤ 同上。

"无言地对坐,或话不由衷"①;沈从文也固执,他说:"我不轻视左倾,却也不鄙视右翼,我只信仰真实……文学实有其独创性和独立价值。"②他们各有坚持。

丁、胡、沈三人小群体因1931年1月胡也频被捕、牺牲而走向解散。胡也频遇难期间,沈从文竭尽全力营救且帮助丁玲母子回乡。但这并没有改变他们渐行渐远的结局。该年丁、沈有过一段合作。受中共中央宣传部委托,丁玲留沪创办《北斗》,这重燃了丁玲的文学热情。鉴于《萌芽》《拓荒者》《巴尔底山》等被查禁之教训,左联让丁玲这样还"不太红"的人来编《北斗》,且指示"要办得灰色一点"③,像个中立的刊物。这就给丁玲一个回到《红黑》的机会。她给沈从文的约稿信显得跃跃欲试:"现在有个新的小书店,请我替他们编一份杂志,我颇想试试。不过稿费太少,元半千字,但他们答应销到五千时可以加到二元或二元半,因此起始非得几个老手撑台不可。我意思这杂志仍像《红黑》一样,专重创作,而且得几位女作家合作就更好。冰心、叔华、杨袁昌英、任陈衡哲、淦女士等,都请转请,望她们能成为特约长期撰稿员。"④这信透出几个信息:一是她有所隐瞒,没有向沈从文说明《北斗》是左联机关报,但她的确想回到《红黑》,做点事情;二是1929年拒绝给真美善书店"女作家专号"供稿、声称"卖稿不卖'女'"的丁玲,两年后指名道姓要与几位女作家长期合作,表现出对"女"的兴趣;三是丁玲一直与绅士派有隔膜,与那些撑得住台面的"老手"交往不

---

① 丁玲:《一个真实人的一生——记胡也频》,《丁玲文集》第5卷,第151—152页。
② 沈从文:《记丁玲续集》,《沈从文全集》第13卷,北岳文艺出版社,2002年,第207页。
③ 丁玲:《关于左联的片断回忆》,《丁玲文集》第5卷,第254—255页。
④ 沈从文:《记丁玲续集》,《沈从文全集》第13卷,第205页。

多，约稿方面得靠沈从文帮忙。《北斗》创刊号从出现的作者看，的确有意模糊"左"的色调：小说有蓬子《一幅剪影》、李素《祖母》、丁玲《水》；戏剧有白薇《假洋人》；诗有冰心《我劝你》、T. L.《给我爱的》、林徽因《激昂》、徐志摩《雁儿们》；小品有陈衡哲《老柏与野蔷薇》、叶圣陶《速写》《牵牛花》等。第1卷第2、3期，还有凌叔华、戴望舒、沈从文、穆木天、张天翼等的作品。丁玲说："《北斗》一开始的确比较灰色，写文章的包括谢冰心、陈衡哲、凌叔华、沈从文等，但是出两三期后，也就慢慢地红起来了，国民党也注意了。"① 最能体现丁玲试图有所作为的是1932年1月《北斗》第2卷第1期"特大号"上那场关于"创作不振之原因及其出路"的讨论，参加者有郁达夫、方光焘、张天翼、戴望舒、袁殊、穆木天、叶圣陶、建南、鲁迅、寒生、杨骚、徐调孚、胡愈之、周予同、郑伯奇、邵洵美、华蒂、茅盾、陈衡哲、陶晶孙、蓬子、沈起予、丁玲等。这场讨论显然不符合左联的主题，讨论之后就没有下文。第2卷第2期，作者换了另一班人：丹仁（冯雪峰）、易嘉（瞿秋白）、茅盾、鲁迅、阿英等。讨论的议题由"创作为何不振"变成"文学大众化如何实施"。这件事让丁玲真正转换路向。1931年起，丁玲创作上努力往左翼之路走。该年7月在《小说月报》发表的《田家冲》，9、10、11月在《北斗》连载的《水》，都显示了她这种努力。三人圈子解散之后，丁、沈在各自的领域各执牛角，都试图以个人的力量影响文坛。略有差别的是，丁玲颇受她所隶属的组织所限制，沈从文则一显身手好几年。

  1930年之后，沈从文的个人力量逐渐显示出来。该年4月由舒新城主持的中华书局约请徐志摩主编"新文艺丛书"，徐因太忙，请沈从文负责选作品之事。这套丛书收入丁玲、胡也频、沈从文、郭子雄、谢冰季、王实味、蹇先艾、冷西、胡山源、徐志摩、夏忠道

---

① 丁玲：《关于左联的片断回忆》，《丁玲文集》第5卷，第255页。

等创作集14本。入选者除了徐志摩,几乎都是名气不如丁、胡、沈的无名之辈,堪称以丁、胡、沈为核心的一支新作者队伍,呈现着1930年前后新文学人员构成的另一种面貌。三年后沈从文出任《大公报·文艺副刊》主编,也是坚持"只认作品不认人"原则,抵制"嬉笑怒骂"杂文,对恬淡小品文只是欣赏也不加提倡。他扶持了一批名不见经传的散文新秀——何其芳、李广田、卞之琳、丽尼、陆蠡等,在该刊上标举一种有生活、有生命、有力量的新散文流派。借助编书编刊,沈从文颇有振作1930年代新文坛的一番想法和作为。

1929年下半年起,沈从文先后在上海吴淞中国公学、武汉大学、青岛大学任教,开"新文学研究""小说习作""中国小说史""散文习作"诸课程。出版《中国小说史讲义》(与孙俍工合著,暨南大学出版室印,1930年)、《新文学研究》(武汉大学编印,1931年)。他不仅是一名作者,更是一名老师,一名批评家和文学书籍刊物的编辑。多重身份的参差交汇,让他有机会大显身手、现身说法,用诸种职权(作者、评论家、编辑之权)施展自己的文学抱负。1930年3月应王哲甫之约,他为《中国新文学运动史》作《略传(从文自序)》①,他以自己的创作为例,介绍新文学写作经验:"本人学习用笔还不到十年,手中一支笔,也只能说正逐渐在成熟中,慢慢脱去矜持、浮夸、生硬、做作,日益接近自然。为了补救业务上的弱点,我得格外努力。因此不断变换作品的内容和形式,用不同方法处理文字组织故事,进行不同的试探。"②此时他正在青岛大学教散文习作,他细谈处理文字、组织故事的经验,将个人经历作为新文学整体发展的一条线索、一个缩影来谈,从而呈现十年新文学的摸索历程。1931年有朋友请沈从文编刊物,沈说,要编就得编一

---

① 此作为1931年他在青岛大学写《从文自传》的雏形。
② 沈从文:《从文自传·附记》,《沈从文全集》第13卷,第366页。

年十二期,这样才有整体性,对过去十余年中国文学的得失,有一个较公平的认识;还可修正不良习气,说明"一切流行趣味风气",是"如何妨碍到有价值作品的产生"。① 这事虽没有做成,从中却看出沈从文的胸怀大志。1933年9月沈从文主编《大公报·文艺副刊》,开始他1930年代最有作为的一段时期。② 创作上他仍保持高产态势,同时利用编辑的职权和批评家的言论,加强对新文学的介入和导向。1930—1936年他推出一批文章:《郁达夫张资平及其影响》《论闻一多的〈死水〉》《论冯文炳》《我们怎么样去读新诗》《〈轮盘〉序》《论落华生》《论王静之的〈蕙的风〉》《论郭沫若》《现代中国文学的小感想》《致"文艺"读者》《论朱湘的诗》《论刘半农的〈扬鞭集〉》《论创作的态度》《谈诗》《甲辰闲话》《窄而霉斋闲话》《论施蛰存与罗黑芷》《论徐志摩的诗》《上海作家》《文学者的态度》《知识阶段与进步》《打头文学》《论"海派"》《先于"海派"》《我的写作与水的关系》《情绪的体操》《废邮存底》《新废邮存底》诸篇、《新文人与新文学》《风雅与俗气》《谈谈上海的刊物》《论技巧》《论穆时英》《新诗和旧账——并介绍〈诗刊〉》《谈〈新文学大系〉》《作家间需要一种新运动》《文坛的"团结"与"联合"》等,林林总总,涉及方方面面。他思想活跃,笔头勤奋,对新文学的健康发展怀有责任感,以个人的方式——写作、教学、担任刊物/丛书编辑,引导1930年代新文学的走向,其作用不可低估。如1933年沈从文主编的教科书"东方现代文选",由上海东方文学出版社出版,共八种:《现代论杂文选》《现代书信文选》《现代创作小说集》《现代记叙文选》《现代日记文选》《现代诗选》《现代小品文

---

① 邵华强:《沈从文年谱简编》,《沈从文研究资料》(下集),花城出版社、香港三联书店,1991年,第946页。

② 有研究者称,沈从文主编《大公报·文艺副刊》,"托起了著名的'京派'文人群"。参见杜素娟《沈从文与〈大公报〉》,山东画报出版社,2006年,第61页。

选》《现代说明文选》。作为教科书,他按不同的文体系列,甄选一批佳作,为学生提供学习的摹本。这个挑选、编纂过程,是他个人对各个系列文学佳作的一种推荐,一方面以"佳作"影响学生,另一方面为历史留下"佳作"。

沈从文的个人参与有多个方面。1934年他以海派文学为话题,挑起一场如何建设健康的新文学的大讨论。他称"海派"恶习正在伤害新文学肌体的健康,若"听任海派习气存在发展,就实在是北方文学者一宗罪过"①。他将1930年代文学的商业化、党派化归咎于上海风气的影响,并将扭转这种风气的重任放在"北方文学者"肩上,有其文化的偏见,但他敏感地捕捉到1930年代新文学为商业、为政治所裹挟的问题。他主张新文人要"将文学当成一种宗教,自己存心做殉教者",只有"不逃避当前社会做人的责任","很顽固单纯努力下去的人",才是真正"有志于'文学'"的人。② 他以维护文学纯正性的卫道士出现,以尖锐的批评抵制各种非文学行为。1936年他又对文坛的"差不多"现象提出批评,发表《作家间需要一种新运动》,挑起新文艺家该如何振作起来的讨论。萧乾在该讨论的编者按中说:"本文发表在文坛上飘扬着大小各种旗帜的今日,我们觉得它昧于时下阵列风气,爽直道来,颇有些孤单老实。唯其如此,于读者它也许更有些真切的意义。这是对中国新文艺前途发了愁的人的一个呼吁,它代表一片焦灼,一股哀愁,一个模糊然而真诚的建议,我们期待着它掀起的反应。"③ 以个人孤单执拗顽固的方式,提出一个模糊而真诚的呼吁,以引起

---

① 沈从文:《论"海派"》,天津《大公报·文艺副刊》1934年1月10日。
② 沈从文:《新文人与新文学》,天津《大公报·文艺副刊》1935年2月3日,《沈从文文集》第12卷,花城出版社、香港三联书店,1984年,第170—171页。
③ 萧乾:《作家间需要一种新运动·按语》,天津《大公报·文艺副刊》1936年10月25日。

文学界的注意,引发人们对新文艺的处境和方向作思考。至抗战之前,沈从文以个人力量,扮演着1930年代新文学纠偏者的角色,为新文学的健康发展和价值规则垒建作出一番贡献。朱光潜称,沈从文将北方的文人纠集在一起,"把文艺的一条不绝如缕的生命线维持下去,也还不是一件易事"。① 的确如此。

四、"作者之群"的担当和作为:
以施蛰存小群体为例

1928年,《真美善》主编曾虚白不无忧虑地指出:

> 在这中国的文艺界既拆去了几千年陈旧的基础,还没有酝酿出十分完善的设计的绝续之交,刚遇上革命潮流汹涌澎湃,激荡得生活动摇,人心惶惑,人人装着满肚子说不出的苦闷,郁勃,于是叫的叫,跳的跳,不择手段地借文艺来宣泄蕴藏在他们心底里的火焰。……他们的作品,确乎粗糙,他们的趋势确乎走上了歧途,然而这是过渡时代不能免的一种酝酿,谁知道在粗糙中不会产生出纯净,在歧路中不能回到大道上去呢?②

新文艺刚刚拆去几千年陈旧的基础,还没有来得及拿出完善的设计之际,突然遇上革命潮流,在这种潮流冲击下生活动摇、人心惶惑,新文艺变得粗糙,人们借它宣泄心中的苦闷,文学创作走上了歧途。但担忧中,曾虚白仍希望新文学能从歧路回到"大道"。这是当时有头脑的中间派文学家的一种真实心境。在这种

---

① 朱光潜:《从沈从文先生的人格看他的文艺风格》,《花城》1980年第5期。
② 虚白:《文艺的新路——读了茅盾的〈从牯岭到东京〉之后》,《真美善》1928年第2期。

背景中,曾虚白从茅盾的《从牯岭到东京》一文中找到了"一位同调者"。因为这位同调者也认为,"现在的'新作品'走入了'标语口号文学'的绝路,有革命的热情而忽略于文艺的本质"。他借茅盾的话,提出文学主要以"资产阶级的市民"为对象,要获得他们的了解和同情,文艺是没有时间性和阶级性的。其实,曾虚白与茅盾在观点上未必完全同调,《真美善》是面对市民的刊物,曾虚白是崇尚唯美主义的市民作家兼出版人,与茅盾的文学观念并不一致,他是一个更为个体的文学从业者。若干年前,他和他父亲曾朴作为鸳鸯蝴蝶派旧作家,是文学研究会抨击的对象。有趣的是,1927年11月《真美善》创刊时,茅盾以"方璧"为笔名在《文学周报》发表《看了〈真美善·创刊号〉以后》,对该刊予以好评,称这是"一本很有意思的刊物",其主办者的父亲是"从前做《孽海花》的东亚病夫"。他提及十年前读过《孽海花》,"还有些印象",因而对《真美善》格外留意。与他1920年代初批判旧派作家的决绝态度不同,他注意到这份市民刊物新的一面:"从创刊号看来,《真美善》杂志努力的方向是两个:创作和介绍法国文学。"他特别强调该刊对外来潮流的引进主要用"来冲激自己的创造力……愿意唱新乡调不愿唱双簧"。这个时期,新生的市民刊物与《小说月报》《文学周报》的宗旨已很接近。沿着"五四"新文学的思路,《真美善》还对语体文提出新的主张:一、不敢太欧化,使人不懂;二、改革文学,要发挥自己的国性;三、整理国语,从消极方面立几条标准。他们强调将新旧语言作进一步的整合,突出"国性"。茅盾称"这种真恳的努力,也使人感动的"①。茅盾与曾氏父子的握手言和,标志着"五四"新文学与市民文学某种程度上的和解。几个月后,曾虚白写了上文,引茅盾为同调者,透出另一种信息:在革命潮流面前,对革命持有怀疑态度的中间人士,在文学理解上更有相通

---

① 方璧:《看了〈真美善·创刊号〉以后》,《文学周报》1927年第5卷第14期。

之处,文学群落于此时出现新的组合。1929年1月《新月》辟出"我们的朋友"专栏,发表陈淑的《致〈真美善〉的虚白先生》,也将曾虚白引以为友。在《从牯岭到东京》备受革命文学批评家钱杏邨激烈批评的背景下,曾虚白的认同,是一种支持。茅盾与曾氏父子互为欣赏背后,有一种更为深远的文化关怀意识,也透出新文化阵营的某种微妙变化。

1928—1929年与丁玲、胡也频、沈从文在法租界萨坡赛路计划办《红黑》同时,施蛰存、刘呐鸥、戴望舒、杜衡在北四川路办了第一线书店(后改名"水沫书店")。这两个圈子成员年龄相近,且有交往。丁玲与施蛰存是上海大学的同学,1929年10月,施蛰存在松江家乡结婚,丁、胡、沈及冯雪峰、姚蓬子、徐霞村、刘呐鸥、戴望舒等前往参加婚礼。那次婚礼,聚集了一帮沪上文学青年,是其时上海几个青年文学圈子的一次聚集。施称"这是这一群文学青年最为意气风发,各自努力于创作的时候,也是彼此间感情最融洽的时候。谁想象得到,一二年之后,也频为革命而牺牲,丁玲态度大变,雪峰参加了革命的实际工作,行踪秘密,蓬子被捕,囚在南京,徐霞村回归北平,沈从文有一个时期不知下落,后来听说在中国公学……"[1]较之丁、胡、沈几位,施蛰存、戴望舒、杜衡几位有西学背景,是震旦大学法文班的同学。1927年为了躲避清党搜捕,三人隐居于施蛰存松江老家,施说:"我家里有一间小厢楼,从此成为我们三人的政治避难所,同时也是我们的文学工场。……记得最初几个月里,望舒译出了法国沙多布里安的《少女之誓》,杜衡译出了德国诗人海涅的《还乡集》,我译了爱尔兰诗人夏芝的诗和奥地利作家显尼志勒的《倍尔达·迦兰夫人》。"[2]他们外文好,

---

[1] 施蛰存:《滇云浦雨话从文》,《雨的滋味》,江苏文艺出版社,2011年,第130页。

[2] 施蛰存:《最后一个老朋友——冯雪峰》,《雨的滋味》,第121页。

这种翻译实践把他们带上现代主义文学之路。该年七八月戴望舒赴北京游学,结识了丁、胡、沈和冯雪峰、冯至、魏金枝、姚蓬子等同龄文学青年。不久这批青年人先后南下,聚集上海,冯雪峰寄住松江的施家,加入他们的文学工场。他带来的一批日文书——升曙梦、森鸥外、石川啄木的著作,对施等几位影响颇大。其时戴、杜正在翻译英国诗人陶孙的诗,冯雪峰觉得陶孙的诗消沉颓废,施蛰存认为陶诗是"十九世纪牧歌式的抒情诗,思想和辞藻都很平庸"①。其时左翼文艺思潮也吸引着这几个青年人。在松江那段日子,他们每几天跑一次上海,"买书和'销货'"。"把著译稿带到上海去找出版家。最初和我们有关系的是光华书局,其次是开明书店。"②其时,光华书局答应为他们办一个小型同人刊物,以《莽原》为榜样,刊名《文学工场》。但清样出来后,书局老板沈松泉觉得内容激烈,有所顾虑,终于不办。这才有 1928 年夏由他们震旦大学法文班同学、台南人刘呐鸥出资,施、戴任编辑兼发行的水沫书店问世。松江《文学工场》的结束和水沫社时代的开始,标志着他们真正地走上文学舞台。他们中间又加上冯雪峰和刘呐鸥,调子更为多元。冯雪峰在上海住丁玲、胡也频处,两个青年圈子有交集。不同的是,前者的西化、城市化,后者的平民化、乡土化,有明显差别。1933 年这个问题被沈从文摆到桌面上,用施蛰存话说,这年沈从文"忽然发表一篇《文学者的态度》,把南北作家分为'海派'和'京派',赞扬京派而菲薄海派。他自居于京派之列"。施称沈"怯于接受西方文化。他的作品里,几乎没有外国文学的影响"。③ 道出了他们之间的文化差异。1933 年,第一个站出来反驳沈从文的是杜衡。

---

① 施蛰存:《最后一个老朋友——冯雪峰》,《雨的滋味》,第 123 页。
② 同上书,第 125 页。
③ 施蛰存:《滇云浦雨话从文》,《雨的滋味》,第 136 页。

他们最早的出版刊物是《无轨列车》,意谓"刊物的方向内容没有一定的轨道"。① 在这刊物上,刘呐鸥的"都市风景线"与冯雪峰(画室)的《革命与知识阶级》的同台演出,施蛰存(安华)、戴望舒、杜衡(苏汶)、徐霞村、林微音等一批沪上文学青年的才情文章争奇斗艳,保尔·穆杭与片冈铁兵各占一席之位。该刊刊出版六期之后被当局以宣传赤化罪名禁止,其实"赤化"并非它的特点,自由多元才是它的特征。沿着这条路走下去,由"第一线书店"而"水沫书店",由《无轨列车》而《新文艺》,虽好景不长,但这一过程,为这个小团体的成长提供了一片天地。

1932年"一·二八"事变日本人的战火焚毁了商务印书馆,包括其东方图书馆及印刷厂。日本人摧毁了上海出版业的龙头,霎时整个出版业处于瘫痪状态,水沫书店也告结束。复苏阶段反倒给一些小书局提供了机会,现代书局就是其中的一个。现代书局也是好事者,曾先办《拓荒者》后办《前锋月刊》,涉足左右两界,颇惹是非。后吸取教训,在淞沪战争结束后,张静庐决定抢先办一份纯文艺刊物,他看中了没有左右背景、视野开阔、足智多才的施蛰存。1932—1934年是出任《现代》主编的施蛰存施展才华并对1930年代新文坛产生重要影响的两年。他目标清晰、志向单纯:"本志是文学杂志,凡文学的领域,即本志的领域";"不是狭义的同人杂志","不预备造成任何一种文学上的思潮、主义或党派";稿件取舍"只依照编者个人主观为标准,至于这种标准,当然是属于文学作品的本身价值方面的"。② 选稿倚重的是文学本身价值,在这一思路之下,《现代》兼容并包,多元共生,各路人马,各得其所。

创刊号"小说"栏的头条是其时尚名不见经传的穆时英的小说《公墓》。《编者座谈》几句话道出了这一安排的用心:"尤其是

---

① 施蛰存:《最后一个老朋友——冯雪峰》,《雨的滋味》,第126页。
② 施蛰存:《创刊宣言》,《现代》1932年创刊号。

穆时英先生,自从他的处女创作集《南北极》出版了之后,对于创作有了更进一层的修养,他将自本期所刊载的《公墓》为始,在同一个作风下,创造他永久的文学生命,这是值得为读者报告的。"① 显然,《现代》为穆时英的小说实验准备了一片舞台。该栏还有5篇小说,张天翼的《宿命论与算命论》、魏金枝的《前哨兵》、巴金的《海底梦(一)》、杜衡的《蹉跎》、施蛰存的《残秋的下弦月》,作者都很年轻,作品质量都不俗,都是"毫不苟且的作品"。② "诗"栏上,刊载了戴望舒的5首诗,"文"栏上,有关于茅盾《三人行》的两篇评论——苏汶的《读〈三人行〉》、易嘉的《谈谈〈三人行〉》,加上国内外文坛信息类短文,该号分量充足、资讯丰富。在战后的上海,"形势尚未和缓,交通不便",诸作者尚因战事疏散异地,短促之中推出这份刊物,可见编者的全力以赴。

之后至1934年第5卷,各路作家的一批名文见于该刊上。如鲁迅的《为了忘却的记念》《小品文的危机》、茅盾的《春蚕》、郭沫若的《离沪之前》、郁达夫的《迟桂花》、老舍的《猫城记》、洪深的《香稻米》、叶紫的《向导》、张天翼的《洋泾浜奇侠》等;其时新文坛活跃的作者,都有作品或文章见刊于其上。瞿秋白、冯雪峰、周扬、夏衍、钱杏邨、周作人、叶圣陶、郁达夫、沈从文、欧阳予倩、巴金、老舍、沙汀、艾芜、魏金枝、楼适夷、白薇、李金发、刘呐鸥、杜衡、穆时英、朱湘、赵景深、叶灵凤、胡秋原、丰子恺、傅东华、韩侍桁、彭家煌、钟敬文、丁玲、徐霞村、靳以、金克木、郑伯奇、陈伯吹、苏雪林、李健吾、张资平、黎锦明、叶永蓁、康嗣群、杨邨人、王鲁彦、许钦文、臧克家、许幸之、林微音、穆木天、章克标、郭建英、陈白尘、陈江帆、林庚、芦焚、艾先骞、冰莹、路易士、黑婴、李长之、邵洵美、梁实秋、钱君匋、袁昌英、徐迟、伍蠡甫、顾仲彝、毕树棠、鸥外鸥……这

---

① 施蛰存:《编辑座谈》,《现代》1932年创刊号。
② 同上。

张作者名单几乎囊括了当时整个文坛,可见其包容和多元。《现代》关注文坛走向,为各种观念开辟对话的平台,如挑起"自由人"和"第三种人"的讨论,开辟《文艺独白》专栏等,让多种声音交汇、论辩,为新文学的健康成长创造良性环境。

最有特色的,是《现代》开辟了现代主义文学实验的空间,这种自觉为之的思路从创刊号已可看出。该刊主要有两个舞台:一是以戴望舒为代表的现代诗实验舞台;一是以穆时英为代表的新感觉派小说实验舞台。创刊号上,"诗"栏是《现代》的重头戏,戴望舒的5首诗和夏芝的6首汉译诗(安簃选译),表明该刊的现代主义趣向。之后每期都有"诗"栏,戴望舒唱主角,他的诗也在变化之中,渐渐与新月派拉开距离,在传统意象诗与现代朦胧诗之间作调和处理。第2卷第4号刊载《望舒诗论》,同时载郭沫若、李金发、戴望舒、施蛰存等不同诗人风格各异的诗,表明他们在兼收并蓄之中已有自己的方向。之后"诗"栏上不断推出新作者——陈琴、侯汝华、伊湄、李心若、吴惠风、钟敬文、清如、艾青、金克木、林庚、何其芳、陈江帆、鸥外鸥等,他们的诗作与望舒诗论相呼应。作为编者,施蛰存为这群人的诗作了阐释,他称那"是现代人在现代生活中所感受的现代的情绪,用现代的词藻排列成的现代的诗形"。① 这类诗从情绪到形式有其现代特质。另一条线索是以穆时英为代表的由《无轨列车》《新文艺》开启的新感觉派小说实验。创刊号上穆时英小说《公墓》被作为头条推出。之后,穆的《偷面包的面包师》《断了条胳膊的人》《上海的狐步舞》《夜总会里的五个人》《街景》《本埠新闻栏编辑室里一札废稿上的故事》《PIERROT——寄呈望舒(上)》《PIERROT——寄呈望舒(下)》《烟》《父亲》等连连推出,每篇都有新面貌。《现代》有步骤地推出一种全新的小说,一种有自己的理念和形式、贴合现代都市人身心感受的

---

① 施蛰存:《关于本刊的诗》,《现代》1933年第4卷第1期。

现代主义小说。这幕后的策划者正是施蛰存。主编《现代》,让施有机会实施其抱负:"我因为试想实现我个人的理想,于是毅然负起这个《现代》主编者的重荷来了。"①最早办《珞珈》时孕育着的文学理想,到办《无轨列车》《新文艺》时渐渐清晰起来,而主编《现代》时,他已经得心应手直奔目标了。作为新文学作者,他对漫延全球的现代主义文学情有独钟。良好的西学素养和求新好奇的现代人性格,使他能够欣赏并推动当时非正统的各种现代主义文学实验,使之在中国土壤上立足、生长。作为编辑,他坚持以文学为本位,用开阔的胸襟包容各路人马,每个品种在《现代》上都占有一席之地,为新文坛营造一片良性的开放的生态环境,促使新文学走上一个新台阶。

尚有一定自由度的1920年代末至1930年代,新文学家个人某种程度上能以一己之力,参与新文学方向的设计、推动及其价值构建。上述朱自清、沈从文、施蛰存等莫不如此。他们都心怀理想,百折不挠,利用既有条件,如文学创作、学术批评、课堂讲学、主编刊物及丛书等,按自己的思路,因势利导,循循善诱,表达推进,按文学本位主义路线行事。这是一个谁也取代不了谁、谁也逃离不了时代总体制约的时期。这个时期个人的力量不可低估。

---

① 施蛰存:《编辑座谈》,《现代》1932年创刊号。

第六章　价值之辩
——1932年的"文艺自由论辩"

中间派作家的文学本位坚持在官方的民族文学运动兴起和左联成立后受到诸多抑制,这才引发1931年底发生的以"自由"为论题的那场文艺论辩。1929年赴日本早稻田大学主修政治学、"九一八"之后辍学归国的21岁的胡秋原,于1931年底主编《文化评论》,提出文艺自由的主张。《文化评论》创刊号上,以"本社同人"署名的《真理之檄》,是一篇发刊词式的文章,称"现在是夜与昼交替的时代,然而黑夜还吞噬大地;旧的没有毁灭,新的刚见诞生"。在这个时刻,"真理之光,自不因此绝灭"。夜与昼交替之际,"正是需要我们来彻底重新估定一切价值的时候",在这个"伟大的转型期",参与思想批评和价值估定,是"知识分子当前的天职"。办刊者显然有备而来,称"我们是自由的知识阶级,完全站在客观的立场,说明一切和批评一切。我们没有一定的党见,如果有,那便是爱护真理的信心"。① 凭着爱护真理之心,他们要参与转型期的思想表达,要发出自己的声音。此文可能出自胡秋原的手笔,这位年轻人有初生牛犊不怕虎的热情和抱负,凭着他的政治学背景和马克思主义文艺理论素养,继《新月》之后,再次将文艺自由问题摆到桌面上。

---

① 本社同人:《真理之檄》,《文化评论》1931年创刊号。

一、"五四"之脉:承续还是脱开?

《文化评论》创刊号以胡秋原的《阿狗文艺论——民族文艺理论之谬误》为头条文章,抨击《前锋》的民族主义文艺运动。胡文交代其写作缘由:"《文化评论》编者征文于余,并示《前锋》第一期之民族文艺运动之宣言,嘱为文批评其理论;余阅之不觉失笑。民族理论之不通,曾于《文艺史之方法论》中略有述之,此种理论之存在,实是中国文艺界之污点。"①他指出民族主义文艺理论的荒谬之处,在其以政治侵犯文艺。从这一点出发,他分析"中心意识"裹挟文艺之谬误,提出文艺之价值在于自由。该文共六章,前三章主要谈文艺自由之价值本质。他说,"文学与艺术,至死也是自由的,民主的";"艺术虽然不是'至上',然而也绝不是'至下'的东西,将艺术堕落到一种政治的留声机,那是艺术的叛徒";"文化与艺术之发展,全靠各种意识互相竞争,才有万华缭乱之趣……用一种中心意识,独裁文坛,结果,具有奴才奉命执笔而已"。后三章主要批驳民族主义文艺诸说,称民族主义文艺是"中国文艺界上一个最可耻的现象","中国法西斯文学之最初萌芽"。② 文章文笔犀利,表述到位。矛头所向,虽对着民族主义文艺,却也涉及同样试图以"中心意识"统率文坛的左翼阵营。

《文化评论》创刊号刊出之后,引起反驳的,倒不是它的文艺自由论调,而是它关于"五四"的说法。1932年1月15日左联刊物《文艺新闻》以"文艺新闻社"为署名,发表《请脱弃"五四"的衣衫》一文,追责《真理之檄》所谓"恢复五四运动的精神""要继续

---

① 胡秋原:《阿狗文艺论——民族文艺理论之谬误》,《文化评论》1931年创刊号。
② 同上。

完成五四之遗业"诸说法,称"果真五四运动的精神是有它被'恢复'的根据吗"?现在已在新的途上,"我们的步武,却断乎不是'五四的'"!断然截断"五四"之脉,撇清与"五四"的关系。对此,胡秋原以《文化运动问题——关于"五四"答文艺新闻记者》作回应。坚持认为"五四"的任务未完成,"我们承认五四的意义是'反封建文化',而同时不闭目否认封建文化依然维持其势力于今日,则便不能说今日已无反封建文化之必要"①。

胡的反驳引来对方更激烈的反弹,由瞿秋白执笔,仍署名"文艺新闻社"的《"自由人"的文化运动——答胡秋原和"文化评论"》,将问题升级,尖锐地指出,"五四"不仅是胡秋原们的一件衣衫,更是一张皮!他们"事实上穿上了五四的衣衫,不但穿上,而且更加两双手揪住了它,唯恐怕人家去剥。原来'五四'并不是什么衣衫……而是皮。剥皮,自然是着痛了——剥不得的!"也就是说,胡秋原们与"五四"精神传统,已是皮肉相依。脱去衣裳容易,剥皮就难了。但无论如何,"五四"之皮应该剥去,它与左翼新时代已毫无关系,它甚至只有妨碍"我们的武步"。文章最后告诫胡秋原们,他们的面前只有两条路:"或者来为着大众服务,或者去为着大众的仇敌服务;前一条路是'脱下五四的衣衫',后一条路是把'五四'变成自己的连肉带骨的皮。"②要挟的口气显然。如果跟着"五四"的路线走,就会走到反面,成为左翼阵线的敌人。此时左翼文化人对"五四"的理解,已经是一种敌对的力量。继承"五四",已变成在为"大众的仇敌服务"了。在讨论文艺自由问题之前,认清与"五四"的关系,很有必要,或者说,"五四"自由精神

---

① 胡秋原:《文化运动问题——关于"五四"答文艺新闻记者》,《文化评论》1932年第4期。

② 文艺新闻社:《自由人的文化运动——答复胡秋原和"文化评论"》,《文艺新闻》1932年第56期。

正是胡秋原们坚持文艺自由论的逻辑起点。

在自由人、第三种人论争开始前夕的这场对话,意味深长。对"五四"传统是继承还是脱开,成为自由文化人与左翼文化阵营的一条分界线。

二、从"钱杏邨"切入:关于真假 "马克思主义"的论辩

胡秋原也没有让步。在《文化评论》第4期上,他发表《勿侵略文艺》《是谁为虎作伥?》,更明确表明其自由立场,呼吁各方"勿侵略文艺",声称他并没有"为虎作伥",只捍卫自由和真理。他与左翼阵营开战,从1928年革命文学运动中曾激烈清算过一批"五四"作家的钱杏邨切入,在《读书杂志》第2卷第1期发表《钱杏邨理论之清算与民族文学理论之批评》。对钱氏的四本"代表作",从理论到方法,一一加以批驳,称之为"马克思主义的赝品"。胡秋原以马克思主义者自居,多处引用朴列汗诺夫(普列汉诺夫)观点,批驳钱杏邨、青野季吉、藏原惟人等强调艺术是一种"社会化的手段"的观点,提出艺术的"第一个基本命题"是"借形象而思索"。"朴列汗诺夫常说'艺术家不议论,但描写',并劝高尔基要知道艺术家——以形象的文字表现的人,如何不适于宣传家——以理论文字表现的人的任务,才能得救"。突出朴列汗诺夫注重文学的形象性之观点,强调宣传品与艺术品之区别。"朴列汗诺夫教我们在寻求作品之社会底价值——思想内容之分析以外,还要分析作品之美学价值——形式的分析。"[①]胡秋原借普列汉诺夫之言,呼吁作品在寻求思想内容之外,还应注重作品的形式及其美

---

① 胡秋原:《钱杏邨理论之清算与民族文学理论之批评》,《读书杂志》1932年第2卷第3期。

学价值。借他山之石以攻玉,胡秋原想表达的,是自己的文艺观点。针对的显然不只钱杏邨一人。

胡文一发表,冯雪峰即以"洛扬"笔名,发表《致文艺新闻的一封信》。首先,他揭发胡文的目的及实质:"胡秋原在这里不是为了正确的马克思主义的批评而批判了钱杏邨,却是为了反普罗革命文学而攻击了钱杏邨;他不是攻击杏邨本人,而是攻击整个普罗革命文学运动。"其次,他指出胡秋原并非真正的马克思主义者。因为主张自由,就不可能是马克思列宁主义的,那只是托派的观点,并暗示朴列汗诺夫非并真正的马克思主义者。胡秋原处处援引朴列汗诺夫观点,殊不知,"第一,朴列汗诺夫的艺术理论是有许多不正确的……他对艺术文学的阶级性的理解是机械论的,是取了机会主义的态度的对艺术文学的阶级的任务的认识,是并非坚固地站在无产阶级的立场上而来的"。何况,胡秋原"是朴列汗诺夫的最坏的歪曲者、最恶劣的引用者。在胡秋原的一切文章里,到处都是把朴列汗诺夫断章取义的引用,切断上下文的抄袭,借了胡秋原自己的话,是把朴氏'谑画化'了"。① 正因此,胡秋原"不能够真正的抓到钱杏邨的错误的根本",他只是借题发挥,攻击整个普罗革命文学运动。冯雪峰文可谓字字千钧,坐实了胡秋原文章的反面性质。

三、请给文学放条生路:"作者之群"的发言

胡秋原还没有回应,就被旁观者苏汶接去了话头。苏汶的《关于"文新"与胡秋原的文艺论辩》,称双方观点针锋相对,让他"感到很大的兴味"。他举了一个商人、秀才、富翁和穷人的笑话,称"道不同不相为谋"。尽管如此,他仍想替"作家之群"发言。他

---

① 洛扬:《致文艺新闻的一封信》,《文艺新闻》1932 年第 58 期。

说:"在'知识阶级的自由人'和'不自由的,有党派的'阶级争着文坛的擂台的时候,最吃苦的,却是这两种人之外的第三种人。这第三种人便是所谓作者之群。""作者之群",指"我前面所说的死抱住文学不肯放手"的人,他们"不写东西的便罢,写一点东西的都斤斤计较乎艺术的价值"。① 有一群只钟情于文学的人,在各派争霸文坛的时候,无路可走,怎么办?

他说,这些只钟情于文学的人,"还在梦想文学是个纯洁的处女。但不久,有人告诉他说,她不但不是一个处女,甚至是一个人尽可夫的淫卖妇,她可以今天卖给资产阶级,明天卖给无产阶级。这个,作者在刚听到的时候似乎就有点意外了;不过据说是事实,于是也就没有方法否定"。"终于,文学不再是文学了,变为连环图书之类;而作者也不再是作者了,变为煽动家之类。死抱住文学不放的作者们是终于只能放手。然而……他们还在恋恋不舍地要艺术的价值。"追求艺术至上价值的这群人,在这个时候,真有些不知所措了。"正是有一班无所适从的作者在,胡秋原先生便又以艺术保护者的资格而出现了。他叫人不要碰艺术。这种自由主义的创作理论应该是受作者欢迎的。"②不像胡秋原与冯雪峰等争论谁是正宗的马克思主义者,苏汶只代表"作家之群"说话,这群人在当时文坛占绝大多数。他转弯抹角、千言万语,想说的是任何党派都不要干涉文学,请尊重文学的独立性。

至此,易嘉正面站出来谈"自由"问题。他在《文艺的自由和文学家的不自由》中谈两个问题:一是"万花缭乱"的胡秋原,二是"难乎其为作家"的苏汶。他称两人都是"文艺的护法金刚,他们都在替文艺争取自由。可是,究竟这些自由对于他们有什么用处呢?"他不讨论争取自由该不该,而是将问题引向两人争自由之目

---

① 苏汶:《关于"文新"与胡秋原的文艺论辩》,《现代》1932 年第 1 卷第 3 期。
② 同上。

的的追究上,揭发他们的"为虎作伥"。首先,他将钱杏邨与胡秋原的观点作比较,称钱"总还是一个竭力要想替新兴阶级服务的小资产阶级知识分子,他的东扯西拉之中,至少还有一些寻找阶级的真理的态度"。而胡秋原则相反,他只要求党派"勿侵略文艺","他并不去暴露这些反动阶级的文艺怎么样企图扰乱群众的队伍,怎么样散布着蒙蔽群众的烟幕弹,怎么样鼓励着反动阶级的杀伐精神,把剥削和压迫神圣化起来"。胡的理论"是反对阶级文学的理论";"他要文学脱离无产阶级而自由,脱离广大的群众而自由";"当无产阶级公开的要求文艺的斗争工具的时候,谁要是出来大叫'勿侵略文艺',谁就无意之中做了伪善的资产阶级的艺术至上派的'留声机'"。其次,抓住"作者之群"一说,称"这所谓'死抓住文学不肯放手的人'是谁呢? 苏汶先生说是'作者之群'。我想作者虽然不是羊子,暂时叫他们一群也还不妨"。他仍用阶级论观点反驳文艺自由论,末了笔锋一转,称"苏汶先生没有功夫顾到'劳动者之群',那是当然的,因为他一只手'死抓住了文学',另一只手招请着'作者之群',请他们欢迎胡秋原先生的自由主义的创作理论,而和苏先生共同起来反对大众文艺的'连环图书和唱本',——自然再也没有功夫了"。① 引进"劳动者之群"一词,与"作者之群"相对举,分析苏汶置"劳动者之群"于不顾、只替"作者之群"说话之资产阶级立场、实质,在非此即彼的二元论推演中,论定胡、苏二人观点的性质。同一期《现代》上,周起应的《到底谁不要真理,不要文艺?》与易嘉说法基本相同,称自由主义创作论的实质,就是"不主张'某一种文学把持文坛',干脆一句话,就是要文学脱离无产阶级而自由。但真正'自由'得了吗? 当然没有!"他从多数人贫困而少数人过着寄生生活的现实,推论这种

---

① 易嘉:《文艺的自由和文学家的不自由》,《现代》1932 年第 1 卷第 6 期。

自由是不可能的,末了,质问苏汶要做"那一阶级的狗"①。同样是非此即彼的推论,扣的是阶级的帽子。

苏汶以退为进,借回应进一步阐述其理由。他的《"第三种人"的出路——论作家的不自由并答复易嘉先生》开篇称:"明知道沉默是聪明,然而有话鲠在心头,有如箭在弦上,不得不发,终于耐不住沉默,做了一次傻瓜。"他说,"易嘉先生总算没有说我是'狗',然而他说我是'羊',其原因乃在于我无意中用了'作者之群'的这个群字,也就是群众之群。虽然同一群也,群众是虎群,作者当然只能是羊了。'羊',也许比'狗'好一点"。苏说"'作者之群'很有些绵羊气",这一点与左翼的文学武器论、工具论不同。虽然,他也承认,天牢地网,谁也摆脱不了阶级的牢笼,文学必然带有阶级意识。但是有阶级意识,并不一定就是要拥护某一阶级的利益。"无产阶级的文学,由于几位指导理论家们的几次三番的限制,其内容已缩到了无可再缩的地步,因而许多作家都不敢僭越无产阶级作家,而只以'同路人'自期。"但在左翼文坛看来,"中立却并不存在","不革命就是反革命"。苏汶低调而耐心地讨论第三种人有哪些"出路",他说,"武器的文学虽然是现在最需要的东西,但是如担当不起的话,那便可以担任次要的工作。我们认为文学的阶级性不是这样单纯的,不要以为不能做十足的无产阶级的作家,便一定是资产阶级的作家"。② 他苦口婆心地说服对方:并非不革命就是反革命,并非无法做十足的无产阶级作家就是资产阶级作家。

双方以《现代》这样一份政治上中立的书商刊物为平台,申述各自的理由。虽撰文口气有强势、弱势之别,毕竟还能平心静气地讨论,双方都有表达的空间。

---

① 周起应:《到底谁不要真理,不要文艺?》,《现代》1932年第1卷第6期。
② 苏汶:《"第三种人"的出路》,《现代》1932年第1卷第6期。

四、左翼文化人的让步与共存局面的形成

1932年11月,双方对峙的情况有些变化。《现代》第2卷第1期推出三篇文章,陈雪帆的《关于理论家的任务速写》、苏汶的《论文学上的干涉主义》和鲁迅的《论"第三种人"》。如果说,前此胡秋原、苏汶表达不满的对象是左翼"几位指导理论家",那么陈雪帆(陈望道)正是针对这个问题来谈。他说:"最近胡秋原苏汶两先生的文章,主要点在对于左翼理论或理论家的不满,我们不应把这对于理论或理论家的不满,扩大作为对于中国左翼文坛不满,把理论家向来不切实不尽职的地方暗暗地躲避了不批判。"他指的可能是胡秋原对钱杏邨的批评,以及冯雪峰、瞿秋白将之理解为对整个左翼文坛的攻击,而作出反击。陈雪帆并非要替胡、苏说话,而是要指出左翼理论家该做些什么,一是对非左翼文学及理论,应暴露其根基及弱点,"引导群众走向自己一面来";二是对左翼作品要加以细心的研究,"指出一切正在成长的要素及行将萎缩的要素"。前者被称为"破坏的批判",后者被称为"建设的批判"。他引用卢那察尔斯基的话,指出"作家对于抽象的科学的思索,大抵没有特别的兴味",创作与理论有别,理论家要"负这一种抽象的科学的思索的任务"。理论家要加强学习,"要排一张理论家学习的课程表,兼程学去"。陈雪帆检讨左翼理论家理论素养不足的问题,他说,理论家"在未从作家学得一些常识以前,还是让作家自己各人尽量发表各人的所得有益些"。① 观点颇为客观且独具见地。

苏汶则直接讨论"文学上的干涉主义"问题。他说,文学是时代的一面镜子,文学的永久性任务是作家"从切身的感觉方面指

---

① 陈雪帆:《关于理论家的任务速写》,《现代》1932年第2卷第1期。

示出社会的矛盾,以期间接或直接地帮助其改善的那种任务"。如果"文学做成了某种政治势力的留声机的时候,它便根本失去做时代的监督那种效能了。……因为它有时不得掩藏现实去替这种政治势力粉饰太平"。他说"干涉"有直接形态和间接形态:前者指"历来的文字狱,出版检查",那是"最赤裸"的方式。这种方式只是消极的禁止,不太有效。间接形态指一种积极的提倡,比如,"一些官方的批评家讨论着文学创作的问题,根据极精细的政治观点来决定着创作的路径,又规定着一些像'指导大纲'一类的东西。照这样,文学作品不再由作者自己在他的工作室里单独地决定了,而变成在官方批评家的会议席上决定的。他们是这样执行着叫文学当政治的留声机的主张"。他以苏联诗人捷米央·别德内伊为例,说这位诗人对政府的每一设施都作一首诗来歌颂而得到官方授予的最高荣誉奖章,"这便是完美的留声机的好例子"。这种文学只要作品"正确"而不要作品"真实",作者称"我当然不反对作品有政治目的,但我反对作品因这种政治目的而牺牲真实"。[①] 这回,苏汶对文学干涉主义有更平和而切实的剖析。

　　关于"自由人"和"第三种人",鲁迅这是第一次发言。但看出他一直关注着这场讨论,他的文章就之前论争的一些关键词展开反驳,有明确的"上文"所指。他采用反讽笔法,称三年来的文坛的确沉寂,除了几位挂着"左翼"招牌的"在马克思主义里发现了文艺自由论,在列宁主义里找到了杀尽共匪说"的论客外——讽刺的是以马克思主义者自居的胡秋原提出文艺自由论一事。其实,鲁迅认为,文坛并不沉寂,所谓沉寂只是胡、苏等的一种心理幻觉,他们"心造了一个横暴的左翼文坛的幻影"。实际上,左翼作家现在正受"压迫,禁锢,杀戮","并未动不动就指作家为'资产阶

[①] 苏汶:《论文学上的干涉主义》,《现代》1932年第2卷第1期。

级的走狗',而且不要'同路人'。左翼作家并不是从天上掉下来的神兵,或是国外杀进来的仇敌,他不但要那同走几步的'同路人',还要招诱那些站在路旁看看的看客也来同走呢"。尽管鲁迅没有为他的"并未"说法提供证据,但与瞿秋白、周扬不同的是,他否认左翼文坛不要"同路人"以及动不动就说作家是"资产阶级的走狗"之类,也就是说,这些做法是不好的。同时,他肯定"第三种人""努力去创作……是对的"。自陈雪帆、鲁迅两文伊始,左翼阵营与"自由人""第三种人"论辩的态度,有所改变。

之后,尽管有些左翼文化人仍在做激烈回应,有芸生的《汉奸的供状》、绮影(周扬)的《自由人文学理论检讨》、谷非(胡风)的《粉饰,歪曲,铁一般的事实——用〈现代〉第一卷的创作做例子,评第三种人论争中的中心问题之一》等,更为上纲上线、扣大帽子甚至"辱骂和恐吓",但几位重要的左翼文化人:冯雪峰、瞿秋白、鲁迅,口气和态度已经和缓得多。鲁迅的《辱骂和恐吓决不是战斗》直接批评芸生诸文的过激,瞿秋白的《鬼脸的辨析——对于首甲等的批评》对首甲文章作出纠偏。最值得注意的是冯雪峰三篇文章:《并非浪费的论争》《关于"第三种文学"的倾向和理论》和《"第三种人"的问题》。三文对论敌批驳的严厉程度逐渐降低,且坦承自己的一些错误。《并非浪费的论争》写于 1932 年 11 月 10 日,是为回应胡秋原《浪费的论争》而写的。① 他向胡解释,他并没有袒护钱杏邨,更没有谩骂,还解释"阿狗"和"丑脸谱"一类词是"记者先生所标"的。他承认"争取言论自由,是当然必需的。但我们应当对统治阶级主张民众的一切自由权利,以及他们在文艺上的自由权利"。争言论自由是"一个政治斗争的问题,不是一个

---

① 洛扬:《并非浪费的论争》,《现代》1933 年第 2 卷第 3 期。据冯雪峰回忆,此文"是与瞿秋白商量由瞿秋白代我起草的,当时我另有任务,来不及写"。(《冯雪峰谈左联》,《新文学史料》1981 年第 1 期)

创作理论上的问题",他说,革命文学站在无产阶级立场上去"反对别些阶级",是一种阶级斗争,"并不是用什么'消灭人间的一切阶级隔阂'的作品去'感化'人类"。他用"言论自由"而不用"文艺自由",指出双方对自由的处理有本质性差别,而且不应该幻想"理论家战线"与"作家之群"有什么矛盾,等等。① 较之前此他致《文艺新闻》那封信,口气要平和得多,且努力讲清其道理。半个月后,他写《关于"第三种文学"的倾向和理论》,口气又有变化。他引用鲁迅的话,称"对于一般作家,我们要携手,决非'拒人于千里之外',更非视为'资产阶级的走狗'。对苏汶也要用这样的态度来对待"。他谈三个问题,耐心地指出苏汶理论与左翼理论相左之处,对左翼文坛的宗派性和苏汶等坏的气质各打五十大板,称"我们要纠正易嘉和起应对于苏汶先生的估计上那严重的错误"。② 与前文相比,他已公开认错。到了12月15日写的《"第三种人"的问题》,态度更加诚恳。这篇文章与科德的《文艺战线上的关门主义》一起,发表在左联刊物《世界文化》上,该期以《关于文艺上的关门主义》为总题目,可见其文章的主题。冯雪峰检讨自己及同人"根本就很少做理论的传播和斗争";理论研究"尤其很少在一般人里面去进行,更很少适合人们的理解的程度而提出问题"。因此,他承认理论家与作家是脱节的。他还说:"苏汶所抱的错误意见,是许多人同抱的,并且要影响许多读者的,更有许多对我们文学运动认识比苏汶还要模糊的作家和青年文学者。"他承认与苏汶有同感的人不少,对于这些人,"不应当把他当作敌人或敌人的奸细看待,而应当像一个同志似地向他解释和说服"。

---

① 洛扬:《并非浪费的论争》,《现代》1933年第2卷第3期。据冯雪峰回忆,此文"是与瞿秋白商量由瞿秋白代我起草的,当时我另有任务,来不及写"。(《冯雪峰谈左联》,《新文学史料》1981年第1期)

② 丹仁:《关于"第三种文学"的倾向和理论》,《现代》1933年第2卷第3期。

"作者之群"不是敌人,可能还是朋友。要"纠正我们一贯的关门主义的错误"。除了狭义的宣传、煽动的文学外,一切真实的、写实主义的作品,"我们"都要利用,使"中立者"偏向"我们",投入"我们"。

冯雪峰三篇文章在1932年11、12月份完成,口气不断变化,提法不断修正,显示了左翼阵营在与"自由人""第三种人"经过近一年论争后的某种自我调整。当然问题并没有真正解决,从上述三文前后自相矛盾的表述中,可看到这一点。但这种结局,仍让苏汶感到满意,他见好就收。《一九三二年的文艺论辩之清算》一文,表明他想结束这场论辩。他说,论辩使双方"都做了许多过分的,而实际上是无聊的事情"。但欣幸地,"我们有陈雪帆先生,鲁迅先生等,先后地发表了虽然不同,但同样公允的意见;而终于,还是看到了洛扬先生对于胡秋原的答复(并非浪费的论争)及何丹仁先生对于我的诚恳批判(关于'第三种文学'的倾向与理论)。这最后两篇文章……有互相补充之处,它们应当连同一起算是左翼文坛对于这次论争的态度和理论的最后的表示"。他认为此次论争,收获有三。一是文艺创作自由的原则是一般地被承认了。① 二是左翼方面的狭窄的排斥异己的观念是被纠正了。三是武器文学的理论是被修正到更正确的方面了。② 有趣的是,苏汶这篇文章,发表于与洛扬、丹仁上述二文同一期的《现代》上,可见其迫不及待。在左翼理论家尚未再度改变口气之前,他要把这种局面确

---

① 苏汶引鲁迅和洛扬两例来证明:鲁迅劝作者们,如果有"笔"的话,大可不必"搁"起来。"他大量地承认我的'与其做冒牌货,倒不如去创作真实的东西'的主张是不错的,更鼓励作者要有'自信的勇气'……显然地允许了作者以创作的自由";洛扬则说过"大纲之类所规定的只是大致的方针,各个作家有极端充分的创作自由,以及讨论的自由",可见原先对"指导大纲"的不满可以冰释。

② 苏汶:《一九三二年的文艺论战之清算》,《现代》1933年第2卷第3期。

定下来,坐实他们的认错,确定自己挑起论争的成果。他说:"左翼文坛因这次论争而得到的,无疑是更进步,更正确,更切实的观点。"①在作此文时,他看到洛扬、丹仁二文,却未看到同年1月《世界文化》上洛扬和科德(张闻天)二文。科德文章更直接批评左翼文学运动停留在"狭窄的秘密范围内"的"左"的关门主义上,这种关门主义表现有二:一是对"第三种人""第三种文学"的简单否定,非"无产阶级煽动家"即"资产阶级的走狗"的非此即彼思路。二是文艺只是某一阶级的"煽动的工具""政治的留声机"。②科德的态度比洛扬更为明朗③,无意间也为苏汶的说法提供了佐证。

无论如何,这场论争到1932年底、1933年初,由于左翼一方态度缓和下来而使局面发生明显变化。《现代》第2卷第3期双方三篇总结性文章刊出之后,"第三种人"的表达趋于活跃。如巴金发表《我的自辩》,回应谷非(胡风)的《粉饰,歪曲,铁一般的事实——用〈现代〉第一卷的创作做例子,评第三种人论争中的中心问题之一》。谷文批评杜衡、巴金作品没有反映"铁一般的事实"或称"唯一的真实",原因是他们被"本阶级的主观所限制住了"。只有接近新兴阶级的主观,才能"把握到客观的现实"。④ 巴金不承认这种批评是"正当"的,因为它"来自一个政党的立场,而我的政治主张和这政党的主张就不是一致"。(谷非先生)"把我的两

---

① 苏汶:《一九三二年的文艺论战之清算》,《现代》1933年第2卷第3期。
② 科德:《文艺战线上的关门主义》,《世界文化》1933年第2期。
③ 编者在文后附言称:科德在这里关于文艺的阶级的任务,艺术的价值,以及关于托尔斯泰作品的说明,是很简单的,恐怕容易引起误解,请读者参看丹仁在《关于第三种文学的倾向与理论》(《现代》杂志)中关于这几点的比较详细的解释罢。L. Y. 附记。科文曾发表于1932年11月党刊《斗争》第30期上,重刊时有删改。
④ 谷非:《粉饰,歪曲,铁一般的事实——用〈现代〉第一卷的创作做例子,评第三种人论争中的中心问题之一》,《文学月刊》1932年第5、6号合刊。

篇作品放在那模子里面了,结果当然不合……""谷非先生劝我'和新兴阶级的主观能够比现在较好的接近'这好意的劝告似乎是应该接受的,但是我也应该问一句,这所谓新兴阶级是单指在一党独裁制下面卓绝完成了五年计划的苏联的工农阶级呢,抑还是并指在 C. N. L. 指导下面与玛西亚专制勇敢地斗争的西班牙一百三十多万的无产阶级和在 F. O. R. A. 指导下面与白色恐怖艰苦地斗争的阿根庭无产阶级。后者与前者所要求的政治纲领似乎是两样的"。他称,如果单指前者而摈弃后者,"我就只得恭敬地璧谢了"。① 这是对苏汶的声援。

1933 年 6 月《现代》第 3 卷第 2 期刊载戴望舒从法国寄来的信《法国通信——关于文艺界的反法西斯谛运动》,称纪德在法国文坛是"第三种人","忠实于自己的艺术的人"。这种人"不一定就是资产阶级的'帮闲者',法国革命家没有这种愚蒙的见解"。他借此喻彼,批评左翼阵营:"在法国的革命作家们和纪德携手的时候,我们的左翼作家想必还是把'第三种人'当作唯一的敌人吧。"更早的,他在《现代》第 2 卷第 1 期发表诗组《乐园鸟及其他》,其中《灯》一首,赞美灯的"亲切",他说,"太阳只发着学究的教训,而灯却作着亲切的密语",他将灯与太阳对比,话里有话,强调"士为知己者用","仁者乐山,智者乐水",灯是"恋的同谋人""憧憬之雾的青色的灯",艺术是美妙而不可言传的。这诗招来瞿秋白的批评。②

从巴金、戴望舒按捺不住的表达,可见当时文坛情况及自由作家的心声。余慕陶从另一个角度证实这一情况,他说:"我们一看这般自由人和第三种人的呼声,便不难晓得中国文坛之所以弄到

---

① 巴金:《我的自辩》,《现代》1933 年第 2 卷第 5 期。
② 瞿秋白作《"向光明"——新打油二章》,对《灯》予以讽刺。《中国现代文学名家作品集·瞿秋白作品集(二)》,河南大学出版社,2000 年,第 42 页。

这样不景气,都是左联没有好好地领导的结果。左联做了不该做的事,却把应该做的事就忘记了。"①给予"第三种人"最有力支持的是韩侍桁。他说,这场所论争并不浪费,"苏汶,鲁迅,洛扬诸先生都曾给关心现时文学的人们,作了很好的工作"。横暴的左翼文坛并非苏汶心造的幻影,而是实有其事。左翼作家的确受现行统治者的压迫、禁锢和杀戮,但他们"一有刊物把持,发表意见的时候,对于所谓'自由思想者'和'第三种人'的横暴,也是有着明显的证据"。他说,由一个单独的作家挑头争取自由"是一件很难的事",不仅"需要勇气和思想的根底","也需要'帮'或'党'"。"无帮无党的所谓'第三种人',是在默忍之下有着无数的同志的,而无实际上的一种团结,所以他们不能造成社会思想与文艺思想的空气"。但他们又是有自己的抱负和社会责任感的人,"为了时代,为了社会,为了自身",他们"必需走这中间的路",他们相信"他们的工作在现时代之下是发生着重大的意义"。"第三种人"并不是"只为吃饭而写作,只为艺术而艺术的一种群集","文艺上它要走着自己所认为的正路,它要就着它的能力而作着它的最好的工作"。韩侍桁指出:

> 中国文艺的主要的创造者,在现代下是定出自"第三种人"之手。

作为一个无党派的批评家,韩侍桁站在第三种人立场上说话。他理解第三种人对文学纯正性的守护,懂得他们的抱负和追求,认为在党派文学盛行的时期,这种守护及坚持非常可贵。他预言,中国文学真正的创造者,正是"第三种人"一群。他也劝告左翼批评家,不能说"第三种人"顾全文艺价值就是"反革命",现在若有人指摘"左翼文坛之过分地疏忽文艺价值,并不是一种恶意的对敌,

---

① 余慕陶:《一九三二年文艺论战之总评》,《读书杂志》1933年第3卷第2期。

而是一种友谊的劝告"。①

　　这场论辩以"文艺自由论"在某种程度上被认可而结束。那是一场关于"自由是否为文艺之基本价值"的辩论,论争双方各有依据,谁也说服不了谁。但在1929年的环境下,由于左翼一方反对态度的缓和以及部分认错,文艺自由的主张某种程度上有进一步蔓延的可能。自由人者声音虽小,却认真执着,坚持不懈,表述理性,以理服人。这是自1928年革命文学运动掀起之后自由文人首次系统而透彻地亮出自己的观点。他们以"作家之群"的身份,不惧压力,顶风而上,步步推进,将文学自由论调推到学理层面,形成其体系化的构说,为1930年代新文学规则构建打下了基础。

　　更有意思的是,1933年初,文艺自由论者就及时地将这场讨论的相关文献,结集出版②,保护了一个完整的历史现场。文献编排上,"尽可能使问题系统化,而读者也很可以依照本书的排列次序看到论争的整个经过了"。这是一种历史化、学术化的处理,其目的在于帮助读者了解"这次论争真相"。③ 论争双方孰是孰非,后人自可判断。由于肇事者有理有据、有节制有步骤地展开这一论辩,使论辩的理论成果沉积了下来,成为1930年新文学发展的重要资源,为其时新文学生态环境开掘了一道活水源泉,保存了一股文学的纯正之风。

---

① 侍桁:《论"第三种人"》,吉明学、孙露茜编《三十年代"文艺自由论辩"资料》,上海文艺出版社,1990年,第362—376页。
② 苏汶编:《文艺自由论辩》,上海现代书局,1933年。
③ 苏汶编:《文艺自由论辩·编者序》,《文艺自由论辩》,第 i 页。

中　编
新文学的经典化生成
与文体规则确立

1928年革命文学运动给新文坛带来的最大变化是,批评家或称理论家成为引领文学走向的一股重要力量。革命文学批评家将大批判的目标,锁定在一批"五四"作家身上:鲁迅、叶绍钧、郁达夫、徐志摩、茅盾等。他们以无需论证的方式,按阶级论思路推演这些作家的阶级身份,论定其文学的时代价值等。在这种风气的激发下,受批判的《语丝》《新月》等刊的同人,也激烈回应,其方法方式与前者颇为相似。一时间,上述"五四"作家成为各派批评的聚焦对象——各方申述自己的观念及理由的平台、各式评价缘此而展开。这一做法,有意无意地带来1930年代的"作家论"热潮。在上述清理"五四"作家热潮中诞生的钱杏邨两本《现代中国文学作家》,正开这一风气之先。以作家为中心,从作家角度考察创作,厘定成就,推出经典,构建新文学规则,文学批评借此而形成自己的运作范式。各路批评由某一作家切入,推介思想潮流,表达文艺观点,摸索文学规律,确认未来方向。他们的意见在参差的纷争中磨合、生成,互为妥协又互为补充,沉积下可供共享的规则。"作家论"热潮把新文学规则构建带进一个新阶段:新文学家的等级化、经典化实践随之展开。

第七章　确立"鲁迅"

　　1920年代中期,鲁迅作为"五四"新文学的代表性作家进入批评界的视野,为新文坛所关注。1925年1月,张定璜(凤举)在《现代评论》发表《鲁迅先生》,他说,读《狂人日记》,"我们就譬如从薄暗的古庙的灯明底下骤然间走到夏日炎光里来,我们由中世纪跨进了现代"。① 这篇小说划出了古典与现代之别,是现代小说诞生的标志。1926年台静农编《关于鲁迅及其著作》(开明书局出版),收入1923—1925年报刊所载关于鲁迅访谈、评论文章12篇,开篇有鲁迅自叙传略,书末有景宋编《鲁迅先生撰译书录》、陶元庆《鲁迅一九二六年画像》、林语堂《鲁迅先生打叭儿狗》及鲁迅1903年在东京、1912年在绍兴的照片两幅等。这是文坛首次用单行本、图文并茂方式介绍鲁迅,此体例为1930年李何林编《鲁迅论》所仿效;1927年钟敬文编《鲁迅在广东》(北新书局出版),收集鲁迅在广东时期的演讲和各方评论文章16篇,此开专题性文献汇编之先例;1927年11月方璧在《小说月报》上发表《鲁迅论》,梳理前人之说,指出鲁迅为"老中国的女儿"画像之精神现象,进一步为鲁迅小说的历史意义定位;1930年李何林编《鲁迅论》(北新书局出版),收入"语丝派""新月派""创造社""文学研究会"几大集团发表于《文学周报》《语丝》《学灯》《创造季刊》《现代评论》《小说月报》《北新》《当代》和《太阳月刊》等观点各异的论争文章

---

① 张定璜:《鲁迅先生》,《现代评论》1925年第1卷第7期。

25篇,是一本关于"鲁迅"的论争集。书前有鲁迅小照、编者序,书末有台静农本已收入的景宋编《鲁迅先生撰译书录》及《鲁迅自叙传略》。论与史并置,"鲁迅论"初具规模。此书出版后,引起社会强烈的反响①,一个鲁迅热议时期随之到来。

一、从热议到定位

1920年代中期,鲁迅卷入一系列风波中,成为舆论界的焦点人物。与《现代评论》派笔战,得罪章士钊,被免去教育部佥事之职,南下到厦门大学、中山大学任教,不久前往上海。这期间,与高长虹、向培良、尚钺诸年轻人由合作而变为冲突,在"《斧背》风波""退稿事件""许广平之争"诸风波中被讨伐,讨伐者意在向"思想界权威"挑战。同时,"洪水—幻洲"诸小伙计,也以泼皮式的叫喊,发泄对"已成名的人"的不满。②

在这种背景下,顺理成章地,1928年初掀起的革命文学运动,将鲁迅当作"五四"新文学权威人物展开批判。该年1月《文化批判》上冯乃超《艺术与社会革命》这样分析鲁迅:"世人称许他的好处,只是圆熟的手法一点,然而,他不常追怀过去的昔日,追悼没落的封建情绪,结局他反映的只是社会变革期中的落伍者的悲哀,无聊赖地跟他弟弟说几句人道主义的美丽的说话。隐遁主义!"③冯

---

① 此书出版之后,邢桐华在北京1930年4月29日《新鼎报》上发表《关于中国文艺论战并及鲁迅先生——寄李何林先生》一文,称鲁迅"在中国是最伟大的思想家与艺术家和战士,十个胡适之换不来一个鲁迅;十个郭沫若也换不来鲁迅先生的几本小说,数集杂感;五个郁达夫、四个周作人,都换不来鲁迅先生对于中国的难磨的功迹。他是绝对地伟大的,立在中国新文学界的最崇高的大树,没有人能及得上他"。

② 参见全平《老人们的沉默》,《洪水》1925年第8期。

③ 冯乃超:《艺术与社会革命》,原载《文化批判》创刊号,《"革命文学"论争资料选编》(上),第88页。

虽承认鲁迅"圆熟的手法",但认为其作品充其量只表达"社会变革期的落伍者的悲哀",说几句人道主义的美丽话罢了。之后,李初梨《怎样地建设革命文学》、钱杏邨《死去了的阿Q时代》、弱水《谈现在中国的文学界》、彭康《除掉鲁迅的"除掉"!》、冯乃超《人道主义者怎样地防护着自己?》、李初梨《请看我们中国的Don Quixote的乱舞——答鲁迅〈"醉眼"中的朦胧〉》、龙秀《鲁迅的闲趣》、潘汉年《想到写起》、弱水《鼓皮》、石厚生《毕竟是"醉眼陶然"罢了》、燕生《越过了阿Q的时代以后》、肖立《鲁迅之所谓"革命文学"》、王聿修《读了〈论'费厄泼赖'应该缓行〉以后》、黑木《鲁迅骂人的策略》、钱杏邨《"朦胧"以后——三论鲁迅》、杜荃《文艺战线上的封建余孽——批评鲁迅的〈我的态度气量和年纪〉》等,以鲁迅为靶子,展开大批判。

　　大批判引来关于鲁迅的热议。1928—1929年关于"鲁迅"的言论交锋,缘"革命文学"的正反两面展开。对创造社、太阳社的革命文学言论予以反驳的,是语丝群体的几位年轻作者:甘人、侍桁、刘大杰、青见等。甘人说,鲁迅是从来不说要革命,也不写无产阶级的文学,也不劝人家写,"然而他曾经诚实地发表过我们人民的苦痛,为他们呼冤,他的是泪里面有着血的文学,所以是我们时代的作者"。① 侍桁对成仿吾的《从文学革命到革命文学》提出质疑:"可惜我们这位作者,第一便缺少了历史的精神,无论什么都从一个偏见着眼,不看历史的自然的进展,不承认历史上人物的价值,任性地不讲理,骂完了东又骂了西,结果闹得四不象,读者既不能了解他的用意,而同时又好象作者尚没有了解他的题目似的。"② 胡秋原以冰禅为笔名对钱杏邨的《死去了的阿Q时代》提

---

① 甘人:《中国新文艺的将来与其自己的认识》,《北新》1927年第2卷第1期。
② 侍桁:《评〈从文学革命到革命文学〉》,上海《语丝》第4卷第19、20期,1928年5月。

出反驳:"近来有人说'死去了的阿Q时代',以为中国的农民都进步了,都不复'再是阿Q'了,果然如此,自然是一件很可庆幸的事。不过这些恐怕是要面子的话,阿Q的时代不独还没有'过去',就是最近的将来还不会'过去',除非我们四万万人都能一旦发大愿心,把自己的'阿Q相'的灵魂,一齐凿死!"①此外,青见《阿Q时代没有死》、甘人《拉杂一篇答李初梨君》、刘大杰《〈呐喊〉与〈彷徨〉与〈野草〉》、侍桁《又是一个Don Quixote的乱舞》、朱彦《阿Q与鲁迅》、李作宾《革命文学运动的观察》、昌派《写给死了的"阿Q"》等,从不同角度为鲁迅辩护,对创造社、太阳社成员的偏激言论予以反驳。

这场讨论,总体思路离不开革命文学肇始者与其反驳者之间对垒、辩驳的范围。在这种言论交锋中,"鲁迅"成为一个交战平台,为"五四"新文学定性,为革命文学开路,是一座绕不过去的山。在这种交锋中,"鲁迅"作为新文坛一个节骨眼凸显了出来。之后,革命文艺界又转换调子。1929年筹备、1930年成立的左联,拥鲁迅为盟主,正基于对鲁迅权威性的考虑。

革命文坛对鲁迅评价的转调,始于1928年9月25日《无轨列车》创刊号上发表画室的《革命与知识阶级》。该文以鲁迅为例,阐述革命与"五四"知识阶级的关系,从宽松的角度,将鲁迅与革命的距离拉近,努力说明鲁迅正在转向革命。该文对"五四"以来至"革命的现阶段",知识阶级如何扮演"自己的角色"作了分析,认为在这一过程中,知识阶级扮演两类角色:一类是"弃去个人主义的立场,投入社会主义";一类是"承受革命,向往革命",又"反顾旧的,依恋旧的",因而"徘徊着、苦痛着"。鲁迅属于"第二种角色的人"。这种"反顾人道主义并不是十分坏的事情。……革命

---

① 冰禅(胡秋原):《革命文学问题——对于革命文学的一点商榷》,原载《北新》1928年第2卷第12期,《"革命文学"论争资料选编》(上),第252页。

也必须欢迎与封建势力继续斗争的一切友方的势力;革命自己也必须与封建势力继续斗争的"。① 同时,作者对创造社、太阳社围攻鲁迅的行为提出批评,指出这"不仅不利于革命",而且有"危险性",是"狭小的团体主义"的表现。此文使1928年前期讨伐鲁迅的紧张气氛缓和了下来,确定了1929年以后革命文坛对鲁迅评价的口径。这一调整也促使鲁迅走近"革命",为其1930年前后的转向左翼,埋下伏笔。

  这个时期,关于鲁迅作品的思想艺术价值评价抵达新高度。林语堂的《鲁迅》对鲁迅在"五四"新文学中的标杆性意义予以清晰的勾勒。他称鲁迅是"现代中国最深刻的批评家而且大约是少年中国之最风行的作者","我们对于鲁迅成熟的艺术必得另眼相看,以别于那班'萌芽'的作者"。鲁迅具有当时"青年叛徒们"所未曾见到的"充分的成熟性和'独到处',充分的气魄和足以给他们仰望的巍然的力量"。他用"最深刻""最风行""成熟的艺术"、与那班"萌芽"作者判然有别、有让人"仰望的巍然的力量"一类表述,界定鲁迅,指出其高人一等的历史地位,对鲁迅"闪烁的文笔,放浪的诙谐,和极精明的辩证"赞赏备至。②

  由革命文学倡导文章开启,其时的鲁迅评论多从社会学角度着眼,与革命文学者形成对话关系。茅盾的《读〈倪焕之〉》这样阐释《呐喊》:"我还是以为《呐喊》所表现者,确是现代中国的人生,我还是以为《呐喊》的主要调子是攻击传统思想,不过用的手段是反面的嘲讽。"他针对钱杏邨、冯乃超的说法,申述《呐喊》并没有过时的理由:"如果我们能够冷静地考量一下,便会承认中国乡村的变色——所谓地下泉的活动,像有些批评家所确信的,只是最近两三年以来的事,而在《呐喊》的乡村描写发表出来的当时中国的

---

 ① 画室:《革命与知识阶级》,《无轨列车》1928年创刊号。
 ② 林语堂作,光落译:《鲁迅》,《北新》1929年第3卷第1期。

乡村正是鲁迅所写的那个样子。"①茅盾这一观点上承"五四"的批判国民性思路,下接左翼的中国乡村"地下泉"涌动说法,将鲁迅小说在前后两个时代所具有的意义凸显了出来。

由1928年革命文学运动挑起的关于鲁迅作品的阶级属性和时代价值的论争,至1933年何凝(瞿秋白)的《〈鲁迅杂感选集〉序言》(下简称《序言》)问世,获得了一锤定音式的论定。该集将鲁迅写于1918—1932年的75篇杂文汇编成集,附以长篇序言。《序言》从左翼文化立场出发,对鲁迅及其杂文作了历程勾勒和价值定位。之后,左翼文化界对鲁迅的论述,基本沿用何凝的这一路径。

首先,《序言》勾勒鲁迅的思想演变历程,确定其作为"逆子""贰臣""诤友"的三种渐进性演变身份。称鲁迅是莱谟斯——罗马神话中吃着狼奶长大、蔑视庄严的罗马城、被他那建罗马城的兄长杀死的一个神:

> 是的,鲁迅是莱谟斯,是野兽的奶汁所喂养大的,是封建宗法社会的逆子,是绅士阶级的贰臣,而同时也是一些浪漫谛克的革命家的诤友!他从他自己的道路上回到了狼的怀抱。

以"狼孩"为比喻,作者勾画了鲁迅的精神人格形成和阶级立场转化的逻辑过程:"辛亥革命之后,中国的思想界就不可避免的完成了第一次的'伟大的分裂'……中国的士大夫式的知识阶层就显然的划分了两个阵营:国故派和欧化派。"之后,《新青年》发起新文化运动,德先生和赛先生联盟,"开展了革命的斗争","鲁迅的参加'思想革命'是在这时候就开始的"。从旧时代走过来的鲁迅,"背着因袭的重担,肩住黑暗的闸门",放年轻人到光明的地方去。他自己却"砌了一座'坟',埋葬他的过去,热烈的希望着这

---

① 茅盾:《读〈倪焕之〉》,《文学周报》1929年第8卷第20期。

可诅咒的时代——这过渡的时代也快些过去"。在这过程中,鲁迅自喻为"桥梁中的一木一石,并非什么前途的目标,范本"。但何凝认为"他这'桥梁'才是真正通达到彼岸的桥梁,他的作品才成了中国新文学的第一座纪念碑;也正因为如此,他的确成了'青年叛徒的领袖'"。作者明确指出,五卅之后,鲁迅变了,正如"革命的知识阶层,终于发现了他们反对剥削制度的朦胧的理想,只有同着新兴的社会主义的先进阶级前进,才能实现"。《序言》最后下了结论:"鲁迅从进化论进到阶级论,他是经历了辛亥革命以前直到现在的四分之一世纪的战斗,从痛苦的经验和深刻的观察之中,带着宝贵的革命传统到新的阵营里来的。"以五卅为转折点,鲁迅思想上完成了"从进化论到阶级论"的质变,身份上完成了"从绅士阶级的逆子贰臣进到无产阶级和劳动群众的真正的友人,以至于战士"的转换,终于来到"新的阵营"。何凝为鲁迅铺设了一条环环相扣、自成逻辑的思想变化之路,坐实了鲁迅"转变"的环节,将之指认为一种历史事实。而"纪念碑""桥梁""领袖"等,则是鲁迅在这段路程上的身份特征。这种阐释,成为之后近一个世纪鲁迅阐释的经典之论。

其次,《序言》对鲁迅杂文的精神意义、社会作用和文体价值,也作了权威论定。何凝称:"鲁迅的杂感其实是一种'社会论文'——战斗的'阜利通'(feuilleton)。谁要是想一想这将近二十年的情形,他就可以懂得这种文体发生的原因。……作家的幽默才能,就帮助他用艺术的形式来表现他的政治立场,他的深刻的对于社会的观察,他的热烈的对于民众斗争的同情。不但这样,这里反映着"五四"以来中国的思想斗争的历史。杂感这种文体,将要因为鲁迅而变成文艺性的论文(阜利通——feuilleton)的代名词。"他又说,鲁迅杂感"在集体主义的照耀之下",从内容到形式具有四方面特征:一是"最清醒的现实主义";二是"'韧'的战斗";三是"反自由主义";四是"反虚伪的精神"。那是"中国思想斗争史上宝贵的成绩",是文学武器化的最好例证。

《序言》统一了当时关于鲁迅及其杂文论述的口径,其观点获得普遍认同,也影响了鲁迅本人的自我认知。对鲁迅曾有异议的阿英(钱杏邨)在其《现代十六家小品·鲁迅小品序》中就称:"很折服于《鲁迅杂感选集》编者何凝的意见。"①

二、"鲁迅"经典化生成中的艺术估量

如果说 1920—1930 年代的鲁迅评论,主要在思想层面上展开,着眼于鲁迅思想及其文学的时代意义和历史价值等,从而构成鲁迅经典化实践的一条主线,那么,与这条主线相补充的,还有一条辅线,那就是对鲁迅作品艺术价值的评论和估量。

这个时期,最能推动鲁迅研究进展的,是一批关于鲁迅作品的艺术评论文章。首先是关于鲁迅作品中的"乡土艺术"问题。刘大杰的《〈呐喊〉与〈彷徨〉与〈野草〉》②,从"写实主义"角度把握鲁迅,称鲁迅是"一个写实主义者,以忠实的人生观察者的态度,去观察潜在现实诸现象之内部的人生的活动"。他考察从《呐喊》《彷徨》到《野草》的情感心理及艺术手法的变化,称"在《呐喊》与《彷徨》里面,作者很强的把握现实的色彩,他的观察现实的眼,比任何人都要锐利……到了《野草》作者一切都变了"。他捕捉到三个集子所呈现的鲁迅情感形态的变化,指出:"《呐喊》的作者,是对于人生对于社会对于一切,都还抱有一点希望……到了《彷徨》,是由失望而走到绝望之途……到了《野草》,人生已经走到坟墓了。"他特别关注鲁迅的乡土艺术和社会现实的关系,称"鲁镇、S

---

① 阿英:《鲁迅小品序》,阿英编校《现代十六家小品》,上海光明书局,1935年,第411页。

② 刘大杰:《〈呐喊〉与〈彷徨〉与〈野草〉》,上海《长夜》1928年5月15日。

城、未庄风气的闭塞,乡民的愚暗,以及男女的教育的城市的农村的状态,我们都有很深的印象"。"鲁迅是一个乡土艺术的作家"。

对鲁迅乡土艺术笔法作叙事学意义上的解读,许钦文是开先例者。1931年8月10日许钦文在《读书月刊》第2卷第4、5期合刊上发表《〈示众〉底描写方式》,讨论《示众》的"描写"手法,指出其特点有二:"第一,所提及的时地短小,一反时地杂乱、时延很长的旧东方式的作法,采用西洋式的方法,把时间缩短,地方缩小,只写一段马路两旁几分钟发生的事情;第二,穿插得变化多而切合。"他分析《示众》如何"时地短小",如何"穿插变化",何谓"多而切合":"从'热的包子咧!'的喊声起,到'荷阿!刚出屉的'喊声止,时间不过数分钟,地方只是一段马路底两旁。"而在这种短小的"时地"里,人物、事件及各种声息穿插展开:"把狗底伸舌喘气和胖孩子的喊声做了线索,从胖孩子底眼中写出白背心,又因白背心底注视转到秃顶……从小孩子底眼中写出赤膊的红鼻子胖大汉……胖大汉底胖奶子。这样的穿插,固然把如散沙的题材集成了一体,也就使得文势紧张有力了。"经由诸多细节,作者复现了《示众》的叙事节奏,揭示其时空关系,指出其处理材料化散沙为整体的方法及由之产生的文势张力。许钦文另一篇文章《孔乙己》①,也从文体角度分析作品。首先,他区分"自传体"小说与"自序传"小说的不同:"自序传重在实质上,自传体只有形式的关系",《孔乙己》属于"自传体"小说,它更注重形式给叙事带来的便利。其次,他分析"自传体"的第一人称"小伙计"叙述及其感知笔法给小说带来的效果:"鲁迅先生如果不是假定自己做了酒店里的伙计,不便把孔乙己的各方面都形容得这样详细真切;扮作了最可以同他接近的人,才能把他的内心尽量地表达出来。""形式上以'只有孔乙己到店,才可以笑几声,所以至今还记得'作为写作

---

① 许钦文:《孔乙己》,上海《青年界》月刊1935年第7卷第4期。

这篇的动机,对于题材,好像做酒店伙计的一段生活就是'故事'的'线索'。"正是上述方法,使小说"意境固然结构得很紧,前后的呼应也是很周到的"。这是较早地运用叙事学原理,对鲁迅小说的人称、视角、节奏、结构、题材处理、叙事线索及时空关系等所作的深入分析。它标志着鲁迅作品的文体叙事研究已抵达成熟阶段。

其次是关于鲁迅人物形象的典型性问题。以阿Q为例,苏雪林的《〈阿Q正传〉及鲁迅艺术》从阿Q形象的典型性、个别性及其艺术特征诸方面展开讨论。① 她从"卑怯""精神胜利法""善于投机"诸方面考察阿Q的性格,指出其Type的特征——涵括国民劣根性的典型意义。又引用陈西滢的一段话,"阿Q不但是一个Type,同时又是一个活泼泼的人,他大约可以同李逵刘姥姥同垂不朽了"。② "阿Q虽然是个人物,同时也是个个性人物"——不仅是典型的有涵盖力的也是个别的活泼泼的。谈及鲁迅的艺术,苏雪林概括出三个特点:"第一是用笔的深刻冷隽,第二是句法的简洁峭拔,第三是体裁的新颖独创。"她将鲁迅文字与其时一些人的欧化文字作比较,称"鲁迅文字与这些人相比,后者好象一个故意染黄头发涂白皮肤的矫揉造作的'假洋鬼子',前者却是一个受过洋教育而又不失其华夏灵魂的现代中国人"。"像鲁迅这类文字以旧式小说质朴有力的文体做骨子,又能神而明之加以变化,我觉得很合我理想的标准"。苏雪林将鲁迅的小说放在"五四"新文学的总体格局中来衡量,厘定其特点,指出其位置,由此触及新文学构建过程中有关语言文体诸深层问题,如现代汉语在新文学中的生成及运用问题。以鲁迅为例,她总结了现代文学语言

---

① 苏雪林:《〈阿Q正传〉及鲁迅艺术》,《国闻周报》1934年第11卷第44期。

② 苏雪林:《〈阿Q正传〉及鲁迅艺术》文中注,引自陈西滢《新文学以来十部著作》,《国闻周报》1934年第11卷第44期。

实践中有益的经验。

徐碧晖的《鲁迅的小说与幽默艺术》讨论鲁迅小说幽默笔法。幽默作为鲁迅作品一种重要美学手段,具有多种功能。徐文引孔乙己、陈士成、吕纬甫、高老夫子等旧式知识分子形象和阿Q、祥林嫂等无知的男女形象为例,称"封建社会残余下来的智识阶级的没落,鲁迅很刻毒得表现出来给我们起了轻蔑的'笑'";"鲁迅对于往日封建社会意识压迫下的无知的男女认识得更为真切……从这种可'笑'中就有一种很深刻的社会的认识"。总之,"这种'笑',我们觉得不仅一笑而已,而觉得冷静地认识我们中国封建意识所残留的现实社会的深处,而暗示这种社会与人物的没落,这是鲁迅的幽默艺术的微妙,与俄国文豪契珂夫相近似处"①。幽默是鲁迅塑造人物不可或缺的一种手法。

颇有意思的是,这个时期评论者热衷于将鲁迅与外国作家相提并论。赵景深的《鲁迅与柴霍甫》②从"生活、题材、思想、作风"四个方面比较两位作家的异同,各自的优长处。如题材方面,同样写儿童生活,《故乡》《社戏》《兔和猫》"偏于诗意的描绘方面";柴霍甫的《牡蛎》《孩子们》则"注重儿童个性"。柴霍甫(契诃夫)擅长于写"宗教生活和恋爱生活",这方面鲁迅就"不曾出力写过"。两人的思想质地都是"悲观",又都"悲观中含有乐观或是希望";两人风格也相近——"幽默而且讽刺的"。日本学者原野昌一郎的《中国新兴文艺与鲁迅》③,将鲁迅与俄国的屠介涅夫(屠格涅

---

① 徐碧晖:《鲁迅的小说与幽默艺术》,《论语》半月刊1934年第46期。
② 赵景深:《鲁迅与柴霍甫(在复旦大学演讲)》,《文学周报》1929年第8卷第19期。
③ 原野昌一郎著,唐生译:《中国新兴文艺与鲁迅》,原载《山东省立第三师范旅平校友会季刊》1931年创刊号,《1913—1983鲁迅研究学术论著资料汇编(一)》,中国文联出版公司,1986年,第643、644页。

夫)作比较,认为"谐谑的笔法,微微苦笑的神情是他们共同的作风",但"心理解剖之准确、讽刺的深刻、文字老练,全篇充满忧愁之感——这几点鲁迅或者比屠介涅夫优异"。日本学者中村光夫作,陈铁光译《鲁迅与二叶亭》,将鲁迅与日本作家二叶亭作比较,认为两人"令人觉出有一味相通的表情",但二叶亭的《浮云》对主人公文三的绝望的表现就不如鲁迅。鲁迅"能轻灵地用着单纯的形式,把二叶亭所把捉不到的智慧的悲伤,直截地表现出来"。"他将捕捉到的人类,冠以'孤独者'这朴素的题名明显地表示。以他全作品中所稀见的紧密的笔致,描画魏连殳这个异常人物的生涯。"①周达摩《中国新文学演进之鸟瞰》②,将鲁迅与狄更斯的写实艺术作比较,认为鲁迅高于狄更斯,"已近莫泊桑、柴霍甫诸写实大家","鲁迅之悲观非出自个人,一若屠格涅甫(Turgenjew)之悲俄国国民,郭国尔(Gogol)之悲俄国环境然。"这种做法,与其说在比较,不如说在比拟,有意无意间,已将鲁迅摆到世界文学大师的行列上了。

三、杂文笔法与鲁迅象征

1930年代以后,鲁迅只写杂文。如何给鲁迅杂文以思想和艺术的定位,是鲁迅经典化确立的重要环节。这个时期,从小品文中分离出来的杂文,以鲁迅杂文为榜样,形成有别于闲适小品文的文体样式。作为一面旗帜,鲁迅杂文被批评界高度重视,为评论者所多方论析,其经验得到讨论、总结和推广,此举为鲁迅经典化确立和鲁迅风杂文的流行铺定了基础。上述何凝的《〈鲁迅杂感选集〉

---

① 中村光夫作、陈铁光译:《鲁迅与二叶亭》,汉口《西北风》半月刊1936年第7、8、10期。

② 周达摩:《中国新文学演进之鸟瞰》,《国闻周报》1930年1月26日。

序言》及徐懋庸的《鲁迅的杂文》、李长之的《鲁迅批判》中《鲁迅之杂感文》等，是这方面的代表作。这一时期，各种散文选集，如李素伯《小品文研究》（新中国书局，1932年）、阿英编《现代十六家小品》（上海光明书店，1935年）、郁达夫编《中国新文学大系·散文》（上海良友图书印刷公司，1935年）、孙席珍编《现代中国散文选》（北平书店，1935年）等，都以鲁迅为重头散文家，无论文集选文或是序言评析，都将鲁迅摆在首位，那是对鲁迅散文历史位置的一种鉴定。

1920年代末1930年代初，对鲁迅散文的关注，包括杂感文、叙事散文和散文诗三种类型。李伯素的《小品文研究》就从杂文（《热风》《华盖集》《而已集》）、叙事散文（《朝花夕拾》）、散文诗（《野草》）三方面论鲁迅散文。既为通论，也兼及三者的比较。对鲁迅杂感，李伯素称"看他眼光的犀利锐敏，用笔的冷隽诙谐，物无遁形的描写，和老吏断狱似的有力的评量，直是'入木三分'，是以立懦而敦薄"①。对叙事散文，他赏识其"从真挚的感情里所流出来的生离死别之戚，是很能摇撼读者的心灵的"②。《朝花夕拾》诸篇那种感情的深厚让人震撼。他称《野草》是"作者不多赐予的珍贵的赠品，极其诗质的小品散文集"。"这是贫弱的中国文艺园地里的一朵奇花，正如这本小书的封面所绘的，在灰暗的天地间，有几痕青青悦目的小草，非常地可爱。那里面精练的字句和形式，作者个性和人生真实经验的表现，人间苦闷的象征，希望幻灭的悲哀，以及黑而可怖的幻景，读了不由自的要想起散文诗的鼻祖波特来耳和他一卷精湛美丽的《散文小诗》来。我们只觉得它的美，但说不出它的所以美。虽然有人说展开《野草》一书，便觉得冷气逼人，阴森如入古道，而且目为人生诅咒论，但这正如波特来耳的诗

---

① 李伯素：《小品文研究》，新中国书局，1932年，第108页。
② 同上书，第112页。

集《恶之华》一样,是不适合于少年与蒙昧者诵读,但是明智的读者却能从这里得到真正稀有的力量。"①三者中,李伯素对《野草》评价最高,将之与波德莱尔散文诗相联系,揭示其现代主义的特质,道出鲁迅散文独到的价值所在。

1930年代之后,评论者普遍关注的是鲁迅的杂文。作为与左翼文化时代相合拍的一面旗帜,鲁迅杂文的思想艺术特质被简明扼要且不容置疑地论定。瞿秋白称鲁迅杂感"反映着一般被蹂躏被侮辱被欺骗的人们的彷徨和激愤"②,将之定位为被压迫者的一种情感宣泄。阿英说,鲁迅杂感里,"不断发展出一种苦斗的毫不妥协的精神"③,强调的是鲁迅杂感的斗争性。李伯素称鲁迅杂文"眼光的犀利锐敏,用笔的冷隽诙谐,物无遁形的描写,和老吏断狱似的有力的评量……"④郁达夫称"鲁迅的文体简练得像一把匕首,能以寸铁杀人,一刀见血"⑤。孙席珍称鲁迅杂文"始终贯彻着倔强的气味,无情地剥露一切,幽默而辛辣,可以说是针针见血"⑥。此类论定,几近共识。三言两语,道出鲁迅杂文的思想艺术特质:为大众代言的坚韧性和寸铁杀人的犀利性。

关于鲁迅杂文"文艺价值"讨论,也在这种背景下产生。回应其时"伟大作品如何不产生"的讨论,1934年9月上海大夏大学学生林希隽在《现代》第5卷第5期发表《杂文与杂文家》一文,称杂

---

① 李伯素:《小品文研究》,第112—113页。
② 何凝:《〈鲁迅杂感选集〉序言》,鲁迅《鲁迅杂感选集》,上海青光书店,1933年。
③ 阿英:《鲁迅小品序》,阿英编校《现代十六家小品》,上海光明书局,1935年。
④ 李伯素:《小品文研究》,第108页。
⑤ 郁达夫:《中国新文学大系·散文二集·导论》,蔡元培等著《中国新文学大系导论集》,上海良友复兴图书印刷公司,1940年,第216页。
⑥ 孙席珍:《论现代中国散文——〈现代散文选〉序》,孙席珍编《现代散文选》,北平书店,1935年。

文的盛行是一种文学的堕落，是"作家毁掉了自己，以投机取巧的手腕来代替一个文艺作者的严肃工作"。"无论杂文之群如何地为杂文辩护，主观地把杂文的价码抬得如何高，可是这堕落的事实是不容掩讳的。"①1935年4月施蛰存在《文饭小品》第3期发表《服尔泰》一文，以服尔泰（伏尔泰）为例，称服尔泰曾经写过鼓吹自由、宣传正义、对着时事发话的小册子，虽在当时起到宣传作用，但时过境迁后情况就不一样，其"坏处""在异代的读者面前格外分明"，因此"服尔泰没有使这种有宣传作用而缺少文艺价值的东西羼入他的全集中去"。② 言下之意，针砭时弊的杂文可能没有永恒的艺术价值，甚至称，鲁迅先生的杂感文集如果能再删选一下，可能会让异代读者对他的印象更好。这些说法，触及了鲁迅杂文的艺术价值问题。

反驳者有简单的以强调杂文的时代价值为理由的，有缜密的以挖掘鲁迅杂文的艺术价值为目标的。前者以周木斋的《杂文的文艺价值》③为代表，后者以徐懋庸的《鲁迅的杂文》④为代表。周木斋质疑施氏说法："这是说杂文是以时事为命脉的，过了时的感受，一定不是好处，只是坏处……但倘使杂文因充满时代气息而缺少文艺价值，那还是老实就不要这样的文艺价值，而这倒就是杂文的真正的文艺价值。"徐懋庸则反思"鲁迅杂文只看重社会价值、不大计算文艺价值"的说法，指出这种认识过于简单化了。他细致分析鲁迅杂文的艺术特色及其文风形成的几个时期。称鲁迅杂文有五个特点：第一，理论的形象化。"鲁迅的文章里面，是很少抽象的议论的，他利用丰富的生活经验，渊博的学艺知识，批评人

---

① 林希隽：《杂文与杂文家》，《现代》1934年第5卷第5期。
② 施蛰存：《服尔泰》，《文饭小品》1935年第3期。
③ 周木斋：《杂文的文艺价值》，《太白》1935年第2卷第4期。
④ 此文收入夏征农编《鲁迅研究》，上海生活书店，1937年。

事,能够替任何道理举出实际的例证,以小喻大,因著显微,又举得非常自然活泼。"第二,语汇的丰富和适当。第三,造句的灵活。第四,修辞的特别。他列举了"然而"的"铺张";"扬厉""引用"的暴露出破绽;"死话""冷话""倒反""暗示"的"绍兴师爷"特色……他将鲁迅杂文中常用的关键词加以组合,揭示其修辞及思维的特点。第五,行文的曲折。他称,鲁迅行文的曲折,体现在他用"剥笋"的方式。"他要暴露一个问题的真相,就动手把它的外面所有的皮依次剥去,剥了一层,'然而'还有一层,'不过'这一层的样子不同了,'如果'剥进去,那还有许多,'倘'不剥完,就不会看出真相,这样的一层层的剥进去,最后告诉你'总之'真相如何。这就是深刻,像田螺一样,愈绕愈深入,并不是平面上兜圈子。"末了,作者笔锋一转,说:"这种现象,不关作法,其实是思想方法所产生的。"徐文对鲁迅杂文艺术笔法谈得具体,就事论事,思想分析与艺术分析熔于一炉,论述透彻深入,有较强的学理性。相比于郁达夫看到鲁迅杂文"寸铁杀人"的战斗性,徐看到鲁迅语汇的丰富、修辞的特别;相比于李长之看到鲁迅杂文"有意绕弯子,在原地方一张一弛",徐看到鲁迅的"剥笋",像田螺一样愈绕愈深,并不是"平面上兜圈子"。在这一时期关于鲁迅杂文诸多评论文章中,徐文有较高的学术价值。他将鲁迅杂文的艺术研究推到一个新阶段,为鲁迅杂文的艺术价值作了定位。

另一篇有轰动效应的鲁迅论,是1935年5月29日起在天津《益世报》"文学副刊"和《国闻周报》上连载的李长之《鲁迅批判》。该文在上述两报上,每隔一周有整版刊出,其阵势和影响,都是空前的。1936年1月北新书局出版该著单行本,于此,新文学史上第一部鲁迅研究专著问世。年仅25岁的李长之,并不追随当时的流行说法,基本撇开其时那套耳熟能详的关于鲁迅的语汇和框架,独步"鲁迅领域",用体悟式、鉴赏式、随笔化文字,努力构建属于李长之本人的"鲁迅批判"。① 全文由五部分组成:"鲁迅之思想性格与环境""鲁迅之生活及其精神进展上的几个阶段""鲁迅作品之艺术的考察""鲁迅之杂感文""诗人与战士的鲁迅:鲁迅之本质及其批评"。这是一个面面俱到的宏大框架,将诗人鲁迅与战士鲁迅贯通,鲁迅艺术与鲁迅思想同体看待,有一套自己的阐释路径。李长之以个人的方式参与了关于鲁迅的论述。

其中,论鲁迅杂文是其重头戏。已有何凝等的权威论述在先,李长之另辟路径,有自己的一套说法。他勾勒鲁迅杂文笔法衍变的几个阶段:"先是平铺直叙,虽然思想是早有些。此后转入曲折、细微和刻画,仿佛骨骼是有了,但不丰盈,再后则进而为通畅,有了活力。最后则这两种优长,兼而有之,就是含蓄了凝整了,换言之,便是,不光有骨头,不光有血肉,而且有了精神。"《热风》时期(1918—1924)是平铺直叙时期,此时鲁迅"思想空洞些","文字也单纯";到《而已集》《三闲集》时期(1927—1929),进入"曲折,细腻,而刻画的时期","思想是攻击古文明国的人情世故",文字以"尖酸"为特色;《二心集》时期(1930—1931),"健康,深厚,而有活力,是那一个时期文字和思想的共同点";《南腔北调集》时期(1932—1933),"在思想上是由理论而入了应用的时期了,文字就是含蓄,而凝整,但是同时他的精神生活似乎停滞在某一个地点了,文字就又有了《伪自由书》,《准风月谈》中所偶尔流露的困乏"。他称鲁迅的文字"常有所激动,思想常快而有趣,比喻每随手即来,话常常比常人深一层,又多是因小见大,随路攻去,加以清晰的记忆,寂寞的哀感,浓烈的感情,所以文章就越发可爱了"。

---

① 李长之称"批判其实就是分析评论","我的用意是简单的,只在尽力之所能,写出我一点自信的负责的观察,像科学上的研究似的,报告一求实真的结果而已,我信这是惟一的批评者的态度"。参见李长之《鲁迅批判·序》。

与瞿秋白等采用社会学分析方式不同,李长之将鲁迅的思想与艺术作整体把握,强调思想与形式的皮肉相依,具有个人解读的灵气和魅力。

有意思的是,就"鲁迅"经典构建而言,李长之的《鲁迅批判》不如瞿秋白的《〈鲁迅杂感〉序言》影响力大。解读的个人化和零碎性,使其远离时代的主流说法和叙述模式,虽能以独行者的自语,参与其时仍属众声交汇的"鲁迅"论说,说到底,其论述未必能作为一种有效说法汇入其时关于鲁迅价值论定的大潮中。

1920年代末至1930年代,对于"鲁迅"的经典构建,思想价值和社会意义考量是显要的一环,艺术考量处于次要位置。后者相对零散,不成系统,各说各的。加上1928年以后,鲁迅不再从事小说等创作,对鲁迅作品展开艺术讨论的空间相对缩小。1930年代小品文盛行,鲁迅杂文被摆在与闲适小品相对垒的格局中来讨论,其思想性、战斗性被充分肯定,但其艺术性却处于暗晦状态,且颇遭微词。1935年施蛰存与木斋讨论"杂文的艺术价值"时,施就强调:"评论也好,演说辞也好,杂感文也好,如果要把这些文章当作文艺作品看,则它们在其本身的社会价值之外,当然必须具有另外一种文艺价值。"[①]施虽没有说杂文不是文学作品,但若要将其视为文学作品,则"文艺价值"是不可或缺的,有其弦外之音。周氏兄弟的散文常被摆在一起来评论,一旦从艺术的角度来论,鲁迅总位于周作人之后。艺术有自己的评价尺度。1930年代,鲁迅经典化构建的整个实践过程,明确倚重其思想性、社会性内涵。

---

① 施蛰存:《杂文的艺术价值》,施蛰存《北山散文集》(一),华东师范大学出版社,2001年,第459页。

四、盖棺之论与鲁迅的经典化

　　1936年10月19日,鲁迅逝世,这一消息震动了整个中国。国内各家报纸用头条位置以"中国文坛巨星陨落""中国文坛失巨星"一类醒目标题报道这一消息。鲁迅遗体上盖着"民族魂"锦旗,"五千青年去瞻仰遗容"①;10月20日,北京《世界日报》刊载《蔡元培宋庆龄等组治丧会》《周作人含泪谈鲁迅身世》诸文②;香港报纸称"高尔基逝世后又一震惊世界的噩耗"③;日本东京、大阪的报刊,苏联的《国际文学》《文学报》《真理报》《劳动报》发布消息,刊载纪念文章。10月22日,中共中央发出三份电函:《为追悼鲁迅先生告全国同胞和全世界人士书》《致许广平女士的唁电》《为追悼与纪念鲁迅先生致中国国民党委员会与南京政府电》,称鲁迅是"中国文学革命的导师,思想界的权威,文坛上最伟大的巨星",要求南京政府对鲁迅进行国葬,并付国史馆列传;改绍兴县为鲁迅县;改北平大学为鲁迅大学;设立鲁迅文学奖,设立鲁迅研究院,出版鲁迅全集,在上海、北平、南京、广州、杭州建立鲁迅铜像等。一周之后,铺天盖地的鲁迅怀念文章涌现。所有细节都是一种社会评价,预示着新一轮鲁迅热的到来。

　　10月24日,与鲁迅私交颇深的郁达夫,写下《怀鲁迅》一文,记录了当时爱戴鲁迅者的心情:"真是晴天的霹雳,在南台的宴会席上,突然听到了鲁迅的死!发出了几通电报,荟萃了一夜行李,第二天我就匆匆跳上了开往上海的轮船……跑到胶州路万国殡仪馆去,遇见的只是真诚的脸,热烈的脸,悲愤的脸,和千千万万将要

---

① 参见《盖棺论定的鲁迅》,上海《时事新报》本报特写,1936年10月20日。
② 消息《划时代的作家》,北京《世界日报》1936年10月20日。
③ 消息《高尔基逝世后又一震惊世界的噩耗》,香港《港报》1936年10月20日。

破裂似的青年男女的心肺与紧捏的拳头……没有伟大的人物出现的民族,是世界上最可怜的生物之群,有了伟大人物,而不知拥护,爱戴,崇仰的国家,是没有希望的奴隶之邦。因鲁迅之一死,使人们自觉出了民族的尚可以有为;也因为鲁迅一死,使人家看出了中国还是奴隶性很浓厚的半绝望的国家。"① 这里有实写有虚写,有个人感受,有象征性抒写,有伟人与民族国家关系想象的升华。文章圆融通畅,将鲁迅树为民族英雄,一个奴隶性很浓厚的国家中的伟人。

1936年11、12月,《文学》连续两期推出"鲁迅先生纪念特辑",刊载王统照《悼鲁迅先生以诗纪感》、傅东华《悼鲁迅先生》、茅盾《写于悲痛中》、郁达夫《悼鲁迅》、郑振铎《永在的温情》、郑伯奇《最后的会面》、茅盾《研究和学习鲁迅》、欧阳凡海《关于研究鲁迅的几个基本认识的商榷》、夏丏尊《鲁迅翁杂忆》、周木斋《模糊》以及力群、楷人的鲁迅遗容速写、遗容照片等。1936年底,各种报刊刊发了大量关于鲁迅的纪念文章。该年12月,鲁迅先生纪念委员会编辑出版《鲁迅先生纪念集》,分四辑,收入鲁迅逝世后两个月间问世的二百五十多篇文章。这批文章,从不同侧面,共构了一个鲁迅。主要有三种做法:首先是将鲁迅定位为"伟人""民族魂""思想界权威""文坛巨星"等,以左翼文艺界为代表,这方面的调子达成一致,鲁迅叙述的主调已经形成。其次,深知鲁迅又与鲁迅有过节的亲友,则多从学术、艺术角度论鲁迅,如周作人、钱玄同、林语堂等的文章。再次,对鲁迅崇拜热潮唱反调,欲"加鲁迅偶像以一矛",激烈非议鲁迅的,如苏雪林的两篇文章。

那数月间,鲁迅在中国历史上的地位得到最慷慨的赠予。郁达夫在《鲁迅的伟大》中说:"如问中国自有新文学运动以来,谁最

---

① 郁达夫:《怀鲁迅》,上海《文学》月刊第7卷第5期。

伟大？谁最能代表这个时代？我将毫不踌躇地回答：是鲁迅。鲁迅的小说，比之中国几千年来所有这方面的杰作，更高一步。至于他的随笔杂感，更提供了前不见古人，而后人又绝不能追随的风格……要了解中国全面的民族精神，除了读《鲁迅全集》以外，别无捷径。"①他说："鲁迅虽死，精神当与中华民族永存。"②郭沫若称鲁迅是"民族的杰作"③。茅盾说："如果我们把他仅仅当作民族文化史上的'伟人'来研究，他在地下一定要说我们'太乏'；我们必须认明：他是'民族解放斗争的象征'，他是'中国民族有前途的明显的保证'。"④李长之称鲁迅"永远站在青年队里的益友"，是"保存了新文化运动的命脉的武士"，"国民性的指导者和监督者"。⑤ 欧阳凡海称鲁迅是中国文学最重要的一份遗产，"是目前的中国最光荣而可夸耀于世界的一件事"。他具体从八个方面展开："一，冷酷的社会，使一个最悲悯而和善的人不能不怒目而执刀"；"二，民族主义者，同时又是国际主义者的鲁迅"；"三，真挚浓烈的感情隐藏在冷静的观察中"；"四，没有一个细胞是妥协的"；"五，猜疑、执拗，不放松的攻击，并不是计较个人底荣辱"；"六，鲁迅先生底思维方法"；"七，鲁迅先生底创作方法的考察"；"八，鲁迅先生底艺术"。⑥ 欧文对鲁迅从人到文、从思想到艺术，作全面考察，基本是维护式的称誉。伯衡称"鲁迅先生的生活史就是一部战斗史……每次战役中都是站在指挥的地位。他能把握现实的

---

① 郁达夫：《鲁迅的伟大》，日本东京《改选》1937年第19卷第3号。
② 郁达夫题辞，《立报》1936年10月23日。
③ 郭沫若：《民族的杰作》，《质文》第2卷第2期。
④ 茅盾：《研究和学习鲁迅》，《文学》第7卷第6期。
⑤ 李长之：《哀鲁迅先生》，长沙《潇湘涟漪》1936年第2卷第8期。
⑥ 欧阳凡海：《关于研究鲁迅先生的几点基本认识的商榷》，《文学》1936年第7卷第6期。

核心,他能把理论转化到实际的战斗去",他是"大众的战士"。①齐燕铭比较鲁迅和章太炎在中国历史上的重要性,称"鲁迅先生的死比起章先生的死,对于今日民族革命运动上,其损失更为巨大。今日纪念鲁迅先生应当从历史的任务上认识鲁迅先生的地位之重要"②。从革命性角度来衡量,作为大众的战士,作为民族革命运动上的鲁迅,要比章太炎伟大。对鲁迅的价值衡量,多从这个角度入手。

1937年6月,夏征农编《鲁迅研究》由上海生活书店出版。这是鲁迅逝世后的第一本鲁迅研究文集。它收集了1936—1937年十篇重要文章,包括许寿裳的《鲁迅的生活》、艾思奇的《民族的思想上的战士》、周建人的《鲁迅先生对于科学》、雪苇的《鲁迅先生的写作理论》、徐懋庸的《鲁迅的杂文》、汉夫的《鲁迅与中国民族解放运动》、梅雨的《鲁迅与中国新文学运动》、胡绳的《鲁迅与新文字运动》、曹白的《鲁迅先生和中国新兴的木刻》和欧阳山的《鲁迅主义底永远的敌人》等。这批文章的作者多为左翼文化人,涉及思想史、文化史和文学艺术多个方面,是一部代表其时鲁迅研究主旋律的文集,其主旨是给鲁迅一个"伟大"的定位。类似的文章还有唐弢的《从〈且介亭杂文〉论鲁迅》(《生活学校》第1卷第7期)、王震欧的《鲁迅与尼采》(《黄花岗》第2卷第4期)、王任叔的《鲁迅先生的艺术观》(《文艺阵地》第2卷第8期)、台静农的《鲁迅先生的一生——在重庆鲁迅先生逝世二周年纪念大会上的一个报告》(《抗战文艺》第2卷第8期)、周扬的《一个伟大的民主主义现实主义的路——纪念鲁迅逝世二周年》(《解放》第56期)和鲁座(李平心)的《思想家的鲁迅》(《公论丛书》第3辑)等。

另一类文章,来自鲁迅前期亲友、后来有过节的自由主义文

---

① 伯衡:《鲁迅先生的战绩和思想》,《齐光校刊》1936年第2期。
② 齐燕铭:《鲁迅先生在历史上的地位》,《民国学院院刊》1936年第6期。

人，如周作人、钱玄同、林语堂等。1936年10月20日，鲁迅逝世的第二天，《世界日报》即刊载访谈录《周作人谈往事》。该文以"最初著作，无人问津"和"处世悲观，批评苛刻"为题，分两部分，回顾了鲁迅早年的学术活动、整理古籍的情况。同年11月16日和12月1日周作人又以笔名知堂在上海《宇宙风》分两期刊载《关于鲁迅》。文章分甲、乙两部分，甲谈鲁迅的学术研究，乙谈他的创作。周氏兄弟相知甚多，周作人从小处着眼，追溯鲁迅的学术渊源和成长道路。他说鲁迅"从小就喜欢书画"，收集或抄存了《毛诗品物图考》《酉阳杂俎》《六朝事迹类编》《二酉堂丛书》《茶经》《艺苑捃华》等野史杂书，"这些事情都很琐屑，可是影响很不少，它就'奠定'了他前半生学问事业的倾向，在趣味上直到晚年也还留下好些明了的痕迹"。他说及鲁迅小说散文有一特点，就是"对于民族的深刻的观察"，这也与他"从小喜欢'杂览'，读野史最多，受影响亦最大"有关。他对鲁迅早年文学取向形成作梳理，首先，他认为鲁迅深受梁启超《论小说与群治之关系》的影响，"主张以文学来感化社会，振兴民族精神……属于为人生的艺术这一派的"。其次，在外国作家中，鲁迅"最喜欢的是安特来夫"。那时"高尔基虽已有名，《母亲》也有各种译了，但豫才不甚注意，他所最受影响的却是果戈里，《死魂灵》还居第二位，第一重要的还是短篇小说，《狂人日记》，《两个伊凡尼支打架》，以及喜剧《巡按》等"。"用滑稽的笔法写阴惨的事迹，这是果戈里与显克微支二人得意的事，《阿Q正传》的成功其原因一部分亦在于此"。他还提及"五四"时期，鲁迅匿名写作，"不求闻达，但求自由的想或写，不要学者文人的名，自然更不为利，《新青年》是无报酬的，《晨报副刊》多不过千字五角钱罢了。以这种态度治学问或做创作，这才能有独到之见，独创之才，有自己的成就，不问工作大小，都有价值，与制艺异也"。周作人没有抬高鲁迅，而是从小处着眼，疏通根脉，有凭有据，与人为善又富有学理。但在一片高调的赞美声中，周作人的说法略显低调,加上兄弟失和之嫌,文章一出来便颇受非议,被认为是"片面的鲁迅,是渣滓的鲁迅,最大限度只能帮助说明了鲁迅何以会成功那一部《中国小说史略》,而鲁迅的整个,和真实的灵魂却不是那两篇文章所能捕捉的……"①在众人皆看重鲁迅的思想社会价值而轻视其学术艺术价值的当时,周作人的文章不能令人满意,但他的这些说法其时参与构建了"鲁迅"的独特价值,打开了"思想界导师"的另一侧面。

周氏兄弟是在钱玄同的怂恿下加入《新青年》作者行列的。钱玄同的《我对周豫才(即鲁迅)君之追忆与略评》②对鲁迅的评述有一种老友的相知。他同样看重鲁迅的治学,称《中国小说史略》"条理明晰,论断精当,虽编成在距今十多年以前,但至今还没有第二部比他更好的(或与他同样好的)中国小说史出现"。他没有将鲁迅伟人化、神圣化,而是从个人私交和学术同行的角度来谈鲁迅,他称鲁迅有二长处、三短处,他说,鲁迅的长处之一是"治学最严谨,无论校勘古书或翻译外籍,都以求真为职志,他辑《会稽郡古书杂集》与《古小说钩沉》,他校订《嵇康集》与《唐宋传奇集》,他著《中国小说史略》,他翻译外国小说,都同样认真,这种精神,极可钦佩,青年们是应该效法他的"。长处之二是"他读史与观世,有极犀利的眼光,能抉发中国社会的痼疾,如《狂人日记》《阿Q正传》《药》等小说及《新青年》中他的《随感录》所描写所论述的皆是……"钱也指出鲁迅有三短处:一是多疑;二是轻信;三是迁怒。诸如"认真""犀利""多疑""轻信""迁怒",都是一种常人之情,既有其可敬可爱之处,也有其不足。这些说法,也与其时主流说法不相一致,加上1929年鲁迅与钱玄同已经反目,钱的说

---

① 尧民:《周作人论鲁迅》,昆明《民国日报》1937年1月16日。
② 钱玄同:《我对周豫才(即鲁迅)君之追忆与略评》,北平《世界日报》1936年10月26日、27日。

法也颇受非议。

　　值得一提的还有林语堂发表于1937年1月1日《宇宙风》第32期的《悼鲁迅》。与他前面那篇《鲁迅》的正史笔法不同,这回他用半文半白的杂文笔法写鲁迅,正笔反笔兼用,幽默调侃杂糅,褒中有贬,贬中有褒,对后期鲁迅尤有异议。他称,"鲁迅与我相得者二次,疏离者二次"。"吾始终敬鲁迅;鲁迅顾我,我喜其相知,鲁迅弃我,我亦无悔。大凡以所见相左相同,而为离合之迹,绝无私人意气存焉"。又称,后期鲁迅,党见愈深,"我愈不知党见为何物,宜其刺刺不相入也。然吾私心始终以长辈事之,至于硁硁小人之捕风捉影挑拨离间,早已置之度外矣"。他对后期鲁迅的斗士风格,以嘲讽笔法描绘之:"鲁迅所持非丈二长矛,亦非青龙大刀,乃炼钢宝剑,名宇宙锋。是剑也,斩石如棉,其锋不挫,刺人杀狗,骨骼尽解。于是鲁迅把玩不释,以为喜乐,东砍西刨,情不自已。……故鲁迅所杀,猛士劲敌有之,僧丐无赖,鸡犬牛蛇亦有之。鲁迅终不以天下英雄死尽,宝剑无用武之地而悲。路见疯犬、癞犬,及守家犬,挥剑一砍,提狗头归,而饮绍兴酒,名为下酒。此又鲁迅之一副活形也。"林语堂对鲁迅斗士作风的异议,在当时有一定的代表性,尤其在那群自称"向慕儒家之明性达理"①的自由文人那里,更是这样。

　　鲁迅去世后,关于"鲁迅"的不一评价,在政治/社会信仰不同的文化人中间展开。如果说上述三位自由主义文人还比较客观公允,以肯定鲁迅的学术、艺术贡献为主。而另外一些人,如叶公超、毕树棠、苏雪林等,则有直接否定鲁迅的言论。其中,最激烈的是苏雪林。1936年11月12日,鲁迅悼念活动仍在火热进行中,苏雪林写了《与蔡孑民先生论鲁迅书》,针对蔡先生主持鲁迅葬礼一

---

① 林语堂:《悼鲁迅》,上海《宇宙风》1937年第32期。

事,表达对时下鲁迅崇拜的忧虑和不满。这信并没有送达蔡元培处。① 几天后,她意犹未尽,又给胡适写了封信。这封信和胡适复信一起,以《关于当前文化动态的讨论(通信)》为题,在 1937 年 3 月 1 日于武汉创刊的《奔涛》第 1 期上刊登,苏在信中写道:

> 鲁迅的心理完全病态,人格的卑污,尤出人意料之外,简直连起码的"人"的资格还够不着。但他的羽党和左派文人竟将他夸张成为空前绝后的圣人,好象孔子、释迦、基督都比他不上。青年信以为真,读其书而慕其人,受他病态心理的陶冶,卑污人格的感化,个个都变成鲁迅,那还了得?②

前此给蔡元培的信,她也这样写:"鲁迅本是个虚无主义者,他的左倾,并非出于诚意,无非借此沽名钓利罢了。但左派却偏恭维他是什么'民族战士''革命导师',将他一生事迹,吹得天花乱坠,读了真使人胸中格格作恶。左派之企图将鲁迅造成教主,将鲁迅印象打入全国青年脑筋,无非借此宣传共产主义,酝酿将来反动势力……"她称鲁迅性格"阴贼,忮刻,多疑,善妒,气量褊狭,复仇心强烈坚韧",不该成为青年的榜样。"夫青年者,国家之元气,民族之命脉,而亦先生所爱惜珍护,逾于头目心肝者也。过去之青年,受鲁迅人格之感化,堕落者已比比然矣,现在,未来,尚有无量数天真纯洁之青年,亦将成为褊狭阴险,多疑善妒,睚眦必报,不近人情之人,岂先生之所雅愿者哉!"这封没有送达蔡元培手中的信于 1937 年 3 月 16 日在《奔涛》第 1 卷第 2 期发表。苏雪林愿以一己之力,制止其时已蔚然成风的"'鲁迅宗教'的宣传","不怕干犯

---

① 苏雪林《与蔡孑民先生论鲁迅书·自跋》称,这信托南京某先生代转给蔡先生,"某先生以书中措词过于狂直,恐伤蔡先生之意,抑压月余,及蔡先生病,乃来函劝余慎重考虑。不久西安变作,余也浑忘鲁迅之事,故此书始终未入蔡先生之目也"。《奔涛》1937 年第 1 卷第 2 期。

② 苏雪林:《与蔡孑民先生论鲁迅书》,《奔涛》1937 年第 1 卷第 2 期。

鲁党之怒以及整个文坛的攻击,很想做个堂·吉诃德先生,首加鲁迅偶像以一矛"。对鲁迅崇拜热潮的纠偏,有一定的合理性。但因言词过激,失却理性,不免流于"泼妇骂街"。① 1936年12月14日胡适给苏雪林复信,就显得平和而客观得多。他希望能从学理角度讨论鲁迅,他说:"我们尽可以撇开一切小节不谈,专讨论他的思想究竟有些什么,究竟经过几度变迁,究竟他信仰的是什么,否定的是些什么,有些什么是有价值的,有些什么是无价值的。如此批评,一定可以发生效果。""凡论一人,总需持平。爱而知其恶,恶而知其美,方是持平。鲁迅自有他的长处。如他的早年文学作品,如他的小说史研究,皆是上等工作。"胡适主张用学理方式来讨论鲁迅,对"骂街"的苏雪林,对奉鲁迅为偶像的左翼文化界,都有纠偏作用。

鲁迅的逝世,在左翼文化人与自由主义文人之间,酿成了一场以"鲁迅"为话题的有声或无声的对话。② 同样拥鲁,左翼文化界推崇鲁迅的政治思想价值与自由主义文人推重鲁迅的学术艺术价值,形成张力。一方面,从来自解放区的中共唁函、致南京国国民党政府的电,到毛泽东《鲁迅论——在"陕公"纪念大会上演辞》的发表,左翼文化界的鲁迅定位步步升级,从中华民族"最伟大的文学家,热忱追求光明的导师",到"献身于抗日救国的非凡领袖,共

---

① 参见李何林《谈谈苏雪林女士论鲁迅:〈鲁迅打落水狗,我却要打死狗〉》,《北平新报》1937年4月9日。

② 对叶公超、苏雪林的反鲁言论,李何林以《叶公超教授对鲁迅的谩骂》(《文化动向》1937年第1卷第2期)和《谈谈苏雪林女士论鲁迅:〈鲁迅打落水狗,我却要打死狗〉》正面回应。李何林对苏、胡通信中苏的观点一一反驳,他把苏文称为"泼妇骂街",指出"北'叶'南'苏'先后向死者进攻,表示出'新月派'的严整的阵容,真是猗欤盛哉了"。洪星在1937年4月11日《北平新报》上发表《苏雪林的鲁迅论》,称苏雪林对鲁迅实是在反攻倒算,他说:"鲁迅'生前'就不顺我苏雪林的眼,可是因为他'气焰'甚'盛',我不能'为所欲为';现在他既然死了,难道我还怕他吗?哼!"

产主义苏维埃运动之亲爱的战友"①,其政治属性不断加强。另一方面,自由文化界的代表蔡元培、宋庆龄也参与鲁迅纪念活动。蔡元培主持葬礼,他写的挽联是:"著述最谨严,非徒中国小说史;遗言太沉痛,莫做空头文学家。"下联别有意思。与郭沫若的挽联"方悬四月,叠坠双星,东亚西欧同殒泪;钦诵二心,撼无一面,南天北地遍招魂"的评价维度,显然有别。1938年《鲁迅全集》出版,由蔡元培作《序》。蔡《序》与毛泽东的《鲁迅论》,也是两种调子。毛从中国革命史、政治史的角度评价鲁迅,他说:"我们今天纪念鲁迅先生,首先要认识鲁迅先生,要晓得他在中国革命史中所占的地位。我们纪念他,不仅是因为他的文章写得好,成功了一个伟大的文学家,而且因为他是一个民族解放的急先锋,给革命以很大的助力,他并不是共产党的组织上的人,然而他的思想、行动、著作,都是马克思主义化的。"蔡元培则从中国学术史和文学艺术史的角度评价鲁迅,他称鲁迅"为新文学开山",追溯鲁迅"受清代学者的濡染"的学术渊源,"他杂集会稽郡故书,校雠康集,辑谢承后汉书,编汉碑帖,六朝墓志目录,六朝造像目录等,完全用清儒家法"。他"深研科学,酷爱美术,故不为清儒所囿,而又有其他方面的发展"。蔡元培列举鲁迅的小说翻译、中国小说史略、小说旧闻钞、唐宋传奇等,证明其"已打破清儒轻视小说之习惯";热心搜罗汉碑图案,却有别于宋以来的金石学;对苏俄文艺理论移译"谦而勤",后期杂文"感想之丰富,观察之深刻,意境之隽永,字句之正确……是何等天才!又是何等学力!"②蔡元培从学术和艺术角度进入鲁迅的世界,将为主流评价话语所隐匿的鲁迅另一面彰显出

---

① 中国共产党中央委员会、中华苏维埃人民共和国政府:《致许广平女士的唁电》,延安《解放》半月刊1938年第55期。

② 蔡元培:《〈鲁迅全集〉序》,转自张梦阳《鲁迅学通史(上卷)》,广东教育出版社,2001年,第327—328页。

来。蔡、毛两文,呈现了两种鲁迅论说,构成一种潜在的对话。那是鲁迅经典实践过程中多元价值碰撞、交汇并存的显现。

至此,鲁迅在新文学史上的经典地位已经确立。1938年出现了几件事,可证明这一点:

一、毛泽东《鲁迅论——在"陕公"纪念大学上演辞》①发表,这是中共最高领袖对鲁迅在现代中国的社会地位和历史价值作出明确定位。

二、六七百万字、二十卷的《鲁迅全集》首次由商务印书馆出版。在战争年代,这一出版,有效地保存了鲁迅著作的全部文本,包括作品、文章、著作、日记、书信、译作和古籍整理等文本文献,使"鲁迅"这份大文本,得到切实、具体、边界清晰的呈现。

三、"鲁迅风"杂文讨论的展开。讨论双方以巴人与阿英(署名鹰隼)为代表,是一场"如何估价鲁迅杂文的价值和本质特征,在新形势下又如何继承它的战斗传统的论争"②。它发生于左翼文化界内部,事关鲁迅风杂文的发展前景、价值导向问题。如果将鲁迅杂文当作一种方法来继承,当政党地位改变之后,问题也就出现:1942年延安整风,"鲁迅风"继承者萧军在这场运动中栽倒。1955年,"鲁迅风"另一位重要继承者胡风及其伙伴,被当作反党集团肃清。从这个角度看,1938年这场论争的问题一直潜伏下来,没有解决。

鲁迅的经典化确立,是新文学价值构建的一项重要实践,是其时多种政治/社会观念、思想/文化观念在文学领域博弈、妥协、求同存异的结果。到1937年全面抗战爆发前夕,鲁迅作为新文学史

---

① 毛泽东:《鲁迅论——在"陕公"纪念大学上演辞》,重庆《七月》1938年第3期。

② 张梦阳执笔:《概述》,《1913—1983年鲁迅研究学术论著资料汇编》(二),中国文联出版公司,1985年。

上旗帜性人物,已被各方认可。即便对后期鲁迅的党化倾向不欣赏的自由主义文化人,如蔡元培、胡适、周作人等,对鲁迅的学术、艺术价值仍予充分肯定,显示了不同文化路向的文化人在鲁迅价值估量上基本达成一致。

第八章 周作人的经典化构建

1923年周氏兄弟失和以后，周作人一直作为鲁迅的参照面出现，其影响力与鲁迅不相伯仲。在多事之秋的1920年代末，革命文学运动犹如催化剂，促使兄弟彻底分道，二人的自我面貌迅速清晰化，朝各自的目标奔赴，成为其时新文学两种思想路向的旗帜性人物。

1927年写《〈汉泻集〉序》时，周作人援引戈尔特堡分析蔼理斯生命中"有一个叛徒与一个隐士"相交织，称"这句话说得最妙，并不是我想援蔼理斯以自重，我希望在我的趣味之文里也还有叛徒活着。我毫不踌躇地将这册小集同样地荐于中国现代的叛徒与隐士们之前"。他借蔼理斯阐释自己，称自己心中也有叛徒与隐士两重性。1928年底，他作《〈桃园〉跋》，又提及"废名君似很赞同我所引的说蔼理斯是叛徒与隐逸合一的话"①，引废名为同道，以《桃园》为例，谈隐逸艺术趣味。也就在这一年，他写出著名的《闭户读书论》，细述日后的安妥。文章称，如今遇上一个"人心大变"、左右得咎的年代。"浅学者流妄生分别，或以二十世纪，或以北伐成功，或以农军起事划分时期，以为从此是另一世界，将大有改变，与以前绝刘不同，仿佛是旧人霎时死绝，新人自天落下，自地涌出，或从空桑中跳出来，完全是两种生物的样子……"面对这种不可理喻的局势，"苟全性命于乱世为第一要紧"。既不会做官又

---

① 岂明:《〈桃园〉跋》，止庵校订《永日集》，第77页。

不懂排遣,只有一个办法:"闭户读书。""宜趁现在不甚适宜于说话做事的时候,关起门来努力读书,翻开故纸,与活人对照,死书就变成活书,可以得道,可以养生,岂不懿欤?"①从此变成另一个人——以隐逸为姿态,文学上转向对个人自由、文学独立性及闲适恬淡之境的阐述,体现在1932年的《中国新文学的源流》、1932年的《周作人散文钞》、1935年的《中国新文学大系·散文一集·导论》诸文中。借言志与载道、即兴与赋得两组范畴的区分、研议,提出其文学观。因"极慕着作文的平淡自然的景地"②而写闲适小品,形成自我形象。在这个过程中,"周作人"作为一种文化现象逐渐形成,虽为潜流,依然在1930年代的土壤中涌动,以文学自由为标榜与官方的或左翼的文学工具论相较劲,混流并进,形成影响,构造一方价值。本章以"周作人"的经典性确立为个案,考察1930年代新文学价值构建的另一番景观。

一、苦雨斋文化圈的自我构建

1928—1929年是周作人最为寂寞的时期,"这一年里苦雨斋夜话的人只有疑古玄同与俞平伯二君……苦雨斋也萧寂得同古寺一般"③。正是在这种境况中,他与他几位学生走得更近。他的朋友圈子,由原来以《新青年》班底为主体的语丝同人群渐变为以俞平伯、废名诸学生为主体的苦雨斋师友群。他们以书信往返、互写序跋、文章唱和的方式交往。在多事之秋,闭户读书,惺惺相惜,师友间的欣赏、认同、肯定,无疑是激发文学生命热情的活水源泉,增

---

① 周作人:《闭户读书论》,止庵校订《永日集》,第121—124页。
② 周作人:《〈雨天的书〉自序二》,钟叔河编《知堂序跋》,岳麓书社,1987年,第13页。
③ 周作人1928年7月1日《致章衣萍书》,《语丝》第4卷第29号。

强了他们对文学作为自我安身立命方式的认知。相近的文体样式、超功利的美学理想,苦雨斋师生群的文化形象逐渐确立。

1925年,周作人为《竹林的故事》作序,此后废名每部作品都有周作人作的序或跋。周作人称"我不是批评家,不能说他是否在水平线以上的文艺作品,也不知道是那一派的文学,但我喜欢读他,这就是表示我觉得他好"①。他强调文学的趣味相投,喜欢是没有理由的:"正如一个人喜欢在树阴下闲坐,虽然晒太阳也是一件快事,我读冯君的小说便是坐在树阴下的时候。"他喜欢废名平淡朴讷的作风,借废名阐释自己:"废名君似很赞同我所引的说蔼理斯是叛徒与隐逸合一的话,他现在隐居于西郊农家,但谈到有些问题他的思想似乎比我更为激烈……"他们都有隐逸气质,而废名走得更远。废名的隐逸如空气般无形无迹:"废名君的人物,不论老的少的,村的俏的,都在这一种空气中行动,好像是在黄昏天气,在这时候朦胧暮色之中一切生物无生物都消失在里面,都觉得互相亲近,互相和解。在这一点上废名君的隐逸性似乎是占了势力。"②那些人物"与其说是本然的,无宁说是当然的",他们"充满人情"又"有点神光"。③ 对废名的阐释拓展了周作人的观念世界,他们互为印证,相知相惜:"冯君所写多是乡村的儿女翁媪的事,这便是因为他所见的人生是这一部分,——其实这一部分未始不足以代表全体……"冯君所写的是"个人"所见的生活,却有"代表全体"的涵盖力;"我觉得废名君的著作在现代中国小说界有他独特的价值者,其第一原因是其文章之美",那是一种平淡朴讷之美;针对有人嫌废名、平伯文章"晦涩",他称"晦涩"的原因有两

---

① 周作人:《〈竹林的故事〉序》,止庵校订《苦雨斋序跋文》,河北教育出版社,2002年,第101页。
② 周作人:《〈桃园〉跋》,止庵校订《永日集》,第79页。
③ 同上书,第78页。

种,一是"思想之深奥或混乱",一是"由于文体之简洁或奇僻生辣",废名、平伯属于后者。他将二人的晦涩与明季竟陵派的奇僻相比拟,引袁中郎语,称历代文风流丽之后总以奇僻矫之,"公安派的流丽遂亦不得不继以竟陵派的奇僻"。"民国的新文学差不多即是公安派复兴……其文学之以流丽取胜初无二致,至'其过在轻纤',盖亦同样地不能免焉。……但庸熟之极不能不趋于变,简洁生辣的文章之兴起,正是当然的事……"民国新文学先有徐志摩、冰心的流丽,后有废名、俞平伯的晦涩,正与明季先有公安派后有竟陵派一样,是流丽与奇僻的交替。借弟子之文,周作人阐释了自己的文学观点。

1930年5月12日《骆驼草》创刊,这个群体终于由内部唱和走向外部张扬,将"闲"的姿态宣示于众人。《骆驼草》发刊词称:"我们开张这个刊物,倒也没有什么新的旗鼓可以整得起来,反正一晌都是有闲之暇,多少做点事。""文艺方面,思想方面,或而至于讲闲话,玩骨董,都是料不到的,笑骂由你笑骂,好文章我自为之,不好亦知其丑,如斯而已,如斯而已。"创刊号上头条文章是周作人的《水里的东西》,谈家乡传说中的河水鬼。他说:"我并不倚老卖老地消极,我还是很虚心地想多知道一点事情,无论这是关于生活或艺术以至微末到如'河水鬼'这类东西。我现在没有什么要宣传,我只要听要知道。"[①]这就是"闲"。此文标志着他彻底走向"闲适":对民间杂说的喜欢,对人情人性的沉湎。1931年初,他又作了一首诗:"偃息禅堂中,淋浴禅堂外,动止虽有殊,心闲故无碍。"[②]他的隐逸形象迅速形成。

以闲适为中心,苦雨斋群体形成了自己的文化形象,为此也招

[①] 周作人:《艺术与生活·自序二》,钟叔河编《知堂序跋》,第23—24页。

[②] 周作人1931年2月3日致废名书,《与废名书六通》,《周作人散文全集》第5卷,广西师范大学出版社,2009年,第739页。

来非议。《骆驼草》刚创刊,就遭到干因《谈〈骆驼草〉上的几篇东西》的批评,讥讽该刊撰稿人都是"落伍者"。①之后又有人点名道姓称周作人"命定地趋于死亡的没落"。据说,"这些文章曾引起聚集在周作人家里的驼群的极大愤怒"。② 1930年6月23日俞平伯在《骆驼草》第7期发表《又是没落》,予以回驳:"作家喜欢被人赞,没有例外,可是若把创作的重心完全放在读者身上,而把刹那间自己的实感丢开,这很不妥。我这么想,并世上有几个人了解我,就很不少了。有一个人了解我,也就够了。甚至于戏台里喝倒彩也没甚要紧。创作欲是自足的,无求于外,虽然愈扩大则愈有趣。"③他称文学是独立的,创作欲是自足的,无求于外,不该去迎合"读者"或"主义",不怕人家喝倒彩。俞平伯为周作人代言,将其独立自足的文学观清晰呈现,在这个过程中,周作人及苦雨斋文化圈的形象已经确立。

使周作人文学观得到更系统阐述的,是1932年3月至4月他在北京辅仁大学所作的那八次学术演讲。该讲词由邓恭三记录整理,周作人校阅,以《中国新文学的源流》为题,于同年9月在北平出版。这回,他从文学史的角度,就何谓文学、"五四"新文学的源流、新文学与传统的接合诸方面,作阐述。经由对言志与载道、即兴与赋得的关系及其交替演变规律的梳理,提出其"个性主义"文学观,梳理其相应的文体形式。从学理的角度,支持他的闲适文学实践。文中观点并不是第一次提出,但这回更系统化,古今贯通。他称明末那代知识分子最可贵之处是他们从"反抗正统"中获得思想与文学的"自由天地","独抒性灵,不拘格套",其人格与文学

---

① 干因:《谈〈骆驼草〉上的几篇东西》,《新晨报副刊》1930年6月5日。
② 钱理群:《周作人传》,北京十月文艺出版社,1990年,第362页。
③ 俞平伯:《又是没落》,《骆驼草》1930年第7期。

都有"个性"和"情趣"的魅力。① 这实际上是在阐释他自己。

周作人如果只是凭借他个人的作品、序跋和演讲去彰显他的文学姿态、生存方式和美学体系,其影响力还是有限的。而他与苦雨斋师生圈的互动——观点的唱和、兴趣的激发、美和性情的印证和评鉴,才使"周作人"及其小品文自成形象,化为其时新文坛的一股风气、一个美学品种、一方足以与他方鼎足而立的力量。作为周作人的知音,废名于1930年代写的几篇文章——《知堂先生》《关于派别》及其《〈周作人散文钞〉序》《所藏苦雨斋尺牍跋》等,将"周作人"阐释推进一个新阶段。

1934年废名应《人间世》之约写《知堂先生》。他说:"我一则以喜,一则以惧。"所惧者,担心"有亏大雅君之德"。"知堂先生是一个唯物论者,知堂先生是一位躬行者,我们从知堂先生可以学得一些道理,日常生活之间我们却学不到他的那种艺术的态度"。称周先生用"艺术的态度"对待生活,且"渐近自然",不是教科书式的。他说得有些玄:"我常常从知堂先生的一声不响之中,不知不觉的想起了这许多事,简直有点惶恐,我们容易陷入流俗而不自知,我们与野蛮的距离有时很难说,而知堂先生之修身齐家,直是以自然为怀,虽欲赞叹之而不可得也。""我们常不免是抒情的,知堂先生总是合礼的……十年以来,他写给我辈的信札,从未一句教训的调子,未有一句情热的话,后来将今日偶然所保存者再拿起来一看,字里行间,温良恭俭,我是一旦豁然贯通之,其乐等于所学也。"废名语无伦次,冷暖自知,从多方面体悟周作人:"知堂先生的德行,与其说是伦理的,不如说是生物的,有如鸟类之羽毛,鹄不日浴而白,乌不日黔而黑,黑也白也,都是美的,都是卫生的。自然无知,人类则自作聪明,人生之健全而同乎自然,非善知识者而能之欤。"他引周作人的《志摩纪念》《两个鬼》及相关信札,说明周作

---

① 周作人:《〈重刊〈袁中郎集〉〉序》,钟叔河编《知堂序跋》,第340—346页。

人的循乎自然。①

废名的态度犹豫、含蓄且虔诚至极,由悟师而悟道,由自然之道而对照周作人为人为文之道。以废名式的善悟,道出周作人非同一般的境界。这篇文章有些玄乎,对周作人的理解趋于神秘化。1935年废名又就林语堂"知堂先生是今日之公安"一说,撰《关于派别》②,谈文之派别。如果说上文是论人之文,此文则是论文之文,讨论知堂的小品文与前人的关系,恰好结成姐妹篇。废名称,知堂先生不是"辞章一派",不像公安派,更像陶渊明。陶诗在魏晋六朝诗中"孤立"不群,而知堂先生散文行于今世,也是孤立的,"与陶诗是一个相似的情形"。陶渊明"辞采未优",知堂文章同样缺乏文采。两人共同之处是近于自然。陶诗有农人的写实,它"不是禅境,乃是把日常天气景物处理得好","是诚唯物的哲人也"。知堂先生之文也崇尚自由、本真,采用唯物态度。他不苛求,顺其自然。对己对人一样的"宽容"。去年他为刘半农先生写的挽联,不很妥帖。废名说:"我的私心觉得这也是不好的,及至我读到他的《半农纪念》一文,那里面也引了这副挽对,我乃很有所得"——他只求"说出来无大毛病,不失乎情与礼便好"。那种宽容让人如沐一种"诚实的空气","有许多和悦","确实感到一个春风"。那是"心闲故无碍"的境界。废名不是理论家,他的文章都是散文,胶着于感觉,纠缠于细节,于语无伦次中体悟周作人的性情,呈现其微妙的个性,从而向世人推荐这个"人"。在这种唱和、诠释和推崇中,一个独尊个性、有自己的信仰体系和美学理想的流派浮现,其灵魂人物周作人成为一道风景。

文体风格与生活姿态相印证。1930年代,"周作人"作为新文坛的一方景观,引领其时小品文浪潮的走向。其美学特征和写作

---

① 废名:《知堂先生》,《人间世》1934年第13期。
② 废名:《关于派别》,《人间世》1935年第26期。

样式被规则化,为时人所仿效和首肯。在小品文领域,周作人的典范性也得以确立。1934年4月由林语堂、陶亢德、徐訏编辑的小品杂志《人间世》问世,创刊号以周作人大幅照片和《五秩自寿诗》为头条,同时刊载沈尹默、刘半农、林语堂、蔡元培、沈兼士、钱玄同等的和韵诗,显然推"周作人"为小品文界盟主。由此招来左翼文化人的激烈批评。"周作人"作为一个热点问题被摆到桌面上。

二、两种"周作人论"的磨合

1928年伊始,周作人作为"落伍"者受到革命文学者的批判。之后,他对文学阶级论的嘲讽,对文学独立自足性的坚持,成为左翼文化界批驳的对象。但以其从《新青年》到《语丝》的资历,以其作为"五四"新文学元老的权威性,他没有像徐志摩、梁实秋那样受到激烈攻击。左翼评论界对周作人的批评一直较有节制,主要指责他思想消沉,反驳他超功利论调。就严厉程度而言,以1934年为界,分为前后两段。

在1928年革命文学运动的批判文章中,周作人作为鲁迅的弟弟、语丝派趣味主义的一分子被提及,是一个附带性人物。1927年成仿吾《完成我们的文学革命》提到周作人:"我们的周作人先生带了他的Cycle悠然而来,扬着十目所视的手儿高叫道:'做小诗罢!俳句罢!使心灵去冒险罢!读古事记罢!徒然草罢!'"他指出趣味主义文艺如何发源、合流及泛滥:"我们已经看见有许多不成话的小刊物钻了出来效颦,甚至一种刊物非以趣味为中心不能使读者满足。"①成氏触及了这样的事实:其时趣味主义文艺潮流的泛滥及周作人于其中的主导性作用。正是这股潮流与1930年代政治文化环境相遇之后的持续发展,才使周作人影响力不

---

① 仿吾:《完成我们的文学革命》,《洪水》1927年第3卷第25期。

断升级。

　　冯乃超《艺术与社会生活》对五位"五四"作家作分析,没有包括周作人。只是在批判鲁迅时,把周作人带上,说鲁迅"无聊地跟他弟弟说几句人道主义的美丽的说话"。① 李初梨《请看我们中国的 Don Quixote 的乱舞——答鲁迅〈"醉眼"中的朦胧〉》批驳鲁迅的同时,也提及"'岂明老人'所谓'师爷派'的笔法"。可见后者被抓住的是"笔法""趣味""人道主义的美丽的话"之类东西。与革命文学倡导者有正面冲突的是 1928 年 2 月 27 日周作人在《语丝》发表《随感九七·爆竹》,谈及中国的"有产"与"无产"阶级,其思想感情实无差别,都想升官发财。《文化批判》编者愤然回击,称之为"厚颜无耻地、贸然地,去中伤,非难,虚构地捏造劳农阶级的革命是为'升官',是为'发财'!"末了,说"请你安心,决不能有这种的事实发生的"②。1928 年底周作人发表《闭户读书论》,1930 年《骆驼草》宣言"不谈国事""不为无益之事",他对"革命"采取冷对峙态度:"现在的趋势似乎是不归墨,则归列,无论谁是革命,谁是不革命,总之是正宗与专制姘合的办法,与神圣裁判官一鼻孔出气的,但是这总是与文明相远……"③坚称这种站队、专制的方式与文明相远。周作人的态度引起左翼阵营的反弹,用后者的话说,周氏兄弟,一个调转方向了,一个"没落了"。④

　　1930 年代,周作人受左翼青年较为集中的围攻有两次。一次

---

① 冯乃超:《艺术与社会生活》,原载《文化批判》1928 年创刊号,《"革命文学"论争史料选编》(上),知识产权出版社,2010 年,第 88 页。
② 《生活与思想》(孤凤来信、编者回信),《文化批判》1928 年第 4 号。
③ 周作人:《关于妖术》,止庵校订《永日集》,第 120 页。
④ 非白在《鲁迅与周作人》一文中称:"新兴的革命势力为完成它历史的使命,努力的向旧势力血战,在这种局面之下,周作人开始没落了。"《新晨报·副刊》1930 年第 629 号。

是1930年3—6月由"两明"通信引起的"文坛上的一个波澜"。①不足三个月间,《新晨报·副刊》刊载批评周作人的文章达四十来篇,如十洲《为〈半封回信〉说几句子话》、吴曼秋《致岂明先生》、半林《文学果无"煽动力"耶?——质周作人》、刘松塘《致两明的一封信》、侯凝《周作人与黎锦明》、芸影《因为半封信》、霜峰《我所见的鲁迅与岂明两先生》、傅非白《鲁迅与周作人》等。另一次是1934年围绕《五十自寿诗》引起的风波。《申报·自由谈》上垫容的《人间何世?》、胡风的《"过去的幽灵"》、曹聚仁的《周作人先生的自寿诗——从孔融到陶渊明之路》和《文学》第3卷第1号上许杰的《周作人论》等,对这一事件作出反驳、提出批评。于此期间,周作人的冷对峙——表面的"告假"与实际上的我行我素,作《金鱼》《论八股文》等予以冷回应,不仅没有削弱反而彰显了他自由主义的立场和姿态。

周作人作为自由文人的代表,在若干文学青年心中有长者的威望。②这才有黎锦明的致信求教。1930年3月24日黎锦明在《新晨报·副刊》发表《致周作人先生函》,向周作人抱怨革命文学的独霸文坛,令其他人陷入"无意义的沉默",他希望周出来"主持"公道,"打破"这种众人缄口而革命文学独行其道的局面。③这给周作人出了难题,他来了个周作人式的幽默,以《半封回信》为题,只回答黎文询问的第一个问题——关于特坤西那句名言的意

---

① 芸影《因为半封信》中说:"因为半封信引出许多整篇的文章来,这也算文坛上的一个波澜。"《新晨报·副刊》1930年第601号。

② "二明"通信是一例。1930年9月19日,曹聚仁致信周作人是另一例。曹说:"近二三年来,陷在黑魆魆的四围中,尽是矛盾彷徨,找不到一些出路。每当凄然之感袭人中怀,总想对于所信仰的人陈诉一番,假使不自惧太冒昧,早就写信给先生了。"张菊香、张铁荣编著:《周作人年谱》,天津人民出版社,2000年,第402页。

③ 参见黎锦明《致周作人先生函》,《新晨报·副刊》1930年3月24日。

思。其实两个问题互相关联。他说,特坤西原话是"有两种文学,其一是知的文学,其次是力的文学",二者有主次关系。而眼下的译文是"先有知的文学而后有力的文学",二者变成前后关系。他说他查了原话,查不出有"而后"的意思,他否定了"力的文学"将代替"知的文学"的说法。第二个问题关于革命文学,他说"我想告一个假,请你原谅。我不想谈这个问题,并非不肯,也不是不敢,实在是自己觉得不配"。周氏冷傲的态度引来左翼青年激烈的反弹。① 他们以时代的必然性和革命的正当性回击周:"普洛文学的勃兴,更使周作人感受到无限的痛苦。他不明白普洛文学的内容,和她的历史的必然性,而他只觉着这个世界的统一性的文学是妨害个人自由,压迫个人自由。所以他对这'新权威者',积极方面就是反抗,在消极方面只有'告假'了。"批评者注意到周作人是"绝对个人自由主义者,他是不愿意受任何人的统治,所以他也绝不会诚心为布尔乔亚说教"。鉴于周作人与左翼文化思想的不可通融,批评者预言"他必然被新的机构所否定,所遗弃,似不幸又似命定的趋于死亡的没落了"②。在革命青年眼里,周作人注定被时代抛弃。

1930年这场风波,还含有推倒周氏自"五四"以来在文坛形成的权威地位之意。从霜峰文章得知,当时《民言报》文艺栏征求"批评鲁迅、周作人"文章,其启事称"文坛上的权威者鲁迅周作人两作家,最近竟地位动摇。这倒周的笔战,已经由淞沪跨海过关,走入他们发祥之地的北平"。③ 可知这是有意为之的一场"倒周的笔战",围攻者是一些名不见经传的青年。除了与周作人有私怨

---

① 霜峰《我所见的鲁迅与岂明两先生》称:"攻击周作人,不过才是近两个月来的事实。——是因为黎锦明那封信而肇端的。"《新晨报·副刊》1930年5月6日。
② 非白:《鲁迅与周作人》,《新晨报·副刊》1930年6月11日。
③ 参见霜峰《我所见的鲁迅与岂明两先生》,《新晨报·副刊》1930年5月6日。

的谷万川①文章有些恶声恶气外,这场围攻战总体上还是留有余地。霜峰称周作人"清淡的小品文"蕴含着"反抗精神","悠闲"外表下藏着"讥嘲的话头"。② 非白承认早期周作人"不能不被推为与乃兄齐名的一位战士"③。他们对周作人仍不乏理解。这个过程中,被宣判"没落"的周作人,反倒受到激发,从"实在无从说起"的困境中走出来,开始谈"草木鱼虫"。由《金鱼》伊始,1930年周作人连续写了《虱子》《水里的东西》《关于蝙蝠》《小引》《案山子》《苋菜梗》《两株树》诸文,以《草木虫鱼》为总题收入《看云集》中。对左翼的文学工具论的抵制,加强了他对"言志"与"载道"两道的区分,促成了《中国新文学的源流》的问世。其时正值《骆驼草》刊行,苦雨斋群体在挑战面前更达成一致。俞平伯的《又是没落》,对普罗文学八股式文风反唇相讥,回护本师的个人主义态度。④ 周作人也在《骆驼草》上发表《介绍政治工作》《专斋随笔二·文字的魔力》诸文,对左、右翼的八股文风予以讥讽,这一风波反倒扩大了周作人的影响。

正是这种我行我素,1934 年周作人的《五十自寿诗》才招来更大风波。此次风波几乎搅动了新老几代文化人,拥周和倒周同时出台,作了不同的表达,其含义远比"两明"通信要复杂得多。关于自寿诗和应和问题后面再谈。左翼文化人对这件事的反应,较之 1930 年那次有所变化:首先是从左翼立场出发的学理程度增强了,其次是对"周作人"的表达更为多元。《人间世》上周作人的《五十自寿诗》刊出之后,垄容在《申报·自由谈》发表《人间何世?》,也用步韵诗反唇相讥:"不赶热潮孤似鹤,自甘凉血冷如蛇。

---

① 谷万川曾追求周作人大女儿,遭周的反对。
② 霜峰:《我所见的鲁迅与岂明两先生》,《新晨报·副刊》1930 年 5 月 6 日。
③ 非白:《鲁迅与周作人》,《新晨报·副刊》1930 年 6 月 11 日。
④ 参见上述俞平伯《又是没落》的引文,《骆驼草》1930 年第 7 期。

还将笑话供人笑,怕惹麻烦爱肉麻。"他激愤地质问:"误尽苍生欲谁责? 清谈娓娓一杯茶。"①那是一个处于忧患之世的青年对周作人的质疑。两天后,《申报·自由谈》又发表胡风的《过去的幽灵》,称不意当年作新诗《小河》的作者,如今竟然会作起这样"炉火纯青"、足配收入《四库全书》中的七律诗来,更不意当年热心地翻译爱罗先珂的《过去的幽灵》、教人打倒过去的幽灵的作者,如今竟然自己也变成了过去的幽灵。胡风感慨万端,不胜可惜,声称周氏已成为过去的幽灵。接着是林语堂出来为周作人辩护,称周诗冷中有热,寄沉痛于幽闲。之后有曹聚仁关于周作人"从孔融到陶渊明之路"的思想变迁总结。最后以许杰的专论《周作人论》为收尾。

这场论争中几篇文章,曹聚仁的《周作人先生的自寿诗——从孔融到陶渊明之路》、许杰的《周作人论》、徐懋庸的《关于周作人先生》和胡风的《〈蔼理斯的时代〉问题》都比较注重学理。曹文两头叫好:"《人间世》刊载周作人先生《五十自寿诗》,引起许多批评,诗是好的,批评也是对的。"认为"周先生近年恬淡生涯,与出家人相隔一间,以古人相衡,心境最与陶渊明相近"。联系周氏自述"不佞自审近来思想益消沉耳,岂尚有'五四'时浮躁凌厉之气乎",以《致持光先生信》《闭户读书论》《哑巴礼赞》为证,勾勒出周氏从"浮躁凌厉"到"思想消沉"思想变迁之途,即"从孔融到陶渊明的路"。文末感慨道:"周先生备历世变,甘于韬藏以隐士生活自全,盖势所不得不然……读了《自寿诗》更可以明白了。"②曹文只是分析了周氏的思想路程,没有指责之意。林语堂称之"甚

---

① 埜容:《人间何世?》,《申报·自由谈》1934 年 4 月 14 日。
② 曹聚仁:《周作人先生的自寿诗——从孔融到陶渊明之路》,陶明志编《周作人论》,上海北新书局,1934 年,第 71—72 页。

洽我心"①。

许杰的《周作人论》也以持平方式论周作人,采用社会历史批评方法。回顾周氏自《新青年》以来走过的路程,指出周氏"从载道派转入言志派","从文学有用论,到文学无用论,从人道主义的文学的主张,到无所谓的趣味的言志的文学的表现"。他已经变成"一个中庸主义者",是"穿上近代的衣裳的士大夫"。这种"中庸"源自他思想的"笼统","看不清楚社会的缘故",《五十自寿感怀》将他"陶渊明式隐士的思想"全都表现出来了。总之,"隐士的风度、'平和冲淡'的文体"构成了周作人"整个的生命",那是周氏思想"消沉""落后"的表现。许杰的论述貌似平和,得出的却是否定性结论。这是左翼文化逻辑一次较为学理化的演绎。

在左翼舆论几乎一边倒地对周作人及其《五十自寿感怀》作否定性评论的同时,徐懋庸却另有表述。他称"周作人先生作了两首打油诗,许多青年便加以恶骂,或说他'自甘凉血'或谥之曰'幽灵'。这种态度实在是很可商量的。周先生过去在文化界的功绩,我们且不去说他,就是近来,他虽然退隐了,过着'洞里蛇'一般的生活,究竟未曾成为僵尸有过害人的行为。编一本笑话集,做两首打油诗,玩玩古董,吃吃苦茶……这些事情至多不过表示着他个人的生活之消极,对于社会,实无何等影响"。他称上述发出"凉血""幽灵"恶骂的青年为"无端侮老",他说,"我们决不能想叫现在的老人青年都成为清一色的战士啊!"他以王船山论管宁为例,主张以仁以善待人,"不要视'天下无一可与为善之人'而拒人太甚,过于苛刻"。他不赞同廖沫沙、胡风的做法,对其时"一言不合,即视若仇敌,施行人身攻击,唯恐不恶毒"之风提出批评。②

在与周作人的笔战中,胡风是较为势均力敌、态度强硬的一

---

① 林语堂:《周作人诗读法》,《申报·自由谈》1934年4月26日。
② 徐懋庸:《关于周作人先生》,陶明志编《周作人论》,第73—76页。

位。1935年发表于《文学》第4卷第3期上的《〈蔼理斯的时代〉问题》,是对同年1月20日周作人在《大公报·文艺副刊》上发表《蔼理斯的时代》作出的回应。自1923年发表《猥亵论》,英国善种学家、性的心理学者、文明批评家蔼理斯①,为周作人所推崇。1927年周的《蔼理斯的诗》对南非女作家须拉纳尔(Olive Schreiner)称蔼理斯是"基督与山魁的一个交叉,一个叛徒与一个隐士的交叉"之说表示欣赏。之后,"叛徒与隐士"说为周多次援引,成为其"反抗"与"消极"两重性的自我解释。胡风借《林语堂论》,指出"我们所处的尘世和戈尔特堡赞美蔼理斯的时代不同,即令那时候客观地看来蔼理斯里面有一个叛徒和一个隐士,但末世的我们却看不出那样的道路"②,称"蔼理斯时代已经过去了"③。周作人对此反唇相讥:"我不曾知道蔼理斯有这么一个他的时代……他是学医的,他的专门学问是性的心理研究即所谓性学,他也写过关于梦、遗传、犯罪学的书,又写过些文化及文艺上的批评文章,他的依据却总是科学的,以生物学人类学性学为基础,并非出发于何种主义与理论,所以蔼理斯活到现在七十六岁,未曾立下什么主义,造成一派信徒,建立他的时代,他在现代文化上的存在完全寄托在他的性心理的研究以及由此了解人生的态度上面。"④胡风也不让步,他用马克思主义社会学观点反驳周的生物学、人类学观点:"不是性的关系规定了社会人生,相反地,每一种关于性的迷信或道德成见都是特定的社会制度底反映。所以,离开了社会的

---

① 参见作人《猥亵论》,《晨报副镌》1923年2月1日。
② 胡风:《〈蔼理斯的时代〉问题》,原载《文学》1935年第4卷第3期,《胡风评论集》(上),人民文学出版社,1984年,第78页。
③ 同上书,第77页。
④ 周作人:《蔼理斯的时代》,钟叔河编订《周作人散文全集》第6卷,广西师范大学出版社,2009年,第454页。

土台,只是由'性心理研究'了解人生的态度,结果把人从社会的存在还原为自然的存在,那所谓人生态度到底是怎样的东西就很难索解。……如果离开了社会构成和发展底规则,只是用自然科学来解释人间社会的现象,那所谓科学就一定会变成莫明其妙的东西。"[1]由于双方立足点不同,难免方枘圆凿,各说各的。

1930年代左翼青年的批评与周作人的坚持,从某种意义上,反倒让周作人的形象清晰起来。周作人喜欢蔼理斯,从那里他找到与之相同的文化志趣和人生方式,他据此阐释自己,为他1928年以后的"闭户读书"、不谈政事提供正当性理由,以从纷乱现实中抽离出来,保持个人的独立性。他阐述古今文艺变迁中的载道与言志之别,"集团"与"个人"之交替,也在暗示集团性文学话语一统天下局面终会过去。弘扬言志小品文其实是弘扬个人文学,小品文体的独特性已隐含一种姿态。周作人以其小品文、类小品文(如序跋书信之类)乃至理论随笔文章(如《中国新文学源流》),借隐逸、闲适之名,彰显自己个人化的姿态和风格,与日益政治化的现实拉开距离,自成一体,引领文坛的另一种方向。

与此同时,左翼阵营对周作人其实也网开一面,固然有几个比较激进的青年站出来吆喝几声,总体还是较为节制。而像老牌左翼批评家阿英,对周作人的讨论就显示了史家的客观、公允。1933年阿英在《社会月报》发表《周作人的小品文》,首先,他肯定了这位新文学运动的干部,在初期作为文艺理论家、批评家和介绍世界文学的翻译家的三种贡献:理论方面,《平民的文学》《人的文学》《新文学的要求》在当时的"广大的影响";批评方面,《自己的园地》"确立了中国新文艺批评的础石",《沉沦》《情诗》二评"在中国新文学运动史上,可以说是很重要的文献";翻译方面,从《域外小说集》到《点滴》《现代小说译丛》《现代日本小说集》等,足以证

---

[1] 胡风:《〈蔼理斯的时代〉问题》,《胡风评论集》(上),第78—79页。

明周氏对新文学"曾经贡献了怎样巨大的力"。其次,对周作人1924年之后的小品文写作,给予高度评价,称"这以后周作人的名字,是和'小品文'不可分离的被记忆在读者们的心里,他的前期的诸姿态,遂为他的小品文的盛名所掩"。他将周作人小品文创作分为两期:前期从《新青年》时代至《谈虎集》编成的1927年;后期从《永日集》开始,经《看云集》至现在。前者有战斗性意味,说着流氓、土匪似的话;后者走向隐逸,做草木虫鱼文章。他称"我要申说,就是周作人的小品文,在给予读者影响方面前期的是远不如后期的广大"。他不谈文章思想的对错、立场的正误,而谈周氏小品文的影响力及其艺术成就。他引用钟敬文的话:"在这类创作家中,他不但现在是第一个,就过去两三千年的才士群里,似乎尚找不到相当的配侣呢。"称此论断虽有点夸大,平心而论,"周作人的小品文,在史的发展上,我们是不能不予以相当的估价的"。[①]他编撰的《现代十六家小品》,从序文到选文,都将周作人放在头条位置上。这是一位史家对周作人文学史位置的掂量和确定。

正是包括左翼批评家在内的这种周作人解读和阐释,构成关于周作人论述的丰富场域,在多种意见交锋、磋商且负面意见并没有占上风的当时,周作人的文化艺术价值被反复讨论,被批评或认同,被质疑或接受,被甄定及推广,其不可绕过的权威性也在这种砥砺中确立。作为其时小品文作家,周作人已成为一座"颜色愈洗濯愈鲜明"[②]的山峰。

三、小品文标杆形象的确立

1934年,苏雪林在《周作人先生研究》开篇处写道:"近年来小

[①] 阿英:《周作人的小品文》,陶明志编《周作人论》,第102—106页。
[②] 苏雪林:《周作人先生研究》,陶明志编《周作人论》,第211页。

品散文的盛况似乎已被那些突飞猛进的长篇小说所代替了。而且从前那些小品文成绩也已被猛烈的时代潮流,冲洗得黯然无色了。但在中间有一座屹立狂澜永不动摇,而且颜色愈洗濯愈鲜明的孤傲的山峰,这便是周作人先生的作品!"①

这一年,周作人受到自由文化人拥戴的情形显然。1934年2月1日《现代》刊载署名知堂的《五十诞辰自咏诗稿》,并附周的短跋:"二十三年一月十三日偶做五十自寿诗,仿牛山志明和尚体录呈巨渊兄一笑。"南朝志明和尚曾作《牛山四十屁》,周作人和该诗调做成上述打油诗,含戏谑之态。赵巨渊将此诗投给《现代》,2月1日《二十三年一月十三日偶作五十自寿诗》手迹和"五十岁之岂明先生及其家人"照片、周作人生日设宴请柬等见刊《现代》,速度极快。更有趣的是,4月5日林语堂将上诗和1月15日(寿辰当日)周作人依原韵再作的一首七律一起,以《五秩自寿诗》为题,署名"苦茶庵",刊载于《人间世》创刊号上。一稿二载,本为刊物所忌,《人间世》不但不忌,反而以之为由头,做成该刊创刊号上的头条文章。发刊词之后有"京兆布衣知堂先生近影"巨幅照片②,《偶作打油诗二首》手迹,以及沈尹默、刘半农、林语堂等的和韵诗,大有推出该刊盟主之含义。之后第2期、第3期,继续推出蔡元培、沈兼士、钱玄同的和韵诗。蔡元培和韵诗竟两期皆有。共计沈尹默7首,刘半农4首,蔡元培3首,钱玄同2首,林语堂、沈兼士各1首。还有直接寄给寿星本人、没有公开发表的:胡适2首,俞平伯1首,徐耀辰1首,马幼渔2首。《新青年》时代那班老文化人间应和之热烈,实为《新青年》终结之后从未有过的事情。周作人的诗:"前世出家今在家,不将袍子换袈裟。街头终日听谈鬼,窗下

---

① 苏雪林:《周作人先生研究》,陶明志编《周作人论》,第211页。

② 垄容称:"揭开封面,就是一幅十六寸放大肖像,我还以为是错买了一本摩登讣闻呢!"《人间何世》,《申报·自由谈》1934年4月14日。

通年学画蛇。老去无端玩骨董,闲来随分种胡麻。旁人若问其中意,且到寒斋吃苦茶。"表达的是寄忧愤于闲适的正话反说的当下心境。而应和者之热烈则表明周诗在"五四"一班老文化人那里得到深深理解且引发共鸣,为他们的表达提供一个端口。且看蔡元培的诗:"何分袍子与袈裟,天下原来是一家。不管乘轩缘好鹤,休因惹草却惊蛇;扪心得失勤拈豆,入市婆娑懒绩麻。园地仍归君自己,可能亲掇雨前茶。"蔡强调儒、释的不分家,入世与出世原本一回事,不如随缘自便,免于惹草惊蛇,种豆掇茶,耕耘好自己的园地。理解之中不乏提醒、勉励之情。另一位"五四"领袖人物胡适这样写:"先生在家像出家,虽然弗着倍袈裟。能从骨董寻人味,不惯拳头打死蛇。吃肉应防嚼朋友,打油莫待种芝麻。想来爱惜绍兴酒,邀客高斋吃苦茶。"胡诗话中有骨,对周氏的在家像出家、从骨董寻人味、不忍打死蛇的个性深有理解。这些打油诗写得随意,聊家常似的,互相打趣,真性情也流露出来。在左翼文艺流行的年头,周作人自寿诗引发了"五四"老文化人的热烈应和,友朋唱酬之余,抒写自己才是最重要的。

  周作人在这个时期能热起来,与社会环境有关,他的言说触动了一批自由文化人的心,激发了他们的同感和共鸣,引起了反响和回应。由此也酿成风波,上述埜容、胡风、许杰的文章正因此而来。他们批周的最大理由就是:"误尽苍生欲谁责?"许杰说:"你会想到这首诗是在日本帝国主义者侵占了东三省以后,再以大炮威胁着北京城的年头。曾主张北京城永不驻兵作为永久的文化城的教授们所作的吗?"①他们在追究亡国之责。作为旁观者,鲁迅对这场风波的性质看得更清楚,他说:"周作人自寿诗,诚有讽世之意,然此种微辞,已为今之青年所不憭,群公相和,则多近于肉麻,于是火上添油,遂成众矢之的,而不作此等攻击文字,此外近日亦无可

---

① 许杰:《周作人论》,陶明志编《周作人论》,第35页

言。此亦'古已有之',文人美女,必负亡国之责,近似亦有人觉国之将亡,已在卸责于清流或舆论矣。"①鲁迅显然偏袒周作人。对众公肉麻之"相和"虽颇不屑,对"今之青年"将亡国之责推卸于清流或舆论,也含批评之意。看得出鲁迅对周作人言论仍不乏同情之理解,可见周的主张在当时有其存在的土壤。而双方的对垒,将1930年代中国知识分子进一步分化的大背景和盘托出。

就苦雨斋文化圈而言,林语堂是个外围人物,他只是苦雨斋美学观点的支持者和同道者,在1930年代周作人及其文学的阐释和传播方面,却起着举足轻重的作用。上述废名《关于派别》附有"语堂跋",称"吾读此文甚得谈道及闻道之乐……此文自有一番境界"。他还担心读者看不明白,又作一番解释:"知人论世,本来不易,识得知堂先生面目更非私淑先生而心地湛然者莫办,废名可谓识先生矣。若吾评知堂先生,必曰此公不能救国,亦不能领导群众,摇旗呐喊,只是纯然取科学态度求知人生之作者,后人当有是吾言者。"林语堂的话更浅显直接,不像废名那样弯弯绕绕。他指出周作人们的文化追求不能救国,不能动员群众去投身社会斗争,周只是用科学态度去求知人生。1932年由他任主编的《论语》创刊,该刊自称"以提倡幽默文字为主要目标",用幽默的小品文来记述、谈论各种社会现象,开辟"幽默文选",以"世事看穿,无所牵挂"之心,写幽默文字。② 林语堂一方面呼应周作人的艺术主张,一方面为小品文提供一种可操作的写作方法:怀着世事看穿的无牵挂之心,写幽默文章。比起废名的玄、周作人的虚,林语堂的说法更实,更易理解,具有可操作性。一时间,幽默成为一个流行词,《论语》的撰稿者包括周作人、俞平伯等。1934年《人间世》创刊,办刊方针更清晰:"《人间世》之创刊,专为登载小品文而设","谈

---

① 鲁迅1934年4月30日致曹聚仁信,《鲁迅全集》第12卷,第397—398页。
② 参见《论语·缘起》,《论语》1932年创刊号。

天说地，本无范围，特以自我为中心，以闲适为格调"，"苍蝇之大，宇宙之微，皆可取材"。① 其观点与周作人师生圈子的文化主张相一致。而且以巨幅的周氏肖像、《五十自寿诗》及和韵诗的组合隆重推出，显然在树周作人为盟主。由《人间世》的自寿诗引发的论争，将周作推到社会舆论的风口浪尖上。替周作人出来回应的，也是林语堂。1934年4月16日林语堂在《申报·自由谈》上发表《论以白眼看苍蝇之辈》，对垫容观点予以反驳。4月26日林语堂又在《申报·自由谈》发表《周作人诗读法》，以周诗阐释者身份，提出那个著名的观点：周诗是"寄沉痛于悠闲"，批评者是"欲使洁身自好者负亡国之罪"（此说法与鲁迅的说法颇相似）。这个争论、反驳、说理的过程，反倒彰显了周作人的文化美学诉求。

从《论语》到《人间世》所酿成的小品文热，与自由文化人对周作人的推崇热潮同步展开，互为推波助澜。《人间世》称："十四年中国现代文学唯一之成功，小品文之成功也。"② 而小品文创作的领衔人周作人，自然会受关注。自寿诗风波刚过，曾出版过周作人多种文集的北新书局，由赵家璧以陶明志笔名，编辑出版《周作人论》。这是关于周作人论述的第一次汇编出版。编者在序言中称："周氏兄弟，鲁迅和周作人，是文坛上的两大权威者，我们已经有了《关于鲁迅及其著作》《鲁迅在广东》《鲁迅论》（李何林和侯元廷各一种）等的参考资料；关于周作人，这还是第一次的辑集。……他是中国新文学运动发轫者之一，又是我国现代小品文的第一作家，对于文坛上这样的重要人物，这本参考资料的贡献不是没有意义的。"③ 相比于鲁迅，关于周作人的论述要少得多，这与1920年代末以后周作人的"落伍"有关。但1930年代的小品文热

---

① 《人间世·发刊词》，《人间世》1934年4月5日。
② 同上。
③ 《周作人论·序》，陶明志编《周作人论》，第1页。

将周作人的位置又浮现出来,作为新文学运动发轫者、作为小品文第一作家,于学术于商业,周作人都值得一说,《周作人论》正是由出版商参与的一项举措。

《周作人论》采用集大全方式,展现其时周作人评论的各种声音。选文主要从《现代》《读书月刊》《人间世》《开明》《文学》《申报》《社会月报》《青春月刊》《一般》《艺风》《语丝》《大公报》《北平图书馆》《读书月刊》《新语林》《北新》《青年界》等报刊获得。从这份刊物目录可见周作人活动及发生影响的场域。该集回避了当时一些敏感文章。"两明"通信风波中的文章没有收入。有关自寿诗论争左翼方的埜容、胡风文章没收入,只收许杰、曹聚仁两文;同时,辩护方的林语堂文章也没收入。开卷附有《周作人自述》;正文收入五种类型的文章42篇。第一类"论周作人的生活及其文学思想";第二类"论他的小品文";第三类"论他的诗";第四类"论他的文学论文";第五类"论他的翻译"。按文体来分类,可谓面面俱到。文章篇幅长短不一,质量参差不齐,倒是一种原生态呈现。其中最有分量的,是关于周作人小品文的论述。

周作人形象的生成,得助于其美学目标清晰的小品文实践。倡导"言志",保持文学书写的个人独立性,小品文与周作人本人构成特殊的关系。《周作人论》重头戏是论周作人小品文,主要呈现几个特点:一是从所占文坛位置的角度论周作人,总结其成功的原因;二是从人与文相勾连的角度来讨论周作人小品文的特质及其艺术价值。其中,李素伯的《周作人的小品文》和阿英的《周作人的小品文》最有代表性。李文称鲁迅和周作人是"我们文坛上的双星"。若以小品文而论,则"不得不推作人先生坐第一把交椅"。他将周作人小品文分为"谈论文艺的""谈论社会人事的""抒情的"三大类型。第一类是"写得最多而也是最好的文字","作者以严谨而又生动的笔调,极真实极简明的表现自己的意见,读者所感到的是流畅、干脆,覃然的深味,永不会觉得散漫或是粗陋而生厌的";第二类最能体现周作人"叛徒的精神","对于一切的人事,社会上的种种,都毫不苟且地加以剖析、指摘、评论",显得"适达"而"热忱";第三类是"表现着自己",以趣味为主的"冲淡清远的文字",体现了周的"隐士"一面。三类文章错综并置,共构了一个立体的周作人。① 阿英《周作人的小品文》作了两方面梳理:一是梳理周作人的小品文和鲁迅的杂感文,在新文学中,代表两种"不同的趋向":"前一种代表了田园诗人,后一种代表了艰苦的斗士。"二是梳理周作人小品文的两个时期,总结其从"进取"到"退隐"的历程。② 值得注意的是,阿英对周氏后期作品作了"思想"与"艺术"的区分,认为退隐思想固然落后,但后期作品艺术成就更高,从而给周作人一种逆政治主导模式的更公允的评价。

《周作人论》中的文章多采用"人文互论"方式。朱光潜《〈雨天的书〉》概括该作的美学品质:"第一是清,第二是冷,第三是简洁。"他称现代作者很少有人能如周作人这样领略世间的"清趣";所谓"冷",他拿周作人与鲁迅作比较,认为两人都有绍兴"师爷气","但是作人先生是师爷派的诗人,鲁迅先生是师爷派的小说家,所以师爷气在《雨天的书》里只是冷,在《华盖集》里便不免冷而酷了"。他形容周作人的"冷"是"准备发笑的,可是笑到喉头就忍住了";至于"简洁",他称因"作者的心情很清淡闲散,所以文字也十分简洁"。③ 人与文高度重合。赵景深的《周作人的西山小品》,谈周作人作于1921年8月的两篇西山小品:《一个村民的死》和《卖汽水的人》(原文是用日文所写),阐释周的理知与情感的冲突:"反对迷信是理知,而哀怜乡民是情感;重视法律是理知,而同

---

① 李素伯:《周作人的小品文》,陶明志编《周作人论》,第84—101页。
② 参见上文谈阿英《周作人的小品文》的相关内容,陶明志编《周作人论》,第102—106页。
③ 朱光潜:《〈雨天的书〉》,陶明志编《周作人论》,第110—111页。

情工人是情感",两者如何摆置,不仅是主张新村主义的周作人也是论者所困惑的问题。① 正是理知与情感的互动,赋予周氏为人为文的丰富性。

周作人事后提到,《周作人论》一书除苏雪林文章外,其余的不是骂就是捧,价值不大(大意如此)。《周作人论·序》也提到:"最后一篇苏雪林女士的《周作人先生研究》是临时加入的,所以序内未计入。"②这是一篇系统论述周作人的文章,分"思想方面的表现"和"趣味方面的表现"两部分。引言中,作者对"隐士"周作人作这样的解读:"他与乃兄鲁迅在过去时代同称为'思想界的权威'。现在因为他的革命性被他的隐逸性所遮掩,情形已经比鲁迅冷落了。但他不愿做前面挑着一筐子马克思后面一口袋尼采的'伟大说诳者'而宁愿做一个坐在寒斋里吃苦茶的寂寞'隐士',他态度的诚实究竟比较可爱。"③思想方面,她以《与友人论国民文学书》为例,分析周作人批判国民性的四个要点:针砭民族卑怯的瘫痪,消除民族淫猥的淋毒,切开民族昏愦的痈疽,阉割民族自大的疯狂。尤其赞赏他的"驱除死鬼的精神"。趣味方面,她分析周氏关于神话、童话、民歌童谣、民间故事及野蛮人风俗诸文字;讨论他对"人间味的领略",他的"文艺论"、宽容的贵族的平民化的态度,文字的平淡、清涩、幽默,艺术与趣味的贯通等。末了,联系以周作人为中心的语丝/苦雨斋群体的相承关系和美学特征,她说:"平淡与清涩作风的提倡,发生于俞平伯废名一派的文字。又有作风虽与此稍异而总名为语丝派者,其作品大都不拘体裁,随意挥洒,而寓讽刺于诙谐之中,富于幽默之趣。周氏常论浙东文学的特色

---

① 赵景深:《周作人的西山小品》,陶明志编《周作人论》,第127—131页。

② 陶明志编《周作人论·序》称:苏文"照次序应该放在许杰一文的前面;因为不便移版所以就让它这样了",陶明志编《周作人论》,第2页。

③ 苏雪林:《周作人先生研究》,陶明志编《周作人论》,第212页。

谓可分为飘逸与深刻二种：'第一种如名士清谈，庄谐杂出，或幽玄，或奔放，不必定含妙理，而自觉可喜。第二种如老吏断狱，下笔辛辣，其特色不在词华而在其着眼的洞彻与措语的犀利。'语丝派文字之佳者，亦具此等长处，但其劣者则半文半白，摇曳而不能生姿，内容空洞可厌。"苏引述周氏的话来佐证浙东文学飘逸与深刻二特点，周氏兄弟恰好是二者的代表。而周作人及其弟子发展了清逸一路。苏同样引钟敬文称周氏是小品作家"第一个"一语，她说，"这话固然有些溢美，但最近十年内'小品散文之王'的头衔，我想只有他才能受之而无愧的"。①《周作人论》中对周作人的推崇者占大多数。关于周作人是"现代小品文第一人"，几近共识。尽管左翼文化人对周氏的隐士、适闲作风颇有异议，对他揭幽探微的思想洞察力和平淡清涩的文学笔法，仍是推崇。这本集子的出版，对周作人的经典化构建，是一大推进。

至1935年前后，周作人作为新文坛小品文第一大家的格局已经形成。这一结局汇合了多种因素，有周作人自己自"五四"以来沉淀积累的艺术成就；有他及苦雨斋师生群体的自我言说、文本阐释、文学史演绎和相关理论倡导，以及他们身体力行的生活方式标榜和人文一致的艺术人生坚持所造成的影响；更有在1930年代思想文化界各方矛盾日趋白热化——作为自由主义文化人的"盟主"与左翼文化人抨击文艺自由论的"靶子"，周作人被推到思想交锋的风口浪尖上。言论交锋共构了一个关于周作人的论述平台，双方的陈述理由、爬梳脉络、揭发问题和下定结论，反倒彰显了周作人的特质，扩大了周作人的影响，坐实了周作人的价值。有三篇文章阶段性、递讲式地推进了周作人形象构建：一是1931年废名的《知堂先生》，二是1934年初许杰的《周作人论》，三是1934年底苏雪林的《周作人先生研究》。作为周作人的私淑弟子、苦雨

---

① 苏雪林：《周作人先生研究》，陶明志编《周作人论》，第238页。

斋群体的主角之一,废名正面地阐释周作人,称周有"大雅君之德",用"艺术的态度"对待生活,这种"对待"近乎自然。从而将周作人闲适文学观合乎生命、合乎自然的内在理路清晰梳理,确认其人文一致、自我圆融的体系形态。作为理性的左翼文艺批评家,许杰站在左翼角度论周作人,他为周氏勾勒了一条"从载道派转入言志派","从文学有用论,到文学无用论,从人道主义的文学的主张,到无所谓的趣味的言志的文学的表现"的轨迹,将周氏言志文学观的个人姿态鲜明化。这种阐释切合周作人的基本情况,同时,从个人与社会或介入或独立的关系切入,批评周氏的"消沉""落后",合乎左翼文化逻辑,又强化周作人的特征,从反面坐实"隐士的作风"与"平和冲淡的文体"构成周作人"整个的生命"这样的结论,与废名观点相反相成。作为既没有党派背景也非苦雨斋圈内人的武汉大学教师,苏雪林以学院派方法解读周作人。分"思想方面"和"趣味方面"来论,作背景梳理、思想分析、流派归纳和文学史定位,四平八稳之中有学术的裁定。最终以严谨的论证得出结论:周作人是"一座屹立狂澜永不动摇,而且颜色愈洗濯愈鲜明的孤傲的山峰"。三篇"周作人论"角度不同,立论迥异,却正反包抄,坐实"周作人"作为新文学之一脉的完整形态。从某种意义上说,"周作人"的经典化构建完成于1930年代中期。

第九章　作家的等级化实践

新文学进入第二个十年之际，评论界关于新文学的论述，不是以作品而是以作家为重心。文学以作家为中心被通盘考虑，作为整体性对象被关注。1927年下半叶，接手主编《小说月报》的叶圣陶，邀约评论家沈雁冰写评论文章，并建议写鲁迅论。1927年11月沈雁冰以方璧署名的《鲁迅论》在《小说月报》上发表。沈雁冰说："全面评论一个作家，我也是初一次。"他此次应约为《小说月报》写的第一篇文章是《王鲁彦论》。他说，当时关于王鲁彦，大家评价较一致，不难写。但对鲁迅，评论界有截然相反的意见，"必须深思熟虑"，观点才能"站得住"。所以第二篇才写《鲁迅论》。①但《小说月报》11月份率先刊登出来的却是《鲁迅论》。那是编辑叶圣陶的安排：就社会影响而论，"用鲁迅来打头炮比较好"。② 这是《小说月报》第一次刊载作家论。可见作家论的推出，不只是一种文学批评行为，更有社会因素考虑，包括社会位置、影响力的考虑，它实际上是关于作家的等级掂量的开始。沈雁冰在《鲁迅论》中解释他为什么不把文章题目定为"我所见于鲁迅者"或"关于鲁迅的我见"之类，他说："那自然更漂亮，不幸我不喜欢这种扭扭捏捏的长题目，便率直的套了从前做史论的老调子，名曰'鲁迅论'

---

① 茅盾：《创作生涯的开始》，《茅盾回忆录》，华文出版社，2013年，第303页。
② 同上。

了。"①作家论在体例上沿袭了传统"史论"的做法,一种以作家为中心的纵向的当代史个案评论。中国传统书评知人论世的方法重新登上历史舞台。它不同于1928年革命文学运动时期以预定的革命理论演绎作家的做法,也与后来以作品为中心的对事不对人的文本批评不一样。它兼及二者,以社会历史批评为方法,以人带史,史论并用,或由史出论,或由论带史,呈现了现代文学批评以"人"为依托的史论取向。关于作家的论述与新文学史构建相关联,同步展开。作家论推动了作家的历史论定和历史评价,某种程度上促进了作家等级结构的形成。

一、"作家论"的史学目标与作家的等级预设

较早以文集方式出版"作家论"的是钱杏邨。1928年7月和1929年3月钱杏邨两卷《现代中国文学作家》由上海泰东书局初版。那是革命文学运动初期太阳社的批评家钱杏邨用革命文学理论重新评价八位"五四"新文学家的文章结集。《现代中国文学作家》第1卷含《鲁迅》《郭沫若》《郁达夫》《蒋光慈》四篇作家论。第2卷含《叶绍钧的创作的考察》《张资平的恋爱小说》《徐志摩先生的自画像》《茅盾与现实》四篇作家论。作为革命文学运动的成果,钱杏邨的"两卷"旨在用新时代的眼,"替过去的时代结一次总账"。第一卷《自序》中,他称"中国文坛已经走到一个新的阶段",过去的十年"只算是建设了这新时代文艺的奠基石","当日的斗士,有的固然还是在迈步向前,有的却因着抓不住时代而开始反动"。② 因革命文学时代是一种全新的开始,与"五四"时代截然不

---

① 方璧:《鲁迅论》,《小说月报》1927年11月。

② 钱杏邨:《〈现代中国文学作家〉第1卷·自序》,《现代中国文学作家》第1卷,第1页。

同。开始之初必须给前时代结个"总账",梳理它的来龙去脉,指出它的位置和不足,以便重新开始。结总账的笔法也是写史的笔法,钱杏邨这方面的思路颇清晰,他的《现代中国文学作家》有三个目标:

> 第一,是要把这些作家放在时代前面重行批判一回,使读者认识他们对于这时代的关系和影响。第二,是献给作文学史者的作家做一个参考。使他们能节省一点筋力,而引起读者的作家研究的兴味。第三,帮助读者去了解这时代的作家,在讲授文学时,教师也可以借此做参考。①

这是行家的做法:给读者描画作家在时代中的位置;给文学史家提供研究的材料;为大学课堂的新文学教学提供参考。这是钱杏邨为早期作家论设定的学术目标。第一卷讨论的四位作家:鲁迅、郭沫若、郁达夫、蒋光慈,"并非说他们四位是当中最有力量最重大的,只是先写定的先辑成的而已"②。实际上他是有掂量的。首先,四位是新文学第一个十年中最有代表性的作家,他们是四种不同类型的标杆。在排列上,鲁迅第一位,接着是郭、郁、蒋,既有时间先后的考虑,更有时代价值、历史分量的掂量。其次,论这四位作家,主要从时代性和思想性着眼,以时代思想价值优先为原则。在这种格局中,作家的文学艺术价值被淡化,时代思想价值被突出。这种做法开启了作家论历史评价的一种规则先例。

第一卷《鲁迅》一章,以"死去了的阿Q时代"为副题,从时代性质、作家心态及文学观念、题材特点及人物心理性质等方面,论证"鲁迅创作所表现的时代"是一个"过去了的""死去了的"时代,推断鲁迅的创作已经"落伍","鲁迅自己也已走到了尽头,再

---

① 钱杏邨:《现代中国文学作家》第1卷,第3页。
② 同上书,第2页。

不彻底觉悟去寻找一条生路,也是无可救济了"。①《阿Q正传》"究竟不能说是代表十年来的中国现代文坛的时代的力量"②。由此,鲁迅被定位为"落伍者"。《郭沫若》一章也从"时代"切入,由分析"五四运动与青年心理",带出郭沫若的创作历程:"先经过了一个对一切不满足而反抗一切的浑沌时代,以后走上了因生活的压逼自由的渴求觉悟到现代经济制度非颠破没有幸福的时候的过渡的黎明期,这才走上了根本解决的阶级的意识的唤醒的现在的路。"③由此梳理出郭沫若从《女神》到《三个叛逆的女性》到《橄榄》,即从诗到戏剧到小说的三个阶段,认为这三个阶段与其思想历程有对应关系。最后总结道:"他的思想的转变就是中国十年来向上的青年的思想的转变;……他收束了旧的时代,早就走上革命的路,革命文学的路……"④郭沫若被定位为一个"转变了"的跟上新时代的青年,他的文学也因此是有价值的。《郁达夫》称郁是"'五四'时代病的表现者",他的思想心理的病态是时代病态的表现。作者从性苦闷、社会苦闷和经济苦闷三方面概述郁达夫第一个时期的创作。又称"茑萝时代"为郁达夫的第二期,这时"社会苦闷是继续着,然而,终结,也是被政治的苦闷压倒了"。⑤于是"他的思想也由个人的转向集体的方面,他的行为也由颓败的走向向上的一途,最后,他也就毅然决然的站起,做一个革命的战士了"。⑥ 结合其时郁达夫曾发表文章支持革命文学⑦,作者把他定

---

① 钱杏邨:《死去了的阿Q时代》,《现代中国文学作家》第1卷,第7页。
② 钱杏邨:《现代中国文学作家》第1卷,第21页。
③ 钱杏邨:《郭沫若及其创作》,《现代中国文学作家》第1卷,第59—60页。
④ 同上书,第97页。
⑤ 钱杏邨:《"达夫代表作"后序》,《现代中国文学作家》第1卷,第123页。
⑥ 同上书,第126页。
⑦ 参见郁达夫(署名"日归")《无产阶级专政和无产阶级的文学》(《洪水》半月刊1927年第3卷第26期)、达夫《〈大众文艺〉释名》(《大众文艺》1928年创刊号)等文。

位为一个革命的战士。

第二卷讨论叶绍钧、张资平、徐志摩和茅盾四位。四位的选择仍能看出钱杏邨的考虑和眼光。因这本书稿在书局搁了近半年,及至1929年出版前夕,他称这本书已是"旧作",因为时代标准在不断变化,"为着当时的步调,以及环境的关系,我不能用着统一的态度来批评"。因此他决定该集出版后即终止此类写作,"关于'五四'时代作家的全部批判……决计用'现代中国文学史论'写作的机会来重作一回"。他作了相关调整:将蒋光慈、郭沫若作为革命文学家列入他的《中国新兴文学概论》中,茅盾作为1927年以后作者"移入他书",其余也另有新论。① 从《现代中国文学作家》到《现代中国文学史论》再到《中国新兴文学概论》,钱杏邨跟着时代走,不断调整关于"五四"作家的评价标准和口径。尽管这种评价颇遭质疑②,钱的重估"五四"新文学的努力没有白费,与此同时,也开启了作家评论以时代性、思想性价值优先的先例。

新文学第二个十年的作家论写作,以作家作品的时代性和思想性为考察重心,这种方式为大部分批评家所推崇,形成从钱杏邨到茅盾再到胡风的衔接、转换和发展的社会批评"作家论"主线。以《鲁迅论》最早起步的茅盾(沈雁冰),1928年之后频频推出他的作家论。计有《王鲁彦论》《徐志摩论》《庐隐论》《落华生论》《冰心论》《丁玲论》等。茅盾运用社会阶层分析方法来解读作家,《王鲁彦论》开篇称:"假使你是一位科学家,用精密的科学方法,来分析来剥脱中国社会的人层,你总该不致于失望你的工作的简单易完。从最新的说洋话吃大餐到过国外的先生们起,到'士食旧德之民氏,农服先畴之畎亩,商循世族之所鬻,工用高曾之规

---

① 参见钱杏邨《写在后面》,《现代中国作家论》第2卷,第176页。
② 参见胡秋原《钱杏邨理论之清算与民族文学理论之批评》,《读书杂志》1932年第2卷第1期。

矩'的老中国的儿女们,你至少可以分出十层八层的不同的人样来,或是抄用一句漂亮话,可以分出十层八层的'文化代'来。"他用给人群分层方法分析王鲁彦小说。他称王的小说里最可爱的人物"是一些乡村的小资产阶级",较鲁迅笔下那些"本色的老中国的儿女","已经感受着外来工业文明的波动"的人,二者的"色味"是不同的。鲁迅那种乡村生活描写,在王鲁彦作品里"褪落"了,王的人物是"危疑扰乱的被物质欲支配的人物",有着"工业文明打破乡村经济时应有的人们的心理状况"。从这个角度看,王的作品比鲁迅作品更具有时代性。茅盾在叶圣陶提供的一堆作品中选择了王鲁彦①,正是看中这种新气象,这些新人物激发了茅盾的灵感,形成他作家论的论述路径,甚至影响了他的小说创作,从《子夜》《春蚕》《林家铺子》等能看到王鲁彦笔下人物的影子。

能体现茅盾用社会分析方法解剖作家特色的还有《徐志摩论》《落花生论》《冰心论》和《庐隐论》。对"我不知道风,是在哪一个方向吹"的流云般的诗人徐志摩,茅盾感兴趣于他那种"回肠荡气"的伤感,外加"一点微波似的轻烟似的情绪"②,那是典型的小布尔乔亚情调,一个可作阶层分析的人物。之前,钱杏邨《徐志摩先生的自画像》运用阶级论阐释徐,称徐志摩是一个"资产阶级诗人","他没有稳定的思想,而感情又极浮动,事实上他不会有深刻的探讨,只沉醉于幻想的生活,'张着眼睛做梦'。他不但没有亲切的看到社会下层,他根本就不会认清社会,他没有解决一切社

---

① 茅盾在《王鲁彦论》开篇处说:"谢谢我的朋友郢先生,替我搜集了最近几年来国内文坛的收获。已经是丰富的一堆了,虽然所搜集者尚仅限于小说。"(茅盾等:《作家论》,人民文学出版社,1984年,第141页)叶圣陶提供材料让茅盾写作家评论,他首先选择写王鲁彦。

② 茅盾:《徐志摩论》,茅盾等《作家论》,第3页。

会问题的能力"。① 追求唯美、自由境界的个人主义者徐志摩,在钱杏邨的社会学尺度下是个不可理喻的人物。同样运用社会分析方法,茅盾的《徐志摩论》要客观得多。他以徐志摩四本诗集为线索,对徐从思想到艺术作全面考察。认为"第一时期"《志摩的诗》,以《婴儿》为标志,虽"幼稚"却是"言之有物",是苦闷愤怒的"情感的无关阑的泛滥";到了《翡冷翠的一夜》阶段,"几乎完全是颓唐失望的叹息"。"'怀疑的颓废'到这时完全成熟,正和那些诗的技巧上'成熟'了一样";《猛虎集》是徐的"中坚作品",技巧上最成熟,"圆熟的外形,配着淡到几乎没有的内容,而且这淡极了的内容也不外乎感伤的情绪——轻烟似的微哀,神秘的象征的依恋感口胃追求……"在成熟的同时,徐诗正"向瘦小里耗",作品量明显减少。茅盾进而推论:"志摩诗情的枯窘和生活有关系。但决不是因为生活平凡而是因为他对于眼前的大变动不能了解且不愿意去了解!""一旦人生的转变出乎他意料之外,而且超过了他期待的耐心,于是他的曾经有过的单纯信仰发生动摇,于是他流入于怀疑的颓废了。"从《猛虎集》到《云游》,形式更纯正,而内容则更"黑暗与虚无"。② 此文章写于徐志摩离世之后,一切已无法验证。茅盾推断徐的诗情会枯窘下去——那与其说是一种实际情况,不如说是一种事理推断。他断定个人主义背离社会发展大势,这种诗人注定走上末路。

茅盾选择作家,多是他熟悉且可以作阐释的对象,突出的是批评家作为解读者的主体位置。作于1934年的《庐隐论》《冰心论》和《落花生论》正如此。这三位文学研究会老会员到了1930年代,都已尘埃落定,且逐渐落寞。时代落差在他们身上有明显呈现,尤其合适作社会演变格局中作家处境解读。茅盾称庐隐是五

---

① 钱杏邨:《徐志摩自画像》,《现代中国文学作家》(第2卷),第77页。
② 茅盾:《徐志摩论》,茅盾等《作家论》,第3—19页。

四的产儿,"她是资产阶级性的文化运动'五四'的产儿"。后来这运动停滞了、后退了,她也停滞,所谓"庐隐的停滞"。庐隐后期"苦闷人生"的根,伏着她"发展停滞"的根!她创作的盛和衰与社会进程相同步:民国十年到十三年,是"五四"全盛期,《海滨故人》14篇小说充满"'社会运动'的热气";"五四"落潮,庐隐试图改变方向。1927年9月出版的《曼丽》,借用瞿菊农的话说,"从前是春夏之气,现在不免有初秋的意味"。在《风欺雪虐》《曼丽》中,她虽尝试写"恋爱失败后转入革命的女子",但"观察得并不深刻,意识也不大正确"。这是一个与"五四"同生共止的作家,她无法自我蜕变,注定成为落伍者。

《冰心论》①与《庐隐论》是姐妹篇,两位女作家都是"五四"的产儿,不同的是,冰心以不变应万变,庐隐努力随时代而变,却变不了。二者都是1930年代的落伍者。茅盾称:"在所有'五四'期的作家中,只有冰心女士最最属于她自己。她的作品中,不反映社会,却反映了她自己,她把自己反映得再清楚也没有。""她以为人事纷纭无非是两根线交织而成;这两根线便是'爱'和'憎'。……她在家庭生活小范围里看到了'爱',而在社会生活这大范围里却看见了'憎'。于是就发生了她的社会现象的'二元论'。……所以她在《超人》和《悟》中间都要使'二元'归于'一元',使'爱'终于说服了'憎'。"以《分》为分界,茅盾认为,第三阶段的冰心因无法使这种"二元"相统一而发生了信念上的迷失。

《落花生论》形式上有所改变,采用主客对谈方式,像剧本。对话地点是蒸笼般"大都市闹街旁边高楼一角的亭子间",窗外是"电车汽车人力车,长旗袍高跟鞋裸腿披发的时髦女人,篮球鞋长脚管蓝布工人裤的1934式的学生青年",夹着煤灰的风。屋里主

---

① 茅盾:《冰心论》,《茅盾论中国现代作家作品》,北京大学出版社,1980年,第114—132页。

客二人,"都赤着脚"。① 这一背景浓缩着一个"时代"。在这种氛围中,主客二人进入关于落花生(许地山)的讨论中。二人不是对话者,其叙述如同一人,只是话从两个人口中说出。他们说,"落花生的作品里没有现代都市的生活","你要从落花生的作品中间找到现代社会的缩影,一定找不到"。他"回避现实",终于从怀疑论者滑到"虚无主义的边界上",那是"'五四'落潮期一班青年苦苦寻求人生意义寻到疲倦了时,于是从易卜生主义的'不则宁无'回到折中主义的思想的反映"。② 说到底,落花生是"五四"的一种面相。

这种解读,理路清晰,逻辑自洽。在这种格局中,作家是"社会"坐标之下的一个细节,随着社会环境变化而变化。相比于钱杏邨,茅盾注重文本细读,能比出冰心与庐隐之别。但总体而言,在时代价值优先的判断下,冰心庐隐仍大同小异,都属于"落伍者"。这种方式热衷于作类型区分,其价值定位也是类型化的。

把作家放在社会/时代坐标下来分析的作家论写作中,后起的左翼批评家胡风、许杰等,有其更尖锐的一面:加强了由钱杏邨开启的、茅盾有所继承及转换的解剖/批判笔法。胡风写于1934年底的《林语堂论》③就是一例。《林语堂论》以驳论方式出现。这一年,林语堂作为《人间世》主编提倡写幽默小品文,拥护周作人,反对"一切属于纪律范围桎梏性灵的东西",与左翼文化阵营唱对台戏。由此,胡风与林语堂之间有过笔战。《林语堂论》旨在分析林氏的个性至上和艺术即表现的思想来源及其现实危害。从时代之变谈到作家之变,认为林氏在《剪拂集》中曾呈现"战斗的"姿态,但"热闹""悲壮"两三年之后,现在却只剩有"冲淡的心境"

---

① 茅盾:《落花生论》,《茅盾论中国现代作家作品》,第133页。
② 同上书,第138页。
③ 胡风:《林语堂论》,茅盾等《作家论》,第84—107页。

"麻木与顽硬"。"初期的那一点向社会的肯定'民众'的热情早已跑得无影无踪,'轰轰烈烈非贯彻其主义不可'的'性之改造'终于变成了抽象的'个性',抽象的'性灵'。"可惜的是"这个大地上咆哮着的已经不是'五四'的狂风暴雨了",时代变了,血腥的现实里已没有"超然的'个性'"的去路。胡风文笔犀利,充满激情,从左翼文化立场出发,以一家之言,参与关于林语堂和1930年代小品文热的价值评估实践,力挽闲话成风之狂澜。

讨论左翼新秀张天翼时,胡风换了另一套笔法。《张天翼论》①用"新人"界定张天翼。所谓"新",指他探求新的形式,有别于"伤感主义、个人主义、颓废气分"诸旧形式;张天翼采用观照而非表现,观察而非体验,重结构而非重灵感,重客观而非重主观的新形式,这是与时代变化相适应的形式。但之后,张天翼"由'新人'转成了最流行的作家之一",主题之多面发展,诙谐才能之圆熟,"满足了更大的贪欲的读者们,作家天翼底印象就比较失去了'新'底光芒"。胡风说,张作最值得"玩味"的,在于他"告发了现实生活底虚伪、可笑、矛盾"。对摩登化了的小康者们"投下了很轻蔑的一瞥",打趣他们,嘲笑他们,作践他们。其特点是:第一,人物色度底单纯;第二,非真实的夸大;第三,人物关联底图解式的对比。张天翼的笔下几乎没有令人"憧憬"的人物,他对人物持远距离的超然物外的观照态度,由于"太藐视了对象就反而被对象蒙蔽了"。张天翼的笔法是漫画式的,语言"简明"而充满"口头的语汇",这种笔法不宜于摹写丰富复杂的社会现实。胡风的作家论将作家的社会认知、个性心理、笔法语言相融汇,讨论"思想"与"技法"互为的关系,将艺术也纳入其社会批评的考量之中,从而拓展了社会历史批评的深广度。

从社会/历史批评角度切入的作家论写作,经由钱杏邨、茅盾、

---

① 胡风:《张天翼论》,茅盾等《作家论》,第167—198页。

胡风几位批评家环环相扣的实践,不断推进。与此同时,贺玉波、赵景深、侍桁等的作家论,也纷纷仿效。这种作家论注重对作家作社会价值评价,以左翼文化理解中的"时代"为尺度,衡量作家的作为及其成就高低,隐含一种社会思想价值优先原则,促进了作家的历史价值评估模式的形成,主导着这一时期新文学批评的方向。

二、历史的恒定性:以郁达夫论、冰心论和徐志摩论为例

就新文学内部而言,第二个十年是新文学秩序化建设的重要时期。这个时期"作家论"的流行,标志着新文学家内部等级化建构实践的开始。上述钱杏邨、茅盾、胡风等所写的一批作家论,从时代/社会/阶级格局中考量和解读作家,做的即是这方面的工作。他们从大处着眼,为作家做类型价值定位,肯定时代精神对文学的主导性作用。但时代精神并非能涵盖文学的所有问题,每个作家都是独一无二的,文学是作家个体创作的成果,有其个别价值,在新文学秩序化实践中,每个作家的价值既有其基本的稳定的一面,也有其动态的变化的一面。考察这个时期的"郁达夫论""冰心论""徐志摩论",能看到关于作家的论述的多重面相及其相互交汇的情形。

1930年代,所谓《×××论》专书,是关于某作家评论的合集。1933年,邹啸(赵景深)编、北新书局出版的《郁达夫论》就是这种专书。编者有某种参与新文学史构建的自觉,该集《序》中称:"郁达夫先生的名,将在现代中国文学史上永垂不朽。无论评论者是怎样的称誉他,或是指摘他,这都没有什么关系,他那独特的作风已经表示出他将屹然地存在。"[①]基于此,《郁达夫论》的编纂就不

---

① 邹啸:《郁达夫论·序》,邹啸编《郁达夫论》,北新书局,1933年,第1页。

无意义。该集收入郁达夫论35篇,构成关于郁达夫的众声交汇的论述平台。

《郁达夫论》中有两类文章,一类是历史论述,一类是当下批评。郁达夫是跨越新文学两个十年的作家,他应"五四"个性解放潮流而生,主要成就在第一个十年。从十年历史来论,黎锦明的《达夫的三时期》、钱杏邨的《郁达夫》、沈从文的《论郁达夫》诸文,相对比较客观。黎、钱都将郁达夫的创作分为三个时期,第一期是"沉沦"期,第二期是"自我表显时期",第三期是"蜕变"期。但两人的解读路径不一样。黎从"彻底的个人主义"和"迥异寻常的天才特质"两个角度来论郁氏,称第一期以《沉沦》代表,所呈现的是"灵肉的冲突",以"简单的事实",表达"纯净的悲哀";第二期的"作品大半是个人生活的记录",以"更其单纯的抒情方式","画出他生活的真实和个性的影象来";第三期以《过去》集为标志,内容"充实",艺术"精练"。① 从天才的个人主义者的角度解读郁氏,黎认为这三个阶段都是"五四""人的文学"不同形态的结晶。钱则从"经济—阶级"角度论郁达夫。他也称第一期为"沉沦"期,以《沉沦》《南迁》《银灰色的死》《胃病》《风铃》《中途》《怀乡病》等为代表,"差不多完全是描写青年的性的苦闷的,把青年从性的苦闷中所产生的病态的心理,变态的动作,性的满足的渴求,恶魔似的全部的表现出来了,写成了青年的性的苦闷的一幅缩照"。第二期以《茫茫夜》和《春风沉醉的晚上》为代表,"性的苦闷因着经济的与社会的苦闷的紧逼,便失却了它的重心地位,而经济苦闷从此变为重心"。性苦闷是地位低造成的,它既是社会苦闷更是经济苦闷,即阶级苦闷。第三期以《日记九种》《给沫若的信》《风铃》为代表,此时,郁氏"在方向转变的途中",其苦闷已经

---

① 黎锦明:《达夫的三时期:〈沉沦〉—〈寒灰集〉—〈过去〉》,邹啸编《郁达夫论》,第48—61页。

"让政治的苦闷替代了"。在钱的描述中,郁达夫十年经历,是"中国青年生活实际的大部","象征着中国过去现在未来的青年的三个时代"。① 同一个"郁达夫",在阶级论与人性论两种框架里,有不同的阐释,拥有各自的价值意义。

郁达夫评论最绕不过去的,是他作品中"性"描写的问题。放在"五四"个人主义背景下与放在 1920 年代末的革命文学背景下,评价很不一样。沈从文的《论郁达夫》②正面讨论郁达夫笔下的"性"。他说:"生活的卑微,在这卑微生活里所发生的感触,欲望上进取,失败后的追悔,由一个年青独身男子用一种坦白的自曝方法,陈述于读者……"那就是郁达夫。"那种自白的诚恳,虽不免夸张,却毫不矜持,又能处置文字,运用词藻,在作品上那种神经质的人格,混合美恶……"郁达夫写性苦闷,让人同情和感动。张资平写性"挑逗",只能给人一个"卑下的低级的趣味",适宜于"安插在一个有美女照片的杂志上面的故事"。沈从文挖掘"性""欲望"背后郁达夫的深层心理,称郁氏写的是他本人的心理故事,是一种卑微而神经质的人格写真。与 1923 年周作人《〈沉沦〉》观点相呼应,从"人的文学"角度,肯定郁作是"一件艺术的作品"而非《九尾龟》一类淫秽之作。③ 尽管此文作于 1932 年,沈从文仍从"五四""人的文学"角度解读郁作,对其欲望、性、心理和人格诸问题予以学理化的论析。

《郁达夫论》中大部分文章是当下批评。站在 1930 年代角度,关于郁氏的评价有明显变化。加上 1920 年代末 1930 年代初,郁氏在色欲苦闷书写愈发大胆,其时他是人到中年的知名作家,非

---

① 钱杏邨:《郁达夫》,邹啸编《郁达夫论》,第 1—33 页。
② 沈从文:《论郁达夫》《郁达夫张资平及其影响》,邹啸编《郁达夫论》,第 35—47 页。
③ 周作人:《〈沉沦〉》,邹啸编《郁达夫论》,第 65—70 页。

昔日那个身处异国、受人歧视的年轻学子。他置北京的妻儿于不顾,在上海追求王映霞。《日记九种》《迷羊》《她是一个弱女子》直接间接地暴露他的隐私及潜心理,引起热议。自叙传作品没有节制的隐私坦白该如何评价,成为此时期郁达夫评论的焦点问题。几篇《茑萝集》读后感,有不一的评价。胡梦华称,郁氏"为人浪漫坦白,俱见于文里行间;而入世也深,故愤世也切"。"文章憎命达","诗穷而后工",《茑萝集》正是郁氏处于艰难逆境中的产物。① 殷公武联系郁氏为人及性格,称"我又想达夫的境遇,也不至这样苦,何以写得那样招人落泊的呢?这大约不过是文艺家的鬼计罢了。……达夫的性质,是很痛快的,拿到钱乱用,不顾前后,或许,有时穷到不堪的地步,不免感了痛苦,大发牢骚,不过要读者表同情,他就有三分痛苦,也要写到十二分"。郁达夫写痛苦,不过是一种浪漫笔法。② 萍霞称自己是凭着"对于名利之类的无所希求"之心读《茑萝集》的,读后发现唯其主人公冀功名富贵,"才弄得求做人而不得,才引起无穷的感慨与悲哀,才产出《茑萝集》"。③ 三位对郁氏无节制地描写"痛苦"均表示怀疑。曾虚白称《日记九种》为郁氏的"忏悔集,是他颓废生涯的实供,是他愤怒社会、怨恨政治的宣泄,是他与王女士恋爱时心理上悲哀、怨恨和喜悦等各种变态的实录"。他是一个"为放浪而放浪"的信徒,坦白而大胆,"抓去了人类惯用的各种掩饰,把自己的放浪生活赤裸裸地宣露无遗"。"我们怜悯他的不能自振,我们了解他的奔走求欢,我们看见他在字里行间张着泪眼,撑开了颤抖的膀子,要求我们同情他这种行径"。④ 曾氏犀利地剖析《日记九种》,既佩服郁氏

---

① 胡梦华:《〈茑萝集〉读后感》,邹啸编《郁达夫论》,第80页。
② 殷公武:《〈茑萝集〉的读后感》,邹啸编《郁达夫论》,第83页。
③ 萍霞:《读〈茑萝集〉》,邹啸编《郁达夫论》,第88页。
④ 曾虚白:《〈日记九种〉》,邹啸编《郁达夫论》,第102—103页。

的坦白又对他沉溺于醇酒美人表示不屑。作者没有按阶级压迫的路数阐释郁氏,而是从人性出发,体抚他各种变态的心理行为,也对其缺乏理性的"放浪"提出批评。从揭发商业操作着眼,韩侍桁称《日记九种》"是一本极坏而无意义的书",读者没有读这种"私生活的琐事"的义务和兴趣。在商业利益推动下,"极无聊的书籍都有出版的机会",比如张资平的"堕落"小说,郭沫若"印行了许多粗制滥造的作物",以及《日记九种》这样的作品"。①

论者对《迷羊》《她是一位弱女子》出现的一些新动向也予以关注。韩侍桁比较《日记九种》,觉得《迷羊》反倒有些新意,郁达夫第一次用第三人称"客观地叙述一篇故事。一向以第一身作主人公,从不隐讳地在述说自己生命的一段故事的这作者,现在开始用第三身的写法了,为了使读者相信这故事的真实,更介绍了一个青年对着故师忏悔的场景"。但第三人称写法使作品"既失掉了这种作者与人物的合一,而又失掉了那文章的谐调,这个作家的一切魅力完全丧失了"。② 这种笔法的运用并不成功。杜衡指出《她是一位弱女子》只是给女主人公贴上物质虚荣和向往革命的标签,实际上"依然是一部写色情的作品;弱女子之所以会'弱',就是为了她整个地被色欲所支配着的原故"。她只是一个被欲望支配的"奴隶"。③ 刘大杰肯定此作"把题材扩张到社会的各方面去了",没有早期"那种贫穷飘泊的作者个人的影子。每个人,都有他特殊的个性特殊的身份"。他称郁达夫对变态性欲和同性恋描写很"露骨",但用弗洛伊德学说来解释,也很合理。④ 赵景深不同意刘大杰称《她是一个弱女子》是郁氏"从浪漫到写实的分水岭"

---

① 韩侍桁:《〈迷羊〉》,邹啸编《郁达夫论》,第115—116页。
② 同上。
③ 杜衡:《〈她是一位弱女子〉》,邹啸编《郁达夫论》,第123、126页。
④ 刘大杰:《读郁达夫的〈她是一个弱女子〉》,邹啸编《郁达夫论》,第132页。

一观点,认为郁达夫其实处处在写自己,即便他写黄仲则,也是"夫子自况。黄仲则的行径简直就是达夫的缩影"。① 他称郁达夫的路子一直没有改变,自我书写是其万变不离其宗的方法。

郁达夫混杂着情欲耽迷和隐私暴露癖的写作路线,于1930年代的环境已不适合,无论是左翼批评家还是自由派批评家,对他都多有质疑和异议。失去"五四"个性解放背景的支持,郁氏这种写法已走到尽头。1932年之后,郁达夫基本不再写小说。他获得较高评价的,仍是"五四"时期的那批小说。尽管众说纷纭,用历史主义的态度看,郁达夫仍会"屹然存在",新文学史会给他留下一席之位。邹啸编的《郁达夫论》正经由各家争鸣,为郁达夫论定了这一位置。

冰心也是"五四"后期至1930年代初的热门话题。由李希同编、北新书局1932年出版的《冰心论》,为十年"冰心"论述作史的汇编。收入1922—1932年关于冰心的评论文章24篇,"采用编年法,略依发表的先后为序",前后对照,有一种冰心批评史的排列思路。冰心是"五四"的产儿,从其1919年10月7日在《晨报》发表处女作《两个家庭》起,源源推出其作品,跨小说、散文和诗三个领域,以不变应万变。至大革命时代被质疑,有人批评她没有前进的勇气,有人批评她不懂得这个复杂的社会。冰心在《春水》中予以回应:"他的周围只有'光'和'爱',/人们举着'需要'的旗子,/逼他写'血'与'泪',/他只得欲笑的哭了。"面对这种纷争,《冰心论》编者的态度是:

> 冰心以为文学作品在真诚的表现自己。我们只能就人论人,还他一个客观的价值,不参以批评者主观的成分。冰心就

---

① 赵景深:《郁达夫的自己描写》,邹啸编《郁达夫论》,第136页。

是冰心,不是任何其他人。她的作品里,内容是爱母亲,爱小孩,爱海,爱朋友,爱小生物,基调是爱;她的文笔是雅淡的、简练的、融会了古人之诗文的。——这一切形成了冰心特有的作风,使她成为现代中国女作家的第一人。①

编者指出冰心作品"爱"的基调。对这种基调的肯定是冰心评论的主流。1920年代初期关于冰心是一片赞扬之声。一是阐释其作品"爱的哲学"的特点及意义。直民《读冰心底作品志感》称冰心"像一朵荷花一样,洁白,一尘不染……从现世中挣扎出来的人,多少是带一些伤痕的,唯有慧心者乃能免此"。将《离家的一年》这类作品放在为家长制桎梏了几千年的中国背景下,会发现,关于爱的启蒙和颂扬是多么需要。② 佩薇《评冰心女士底三篇小说》讨论冰心小说如何处理"爱"与人物的关系。将《超人》与《爱的现实》作对比——"超人何彬怎样从死灰槁木般的心转到对母亲的梦,梦见母亲后,更如何地转到对往昔的观念底悔恨",指出此作对人物心理转变的揭示不足。而《爱的现实》就处理得好,"全篇的思想让我感着一种像海边的晨风般的凉爽意味,这风吹来,挟着一种不可名状的爱——神圣高洁的爱"。可贵的是,作者没有在作品中"探出头来说话的痕迹。这篇底结构,描写,和表现底艺术都很完全"。③ 二是从"闺秀派"角度来解读。陈西滢称冰心:"一望而知是一个没有出过学校门的聪明女子的作品,人物和情节都离实际太远了。"④毅真《闺秀派的作家——冰心女士》,称冰心发表作品初期,新文坛"尚在极为幼稚的时代,女子的作品更是少见。因此大家一见冰心女士一清如水的文章,颇为震动"。

---

① 《冰心论·序》,李希同编《冰心论》,北新书局,1932年。
② 直民:《读冰心底作品志感》,李希同编《冰心论》,第15—27页。
③ 佩薇:《评冰心女士底三篇小说》,李希同编《冰心论》,第4—14页。
④ 陈西滢:《冰心女士》,李希同编《冰心论》,第71页。

他指出"闺秀派"小说有"诗的成分":意境是诗的,感伤的情绪是诗的,笔法轻微、空幻、飘荡、清丽、写意,也是诗的。①

1920年代中期,革命青年棒喝泰戈尔,也带出对冰心《繁星》《春水》的批评。关于冰心评论分化为两种声音:一是对冰心"爱的哲学"仍持赞赏态度,从文学审美角度肯定她;一是从社会批评角度对冰心逃避现实的"爱"提出质疑。前者以沈从文、张天翼为代表;后者以茅盾、黄英(阿英)和贺玉波为代表。沈从文称冰心的小诗,因从泰戈尔小诗方面得到启示,写得非常成功。她又将诗人的心扩大,用温暖的爱写成小说,如《超人》之类。② 沈在《论中国创作小说》写道:"以自己稚弱的心,在一切回忆上驰骋,写卑微人物如何纯良具有优美的灵魂,描写梦中月光的美,以及姑娘儿女们生活中的从容,虽处处略带夸张,却因文字的美丽和亲切,冰心女士的作品,以一种奇迹的模样出现,生着翅膀,飞到各个青年男女的心上去,成为无数欢乐的恩物。"③张天翼欣赏冰心作品的韵味:"作者对于修辞极注意,她爱浸些旧文学的汁水进去,但不会使你起反感,象裹过足的放了足,穿高跟底鞋,也有好看的。作品中显示了作者的女性,使你咀嚼到温柔、细腻、暖和、平淡、爱"。④这是"五四"以来对冰心的基本评价。

后者对冰心作品则多有反思。茅盾看到美和爱成为冰心"灵魂的遁逃薮"。"舍'现实的',而取'理想的',最初乃是一种'躲避',后乃变成了她的'家',变成了一天到晚穿着的防风雨的'橡皮衣'"。她也曾关注"现实",感到问题无法解决,"于是'心中的

---

① 毅真:《闺秀派的作家——冰心女士》,李希同编《冰心论》,第99、100—101页。
② 沈从文:《论冰心的创作》,李希同编《冰心论》,第105页。
③ 沈从文:《论中国创作小说》,《文艺月刊》1931年第2卷第4号。
④ 克川(张天翼):《十年来中国的文坛》,《文艺月刊》1930年第1卷第3期。

风雨来了',于是'躲到母亲的怀里'"。这是"'五四'期许多具有正义感然而孱弱的好好人儿们的共通经验",冰心是典型的一个。① 黄英称冰心"只是努力于超自然的世界的追求,对于一切社会事业表示嫌恶彷徨,她所认识的,只有精神世界。因此,对于生命,她也就不能获得一种正确的了解,而沉湎于各种唯心的说明之中,处处表示了她的不可解决的矛盾"。② 这种唯心者注定被时代淘汰。草川未雨说得更具体:"冰心女士的《繁星》《春水》中的诗,其表现是犹豫恍惚的,是模糊的,对于人生、社会及自然未曾敢肯定过一下,只是站在一旁说话,因之不敢肯定,所以说出来的话多是离开现世的玄想,因之走到恍惚的路上。"③"自己躲在寂寞屋里,正当夜间,(临海与否我不知道)闭着眼帘想了多时,心中却烦闷起来,遂离开坐位,捻灭了灯,在'原来是月光如水'的地方,摸摸这个摸摸那个,也说不清是什么,所得的只是惊讶……"④这种文学化方式对解决具体社会问题是毫无用处的。

  时代变了,冰心"爱的赞礼"与"血与火"时代不相吻合。同时,作为新文学初期的实验者,冰心跨越小说、散文、诗多个领域,但几方面创作都比较幼稚。随着新文学的整体性成熟,其不足也显露出来。梁实秋:"我读冰心诗最大的失望便是她完全袭受了女流作家之短,而几无女流作家之长。……我们平常的推测,女子情感较男子为丰美,女子心境较男子为静幽,女子的言行较男子为韵雅,遂常以为女子似乎比较的易于在文艺上尤其是诗上发展。不幸冰心女士——现今知名的唯一的女作家——竟保持其短而舍去其长。"他以《繁星》《春水》为例,称"冰心女士是一位冰冷到零

---

① 茅盾:《冰心论》,《茅盾论中国现代作家作品》,第114—132页。
② 黄英:《谢冰心》,李希同编《冰心论》,第113—149页。
③ 草川未雨:《繁星与春水》,李希同编《冰心论》,第78—79页
④ 同上书,第84页。

度以下的女作家","表面似是温柔,内中还是莲心似的苦"。他称她的诗是概念诗,"没有情感的不是诗,不富情感的不是好诗,没有情感的不是人,不富情感的不是诗人"。《繁星》《春水》这种诗,"在诗国里面,终归不能登大雅之堂的"。① 也属一家之言。

这位1920年代"几乎谁都知道"②的作家,到了1930年代已经落寞。茅盾说,在激变的时代,冰心小说一年多之隔就不一样。《超人》发表时,青年人反应热烈。一年后其姐妹篇《悟》问世,反应就平淡得多。他说:"中国青年对于'人生问题'已经起了很大的变化,一部分的青年已经不愿再拿这个问题来自苦,而另一部分的青年则已认明了这问题的解答靠了抽象的'爱'或'憎'到底不成。"③道出了冰心作品已与时代青年不相投合。

在1930年代作家等级梳理中,冰心的位置由早期的女作家"第一人",变为"不敢正视人生""不富感情"的、似乎思想和艺术都平平的中等作家。这种降落,与其时"五四"人道主义潮流已退潮、涉及人性人情的纯文学已不被看好的时代环境有关。从"五四"到1930年代,十年间,鲁迅就有"(萧红)是我们女作家中最有希望的一位,她很可能取丁玲的地位而代之,就像丁玲取代冰心一样"④的三代女作家地位更换取代的说法。但作为一种历史评价,冰心仍绕不过,从1932—1934年北新书局出版作家论专书,将《冰心论》列为第一本,1935年《中国新文学大系·小说一集》选入冰心小说五篇等情况看,冰心的价值是一种客观存在。

---

① 梁实秋:《繁星与春水》,李希同编《冰心论》,第176、177、178、180页。
② 张若谷:《冰心女士》,李希同编《冰心论》,第72页。
③ 茅盾:《大系·小说一集·导论》,蔡元培等《中国新文学大系导论集》,上海良友复兴图书印刷公司,1940年,第105页。
④ 参见鲁迅1936年5月与美国记者埃德加·斯诺的谈话,转引自[美]葛浩文《萧红评传》,北方文艺出版社,1985年,第66页。

1932年，徐志摩的意外去世使他成为这一年新文学界的热点话题。1932年12月值"徐志摩周年祭"之际，茅盾的重头作《徐志摩论》在《现代》刊载，文章试图对徐志摩作一个盖棺定论式的评述，引起较大反响。作为自由主义诗人，徐志摩是左翼批评家解剖文学与时代关系的典型案例。钱杏邨和茅盾的文章，莫不沿着这一思路而展开，所谓小布尔乔亚的"开山"，是一种类型化的评价。① 1934年7月，穆木天《徐志摩论》②在茅盾主持的《文学》上发表，那是不同于上述说法的另一种"徐志摩论"，代表着徐志摩评价的另一种趋向。

同为诗人，穆木天从艺术的角度进入徐志摩的世界。他的《徐志摩论》分"自由的生命"和"单纯的诗心"两部分，将"诗—生活—生命"视为一体来论，称"诗人徐志摩始终是'一个生命的信徒'"；他受"康桥文化"的影响，形成"生活就是艺术"的人生观；他有"单纯的信心"，有"冲动性痉挛性"的思想，为人活泼好动；他的"革命的要求"在于争"灵魂的自由"；"感情性的诗人徐志摩，借着诗歌实现了自己"。穆木天将徐的诗、散文、小说、戏剧放在一起，视为一个完整的艺术世界，作全面检视，认为徐志摩的创作可分为四个时期。"第一期是最早写诗的半年"，那时"他的感情真如山洪爆发，不分方向地乱冲，生命受了一种伟大的力量的震撼，什么半成熟的未成熟的意念都在指顾间散作缤纷的花雨"。第二期以《志摩的诗》和《落叶》为代表，前者看出徐诗"浪漫主义的气息，渐渐地，流为印象主义的气息"，后者则依然是"浪漫谛克的自白，充满着康桥时代的憧憬"。这个时期仍为"浪漫期"。第三期以《翡冷翠的一夜》《自剖》《巴黎鳞爪》为代表。此时徐志摩生活

---

① 参见钱杏邨《徐志摩先生的自画像》和茅盾《徐志摩论》二文，上面均有论述，不再赘言。

② 穆木天:《徐志摩论》，茅盾等《作家论》，第22—50页。

遇上"很大的波折",思想起了"大的转变":一方面诗的形式"日趋工整","追求定型律",另一方面又渐渐失却"力量"。因此他开始写诗化的散文,追求"主观的忠实"。第四期是"回光返照"期,以《猛虎集》《云游》《秋》为代表。此时期形式上"特别地纯正",内容上却带上"残破的思潮"。穆木天分析了徐志摩一生的两重性:一方面对未来充满浪漫的理想的憧憬,"感到有悠然的神明给他解了忧愁",赋予生命"重新的机兆";另一方面,"他又感到希望之不可靠","生存之无有前途"。他"遗留了些'散叶子上的零碎杂记'",他算是"达到了他的'认识、实现、圆满'"的境界。将徐志摩的生命历程与诗艺历程相贯穿,穆木天有效地阐释了徐作波澜起伏的规律。

同样是对徐志摩作阶段性分析,茅盾由时代变化追究徐诗风格的变化,揭示"时代—诗人—诗风"的关系,指出时代对徐的制约。穆木天的论证恰好倒了过来,他以徐诗风格特征作为时期划分的依据,把握其背后诗人神秘的"诗心",揣摩徐志摩的心路历程。他从《济慈的夜莺歌》《海滩上种花》和《话》中,看到徐志摩对诗之理解的神秘主义倾向——徐认定"生命现象之不可思议","诗心是一种神往"。对诗,徐志摩始终持"一个星象学者、一个点金术者、一个预言者的态度",一种相信"天力"的玄学态度。徐氏关怀的是心性,一种不可思议的生命现象。这颗诗心,用社会学原理是解释不了的。从"诗心"进入,穆木天揭示了徐志摩独一无二的精神世界及其创作的艺术价值。从这个角度阐释徐氏,诗的外形与诗人的"心"相胶合、相统一,由里及表,内外贴合。正是这种具有艺术穿透力和学术说服力的评析,为徐志摩现象提供学理依据,奠定了徐在新诗史上的位置。诚如其时另一位评论家苏雪林所言:"徐志摩这奇怪的人物,出马文阵不久便征服一切青年,中年,老年的心,跃登第一流作家的坛坫。他在文学家成名之迅速,正不亚于胡适之于学术界。"也有人说,"徐志摩一手奠定了新诗坛的基础",不无道理。① 就在"五四"之后,新诗开始走上正轨,徐志摩正是这样一位接轨人。在多元交汇的评价之下,徐志摩现象成为新诗史上一个重要现象——不论于新月诗派的来龙去脉,于"五四"现代诗的流变历史,还是于 20 世纪重要的诗人个案研究,都是一个绕不过去的关节点。

1930 年代是对一批"五四"新文学家及其创作进行全方位评论和定位的时期。借助新文学已有成果,文学批评发挥着文学价值评估的职能:一方面以作家为对象,由作家而作品,对特定时空中作家的存在方式及其作品临世的社会意义、艺术价值作揭示,对其思想与艺术的关系作阐释,总结文学经验和规律,推动文学创作的展开;另一方面这一揭示规律、总结经验的过程也是对作家作"史"的评估和裁定的过程,它以判断、鉴定、论证、下结论的方式,确认每一位作家在新文学史中的位置、价值及意义。以作家为网结点,"五四"以来新文学家的等级结构悄然形成。这是新文学走向成熟、形成秩序的必经之路。

三、传记热与作家的历史评估

1930 年代还流行作家传。在以作家为研究重心的评论热潮中,作家论与作家传互为依存,不分彼此,共构作家研究的一体两面。郁达夫说:"新的传记,是在记述一个活泼泼的人的一生,记述他的思想与言行,记述他与时代的关系。他的美点,自然应当写出,但他的缺点与特点,因为要传述一个活泼泼的人尤其不可不书。"②郁达夫深知作家性情、心理乃至日常生活与文学创作的关

---

① 苏雪林:《新文学研究》,国立武汉大学,1934 年,第 63 页。
② 郁达夫:《什么是传记文学》,《郁达夫文论集》,浙江文艺出版社,1985 年,第 63 页。

系。为作家建档,不能忽略这个"活泼泼的人"。

作家传有"他传"和"自传"两种写法。"他传"有传记和评传两种,后者是一种传和论相结合的写法。从当时的情况看,作家论与作家评传往往是一回事。如1931年现代书局出版的素雅编《郁达夫评传》与1933年北新书局出版的邹啸编《郁达夫论》,两集所选文章,重复颇多。后书35%以上篇目来自前书。两书出版时间相隔两年,后书编者称"小书共收三十五篇文章,其中有二十一篇是从来不曾经人收集过的,也就是说,有三分之二是新的材料"。①实际上,它的新文章主要是1931年底至1933年关于郁达夫新作的评论文章,而三分之一的"经人收集"的十四篇文章,均来自素雅编《郁达夫评传》。略有差别的是,《郁达夫评传》以匡亚明的《郁达夫印象记》为头条,《郁达夫论》以钱杏邨的《郁达夫》为头条,显示了编辑思路的不同。综上可见:一、二者有侧重于"传"与侧面于"论"的差别;二、"作家论"与"作家评传"有时就是一回事。

1930年代以后,各刊物纷纷开设"作家"栏,刊载作家评传文章。1930年11月创刊的《读书月刊》辟"作家论"专栏,论中外作家。连载署名"凌梅"的《现代中国作家录》,第一期介绍鲁迅、胡适、郭沫若、郁达夫四位,第二期介绍叶绍钧、郑振铎、张资平三位。之后又推出一组作家印象记和访谈录,有匡亚明的《郁达夫印象记》、贺玉波的《叶绍钧访问记》《夏丏尊访问记》《王独清印象记》等。1931年8月号起,凌梅换了个题目:《现代中国作家传略(一)》,介绍周作人、曾孟朴、曾虚白、赵景深、汪静之、许地山、王独清、穆木天、朱湘、闻一多。以"读书"为主题,该刊向读者推荐新文学名家,各式作家论/传的推出,正体现这一宗旨。虽体例上有些零乱,却持之不懈,有树立新文学榜样之意味。与此思路相似的还有《青年界》。该刊设有"文学讲话"栏,先后刊载钟敬文的

---

① 邹啸:《郁达夫论·序》,邹啸编《郁达夫论》,第2页。

《郁达夫先生底印象》(1934年6月)、苏雪林的《多角恋爱小说家张资平》(1934年6月)、苏雪林的《周作人先生研究》(1934年12月)、贺玉波的《刘大杰论》(1936年2月)、李长之的《许钦文论》(1936年3月)、史美钧的《朱湘论》(1936年4月)、贺玉波的《沉樱论》(1936年5月)等。该刊还推出已故作家纪念号:"朱湘纪念号"(1934年第5卷第2期)、"刘复先生纪念"专辑(1934年第6卷第3期)、"鲁迅先生逝世纪念"专辑(1936年第10卷第4期)。这些文章先后被收入各式作家论专集中,成为1930年代作家论热潮中的一朵朵浪花。

刊物推出作家论/传,有其建设新文学的整体思路。1932年5月创刊的《现代》,在"一·二八"战火的废墟中崛起,宣称崇尚"属于文学作品本身的价值"①,走纯文学之路。其对新文学家的推介,注重学理性和艺术性,有自觉的"建设"意识。文章各式各样,或对作家作品作艺术个案批评;或梳理史料,为历史保存现场;或作纪念文字,圈定历史节点。图文并茂,视野多维。如茅盾的《徐志摩论》(1933年2月)②、李长之的《杨丙辰先生论》(1934年11月)、王集丛的《梁实秋论》(1935年3月)、王特夫的《王星拱论》(1935年4月)等。《现代》上最有特色的,是作家传记文章。郁达夫的《光慈的晚年》(1933年5月),从同行角度,叙写蒋光慈最后几年的境况,讨论其革命文学创作的得失及其为历史所捉弄的命运。知人论世,贴切入里。杨邨人的《太阳社与蒋光慈》(1933年8月)从"史料"角度,谈"太阳社的起源""太阳社的经过""光慈的史略"——蒋光慈作为太阳社台柱于革命文学所做的贡献等。杨邨人是太阳社成员,他见证蒋光慈和太阳社在轰轰烈烈革命文学

---

① 施蛰存:《创刊宣言》,《现代》1932年创刊号。
② 《徐志摩论》是茅盾文学批评的重头作,1926年上海文学出版社出版茅盾等《作家论》,以《徐志摩论》为第一篇,可见它的重要。

运动中的昙花一现、遭受不公平待遇的事实,为蒋光慈离世时的凄凉——"一抔黄土,墓碑全无,后人凭吊者正不知向何处寻觅"而悲哀。① 赵景深的《朱湘(一九〇四——一九三三)》(1934年1月),笔法类似于郁达夫《光慈的晚年》,以他与诗人的交往为线索,写朱湘孤傲而"不苟"的性情、非同凡响的诗艺、拒绝与世俗同流合污的悲凉命运。《现代》不仅推荐优秀作家、缅怀逝者,更注重挖掘新秀。如侍桁《文坛新人》(一、二)(1934年2月、4月),推荐了三位新秀:臧克家、徐转蓬、沙汀。还有作家比较论,如苏雪林的《王鲁彦与许钦文》(1934年9月),比较在鲁迅影响下的两位乡土小说家艺术上的各擅胜场。开设作家"自述"专栏,如"夏之一周间",载周作人《苦雨斋之一周》、老舍《夏之一周间》、巴金《我底夏天》、沈从文《一周间给五个人的信摘抄》、郁达夫《在热波里喘息》、废名《今年的暑假》、茅盾《热与冷》、圣陶《夏?》、赵景深《书生一周间》等。开辟"现代文艺画报"栏,刊载作家近影及其文稿、手札图像,图画入刊,图文并茂,作家行迹呈现更为立体多元,如《郁达夫及其妻子》《郁达夫斋中的自写联语》《鲁迅在北平》《肖伯纳在上海》《俞平伯手写诗》《李金发及其所作伍廷芳像》《"苦雨斋"中之周作人》《苦雨翁手迹》《冰心女士近影》《幽默家老舍近影》《达特安邮船上之戴望舒》《送诗人出帆》《格洛赛为巴金像》《叶圣陶所造印》《沈从文手札(给施蛰存信)》《〈创造十年〉原稿之一页》《茅盾之〈春蚕〉原稿之一页》《叶灵凤近影》《穆时英照像》等。徐志摩周年祭时,刊载《徐志摩遗像》《徐志摩所曾就学之小学校》《徐志摩灵堂》《赵峡举行周年祭之人物》。此外,还有《纪念诗人朱湘》等系列图像。1930年代,在新闻摄影和期刊运营均高度发达的上海,图像叙述已成为信息传递的重要方式。刊物设"画报"栏,将作家的动态信息用图像方式呈现出来,弥补了文

---

① 杨邨人:《太阳社与蒋光慈》,《现代》1933年第3卷第4期。

字叙述的不足,图文互读,推动了作家论/传热潮的铺开。

散文专刊《人间世》也以"作家特写/传记"为重头戏,侧重"传"而非"论"。创刊号隆重推出"周作人":大幅知堂近照、知堂五秩寿诗及友人唱和诗。第 2 期起,设"今人志"栏,用"人物志"方式每期介绍一位人物,计有吴宓、胡舒之、老舍、庐隐、徐志摩、孙大雨、李叔同、刘半农、杨震文、知堂、林琴南、朱湘、严几道、张伯苓、齐白石、梁漱溟、陶元庆、刘大白、王静安等。第 28 期起,改为"人物","志"的特点减弱,"志"与"论"兼具。每期刊载一组关于"人物"的文章,如第 28 期有许钦文《郁达夫丰子恺合论》、王灿芝《关于先母秋瑾女士》、震瀛《补记辜鸿铭先生》、陈友琴《介绍盲翁盛此公》、谢冰莹《第三次逃奔》等。人物范围不局限于作家,还包括其他文化名人,采用传记笔法,有他传、自传或亲人回忆录等。他传如老向的《孙伏园先生》、味回的《许钦文先生》等。

《现代》《文学》《人间世》都是当时有影响的刊物,他们以作家论/传为重要的刊载内容,有其垒建新文学事业的目标,同时也带动了一种风气。这些作家论/传,既有学院派或专业批评家的评论,也有亲人、朋友或传记作者的散文式的传记。它们记述某位作家的生活经历,分析其特点、论说其价值、评估其高度。它们向社会推荐某位作家的同时,也为新文学累积艺术经验和规则资源,以此参与新文学的价值秩序构建,推动了 1930 年代新文学价值实践的展开。

作家论/传热的出现,也与一些社会事件的推动有关。1933 年丁玲失踪、生死不明,她旋即成为评传书写的一个热点。王森然说:"丁玲之死,已成一谜,惊动无数读者,震骇无数青年,孰不欲深切认识其身世人格,及其时代背景也。"①这位 1928 年经《小说月报》问世文坛的女子,引人注目。有人称她 1928 年那批小说,

---

① 王森然:《序》,张惟夫《关于丁玲女士》,立达书局,1933 年,第 1 页。

"好似在死寂的文坛上,抛下一颗炸弹一样,大家不免为她的天才所震惊了"。① 有人称她是"最擅长于表现所谓'Modern Girl'的姿态,而在描写技术方面又是最发展的女性作家"②。1930 年她《韦护》《一九三〇年春上海》的发表,即为茅盾所赞誉,署名方英的《丁玲论》称:"丁玲,一个在逐渐的和革命艺术密切的联系起来的名字,是伴随着她最初的《在黑暗中》,出现在一九三〇年的《韦护》,以及最近的《一九三〇年春上海》,在广大的读者中间植立了她的深厚的影响了。"③1931 年她发表《水》,让何丹仁(冯雪峰)惊呼"新的小说的诞生!"④1931 年她的丈夫胡也频被当局杀害,引起极大的社会震动。之后,她参加左联工作,主持《北斗》。1933 年她被当局绑架,让她几年来的被关注抵达巅峰。1933 年 5 月 17 日上海《大晚报》率先报道《丁玲女士失踪》,接着,上海《中国论坛》《晶报》、天津《庸报》《益世报》《大众报》相继报道此消息。沈从文在《独立评论》第 52、53 期发表《丁玲女士被捕》。6 月 14 日蔡元培等 38 人成立丁玲、潘梓年援救委员会,15 日蔡元培等 38 人在天津《大公报》发表《请释丁玲联名电》。《文学杂志》1933 年第 3、4 期发表《文化界丁潘营救委员会宣言》。《现代》第 3 卷第 4 期召开座谈会:《丁玲究竟是怎样一个人:社中座谈——读者、作者、编者》。6 月 30 日上海《世界日报》发表署名"小澜"的《丁玲女士之死》,首次提到丁玲已死。之后,鲁迅的《悼丁君》(《涛声》第 2 卷第 38 期)、茅盾的《丁玲——新中国的先锋战士》(《中国论坛》第 2 卷第 7 期)、李家贞的《目击者揭露绑架丁玲的绑匪》(《中

---

① 毅真:《丁玲女士》,《妇女杂志》1930 年第 16 卷第 7 期。
② 钱谦吾(阿英):《丁玲》,钱谦吾《现代中国女作家》,北新书局,1931 年。
③ 方英:《丁玲论》,《文艺新闻》1931 年第 22、24、26 号。
④ 何丹仁:《关于新的小说的诞生——评丁玲的〈水〉》,《冯雪峰论文集》(上),人民文学出版社,1981 年,第 69 页。

国论坛》第 2 卷第 7 期)、无名氏的《丁玲被杀害》(《中国论坛》第 2 卷第 8 期)、雪野的《纪念丁玲》(《文学杂志》第 1 卷第 3、4 期)、峰毅的《丁玲胡也频在济南》(《文学杂志》第 1 卷第 3、4 期)接连推出。1933 年《文艺月报》第 1 卷第 2 期"北平将开会追悼丁玲"的消息,把丁玲事件推至高潮。

有关丁玲的几本评传集相继出版:张惟夫辑《关于丁玲女士》(北京立达书局,1933 年)、沈从文著《记丁玲》《记丁玲续集》(上海良友图书印刷公司,1934 年)、张白云编《丁玲评传》(上海春光书店,1934 年)。沈从文两集是独撰的著作,张惟夫和张白云两集,则是其时关于丁玲的评传文章和丁玲自己部分作品的汇编。

胡也频遇难当年,沈从文写了《记胡也频》。① 丁玲失踪后,沈从文即在 1933 年《国闻周报》第 10 卷第 29—50 期连载《记丁玲》。隔年,《记丁玲》和《记丁玲续集》由上海良友图书印刷公司出版。沈与胡、丁曾是患难与共的密友。1920 年代中期,几个刚出道的文学青年,志同道合,比邻而居,一路走来,一起写作办刊,充满友情义气。《记丁玲》写出了一个敏感、浪漫、天真,颇具男子气,追随时代潮流、心高气傲的少女如何成长为一名作家。"她同我想象中的平凡女子差不了多少。她也许比别的女子不同一些,就是她不知道如何去料理自己,即如女子所不可缺少的穿衣打扮本行也不会,年轻女子媚人处也没有,故比起旁的女人来,似乎更不足道了。"②鲜活地保留了丁玲早年的生活影面。《记丁玲》出版时遭国民党中央宣传部图书审查委员会的严重删节。书末《编者话》称:"沈从文先生所著《记丁玲》一稿,原文较本书所发表者多三万余字,叙至 1932 年为止,因特种原因,目前未能全部发表,特志数语,以告读者。"该书出版当天,鲁迅致赵家璧信中提及:"《记

---

① 沈从文:《记胡也频》,上海光华书局,1932 年。
② 沈从文:《记丁玲》,岳麓书社,2002 年,第 63 页。

丁玲》中,中间既有删节,后面又截去这许多,原作简直是遭毁了。"①尽管如此,《记丁玲》为后人留下了早期丁玲鲜为人知的许多珍贵史迹。其记述生动风趣,妙语连篇。文字感性,充满细节,侧重心理描写,能道人之未能道,自成一家之言。

因"丁玲之死"事件的推动,丁玲评传写作在 1933、1934 年迅速风行,张惟夫编著《关于丁玲女士》,收入张氏本人执笔的《丁玲传》,其时部分丁玲评论文章和消息报道,丁玲大事年表及其著述目录,显然在为丁玲作盖棺评价。张白云编《丁玲评传》侧重传记类文章汇编。除了钱谦吾、方英、贺玉波几篇丁玲论外,还收入白云的《丁玲传记》、顾瑞民的《丁玲主传》、赵景深的《丁玲印象记》、坚如的《丁玲印象》、美子的《记丁玲》、刘明克的《听了丁玲女士在光华大学演讲后的感想》等,附录丁玲"自白类辑":丁玲创作谈。短短一年间,丁玲的知名度直线上升,一个正在受难的左翼文化人形象立于纸上。"丁玲"已成为新文学史不可绕过的一个环节。

这个时期,"他传"与"自传"花开两朵。1932 年 6 月《文学月报》创刊号设有"现代中国作家自传"栏,刊载茅盾的《我的小传》、白薇的《我的生长和没落》、洪深的《印象的自传》等。1934 年生活书店出版由郑振铎、傅东华编《我与文学》,是一本作家文学生涯自传集。集中收进白薇的《我投到文学圈里的初衷》、叶紫的《我怎样与文学发生关系》、徐懋庸的《我在文学方面的失败》、茅盾的《我曾经穿怎样紧的鞋子》、艾芜的《墨水瓶挂在颈子上写作的》、巴金的《我希望能够不再提笔》、欧阳山的《第一个批评家介绍我的是一本〈礼拜六〉》、赵家璧的《我对文学发生兴趣的第一部书》、杨骚的《最初和外国文学接触是在日本》、塞先艾的《我的作品产量稀少的原因》、林庚的《我要求活人的文学》、绀弩的《这算

---

① 鲁迅:《致赵家璧》,《鲁迅书信集》上卷,人民文学出版社,1976 年,第 612 页。

是我的忏悔录》、萧乾的《我并非有意选择文学》、胡风的《理想主义者时代的回忆》、沈从文的《我的写作与水的关系》、朱光潜的《一个失败者的警告》、穆木天的《我主张多学习》等。① 编者在《导言》中称:"我们这次征文,实于无意之中尽了一点文学史的使命,不止是凑凑热闹而已。还有不少篇数,简直是各作家文学生活的详细自传,料想到了百年数十年之后,这些文章也许要成为文学史的珍贵资料……"可见编者的文学史自觉。自传与他传不同,它出自传主本人的手笔,是作家的一种自我叙述,在参与文学史构建方面,别有意味。

称小说是"作家的自叙传"的郁达夫,更是处处留下自传文字。《人间世》1934年12月起(第17—31期),连载郁达夫八篇自传文章:《悲剧的出生》《我的梦,我的青春!》《书塾与学堂》《水样的春愁》《远一程,再远一程》《孤独者》《大风圈外》《海上》。作者记述自己从出生到18岁东渡日本留学的经历。记述详尽,夹叙夹议,文笔坦荡,不忌惮自我揭短。字里行间,浮现其"性情中人"的身影。如《大风圈外——自传之七》写及1911年10月"武昌革命军的义旗一举"那几天他的感受:"我也日日的紧张着,日日的渴等着报来;有几次在秋寒的夜半,一听见喇叭的声音,便发着抖穿起衣裳,上后门口去探消息,看是不是革命党到了。""平时老喜欢读悲歌慷慨的文章,自己捏起笔来,也老是痛哭淋漓,呜呼满纸的我这一个热血青年,在书斋里只想去冲锋陷阵……际遇着了这样的机会,却也终于没有一点作为,只呆在大风圈外,捏紧了空拳头,滴了几滴悲壮的旁观者的哑泪而已。"②一个满怀责任感又怯于行动、自怨自艾又一筹莫展的文学青年形象跃然纸上。这种性格,决

---

① 郑振铎、傅东华编:《我与文学》,生活书店,1934年。此书收入59位作者的59篇以"我与文学"为主题所写的文章,此处仅列举部分作者及文章。

② 郁达夫:《大风圈外——自传之七》,《人间世》1935年第26期。

定郁氏创作的基调。

这一时期,不少新文学家开始梳理自己的历史,在出版个人作品集时附上"小传"或"作者简介",那是作家自我经历的简述。1925年,鲁迅为俄文译本《阿Q正传》作序时,附上《作者自叙传略》,那是鲁迅首次为自己作传。他用简洁的文字,交代了自己的籍贯出身、童年遭遇变故的家境、从南京到日本的求学经历、选择学医又弃医就文以及回国后的从业履历等。末了,用简短文字记及自己如何受朋友钱玄同的"劝告",为《新青年》写文章,已出版两本小说集《呐喊》《彷徨》。1930年5月16日,他对这篇《传略》作了"增补修订"①,题以《鲁迅自传》,未公开发表。《自传》增加了1926年之后从北京到厦门到广州到上海的履历,除上述两书外,还有"一本论文,一本回忆记,一本散文诗,四本短评",特别提到《中国小说史略》《唐宋传奇集》。《鲁迅自传》言简意赅,道出其人生几次转折的前因后果,包括"偶然在电影上看见一个中国人因做侦探而将被斩,因此又觉得在中国医好几个人也无用,还应该有较为广大的运动……先提倡新文艺"。② 整个过程圆融贯通,自成逻辑。这篇自传,成为日后鲁迅生平研究的重要文献。

1930年,周作人也有一篇不足千字的自传问世。该年他为《燕大月刊》写的、后来收入陶明志编《周作人论》中的《周作人自述》③,交代了他近五十年的人生履历,字里行间透出传主的性情。他用第三人称口吻写:"周作人……十二岁丧父,读了四书五经后十七岁考入江南水师学堂,隶管轮班,在校六年,考取出洋留学,因近视命改习土木工学。1906年至日本……学无专门,只学得了几

---

① 《鲁迅自传》注释[1],《鲁迅全集》第8卷,第305页。
② 同上书,第304—306页。
③ 《周作人自述》,陶明志编《周作人论》,第1—2页。

句希腊文与日本文而已。"又说:"他原是水师出身,自己知道并非文人,更不是学者,他的工作只是打杂,砍柴打水扫地一类工作。如关于歌谣、童话、神话、民俗的搜寻,东欧、日本、希腊文艺的移译,都是高兴来帮一手,但这在真是缺少人工的时候才行,如有了专攻的人,他就只得溜了出来,另去做扫地砍柴的勾当去了。因为无专门,所以不求学但喜欢读杂书,目的只是想多知道一点事情而已。"短短几百字,交代他从事民俗文学研究和外国文学翻译的缘由,也呈露其低调且超然物外的性情。

周氏兄弟两篇自传相映成趣:鲁迅的文字不作抒情性发挥,字里行间却透出一种热切的社会参与激情。周作人文字简约、低调、自谦,却带有抒怀笔意,不忘表露心迹。两人均提及家人,鲁迅两处记下母亲:"母亲姓鲁,乡下人,她以自修得到能够看书的学力。""因为我底母亲……我便回到中国来……"却只字不提妻子。周作人则不提母亲,只提"一九〇九年娶于东京,有子一女二。末女于民国十八年冬卒,年十五"。这种记与不记,看出两人不同的亲情需求和家庭观。

1931年胡适推出《四十自述》。称"我的《四十自述》,只是我的'传记热'的一个小小的表现"。他也有传记癖。此作记述他四十年人生光阴中的第一段:从出生到留学之前的生活。[①] 包括"我的母亲的订婚""九年的家乡教育""从拜神到无神""在上海""我怎样到外国去"等章。书中对母亲冯顺弟尤有细致描写。这是一个对胡适思想性格的形成有着至关重要影响的人物,甚至是他生命的组成部分。作者写母亲如何管教他、约束他,影响他性格的形成,最终把他塑造成一个循规蹈矩、性格持重乃至保守、好为人师的好好先生。《四十自述》用平实笔法,交代自己的历程,坐实自

[①] 胡适:《四十自述·自序》,《胡适文存》第四卷,台湾远东图书公司,1983年,第605页。

己循规蹈矩的形象。持重平和的性格与其在思想文化学术领域的作为互为烘托,共构胡适的人格魅力,为历史留下一个稳健的新文化人的影面。

郭沫若的《创造十年》也是当时影响颇大的一篇自传性文章。作为创造社的领衔人,作者记述了创造社十年经历。将自己放在创造社的集体中来写,个人成长与集体奋斗同步展开。文章最精彩的是为当时创造社的几位作家留下剪影。如作者在日本福冈与张资平交往的情景,寥寥数笔,就将张资平为人为文的调子勾勒出来。那天午后,郭在松林里面散步,不意遇上张资平。① 之后,他们来到张的寓所,只见"六铺的席地上连矮桌也没有,只有一个藤手箧,手箧旁边散乱着几本书。我顺手拿了本来看,是当时以淫书驰名的《留东外史》。——'你怎么看这样的书?'——'怎么,不好吗?我觉得那写实手腕很不坏啦!'我没有再说什么,看了一下书的内容是旧式的章回体;我又把书给他放还原处去了"。② 张资平喜欢旧体小说,称《留东外史》写实手腕很不坏,这正是他日后创作路向之源头。又写及郭在福冈家中接待田汉(寿昌)的情景。写田汉的眼高志远与"我"的慵碌无奈:"当他初来的时候,我正在烧水,好等产婆来替婴儿洗澡……我因为他的远道来访,很高兴,一面做着杂务,一面和他谈笑。我偶尔说了一句'谈笑有鸿儒',他接着回答我的便是'来往有产婆'。"田回东京时,路过京都,与郑伯奇说:"闻名深望见面,见面不如不见"——对郭表示失望。《三叶集》出版后颇受欢迎,田汉又约郭和另一位朋友再作三角通信,而郭的态度却是"好出一部《新三叶集》。这个提议是由我拒绝了"。③ 这一龃龉为他们日后的关系埋下伏笔。文中记及郁达

---

① 郭沫若:《创造十年》,《沫若文集》第7卷,第31页。
② 同上书,第34—35页。
③ 同上书,第31页。

夫。某晚,郭、郁结伴在上海四马路上喝酒。"两人都喝醉了,彼此搀扶着跟跟跄跄地由四马路走回民厚里。……达夫突然从侧道上跑到街心去,对着从前面跑来的汽车,把手举起来叫道:'我要用手枪对待!'我连忙去把他搀着,汽车从我们的身旁取了一个抛物线形跑了……"①郁达夫其时消沉痛苦、落拓不羁之状可见一斑。此文记载了创造社十年艰辛历程,回应社会的种种说法。②经由前因后果说明,建立创造社历史发展的逻辑线索。在争取社会同情的同时,也为创造社及其领衔人郭沫若的进入历史存档。

"自传"选择性地回放了传主本人的人生历程,从自己生平中提炼出纲领式的线索,加以放大、阐释,形成逻辑圆融的经历链条,建立自己的历史线索,构成文学史线索的支脉。1933年作为上海时代书局"自传丛书"之一的张资平《资平自传》第一部《从黄龙到五色》出版。该作记述传主如何从粤东梅县家乡私塾走向府城的新式学堂,又走向省城走向京城走到国外,以考入日本帝国大学止笔。时代的变化催促他们的成长,当内心需求与人生际遇相契合时,道路也随之铺开。作者交代他写作的起因:"对于日本的女性,日本的风景,日本的都市现象,我觉得纵令无诗才加以吟咏,也应当用散文加以描写。于是我决意写我的笔记了。这就是我的《蓬岛 X 年》的起源。"③《蓬岛 X 年》有模仿《留东外史》迹象,日本文化中艳情纵欲一面,对他影响颇深。《从黄龙到五色》写到他与房东太太的暧昧关系。那种经历和心理体验与他写情欲小说应有关系。东瀛浪子掠奇猎艳想象,成就了他的三角恋爱书写。自传以夫子自道方式交代了传主的心理来历,对其创作路径作了自我指认。1934年庐隐去世,该年时代书局以"自传丛书"之一种,

---

① 郭沫若:《创造十年》,《沫若文集》第 7 卷,第 128 页。
② 这篇文章是针对鲁迅的《上海文艺之一瞥》作回应和解释。
③ 张资平:《资平自传》,上海时代书局,1936 年,第 126 页。

出版《庐隐自传》。邵洵美在《庐隐的故事》中说:"我们在她的作品里,不仅时常可以找到她自己的象征;有许多篇,简直完全是自传式的,热烈的情绪从没有一些遮掩。"①尽管庐隐作品多带自叙传性质,在她去世前夕,她还为自己写传,这是她对历史的交代。这集子包括"童年时代""中学时代""第一次的教员生活""大学时代""著作生活""思想的转变""社会经验""其他"等八章。作为一个典型的"五四"女作家,女高师作家群的代表,庐隐的生平史迹是研究新文学女性成长的标本。其中"大学时代""著作生活"记载她在女高师的学生生活,以及她发表作品、社会影响、思想转向诸细节。她将自己的思想分为三个时期:一、悲哀时期,以《海滨故人》《灵海潮汐》《曼丽》为代表;二、转变时期,以《归雁》《云鸥情书》为代表;三、开拓时期,以《女人的心》《情妇日记》为代表。以代表作描出自己的思想轨迹。《资平自传》《庐隐自传》更见普通人的平常心态,他们如实地书写自己,不拔高,不虚张,为文学史留存一个真实的自己。

这个时期,作家论/传写作和出版的活跃,加速了新文学秩序的生成。它们梳理作家的成长历史,追踪作家文学之路的源头及成因,澄清被遮蔽的事实,确定作家的思想艺术特质,参与众声交汇的文学评价实践,从而推动了新文学等级秩序的形成,为紧接而来的新文学史修订热潮打下了基础。

---

① 庐隐:《庐隐自传》,上海时代书局,1934年,第1—2页。

第十章　构建小说学

1930年代是新文学创作进入文体自觉的年代。经过前此十多年的实践,以现代汉语为语言方式的小说、散文、诗及话剧各体均臻于成熟,文体边界清晰,形成各自的美学形态。

新文学文体成熟离不开两个方面:一是创作方面的文体实验和探索;二是批评方面的总结和引导。二者的互为因果,推进了新文学文体实践的进程。一方面,不同文体的创作成果源源推出,为文体规则的形成提供案例;另一方面,文体理论及批评的参与,为创作提供了指引——及时总结经验、梳理规律,在新文学共同体内部发生影响、产生效应,为共同体所接纳、认同,内化为创作规则,促使各文体走向成熟。这个时期,文体理论和批评注重形式总结和艺术评鉴,对文体形式特征、艺术价值作甄定和评价。这是新文学价值构建的一项重要工作。

1930年代,新文学有两种文体进入其黄金时期,一是小说,二是小品文。苏雪林注意到二者其时的引领前沿及此起彼伏的盛况:"近年小品散文的盛况似乎已被那些突飞猛进的长短篇小说所代替了。"①这话触及了一个事实:1930年代小说与小品文都逢盛世、并驾齐驱,影响力难分伯仲。左翼文坛倚重现实主义小说,自由文人青睐"个人文体"小品文。其时最流行的两股思潮流支持着这两种文体创作,汇集了各自的作家。创作的繁荣也推动了

---

① 苏雪林:《周作人先生研究》,陶明志编《周作人论》,第210页。

文体学的展开,为小说立论的小说学悄然问世。

一、"现实主义"与"直觉主义"的抵牾和共存

1930年代,就小说而言,现实主义小说唱主调,其他类型的小说也同时并置。一是以1920年代初文学研究会"为人生"小说为发端,1920代末蒋光慈等的革命小说为推进,1930年代左翼作家洪灵菲、楼适夷、柔石、丁玲、茅盾、张天翼、沙汀、吴组缃、叶紫、艾芜及东北作家群等为后继,至《子夜》达到高峰的"现实主义"①小说潮流。二是以1920年代末《无轨列车》《新文艺》的创办、刘呐鸥《都市风景线》的发表为开端,以1930年代《现代》上穆时英、施蛰存、叶灵凤、杜衡、郭建英等人的创作为后继的城市现代主义小说潮流。三是1920年代末文化中心南移之后、依然留在北平的追求文学纯正性和生命寓意的京派作家废名、沈从文、萧乾、王坟、李愈同、芦焚及汪曾祺等的乡土写意抒情小说潮流。此外,1930年代还有一些独立不群的小说家:巴金、老舍、李劼人等。不同品种的小说潮流共构了1930年代小说创作主次有序、丰富多元的景观。

1920年代初,"为人生派"小说在刚刚问世的现代小说中已占据主导位置。这派小说对文学反映人生的推崇,对文学写实笔法的倚重,带来"写实主义"小说的流行。"为人生派"小说注重人物与环境的关系,将人物置于特定的生活空间中,人物性格的形成、情节的展开、问题的提出都与这个背景相关联。那个时期,司汤达、巴尔扎克、托尔斯泰等批判现实主义大师的作品备受推崇。郁达夫说,司汤达和巴尔扎克是"现代小说真正推进者",是"最初注意到'一个人物性格的造成,是决逃不出周围的人类和事物的影

---

① 这条线索的"现实主义"小说,其实有多种类型,有带自然主义倾向的写实小说、革命现实主义小说、唯物辩证法现实主义小说、批判现实主义小说等。

响的'先觉者"，他创立了一条"千古不易的小说的定则"。① 正是这条定则，引导 1920 年代现代小说走向成熟。

1928 年革命文学运动掀起之初，叶绍钧的长篇小说《倪焕之》在《教育杂志》上连载，立刻成为阐释"现实主义"的典型案例。茅盾的《读〈倪焕之〉》和钱杏邨的《叶绍钧的创作的考察》《关于〈倪焕之〉》，都从"现实主义"角度讨论此作。茅盾称《倪焕之》是这个时期的扛鼎之作。"把一篇小说的时代安放在近十年的历史过程中的，不能不说这是第一部；而有意地要表现一个人———一个富有革命性的小资产阶级知识分子，怎样地受十来年时代的壮潮所激荡，怎样地从农村到都市，从埋头教育到群众运动，从自由主义到集团主义，这《倪焕之》也不能不说是第一部。"②这种"现实主义"已不是写实主义，茅盾强调两点：一是"时代壮潮"引导个人的走向；二是相对于自由主义，集团主义是一种进步。真正的现实主义文学经由个人履历呈现集体的力量，揭示历史发展的趋势。他对比叶的《潘先生在难中》，"把城市小资产阶级的没有社会意识，卑谦的利己主义，Precantion，琐屑，临虚惊而失色，暂苟安而又喜，等等心理，描写得很透彻"③，但那还不是真正的现实主义小说，《倪焕之》不仅描写透彻，还有"锐利的观察，冷静的分析，缜密的构思"。④ 他说，真正的"现实主义"包含观察、分析、对历史走向的把握等主观因素，并非纯客观。

钱杏邨也称叶绍钧的创作有"一种极冷静，极忠实的态度，是值得我们注意的"。⑤ 但他对仅有"冷静"和"忠实"感到不满足，

---

① 郁达夫：《现代小说所经历过的路程》，《现代》1932 年第 1 卷第 2 期。
② 茅盾：《谈〈倪焕之〉》，《文学周报》1929 年第 8 卷第 20 期。
③ 茅盾：《王鲁彦论》，茅盾等《作家论》，第 144 页。
④ 茅盾：《谈〈倪焕之〉》，《文学周报》1929 年第 8 卷第 20 期。
⑤ 钱杏邨：《叶绍钧的创作的考察》，《现代中国文学作家》第 2 卷，第 29 页。

认为叶作"只是消极的黑暗的暴露与咒诅,没有积极的抗斗与冲决。这是叶绍钧创作中内在的生命的力的缺陷"。钱氏期待有一种"革命现实主义"的写法"。① 1920年代末,钱杏邨依据藏原惟人"转向"之后的理论,掺入苏俄无产阶级文化派、岗位派乃至稍后"拉普"的观点元素,加上他自己经验性的文本解读,形成其关于现实主义的基本观点。他称"五四"时期为人生的现实主义为"静的现实主义"和"表面的琐屑的现实主义"②,而新型的现实主义应该是"动的现实主义",它能写出革命的发展和胜利,反映现实的"本质"。非本质的琐屑的表面,都不是真正的"现实"。他以蒋光慈的《短裤党》为例,进一步表述这一观点。针对王任叔的《评〈短裤党〉》(该文将《短裤党》说得一无是处——"没有特别侧重的人物""缺少个性的描写""缺乏横断面的描写""结构的散漫""议论与插入的小故事太多"③等),钱氏一一加以反驳,称蒋光慈的作品有两大特色:"一是表现了时代青年的心理,一是超越时代去创造理想的当时所渴求的革命的人物。"④也因此,蒋没有因循一般的现实主义规则,而是超越时代、创造理想、凸现人物的"革命性"。也就是说,革命现实主义不拘泥于现实,而是创造合乎革命理想的"现实"。同样面对蒋作,茅盾的衡量尺度就不一样,他对蒋失真的"革命"脸谱主义提出批评,称其人物"每每好像睡在床上翻一个身,又好像凭空掉下一个'革命'来到人物的身

---

① 钱杏邨:《叶绍钧的创作的考察》,《现代中国文学作家》第2卷,第40页。
② 钱杏邨:《中国新兴文学中的几个具体的问题》,《拓荒者》1930年第1卷第1期。
③ 王任叔:《评短裤党——〈短裤党〉是泰东新出版蒋光赤的一本小说》,《生路》第1卷第1期。
④ 钱杏邨:《蒋光慈》,《现代中国文学家》第1卷,第161页。

上,于是那人物就由不革命而革命"①。鲁迅也说,"蒋光慈的《短裤党》写得并不好,他是将当时的革命人物歪曲了的"②。何谓"现实主义",各家有各家的理解,分歧不小。

不久,在左联内部,钱杏邨等"革命的浪漫谛克"思想受到批评。1931年左联执委会提出纠正机械论文艺思想的决议。瞿秋白在阳翰笙小说《地泉》序言之一《革命的浪漫谛克》中,以有无"现实的"描写,作为衡量作品质量高低的标准。他说:"《地泉》连庸俗的现实主义都没有能够做到,最肤浅的最浮面的描写,显然暴露出《地泉》不但不能帮助'改变这个世界'的事业,甚至于也不能够'解释这个世界'。"③1932年苏联公谟学院在《文学遗产》上首次刊载恩格斯致哈克奈斯关于现实主义的那封著名的信。同年,瞿秋白将它译成中文,并附上自己的阐释,编入《马克思主义文艺论文集》里。恩格斯关于现实主义的经典论述,为中国左翼现实主义文艺理论奠定了基础。这一年,瞿秋白撰写《马克思恩格斯和文学上的现实主义》《斯大林和文学》《苏联文学的新阶段》等文,提出"唯物辩证法的现实主义"的观点。隔年,他以茅盾的《子夜》为例,对现实主义在创作上的运用作了更具体的论述。

茅盾的《子夜》于1933年1月出版,整个写作在与瞿秋白的讨论中完成,其全景式反映当时中国社会现实的笔法,深得瞿秋白的欣赏,成为瞿诠释唯物辩证法现实主义的最佳案例。1933年4月瞿秋白以"乐雯"署名发表《〈子夜〉与国货年》,称"今年是国货年",茅盾《子夜》写了个国货大王吴荪甫,他有种种对手——"大

---

① 茅盾:《关于"创作"》,《北斗》1931年创刊号。
② 《茅盾·鲁迅致伊罗生[1934.7·147]》,《鲁迅全集》第13卷,第548页。
③ 瞿秋白:《革命的罗曼蒂克——〈地泉〉序》,《阳翰笙选集》第4卷,四川文艺出版社,1989年,第76页。

资本的杜竹斋"、"公债大王"老赵、懂"欺骗的挑拨的把戏"屠维岳、"成天闹工潮"的工人,这使他陷入种种困境中。"国货既然倒霉,国货大王吴荪甫就只有投降,这是他的出路",一种历史的必然。以大都市为"中心",以 1930 年的两个月为"片断","反映中国的全社会"及其"过去和未来"——唯物辩证法现实主义正是要追求这种效果。他称"这是中国第一部写实主义的成功的长篇小说。它带有左拉的影响……应用真正的社会科学,在文艺上表现中国的社会关系和阶级关系,在《子夜》不能不说是很大的成绩"。他预言:"一九三三年在将来的文学史上,没有疑问的要记录《子夜》的出版。"①唯物辩证法现实主义作为一种价值尺度,进入小说批评的运用中。

同年 8 月,瞿秋白又在《中华日报·小贡献》栏上发表《读〈子夜〉》,就《子夜》提出"八个"值得讨论的问题,进一步深化他前述的观点。其他关于《子夜》的评论,也各有说法。吴宓署名"云",在《大公报·文艺副刊》(1933 年 4 月 10 日)撰文《茅盾著长篇小说〈子夜〉》,指出其特色:"第一,以此书乃作者著作中结构最佳之书";"第二,此书写人物之典型性与个性皆极轩豁,而环境之配置亦殊入妙";"第三,茅盾君之笔势具如火如荼之美,酣恣喷薇,不可控搏"。着眼的是小说结构,人物个性和如火如荼之笔势。吴组缃认为此作在"揭露上层社会的没落""宣示着下层阶级的兴起"方面,"表现得不平衡,有一边重一边轻的弊病",将土豪曾沧海放在小说中也"显得不谐调",此为书中"写得最失败"的人物。②侍桁则尖锐指出,《子夜》的人物有两种:"一种是理想的,一种是被讽嘲的。"两个理想化的英雄人物如吴荪甫和屠维岳"还是能牵动读者的兴味",其余人物就"完全是戏谑的了","不是泥人,

---

① 乐雯:《〈子夜〉和国货年》,《申报·自由谈》1933 年 4 月 2—3 日。
② 吴组缃:《〈子夜〉》,《文艺月刊》1933 年创刊号。

便是小丑","把所有的公式的、理论的、术语的长篇大套的言谈装进在人物的口里"。① 朱佩弦将《蚀》与《子夜》作比较,认为"前一本是作者经验了人生而写的,这一本是为了写而去经验人生的"。前者有"写意"笔法,后者则是"细心研究的结果",用的是社会剖析笔法。② 朱不对这两种笔法作褒贬评价,却揭示了唯物辩证法现实主义的某些特点。上述评论,从不同角度考察《子夜》的结构、人物及笔法,指出其特点和不足。既为《子夜》式的现实主义作了内涵的界定,也指出了其长处与短处。

关于如何看待现实主义笔法的长短处也有争议。左翼批评家更注重方向性的指引,观点与早些年钱杏邨的革命现实主义相似。由 K. F(胡风)作附记、何丹仁(冯雪峰)撰文的《〈子夜〉与革命的现实主义的文学》,反驳韩侍桁的观点,称《子夜》"一方面是普洛革命文学里面的一部重要著作,另一方面就是五四后的前进的、社会的、现实主义的文学传统之产物与发展"。③ 强调它对"五四"现实主义文学传统的超越,及其与革命现实主义的衔接。《子夜》代表着那个阶段"现实主义"的最高形态。经由《子夜》,现实主义理论得到进一步申述。

与此同时,几位左翼新秀张天翼、东北"二萧"、叶紫、沙汀等的小说创作,也成为现实主义批评的案例。1920 年代末,张天翼改变写滑稽侦探小说的路子而向现实主义靠拢的第一篇作品是《三天半的梦》,经鲁迅介绍在《奔流》(1929 年第 1 卷第 10 号)上发表。1930 年《鬼土日记》出版,引起瞿秋白的关注。瞿秋白以"董龙"署名在 1931 年《北斗》创刊号上发表《画狗罢》,指出《鬼土日记》把许多现象"简单化了"。"这本小说里面是'鬼话连篇'

---

① 韩侍桁:《〈子夜〉的艺术、思想及人物》,《现代》1933 年第 4 卷第 1 期。
② 朱佩弦:《子夜》,《文学季刊》1934 年第 1 卷第 2 期。
③ 冯雪峰:《雪峰文集》第 2 卷,人民文学出版社,1983 年,第 362 页。

的。……这里可暴露一个很大的弱点,就是作者自己给自己的'自由'太大了。'鬼土'里面没有一个真鬼。幻想的可能没有任何的范围。"他说,画鬼不如画狗,画狗"随便什么人一看就知道像不像",至少可针砭时弊。言下之意是,"画鬼"脱离现实,不符合现实主义所倡导的原则。冯乃超以"李易水"署名也在《北斗》创刊号上发表《新人张天翼的作品》,对张的《三天半的梦》《报复》《从空虚到充实》《三兄弟》《搬家后》《三太爷与桂生》《二十一个》《鬼土日记》等作评述。他提出"现实主义的讽刺文学"一词,认为在不如意的环境下,讽刺文学起到反抗、暴露的积极作用。现实主义的讽刺文学不仅触及表层,更触及内在——不仅讽刺资本主义制度的不合理之处,更指出其病源之所在。慎吾的《关于张天翼的小说》①认为"作者在揭发生活之丑恶方面,似乎是有一些不必要的过分,他把'蛆''脓''血'等等的字眼充满了每一页,使读者感到一种并无快感的厌恶"。"张先生的写实小说,似是太注意到外部的描写,而没有扼要的心理的表现。……好象故意的以丑恶的东西来做骇人听闻的刺激的工具"。王淑明的《〈洋泾浜奇侠〉》②、胡绳祖的《"健康的笑"是不是?》③、顾仲彝的《张天翼的短篇小说》④、胡风的《张天翼论》⑤等,从不同角度来谈,他们将现实主义的"真实性"落实在语言是否妥帖、形象是否合理、讽刺是否深刻、揭丑是否恰当等方面,对现实主义笔法作细化分析,归纳出若干美学规则。

沙汀小说以写实引人注目,是现实主义创作重要的继承人和

---

① 慎吾:《关于张天翼的小说》,天津《益世报·文学周刊》1933 年第 38 期。
② 王叔明:《洋泾浜奇侠》,《现代》1934 年第 5 卷第 1 期。
③ 胡绳祖:《"健康的笑"是不是》,《文学》1935 年第 4 卷第 2 期。
④ 顾仲彝:《张天翼的短篇小说》,《新中华》1935 年第 3 卷第 7 期。
⑤ 胡风:《张天翼论》,茅盾等《作家论》,第 167—198 页。

开拓者。侍桁的《文坛上的新人》中《沙汀》一节,这样分析沙汀:"沙汀不是在作艺术的写生,而是使他的笔成了一架照相机",他没有对形象"个人的、特殊的东西"作描写,没法"通过有典型的意义的形态而表现出生活的真实或它的本质……"①这种所谓"新写实主义","对于我们直到如今也不过是一个空洞的名词而已"。侍桁一直以左翼文艺方法的反思者角色出现,他以沙汀为例,对照相机式的写实主义(缺乏个人参与,没法揭示生活本质的写实主义)提出批评。韩侍桁既不满足于将观念塞进人物的口,也不赞同照相机式只有表象描写之写实。作为一家之言,侍桁的观点是对"现实主义"规则方法的某种订正。

批评界对"二萧"的评论也比较特别。最早将东北"二萧"推荐给文坛的是鲁迅。小说家鲁迅对《八月的乡村》和《生死场》的解读,带有个人体验色彩。他称《八月的乡村》是"很好的一部,虽然有些近乎短篇的连续,结构和描写人物的手段,也不能比法捷耶夫的《毁灭》,然而严肃、紧张,作者的心血和失去的天空,土地,受难的人民,以至失去的茂草,高粱,蝈蝈,蚊子,搅成一团,鲜红的在读者眼前展开,显示着中国的一份和全部,现在和未来,死路与活路"。②鲁迅赞赏这部小说的直面苦难,写意与写实的"搅成一团",笔法的独特。李健吾肯定《八月的乡村》的"主旨和结构",认为其的确以法捷耶夫的《毁灭》为"榜样",但缺乏艺术自觉:"我们织绘的风景大半与人物无涉,我们刻划的人物不一定和性格有关;一切缺乏艺术的自觉,或者说得透骨些,一切停留在人生的戏剧性的表皮。"③表与里的脱节、手法的杂糅、艺术直觉的缺乏,使《八月的乡村》很难与成熟的现实主义艺术相挂钩。

---

① 侍桁:《参差集》,上海良友图书印刷公司,1935年,第28页。
② 鲁迅:《田军作〈八月的乡村〉序》,《鲁迅全集》第6卷,第286页。
③ 刘西渭:《咀华二集》,文化生活出版社,1924年,第36页。

萧红的《生死场》更难阐释。鲁迅称《生死场》的"叙事和写景,胜于人物的描写,然而北方人民的对于生的坚强,对于死的挣扎,却往往已经力透纸背;女性作者的细致的观察和越轨的笔致,又增加了不少明丽和新鲜"①。他从女性观察和笔致着眼,发现《生死场》明丽和新鲜的气息,一种力透纸背的历史穿透力。这种笔法既不是纯写实的也非纯超验的,它是经验的重新组合,越轨而别致。《生死场》在胡风的现实主义尺度下,就问题多多。胡在《〈生死场〉后记》中指出其不足:"第一,对于题材有组织力不够,全篇显得是一些散漫的素描,感不到向着中心的发展,不能使读者得到应该能够得到的紧张的迫力。第二,在人物底描写里面,综合的想象的加工非常不够。……第三,语法句法太特别了,有的是由于作者所要表现的新鲜的意境,有的是由于被采用的方言,但多数却只是因为对于修辞的锤炼不够……"②与鲁迅的感性解读不同,胡风用严谨的现实主义创作规则解读萧作,追究其题材组织力、人物加工、修辞锤炼等方面存在的问题。左翼批评家试图将二萧创作纳入现实主义的阐释框架中,却遇上削足适履的难题。

在文学肩负为人生、介入现实、唤醒大众、表现时代走向诸使命的背景下,现实主义方法备受推崇,出现了"客观写实主义""革命现实主义""唯物辩证法现实主义"几种形态。实际上,评论界在讨论小说的现实主义问题时,对现实主义内涵的理解并不一致。文学创作也无法按图索骥,自觉履行现实主义路径如《子夜》者并不多。更多的是混合型写作,如"二萧"的小说、京派作家群的乡土抒情小说等。其时,不少小说蕴含现实主义观念元素,又夹杂写意抒情笔法,显示多种美学观念的掺合。总体而言,"现实主义"在众多创作方法中占某种价值优势地位,被视为文学创作的优质

---

① 鲁迅:《萧红作〈生死场〉序》,《鲁迅全集》第6卷,第408页。
② 胡风:《〈生死场〉后记》,《胡风评论集》(上),第398页。

方式,几近共识。从创作到批评,"现实主义"被多方实践,其方法不断细化,形成相关规则。文学批评经由对作品的"现实主义"属性的论析,推断其思想艺术价值的高低,从而确定其历史文化地位。"现实主义"手法的运用不仅事关小说思想内容的进步性,也事关小说文体形式的前卫性,是该时期新文学之"现代"的重要表征,是文艺评价的一把尺度。

1930 年代,足以与现实主义相提并论的是乡土抒情,一种为京派作家群所推崇的写实与抒情相融合的创作方式。为这种乡土抒情方式作诠释的,是京派的批评家。以《水星》《骆驼草》《大公报·文艺副刊》及稍后的《文学杂志》为阵地,以周作人的个性主义文学观念为指引,京派群体从创作到理论批评形成另一条文学路线。创作上,他们坚守纯正的文学理想,追求小说抒情性、象征性和散文化品质,热衷于摹写田园牧歌式和谐恬淡的乡野生活。理论批评方面,他们关注作品的艺术形式问题,强调批评的主观性和直觉性,看重批评家与作品之间灵魂的相遇,称批评家的工作是"叙述他的灵魂在杰作之间的奇遇"①。京派批评家多数同时也是作家,如沈从文、李健吾等。这种身份决定了他们文学批评的特色——现身说法,注重体悟,关注文学的细节问题,用性情文字描述作品之妙处,弘扬文学感性的力量,呈现了小说价值裁定的另一种取向。

1920 年代中期,新文坛出现第一轮乡土小说热潮,一方面承续鲁迅的批判国民性主题,另一方面开辟乡土抒情小说新路子。在这股热潮中脱颖而出的废名(冯文炳),以其似小说又似散文的乡土书写,自觉地偏离其时流行的乡土现实主义笔法,"用淡淡文字,画一切风物姿态轮廓","全书是一种风景画簿","每一境自成

---

① 李健吾:《自我和风格》,《李健吾文学评论选》,宁夏人民出版社,1983 年,第 214 页。

一趣",人物行为"不是戏台上的而是画框中的"①,形成乡土抒情小说的独特样式。鲁迅说:"后来以'废名'出名的冯文炳,也是在《浅草》中略见一斑的作者,但并未显出他的特长来。在一九二五年出版的《竹林的故事》里,才见以冲淡为衣,而如著者所说,仍能'从他们当中理出我的哀愁'的作品。可惜的是大约作者过于珍惜他有限的'哀愁',不久就更加不欲像先前一般的闪露,于是从率直的读者看来,就只见其有意低徊、顾影自怜之态了。"②1925 年之后,废名成为"冲淡为衣"的乡土抒情小说的领衔人。

废名小说是京派批评家诠释他们的文学观念的重要文本。有三类京派批评家对废名小说作的阐释。首先是作为废名引路人的周作人。废名的成长有周作人一路陪伴。作为同道者,周处处爱护废名。比如,深知废名小说冲淡内蕴的他反倒强调其"现实"的元素,他说:"冯君的小说我并不觉得是逃避现实的。他所描写的不是什么大悲剧、大喜剧,只是平凡人的平凡生活——这却正是现实。"③普通、平凡的生活就是一种"现实",未必要冠之"主义"——"讲派别,论主义,有一时也觉得很重要,但是如禅和子们所说,依旧眼在眉毛下,日光之下并无新事,归根结蒂,赤口白舌,都是多事"。④ 废名写的是现实,但又与通常的写实小说不一样:"废名所作本来是小说,但是我看这可以当小品散文读,不,不但是可以,或者这样更觉得有意味亦未可知。"⑤废名小说的"晦涩"

---

① 孟实(朱光潜——笔者注):《〈桥〉——废名作》,《文学杂志》1937 年第 1 卷第 3 期。
② 鲁迅:《中国新文学大系·小说二集序》,《鲁迅全集》第 6 卷,第 244 页。
③ 周作人:《〈竹林的故事〉序》,《谈龙集》,开明书店,1930 年,第 56 页。
④ 周作人:《〈枣〉和〈桥〉的序》,钟叔河编《知堂序跋》,第 304 页。
⑤ 周作人:《中国新文学大系·散文一集·导言》,《中国新文学大系·散文一集》,上海良友图书印刷公司,1935 年,第 13 页。

正是其散文化的表征:"本来晦涩的原因普通有两种,即思想之深奥或混乱,但也可以由于文体之简洁或奇僻生辣,我想现今所说的便是属于这一方面。"周作了比拟:"民国的新文学差不多既是公安派的复兴,惟其所吸收的外来影响不止佛教而为现代文明,故其变化较丰富,然其文学之以流丽取胜初无二致……但庸熟之极不能不趋于变,简洁生辣的文章兴起,正是当然的事……"①废名作品的生辣奇僻晦涩,是对流丽圆熟之民国新文学的一种反动,是小说散文化的一种形态,事关观念、语言和形式。周首次为废名式乡土抒情小说的方法内涵作了界定,梳理出一条"五四"新文学演变的线索,指出乡土抒情小说所处的位置,从学理上为这种小说争得一席之位。

其次是专业批评家李健吾的解读。关于废名小说的"晦涩",李健吾从修辞及文体效果方面来讨论。他谈得更具体:"废名先生的空白,往往是句与句间缺乏一道明显的'桥'的结果。""废名先生爱用典,无论来源是诗词,戏曲或是散文。然而,使用的时节,他往往加以引申,或者赋以新义,结局用典已然是通常读者的一种隔阂,何况节外生枝,更其形成一种障碍。无论如何,一般人视为隐晦的,有时正相反,却是少数人的星光。"②李将"晦涩"理解为一种别具"匠心"的安排:"冯文炳先生徘徊在他记忆的王国……废名先生渐渐走出形象的沽恋,停留在一种抽象的存在,同时他所有艺术家的匠心,或者自觉,或者内心的喜悦,几乎全用来表现他所钟情的观念。""他从观念出发,每一个观念凝成一个结晶的句子,读者不得不在这里逗留,因为它供你过长的思维。"③与周作人不同,李健吾不仅是废名观念的共鸣者更是专业的批评家,他细致地

---

① 周作人:《〈枣〉和〈桥〉的序》,钟叔河编《知堂序跋》,第306页。
② 李健吾:《〈画梦录〉——何其芳先生作》,《李健吾文学评论选》,第123页。
③ 同上书,第121页。

分析废名的思维和表达方式,把握"晦涩"用辞与"观念"之关系,探讨"晦涩"作为一种文体手段如何协助观念表达等。至此,乡土抒情小说的美学肌理清晰呈现。

再次是作为废名风格继承者和超越者的沈从文的解读。沈从文对废名小说的脉络根底,更了然于心。他说,废名作品"充满了一切农村寂静的美","不但那农村少女动人清朗的笑声,那聪明的姿态,小小的一条河,一株孤零零的长在菜园一角的葵树,我们可以从作品中接近,就是那略带牛粪气味与略带稻草气味的乡村空气,也是仿佛把书拿来可以嗅出的"。① 沈从听觉、视觉、嗅觉触摸废名文字的气息,解读冯作中大与小、局部与整体、已知与未知的关系:"冯文炳君所显示的是最小的一片的完全,部分的细微雕刻,给农村写照,其基础,其作品显示的人格,是在多样题目下皆建筑到'宁静'上面的。有一点忧郁,一点向知与未知的欲望,有时宇宙光色的眩目,有爱,有憎,——但日光下或黑夜,这些灵魂,仍然不会骚动,一切与自然谐和,非常宁静,缺少冲突。"②其文字微妙处被揭示。沈还梳理了以废名作品为代表的乡土抒情小说的师承、衍续脉络。他说,废名的文体生成深受周作人影响:"对周先生的嗜好,有所影响,成为冯文炳的作品成立的原素……用同样的眼,同样的心,周先生在一切纤细处生出惊讶的爱,冯文炳君也是在那爱悦情形下,却用自己一支笔,把这境界纤细的画出,成为创作了。"③之后,废名又为一群更年轻的作者所仿效:"在冯文炳君作风上,具同样趋向,曾有所写作,年轻作者中,有王玟、李同愈、李明炎、李连萃四君。"沈从文把自己也列入这一行列中且自称是最

---

① 沈从文:《论冯文炳》,《沈从文全集》第 16 卷,北岳文艺出版社,2002 年,第 146 页。

② 同上书,第 149—150 页。

③ 同上书,第 146 页。

相称的一位:"把作者与现代中国作者风格并列,如一般所承认,最相称的一位,是本论作者自己。一则因为对农村观察相同,一则因背景地方风格习惯也相同……用同一单纯的文体,素描风景画一样把文章写成……"①乡土抒情小说流脉因这种前承后继的接力而形成。

因感同身受,沈从文也指出废名小说的欠缺:"在北平地方消磨了长年的教书的安定生活,有限制作者拘束于自己所习惯爱好的形式,故为周作人所称道的《无题》中所记琴子故事,风度的美,较之时间略早的一些创作,实在已就显出了不康健的病的纤细的美。"②沈从文自己努力超越这种"病的纤细",注重湘西乡土勃发生命力的抒写。作为乡土抒情小说重要的作者,沈从文现身说法,对乡土抒情小说"单纯的文体""素描风景画"特征作了归纳,阐释这类小说的美学内质。

以废名小说为案例,京派批评的直觉/写意理念得到充分呈释。京派批评与京派小说创作唇齿相依,创作实践与规则积累同步展开。创作为批评提供范例,批评为创作成果作学理诠释,及时为创作总结规律,梳理形式,厘定规则,提供再创作的理念。与现实主义批评的方法路径有所不同,京派批评注重形式批评、文体修辞分析,强调文体修辞内容性与形式性的统一。其建立"抒情诗的散文化小说"③的美学规则具有某种普泛性,是新文学价值建设的组成部分。

乡土抒情小说书写,有如废名者,描绘单纯的风景画;也有如沈从文者,将风景画和热辣人生图画相拼接——乡土抒情笔法与现实主义笔法相融合的。李健吾写于1935年的《〈边城〉——沈

---

① 沈从文:《论冯文炳》,《沈从文全集》第16卷,第151、152页。
② 同上书,第150页。
③ 汪曾祺:《作为抒情诗散文化小说》,《上海文论》1988年第4期。

从文先生作》对比了《边城》与《八骏图》中的两类形象，指出其不同的美学质地。他说："《边城》是一首诗，是二佬唱给翠翠的情歌。《八骏图》是一首绝句，犹如那女教员留在沙滩上神秘的绝句。"诗的调子是"和谐"的、"准乎自然"的，丰盈而完美，是一种真淳的生活；绝句是神秘的，让人费解的，"仿佛剥笋，直到最后，裸露一个无常的人性"。①李健吾将废名与沈从文小说作比较："废名先生仿佛是一个修士，一切是向内的；他追求一种超脱的意境，意境的本身，一种交织在文字上的思维者的美化的境界，而不是美丽自身。沈从文先生不是一个修士。他热情地崇拜美。在他艺术的制作里，他表现一段具体的生命，而这生命是美化了的，经他的热情再现的。"②乡土抒情小说并非单纯的写意的风景画，也有现实书写，也有沉重的一面。沈从文正是如此，其方式显示了美学观念形式的多元交汇。

萧乾小说与其说是纯正的乡土小说，不如说是以"乡下人"为视角的一种都市叙述。与沈从文一样，萧乾以"乡下人"身份及心态寓居城市，他的《篱下集》取寄人"篱下"之意。该集由沈从文作序，沈称，"他的为人，他的创作态度呢，我认为只有一个'乡下人'，才能那么生气勃勃勇敢结实。我希望他永远是乡下人……"③序文对"乡下人"充满赞美，赋予乡下人以"生气勃勃""勇敢结实"的人格优质，已经包含价值判断之意。1936年6月，刘西渭（李健吾）在《文季月刊》（第1卷第1期）上撰文评《篱下集》。李健吾将沈的观点进一步清晰化，他称，沈从文的《题记》实际上是关于"乡下人"的"一篇有力的宣言"。《篱下集》是作者"为童年或者童心

---

① 李健吾：《〈边城〉——沈从文先生作》，《李健吾创作评论选集》，人民文学出版社，1984年，第448页。

② 同上书，第445页。

③ 沈从文：《萧乾小说集题记》，《大公报·文艺副刊》1934年12月15日。

未泯发出的动人的呼吁";它与田园牧歌式的乡土抒写不同,"乡下人"是在与城市环境作参照中被确认的,它暴露现实黑暗,鞭挞人间不平;它的语言带有浪漫主义气质。李健吾将这几点归纳为一种"乡下人"特质,进一步拓展了抒情乡土小说的观念内涵,丰富了其美学特征,有意无意间与批判现实主义小说接轨。

胡风的《〈蜈蚣船〉——"京派"看不到的世界》则表露了现实主义者与京派乡土抒情之间的严重分歧。该文评澎岛的小说集《蜈蚣船》,顺带将脱离现实主义轨道的京派文人奚落了一番。他说:"所谓'京派'文人底生活大概是很'雅'的,或者在夕阳道上得得地骑着驴子到西山去看垂死的落日,听古松作龙吟或白杨底萧萧声,或者站在北海底高塔上望着层叠起伏的街树和屋顶做梦,或者到天坛上去看凉月……"《蜈蚣船》成为胡风拿来与京派风格作对比之作。他说:"北京或北方……终究是这个中国底一角,生活在那里的文人,只要是血肉的身子,也就不得不是社会底一员,各各过着好过或难过的各种中国人底生活。北方当然有风雅文人,但决不会没有粗野的作者,犹如那里有精美的庄园但同时也有茅房土洞一样。"他称《蜈蚣船》就是后者。同样是北方的产品,它毫无京派的"雅"趣:"这里面找不出一丝一毫的'名士才情',更没有什么'明净的观照',但这种'粗鄙'而热辣的人生,却是这个世界里的事实。"[①]这是一种住茅屋土洞而不是住精美庄园的人生,与名士才情不一样的粗鄙热辣人生。胡风将"风雅""明净"与"粗鄙""热辣"相对举,强调后者才是有血有肉之人,一种真实的存在。这篇文章包含着对左翼现实主义观念和京派直觉主义观念的臧否,弘扬的是一种价值态度,是当时两种文艺价值观纷争的缩影。

1930年代,受不同文学价值观的支持,现实主义路线与乡土

---

① 胡风:《〈蜈蚣船〉——"京派"看不到的世界》,《胡风评论集》(上),第139—140页。

抒情写意路线,各行其是,并行共存。时有交汇,时有交锋,构成该时期两种基本的小说美学价值形态。

二、构建小说学:技术的细化

1930年代之后,现代小说文体成熟体现在多个方面:作家风格化实践的自觉展开;小说技术方法的及时总结并重回实践中;小说学的初步建立并作为课程进入大学课堂;小说艺术形式作为美学的基本构成被认识。什么是小说?怎样写小说?小说创作有些什么规则和特点?一个作家在语言文体上应该形成怎样的有别于他人的风格?上述叶圣陶、茅盾、废名、沈从文的文体风格被批评界反复讨论、多方阐释,正体现了这种努力。从创作到批评,现代小说进入一个从小说学角度认识自己的自觉阶段。

作为小说家,擅长现实主义小说创作的叶圣陶、茅盾和擅长乡土抒情小说尝试的废名、沈从文,都有文体的自觉。他们自成一格,为批评界阐释小说文体留下了典型案例。

苏雪林的《沈从文论》就从"文体作家"角度论沈从文。她说:"他的文字虽然很有疵病,而永远不肯落他人窠臼,永远新鲜活泼,永远表现自己。他获到这套工具之后,无论什么平凡的题材也能写出不平凡的文字来。"她归纳沈从文小说三个特点:一是"能创造一种特殊的风格";二是"句法短峭简练,富有单纯的美";三是"造语新奇,有时想入非非,令人发笑"。她说:"沈从文是一个新文学界的魔术家。他能从一个空盘里倒出数不清的苹果鸡蛋;能从一方手帕里扯出许多红红绿绿的缎带纸条;……不过观众在点头微笑和热烈鼓掌之中,心里总有'这不过玩手法'的感想。"[①] 苏认为沈从文有语言天赋,能像魔术家一样不断拿出红红绿绿、出

---

① 苏雪林:《沈从文论》,茅盾等《作家论》,第162页。

人意表的花样来,是一位文体作家,尽管苏对这种"玩手法"不以为然。其时,能将这种"花样"视为小说文体之特长者并不多,有人甚至称之为"低级的趣味"。韩侍桁说,沈从文的取材范围很小,"是一些作者偶然感觉着有趣的琐碎无聊的事件;他的目的也就是在把自己对于所感到的趣味再传给读者"。① 这种舆论倾向抑制着文体作家"走偏锋"的冲动。

尽管如此,文体作家同时又是批评家的沈从文,更乐意点评小说家的"技术",以此形成他自成一格的小说学。1931年4月至6月,他在《文艺月刊》(第2卷第4—6号)上发表《论中国现代创作小说》,开篇称:"关于怎么样去认识新的创作小说,这像是一件必须明白的事;因为中国在目下,创作已经是那么多了。"他从"创作"着眼,点评若干作家作品的特色。他称《阿Q正传》"显出一个大家熟习的中国人的姿势,用一种不庄重的谐趣,用一种稍稍离开艺术范围不节制的刻画,写成了这个作品……"《故乡》和《示众》,"说明作者创作所达到的纯粹,是带着一点儿忧郁,用作风景画那种态度,长处在以准确鲜明的色,画出都市与农村的动静。作者的年龄,使之成为沉静,作者的生活各种因缘,却又使之焦躁不宁,作品中憎与爱相互混和,所非常厌恶的世事,乃同时显出非常爱着的固执……"用作"风景画"的态度,准确着色,表达复杂的情感,达到个性与形式水乳交融的美学质地,展现了一种繁复的美,那是废名等单纯的乡土抒情所不能相比的。

谈到叶绍钧,沈从文以1922年创造社浪漫主义势力暴涨为对比,称当"郁达夫式的悲哀"成为一种时髦,叶绍钧就落寞了。但他独具慧眼地指出,叶作适宜于初学者取法:"从创作中取法,在平静美丽的文字中,从事练习,正确地观察一切,健全地体会一切,

---

① 侍桁:《沈从文先生的小说》,《文学评论集》,上海现代书局,1934年,第85页。

细腻的润色,美的抒想,使一个故事在组织篇章中,具各样不可少的完全条件,叶绍钧的作品,是比一切作品还适宜于取法的。"他从小说学角度,梳理叶作可供效法之"法",强调"效法"的重要性。与叶作的步步是"法"不同,王统照、许地山的作品笼罩着心情的幻梦,是诗一样的作品。"王统照的作品,是同他那诗一样,被人认为神秘的朦胧的。使语体文向富丽华美上努力,同时在文字中,不缺少新的方向,这所谓'哲学的'象征的抒情,在王统照的《黄昏》《一叶》两个作品上,那好处实为其他作家所不及。""落花生的创作,同'人生'实境远离,却与艺术中的'诗'非常接近。以幻想穿串作品于异国风物的调子中,爱情与宗教,颜色与声音,皆以与当时作家所不同的风度,融会到作品里。一种平静的,从容的,明媚的……"沈从文欣赏这样的文字。他比较"人生派"与"艺术派"的差别,称前者是"微温的,细腻的,怀疑的,淡淡寂寞的朦胧"的,后者则"以夸大的,英雄的,粗率的,无忌无畏的气势,为中国文学拓一新地",二者美学质地迥异。他对失去节制的后者,并不欣赏。称郭沫若、郁达夫、张资平等"使创作无道德要求,为坦然自白",这种做法"解放了读者的兴味"。具体说来,郭沫若"为生活缺陷夸大的描画,却无从使自己影子离开,文字不乏热情,却缺少亲切的美。在作品对话上,在人物事件展开与缩小的构成上,则缺少必需的节制与注意";张资平"以学'故事的高手'那种态度,从日本人作品中得到体裁与布局的方便,写青年人极于想明白而且永远不发生厌倦的'恋爱故事',用平常易解的文字,使故事从容发展,其中加进一点明白易懂的讥讽,琐碎的叙述……错综的恋爱,官能的挑逗,凑巧的遇合,平常心灵上的平淡悲剧,最要紧处还是那文字无个性,叙述的不厌繁冗……"郁达夫的文字与他本人的生活相关联。生活的卑微、欲望的进取、失败后的追悔,由一个年轻的独身男子用一种坦白的自暴方法,陈述于读者。郁达夫成为年轻人最熟习的名字。他"所长是那种自白的诚恳,虽不免夸张,却毫不矜持,又能处理文字,运用词藻,在作品上那种神经质的人格,混合美恶,糅杂爱憎,不完全处,缺憾处,乃反而正是给人十分尊敬处"①。沈从文是小说的行家里手,从"技法"角度,体悟作品,揣摩作家,勾画各人的创作轨迹,指出其优缺点,掂量其艺术高度。从不同角度丰富了沈氏小说学的构成。

1929年《小说月报》上有两个长篇小说连载引人注目,一是巴金的《灭亡》,二是老舍的《二马》。时任主编的叶圣陶在该刊《最后一页》(署名记者)写道:"这两部长著(指巴金的《灭亡》和老舍的《二马》)在今年的文坛上很引起读者之注意,也极博得批评者的好感。"②之后,这两位后起之秀——巴金和老舍,以各自鲜明的文体风格,活跃于1930年代文坛。有人称巴金"以一个无声无息的人,一跃而在文坛上占了相当的地位……一如郭沫若般,巴金把握了一时代的一般青年的心"③。有趣的是,巴金本人声称他不懂艺术,"我缺乏着一个艺术家的素质,我不能够把小说当作一件艺术品来制作。我在写文章的时候是忘掉了自己,我简直变成一个工具了,我自己差不多是没有选择题材和形式的余裕和余地"。也就是说,他的创作没有艺术经营,"只感到一种热情要发泄出来,一种悲哀要吐露出来"。④ 他感情汪洋恣肆、形式把握不足,这反倒形成一种没有文体构造的文体。知诸的《巴金的著译考察》,将《灭亡》与当时的普罗文学作比较,称"这部长篇很能给当时的文坛不小的波动,那时正是普罗文学的最盛时期,但这部作品却在不同的立场下给不同立场的人们以极大的震惊",原因是其笔法

---

① 沈从文:《论中国现代创作小说》,《文艺月刊》1931年第2卷第4—6号。
② 记者:《最后一页》,《小说月报》1929年第20卷第4号。
③ 郦崇业:《巴金与其〈死去的太阳〉及其他》,《中国新书月报》1931年第1卷第9期。
④ 巴金:《作者的自剖》,《现代》1932年第1卷第6期。

的独特。他称:"茅盾君的心理的分析的纤细是巴金君所欠缺的,而巴金君能够抓着重要的几点,用简单的笔将'意识'和'动作'认真的描画出来,使热情充满在字里行间,这又是巴金君的特长。"① 刘西渭的《〈雾〉〈雨〉与〈电〉》,描述他读《雾》等时的感受:"热情做成他叙述的流畅。你可以想象,他行文的迅速。"他将巴金与茅盾作比较,说茅盾"给字句装了过多的事物,东一件、西一件,疙里疙达地刺眼;……巴金先生却是热情不容他描写,因为描写的工作比较冷静,而热情不容巴金先生冷静","热情进而做成主要人物的性格"。热情"是一种狂呓,一种不能自制的下意识的要求"。② 刘西渭一语中的,揭示了巴金的文体风格特点。闻国新将《家》与《红楼梦》作比较,称巴金想作"大家庭的解剖",但"心有余而力不足","笔锋太浅近了,太笨拙了"。③ 也是热情有余、提炼不足的问题,那是巴金小说的特点所在,也是其不足之处。

与之相反,老舍就有自觉的文体风格意识。朱自清注意到老舍小说有"讽刺的情调"和"轻松的文笔"两方面特点。署名"知白"的《〈老张的哲学〉与〈赵子曰〉》,将老舍作品与《儒林外史》《官场现形记》《阿Q正传》作比较,称老舍的讽刺"不是杂集话柄而是性格的扩大描写",人物刻画"出人意表",结构"大体是紧凑的",白话的运用"不生""轻松",但"不甚隽妙"。④ 1933年《离婚》出版,幽默成为老舍小说风格的表征。吴联、窘羊、陈芳若、燕子、李长之、常风、李影心、赵少侯、尹雪曼、唐穆、吴伯箫等在《益世报》《大公报》《时事新报·学灯》《文学季刊》《文艺月刊》上撰文,讨论老舍小说。首先,"幽默"成为一个中心话题。赵少侯的

---

① 知诸:《巴金的著译考察》,《现代文学研究》1931年第2卷第3期。
② 刘西渭:《〈雾〉〈雨〉与〈电〉》,天津《大公报·文艺副刊》1935年11月3日。
③ 闻国新:《家》,《晨报》副刊《学园》1933年第598期。
④ 知白:《〈老张的哲学〉与〈赵子曰〉》,《大公报·文艺副刊》1929年2月1日。

《评〈离婚〉》认为老舍的幽默"不完全靠字句上的安排,他是能找到一些沉痛的故事作书的骨干的","善于捉到人类的幽默而老老实实的写下来。这种幽默常常是令人微笑之后,继而悲苦的"。①常风认为:"老舍固是今日的一位幽默家,但他的幽默的分量远不逮讽刺的。……作者因喜用讽刺,所以他的文章,愈磨练,愈尖刻,愈轻快,因而欠缺精澈的深度。"②李长之称"与其说老舍的小说是以幽默见长,不如说是讽刺"。老舍"不作战士,他只有在和平温良的态度下,对所有不顺眼的事,抑不住那哭不得,笑不得的伤感"。③ 他们从不同角度道出老舍幽默的特质:老实、温和、伤感、缺乏深度。其次,对老舍小说人物形象的旧北京市民文化气质加以揭示。李影心对《离婚》中老李、张大哥和小赵"三种迥然不同类的人物"作分析,特别欣赏张大哥这个"京油子"的"真实性格"。④ 常风则指出:"老舍君的人物有一种特殊风味:不是天才的夸张,而是平庸的可爱而可怜悯的人。"⑤赵少侯说,老舍写的都是社会上十步之内必遇见的"北平人",他擅长写的是"对白"⑥,坐实了老舍小说的京味修辞特色。

作为老北京土生土长的作家,老舍小说以浓郁的京味儿及相关文体语言,形成其有章可循的"小说学",是将地域叙述与人物故事完好结合的典范。老舍本人曾就"人物的描写""事实的运用""言语与风格"等问题谈自己的心得体会,为其时小说规则构建添砖加瓦。1936 年 11 月,他在《宇宙风》发表《人物的描写》。

---

① 赵少侯:《评〈离婚〉》,《大公报·文艺副刊》1935 年 9 月 30 日。
② 常风:《论老舍〈离婚〉》,天津《大公报》1934 年 9 月 12 日。
③ 李长之:《离婚》,《文学季刊》1934 年创刊号。此段所引李文均见此篇。
④ 李影心:《老舍先生〈离婚〉评价》,《大公报·文艺副刊》1935 年 8 月 4 日。
⑤ 常风:《论老舍〈离婚〉》,天津《大公报》1934 年 9 月 12 日。
⑥ 赵少侯:《评〈离婚〉》,《大公报·文艺副刊》1935 年 9 月 30 日。

他说:"描写人物最难的地方是使人物能立得起来。"不管风土人情、超越时空因素而创造出来的人物,"它无论怎好,也缺乏着伟大真挚的感动力"。"'大小说家'必须能捉住现实",这个"现实"不是几条抽象的"知识"而是一种整体的人生。真实的人生是整体性的,细节要"足以烘托出一个单独的人格,不可泛泛的由帽子一直形容到鞋底,没有用的东西往往是人物的累赘"。"以言语,面貌,举动来烘托出人格,也不要过火的利用一点,如迭更司的次要人物全有一种固定的习惯和口头语……这容易流于浮浅,有时候还显着讨厌。"①他在《事实的运用》中谈及"人"与"事"的关系处理:"小说中的人与事是互相为用的。人物领导着事实前进是偏重人格与心理的描写,事实操纵着人物是故事的惊奇与趣味。""若以人物为主,须知人物之所作均由个人身世而决定;反之,以事实为主,须注意人心在事实下如何反应。前者使事实由人心辐射出,后者使事实压迫着个人。若是,故事才会是心灵与事实的循环运动。"②老舍从切身体会出发,梳理小说章法,分析小说艺术诸多技术性问题,总结经验,揭示方法规律,为1930年代小说学构建增砖加瓦。

三、流派文体的自觉:新感觉派的实验

1920年代末至1930年代,小说现代主义之风登陆中国。以1928年《无轨列车》创刊为标志,刘呐鸥、施蛰存、穆时英、叶灵凤、郭建英为代表的新感觉派作家群在文坛异军突起。这派作家以现

---

① 老舍:《人物的描写》,原载《宇宙风》1936年第28期,吴福辉编《二十世纪中国小说理论资料》第3卷,北京大学出版社,1997年,第442页。

② 老舍:《事实的运用》,原载《宇宙风》1936年第29期,吴福辉编《二十世纪中国小说理论资料》第3卷,第446页。

代主义方式感受上海现代大都市生活,无论文学观念、题材选取、表现手法都与"五四"新小说拉开距离,显示了另类的文化观念和艺术追求。郁达夫敏感地指出:"新的小说的技巧,似乎在竭力地把现代人的呼吸,现代生活的全景和拍子,缩入到文学里去。最浅近的例,譬如所谓新感觉派与表现主义以及心理分析派的技巧,就是如此的。"①1929 年《新文艺》推出刘呐鸥的《残留》时,编者按称:"《残留》是刘呐鸥先生自己很满意的新作,全篇用着心理描写的独白,在文体上是现在我们创作上很少有的。"②感觉化的都市书写为小说创作提供全新的样式,这群作家在尝试新手法的同时,也将这种表现方式加以梳理和总结,为其时的小说学增添新的材料案例。

杜衡率先对新感觉派的问世和立足历程作了梳理,他说:"中国是有都市而没有描写都市的文学,或是描写了都市而没有采取了合适这种描写的手法。在这方面,刘呐鸥算是开了一个端,但是他没有好好地继续下去,而且他的作品还有着'非中国'即'非现实'的缺点。能够避免这缺点而继续努力的这是穆时英。"③他称穆时英"在这新技巧的尝试上有了相当成功"④,他推出穆时英为新感觉派的首席作家,穆的成就代表着新感觉派的成就。在新感觉派作家群中,施蛰存开创了心理分析路子,其笔法上的最大变化是,小说由以"描写"为主转向以"分析""讲述"和"议论"为主,"故事风"转向"随笔风"。施蛰存在《小说中的对话》一文中,借日本小说家谷崎润一郎的话说:"年纪一老,似乎对于叙写会话渐

---

① 郁达夫:《关于小说的话》,《文艺创作讲座》第 1 卷,上海光华书局,1931 年。
② 《编辑的话》,《新文艺》1929 年第 1 卷第 2 期。
③ 杜衡:《关于穆时英的创作》,原载《现代出版界》1933 年第 9 期,严家炎、李今编《穆时英全集》第 3 卷,北京十月文艺出版社,2008 年,第 424 页。
④ 苏汶(杜衡——笔者注):《答舒月先生》,《现代》1932 年第 1 卷第 6 期。

渐不愿意起来,好像比之小说更选择了故事风的形式,末了,连叙述文也简略了,讨厌描写出场面的麻烦,甚且从故事风转而喜欢更冲淡的随笔风的写作法的样子了……"所谓"随笔风"就是带议论和分析的笔调,施蛰存由此提出:"无论小说的效能说得如何天花乱坠,读者对于一篇小说的要求始终只是一个故事。与其费了一大堆文字去描写一言一动,而终于被读者跳过不看,何如以简洁的文体叙述之使读者在掩卷之后有一个想象体味的余地呢?"他主张以讲述性、分析性的随笔笔法代替描写性笔法,对"五四"新小说热衷模仿西洋写实小说提出质疑。他说:"若是中国的小说能从这中间蜕化出一个新阶段,我想一定能够使白话文获得一种新的妆束的。"①他以一种随笔风的心理分析小说样式,挑战"五四"已成的新小说模式。

新感觉派的另一位作家叶灵凤,则有给人生切下一个横截面的说法。他说,短篇小说"用着最敏锐的观察力,从整个的人生中爽快的切下了一断片,借这一个断片暗示出整个的人生"。它"着力于空气的制造和人物的心理解剖","故事的阔度都愈见狭小,而努力向'深'的方面进行,这就是说,努力发掘人物动作的本源,去暴露潜在的意识"。"现代短篇小说,已不需要一个完美的故事,一个有首有尾的结构。而是立脚于现实的基础上,抓住人生的一个断片,革命也好,恋爱也好,爽快的一刀切下去,将所要显示的清晰的显示出来,不含糊,也不容读者有呼吸的余裕,在生活脉搏紧张的社会里,它的任务已经完成了。"②他质疑小说需要一个有头有尾的线性结构,主张切开生活的横断面,用窄而深的方式,爽快地将这个面呈现出来,以与紧张的生活脉搏相应合。新感觉派

---

① 施蛰存:《小说中的对话》,《宇宙风》1937年第39期。
② 叶灵凤:《谈现代的短篇小说》,吴福辉编《二十世纪中国小说理论资料》第3卷,第406页。

小说打破正常的时空组合链条,重新拼接生活碎片,呈现"感觉化"景观,正采用这种方法。这群年轻作家,努力创造出贴合自己的城市人生经验的写作样式,同时,又对这种写作作小说学意义上的原理说明,总结经验,阐释其美学特征,确定其艺术品质,使其在1930年代小说坛上获得一席之位。

新感觉派小说潮流涌现之后,尽管褒贬不一,但其"样式"颇受关注。叔明《评〈将军底头〉》,讨论施蛰存四篇"古事小说"①的"二重人格的描写"问题。称"每一篇的题材都是由生命中的两种背道而驰的力的冲突来构成的"。他认为,四篇小说写四种类型的冲突:《鸠摩罗什》写宗教与色欲的冲突,《将军的头》写信义与色欲的冲突,《石秀》写友谊与色欲的冲突,《阿褴公主》写种族与色欲的冲突。四作在处理上都颇为成功,其特点是"不把它的人物来现在化:他们意识界没有只有现代人所有的思想,他们嘴里没有现代人所有的言语,纵然作者自己的观察和手法却都是现代的"。叔明还分析四篇作品在欲望书写方面的得与失,称《鸠摩罗什》"在写心理错综方面的由复杂而至于混乱","从灵的爱恋到肉的享乐那过程写得不鲜明";《石秀》"能够很纯熟地运用中国所固有的笔致,保存着简洁明净,而无其单纯和幼稚";"统观四篇,当推《石秀》为最完整,至于动人的力量,则应是《鸠摩罗什》"。他称"古事小说"这一新蹊径是由施蛰存开辟的。② 这种古代题材心理分析小说在1930年代小说坛上应占有一席之位。

尽管批评家们站在不同立场上解读新感觉派作品,但对该派小说形式的创新一致给予肯定。楼适夷称施蛰存的《在巴黎大戏院》和《魔道》"无疑地是中国文学上一个新的展开,这样意识地重

---

① 施蛰存短篇小说集《将军底头》收入四篇"古事小说":《将军底头》《鸠摩罗什》《石秀》《阿褴公主》。

② 明叔:《评〈将军底头〉》,《现代》1932年第1卷第5期。

视着形式的作品,在我的记忆中似乎不曾于创作文学里见过"。在"异常沉闷"的当今文坛,读到施蛰存这两篇新作,令他"张了惊异之眼"。但他从阶级分析角度解读二作,首先对只有主人公的心理流程描写不欣赏,称"从开始到结尾,纯粹叙述一个主人公的心理过程,很少对话与客观的描写"。至于内容呢,几乎是完全不能捉摸的,"一个有闲阶级的青年,和一个摩登女子在影戏院中的一段心理纠葛(《在巴黎大戏院》),或是一个作 Weekend 旅行的 Salaryman,一段怪异的心理幻觉(《魔道》),读者在这儿,决不会探到作者所要写的 Thema,这儿只有一种 Atmosphere,浓重地笼罩了读者"。他追究作品的主题、心理描写的客观可能性、人物的阶级身份,指出:"这便是金融资本主义底下吃利息生活者的文学,这种吃利息生活者,完全游离了社会的生产组织,生活对于他,是为消费与享乐而存在的,然而他们相当深秘的复杂的教养,使他产生深秘与复杂的感觉,他们深深地感到旧社会的崩坏,但他们并不因这崩坏感得切身的危惧,他们只是张着有闲的眼,从这崩坏中发见新奇的美,用这种新奇的美,他们填补自己的空虚。"①楼适夷从阶级角度理解施蛰存小说中的人物,有闲者才能这样咀嚼心理感受,从崩坏的现实中发现新奇的美———一种颓废的唯美主义情调。将心理分析小说纳入社会学阶级论框架中来阐释,有其无法沟通的盲点。

从城乡角度解读施作的沈从文,则有另一番说法。他称施蛰存《上元灯》集写了"被都市物质文明毁的中国中部乡城镇乡村人物",将施作放在由鲁迅、王鲁彦、许钦文、黎锦明、罗黑芷组成的乡土链条中来考察,称"于江南风物,农村静穆和平,作抒情的幻想,写了如《故乡》《社戏》诸篇表现的亲切,许钦文等没有做到,施

---

① 楼适夷:《施蛰存的新感觉主义——读了〈在巴黎大戏院〉与〈魔道〉之后》,《文艺新闻》1931 年第 33 号。

蛰存君,却也用与鲁迅风格各异的文章,补充了鲁迅的说明"。
"纤细的文体,在描写上尽其笔之所诣,清白而优美……柔和的线,画出一切人与物,同时能以安详的态度,把故事补充成为动人的故事……作者的成就,在中国现代短篇作家中似乎还无人可企及。"他特别指出,施蛰存的《粟芋》《从别人家庭》,受周作人译《日本小说集》中"《乡愁》《到纲目去》等暗示而成,然而作者所画出的背景,却分明是有作者故乡松江那种特殊光与色",这些作品"在现代作者作品中可成一新型"。① 沈从文没有注意到《上元灯》中已显露的心理分析苗头,却从"乡土"角度激赏施作的语言文体,惊呼一种"新型"小说的出现。

　　作为1933年海派文学的发难者,沈从文对新感觉派小说的解读,多以"乡土"为参照。他的《论穆时英》,将废名的乡土笔法与穆时英的城市笔法作比较,称两者均是"近于邪僻"的笔法,但"一则属隐士风,极端吝啬文字,邻于玄虚。一则属都市趣味,无节制的浪费文字……后者所长在创新句,新腔,新境,短处在做作,时时见出装模作样的做作。作品于人生隔着一层。在凑巧中间或能发现一个短篇速写,味道很新,很美,多数作品却如博览会的临时牌楼,照相馆的布幕,冥器店里的纸扎马车船。一眼望去,也许觉得这些东西比真的还热闹,还华美,但过细检查一下,便知道原来全是假的……"②站在对立面,沈从文对穆时英小说技法看得更清楚,评述颇为准确、传神。穆作对感官感受的凸显,对视觉、味觉、嗅觉、触觉的强调,使其描写显得突兀、夸张、做作。沈从文以他的经验衡量穆氏的笔法,觉得一切都显假——"冥器店里的纸扎马车船"。实际上,新腔、新味、新景可能是对五光十色城市的一种

---

①　沈从文:《论施蛰存与罗黑芷》,《现代学生》1930年第1卷第2期。
②　沈从文:《论穆时英》,《沈从文文集》第11卷,花城出版社、香港三联书店,1981年,第203页。

内模仿,有其有别于既往的美学寓意。更有趣的是,穆氏笔法的"邪僻",令沈从文感到不舒服,如果他将这种感受描述出来,可能就是一套精彩的新感觉派小说学,尽管其口吻是反讽的。

1930年代是现代小说开花结果的时期。"五四"第一代作家在相关文学思潮催化下走向成熟,现实主义作家群与直觉主义作家群各行其是,形成各自有章可循的小说文体规则。第二代作家如巴金、老舍、沈从文和新感觉派作家群等也成长起来。站在前人的肩膀上,他们以鲜明的风格、独特的文体、相对清晰的思想文化理念,建立起自己的小说美学世界。至此,现代小说步入其黄金时期。这种背景带来了小说文体批评的活跃和小说学的成型。批评界对作家作品的评论,不再停留在对其思想内容和艺术特色作表层分析上,而是追究其深层的稳定的心理成因、文体结构、语言修辞、叙事形态及形式规律等。现代小说学于此种基础上建立,作为一种知识体系成果而出版、传播,进入大学课堂。对现代小说文体形式的艺术甄别和学术鉴定,促成小说美学规则的形成,达成文学业界关于小说的价值认知。如果不是1937年战争来临,现代小说的规则化实践会更稳步前行。

第十一章　散文秩序构建

　　与现代小说主要靠"舶来"的观念样式建立自己的文体,因而小说文体学的提出滞后于小说创作有所不同,现代散文文体学与现代散文创作几乎同步展开。散文作为有几千年历史的一种传统文体,是文人日常写作的主要方式,到了"五四"新文学运动时期,散文面临从传统散文中走出来、实现现代转型的问题。1921年6月8日周作人在《晨报》副刊发表《美文》一文,援引英国随笔为"模范",称"外国文学里有一种所谓议论文,其中大约可以分作两类。一批评的,是学术的,二记述的,是艺术的,又称美文,这里边又可以分出叙事与抒情,但也许多两者是夹杂的"。他又说:"我们可以看了外国的模范做去,但是须用自己的文句与思想……给新文学开辟出一块新的土地来,岂不好么?"以外国散文为模范,用自己的文句和思想,开辟一块散文新土地来,周作人为现代散文文体转型提出了自己的想法。1923年6月21日王统照在《晨报》副刊发表《纯散文》,在周作人"美文"基础上,提出"纯散文"观点,称"纯散文"能"使人阅之自生美感",它"没有诗歌那样的神趣,没有短篇小说那样的风格与事实,又缺少戏剧的结构"。① 总之,它没有严格的体式,却自生美感。1925年鲁迅翻译日本文艺理论家厨川白村的《出了象牙之塔》,有《随笔》和《Essay》两节,谈及随笔:"如果是冬天,便坐在暖炉旁边的安乐椅上,倘在夏天,则

---

① 王统照:《纯散文》,《晨报》副刊"文学旬刊"第三号,1923年6月21日。

披浴衣,啜苦茗,随随便便,和好友任心闲话,将这些话照样地移到纸上的东西,就是 Essay。"这种 Essay"既有 humor(滑稽)也有 pathos(感愤)。所谈的题目,天下国家的大事不待言,还有市井的琐事,书籍的批评,相识者的消息,以及自己过去的追怀,想到什么就纵谈什么,而托于即兴之笔者,是这一类文章。"①1926 年 3 月,胡梦华又提出"絮语散文"一说,称散文"不是长篇阔论的逻辑的或理解的文章,乃如家常絮语,用清逸冷隽的笔法所写出来的零星感想的文章"。② 朱自清则从体裁上定义散文。他说,文学各体,各有"个别的特性,这种特性有着不同的价值。抒情的散文和纯文学的诗、小说、戏剧相比,便可见出这种分别……前者是自由些,后者是谨严些;诗的字句、章节,小说的描写、结构,戏剧的剪裁与对话,都有种种规律……散文就不同了,选材与表现,比较可随便些,所谓'闲话'……便是它的很好的诠释"。③ 至 1920 年代中期,关于散文的文体阐释已充分展开,上述观点在散文界达成共识。

一、为现代散文探源

没有硬性的文体规定,散文在诸种文体中是最自由的个人文体,是个人即兴之作。恰逢"五四"个人主义时代,散文也迅速走俏,是诸种体裁中创作量最大的一种。1928 年朱自清就指出:"三四年来风起云涌的种种刊物,都有意无意地发表了许多散文。近一年这种刊物更多,各种书店出的散文集也不少。《东方杂志》从二十三卷(一九二五)起,增开新语林一栏,也载有许多小品散文。

---

① 厨川白村:《出了象牙之塔》,鲁迅译,北新书局,1931 年,第 7 页。
② 胡梦华:《絮语散文》,《小说月报》1926 年第 17 卷第 3 号。
③ 朱自清《论现代中国的小品散文》,王永生主编《中国现代文论选》第一册,贵州人民出版社,1984 年,第 456 页。

夏丏尊刘熏宇两先生编的《文章作法》,于记事文、叙事文、说明文、议论文而外,有小品文的专章。去年《小说月报》的创作号(七号)也特开小品一栏。小品散文,于是乎极一时之盛。东亚病夫在今年三月《复胡适信》(《真美善》第1卷第12号)里论这几年文学的成绩说:'第一是小品文字,含讽刺的,析心理的,写自然的,往往着墨不多,而余味曲包……'"①1920年代中期,以小品文为案例的"文章作法"出现在中学教材中。

1928年革命文学运动发生,散文作为个人文体的说法受到挑战。为此,周作人借为其学生废名、俞平伯的小品集作序、跋之机会,开始梳理现代小品文何谓何为的来龙去脉。1932年3月至4月,他应沈兼士之邀,在辅仁大学作了八次学术演讲。同年9月,该讲词被整理成文,以《中国新文学的源流》(以下简称《源流》)为题,在北平出版。他从文学史的角度,就何谓文学、"五四"新文学的源流、新文学的传统接合诸问题,作系统的阐述。他追溯至晚明的公安派、竟陵派散文,从"即兴""言志"诸品质上找到它们与"五四"新散文的契合点,经由对言志与载道、即兴与赋得几组关系及其交替演变规律的梳理,重申散文的个人主义特质,阐述其相关的文体形式。从学理角度,支持他闲适小品文的写作实践。

不久他又写《〈中国新文学大系·散文一集〉导言》,再次援引《源流》的观点,称"新文学的散文可以说是始于文学革命"。散文的成功"有两重的因缘,一是外援,一是内应。外援是西洋的科学哲学与文学上的新思想之影响,内应即是历史的言志派文艺运动之复兴"。在《〈燕知草〉跋》中,他又称:"中国新散文的源头我看是公安派与英国小品文两者所合成。"②在这两个源头中,他更强

---

① 朱自清:《论现代中国的小品散文》,王永生主编《中国现代文论选》第一册,第456页。

② 周作人:《〈燕知草〉跋》,钟叔河编《知堂序跋》,第316页。

调前者。他曾称:"我常这样想,现代的散文在新文学中受外国的影响最少,这与其说是文学革命的,还不如说是文艺复兴的产物,虽然在文学发达的程途上复兴与革命是同一样的进展。"①"复兴"即古之复兴,认为"五四"新散文之"源"主要是晚明"公安""竟陵"小品,其依据是晚明小品"独抒性灵"的主张与新散文个人主义品质相吻合。

周作人的观点在当时得到不同的回应,赞同者、反对者、质疑者皆有。中书君(钱锺书)赞同周氏的"源流"说,且延伸其观点。他说,明末的公安派竟陵派文学运动与民国以来的文学革命,同是革命而非遵命的,所以他们不期而合。"民国的文学革命运动,溯流穷源,不仅止于公安竟陵二派;推而上之,像韩柳革初唐的命,欧梅革西昆的命,同是一条线下来的。"②言下之意,这个"源"不仅可追溯至明末更可追溯至唐宋。朱自清在《论现代中国的小品散文》中则认为,现代散文最直接的,还是受外国散文的影响。他说:"明朝那些名士派的文章,在旧散文学里,确是最与现代散文相近的。但我们得知道,现代散文所受的直接影响,还是外国的影响;这一层周先生自己的书,如《泽泻集》等,里面的文章,无论从思想说,从表现说,岂是那些名士派的文章找得出的?——至多有一些相似罢了。我宁可说,他所受的'外国的影响'比中国的多。而其余的作家,外国的影响有时还要多些,像鲁迅先生,徐志摩先生。历史的背景只指给我们一个趋势,详细节目,原要由各人自定;所以说了外国的影响,历史的背景并不因此抹杀。"③朱自清说话严谨,观点明确,虽指出外国影响更大,但也提到因人而异,且

---

① 周作人:《〈陶庵梦忆〉序》,钟叔河编《知堂序跋》,第 327 页。
② 中书君:《〈中国新文学的源流〉》,《新月》1932 年第 4 卷第 4 期。
③ 朱自清:《论现代中国的小品散文》,王永生主编《中国现代文论选》第一册,第 456 页。

不能抹杀历史的影响,与周氏观点同中有异。郑伯奇则称,周作人这种现代散文源流说,"若只是一个人的趣味,这种议论也本可置之不论,但,若以此为文学史的观点,人家当然要非难了"。小品文不该局限于"山人隐士"腔调,也该包括"批评社会,解剖民族性的富于社会性的小品文;研究科学,解释宇宙现象的科学小品文……"①陈子展的《公安竟陵与小品文》指出:"可是我们也不会'杜撰'一部中国文学史,以为中国历代文学的变迁,只是什么载道派言志派两大潮流的起伏……"他称周作人的"源流"说为杜撰,指出公安竟陵与"五四"新散文的差别:"公安竟陵是着重个人的性灵的言志派,'五四'以来的新文学运动者似是着重社会的文化的载道派。"②郑伯奇、陈子展都认为,现代散文以载道派为主流,那是由"五四"之后的社会现实决定的。阿英的《〈现代十六家小品〉序》回避了现代小品文之起源的讨论,但他强调"社会性"是小品文的重要性质,并以"五卅"和"九一八"这些社会事件作为现代散文发展的转捩点③,对周作人的超功利文学观并不认同。有意思的是,阿英在编《现代十六家小品》的同时,还编了《晚明十八家小品》,可见他对晚明小品文与现代散文的联系,还是颇为留意的。

此外,郁达夫的观点也值得一提。《〈中国新文学大系·散文二集〉导言》没有正面讨论现代散文的源头问题,却梳理了新散文发展流变的轨迹:从"人的发现"到"人性、社会性与大自然的调和",试图调和散文流变几方面的关系。他说,"五四运动的最大的成功,第一要算'个人的发见'","现代的散文之最大特征,是每一个作家的每一篇散文里所表现的个性,比从前的任何散文都来

---

① 郑伯奇:《小品文问答》,陈望道编《小品文与漫画》,上海书店,1981年,第210页。
② 参见陈子展《公安竟陵与小品文》,陈望道编《小品文与漫画》。
③ 参见阿英《〈现代十六家小品〉序》,上海光明书局,1935年。

得强",散文是"个人文体"。此与周作人观点颇一致。但他又强调散文写的是"社会及他人的事情",其特性是时代使然,散文具有社会性。他称"引车卖浆之流的语气,和村妇骂街的口吻也一样可以上散文的宝座",将个人论与社会论相调和。

现代散文之源的讨论,是关于现代散文的来龙去脉、美学品质、文体特征的讨论,事关现代散文的逻辑起点、发展延伸诸问题。不同的"源流"理解,会带来散文创作及其价值评价的不同奔赴,这实际上是散文文体秩序化建构的一种方式。

二、散文的历史铺排

1930年代,以源流讨论为主线索,散文的其他理论探讨、作家作品个案研究和现代散文史构建也同时展开。

阿英在《〈现代十六家小品〉序》中梳理了一条自1922—1935年散文研究的学术线索:以1922年胡适《五十年来中国之文学》为起步,1928年朱自清《论现代中国的小品散文》为推进,至1928年曾孟朴《复胡适的信》[①]将小品文成绩列为新文学之"第一"、1930年陈子展《最近三十年之中国文学》总结小品文形式为深化,再到1935年阿英《〈现代十六家小品〉序》对近二十年小品文作清算为汇总,现代散文研究之线索彰然。现代散文的历史化铺排,已在这一系列研究中展开。

1930年代,伴随着小品文的盛行,各种小品集纷纷出版,或个人专集或多人合集,开启了有"史"的筛选、定位意味的小品文汇编、论述和出版一体化的工作。这类结集,一是以作家作品的筛选入编和出版传播,形成一种评估态度;二是以选集/文集《序》《跋》的论述,为作家作品作价值论析和历史定位。比如,周作人为其弟

---

① 病夫(曾孟朴):《复胡适的信》,《真美善》1928年第1卷第12期。

子俞平伯、废名的作品集所写的序、跋,朱自清的《〈背影〉自序》(即《论现代中国的小品散文》)①和《〈燕知草〉序》,梁遇春的《〈小品文选〉序》②,李素伯的《小品文研究·中国现代小品文作家作品》③,阿英的《现代十六家小品·序》及各分卷序,孙席珍的《现代中国散文选·论现代中国散文》④,周作人的《中国新文学大系·散文一集·导论》《〈现代中国散文选〉序》,郁达夫的《中国新文学大系·散文二集·导论》,钱公侠、施英的《小品文·小引》⑤等,从作家作品角度,坐实了现代散文的历史格局。

在小品文热潮中,李伯素编的《小品文研究》出版较早。这本以"研究"(阐述小品文文章学原理)为主旨的书,并不是小品文集,却留出一半篇幅谈"中国现代小品文作家与作品"。编者认为,小品文发达的内因是"外国文学的影响",外因则是"定期刊物篇幅有限,最宜于刊登短隽的小品文字,如小品文的冲淡闲逸的风致,隽俏轻松的句调,也最合于定期出版物读者的口味……"⑥他从由刊物构成的生态环境角度谈小品文的"发达":"就小品文说,如果没有《语丝》《晨报副刊》《现代评论》,那有周作人先生的小品,鲁迅先生的杂感,以及徐志摩冰心等的美丽的文字?"⑦关于现代小品文家和作品,李伯素分上下两部分来谈,"上"谈四组作家,

---

① 朱自清:《论现代中国的小品散文》,此文原题《〈背影〉自序》,最早载于1928年10月9日《朝报》副刊《辰星》第4期,1928年11月25日改题为《论现代中国的小品散文》载《文学周报》第3—5期。
② 梁遇春:《〈小品文选〉序》,梁遇春编《小品文选》(自修英文丛刊),北新书局,1930年。
③ 参见李伯素编《小品文研究》。
④ 孙席珍编:《现代中国散文选》(二册),人文书店,1935年。
⑤ 钱公侠、施英编:《小品文》,启明书局,1936年。
⑥ 李伯素编:《小品文研究》,第87页。
⑦ 同上书,第88页。

"周作人——鲁迅""朱自清——俞平伯""徐志摩——落花生""冰心——绿漪——陈学昭",对风格相近者作比较。"下"谈叶绍钧、郭沫若、钟敬文、王世颖、徐蔚南、孙福熙、郑振铎、丰子恺、缪崇群等九人。与三年后出版的阿英编《现代十六家小品》相比,少了郁达夫、茅盾、王统照、林语堂,多了王世颖、徐蔚南、孙福熙、郑振铎、丰子恺、缪崇群、陈学昭,可见二人筛选标准不大一样。第一组谈周氏兄弟,李伯素称,这对"难兄难弟"可谓"我们文坛上的双星",但"以小品文为叙述对象的本书,不得不推周作人先生坐第一把交椅",周是"唯一的最成功的小品散文家"。[①] 作为一本小品文文章学专书,一本关于小品文写作原理的普及性读物,《小品文研究》处处以小品文的美学特质、文体作法为依据,衡量作家和作品,形成自己的特色。

相比之下,阿英编《现代十六家小品》就是一部独具史家意识的小品文选本。编者一改为大、中学生提供范文的选编套路,旨在为近二十年现代散文结一次总账,用他的话说是,"很慎重的处理了这一部书。我企图这选本能成为小品的一篇总结"[②]——选编之中有他的历史抱负。他解释说:"在困顿忙迫的生活中,为着'稻粱谋',我曾经编下不少的书,其间比较使我自己满意的大概只有三种:一是《中国新文学运动史资料》,二是《晚明十八家小品》,三就是这一部《现代十六家小品》了。"[③]该集例上颇讲究,开篇有编者所撰总序,一篇类似于现代小品文史的文章。正文设十六卷,选十六家小品。各卷首有编者所作短序一篇,评述该卷作者的创作情况。总序与各卷序,有点有面,点面结合,汇成整体。为

---

① 李伯素编:《小品文研究》,第 89 页。
② 阿英:《现代十六家小品序》,阿英编校《现代十六家小品》,光明书局,1935年原版,天津市古籍书店影印,1990 年,第 1 页。
③ 同上书,第 1 页。

什么挑选这十六家呢？编者称"这也是费过很大的考虑的,完全根据各家对社会的影响来决定的","没有一点因袭"。① 本着为"近二十年来小品文的总结算"之主旨,所选的都是"过去小品文的精华,搜罗可谓靡遗……""现代小品文作家,当不止此十六人",但在编者看来,"此十六人,其影响较大而已"。② 这是一种历史的圈定,有趣的是,十六家的先后排列是,周作人第一、俞平伯第二、朱自清第三、钟敬文第四、谢冰心第五、苏绿漪第六……郭沫若第十一、郁达夫第十二、徐志摩第十三、鲁迅第十四、陈西滢第十五、林语堂第十六,而且杂文作者只有鲁迅、茅盾入选。左翼批评家出身的阿英,作出这个排列有点令人意外。联系之前阿英编《现代名家随笔丛选》(南强书局1933年),其时小品文与杂文正激烈交战,阿英在《序记》中称其编选的标准:"这部随笔编选的基准,是强调在富有社会性的、功用性的文字上面。"并从鲁迅《小品文的危机》谈起,对非战斗的、消闲的、"小摆设"的小品文持批评态度。但两年后选编《现代十六家小品》,他的思路发生了变化,为了让读者"从一部书里看到二十年来小品文学活动的全面"③,他有了上述编排的方式。

《现代十六家小品》的十六篇序,是关于十六位小品文家的个案解读,相对微观,论作家作品与总序的宏观论述形成互补关系。十六篇序才是阿英构建现代散文史的重心所在是,其特色有:一、在比较中呈现各家特色,比如,周氏兄弟的比较,俞平伯与朱自清的比较,冰心与绿漪的比较等;二、注重文本细读,同时与流派评述相结合,作家作品的个体特色与流派风格相映衬。他说,周作人及俞平伯等的小品文,"在中国新文学运动中,是成了一个很权威的

---

① 阿英:《现代十六家小品序》,阿英编校《现代十六家小品》,第7页。
② 阿英:《编例》,阿英编校《现代十六家小品》,第9页。
③ 阿英:《现代十六家小品序》,阿英编校《现代十六家小品》,第1页。

流派。这流派的形成,不是由于作品形式的'冲淡平和'的一致性,而是思想上的一个倾向"。① 与多数人对周、俞师徒小品文的分析多从形式入手、认定他们风格同属"冲淡平和"一路不同,阿英指出,他们更主要是思想倾向的一致,而笔法其实有明显差别。又如钟敬文与周作人的相像,不仅是"作风"方面,更是"思想体系"方面。钟敬文与周作人"合致的所在,就是田园诗人的思想和情怀"。周氏一派的"平和冲淡",不只事关艺术,更事关人生观。阿英比较了几位有"平和冲淡"风格的作家,发现周作人、俞平伯、钟敬文都有"山林隐逸之思","只有朱自清是没有的"。他还称,钟敬文一些小品"如《花的故事》《黄叶小谈》《怀林和靖》《太湖游记》等等,都可以说是新文艺的小品中的优秀之作,这些优秀之作,是事实地帮助了周作人一流派的小品文运动的发展"。② 阿英非常注意作家之间的联系和对比,有一种史家的全盘考虑。他说:"叶绍钧、茅盾、王统照、落花生这四位小品文作家,在组织的系统上,虽同属于'文学研究会',他们所表现的倾向,却各自不同,就是作风,也绝对的不相似。但是在田园诗人的意味上,他们是不如谢冰心对于自然那样倾爱的。对于自然的倾爱,和谢冰心到同样的程度,而对母爱的热烈也复相等的,在小品文作家之中,只有苏绿漪(雪林)可以比拟。不过,苏绿漪的小品文,虽然富有田园诗人生活的清趣,然而,在各方面,她是没有什么独创的。她不能代表一个倾向,只能作为冰心倾向的一个支流。"③关于茅盾,他说,茅盾追求"社会现象的正确而有为的反映","在中国的小品文活动中,作为了社会的巨大目标的作家,在努力的探索着这条路的,

---

① 阿英:《俞平伯小品序》,阿英编校《现代十六家小品》,第 37 页。
② 阿英:《钟敬文小品序》,阿英编校《现代十六家小品》,第 110、111 页。
③ 阿英:《苏绿漪小品序》,阿英编校《现代十六家小品》,第 185 页。

除了茅盾、鲁迅而外,似乎还没有第三个人"。① 阿英对作家的评论,始终有其纵横交错的社会背景考虑。谈到冰心,他说:"一直到现在,从许多青年的作品中,我们还可以看到这种'冰心体'的文章。……青年的读者,有不受鲁迅影响的,可是,不受冰心文字影响的,那是很少,虽然从创作的伟大性及其成功方面看,鲁迅远超过冰心。"但他又指出,冰心的这种存在不会长久,在"个人主义的爱的哲学的主张被否定的现在',当日的'盛况',也是自然的成为过去的'史迹'了"。②

与另外几位写小品文"序"同时从事小品文创作的作者不同,阿英更像一个专业的文学史家、一位研究者。没有当局者之迷,不卷入关于小品文的具体纷争中,站在局外人客观的位置上,只作历史解读和艺术判断,阿英有其公正之处。

相比之下,孙席珍编《现代中国散文选》的抱负就没有那么高远。该书的"例言"称:"现代中国文学,以散文的成就最为优越,本书专选此项作品,目的在推荐文章模范,供中等学校国语文学科讲读之用。选录的标准,以作家为单位。计选作家二十五人,每位最多者选八篇,最少者选一篇,皆竭力求其能代表他们的作风。"由于该书拟定读者是中学生,不选"作风艰涩,陈义深奥"之作。与阿英选本相比,孙本的作者选择较宽松而有些庞杂。阿英考虑的是"经典",孙度珍考虑的是"适合"。有意思的是,该书邀周作人作《序》,25 位作家的排列也是以周作人为首位,所选篇数计有:周作人 8 篇、鲁迅 6 篇、俞平伯 6 篇、朱自清 4 篇、叶绍钧 4 篇、丰子恺 4 篇……推周作人为现代小品文第一人的思路也显然。

周作人《序》把《现代中国散文选》的立足点引向"杂"的方向。他从古文运动——非文学的政治运动最终的下场谈起,对政

---

① 阿英:《茅盾小品序》,阿英编校《现代十六家小品》,第 237 页
② 阿英:《谢冰心小品序》,阿英编校《现代十六家小品》,第 135、136 页。

治控制文学之方式表示轻蔑。他说:"非文学的古文运动因为含有政治作用,声势浩大,又大抵是大规模的复古运动之一支,与思想道德礼法等等的复古相关。……该运动如依托政治,固可支持一时,唯其性质上到底是文字的运动,文字的运动而不能在文学上树立其基础,则究竟是花瓶中无根之花,虽以温室硫黄水养之,亦终不能生根结实耳。"①他借古讽今,反对党派政治对文学的控制,这些内容与孙席珍选本没有太直接的关联。作为"同乡旧友"②,孙请周作人作序,看重的是周的名气。至于周说什么,似乎无关紧要。周的借题发挥,增加了此书"杂"的气息。

孙席珍自己的文章《论现代中国散文》附于书末,由于其立足点是为中学生提供范文,着眼于从美文角度来论所选二十五家散文,以艺术点评为方式。从周作人的《美文》谈起,梳理现代散文的美学路径,誉周作人为这个领域的开路人。他称鲁迅的杂文"始终贯彻着倔强的气味,无情地剥露着一切,幽默而辛辣,可以说是针针见血"。他比较俞平伯与朱自清,认为"朱氏的散文,富于抒情的意味,有时也加上描写,自有一派轻丽之趣"。相比之下,俞氏作品就显得"驳杂",属于"涩如青果"的一派,"有涩味与简单味","有知识与趣味的两重的统制","雅致"而"耐读"。③ 对两位深受英国小品影响的散文家梁遇春和徐志摩,孙席珍认为,两人的作品"都带着感伤的调子","但志摩是轻飘的",梁遇春则"富于实感"。对被周作人称为"鸭儿梨和水晶球"的徐志摩与冰心,孙席珍也作比较,称"志摩是西方式的,冰心女士是东方式的;志摩的作品大都是肉的讴歌,冰心女士的则是灵的礼赞;他们的心情正如他们的文字所表出的一般:志摩是艳如桃李,冰心女士是冷若

---

① 知堂:《〈现代中国散文选〉序》,《大公报》1934 年 12 月 1 日。
② 同上。
③ 周作人:《〈燕知草〉跋》,钟叔河编《知堂序跋》,第 317 页。

冰霜……"对茅盾与落华生,孙认为,"前者似细腻而实热情,是有所为而发的;后者似生涩而实飘逸,除了抒写自己的情绪以外,大概不是有所为而作的罢。"①孙席珍涉及的作者面比较广,"史"的裁定意识不严,倒呈现了一种更为蓬勃、多元的现代散文景观。

阿英的走经典化之路与孙席珍的走大众普及之路,使他们的两个选本及相关论述,呈现了略为不同的现代散文史构图,尽管二集关于小品文家的等级、主次脉络基本一致。1935年出版的两本《中国新文学大系·散文集》,就丛书出版者而言,应该更有文学史的规划意识,但两位随性的编撰者,按自己的性情行事,又成就了两种不同的关于现代散文历史的说法。

周作人的《中国新文学大系·散文一集·序》是他前些年一直在阐述的现代散文发展脉象的再次演绎。他说:"新文学的散文,可以说始于文学革命。"他从白话文谈起,带出散文,由自己的两篇文章《祖宗崇拜》和《美文》,分别带出"人"的发现和"艺术性"的个人文体。又引用胡适1922年的话:"几年来,散文方面最可注意的发展乃是周作人等提倡的小品散文,这一类的小品,用平淡的谈话,包藏着深刻的意味,有时很像笨拙,其实却是滑稽。这一类作品的成功,就可以彻底打破那美文不能用白话的迷信了。"②那几年间,小品文执新文学之牛耳,其代表人物周作人——从理论阐释到创作实践都有开路之功。再引自己的《近代散文抄序》,说明小品文是"王纲解纽"的产物,"个人的文学之尖端","五四"前后正是这种年代,小品文因此成为"近代文学的一个潮流头"。又再引《陶庵梦忆序》《致平伯书》《杂拌儿跋》《燕知草

---

① 孙席珍:《论现代中国散文》,俞元桂主编《中国现代散文理论》,广西人民出版社,1983年,第417—423页。
② 胡适:《五十年来中国之文学》,洪治纲主编《胡适经典文存》,上海大学出版社,2004年,第193页。

跋》《杂拌儿之二序》诸文字,说明现代的散文"与明代的有些像","好像是一条湮灭在沙土下的河水,多少年后又在下流被掘了出来,还是一条古河,却又是新的"。正是这种外援内应的"源",与由他开拓的"流"相汇集,酿成现代散之波澜。周作人只作大线索描述,对具体作家作品不作点评。关于现代散文的分期分派问题,他说:"要分时期分派别的讲,我觉得还无从说起……"①该序几点编选说明②表明周的态度和坚持:作品入选的多寡、作者主次的排列、增选与不选,都是态度。迥异于另外三位,周作人有自己的散文史构图。

郁达夫的《中国新文学大系·散文二集·导论》接近李伯素《小品文研究》的写法,从散文的"名数""外形""内容"谈起,先解决常识性问题,再进入正文。首先,他认为现代散文是"五四""个人的发见"产物,"现代散文之最大特征,是每一个作家的每一篇散文里所表现的个性"。其次,"范围的扩大"是近代散文超越古代散文之处。再次,现代散文的特征是"人性、社会性和大自然的调和"。③ 选文方面,他以"妄评一二"为题,对所选鲁迅、周作人、冰心、林语堂、丰子恺、钟敬文、川岛、罗黑芷、朱大枬、叶永蓁、朱自

---

① 周作人:《中国新文学大系·散文一集·导论》,蔡元培等《中国新文学大系导论集》,第194页。

② 周作人《中国新文学大系·散文一集·导论》就选文作了几点说明:一是卷首选了四位已故的人:徐志摩、刘半农、刘大白、梁遇春;二是选入文学革命以前的人物吴稚晖作品;三是议论文照例不选(杂文是否属于议论文?),所以蔡子民、陈独秀、胡适之、钱玄同、李守常、陶孟和等文章都未曾编入;四是废名的小说"可以当小品文读",从《桥》中取六则;五是本拟选梁实秋、沈从文、谢六逸、章克标、赵景深作品,因为几位"大部分著作都在民十五以后",所以割爱。蔡元培等《中国新文学大系导论集》,第195页。

③ 郁达夫:《中国新文学大系·散文二集·导论》,蔡元培等《中国新文学大系导论集》,第205—211页。

清、王统照、许地山、郑振铎、叶绍钧、茅盾等十七家的作品作评论。用写史体例,对每位的"世系、性格、嗜好、思想、信仰乃至生活习惯"先作介绍,再作文体风格分析。选文中,"二周"文章约占全书一半,《导论》所花笔墨也最多。他说,"中国现代散文的成绩,以鲁迅、周作人两人的为最丰富、最伟大,我平时的偏嗜,亦以此二人的散文为最所溺爱"。他说:"鲁迅的文体简炼得像一把匕首,能以寸铁杀人,一刀见血。重要之点,抓住了之后,只消三言两语就可以把主题道破……""周作人的文体,又来得舒徐自在,信笔所至,初看似乎散漫支离,过于繁琐,但仔细一读,却觉得他的漫谈,句句含有力量,一篇之中,少一句就不对,一句之中,易一字也不可……近几年来,一变而为枯涩苍老,炉火纯青,归入古雅遒劲的一途了。"①郁达夫将"二周"摆在散文作家群的首要位置上,已是一种文学史评价。

1930年代是现代散文梳理源流、建立秩序进而编纂历史的时期。从1935年出版的四本现代散文选集:阿英编《现代十六家小品》、孙席珍编《现代中国散文选》、周作人编《中国新文学大系·散文一集》、郁达夫编《中国新文学大系·散文二集》及其导论,可看出这方面的努力。他们除了对散文历史作宏观描述外,主要致力于散文创作的个案点评,对散文家作艺术鉴定及等级定位,属于一种细节性的历史评鉴,充满感性的参差,呈现多元化的价值认知特点。四本散文选,蕴含四种散文史说法。也许与散文本来就是一种"个人文体"有关,关于散文的历史叙述,也充满"个人"迹象。撰史者本身多为散文家,像周作人、郁达夫、朱自清、钟敬文、孙席珍等,他们对散文创作感同身受,以自身经验读文识人,少作抽象的学理论析,多作感性的经验描述。其文字也美,评述本身就是一

---

① 郁达夫:《中国新文学大系·散文二集·导论》,蔡元培等《中国新文学大系导论集》,第216—218页。

篇散文。加上撰史者对现代散文"史"形态有不同认识,对散文美学性质有多种解释,因而形成参差,各有说法,留下个人的散文史。这一时期的散文修史,较之其他体裁文学的修史,其价值认知更为多元,关于历史的构说,更呈各行其是之态。

三、文体包含价值

1930年代,散文观念的价值分歧体现在战斗杂感文与闲适小品文的论争、较劲和各行其是上。双方对现代散文的源流、精神特质和美学形态有迥异的理解。1930年代初,"小品文"已是文学批评文章中出现频率最高的一个词。论争双方观点针锋相对,又互为妥协、交汇:既有尖锐的思想交锋,也有温和的学理说服;既有理性的历史梳理,也有感性的审美品读,呈现众声喧哗局面。在这个过程中,双方不断拓展自己的思想疆域,完善自己的文体形式,提供各自的思想美学资源,参与1930年代新文学规则构建。有趣的是,两种散文体制的较劲,倒造就了各自的绚烂。它实际上是1920年代末期以后左翼文化人与自由主义文人关于文学是社会批判工具还是个人表达方式的讨论的深化,是革命文学运动之后尚未解决的问题在散文领域的浮现。

1932年《论语》创刊,主编林语堂在《复李青崖》中称《论语》"提倡幽默为目标,而杂以谐谑"①,表明该刊提倡写"以自我为中心,以闲适为格调"小品文的态度,又称"有性灵,有骨气,有见解,有闲适气味者必录之",呼应周作人的"性灵说"。② 1934年4月林语堂、陶亢德主编的另一刊物《人间世》创刊,其《约稿规则》强

---

① 林语堂:《复李青崖》,《论语》创刊号"群言堂"栏"'幽默'与'语妙'之讨论",1932年9月16日。

② 林语堂:《我的话——论文下》,《论语》1933年第28期。

调三点:"本刊地盘公开,文字华而不实者不登,涉及党派政治者不登。"又称"本刊……专重在闲散自在的笔调,取舍多半即以此笔调为准"①,对其时文学的党派化、政治化风气表示抵制,标榜"闲散自在",维护文学的独立性。该刊创刊号以周作人《五十自寿诗》为话题,作了一番渲染。由此招来左翼文化阵营激烈反弹。1934年9月《太白》创刊,以鲁迅、茅盾、陈望道、胡风、聂绀弩、徐懋庸、唐弢、陈子展、夏征农、曹聚仁等为主要作者,阵容强大,倡导写"新的小品文",另行其道。随后,在《太白》推动下,"鲁迅风"杂感文迅速成熟。至1930年代初,注重社会性的杂文与注重个人性的小品文,已各执一端。此举促使现代散文体式发生分化,形成战斗杂感文与闲适小品文两种体式。二者自成体系,各有自己的思想观念和美学路线。而且文体本身包含价值倾向,杂感文或小品文,不仅事关文章体式,更事关思想内容、文学的整体价值取向。

如前所述,自周作人提出"美文"说之后,关于小品文该具有什么特质,各有表述。王统照、梁遇春、鲁迅、钟敬文、李伯素、阿英、郁达夫等,都有表述。大体而言,都强调小品文的自由,从个人生活到国家大事,都是可以写。所谓自由,既指艺术形式的自由,也指材料选择的自由。小品文就形式而言,的确带有自由、闲散的个人文体特征。

1920年代末伊始,中国社会政治局面日趋严峻,已不宜太强调"自由"。文学与社会革命相关涉,开始发生内在变化。1932年《论语》创刊,提倡写幽默/闲适小品文,引起哗然。小品文在现实生活中该扮演什么角色,成为争论的话题。郁达夫说:"林语堂生性憨直,浑相天真……《剪拂集》时代的真诚勇猛,是书生本色;至于近来的沉溺风雅,提倡性灵,亦是时势使然,或可视为消极的反

---

① 编者:《我们的希望》,《人间世》1936年第22期。

抗,有意的孤行。"① 较之周作人,林语堂对闲适小品文的倡导更落实为一种积极的行动。他的一系列文章:《人间世》发刊词、《周作人诗读法》《小品文半月刊》《论小品文笔调》《论玩物不能丧志》《关于本刊》《小品文之遗绪》等,不断倡导其闲适主张。他解释幽默与性灵的关系:"提倡幽默,必先提倡解脱性灵","性灵之解脱,由道理之渗透,而求得幽默"。② "性灵就是自我",是"个人之观感",是"以自我为个中心",不受"物质环境"所制约,这样才有"思想自由",幽默文章才能出现。鲁迅对此反唇相讥:"残酷的事实尽有,最好莫如不闻,这才可以保全性灵。"茅盾也批评这种超然的性灵,"被几根无形的环境的线在那里牵弄",终究"不过是清客身份"。③ 但林语堂坚持小品文即"在人生途上小憩谈天,意本闲适,小品文盛行,则幽默家自然出现"。④ 这种态度引起鲁迅更激烈的反驳。鲁迅在《小品文的危机》中区别了两种小品文。称闲适小品文是"小摆设","就是在所谓'太平盛世'罢,这'小摆设'原也不是什么重要的物品……何况在风沙扑面,狼虎成群的时候,谁还有这许多闲工夫,来赏玩琥珀扇坠,翡翠戒指呢"。"生存的小品文,必须是匕首,是投枪,能和读者一同杀出一条生存的血路的东西"。⑤ 至此,"小摆设"与"匕首投枪"两种文章体式泾渭分明,鲁迅宁愿选择后者,那是"生存的小品文"。"用玩笑来应付敌人,自然也是一种好战法,但触着处,须对手的致命伤,否则,

---

① 郁达夫:《中国新文学大系·散文二集·导言》,蔡元培等《中国新文学大系导论集》,第219页。
② 林语堂:《我的话——论文下》,《论语》1933年第28期。
③ 茅盾:《小品文和运气》,《茅盾全集》第20卷,人民文学出版社,1990年,第424页。
④ 林语堂:《我的话——再与陶亢德书》,《论语》1934年第38期。
⑤ 鲁迅:《小品文的危机》,《鲁迅全集》第4卷,第575,576—577页。

玩笑终不过是一种简单的玩笑而已。"①茅盾(署名维敬)的《不关宇宙或苍蝇》②态度较为中立:"我觉得小品文应该让它自由发展,让它依着环境的需要而演变为各种格调,不该先给它'排八字,算五星'。"他指出《人间世》其实也没有专谈"苍蝇"。郁达夫也认为:"在现代的中国散文里,加上一点幽默味,使散文可以免去板滞的毛病,使读者可以得一个发泄的机会,原是很可欣喜的事情。不过这幽默要使它同时含有破坏而兼建设的意味,要使它有左右社会的力量,才有将来的希望。"③提法较为公允。

1930年代,战斗杂感文与闲适小品文对峙、抗衡的局面已经形成,"隐士风"与"鲁迅风"各树一帜,各有刊物阵地,各有拥护者。"鲁迅风"杂文关注现实、以匕首投枪式姿态干预现实;"隐士风"小品文强调以自我为中心,追求性灵、闲适,两者从思想观念到文体美学都背道而驰,文体风格背后隐藏各自的价值观。1930年代中期,在《太白》《人间世》《文饭小品》《申报·自由谈》《新晨报·副刊》等刊上,双方就小品文何谓何为问题展开论辩。1935年上海生活书店将一年来《太白》上关于杂文的文章结集出版④,主要围绕以下问题而展开:

一、如何看待杂文的战斗性与艺术性关系问题。鲁迅说:"我以为如果艺术之宫里有这么麻烦的禁令,倒不如不进行;还是站在沙漠上,看看飞沙走石,乐则大笑,悲则大叫,愤则大骂,即使被沙砾打得遍身粗糙……也未必不及跟着中国的文士们去陪莎士比亚

---

① 鲁迅:《花边文学·玩笑只当它玩笑(上)》,《鲁迅全集》第5卷,第520页。
② 维敬:《不关宇宙或苍蝇》,《申报·自由谈》1934年10月17日。
③ 郁达夫:《中国新文学大系·散文二集·导论》,蔡元培等《中国新文学大系导论集》,第214页。
④ 陈望道编:《小品文和漫画》,("太白一卷纪念特辑"),上海生活书店,1935年。

吃黄油面包之有趣。"①"比起高大的天文台来,'杂文'有时确很像一种小小的显微镜的工作,也照秽水,也看脓汁,有时研究淋菌,有时解剖苍蝇,从高超的学者看来,是渺小、污秽,甚而至于可恶的,但在劳作者自己,却也是一种严肃的工作。"②对杂文能否进入文学殿堂,鲁迅说:"杂文这东西,我却恐怕要侵入高尚的文学楼台去的。小说和戏曲,中国向来是看作邪宗的,但一经西洋的'文学概论'列为正宗,我们也就奉之为宝贝。……杂文中之一体的随笔,因为有人说它近于英国的 Essay,有些人也就顿首再拜,不敢轻薄。……前进的杂文作者,倒决不计算着这些。"又说:"我是爱读杂文的一个人……因为它'言之有物'。我还更乐观于杂文的开展,日见其斑斓。第一是使中国的著作界热闹,活泼;第二是使不是东西之流缩头;第三是使所谓'为艺术而艺术'的作品,在相形之下,立刻显出不死不活相。"③作为杂文的奠基者,鲁迅对杂文创作有诸多切身体会。他以杂文集的题记、序跋、文艺评论的形式,写下大量有关杂文的文章,探讨杂文的现实使命、作家的社会责任和写作技巧等问题,建立一套关于杂文的美学规则。他称这类创作热闹、斑斓、活泼、言之有物,与通常的文学美学观对着干。

二、杂文是否为一种"文艺性论文"。胡风将杂文定义为"文艺性论文"。称杂文是"从理论的侧面反映社会现象",而游记、风俗志、速写等则是从"形象的侧面来传达或暗示对于社会现象的批判"④,两者有着不同形式。杂文"不能代替创作,然而却负上了创作所不能马上负起的任务"。它"牢牢地守住了社会的任务",

---

① 鲁迅:《〈华盖集〉题记》,《鲁迅全集》第3卷,第3页。
② 鲁迅:《做"杂文"也不易》,《文学月刊》1934年第3卷第4号。
③ 鲁迅:《徐懋庸作〈打杂集〉序》,《鲁迅全集》第6卷,第291—292页。
④ 胡风:《略谈"小品文"与"漫画"》,陈望道编《小品文与漫画》,第174—175页。

"在文学王国里面建立了一个英勇的传统"。① 唐弢也指出,小品文、杂文的好处就在于"杂","无所不谈,正足以表示它反映整个社会,具备了文艺作品主要的条件"。② 林希隽则对杂文的文艺价值表示怀疑,称"最近以来,有些杂志报章副刊上很时行的争相刊载着一种散文非散文,小品非小品的随感式的短文,形式既绝对无定型,不受任何文学制作之体裁的束缚,内容则无所不谈,范围更少有限制。为其如此……就暂且名之为杂文吧"。"无论杂文家之群如何地为杂文辩护,主观地把杂文的价码抬得如何高,可是这堕落的事实是不容掩讳的"。他以《战争与和平》作比,质问"我们的作家呢,岂就写杂文而引为莫大的满足么?"③梁实秋对杂文嬉笑怒骂形式也持否定态度,他说:"近来写散文的人,不知是过分的要求自然,抑过分的忽略艺术,常常的沦于粗陋之一途。无论写的是什么样的题目,类皆出之以嬉笑怒骂;引车卖浆之流的语气,和村妇骂街的口吻,都成为散文的正则,像这样恣肆的文字,里面有的是感情,但是文调,没有!"④

三、杂文如何写。周木斋认为杂文的范围"要扩大些","不但是论说式的,并且有记叙式的"。"杂感是对于繁杂的现象"的一种"观感",观察和感受,要"敏捷""敏锐",要写"为感而写作的杂感",而不写"为写作而杂的杂感"。⑤

从小品文派生出来的杂文,在1930年代蓬勃发展,经由鲁迅、胡风、唐弢等的积极倡导和身体力行的实践,成为一种流行文体,其匕首、投枪式干预现实的作风,深受进步青年的拥戴,杂文由此

---

① 胡风:《关于速写及其他》,《文学》1935年第4卷第2号。
② 唐弢:《小品杂拉杂谈》,陈望道编《小品文与漫画》,第50页。
③ 林希隽:《杂文和杂文家》,《现代》1934年第5卷第5期。
④ 梁实秋:《论散文》,《新月》1928年第1卷第8号。
⑤ 周木斋:《杂感》,《太白》1935年第2卷第12期。

风行,与闲适小品文同领文坛风骚。

　　当时,几乎整个新文坛都卷入关于小品文/杂文的讨论中,这是新文学其他体裁所没有发生过的讨论,这场讨论也将小品文研究带进一个新阶段。从史的角度,对小品文与杂文在特定历史环境中的分化、各自的功能目标及互动关系作学理分析,对小品文的历史分期、文学史位置作论定,阿英于此有到位的论述。

　　阿英将"五四"前后至1933年底的小品文分为三个时段。第一段是"新文学运动的初期的小品文"。其时小品文以"随感录"形式出现,"是一种战斗的、反封建的工具",以《新青年》"随感录"和鲁迅的《热风》为代表;稍后,出现"漂亮缜密紧凑的文章",以冰心的《笑》为发端,而"正式的作为正统小品文的美文,引起广大读者注意的"是周作人的《苍蝇》。第二段是大革命时期的小品文。这个时期小品文发生分化,"一方面是更进一步的风花雪月,一方面却转向革命"。前者以周作人的"转向消沉,谈风月,说身边琐事"为代表;后者以叶绍钧的《五月卅一日急雨中》、郑振铎等的五卅诗文为代表。此时期由于革命挫折,反动势力嚣张,消闲小品文滋生,周作人等"愈益加紧的向趣味主义的顶点上跑"。第三段是"九一八"事变前夜开始,这个时期的小品文"有了非常明确的社会观点","在质、量双方都有了很大的开展",分化出两类小品文:一类是"反对帝国主义与封建势力的要求更热烈,而它的短小精悍的体制也更有力量",鲁迅的《二丑艺术》、茅盾的《大减价》是其代表作;另一类依然在"稿纸上的散步","丝毫不接触苦难的人间",如周作人师生群的创作。[①] 总之,周作人的小品文和鲁迅的杂感文,在新文学中代表着两种"不同的趋向":"前一种代表了田园诗人,后一种代表了艰苦的斗士。"[②]阿英从社会变迁角度分

---

　　① 阿英:《〈现代十六家小品〉序》,阿英编校《现代十六家小品》,第3—7页。
　　② 阿英:《周作人小品序》,阿英编校《现代十六家小品》,第1页。

析小品文的变迁,指出小品文在近二十年间的分化,小品文与杂感文不同的功能、目标,彼此间的互动关系等,颇能自圆其说。从社会价值上,阿英推崇战斗杂感文,但从艺术价值上,他仍承认周作人是"现代小品文第一人"。

1930年代小品文与杂文的各行其是,带来小品文价值论定的多元奔赴。对小品文的社会功用、个人文体特征及美学质地等的不同理解,催生了"闲适"与"战斗"两种文体。二者经由相关的理论演绎和创作实践,形成自己的逻辑框架和书写规则。其对峙的背后有不同的文学价值坚持,这一长达五六年的对峙,刺激了散文的成长,丰富了散文的规则,带动了现代散文史的撰写。

第十二章　新诗的价值重建

由"五四"新文学运动而揭幕,新诗经历了诗体大解放时期的白话诗、"五四"狂飙突进时期的"女神体"、泰戈尔式的哲理小诗、"湖畔"青年的情诗几个阶段。这个过程虽波澜起伏,后浪推前浪,但说到底,作诗如作文的方式令人不满意。什么是诗?新诗如何成为名副其实之"诗"?新诗创作者开始讨论这样的问题。

1926年前后,有几群新诗作者不约而同地对新诗现状提出批评,对新诗该怎么发展提出自己的看法。一是创造社几位年轻诗人穆木天、王独清、郑伯奇、冯乃超之间的讨论。1926年1月穆木天的《谈诗——寄沫若的一封信》发表于《创造月刊》第1卷第1号上。他尖锐地指出:"中国的新诗的运动,我以为胡适是最大的罪人。胡适说,作诗须得如作文,那是他的大错。"什么是诗?穆木天认为,诗是"内生命的反射,一般人找不着不可知的世界";"诗的世界是潜在意识的世界","是暗示出人的内生命的深秘"。怎样写诗?他主张"诗要兼造形与音乐之美。在人们神经上振动的可见而不可见,可感而不可感的旋律的波,浓雾中若听见若听不见的远远的声音,夕暮里若飘动若不动的淡淡光线,若讲出若讲不出的情肠才是诗的世界"。他说,作诗,先得找到一种"诗的思维术,诗的逻辑学",用诗的方式去思想,同时,"诗句的组织法得就思想形式无限的变化。诗的章句构成法得流动、活软,超于韵文的组织法"。① 作为诗人,穆木天努力探索一种专属于诗的组织法和美学规则。穆氏想法得到王独清的赞同。在同期《创造月刊》上,王独清的《再谈诗——寄给木天、伯奇》径直列出一道公式"(情+力)+(音+色)=诗"。他称"把'色'与'音'放在文字中,使语言完全受我们的'控制'"。诗人"最忌求人了解",诗人不是"迎合妇孺的卖唱者",纯粹的诗人都是独行者。他同意穆木天"诗底形式力求复杂"的主张,希望诗人多在艺术上下苦功夫,做个唯美的诗人。②

二是闻一多、徐志摩、朱湘、饶孟侃、刘梦苇、于庚虞等在1926年4月《晨报·副刊》刚创刊的《诗镌》上,提出要"创格"、要为诗建立"新格式与新音节"的改革主张。他们称"要把创格的新诗当作一件认真事情做"。③ 事后,梁实秋称:"经过了许多年,我们才渐渐觉醒,诗先要是诗,然后才能谈什么白话不白话,可是什么是诗?这问题在七八年前没有多少人讨论。"④此时新诗所面临的,已不是非诗化的"白话"问题,而是"诗"自身的问题:什么是诗?徐志摩说:"我们信诗是表现人类创造力的一个工具……我们的责任是替它构造适当的躯体。"⑤新月同人先后在《诗镌》上发表文章,提倡"以理性节制情感"和"新诗格律化",最有代表性的是闻一多的《诗的格律》。闻说:"对于不会作诗的,格律是表现的障碍物;对于一个作家,格律便成了表现的利器。"诗讲格律本是天经

---

① 穆木天:《谈诗——寄沫若的一封信》,《创造月刊》1926年第1卷第1号。
② 王独清:《再谈诗——寄给木天、伯奇》,《创造月刊》1926年第1卷第1号。
③ 徐志摩:《〈诗刊〉弁言》,《晨报·副刊·诗刊》创刊号,《晨报》1926年4月1日。
④ 梁实秋:《新诗的格调及其他》,《诗刊》1931年创刊号。
⑤ 徐志摩:《〈诗刊〉弁言》,《晨报·副刊·诗刊》创刊号,《晨报》1926年4月1日。

地义的事,但白话文运动之后,"人人都相信诗可以废除格律",他认为那是好时髦、偷懒、藏拙的心理。"格律可从两方面讲,(一)属于视觉方面的,(二)属于听觉方面的"。具体说来,诗应有三美:"诗的实力不独包括音乐的美(音节),绘画的美(词藻),并且还有建筑的美(节的匀称和句的均齐)。"他区分了传统律诗与新格律诗之别:"律诗的格律与内容不发生关系,新诗的格式是根据内容的精神制造的。"新月诗群的新诗改革运动由之有声有色地兴起。

三是1925—1926年在上海震旦大学法文班学习的戴望舒、施蛰存、杜衡等,直接用法文读法国象征主义诗人魏尔伦的作品,深感有一种精神的相遇,特别是戴望舒。象征诗人"那种特殊的手法恰巧合乎他底既不隐藏自己,也不表现自己的那种写诗的动机","象征派底独特的音节也曾使他感到莫大的兴味,使他以后不再斤斤于被中国旧诗词所笼罩住的平仄韵律的推敲"。从那个时候开始,他对诗的"所谓'音乐的成分'勇敢地反叛了"。① 比起创造社和新月两群人,戴望舒们走得更远,当前者还在孜孜追求诗之音乐美、音节美的时候,后者已经将这些抛在后面,奔赴新的目标了。

1920年代下半叶,是"五四"之后新诗发生质变的重要时期。各个新诗群体对新诗现状普遍不满,对诗是什么、怎样写诗,都有自己的想法。梁实秋说:"新诗运动最早的几年,大家注重的是'白话',不是'诗',大家努力的是如何摆脱旧诗的藩篱,不是如何建设新诗的根基。"因而"未曾注意到诗的艺术和原理",造成诗与散文界限模糊,使新诗在"无拘无束"的同时也"散漫无纪",失去诗的韵味。② 这种反思带来第二阶段的新诗实践,在诗评、诗学界,新诗价值重建,新诗规则再订制,成为这一时期的主要工作。

---

① 杜衡:《〈望舒草〉序》,《望舒草》,上海复兴书局,1932年。
② 梁实秋:《新诗的格调及其他》,《诗刊》1931年创刊号。

一、以质疑为起点：重新制定新诗学

经过第一个十年的积累，至 1920 年代后期，新诗从创作到批评到诗学、诗论，总体上呈现质变，跨上一个新台阶，出现了朱自清、朱湘、陈梦家、蒲风、杜衡、赵景深、苏雪林、沈从文、梁实秋、周作人、闻一多、曹葆华等的一批诗评文章，也出现了以梁实秋、朱湘、陈梦家为代表的关于新诗音韵格调的新月诗论，梁宗岱的消化西方理论的象征主义诗学，戴望舒、施蛰存、杜衡等超越音韵的"现代"诗论，蒲风、穆木天等的普罗诗论，朱光潜的新诗美学等。这个时期，新诗批评和诗论建设互相推动、相得益彰，不仅促进了新诗创作，也为新诗史的创建打下基础。

1931 年 1 月，新月《诗刊》创刊，新月诗群再度挑起对新诗音韵格律的讨论。徐志摩在该刊第 2 期《前言》中提到，"前五载"北京《晨报·副镌》上第 11 期的诗刊，是这份刊物的"前身"。继 1926 年提倡新诗格律化之后，新月群体持之不懈地思考新诗的音韵、形式问题。五年后，梁实秋在《诗刊》上发表《新诗的格调及其他》，称新诗最大的问题仍是"新诗的音节不好，因为新诗没有固定格调"。这一点还不能模仿外国诗，中文和外国文的"构造太不同"。他提出："唯一的希望就是你们写诗的人自己创造格调，创造出来还要继续的练习纯熟，使成为新诗的一个体裁。"①同年，陈梦家编的《新月诗选》出版。编者在《序言》中指出："新诗在这十多年来，正像一支没有定向的风，在阴晦的气候中吹，谁也不知道它要往哪一边走。"这种局面应该改变，新诗要"认定一个方向走"——朝着艺术"醇正"和"纯粹"的方向走。他说，写诗应该"有规范，像一匹马用得着缰绳和鞍辔。尽管也有灵感在一瞬间

---

① 梁实秋：《新诗的格调及其他》，《诗刊》1931 年创刊号。

挑拨诗人的心,如象风不经意在一芦管里透出谐和的乐音,那不是常常想望得到的。精心刻意在一件未成就的艺术品上,预先想好它最应当的姿态,就能换得他们苦心的代价"。① 他们仍想为新诗设置一种合适的约束,认为不经意地发出和谐的乐音,其实是可望不可即的。马需要缰绳,诗需要格律,精心刻意,才能写出好诗。朱湘的《谈诗》②具体讨论汉诗的音韵特征。他谈四声、韵律、叠词、明喻、暗喻等,称"旧诗之不可不读,正像西诗之不可不读那样","读"是诗最重要的品质,不讲音韵,不成其诗。他还对"诗言志"与音韵作阐释,称"志者:心之所属也",心"是情感的中枢,实际的、抽象的,它有两重的功用。按照了无所给与的节奏,它无昼无夜的搏动着……""它是无知无识的,它只会节奏的搏动,有时候快些,有时候热些冷些。等到它停歇下来了的时候,正心的呼声也便寂然了。"朱湘比起陈梦家,对音韵与感情、诗心的关系有更内在、贴切的认识,将"节奏"与"言志"视为同体,节奏的搏动是心之跳动的显现,形式其实就是内容,音韵是诗的生命。他们从不同角度赋予音韵以特殊的意义,为诗建立形式的规则。

　　与新月群体更多考虑诗的音韵形式却不大注意诗的其他表达功能,如诗的现代意象营造、现代感觉和情绪表达等有所不同,象征主义新诗实验企望通过意象和情绪营造开拓诗的新途径。被誉为中国象征派第一人的李金发,1929年10月在他主编的《美育》上发表《艺术之本原与其命运》一文,称"诗意的想象,似乎需要一些迷信于其中,如此它不宜于用冷酷的理性去解释其现象,以一些愚蒙朦胧,不显地尽情去描写事物的周围……夜间的无尽之美,是在其能将万物仅显露一半,贝多芬及全德国人所歌咏之月夜,是在

---

① 陈梦家:《〈新月诗选〉序》,陈绍伟编《中国新诗集序跋选(1918—1949)》,湖南文艺出版社,1986年,第222、225页。

② 朱湘:《谈诗》,《文学》1934年第2卷第1期。

万物都变了形,即最平淡之曲径,亦充满着诗意,所有看不清的万物之轮廓,恰造成一种柔弱的美,因为暗影是万物的装服……"①李金发的《弃妇》于1920年代中期问世诗坛,因其晦涩难懂,一直难为读者所接受。李试图改变读者既有的认知,提出诗的想象是不能用冷酷的理性去解释的,它"愚蒙朦胧",看不清轮廓,这也是诗之魅力所在。舶来的象征派诗拥有全新的艺术观念及其美学形态,这类诗作不被中国读者所接受,与读者缺乏现代派诗的阅读经验有关。如何在作、读两方面确立审美认同,确立新的读诗规则,这是外来的象征派诗能否在中国扎根、立足、发展的关键。

李金发毕竟是一个诗人,他对象征派诗的美学原理的阐述,有其词不达意之处。真正从理论上阐释西方象征主义诗学,并揭示其与中国传统诗学之关系的,是梁宗岱。1934年和1936年梁宗岱的《诗与真》《诗与真二集》由商务印书馆出版,这是1930年代中国象征主义诗学的两部重要著作。在《象征主义》等文中,梁宗岱总结了周作人、朱光潜的"象征"理论,在此基础上提出自己的观点。他说,"文艺上的'象征'和修词学上的'比'"不能混为一谈,"象征——自然是指狭义的,因为广义的象征连代表声音的字也包括在内——却应用于作品底整体"。"我们不摹拟我们底心情而把那片自然风景作传达心情的符号,或者,较准确一点,把我们底心情印上那片风景去,这就是象征。"象征有两个特性:"一是融洽或无间;二是含蓄或无限。所谓融洽是指一首诗底情与景,意与象底惝恍迷离,融成一片;含蓄是指它暗示给我们的意义和兴味底丰富和隽永。""借有形寓无形,借有限表无限,借刹那抓住永恒。"②这就是象征。梁还比较了西方象征主义与东方之"象征"的

---

① 李金发:《艺术之本原与其命运》,《美育》1929年第3卷。
② 梁宗岱:《象征主义》,梁宗岱《诗与真·诗与真二集》,外国文学出版社,1984年,第65、66、69页。

异同,寻找东、西方诗艺之融合点,从而一方面为西方象征主义诗学之落足中国提供其合理性依据;另一方面以西方现代主义诗学为参照,拓展中国传统诗学的内涵,促使其发生质变,使象征派诗学成为中国新诗学之一脉。

以戴望舒为代表、以摆脱初期新月派乃至早期象征派的笼罩为起点、活跃于《现代》上的一群诗人,于这个时期以新诗创作和诗论倡导双管齐下,推出了另一套关于象征诗的方法样式。作为一名诗人,戴望舒在诗论表达上,与专门从事西方诗学研究的梁宗岱有所不同。戴望舒从新月派的影响中走出来,实现真正的自立,始于他1920年代末对其《雨巷》"所谓'音乐的成分'勇敢的反叛"[①]。1932年,他与施蛰存、杜衡一起编辑《现代》杂志,于该刊第2卷第1期上发表《诗论》。那不是一篇文章,而是一份提纲。其时戴望舒正在法国游学,这17条提纲是他研究欧洲象征派诗人作品的札记,表达了他对新月"三美"理论的公开反叛。他说:"诗不能借重音乐,它应该去了音乐的成分";"诗不能借重绘画的长处","单是美的字眼的组合,不是诗的特点";"诗的韵律不在字的抑扬顿挫上,而在诗的情绪的抑扬顿挫上,即诗情的程度上";"韵和整齐的字句会妨碍诗情,或使诗情成为畸形的"。[②] 以上明显针对"三美"诗论而发出。他凸显"情绪"于诗之主导性作用,认为如果诗只追求韵律、绘画美及均齐字句,势必扭曲情绪。他说,"新的诗应该有新的情绪和表现这情绪的形式",它不是某一"官感的享乐,而是全官感或超官感的东西";"旧的古典的应用是无可反对的,在它给我们一个新情绪的时候";"诗由真实经过想象而出来的,不单是真实,亦不单是想象";"只在用某一种文字写来,某一国人读了感到好的诗,实际上不是诗,那最多是文字的魔术,真

---

① 杜衡:《〈望舒草〉序》,戴望舒《望舒草》,上海现代书店,1933年。
② 戴望舒:《诗论》,《现代》1932年第2卷第1期。

的诗的好处不就是文字的长处"。他强调诗是情绪的表现及其表现形式,重要的是要"制最合自己的鞋子",合适于情绪的表现形式;古典的诗也能创造出新情绪;文字的漂亮、好读,不等于是好诗,等等。尽管什么是好诗,他也没有清晰的说法,但上述几点强调,已通俗易懂地将象征派诗的特征托出。之后,施蛰存在《又关于本刊的诗》上再次阐明他们的"现代"追求。他说:"《现代》中的诗是诗,而且纯然是现代的诗。它们是现代人在现代生活中所感受到的现代的情绪,用现代的词藻排列而成的现代的诗形。""《现代》中的诗大多是没有韵的,句子也很不整齐,但它们都有相当完美的肌理。它们是现代的诗形,是诗!"① 杜衡区分了《望舒诗论》与初期象征派在形式主张上的差别,他说:"我个人也可以算是象征诗派底爱好者,可是我非常不喜欢这一派里几位带神秘意味的作家……在望舒之前,也有人把象征派那种作风搬到中国底诗坛上来,然而搬来的却正是'神秘',是'看不懂'那些,我以为是要不得的成分。望舒底意见虽然没有象我这样绝端……他自己为诗便力矫此弊,不把对形式的重视放在内容之上;他的这种态度自始至终都没有变动过。"② 有人称,戴望舒的诗是象征派的形式、古典派的内容。杜衡说,这种说法虽有些简单化,但"细阅望舒底作品,很少架空的感情,铺张而不虚伪,华美而有法度,倒的确走的诗歌底正路"。③ 他们心存明确的目标,其诗创作也超越初期象征派和后期新月派的樊篱,形成自己的面貌。

  1930年代,将诗论纳入美学视野中的是朱光潜。比起胡适的"诗的经验主义"论、郭沫若的"自我表现"说、闻一多的"三美"

---

① 施蛰存:《又关于本刊的诗》,《现代》1934年第4卷第1期。
② 杜衡:《〈望舒草〉序》,戴望舒《望舒草》,上海现代书店,1933年。
③ 同上。

论、戴望舒的诗是"情绪的表现"说等,朱光潜的《诗论》①更有理论的自觉和美学的系统性,其关注的核心问题是新诗的内容与形式关系问题。《诗论》从"诗的起源""诗与谐隐"谈起,论述"诗的境界——情趣与意象""论表现——情感思想与语言文字的关系""诗与散文""诗与乐——节奏""诗与画——评莱辛的诗画异质说""中国诗的节奏与声韵""中国诗何以走上'律'的路"等,他紧紧抓住诗的"形与质"这一关键,从不同角度探讨诗何谓和诗何为,中国诗的成因与演化,与其他艺术门类的关系等。朱光潜1936年11月发表于《诗刊》第2期上的《论中国诗的韵》,从西方诗歌的历史与现状中探讨"韵"在诗中的作用。他通过英法两种语言在音的轻重方面的差别,经由一些代表作品的统计分析,得出法语诗比英语诗更注重用韵。汉语语音的轻重类似于法语而非英语,因而汉诗宜用"韵"。他称"韵的最大功用在把涣散的声音团聚起来,成为一种完整的曲调。它好比串珠的串子,在中国诗里这种串子尤其不可少"。他反驳胡适《谈新诗》中关于新诗"有无韵脚都不成问题"的观点,称"我们并非反对诗人用散文写他的情思……但是我们找不出理由可以辩护一个诗人在可以用散文时冒用诗的形式,既冒用诗的形式又不给我们有规律的音节"②。朱光潜在不同语种的音韵对比中讨论"韵"的问题,视野开阔,言之成理。对早期白话诗主张不用韵、作诗如作文观点提出批评,为新月诗论提供学理支持。

  1930年代,各家诗论的问世带来新诗潮流的勃兴和新诗创作的繁荣,最主要的是为新诗重建了规则。首先,新诗观念多元共存,砥砺共生,为各家新诗实验开路;其次,各家诗派努力从学理上

---

① 该著为作者1930年代在北京大学、武汉大学授课的讲义,1942年正式出版。参见朱光潜《〈诗论〉抗战版序》,《诗论》,三联书店,1984年,第2页。

② 朱光潜:《论中国诗的韵》,《新诗月刊》1936年第2期。

阐释自己,让自己的主张有理可据,能从理论上说出个所以然来,进而约化为新诗的规则;再次,新诗论关注作者与读者的认同关系,致力于从阅读的角度阐释诗的美学特质,为诗的社会接受铺路。如果说各家诗论为新诗建立了规则,诗评则为这种规则作了细节性的实施。

二、新诗潮引领下的诗评规则铺建

系统化的诗论建立于诗评的基础之上。以新月为例,如果说梁实秋《新诗的格调及其他》做的是诗论的工作,那么陈梦家的《〈新月诗选〉序》则是一篇典型的诗评。两文的观点和目标基本一致,却各有分工,前者从学理上证明诗要有形式的制约,后者则从新月诗群的作品入手,通过作品讨论诗如何用韵,如何讲究结构的均齐,如何绘景如画感等。后者为前者提供材料性、细节性的佐证,前者则将后者的经验加以总结、升华,论定其价值,约化为规则。

1931年9月,陈梦家编的《新月诗选》由上海新月书店出版。这是新月诗派1926年发起新诗形式改革之后的首次集体亮相,是他们诗的形式实验的一次成果展示。陈梦家为该集作了《序言》,他说,十年来的新诗正像一支没有定向的风,在阴晦的气候中吹着,不知道它要往哪一方向走,只有地面上长河的边岸作为它的参照。在这种背景下,他们充当了新诗方向探索者角色:"我们自己相信只是山涧中一支小小的水,也有过多少曲折蜿蜒的路程,每一段路使我们感到前面尽是无穷创造的天地。……现在我回顾过去五六年中各人的诗作,收集来做为我们热诚的友谊与共同的努力的纪念。……功罪完全让给读者去评定,我们甘愿担公正的罪名。"这是出版这本诗集的初衷。首先,他阐明:"诗有格律,才不失掉合理的相称的度量。""格律是圈,它使诗更明显、更美。形式是官感赏乐的外助。""主张本质的醇正,技巧的周密和格律的谨严,差不多是我们一致的方向。"其次,他对入选诗集的18位诗人的80首诗作梳理和解读。他称,诗集中抒情诗占了大多数,可见新月诗群的整体取向。"抒情诗的好处,就是那样单纯的感情单纯的意象,却给人无穷的回味。……好比灵魂的底奥里一颗古怪的火星,和一宗不会遗失的声音,一和我们交感以后,像云和云相擦而生的闪电,变成我们自己的灵魂的声音。"这其中,"以柔美流丽的抒情诗最为许多人喜欢并赞美的",是徐志摩。他称徐诗"永远是愉快的空气。……自我解放与空灵的飘忽,安放在他柔丽清爽的诗句中,给人总是那舒快的感悟"。闻一多、饶孟侃的贡献则在"新诗格律"上。闻诗是"不断的锻炼的雕琢后成就的结晶",与之相似的有朱湘的诗,朱诗同样"经过刻苦磨炼";饶诗虽"在技巧上严密推敲,而以单纯意象写出清淡的诗"。孙大雨的《自己的写照》,以"阔大的概念从纽约城的严密深切的观感中,托出一个现代人错综的意识";邵洵美的诗是"柔美的迷人的春三月的天气";方令孺的《诗一首》是一道清幽的生命的河的流响……单纯印象的素描";玮德的诗"又轻活、又灵巧、又是那么不容易捉摸的神奇";卞之琳的诗"常常在平淡中出奇,象一盘沙子看不见底下包容的水量";沈从文的诗"极近于法兰西的风趣,朴质无华的词藻写出最动人的情调"。还有,梁镇的诗"浓",俞大纲的诗"清",沈祖牟的诗"安稳",等等。陈梦家将成分复杂、风格各异的18位诗人,拢集于"新月"旗帜之下,以形式品读方式,凸显他们诗的形式美一面,作为1926年那场运动的实绩,呈现给世人。

1920年代末至1930年代初,在回顾过去与开拓未来的转折时期,新月诗群是诗评家聚焦的重要对象。沈从文、穆木天、朱湘、苏雪林等都先后著文,评论这群诗人。沈从文对新月三位最重要的诗人朱湘、闻一多、徐志摩有长篇的论述。《论朱湘的诗》《论闻一多的〈死水〉》《论徐志摩的诗》收入1934年4月由上海大东书局出版的《沫沫集》中。《论朱湘的诗》把朱湘的诗分为两个时期来考察,早期以《夏天》为代表,后期以《草莽集》为代表,认为朱湘的诗"代表了中国十年来诗歌一个方向,是自然诗人用农民的感情从容歌咏而成的从容方向",他将周作人的《小河》与朱湘的《小河》作比较,认为前者是"一首朴素的诗",后者"诗由散文写来,交织着韵的美丽,但为当时习气所拘束,却不免用了若干纤细比拟,'月姐''草妹',使这诗无从脱去那第一期新诗的软弱。欲求'亲切',不免'细碎',作者在《草莽集》里,这缺点是依然存在的"。后期的《草莽集》则"非常成功"。沈说,郭沫若的诗"保留的是中国旧诗的夸张与豪放,则朱湘的诗,保留的是中国旧词韵律节奏的魂灵"。朱诗"诉之于平静的调子",是徐志摩、闻一多的诗"所缺少的"。音乐方面,"在保留到中国诗与词值得保留的纯粹,而加以新的排比,使新诗与旧诗在某一意义上,成为一种'渐变'的联读,而这形式却不失真为新世纪诗歌的典型,朱湘的诗可以说是一本不会使时代遗忘的诗"。尽管朱湘命运坎坷,《草莽集》"却缺少那种灵魂与官能的烦恼,没有昏瞀,没有粗暴。生活使作者性情乖僻,却并不使诗人在作品上显示纷乱。作者那种安详与细腻……乃在一个带着古典与奢华而成就的地位上存在"。① 沈从文将朱诗从音乐到性情到灵魂及官能作了整体性解读,呈现一种古典的奢华的形式理想,那是新月诗派新诗实践的一个成功案例。

相比之下,对新诗格律化的代表作《死水》,沈从文另有说法。他称《死水》以一种"老成懂事"的风度,为人所注意。这是一首"知理的静观的"诗,有三点值得注意:一、该诗"在文字和组织上所达到的纯粹……实较之国内任何诗人皆多"。《死水》的影响,"不是读者,当是作者。由于《死水》风格所暗示,现在国内作者向那风格努力的,已经很多了";二、《死水》"是用一个画家的观察,

---

① 沈从文:《论朱湘的诗》,《沈从文文集》第11卷,花城出版社、香港三联书店,1984年,第113—124页。

去注意一切事物的外表,又用一个画家的手腕,在那些俨然具不同颜色的文字上,使诗的生命充溢着";三、"作者的诗无热情","作者在诗上那种冷静的注意,使诗中情感也消灭到组织中,一般情诗所不能缺少的一点轻狂,一点荡,都无从存了"。① 对形式的刻意追求,使诗情消失在冷静的组织中,那是闻诗的遗憾。关于徐志摩,沈从文将他摆在五四新诗的历史格局中来论,他先对刘复、俞平伯、康白情、周作人、冰心、朱自清、徐玉诺、王统照、郭沫若、邓均吾、焦菊隐、林如稷等的诗作"史"的回顾,指出胡适《尝试集》时代已经结束。在这种背景下,徐志摩出场——"基于新的要求,徐志摩,以他特殊风格的新诗与散文",开启了一个新时代。他梳理了徐诗的三种类型。一种是"恣纵的,热情的,力的奔驰……不安定的灵魂,在寻觅中,追究中,失望中,如何起着吓人的翻腾",以《灰色的人生》《毒药》《白旗》为代表。一种是"爱欲的幻想,容纳到柔和轻盈的节奏中","以生命的洪流,作无往不及的悬注,文字游泳在星光里,永远流动不息,与一切音籁的综合,乃成为自然的音乐",以《快乐的浪花》《在山道旁》《常州天宁寺闻礼忏声》等为代表。一种是体现作者"热情的贪婪"的情诗。在那些诗里,"热情在恣肆中的喘息。是一种豪放的呐喊,为爱的喜悦而起的呐喊。是清歌,歌唱一切爱的完美",以《翡冷翠的一夜》《海韵》《苏苏》为代表。② 三者其实是同一回事,恣纵的热情、奔腾的生命力构成徐诗由表及里的质地。作为新月的一员,沈从文用他诗人的贴切和史家的眼界,为新月诸君的诗作艺术鉴定,使其价值得到彰显。

新月的诗评家与诗人往往一体两面,陈梦家、朱湘、沈从文莫不如此。朱湘的《闻君一多的诗》,从"韵""字"着眼,评闻诗的"长处",也指出其"短处"。他称闻诗第一个"短处"是"用韵不讲

---

① 沈从文:《论闻一多的〈死水〉》,《沈从文文集》第 11 卷,第 146—150 页。
② 沈从文:《论徐志摩的诗》,《沈从文文集》第 11 卷,第 189—202 页。

究",分三层:"(一)不对,(二)不妥,(三)不顺。"所谓"不对",指韵用错了,"不妥"指韵用得寒碜,"不顺"指韵用得牵强。第二个"短处"是"用字"有"太文、太累、太晦、太怪"的毛病。如何谓"太怪",指"(一)不近理的字眼,(二)扭起来的诗行,(三)感觉的紊乱,(四)浮夸的紧张"。当然,朱湘仍肯定闻一多"有一条独创的路走着,虽然他的路是一条小径而且并不长"。① 同为新诗音韵倡导者,朱湘的批评是尖锐的。闻一多积极提倡、身体力行新诗格律化,但他本人的创作情况并不理想。质疑且超越者不仅发生于诗群外部,如戴望舒,也发生于诗群内部,如朱湘、沈从文。真正将闻一多的主张内化为诗之血肉者,是徐志摩、朱湘等。新月一脉,正是在理论倡导与诗创作双管齐下的实践中,垒建新诗规则的。

局外人苏雪林对闻一多等新月诗人的情况看得更清楚。她说,徐志摩"天才较高,气魄较大,而疵病亦较多,如长江大河挟泥沙而并下";闻一多"则如逼阳之城,虽小而坚不可破"。闻一多"与他同时诗人比较则气魄雄浑似郭沫若而不似他直率显露;意趣幽深似俞平伯而不似他的暧昧拖沓;风致秀媚似冰心女士而不似她的腼腆温柔"。她概括闻诗几个特点:一、完全是本色的;二、字句锻炼的精工;三、无生物的生命化;四、意致的幽窈深细。她敏锐地指出,闻诗具有建立新诗范式的意义。② 这一观点与沈从文颇类似。③ 1920年代中后期在新诗何去何从的转折点上,闻一多的主张及其创作为迷茫的一代诗人提供了新范式。苏指出:"实际上徐(志摩)受闻之影响不少。"④苏雪林比较了朱、徐、闻三人的

---

① 朱湘:《闻君一多的诗》,洪球编《现代诗歌论文选》,上海仿古书店,1936年。
② 苏雪林:《论闻一多的诗》,《现代》1934年第4卷第3期。
③ 沈从文认为,闻一多的诗,不是影响了"读者"而是影响了一代"作者",参见上文。
④ 苏雪林:《论闻一多的诗》,《现代》1934年第4卷第3期。

特点,称朱湘《草莽集》"虽然没有徐志摩那样横恣的天才,也没有闻一多那样深沉的风格,但技巧之熟练,表现之细腻,丰神之秀丽,气韵之娴雅,也曾使它成为一本不平常的诗集"。① 作为一个诗群,新月的形式实践富有成效,造就了一批成就显著的诗人,确立了"新月"在新诗史上独一无二的位置。

1920年代中后期,有不少"个体"诗人,如李金发、王独清、穆木天等。他们不仅对早期白话诗的"非诗化"倾向持强烈的反思态度,也与新月的抒情路线划出界线,注重对生命感受作形而上(所谓"象征")表达。最早向五四新诗样式摆出反叛姿态而获得"诗怪"之称的是李金发。1925年《弃妇》《给蜂鸣》《时之表现》在《语丝》上发表,及后几年间,诗评界对怪模怪样的李诗一直无言以对,那与其说是冷漠,不如说是失语,一种词不达意、难以命名的哑口。及至1928年黄参岛的《微雨及其作者》在李主编的《美育》第2期发表,才打破这种尴尬的局面。黄参岛称"在白话诗流行了七八年的当儿,忽然一个唯丑的少年李金发先生,做了一本《微雨》给我们看,并在我们的心坎里,种下一种对于生命欲揶揄的神秘,及悲哀的美丽,但是赏鉴的自赏鉴(有眼光学识的人),却没有人作些批评或介绍的文字,去指示那叫'太神秘,太欧化'的人们"。② 黄文对批评界的失职提出批评。至1933年7月苏雪林《论李金发的诗》在《现代》上发表和1935年8月朱自清《中国新文学大系·诗集·导言》出版,批评界才真正从学理上讨论李诗。

---

① 苏雪林:《论朱湘的诗》,收入《我们的诗》第1卷(武汉大学荒村诗社,1933年),引自《苏雪林文集》第3卷,安徽文艺出版社,1996年,第143页。

② 黄参岛:《微雨及其作者》,《美育》1928年第2期。黄参岛是否为李金发本人化名?有研究者曾作出推测,参见姚玳玫《"诗怪"与"泰斗":从李金发的际遇看早期现代主义艺术在中国的困境》,《文化演绎中的图像:中国近现代文学/美术个案解读》,广东人民出版社,2010年,第326—338页。

苏雪林说:"近代中国象征派的诗至李氏而始有,在新诗界中不能说他没有相当的贡献。"她着重分析了李诗的语言。一、"行文朦胧恍惚骤难了解"。"分开来看句句可懂,合拢来看则有些莫名其妙。但它也不是一首毫无意义的作品,不过文字不照寻常习惯安排,所以变成这样形象罢了"。二、表现了"神经艺术的本色"。"神经过敏为现代人的特征,而颓废象征诗人感觉尤为灵敏"。李诗"有属于视觉的敏感","有属于听觉的敏感",有丰富的"幻觉"。三、"感伤与颓废的色彩"。四、"富于异国的情调"。苏雪林否定之中有肯定,李诗语言的朦胧恍惚,侵犯了她对诗理解的底线:"旧式所谓起转承合虽不足为法,而每一首诗有一定的组织,则为不可移易之理。但象征文学的作品则完全不讲这些……题目与诗不必有密切关连……行文时或于一章中省去数行,或于数行中省去数语,或于数语中省去数字,他们诗之暧昧难解,无非为此。""因为省略太厉害,所以李氏文字常常不通。"① 这种"不通"令人难以接受,但"省去""中断"和跳跃,打破连贯性思维和对意象重行组接,有其与现代人敏感、错综的神经相吻合之处,有其对现代人情绪的仿照。这正是现代主义诗的特征所在。她对李诗拗口、省略太多文法的解释,有将之纳入现代汉语规范中来讨论之意。这种阐释,是作为诗评者的她与李诗之间的互为塑造,促进了象征派诗在中国的扎根、立足。

朱自清也看到李诗表现的不是意思而是情绪。他说:"他(指李金发)的诗没有寻常的章法,一部分一部分可以懂,合起来却没有意思。他要表现的不是意思而是情感;仿佛大大小小红红绿绿一串珠子,他却藏起那申儿,你得自己穿着瞧。这是法国象征诗人

---

① 苏雪林:《论李金发的诗》,《现代》1933 年第 3 卷第 3 期。

的手法。"①他将这种不合"寻常"的章法视为"法国象征诗人的手法",使之正当化、合理化,有其存在的理由,实际上已包含肯定的意思,是对这种拗口文法的美学认可和接纳。

　　学术化的诗评为新诗实验评功摆好,促进其生成。1932年由施蛰存主编、戴望舒和杜衡参与编辑的《现代》创刊,成为现代主义诗的实验园地,通过诗创作、理论批评和译作,全方位推动现代主义诗潮的展开。1935年戴望舒又主编《现代诗风》(只出一期)。1936年他与卞之琳、冯至、梁宗岱、孙大雨五人编辑出版《新诗》。以戴望舒为领袖的现代派诗群至此形成,风靡一时。这群更年轻的诗人,取法象征派,将由李金发开启的这一潮流推向成熟之界。朱自清梳理了这一现象:"李氏是第一个人介绍它(法国象征派诗)到中国诗里。许多人抱怨看不懂,许多人却在模仿他";之后有后期创造社的三位诗人——王独清、穆木天和冯乃超的接力、延伸;再后是戴望舒等的本土化推进。"戴望舒氏也取法象征派。他也注重整齐的音节,但不是铿锵的而是轻清的;也找到一点朦胧的气氛,但让人可以看得懂;也有颜色,但不像冯乃超氏那样浓。他是要把捉那幽微的精妙的去处。"②杜衡称戴望舒的诗"是象征派的形式,古典派的内容"。"很少架空的感情,铺张而不虚伪,华美而有法度,倒的确走的诗歌底正路"。③戴望舒等致力于象征派诗的本土化实验,被诗评家们及时指出,予以肯定。

　　对于现代派诗,好懂与不好懂仍是相对的,读者与这种诗仍有隔膜。1937年胡适在其主编的《独立评论》上发表保定一位中学教师的来信,批评其时象征派如卞之琳、何其芳的一些作品为"糊

---

① 朱自清:《中国新文学大系・诗集・导论》,蔡元培等《中国新文学大学导论集》,第356—357页。
② 同上书,第357页。
③ 杜衡:《〈望舒草〉序》,戴望舒《望舒草》,上海现代书局,1933年。

涂诗"和"糊涂文"。胡适附《编辑后记》,赞同了该读者的意见:"现在做这种叫人看不懂的诗文的人,都只是因为表现能力太差,他们根本就没有叫人看得懂的本领。"①与几年前对李金发诗的晦涩基本持不欣赏态度不同,这回,文学界人士多数不同意胡适的意见。周作人说,写不好懂的诗文,不一定就是作者的能力差,可能是"风格"本该如此,"他们也能写很通的文章,但是创作时觉得非如此不能表现他们的意思"。②沈从文称:"事实上,当前能写出有风格作品的,与其说是'缺少表现能力',不如说是'有他自己表现的方法'。他们不是对文字的'疏忽',实在是对文字的'过于注意'。凡过分希望有他自己的作者,文章写来自然不太容易在短时期为多数人全懂。"③金克木说,懂,"类似参禅的人的悟道。……有人觉得这一下子是当头棒喝,懂了,而别人也许还在茫然。……能懂的读者一定也要有和作诗者同样的智慧程度"。④朱光潜也说:"凡是好诗对于能懂的人大半是明白清楚的。……'懂得'的程度随人而异。"⑤李健吾则称戴望舒、卞之琳为新崛起的一代,不仅与《尝试集》开启的传统有"绝然的距离",其语言文字与李金发也有明显差别。"他们用心抓住中国的语言文字,所谓表现的工具。……这些年轻人不只模仿,或者改译,而且企图创造。"⑥他称卞之琳"是一个现代人","一个现代人,即使表现凭古吊今的萧索之感,他感觉的样式也是回环复杂"的。李健吾对现代派诗特殊

---

① 絮如《看不懂的新文艺(通信)》、胡适之《编辑后记》,《独立评论》1937年第238号。
② 知堂:《关于看不懂通信(一)》,《独立评论》1937年第241号。
③ 沈从文:《关于看不懂通信(二)》,《独立评论》1937年第241号。
④ 柯可(金克木):《论中国新诗的新途径》,《新诗》1937年第4期。
⑤ 朱光潜:《心理上个别的差异与诗的欣赏》,《大公报》1936年11月1日。
⑥ 李健吾:《鱼目集——卞之琳先生作》,李健吾《咀华集》,上海文化生活出版社,1936年,第131页。

的语言质地予以揭示,肯定其合理性,论定其新价值,指出诗的文法与诗人的感受、作风及情绪的内在关系,将"晦涩"视为有意为之的一种文法。同时强调作者与读者要互懂的对应关系。读不懂,可能不是作者的问题,而是读者的问题。这种多方辩驳和阐释,拓展了诗之为诗的内涵,订立了诗鉴赏的新标准。

总之,这个时期的诗评,参与了现代诗的价值构建,为现代派诗获得生存权利辩护,为现代派诗实验开路、护航,补充、完善了现代诗的美学规则。

三、左翼诗潮的另立规则

1930年代的新诗,还有另一条脉络,那就是上承蒋光慈等早期无产阶级革命诗歌的传统,下开1930年代关注现实、表现工农斗争的"左翼"现实主义诗潮的中国诗歌会。该会成立于1932年9月,直接受左联领导,主要成员有穆木天、蒲风、杨骚、任钧等。他们从批评"新月""现代"两派出发,该会《缘起》称:"在次殖民地的中国,一切都浴在急雨狂风里,许许多多的诗歌的材料,正赖我们去摄取,去表现。但是,中国的诗坛还是那么的沉寂;一般诗人在闹着洋化,一般诗人又还只是沉醉在风花雪月里。……把诗歌写得和大众距离十万八千里,是不能适应这伟大的时代的。"所谓闹着洋化,沉醉于风花雪月,指的是"新月"和"现代"两派。任钧在《关于中国诗歌会》又称,当时诗坛"给新月派和现代派所蹯踞着","新月派的诗,在本质上,可以说是没落的、丧失了革命性的市民层的意识之反映,它是唯美的、颓废的。限字限句的严谨的格律,就是它的形式;优闲的感情的享乐和幻美的事物的追求就是它的内容。至于现代派,则在本质上,乃是十足的小市民层的有气无力的情绪和思想的表现。他们的招牌是法国货的象征主义。他们的诗,在形式方面,虽较新月派为自由;但由于用字造句的奇特

(有时甚至于简直不通的程度);由于表现手法的模糊、晦涩、暧昧,常常有意无意地把一首诗变成了一些梦呓,变成了一个谜……"①反其道而行之,中国诗歌会主张"捉住现实","歌唱新世纪的意识","要使我们的诗歌成为大众的歌调,我们自己也成为大众中的一个"。② 1933 年《新诗歌》创刊,中国诗歌会的创作和诗评随之展开,带有时代忧患意识和英雄主义色彩的"左翼"现实主义诗潮走向成熟,为艾青、田间、臧克家及稍后七月诗群的成长,铺下了基础。

内容上,他们主张诗要捉住现实,要创造"大众化诗歌"③;诗要体现无产阶级的立场,"理解现制度下各阶级的人生,着重大众生活的描写"④。他们称,1933 年的"新诗歌"使濒死的诗坛获得新生,像《茫茫夜》《还乡集》《生命的微痕》《都市的冬》《我们的堡》等作,都是对现实的"歌唱与表现"。蒲风以温流《我们的堡》为例,与现代派作对比:"他的形式跟内容更冲破了'现代'派的狭小范围,和臧克家之结束了新月派的死体一样,他是更进一层的揉碎了没落的'现代'派的死体。"⑤任钧评蒲风的《茫茫夜》,称该作"几乎找不到所谓恋爱诗或是情诗","作者在这些诗篇里头描绘了被压迫、被剥削的农民的痛苦和他们的斗争的情绪与生活;……刻画出变革后的新的农村的姿态"。⑥

---

① 任钧:《关于中国诗歌会》,原载《新诗话》,上海国际文化服务社,1948 年,见王永生主编《中国现代文论选》第一册,贵州人民出版社,1982 年,第 233 页。
② 穆木天:《〈新诗歌〉发刊词》,《新诗歌》1933 年创刊号。
③ 任钧:《关于中国诗歌会》,原载《新诗话》,见王永生主编《中国现代文论选》第一册,第 237 页。
④ 同人:《关于写作新诗歌的一点意见》,《新诗歌》1933 年创刊号。
⑤ 蒲风:《〈我们的堡〉序》,温流《我们的堡》,陈绍伟编《中国新诗集序跋选(1918—1949)》,湖南文艺出版社,1986 年,第 303 页。
⑥ 森堡:《〈茫茫夜〉序》,蒲风《茫茫夜》,陈绍伟编《中国新诗集序跋选(1918—1949)》,第 274—275 页。

在形式上,中国诗歌会主张大众化和歌谣化:"诗歌应该与音乐结合在一起,而成为民众歌唱的东西。"①《新诗歌》辟"歌谣专号","借着普遍的歌谣、时调诸类形态,接受他们普及、通俗、朗读、讽诵的长处,引渡到未来的诗歌"。② 诗之可唱可诵观点,为1930年代新诗界所普遍认同。鲁迅说:"诗歌虽有眼看的和嘴唱的两种,也究以后一种为好;可惜中国的新诗大概是前一种。没有音节,没有韵,它唱不来,唱不来,就记不住;记不住,就不能在人们的脑子里将旧诗挤出,占了它的地位。"③郭沫若说:"诗歌还是应该让它和音乐结合起来;更加上'大众朗诵'的限制,则诗歌应当是表现大众情绪的形象的结晶。要有韵才能诵。要简而短,才能接近大众。"④诗的歌谣化是诗之音乐性的本土民俗延伸,它与文艺大众化相呼应,为文艺大众化运动提供最佳的实践样式,将诗与歌谣相结合,诗变成歌,迅速普及,跨出了诗的界线。这一点在稍后的解放区文艺实践中被应用,所谓"引渡到未来的诗歌",正指此。

　　形式上受新月派影响,而后形成关注底层、亲近泥土的现实主义笔法的臧克家,是中国诗歌会群新诗追求的成功范例。1933年由闻一多作序的《烙印》出版⑤,引起关注。茅盾称:"在今日青年诗人中,《烙印》的作者也许是最优秀中间的一个了。"⑥老舍幽默

---

① 穆木天:《关于歌谣之制作》,《新诗歌》1934年第2卷第1期。
② 穆木天:《我们底话》,《新诗歌》1934年第2卷第1期。
③ 鲁迅1934年11月1日致窦隐夫信,《鲁迅全集》第12卷,第556页。
④ 郭沫若:《关于诗的问题》,《杂文》1935年第3期。
⑤ 臧克家在《老舍永在》(人民文学出版社,1978年)中说:"一九三三年七月,我的第一本诗集自费出版了,一个无名小卒想出本书,比登天还难。这本《烙印》由闻一多先生写序,王统照先生作发行人,他们两位既出了力,每人还出了二十元作为印刷纸张费用。"
⑥ 茅盾:《一个青年诗人的"烙印"》,《茅盾全集》第19卷,人民文学出版社,1991年,第541页。

地说,《烙印》的诗"像茅厕坑里的石头,臭不臭我不知道,硬是真够硬的"。① "硬"是《烙印》的质地。闻一多称臧克家"从棘针尖上去认识人生","嚼着苦汁营生",带着坚忍的精神去迎接磨难,磨难是"你的对手,运尽气力去与它苦斗","苦死了也不抱怨"。侍桁的《文坛上的新人》②介绍文坛六位新人,第一位便是臧克家。他认为《烙印》是"作家的生活的'烙印'",表现了诗人"生活上的真实的苦痛"。这其间,"他渐渐忘却自己,成了一个社会的观察者,以诗人敏感的心,想象着旁人生活的痛苦了"。《炭鬼》《歇午工》等"没有列标语口号,也没有用激愤的骂詈代替了词句",显示了一种"新鲜的生命的力"。这就是臧诗,"不粉饰现实,也不肯逃避现实",一种批判现实主义的笔法,"有令人不敢亵视的价值"。③与中国诗歌会诗群那种革命宣叙——"哦,哦哦,热血的中华男女健儿! 来吧,我们不能没有坚强的勇气;我们站立着,我们被铁链贯通着,我们都来吧,我们来永远看守海洋"(《钢铁的海岸线》)不同,臧克家的诗以高度写实的形象表现苦难,如《老马》——"背上的压力往肉里扣,它把头沉重地垂下",如《难民》——"铁门的响声截断了最后一人的脚步,这时,黄昏爬过了古镇的围墙"。精雕细刻的写实与隐藏在形象里的感情互为依托,创造出一种硬朗而沉郁的意象,朱自清称之为"以暗示代替说明"。④ 这开启了 1930 年代现实主义诗歌的新局面。

在关注现实、关注"遍体鳞伤的大众"、关注"危亡线上的民族和国家"的氛围感染下,长篇叙事诗开始流行。茅盾说:"这一二

---

① 老舍:《臧克家的〈烙印〉》,《文学》1933 年第 1 卷第 5 期。
② 侍桁:《文坛上的新人》,《现代》1934 年第 4 卷第 4 期。
③ 闻一多:《〈烙印〉序》,《闻一多全集》第 2 卷,湖北人民出版社,1994 年,第 174 页。
④ 朱自清:《新诗杂话·新诗的进步》,见朱乔森编《朱自清全集》第 2 卷,江苏教育出版社,1988 年,第 320 页。

年,中国的新诗有一个新的倾向,从抒情到叙事,从短到长。二三十行以至百行的诗篇,现在已经算是短的,一千行以上的长诗,已经出版了好几部了。"他以田间的《中国·农村底故事》、蒲风的《六月流火》、臧克家里的《自己的写照》三作为例,及时梳理长篇叙事诗的笔法规则。他称田间与臧克家两诗是"两极"写法,田间的《中国牧歌》"飞迸的热情,新鲜的感觉,奔放的想象,熔铸在他的独创的风格",非常可贵。"从《中国牧歌》的短章而开拓为《农村底故事》这长篇时",原来的短处就凸现了。"我觉得好像看了一部剪去了全部的'动作',而只留下几个'特写'、几个'画面'接连着演映起来的电影"。"一目千行"时,觉得"浩浩荡荡",一段一段"近瞩"时,"你会叫苦的"。"今日的长篇叙事诗都是充满了斗争的热情,因而刚劲雄浑的风格是自然的结果,短句、叠句、章法的叠凑……过犹不足,结果得到的只是'负'。"臧克家的写法则是"另一极",他"一方面反对没有内容的技巧,另一方面又不赞同标语口号式的革命'六言告示'",《自己的写照》就是其例证。"作者那种谨慎地避免观念化与说教,而努力求形象化的苦功,到处可以见到",但他着眼于形象的细节,缺少的是"壮阔的波澜和浩浩荡荡的气魄"。茅盾总结说:"田间太把眼光望远了,而臧克家又太管到近处。"两位的比较给我们的启发是"长篇叙事诗的前途就在两者的调和"。①

1930年代中下叶,左翼诗歌界,从诗人到诗评家,开始反思革命诗歌概念化的问题。任钧在肯定蒲风的《茫茫夜》描写了农民的痛苦及其斗争生活的同时,也指出那些诗"有内容空虚之感","有抽象化概念化之嫌"②,指出这类"新诗歌"创作上的欠缺。从

---

① 茅盾:《叙事诗的前途》,《文学》1937年第8卷第2期。
② 森堡:《〈茫茫夜〉序》,陈绍伟编《中国新诗集序跋选(1918—1949)》,第274—275页。

象征派之路走过来的穆木天在他的《诗歌与现实》①中追究了诗与现实的关系问题,称"真实的诗歌也须是现实的反映","忽略了对于现实的生活在自己的心中,唤起了情绪,现时把那种情绪高扬起来,才是诗歌"。诗人必须"忠实"于自己的感情,现时感情又须"有现实的根据",两者是不能"分开"的。"各种公式主义,空想主义之诗歌之所以被产生出来,是因为不是诗人缺乏感情,就是虽有感情而其感情也无客观的真实性之故"。引人注目的现实主义诗人艾青也以短章方式发表诗论,1938年他的《诗论》结集出版。值得注意的是,艾青诗论为阶级论美学作了阐释,他说:"苦难比幸福更美。苦难的美是由于在这阶级的社会里,人类为摆脱苦难而斗争!""讽刺是对于被否定的事物的冷静的箭,是仅只一根的针刺,是保卫主题的必须命中的一击。"又称"讽刺是人类的理性向它的破坏者的一种反击"。他对诗的形态及形式问题也有自己的观点,如"晦涩是由于感觉的半睡眠状态产生的;晦涩常常因为对事物的观察的忸怩与退缩的缘故而产生"。"节奏与旋律是情感与理性之间的调节,是一种奔放与约束之间的调协"。"诗人必须比一般人更具体地把握事物的外形与本质"。这些观点,呈现了左翼诗人对诗的美学规则的另一种阐释和创造。

1930年代,新诗步入成熟阶段,诗创作、诗论、诗评、诗史及各派诗潮,多元共生,各行其是,形成纷繁局面。1937年抗战爆发以前,在一个相对开放的空间里,由1920年代中期重整旗鼓的各路诗潮,进入其理论与创作齐头并进的成熟阶段。各派间观点的交锋和形式的坚持,锐化了各自的感觉,清晰了各自的面貌和界线,明确了各自的目标,催发了诗的一系列新观念、新规则的诞生。

---

① 穆木天:《诗歌与现实》,《现代》1934年第5卷第2期。

第十三章　不破不立
——现代剧的规则化实践

所谓现代剧,指从西方传进来的话剧,这是一种既新又旧的体裁,它与旧剧既远又近。1917年新文学运动发生之时,用洪深的话说,戏剧面临三大"遗产"——传统的旧戏、改良的旧戏和文明戏,由旧渐新,文明戏是新旧杂糅的早期话剧。面对旧戏,是彻底断流还是改良后的承续,当时《新青年》同人有不同意见,刘半农主张不妨保留而加以改良,他在《我之文学改良观》中就黄皮戏和昆曲提出四点改革意见。钱玄同则主张全数扫除,钱在《新青年》1918年4月号《随感录》中说:"中国有真戏,这真戏自然是西洋派的戏,决不是那'脸谱'派的戏,要不把那扮不像人的人,说不像话的话全数扫除,尽情推翻,真戏怎么能推行呢?"① 周作人《人的文学》也称"旧戏内容的不堪",属于非人的文学。② 胡适认为:"西洋的文学方法,比我们的文学,实在完备得多,高明得多,不可不取例。……更以西洋戏剧而论——最近六十年来,欧洲的散文戏本,千变万化,远胜古代;体裁也更发达了。最重要的,如'问题戏'专研究社会的种种重要问题;'象征戏'专以美术的手段作的'意在言外'的戏本;'心理戏'专描写复杂的心境,作极精密的解剖;'讽

---

① 钱玄同:《随感录》(十六),《新青年》1918年第5卷第1号。
② 周作人:《人的文学》,《新青年》1918年第5卷第6号。

刺戏'用嬉笑怒骂的文章,达愤世救世的苦心……"①《新青年》1918年6月推出易卜生专号,易卜生问题剧被搬上中国舞台,新文学运动第一轮的西洋剧引进拉开序幕。傅斯年说:"旧社会的穷凶极恶,更是无可讳言;旧戏是旧社会的照相,也不消说;当今之时,总要有创造新社会的戏剧,不当保持旧社会创造的戏剧……"②尽管也有张厚载的肯定旧戏,宋春舫的客观评价旧戏,在当时,取法西洋、改革戏剧、提倡问题剧仍成为主流。

1912年5月民众剧社成立,问题剧的提倡进入高潮阶段。民众剧社成员以文学研究会为班底③,以《戏剧》为机关报,提倡写为人生的问题剧,推崇萧伯纳,其宣言称"萧伯纳曾说:'剧场是宣传主义的地方。'……'当看戏是消闲'的时代,现在已经过去了"。④陈大悲、蒲伯英、郑振铎、王统照、耿济之、瞿世英等撰文就建设新剧展开讨论。他们着重批评文明戏,称之为"假新戏",提出要创建一种真新剧。沈冰血的《演剧初程》、汪仲贤的《化装术的一得》、陈大悲的《爱美的戏剧》等文章,对剧的内容、形式、表演体制作多方探索。强调新剧的娱乐性,提倡"为教化的艺术",主张"舞台上的戏剧"而非"纸面上的戏剧",关注戏剧的技术性问题,包括剧本及表演及舞台技术等。之后,《华伦夫人的职业》的失败,使他们意识到直接翻译的西洋剧之不合中国国情,主张改译或自己创作。诚如苏雪林称:"最初新剧的提倡,陈大悲尽了一番气力。他标榜'爱美剧'用以代替'文明戏'……(他们)对于新式话剧实

---

① 胡适:《建设的文学革命论》,《新青年》1918年第4卷第4号。
② 傅斯年:《戏剧改良各面观》,《新青年》1918年第5卷第4号。
③ 该会发十三位发起人是:沈雁冰、郑振铎、陈大悲、欧阳予倩、汪仲贤、徐半梅、张聿光、柯一岑、冰心、沈冰血、滕若渠、熊西佛、张静庐等。
④ 民众戏剧社:《宣言》,《戏剧》1921年创刊号。

有筚路蓝缕以启山林之功。"①以此为序幕,1920年代中期前后,各式现代剧潮流以戏剧运动方式接踵而至。

一、为戏剧运动所牵引的现代剧实践

新青年派的"娜拉剧"开启了问题剧的热潮,民众剧社的新剧探索和爱美剧提倡,强化了新剧西洋化的程度。从易卜生到萧伯纳,他们所推崇的社会问题剧有其难以克服的短板。余上沅说:"政治问题,家庭问题,职业问题,烟酒问题,各种问题,做了戏剧的目标:演说家,雄辩家,传教师,一个个跳上台去,读他们的词章,讲他们的道德。"②在这些社会问题剧里,追切的社会问题被演出来了,但形式却是枯燥的。演剧过程只是社会问题的演绎过程,是功利的和实用主义的。尽管陈大悲们努力想以业余演出(非职业、非商业)、小剧场、注重舞美、强调剧的艺术性等弥补其缺失,终究无法改变其注重剧的社会效能而留下的短板。1926年留美归国的余上沅、赵太侔等人在徐志摩主持的《晨报·副刊》上创办《剧刊》,提倡"国剧运动",正是针对此弊端而发起的。有感于《新青年》时代大量引进西洋剧而留下的诸多问题,他们主张建设"国剧"。余上沅说,艺术有"通性和个性",中国人与日本人、高丽人站在一起,明眼人一望而知其国籍。同理,一国之中,广东人、上海人和北京人,也不一样。"每个地方各有它差异的历史背景,风俗习惯,绝对不可强同。"有什么理由"希图中国的戏剧定要和西洋的相同呢?中国人对于戏剧,根本上就要由中国人用中国材料去

---

① 苏雪林:《新文学研究》,1934年列为武汉大学讲义第121种,由国立武汉大学印制。苏雪林著,谢泳、蔡登山编:《新文学研究》,台北:秀威资讯科技股份有限公司,2016年,第494页。

② 余上沅:《〈国剧运动〉序》,余上沅编《国剧运动》,新月书店,1927年,第3页。

演给中国人看的中国戏。这样的戏剧,我们名之曰'国剧'"。① 这是一场受爱尔兰民族戏剧运动的启发、立足于建设"中国人用中国材料去演给中国人看的中国戏"的运动。它与其说是一种戏剧创作实验,不如说是一种戏剧理论探讨。

有趣的是,在美国完成系统的戏剧专业学习的余上沅、赵太侔,都不同意现代剧这种全盘西化的做法。赵太侔说:"我们承认艺术是具有民族性的,并且同时具有世界性;同人类一样,具有个性,同时也具有通性。没有前者,便不能发生特出的艺术,没有后者,便不能得到普遍的了解和鉴赏。"让二者相契合,是"将来的戏应取的方向"。② 首先,他们审视"五四"之后民众剧社所推行的新剧实验,指出其失败的原因:一是"目的错误"——"艺术人生,因果颠倒";二是"不明方法";三是"缺乏经济的帮助"。余上沅说,易卜生式的问题剧,"要用艺术去纠正人心,改善生活。结果是生活愈变愈复杂,戏剧愈变愈繁琐",那是行不通的。不是艺术为人生,而是人生为艺术。③ 闻一多说:"你们的戏剧家提起笔来,一不小心,就有许多不相干成份粘在他笔尖上了——什么道德问题,哲学问题,社会问题……都要粘上来了。问题粘的愈多,纯形的艺术愈少……"④其次,他们作相关理论探索。一是于"通性"中寻求"个性"。按赵太侔的说法,世界性就是通性,民族性就是个性。从"通性"出发寻求"个性",建设有民族特色的现代剧是他们的"方向"。二是打通"写实"与"写意"的界限,认为西方艺术偏重写实,中国的旧剧偏重写意,二者各有长短。"中国戏剧与西洋戏剧并非水火不能相容,宽大的剧场里欢迎象征,也欢迎写实——只

---

① 余上沅:《〈国剧运动〉序》,余上沅编《国剧运动》,第 2 页。
② 赵太侔:《国剧》,余上沅编《国剧运动》,第 7 页。
③ 余上沅:《〈国剧运动〉序》,余上沅编《国剧运动》,第 3 页。
④ 夕夕(闻一多):《戏剧的歧途》,《晨报·剧刊》1926 年 6 月 24 日。

要它是好的,有相当价值的。在没有断定某种的绝对价值以前,应该都有予以实验的机会。"① 他们质疑艺术为人生的提法,认为戏剧应以"艺术"为本位,没有艺术的戏剧不成其剧。1926年张嘉铸在《晨报·剧刊》上发表三篇文章《病入膏肓的萧伯纳》《顶天立地的贝莱勋爵》《货真价实的高斯倭绥》,批评萧伯纳偏重理智而在剧中以演说家姿态抨击各种社会问题;批评贝莱偏重感情只为艺术而艺术;赞赏高斯倭绥的理智与感情相平衡,用艺术表现真切的人生。② 余上沅借这三篇文章,称萧氏是"道德的良心",巴氏是"艺术的良心",高氏则追求这两方面的"平均发展,共同生存"。他们都强调戏剧家要获得"艺术的良心"与"道德的良心"的平衡。③ 这其中,高氏最值得肯定。1926—1927年《晨报·剧刊》办了一年,余上沅、赵太侔、徐志摩、闻一多、熊西佛、梁实秋、张嘉铸等于其上发表了一批建设国剧的文章,这批文章于1927年以《国剧运动》为题结集,由新月书店出版。④ 国剧运动从理论上为新剧的未来作了规划,为新剧的成长提供了方法规则。

　　国剧运动虽有稳健而理性的理论倡导,有踏实而具体的办学、演剧实践,仍很快被否定。他们任教的戏剧专科学校学生左明、张

---

① 余上沅:《中国戏剧的途径》,《戏剧与艺术》1929年第1卷第1期。
② 此三文见余上沅编《国剧运动》,新月书店,1927年,第157—181页。
③ 志摩、上沅:《剧刊终期》,余上沅编《国剧运动》,第251页。
④ 余上沅编:《国剧运动》,1927年9月上海新月书店出版发行,1938年9月再版。此书为余上沅、赵畸(太侔)、闻一多等于1926年发起的"国剧运动"的论文专集,所收文章都曾发表于北京《晨报·剧刊》。共收《剧刊始业》(徐志摩)、《国剧》(赵太侔)、《戏剧艺术辨证》(梁实秋)、《戏剧的歧途》(闻一多)、《日剧评价》(余上沅)、《新剧与观众》(西程)、《日剧之图画的鉴赏》(俞宗杰)、《九十年前的北京戏剧》(顾颉刚)、《明清以来戏剧的变迁说略》(恒诗峰)、《剧刊终朝》(志摩、上沅)等史、论文章二十三篇。正文前有余上沅的序,后有附录《南京艺术剧院计划大纲》《中国戏剧社组织大纲》《余上沅致张嘉铸书》三篇。

寒晖、王瑞麟等就提出反对,认为老师们宣扬国剧,是为旧剧翻案,是对现代戏剧萌芽的摧残;紧接着,向培良的《中国戏剧概评》也对国剧运动给予否定;1930年前后,郑伯奇、冯乃超、叶沉等的"艺术剧社"成立,普罗戏剧的倡导者们更以国剧运动为反面例子,批判其高高在上、脱离大众的观点。其实从《晨报·剧刊》终刊之日始,国剧运动已成为一个"半破的梦",普通观众不理解,艺术同行缺少热心,尤其是新文坛为人生派阵营的冷淡,都使其失败变得不可避免。

诚如胡适所言,当时舶来的现代剧有几种路径:"问题戏""象征戏""心理戏"和"讽刺戏"。田汉早期走的是象征戏之路,而洪深则尝试心理戏。1920年代,田汉的戏剧实践与其戏剧同行保持着若即若离的姿态。田汉第一部剧《梵峨嶙与蔷薇》自称是"一篇鼓吹民主艺术的Nen-Romantic的戏曲"。① 这部幼稚之作显示了田汉新剧的特征:浓郁的抒情性和传奇性;注目于灵与肉、生与死、艺术与生活、理想与现实的搏斗;主人公多有艺术流浪者身份。以此为起步,田汉开启了他的新剧之路。与新青年派、为人生派推崇易卜生写实的社会问题剧不同,田汉推崇易卜生的象征剧,他的《南归》与易卜生的《海上夫人》倒有"血缘关系"。1922年他完成四部独幕剧《乡愁》《咖啡店之一夜》《薛亚萝之鬼》《午饭之前》,选材更开阔,风格更成熟。1924年他与妻子易漱瑜办文艺半月刊《南国》,拉开南国戏剧运动之幕。1924年刊载于《南国》上的独幕剧《获虎之夜》显示了田汉实写与虚写相兼顾的艺术笔法的出现:在一个写实的反抗包办婚姻的故事上,编织进苦恋、情感煎熬的"灵"的抒写。洪深说:"《获虎之夜》是本集里最优秀的一个剧本;在题材的选择,在材料的处理,在个性的描写,在对话,在预期的舞台空气与效果,没有一样不是令人满意的。有些人以为田汉善于写感伤的富有诗意的悲剧,而不知道他底写实手法,也是很结

---

① 田汉:《致郭沫若》,《三叶集》,上海亚东图书馆,1920年,第100页。

实的……"①擅长写抒情剧的田汉向"写实"转向,既透出他本人试图协调"为艺术"与"为人生"二者关系,也透出其时新剧观念转向的某种信息。

田汉这样分析自己的二元性:"这时我对于社会运动与艺术运动持着二元的见解,即在艺术运动方面却仍保持着多量的艺术至上主义,那时印度的泰戈尔到中国来,国内文坛对于他的态度分做两派,右翼的研究系的文士们大大的欢迎他,而左翼的文士们尤其是社会运动的少年斗士们反对欢迎他。我觉得泰戈尔的艺术有他自己的价值,不能因为他不革命而反对他,所以《南国半月刊》第一期有一简单的宣言,即'欲在沉闷的中国新文坛鼓励一种清新芳烈的艺术气',所谓空气自然也是模糊的感觉,而无一定明确的意识……"②他创作了《获虎之夜》和《咖啡店之一夜》这样既表现"青春期的感伤、彷徨",又对腐败现状有所"反抗"的作品。③五卅运动发生后,他创作的二元化现象更加明显,他一方面计划写《三黄史剧》(《黄花岗》《黄鹤楼》《黄浦潮》),一方面又继续推出《湖上的悲剧》《古潭的声音》《南归》《苏州夜话》等一批"艺术至上"的成熟之作。后者是他的拿手好戏。马彦祥说:"他(田汉)明知道戏剧应该为民众的,替民众叫喊的,他却写了许多与时代距离极远的作品。他明知道新的时代在开始了,他却还沉迷着他的抒情的时代。""田汉的作品中,一方面有如《古潭里的声音》《湖上的悲剧》《南归》等的抒情剧,而另一方面也有《火之跳舞》《垃圾桶》《一致》等为民众的戏剧。"马彦祥也说了实话:"我个人以为,田汉

---

① 洪深:《中国新文学大系·戏剧集·导论》,蔡元培等《中国新文学大系导论集》,第287页。

② 田汉:《我们的自己批判——"我们的艺术运动之理论与实际"上篇》,《南国月刊》1930年第2卷第1期。

③ 同上。

与其写社会剧,实不如写他的抒情剧为熟练,为生动,虽然这样的戏剧在这时代是不被我们所需要的了。"①道出了在现实夹缠下田汉的两难困境。正是在时代制约下,南国戏剧运动逐渐改变其艺术至上的初衷,奔赴为民众的左翼戏剧之路。1930年田汉在《南国月刊》第2卷第1期发表《我们的自己批判》,对自己的创作和南国戏剧运动进行了自我解剖和批判,对唯美主义、感伤情调作了一次总清算。田汉之路在1920年代末期颇有代表性。

1920年代各种戏剧运动依次推进的结果,落足在左翼文艺戏剧运动之上。1929年夏秋之交,上海艺术剧社成立,社长郑伯奇在《艺术月刊》创刊号发表长文《中国戏剧运动的进路》,对自晚清"文明戏"至"五四"时期再至1930年近二十年中国戏剧运动作历史梳理和总结,以"从前种种戏剧运动的失败,和最近新兴文学的成功",证明"中国戏剧运动的进路是普罗列塔利亚演剧"。该文看似是现代戏剧史的体例,但其实是以论带史,目标已经设定,论述过程都是为了说明最终的落足——普罗戏剧运动是现代戏剧运动唯一的"进路"。他指出,文明戏当初是进步事物,但很快陷入困境,"他们没有什么理论,也没有什么主义,好象很机械地模仿着日本的'新派剧'",最终"堕落到成了游戏场的附属品"。"五四"时期胡适提倡"易卜生主义",陈大悲等发起"爱美剧运动","还没有得到什么成果就逐渐消灭下去了"。近两年的新剧似乎很活跃,其背后实际危机四伏,"民众并不理解",各剧团也"感受着社会的经济的种种压迫"。"他们演的戏是给谁看?""民众受着无限的压迫、掠夺、屈辱,而我们的先生们孤心苦诣地给他们些'爱之花''青春之美酒'。他们能够接受么?"二十年来新剧运动失败的原因是剧作者没能从本质上理解戏剧与时代、与民众的关系,

---

① 马彦祥:《现代中国戏剧》,原载《戏剧讲座》,现代书局,1931年,见王永生主编《中国现代文论选》第一册,第344页。

不能自觉地使戏剧适应时代的需求。"普罗列塔利亚艺术是现代负有历史使命的唯一的阶级","一切艺术都应该是普罗列塔利亚艺术"。他用无需论证、直接断言的方式得出结论:"中国戏剧运动的进路是普罗列塔利亚演剧。"①之后,郑又推出《戏剧运动的狂风暴雨时代》②《剧文学的通俗化问题》③《大众所要求的戏剧》④等,论普罗戏剧运动的一些具体问题,以此构成其系统性的阐述。

郑伯奇的系列文章代表着左翼文化界对新剧运动进程的一种理解和论断。这种论断与时代气氛相吻合,有其号召力和整合力。1930年之后,上海戏剧界发生整体性转向,百川归海,都归到左联旗下。该年8月,南国社、上海艺术剧社、辛酉社、摩登社合并为上海剧团联盟,之后更名为中国左翼剧团联盟。其中,南国社的转向较为典型。1920年代末,南国社吸收了一批党员作家如蒋光慈、钱杏邨、宗晖等,并于1929年底至1930年初,"决意停止一切他种活动,先把过去的得失清算一过","转向革命方面"。⑤ 作为南国社的台柱、独具个性的戏剧家,田汉一直处于协调政治与艺术关系的紧张状态中。通过发表于1929年第1期《南国周刊》上由他口述、敬舆笔录的《南国社的事业及其政治态度》可以看出他的这种紧张。1929年底南国社转向,由他执笔的近十万言的《我们的自己批判——"我们自己的艺术运动之理论与实际"上篇》在《南国》发表⑥,那是一篇用检讨口吻写的关于田汉本人及南国社的思想

---

① 郑伯奇:《中国戏剧运动的进路》,《艺术月刊》1930年第1卷第1期。

② 郑伯奇:《戏剧运动的狂风暴雨时代》,《郑伯奇文集》,陕西人民出版社,1988年,第445页。

③ 郑伯奇:《戏剧文学的通俗化问题》,《戏剧时代》1937年第1卷第2期。

④ 郑伯奇:《大众所要求的戏剧》,《戏剧时代》1937年创刊号。

⑤ 参见田汉《我们的自己批判——"我们自己的艺术运动之理论与实际"上篇》,《南国月刊》1930年第2卷第1期。

⑥ 同上。

艺术历程兼中国的戏剧运动和戏剧批评的宏文。有人说,"田先生始终不能免俗,不能忘情于政治"。茅盾则给予鼓励,称田汉在转变以后创作的《梅雨》《年夜饭》《乱钟》等剧,克服了过去那种"浓重的浪漫谛克色彩",洋溢着"生气虎虎的热情使人异常感动",几作"除了'革命的浪漫主义'而外,还相当的配合着'社会主义的写实主义'"。① 他为田汉作品作了定性——具有"社会主义的写实主义"性质。理论指导创作,确立价值方向,组织适合时代要求的文艺运动,将创作带进新阶段。被带动的不仅是田汉,更是一个时代的戏剧家。至此,"五四"之后风生水起的新剧形式探索也告结束。

二、范式较劲与价值修正:关于"曹禺"的评论

1930年代中期,曹禺问世新剧坛,有其不按已成理路出牌的情况。经过前几年左翼戏剧运动的推动和社会环境的催化,戏剧创作已形成一套话语方法路径。曹禺对此并不敏感,甚至处于"无知状态"。② 他坦然地将自己的创作视为一种生命的创造,与时代似乎没什么关系。他说:"我对《雷雨》的了解只是有如母亲抚慰自己的婴儿那样单纯的喜悦,感到的是一团原始的生命之感。""情感上《雷雨》所象征的对我是一种神秘的吸引,一种抓牢我心灵的魔……"③ 基于一种生命的冲动,一种神秘力量对心灵的

---

① 茅盾:《读了田汉的戏曲》,收入《茅盾散文集》(上海天马书店,1933年),引自《中国当代文学研究资料丛书·田汉专集》,江苏人民出版社,1984年,第492页。

② 钱理群在谈及曹禺写《雷雨》时称,曹禺"处于对背景的无知状态,他可以不顾及时代话语,而一味沉浸在个人话语的创造中"。钱理群:《大小舞台之间——曹禺戏剧新论》,北京大学出版社,2007年,第15页。

③ 曹禺:《〈雷雨〉序》,《曹禺文集》第1卷,中国戏剧出版社,1988年,第210、212页。

吸引,他写了《雷雨》。那绝非对社会现实的描写,也非时代精神的感召。他的写作缘由和写作样式,均疏离那个时代业已形成的创作范式。

《雷雨》1934年7月在《文学季刊》第1卷第3期刊载。发表后近一年间,"似乎没有一个批评家注意过它,或为它说过几句话"①,反倒在日本被搬上舞台。1935年4月27—29日中华话剧同好会在东京神田一桥讲堂首次演出《雷雨》。《质文》第1卷第2号署名"罗亭"的《〈雷雨〉的批评》记及东京演出之事,称"就东京一隅说,这《雷雨》倒响过一下子的,在吃茶店里,就做了留学生的谈资,在日本的报章上,也常被人提及,而《大帝新闻》,则还有过专论,说什么日本人以为中国的戏剧还留在梅兰芳阶段是笑话"。② 1935年下半年,《雷雨》开始在国内演出,最先由天津市立师范学校孤松剧团在该校大礼堂上演。接着是欧阳予倩任导演的上海复旦剧社在宁波同乡会演出。再接着,职业剧团中国旅行剧团在天津新新影戏院的公演,引起轰动。之后,该团在上海卡尔登剧院连演三个月,场场满座,盛况空前。全国各地剧团纷纷排演《雷雨》,至1936年底,《雷雨》上演达五六百场。③ 茅盾事后称"当年海上惊雷雨"④,可见其影响。

由于《雷雨》的创作是一次个人创造,并不按时代的口径来展开,一个貌似具体的情节剧背后,有其强烈的象征性。观众读者对其内蕴的解读,一千个人就有一千个哈姆雷特。《雷雨》上演后,

---

① 巴金:《雄壮的景象》,《大公报》1937年1月1日。

② 罗亭:《〈雷雨〉的批评》,原载《杂文》1935年第2号,见田本相、胡叔和编《曹禺研究资料》(上),中国戏剧出版社,1991年,第501页。

③ 据1937年1月24日《大公报》报道。转引自田本相《曹禺年谱》,《曹禺研究资料》(上),第31页。

④ 茅盾:《赠曹禺》,《人民日报》1979年1月28日。

各种理解,五花八门。有人指责其伤风败俗。罗亭辑录的《〈雷雨〉的批评》刊载旅日华侨来信,称"闻尔等又决于本月中旬再次公演《雷雨》,尔曹诚畜生不如矣。夫此等蒸母奸妹之剧,斤斤以为艺术,公演于岛夷之邦,其意何居?殊难索解"。① 斥《雷雨》有损"国家体面"。这种极端言论还是少数,更多的是误读。有的来信称,《雷雨》"是对于现实的一个极好的暴露,对于没落者的一个极好的讥嘲"。② 有的称,《雷雨》"描写一个资产阶级的家庭中错综复杂的恋爱关系,及残酷的暴露着他们淫恶的丑态。用夏夜猛烈的《雷雨》来象征这阶级的崩溃"。③ 用社会问题剧的套路来解读《雷雨》,与作者初衷,相去甚远。1935 年 8 月孤松剧团演出《雷雨》成为天津报界醒目的话题。天津《大公报》陆续发表评《雷雨》的文章,对《雷雨》的主题作了各式各样解读。有人称,该剧"指出一个人无论是怎么样在一生里不准有一步的错,如果要是走错了,就是千万个忏悔,也倒转不过来的,立意非常伟大"。④ 有人称,"这剧本不单告诉你一个家庭的故事,它潜在的有一个问题,'婚姻制度'的问题,婚姻如何才能成为一个健全的形式?"⑤有人称,《雷雨》"暴露了中国资本主义家庭的横断面,将其'金钱'做的烟幕弹所掩饰下的罪恶加以剖析,同时对于社会婚姻和伦理制度,都表示不满,而也象征着大时代的来临"。⑥ 面对种种误读,曹禺坚持自己的写作初衷:"我写的是一首诗,一首叙事诗,这诗不一定

---

① 罗亭:《〈雷雨〉的批评》,原载《杂文》1935 年第 2 号,田本相、胡叔和编《曹禺研究资料》(上),第 501 页。
② 读者来信,《杂文》1935 年第 2 号。
③ 读者来信,《杂文》1935 年第 1 号。
④ 丁尼:《教育名剧——〈雷雨〉》,天津《大公报》(本市附刊)1935 年 8 月 11 日。
⑤ 冯俶:《〈雷雨〉的预演(下)》,天津《大公报》1935 年 8 月 18 日。
⑥ 白梅:《〈雷雨〉批判》,天津《大公报》1935 年 8 月 20—21 日。

是美丽的,但是必须给读者一个不断的新的感觉。这固然有些实际的东西在内(如罢工……),但决非一个社会问题剧。"①1936年1月19日,曹禺在天津《大公报·文艺副刊》星期特刊上发表《我如何写〈雷雨〉》(此文后来作为《雷雨》序),对《雷雨》创作作了自我阐述。他说:

> 《雷雨》的降生是一种心情的作祟,一种感情的发酵,说它为宇宙一种神秘的理解乃是狂妄的夸张,但以它代表一个人一时性情的趋止,对那些"不可理解的"莫名的爱好,在我个人短短的生命中是显明地划成一道阶段。
>
> 《雷雨》对我是个诱惑。与《雷雨》俱来的情绪蕴成我对宇宙间许多神秘的事物一种不可言喻的憧憬。②

他坚称这是一次受"心灵的魔"所驱动,由生命冲动而作出的创造。"逗起我的兴趣的,只有一两段情节,一种复杂而又原始的情绪"③,与社会现实、阶级压迫、婚姻伦理制度都没有直接的关联。他说,写作之初,"并没有显明在意识着我要匡正、讽刺或攻击什么"。他的人物并非什么邪恶之人,都是在泥沼里打滚的泥鳅,"我请了看戏的宾客升到上帝的座,来怜悯地俯视着这堆在下面蠕动着的生物"。④ 他婉言谢绝"社会问题剧"之类的张冠李戴。

曹禺的自白招来更强烈的质疑声音。1936年6月《光明》创刊号上张庚的《悲剧的发展——评〈雷雨〉》直接针对《〈雷雨〉序》,一一反驳作者的"自白"。他说:"对于《雷雨》这剧作,我前后读了两遍,连看戏的演出一道算,已有三遍了。这中间我也读到

---

① 曹禺:《〈雷雨〉的写作》,《杂文》1935年第2号。
② 曹禺:《〈雷雨〉序》,《曹禺文集》第1卷,第213、212页。
③ 同上书,第211页。
④ 同上书,第213页。

了许多演出和剧作的文字。有时候,我真感到我是走到作者的世界的边缘的了……"但读了作者的自白,"(我)却迷失了路途,只留下一个模糊的'隔世之感'"。张庚感慨,为什么同样是现代的人,现代的事,"我对作者的世界这样隔膜,像隔雨看山一样?"他推断,问题出在剧作者的宿命论哲学及其命运悲剧观上。他说,"一个剧作家如果不能领会并且接受那根据最多经验来的世界观,那他就不是走着逐渐接近真理的路"。"剧作家的脑子如果不经过理论的、世界观的武装,他总会有些地方投降了自己的直观、偏见,而不能一直为真理服务到底"。他所谓世界观,指用马克思主义哲学武装起来的观察世界的观念方式。他指出《〈雷雨〉序》的那套表达与1930年代已成常规的马克思主义斗争学说相背离,"他不能先有一个正确的对社会事件的看法之前,他只有对于'愚蠢'的人类抱一种悲悯的心情"。他对曹禺创作《雷雨》时未能拥有一个正确的世界观提出批评,但又肯定《雷雨》"还是有它的深刻,有它的令人可亲的一面",它在人物形象塑造上有极大成功。由于剧作家是一个"不自觉的成功的现实主义者","他的人物,他的现实主义的创作方法","击碎了自己的哲学","他的创作竟部分地有了反封建的客观意义"。张庚否定了曹禺的自白,进而绕过该剧的写作动机,找到其客观上的反封建和方法上的现实主义,认为后者击溃了前者,现实主义的方法克服了不正确的世界观而产生反封建的客观意义。末了,他教训曹禺:"现代的剧作者如果没有一个进步的世界观,那他会把握不住一个悲剧题材所必不可少的'最集中的事件',因为要把握它,正像要在矿砂中炼出金子一样,是需要炼矿的知识的,要从驳杂的有常事件中找出集中的事件,就需要现代剧作的炼矿术——进步的世界观。"[1]他将曹禺纳入现实主义人物典型塑造的正道中来阐释。张、曹之间,反驳与论

---

[1] 张庚:《悲剧的发展——评〈雷雨〉》,《光明》1936年创刊号。

定的背后,有其时戏剧创作规范与反规范的较劲。

曾经在追随时代与艺术至上之间徘徊的田汉,至 1930 年代中期,已是革命队伍中的一员。他熟练地操作一套时代话语,义正词严地批评曹禺。在《暴风雨中的南京艺坛一瞥》①中,他称中国旅行剧团演出的《雷雨》,获得的是一种商业性的效果。因该剧"情节紧张,组织巧妙",演员有着"平均的、优秀的演技",剧本"接触了好一些现实问题,如大家庭的罪恶问题,青年男女的性道德问题,劳资问题之类","才使观众感浓厚的兴味",引起强烈共鸣。他对这种商业性行为作追究,分析其"对于观众的要求与兴趣估计标准欠正确"的问题,将之与时代背景相联系:"在被称为'小中国'的阿比西尼亚被暂时压伏在意帝国主义的铁鞭下发着惨呼的时候,在埃及、阿拉伯各地的反帝运动蓬勃兴起的时候,在各帝国主义更积极的备战,企图要分割殖民地和半殖民地的时候,在东北四省数千万同胞呻吟在敌人统治下已达五年之久的时候,在日本南苑驻兵,整个华北已经在人家更完全的控制下'名实俱亡'的时候,在厦门事件紧张、华南危机日益严重的时候,在山积的私货潮水似的侵入内地,要吸尽中国民众最后的血汗的时候,在北方苦力同胞们的尸首成百成千漂流在河里海里,怒气冲天的时候",演出《雷雨》,是不合时宜的。他以国难当头为由追责曹禺,并赞成欧阳予倩的意见,将这部剧的"'命运悲剧'修正为一近于'社会悲剧'的东西",同时赞同其所谓"批判的演出",从此开启了一个批判地演出曹禺戏剧、对其剧作作改造和修正的先例②,对《雷雨》的"时代欠缺"作强势扭转。

除曹禺本人对这种"扭转"持抗议态度外,还有不少领会剧作

---

① 田汉:《暴风雨中的南京艺坛一瞥》,《新民报》1936 年 6 月 9、10、12、14、29 日。

② 参见钱理群《大小舞台之间——曹禺戏剧新论》,第 48 页。

寓意、与上述意见相反者,如刘西渭、巴金。刘西渭在《〈雷雨〉》中说:"在中国,几乎一切是反常的。举个眼前的例,剧本便要先发表,而后——还不见得有人上演。万一上演,十有八九把好剧本演个稀糟。《雷雨》便是这样一个例。"他称,这是"一个内行人的制作",剧作者运用两个东西:"一个是旧的,一个是新的:新的是环境和遗传,一个十九世纪中叶以来的新东西;旧的是命运,一个古已有之的旧东西。"①他指出,剧中"最有力量的一个隐而不见的力量,却是处处令我们感到的一个命运观念"。但"命运"不是一种形而上的主宰,而是"藏在人物错综的社会关系和人物错综的心理作用里"——"推动全剧的进行"的,是"报复观念"。② 周繁漪"这样一个站在常规道德之外的反叛,旧礼教绝不容的淫妇,主有全剧的进行"。"她是一只沉了的舟,然而在将沉之际……她宁可人舟两覆"。"热情是她的雷雨",周繁漪"使这出戏有生命"。③刘西渭真正读懂《雷雨》。作为《雷雨》的编者,巴金也为这部剧所震撼。他说:"我感动地一口气读完它,而且为它掉了泪。不错,我落了泪,但是流泪以后我却感到一阵舒畅,同时我还觉得有一种渴望,一种力量在我身内产生了。"④巴金没有追究剧作的内容及形式,而是为其艺术魅力所撼动。

在关于《雷雨》的主题及其内涵的辩论中,曹禺扮演了一个社会舆论校正者的角色。面对评论界对《雷雨》的种种责难,他一再解释、辩护,试图将人们引导到他的创作初衷上来。与此同时,1935年6月,他第二个作品《日出》在《文学季刊》连载。《日出》笔法上仍有

---

① 刘西渭:《〈雷雨〉——曹禺先生作》,《咀华集》,花城出版社,1984年,第90页。
② 同上书,第91、92页。
③ 同上书,第95页。
④ 巴金:《蜕变·后记》,《曹禺文集》第2卷,第427页。

《雷雨》的那些探索:宇宙中支配人的命运的不可知的力量,"习惯的桎梏",生存的"残忍"等。但又有所调整,比如,弱化不可知因素,强调人自身的问题。《雷雨》中人陷入命运泥沼里,挣扎着不可自拔,因"宇宙的残忍"而产生一种悲壮的美感效果。《日出》则将这种悲壮之美转换为被捉弄的喜剧性,从挣扎到被捉弄,对人自身的批判性和否定性大大加强。另者,《日出》正面写了一个"损不足以奉有余"的社会,尾声处安排了砸夯工人高亢的"日出东来,满天大红"的大合唱,明显与时代笔法相靠拢。这次,作者对《雷雨》"太像戏"的结构已不满意,"很想平铺直叙地写点东西","没有张牙舞爪的穿插","不见一段惊心动魄的场面","结构很平淡","有灵魂的活人"随意地"走出走进"。①《日出》的整体面貌,较之于《雷雨》已相去颇远。这里,不能低估现实规训的力量。

　　《日出》一经问世,就备受好评,但也被诟病太靠拢时代。署名孟实(朱光潜)的文章就指出:"作者对于人生世相应该持什么的态度。他是应该很酷毒地把人生世相的本来面目揭示给人看呢?还是这一点'打鼓骂曹'式的义气,在人生世相中显出一点报应昭彰的道理来,自己心里痛快一场,叫观众看着也痛快一场?"前者是《雷雨》的方式,后者是《日出》的方法。孟实说:"我自己是一个很冷静的人,比较喜欢第一种,而不喜欢在严重的戏剧中尝甜蜜,在《日出》中我不断尝到义愤发泄后的甜蜜。"②孟实从严肃的悲剧角度来衡量这部剧,对这种为了"痛快"而设置"报应昭彰"结局、表现"打鼓骂曹"式的义气,表示失望。之后,他又以苏如署名,发表《从〈雷雨〉到〈日出〉》,对《日出》的过分贴近现实表示不满。曹禺对此作了回应:"中国的话剧运动,正在需要提携,怎样拥有广大的观众而揭示出来的又不失'人生世相的本来面目',是

---

① 曹禺:《日出·跋》,《曹禺文集》第1卷,第456、457、458页。
② 孟实:《"舍不得分手"》,《大公报·文艺副刊》1937年1月1日。

颇值得内行的先生们严重讨论的问题。"①他甚至为"大团圆的戏"辩护,反过来在说服坚持艺术纯正性的朱光潜了。而《日出》出现这种情况,正与曹禺其时写剧由追求戏剧化转向追求生活化、散文化有关。这一追求的另一种体现是"横断面"的写法——打破线性结构,切开多层生活面。这一写法处理不好会节外生枝。关于《日出》另一场讨论,就是围绕第三幕的删留而展开。汉学家谢迪克指出《日出》"主要的缺憾是结构的欠统一",第三幕"仅是一个插曲,一个穿插,如果删掉,与全剧的一贯毫无损失裂痕"。②孟实也说,剧中"关于小东西的一段故事与主要动作实在没有必然的关联,它是一部完全可以独立的戏"。"它在《日出》里只能使人想起骈拇枝指之感"。他建议第三幕"完全删去"。③ 1937年2月2—5日由欧阳予倩导演的《日出》在上海卡尔登大戏院公演,因第三幕"奇峰突起演起来不容易与其它三幕相调和"④而被删去。事后,曹禺在《〈日出〉跋》中称"这种'挖心'的办法,较之斩头去尾还令人难堪。我想到这剧本纵或繁长无味,作戏人的守法似乎应求理会,果若一味凭信自己的主见,不肯多体贴作者执笔的苦心,便率而删除,这确实是残忍的"。通过《日出》能看到曹禺在外界压力下的一种调整,但他向时代靠拢,又可能会给艺术留下一些缺陷。

尽管《日出》笔法上已向时代靠拢,关注"损不足以奉有余"的现实,但仍遭到"站在前进的立场"⑤上的评论者的严厉批评。

---

① 曹禺:《日出·跋》,《曹禺文集》第1卷,第466页。
② 谢迪克:《一个异邦人的意见》,天津《大公报》1936年12月27日。
③ 孟实:《"舍不得分手"》,《大公报·文艺副刊》1937年1月1日。
④ 欧阳予倩:《〈日出〉的演出》,《〈日出〉首次演出特刊》,《曹禺研究资料》(下),中国戏剧出版社,1991年,第705页。
⑤ 周扬《论〈雷雨〉和〈日出〉》(《光明》1937年第2卷第8期)一文中称:"黄芝冈先生站在前进的立场,把这两个剧本说得一钱不值,这使我们不得不抗议。"

1937年2月黄芝冈在《光明》发表《从〈雷雨〉到〈日出〉》一文,开篇就教训道:"最受观众欢迎的戏不一定是最好的戏剧,作者除技巧成熟而外,还得对社会有正确认识和剖析;剧作者对剧情无正确的估量,不但是幻术般的欺骗了观众,而且也因为观众们的盲目拥护认不清他自己的前途。"他这样分析《雷雨》:"爬灰的症结是早婚和鳏居,蒸淫的症结是子长妻少,兄妹恋爱的症结是家禁森严,是宗法礼教的自身的缺失;作者对蒸淫和兄妹恋爱不明白指出缺失的根源,叫青年人冲出这网罗……却反叫他们将宗法礼教的缺失枷在头上,依封建道德的观点,认为自己做了'错事',为着十足地道的无益的苦闷,牺牲了青年人的有用的生命。"他称《雷雨》是"正式结婚至上主义","青年人都死完了留老年人撑持世界"。他称《日出》比《雷雨》"前进几步",少了些"偶然"。但《日出》方达生要陈白露一起回农村,"像从现代都会退避到封建农村去……难道男女一相爱,女人除跟男人一同回去,结婚,生小孩便再没有旁的路么?"这不是前进之路,而是退避之路,"不是'日出'的路,而只是'日入'的路!"他还指出,《日出》没有工人上场,只在幕后打夯合唱着轴歌,"'日出东来,满天大红!要吃饭,可得做工!'这和五一劳动歌比起来是另有一种味的"。① 总之,《日出》还有许多地方不够"前进",不够"革命"。这是站在前进立场上的评论家对曹禺二剧作的审读和批判。

有意思的是,黄文发表后,遭到他的左翼同行的反驳。周扬在《光明》上发表《论〈雷雨〉和〈日出〉——并对黄芝冈先生的批评的批评》提出另一种意见。周扬称他读过《雷雨》和《日出》,"心中一直保持着相当高的评价",黄芝冈的批评"实在太不公允",而且有"一个批评上危险倾向"。"这种倾向也可叫它公式主义吧,主要地表现在对于作家的态度的粗率上,对于文艺的特殊性,以及

---

① 黄芝冈:《从〈雷雨〉到〈日出〉》,《光明》1937年第2卷第5期。

文学和现实之关系的朴素而不正确的理解上"。他说:"《雷雨》和《日出》无论在形式技巧上,在主题内容上,都是优秀的作品,它们具有反封建反资本主义的意义。用一脚踢开的态度对待这样的作品,无疑地是一个错误。"周扬批评了黄芝冈,肯定了曹禺二作是成功之作。此文为左翼文艺界的曹禺剧作评价奠定了基调,也显示了主流批评界内部对曹剧出尔反尔的某种复杂态度。

曹剧的绕过现行话语规则及其自成一体的艺术完整性,使其具有超越既往的禀赋。从《雷雨》到《日出》,不足两年间,曹剧的历史价值经由否定之否定,获得普遍认可。1936年12月27日和1937年1月1日,天津《大公报·文艺副刊》对《日出》作了两次集体评论。刊载了谢迪克、李广田、李心影、杨刚、陈蓝、王朔、茅盾、孟实、圣陶、沈从文、巴金、黎烈文、靳以、荒煤、李蕤等人的文章。从这一份参加者名单可见当时文学界各路人马汇集于此,共同讨论《雷雨》《日出》,这是一份殊荣。参加讨论者对《日出》予以高度评价。北平燕京大学西洋文学系主任谢迪克,称《日出》在现代中国话剧中是"最有力的一部,它可以毫无羞愧地与易卜生高斯华绥的社会剧的杰作并肩而立"。① 王朔称:"《日出》不仅是现代中国戏剧界一个空前的猛进,它是我们整个文坛上的一宗光荣。"② 叶圣陶对剧作者苦心雕刻的功力表示赞赏:"采集了丰富的材料,出之以严肃的态度,刻意经营写成的文章,前几年有茅盾的《子夜》,今年有曹禺的《日出》。他们都不是'妙手偶得之'的即兴作品,而是一刀一凿都不肯马虎地雕刻的群像。"③ 茅盾说:"将这样的社会题材搬上舞台,以我所见,《日出》是第一回。至于全

---

① 谢迪克:《一个异邦人的意见》,天津《大公报》1936年12月27日。
② 王朔:《活现的廿世纪图》,天津《大公报》1936年12月27日。
③ 圣陶:《成功的群像》,天津《大公报》1937年1月1日。

剧技巧上的特点,我这外行人不敢置喙,惟有惊叹。"①沈从文分析了《日出》的人物形象,称他们"性格各有不同,都显得大手笔,如一个精明拳师,出手不凡,而且恰到好处"。"就全剧本的组织,与人物各如其分的刻画,尤其是剧本所孕育的观念看来,依然是今年来一宗伟大的收获"。② 巴金称《日出》是一部杰作,"它和《阿Q正传》《子夜》一样是中国新文学运动中的最好的收获"③,将《日出》与《阿Q正传》《子夜》相提并论。黎烈文由衷地感慨:"说到《雷雨》,我应该告白,亏了它,我才相信中国确乎有了'近代剧',可以放在巴黎最漂亮的舞台上演出的'近代剧'。"他说,以前也看过中国最优秀剧作家的剧,但觉得不能与在外国看过的剧相比,只有《雷雨》让他衷心叹服:"当看到坐在自己身旁的观念,被紧张的剧情感动到流下眼泪或起了啜泣时,我真不相信中国有这样天才的剧作家!能够这样紧紧抓住观众的心的天才的剧作家!"④黎烈文站在中国现代戏剧发展的历史坐标上来衡量《雷雨》的价值,他惊呼"天才"的诞生,为中国有足以与优秀西洋剧相媲美的戏剧而感叹不已。

这次持不同见解的各路文学同行的集体讨论,达成了对曹禺二剧的基本评价:那是"中国新文学运动以来最大的收获之一",其重要性足与《阿Q正传》《子夜》相比拟;一直踽踽前行的中国现代剧终于拿出足以与世界话剧大师相比肩的杰作了。至此,曹剧的历史地位被确认。

1930年代正是新文学在时代潮流牵引下形成关注现实的主流话语和写作范式的时期,当曹剧出现时,中国话剧舞台上已有一

---

① 茅盾:《渴望早早排演》,天津《大公报》1937年1月1日。
② 沈从文:《伟大的收获》,天津《大公报》1937年1月1日。
③ 巴金:《雄壮的景象》,天津《大公报》1937年1月1日。
④ 黎烈文:《大胆的手法》,天津《大公报》1937年1月1日。

套约定俗成的创作模式。对这套模式茫然无知的曹禺,带着其独创性的作品闯入这片领土。就像突然遇上一位陌生人,评论界的反应先是沉默,接着是叫骂声和叫好声同时出现,再接着是"站在前进立场"者试图用既成规范让闯入者就范,批评甚至批判之声四起。同时,作者的辩解、坚持和同好者的好评、赞誉与之共存。之后,演出的成功促使反方调整自己的思路和容纳度。最终双方达成一致,曹剧被认可,获一致好评。

作为前辈,欧阳予倩就说:"曹禺先生的确是剧坛突然跳出来的天才者,大家喜欢演他写的戏,我也欢喜导演他的戏……"①这种喜欢是情不自禁的,他一年间导演了《雷雨》和《日出》。对于曹禺的剧不符合其时规范处,欧阳予倩则以导演身份,作第二次创作——进行剪裁和删改。当然,欧阳予倩主要针对曹剧的舞台合适性而修改,未必修改曹剧的观念。但将《雷雨》的序幕和尾声、《日出》第三幕删去,对于剧仍有较大伤害。对此,曹禺曾提出抗议。1935—1936年间,曹剧问世、上演、轰动的整个过程中,始终充满一种规范与反规范的角力。一方面,曹剧的成功使其价值在与既定规范的冲突中被认可,同时对现行范式造成一种冲击、突破和改造。它以全新的面貌为已成惯性的1930年代的现代剧注入生机,使起步不久就被社会潮流裹挟着走的现代剧,走上一个新台阶。另一方面,现行规范也以自己的方式规训剧作家,用时代话语对《雷雨》进行阐释、修正和再创作。现行规范与剧作者的个人话语之间,并非只有矛盾、对立,实际上也互相渗透,甚至也有让剧作者由衷接受、愿意"追认"之处。在《〈雷雨〉序》中,曹禺就说,别人为他作的那些阐释和结论,"有的我可以追认——譬如'暴露大家庭的罪恶'"。他说,剧本写到末处,的确"隐隐仿佛有一种情感

---

① 欧阳予倩:《〈日出〉的演出》,《〈日出〉首次演出特刊》,《曹禺研究资料》(下),第705页。

的汹涌的流来推动我,我在发泄着被抑压的愤懑,毁谤着中国的家庭和社会"。《日出》问世之后,诸多评论者认为《日出》比《雷雨》进步,后者更接近其时流行的社会剧的常规形态。王朔称"如果《雷雨》是希腊的宇宙的定命论,《日出》有些近似唯物的社会定命论"。将人物置于社会现实中来描写,"这不再是什么'定命论'者的忧愁,这是你,我,每个人身边的现实"。"跨越了定命论的栅界。它揭示了定命的现实,但也暗示了这现实的纠正"。[①] 曹禺也认同这种说法。不论是剧作者的追认,还是批评家的引导,从《雷雨》到《日出》,已显示了剧作者在接受外部规训过程中自觉不自觉的调整。这是一个互相妥协、调和的过程。

  曹禺的创作及其评论实践过程,给现行文学规则带来冲击,使之发生调整、变化。以夏衍的成长为例,可看出其意义。夏衍起步时是按洪深、田汉所建立的那套从某一理性命题出发安排剧作的方式来创作,走的是"表达一点自己对政治的看法"[②]的创作之路。曹禺剧作的另辟蹊径及其演出的成功,对他触动很大,让他明白人物是剧中活的生命,只有人物立得起来,剧才有生命。他的《上海屋檐下》就是在曹剧启发下对现行程式所作的一次突破。这部剧从结构到人物处理上明显借鉴了《日出》。《雷雨》《日出》的诞生,不仅是为文学史增加了几部杰作,更是以此冲击了其时已成定势的写实问题剧或左翼主题剧的创作模式,改变了1930年代戏剧创作的惯性奔赴,为现代戏剧的发展注入生机,增添了新的创作样式。

[①] 王朔:《活现的廿世纪图》,天津《大公报》1936年12月27日。
[②] 参见夏衍《谈〈上海屋檐下〉的创作》,《夏衍戏剧研究资料》(上),中国戏剧出版社,1980年,第20页。

下 编
"史"的构建与新文学的知识图谱确立

1922年,作为五四新文学运动发起者的胡适就为新文学撰史。这年他为纪念《申报》馆五十周年所写的《五十年来中国之文学》第十节中,称"现在我们要说这五六年的文学革命运动了",谈的是此前五六年新文学的历史。不足五千字的这一节,先从"民间的白话文学"谈起,称"五四"新文学是这"二千年"白话文学史的连接。又指出科举废除后主张"白话"与"五四"新文化运动主张"白话"有区别,后者是一种文言一致的白话。之后才进入中心话题:《新青年》白话文运动如何发生及新文学有何成果。他勾勒了一条从胡、陈的两篇文章揭幕到《建设的文学革命论》"国语的文学,文学的国语"基本思路形成到白话诗的实验到"新旧之争"到1920年教育部令的小学一二年级教材采用国语到《学衡》的议论再到早期白话小说、白话散文的实践……环环相扣的线索。作者称,这是"文学革命的历史和新文学的大概"。① 这条线索为随之而来的新文学史写作奠定了口径。之后至1930年代中期十多年间,各式各样的新文学史撰写,包括专题史、年度史、各体演变史、社团运动史和史料汇编工作随之展开。至1935年《中国新文学大系》和各类文学史著的出版,关于新文学的绵密的知识图谱已经形成,主干耸立,支干旁生,整然有序,自成结构。那是一个新文学开天辟地的时代,一个新文学知识谱系和方法规则初期构建的年代。初建的这张图谱虽有盲点和缺失,但仍是当事者生气淋漓的自我勾勒,不仅包含原创者对新文学既有成果的估价和总结,也有在此基础上对新文学未来发展的憧憬和规划。

---

① 胡适:《五十年来中国之文学》,洪治纲主编《胡适经典文存》,第179—193页。

第十四章　编史
——新文学的秩序设计与价值裁定

　　1920年代末,大学的文学史课程中开始出现"新文学"的章目。这个时期,恰好是大学课程建设加快步伐的时期,文学史课程作为大学国文系基础课程也全面铺开。文学史授课讲义的出版是文学史著作出版的主要来源。① 据不完全统计,1917—1927年十年间出版的文学史著作不足8种,而1928—1937年,同样十年,则出版了67种,且多为文学史讲义。与教学设置相一致,新文学史最初出现,一般附在古代文学史、近代文学史之后,多以附录形式出现,作为"中国古代文学史、近代文学史著作的一条尾巴","那

---

① 当时,不少新文学家在大学、中学任教,上文学史课,都将其讲义出版,如陈子展为南国艺术学院办系列讲座的讲义,成书为《中国近代文学之变迁》,后又修订为《最近三十年中国文学史》;谭正璧为上海神州女校上文学史课的讲义,成书为《中国文学进化史》,之后又修订为《新编中国文学史》;陆侃如、冯沅君在多个学校使用的讲义,成书为《中国文学史简编》;沈从文在上海中国公学、武汉大学开"新文学研究"课的讲义,成书为《新文学研究——新诗发展》,他在青岛大学开"小说史"课,成为书《中国小说史讲义》;苏雪林在武汉大学开课的讲义,成书为《中国文学史略》《新文学研究》;赵景深在复旦大学"中国小说研究"课程讲义,成书为《小说闲话》,王哲甫在山西省立教育学院讲"新文学"的讲义,成书为《中国新文学运动史》;霍衣仙在岭南大学附中教国文的讲义,成书为《最近二十年中国文学史纲》;黄庐隐在某中学授课的讲义,成书为《中国小说史略》;最著名的是鲁迅在北京大学的中国小说史讲义,成书为《中国小说史略》。

时的新文学历史太短了,这条尾巴还未能挣脱古代、近代文学,发展成一个独立完整的形体"。① 如赵景深的《中国文学小史》(光华书局,1928年),内有"近十年来的中国文学";赵祖抃《中国文学沿革一瞥》(光华书局,1928年),内有"民国成立以来之文学";陈子展的《中国近代文学之变迁》(中华书局,1929年),内有"十年以来的文学革命运动";《最近三十年中国文学史》(署名陈炳堃,太平洋书店,1931年),内有"文学革命运动";陆侃如、冯沅君的《中国文学史简编》(开明书局,1932年),内有"文学与革命";胡云翼的《新著中国文学史》(北新书局,1932年),内有"当代文学:最近十余年的中国文坛";钱基博的《现代中国文学史》(上海世界书局,1933年),内有"新文学";张振镛的《中国文学史分论》(共四册,商务印书馆,1934年),内有"当代";谭正璧的《新编中国文学史》(上海光明书局,1935年),内有"现代文学";容肇祖的《中国文学史大纲》(北平朴社,1935年),内有"民国的文学及新文学运动";苏雪林的《中国文学史略》(国立武汉大学,1938年印),内有"现代文坛鸟瞰"等,尽管只是"附骥",新文学作为"史"的一部分,已不可或缺。

胡适的《五十年来中国之文学》②为第一轮的新文学修史,定下一个基调。"附骥"的结构不只是一条尾巴,更是将新文学摆在后续的历史位置上,强调其上下文的关系。胡适按《申报》创办五十年时间段,论五十年中国文学。这"五十年"给他提供了一个审视"新文学"的角度。他在该文第十节"五六年的文学革命运动"中,引用自己的文章《历史的文学观念论》,称"一个时代有一个时代之文学。此时代与彼时代之间,虽皆有承前启后之关系,而决不容抄袭;其完全抄袭者,决不能成为真文学,愚惟深信此理,故以为

---

① 黄修己:《中国新文学史编纂史》,北京大学出版社,1995年,第9页。
② 胡适:《五十年来中国之文学》,洪治纲主编《胡适经典文存》,第126—193页。

古人已造古人之文学,今人当造今人之文学"。他将新文学与几千年的古文学区分出来,强调不同时代的文学有不可通融的性质差别,位于文学史末端的新文学,在进化之轴上却有其优越性。他说:"这二千年的文人所做的文学,都是死的,都是用已经死了的语言文字做的,死文字决不能产出活文学。"他设定了古文学具有不可能存活的价值劣势,反之,新文学具有活文学的价值优势,这是他新文学进化史观的基本路径。

这一节里,胡适将新文学运动发生期的来龙去脉稔熟地勾勒出来,形成一条历史线索。他提炼了几个典型的片段、文学运动推进的关节点,交代自己作为运动引路人的历史进化论观点,末了,对已发生的诗、小说、散文及剧作了简要的评述。这一节花开两朵,新文学运动是主脑、主线,引领创作;新文学创作是副线,是运动引领下的开花结果。胡适拟构的这一条"线索",成为日后新文学史撰写的路径,一段众所公认的"历史",并且开启了以运动史为主线的写作样式。

一、以运动史为主线的写作样式

由于新文学是白话文运动的成果,由这场运动而派生,因此,初期新文学史撰写,多数采用运动史的框架样式,或称以文学运动及其理论阐述为框架,评述文学创作。从 1920 年代末陈子展的《中国近代文学之变迁》中的"近十年来的中国文学"、赵祖抃的《中国文学沿革一瞥》中的"民国成立以来之文学"、谭正璧的《中国文学进化史》中的"新时代的文学"等"附骥"的新文学史,到 1930 年代以后的几部新文学史:王哲甫的《中国新文学运动史》(北平杰成印书局,1933 年)、王丰园的《中国新文学运动评述》(北平新新学社,1935 年)伍启元的《中国新文化运动概观》(现代书局,1934 年)等,都采用这种框架。后几部是早期的新文学史专著,直接冠以"运动"史之名。在 1930 年代的新文学史写作中,文学运动史是主流的写作样式。

1929 年由中华书局出版的陈子展《中国近代文学之变迁》(下简称《变迁》),是作者 1928 年为南国艺术学院学生开设"中国近代文学之变迁"文艺讲座的讲义结集。如作者所言,"讲义初拟胡适之先生的所著《五十年来中国之文学》而略附鄙见"。后来陈子展觉得胡文是"为《申报》五十年纪念而作,故划分时代不得不如此,又以其偏重白话文,故立论不得不如彼;与鄙见颇有出入,始别为讲稿,随搜集材料,随联缀成文"。① 此著显然以胡适《五十年来中国之文学》为摹本,只是把五十年改为"近代",没有那么"偏重白话文"。对"十年以来的文学革命运动"的描述,基本沿用胡的说法,且只谈运动史,没有出现关于创作的述评。陈对新文学运动过程作梳理,其线索与胡文大致相同:陈、胡通信——《文学改良刍议》《文学革命论》——钱玄同、刘半农、周作人等的文章——鲁迅的《狂人日记》、沈尹默等的白话诗——《每周评论》《新潮》等刊——林纾的《荆生》《妖梦》、林、蔡之辩——《学衡》《甲寅》等。文末称:"本书重在史的叙述,并非创作,材料悉取于人,剪裁始出鄙见。质言之,抄书而已,非敢以著述自命也。"他将"运动"的描述,视为"史"。还列了个征引"诸家"名单,其中胡适是第一位。中国文史家写史,重因袭前人,像胡适这样的自建框架者极少。陈著之后,因袭胡著者不为少数,体现在几个方面:一是认同其进化论历史观;二是援引其史迹线索;三是重"运动"轻"创作",创作成果只是运动成就的证明。

1931 年陈子展以"陈炳堃"署名,推出《最近三十年中国文学史》(下简称《三十年》),作为《变迁》的第二版。作者称:"本书继

---

① 陈子展:《中国近代文学之变迁·自序》,陈子展撰,徐志啸导读《中国近代文学之变迁·最近三十年中国文学史》,上海古籍出版社,2000 年,第 3、4 页。

胡适之先生《五十年来之中国文学》及拙编《中国近代文学之变迁》而作，惟取材设论，仍袭二书者不及百分之十。持较二书，其间取舍繁略，亦颇有异同。"①从费时用力的情况看，后者显然是精心之作。第十、十一节是谈"文学革命运动"，分上下两篇，史料文献引述的确"繁富"多了，但基本框架和思路，较之《变迁》，没大变化。当然 1922 年之后的文学运动记述，是胡文所没有的。如对《学衡》《甲寅》的反攻及新文化方的驳难，有详细的文献引用。最为不同的是，这回《三十年》专门谈"新文学创造"，虽然篇幅不足四分之一，且没有对作家作品作具体点评，只是对创作出版情况作量化统计分析，以呈现新文学"相当的成绩"。作者引用陈源《新文学运动以来十部著作》和曾朴、曾虚白合著《一家言》等文中的统计数字来说明问题。陈文据商务印书馆出版的《星海》中《最近文艺出版物编目》的统计，截至 1923 年末，五六年的新文学作品，有小说(含长、短篇和合集) 13 种、诗歌 16 种、戏曲 1 种、其他 9 种、翻译 88 种，成果并不可观。陈子展又以曾虚白对 1928 年以前十年新文学情况的描述作为佐证②，证明十年新文学成就不高，虽然有三方面成绩不可埋没———一是小品文字，二是短篇小说，三是

---

① 陈炳堃(子展):《最近三十年中国文学史·例言》，陈子展撰，徐志骕导读《中国近代文学之变迁·最近三十年中国文学史》，第 119 页。

② 曾虚白说:"自新文化运动开始至今日，十多年来努力的结果，称得起有文艺性的作品，只有二百多种译本，一百多种创作，并且这是没有一些批评眼光的统计，凡是文艺作品，好的，坏的，一股脑儿搜集在一块儿的总数。……拢总四百多本书的一个小贡献，却大吹大擂的什么界什么坛的在人们面前夸耀……""现在各种带新文艺色彩的定期刊物，每期能销到五千份以上的是很少很少的，至于在这条线上的书籍，能得到超过两万册以上的销数的，恐怕只有寥寥可数的三四本，其余，则一版三千，再版六千，就此而止，已经算很好的了。"曾虚白:《给全国新文艺作者一封公开的信》，收入曾朴、曾虚白《一家言》，转自陈子展撰，徐志骕导读《中国近代文学之变迁·最近三十年中国文学史》，第 317 页。

诗,但是,"这三件,我们凭良心说,不能不说有良好的新产品。……精致的作品是发见了,只缺少了伟大"。① 陈子展对十年新文学的描述,侧重于新文学阶段性演变、流派、方法的讨论,从宏观着眼,有较强的文学史自觉。比如,谈诗,他作了四个阶段归纳:第一,是形式上开始打破旧诗的规律,仍未脱尽旧诗词音节和意境的早期白话诗;第二,是无韵诗,或自由诗;第三,是小诗;第四为西洋体诗。做的是新诗历史总结。对戏剧,他着眼于戏剧运动,称"现在的戏剧运动稍觉热闹",戏剧的中心已移到上海,出现许多戏剧团体,"有田汉、欧阳予倩诸人的南国社,有洪深、王怡庵诸人的戏剧协社,有朱穰丞、马彦祥诸人的辛酉剧社,有向培良、长虹诸人的狂飙社"。② 关注戏剧群体及其运动的情况,依然是一种运动史的写法。

同样源自讲义,陆侃如、冯沅君的《中国文学史简编》(开明书局,1932年)设有"文学与革命"一讲,谈到新文学,也是一种运动史格局,记述了两场运动——"白话文学运动"和"无产文学运动",以及"两种运动的基本理论及提倡经过情形",简约却比较客观。值得注意的是,该著对"无产文学运动"的记述,称"无产文学的基本理论有二:一是历史的唯物论,一是科学的美学"。"这个运动托始于俄国革命。革命成功后,有无产文化协会的组织。1918年9月,协会第一次大会的决议案中,便有'无产阶级以自己的阶级艺术为必要'的话。经过若干年的酝酿,党的文艺政策遂于1925年7月正式披露。……其波及中国,则在1925年以后。创造社等,是这个运动的首倡者。当时反对者与赞同者的辩论,其

---

① 曾朴1928年3月致胡适信,收入曾朴、曾虚白《一家言》,陈子展撰,徐志骕导读《中国近代文学之变迁·最近三十年中国文学史》,第319页。

② 陈炳堃:《最近三十年中国文学史》,陈子展撰,徐志骕导读《中国近代文学之变迁·最近三十年中国文学史》,第323页。

热烈的程度亦不下于白话文运动时期。……在1928年至1930年中,这个运动的势力是大极了。理论书籍及新兴作品,整批整批地翻译过来。所有的青年,都发狂般地接收这个新运动。"①记述革命文学运动发端时的社会影响和社会接受情况,是一种历史手笔。新文学作为一门学科进入大学课堂,注重的是对文学作历史化处理,"运动"的来龙去脉成为历史叙述的线索依据。

有趣的是,新文学不是作为"附骥"而是作为专史出现,最早也是以新文学运动史的形式,如王哲甫的《中国新文学运动史》(下称《运动史》)。这部洋洋30万言的史著记述了1917—1933年"五四"新文学运动的历史。1917年发生的新文学运动贯穿至1930年代。在第三、四章,作者将1925年"五卅惨案"当作新文坛转向的界线,分上、下两段,而没有将1928年革命文学运动作为转折点。因此虽然1925年社会环境变化了,"五四"新文学运动却一线贯穿,直至1933年,颇有意思。②不像陈子展基本沿用胡适的文学史观及相关说法,王哲甫更全面地呈现了各家之说。比如,第一章"什么是新文学",他引述了诸家之说:胡适的"文学历史观念"及"国语文学""死文学"与"活文学",陈独秀的"国民的写意的社会的文学",沈雁冰的"社会工具平民文学",周作人的"人的文学"及"平民文学",成仿吾的"新文学之使命",郭沫若的"革命文学"等。作者不加评论,让各家说法共存。不过,比《变迁》迟几

---

① 陆侃如、冯沅君:《文学与革命》,原载《中国文学史简编》,上海光明书店,1932年。陆侃如、冯沅君:《中国文学史二十讲》,山东画报出版社,2007年,第164、165页。

② 从《中国新文学运动史》全书格局看,所谓文学运动应该统率整个文坛的运动。革命文学运动只是一部分人的运动,不像"五四"新文学运动形成整个新文化阵营。从新文学内在运行的各方面情况看,1930年代仍贯穿着"五四"新文化精神。也许据此,该书没有将革命文学运动视为另起炉灶、取代前者的一场运动。

年,《运动史》明显受普罗文学思潮影响,强调创作"大多数人所能享受的很普遍的作品",取材要面向下层,体裁要多种多样等。他说:"直到一九二五年上海的'五卅惨案'发生,好像天大的巨浪一般震荡了中国'醉生梦死'的民众,同时中国文坛因受了这一次外来的剧烈的刺激,也发生了重大的变化。以前的微温的柔情的作品,已不适合时代的需要了,这时代所需要的是热情奔放,充满了血与泪的革命文学。"①作者看到,受革命怒潮冲击而最先转向的是"创造社郭沫若一流人"。相比之下,这股怒潮对文学研究会的影响就不大,他们仍"保持原来的态度努力创作"。还有一部分作家"另起炉灶向各方向而发展去了",如周氏兄弟办《语丝》,孙伏园办《京报副刊》,徐志摩办《晨报副刊》,冰心、落花生尚在英美留学等。②他看到五卅给新文坛带来的冲击及之后新文坛的分化。从运动史着眼,《运动史》所论的不局限于文学,更兼及社会文化,如关于1924年,他记述了泰戈尔访华搅起的风波;记述了该年10月古文家林纾的逝世,称"虽然'五四'时代林氏为反对新文化运动而失青年的同情,但他在翻译上的功绩与著作的努力,仍然值得我们纪念的"③,给予林氏一个公允的评价;记述了《现代评论》的创刊,认为沈从文、胡也频、徐志摩、袁昌英、陈衡哲、胡适、郁达夫、张资平、丁西林、杨振声、凌叔华等作者于上面发表的作品,呈现了该刊的新文学立场。这是一种文学史年表式的记载方式。

《运动史》用编年体方式,对1917—1933每年发生的与文学有关的人与事多有记述,以运动为线索,串起社团、潮流、刊物和事件。即便作者有自己的倾向,也在多元的记述中变得客观、平实。第五、六章记述新文学创作第一期、第二期,从运动史角度谈创作,

---

① 王哲甫:《中国新文学运动史》,北平杰成印书局,1933年,第70页。
② 同上书,第71页。
③ 同上书,第68页。

作者很看重社会思潮对创作的影响;同时依照社团流派线索来考察和归纳作家的创作特色和成就。第一、二两期共论及诗作者34人、小说家45人、剧作家24人、散文家9人。所选作家范围较宽,不以某一集团的倾向为定则,即使被革命文学家视为"落伍"的作家,也给予客观评价。如关于周作人的诗,他说:"周作人在中国文坛上是一个多方面的作家。……对于新诗的创作,他算是资格较老而作品最成熟的作家,虽然他不是个纯粹的诗人。……他的作品冲淡自然、很能表出委婉的情意,颇近于古代的诗人陶渊明。他的《小河》在《新青年》六卷二号发表后,胡适曾誉为新诗中的第一首杰作。"[1]评价恰如其分。值得注意的是《运动史》对史料整理、爬梳的特色。第九章《新文学作家略传》,收入36位作家的略传,包括他们的著译书目。第十章《附录》设有《文学研究会的始末》《创造社的始末》《少年中国学会的始末》《中国学艺社的始末》《上海戏剧协社的始末》《笔会成立的经过》《作家笔名一览》《文艺刊物调查一览》《新文学创作书目一览》等,可谓十五年新文学的百科全书体例。此著既有社会史的开阔眼界,又有文学史的缜密观照,可谓宏观与微观相结合,是继胡适之后,在新文学史体例架构上有新贡献的一部史著。

与胡适时代从"文化运动"切入有所不同,1930年代以后新文学运动史的撰写方法多从"社会运动"切入。史观上以阶级论的唯物史观代替进化论史观。上述王哲甫的《运动史》初露转向端倪,王丰园的《中国新文学运动述评》(北平新新学社1935年,下称《述评》)更径直采用社会史笔法。该著从自戊戌变法写起,将新文学嵌入社会变革的大局中,梳理从戊戌变法至1930年代社会演变的轨迹和各个关节点,文学如何随这种变化而变化,成为时代的折射。时间跨度比王哲甫的《运动史》更大,突出社会史的主导

---

[1] 王哲甫:《中国新文学运动史》,第119页。

作用,论的色彩更浓。全书共设六章:《戊戌政变与文章的新趋势》《五四文学革命运动的总清算》《自然主义的文学运动》《浪漫主义的文学运动》《革命文学运动》《左翼作家联盟以后的中国文坛》,从社会演进角度论文学运动。

《述评》从"维新运动与文体解放"谈起,为近代文体改革作阶级性质定位。作者以康有为的《东事战败联十八省举人上书》一诗为例,称之"很可以代表当时士大夫阶级的义愤","当时一般专代圣贤立言的八股文人已经感觉到时代很严重,要表示自己的意思,要说自己的话,而且开始要用群众运动的方式来表现了……"① 疑古思潮的盛行、文学改良的动机、梁启超的新体文,均缘于这种背景。正因此,"梁氏为文既不似桐城派,又不似汉魏,而为一种'条理明晰、笔端常带感情'的'新体文'"。② 作者分析诗界革命、章炳麟的文学见解、王国维的文艺批评、章士钊的政论文章、严复的西文译介、林纾的汉译小说等,称"甲午以后,帝国主义者的新式武器,轰碎了中国封建社会的壁垒。中国人的生命,遂握在资本主义者的手里"。③ 这个阶段的文学改良变革,带有"资产阶级性质"。之后,胡适、陈独秀是"新兴资产阶级的代言人",他们所从事的文学革命是"立在资产阶级意识观点,对封建社会文学加于抨击"。④ "五四"一代文化改革者,只憧憬着资产阶级文化,喊着"赛因斯""德谟克拉西"等口号,"要在思想上文艺上,及一切观念体系上,建筑起资产阶级的巩固宝塔"。⑤ 但《述评》还是承认:"胡适的《文学改良刍议》奠定了新文学的形式,周作人的《人的文

---

① 王丰园:《中国新文学运动述评》,北平新新学社,1935 年,第 3 页。
② 同上书,第 3—4 页。
③ 同上书,第 38 页。
④ 同上书,第 56、57—58 页。
⑤ 同上书,第 56 页。

学》奠定了新文学的内容。"①《述评》以社会基础决定上层建筑的观念理解文学,指出"五四"之后文学思潮受社会思潮所牵引的情况,总结出四种思潮——自然主义文学思潮、浪漫主义文学思潮、革命文学思潮、左翼文学思潮,并将之作为四个文学运动来论述。"自然主义文艺运动"以文学研究会群体"为人生"文学实践为内容,分析鲁迅、叶绍钧、茅盾等创作。把鲁迅归入文学研究会群,别出心裁。《浪漫主义的文艺运动》以创造社"为艺术"文学实践为内容。最后两章《革命文学运动》《左翼作家联盟以后的中国文坛》所占篇幅最大,从"革命文学的兴起及其演进""对于革命文学的非难者",谈到"左翼作家联盟及其主张""大众文艺"讨论、"第三种人"论辩、"大众语"论战等,左翼文学运动显然是前段各场运动的最优越者。《述评》站在左翼文化角度,以论带史,观点突出,自成一体。开启了以阶级阐释文学、以社会思潮统率文学运动的文学史写作样式。

伍启元的《中国新文化运动概观》(现代书局1934年,下称《概观》)与上述两部运动史又有所不同。《概观》从文化运动史角度切入,把文学摆在文化的背景下,作为文化的组成部分来考察,指出文学在文化变革中的角色、位置。《概观》首先考察现代中国的文化变迁,梳理"现代学术思想之史的发展"线索。作者称,"欧洲文学传到中国来后,中国人渐渐感觉到自己文化的缺陷,于是,那些新思想家就起来提倡效法西洋。他们看见自己的学术没有生气,他们看见有思想的人都消磨在咬文嚼字的工夫里,他们又看见西洋语言文字合一的好处,所以就思以改革。最先去提倡革新的,是王国维氏,梁启超氏,谭嗣同氏等"。② 他将文学革命运动放在

---

① 参见王丰园《中国新文学运动述评》,第73页。
② 伍启元:《中国新文化运动概观》,原由现代书局1934年出版,黄山书社,2008年,第27页。

文字改革运动的结构中来理解:"民国五年间,在国语运动——'文字改革运动'——最兴盛的时期,文学革命开始了。文学革命和国语运动有同一的目的,求文字的普遍;但文学革命运动,更进一步要打倒那'半死不活'的古文,更进一步要建设有生气的国语文学。"①他以近期思想学术之线索分析文学革命运动,从胡适"八不主义"、《建设的文学革命论》谈起,谈到《新青年》群体与林纾、与《学衡》、与《甲寅》的论争;又谈到实验主义的引进,疑古思潮的澎湃,国故整理及其批评,唯物辩证法的兴盛等。《概观》指出,"新文化运动以来,学术思想上的最重要的事业,如文学革命,如实验主义的提倡,如辩证法唯物论的引进……都是新文化运动范围以内的东西。所以说,新文化运动是现代思想史上最重要的运动"。② 从思想文化演进的角度画出一条线索,指出新文化运动是现代史上统率各种思想运动、文学运动的源头背景。这种思路之下,现代学术、现代文化、现代文学一脉贯通、互相牵动,是一个整体。这在某种程度上摆脱了从社会经济基础出发演绎思想文化和文学的套路,从学术角度阐释文学历史的内部规律,有其独到之处。

1930年代的新文学史撰写,努力从"运动"的角度理解文学,从大处着眼,强调社会存在决定文学艺术,援引新的社会学理论为支持,阐释新文学演进规律。如胡云翼《新著中国文学史》(北新书局1932年)作为一部文学通史,尾巴处的第十编"当代文学",对文学革命运动获得成功的原因作了这样的分析:"(1)中国近数十年来产业发达,人口集中,国民教育渐渐普遍,已经是需要白话文的时候;(2)感受西洋语体文学的影响,旧文学的缺点乃大露,再也站不住脚;(3)一千多年的白话文学的演进,已经成熟。所以

---

① 伍启元:《中国新文化运动概观》,第28页。
② 同上书,第34页。

一经胡陈的倡导,便不期然的举国景从了。"①视社会原因为文学革命运动发生的首要原因,强调文学的外部影响和时代召唤,这种做法在当时颇有代表性。吴文祺《新文学概要》(中国文化服务社,1936年)的整个分析,贯穿着"政治经济决定文学"的思路,该书引用苏联早期文艺理论家弗里契的唯物论文艺观点:"文艺史家的任务在于揭示在象征符号后面的统治阶级的利益。"②根据这一理论,他称现实主义是资产阶级的艺术,浪漫主义也是资产阶级文学发展一个阶段的表现,象征主义更是没落的个人主义产物。在这种思路之下,他对无产阶级文学赞赏备至,对语丝派、新月派、象征派和幽默小品文派等,则评价很低。

这个时期,运动史主导着新文学史写作,隐含这样的逻辑:由"运动"而派生的文学创作,是"运动"的组成部分,其成果体现着"运动"的实绩。从这个角度着眼,创作自身的文学价值,未能得到充分的估量。这其中,有胡适《五十年来中国之文学》所开创的新文学史写作样式的影响。随着1928年革命文学运动的发生,阶级论和唯物史观引入文学领域,经济基础决定上层建筑的新文学运动史写法,引领主流,形成思想史、社会史主导下的文学史写作样式。值得注意的是,由于运动史作为文学史的基本构成被高度重视,一些有史料意识的文学史家及时整理汇编了各种新文学运动史资料,如苏汶编《文艺自由论辩集》(现代书局,1933年)、李何林编《中国文艺论战》(中国文艺社,1932年)、张若英编《中国新文学运动史资料》(光明书局,1934年)等。1935年《中国新文学大系》中胡适编《建设理论集》、郑振铎编《文学论争集》、阿英编《史料·索引》等,属于新文学运动文献史料汇编。新文学运动史

---

① 胡云翼:《新著中国文学史》,北新书局,1932年,第303页。
② 参见叶永夫《苏联俄罗斯文学概述》,《苏联文学史论文集》,外语教学与研究出版社,1982年,第119页。

料汇编的推出,不仅为新文学运动划出"史"的范围,更以"运动"就是"文学"的做法,参与新文学历史体系构建,某种程度上削弱了文学的独立性价值,为后来的政治统率文学提供了合理性依据。

二、从细节中建立规则:创作史的艺术倚重

1930年代的新文学史写作,尽管偏重运动史,甚至以"运动史"为题,只写运动史,但多数还是兼顾运动史和创作史两头。一般来说,"运动"是史的骨架,"创作"是史的血肉。创作史部分多采用传统文艺批评的点评、鉴赏方法,与运动史部分以社会学、文化学、历史学理论为引导的史迹记述判然有别,又互相杂糅,构成新文学史的一体两面。

与运动史的粗线条、大景象、宏观勾勒不同,创作史从小处着眼,聚焦于作家作品和社团流派活动。记述相对碎片化,由无数个"片段"组成。每位作家、每篇作品都可能是一个独立的片段。这些"片段"如何整合成一片整然有序的文学史图景,需要一套相应的处理方法。1930年代新文学史写作,创作史部分多以体裁为线索,按诗、小说、散文和戏剧分门别类来谈;每种体裁中,按时间和社团、流派或风格分若干块面来谈;社团、流派中,按作家作品的风格、成就情况,分成主次等级来谈,以此形成框架。胡适的《五十年中国之文学》谈创作部分,首开这种框架样式。之后,赵景深《中国文学小史》(光华书局,1928年,下称《小史》)中的"近十年来的中国文学",从创作史角度展开,进一步强化了这种结构样式。

《小史》称"最近十年,在文学上新开辟了一个园地,便是以语体作文;无论散文、诗歌、小说戏曲,都用语体来作"。所谓"语体"指口语体,即白话文。作者先回顾白话文运动的经过,然后分别就诗歌、小说、戏剧、散文四种体裁的创作进行评述。诗方面,他称近

十年的诗,历经四种变迁:最早是"未脱旧诗词气息的,所谓缠足妇人放大的脚"的白话诗,如胡适的《尝试集》、刘复的《扬鞭集》、刘大白的《旧梦》等,许地山、王怡庵也受之影响。之后是"无韵诗",以康白情的《草儿》和俞平伯的《冬夜》为代表。"前者每多松散,有如散文,后者时谈哲理,玄妙莫测"。再接着是"小诗",以谢婉莹(冰心)的《春水》《繁星》、宗白华的《流云》、梁宗岱的《晚祷》等为代表。当时"叶绍钧、刘延陵所编之《诗杂志》中小诗甚多",可见其风气之盛。最后便是"西洋体诗",郭沫若的《女神》"略开端绪","尝试此道而成功的是徐志摩的《志摩的诗》"。于赓虞、朱湘、闻一多、梁实秋、蹇先艾、刘梦苇、饶孟侃的诗作也"属于这一体"。小说方面,《小史》对叶绍钧、郁达夫、张资平、滕固、冰心、庐隐、许钦文、冯文炳、王统照、杨振声、徐祖正、鲁迅等的小说展开评述。称郁达夫的小说"多写'穷'和'偷'和'色'";张资平则"善写三角恋爱和自身所受的经济压迫";滕固之作有"多肉气息";冰心则"多写爱海、爱小孩、爱母亲,而不及两性恋爱";庐隐恰好"反之",多写恋爱;许钦文小说"幽默";王统照小说"艺术分子太多,每刻划过甚,事项的进行因而迟缓"等。关于戏剧和散文,《小史》认为,两者皆"不大发达"。前者举及田汉、丁西林、洪深、余上沅、侯曜、熊佛西、徐公美、郭沫若诸作,后者述及朱自清、叶绍钧、孙福熙、徐志摩、周作人等文章。《小史》这条"尾巴"的文字不多,却网罗面颇宽,对十年创作作整体扫描,所有重要的作家都被网罗其中。文字"轻松",明白浅显,可读性强,出版后"竟能销到十五版"[①]。1934年赵景深又在《小史》基础上将内容扩大"一半",撰成《新编中国文学史》(北新书局,1935年)。明清编的第十六讲,为"现代文学",内容有所扩充,如新诗已扩展为五个

[①] 赵景深:《〈新编中国文学史〉序》,赵景深《新编中国文学史》,北新书局,1935年,第1页。

阶段,第五时期为象征派时期。该讲认为"此时已到新诗的衰落期。……在外表看来,新诗好像是退步;但在实质上看来,诗的艺术实已逐渐的高深"。以李金发、王独清、冯乃超、穆木天、戴望舒、姚蓬子为代表,他以李金发为例,特别指出,"这一派的诗有诗料而无组织,又时杂文言,为世所诟病"。① 将"现代文学"置于"明清编"之末处,是基于教学的便利,还是有别的考虑? 还可推敲。

从1920年代中期开始,谭正璧陆续出版几种文学史著:1925年《中国文学史大纲》、1929年《中国文学进化史》、1930年《中国文学史大纲(改订本)》、1935年《新编中国文学史》,均由上海光明书局出版。最后一本,应该是在前几本基础上的集大成者。《新编中国文学史》第七编"现代文学",设"文学革命运动""文学建设运动""革命文学运动"三章。从纲目看,似乎是运动史构架。实际上,第二章"文学建设运动"谈新文学创作成果,分诗歌、小说、戏剧三节。第三章"革命文学运动",除第一节"引论"介绍革命文学运动发生和左联成立外,第二至四节也分别谈第二个十年的诗歌、小说和戏剧创作。有趣的是,该书没有将散文列入讨论之中,总体上看偏重于创作史梳理。以1928年为界,谭著将自"五四"至1930年代上述三种体裁的创作分为两个阶段,以诗和小说为重点。第二章第二节《诗歌》谈诗的第一个十年,第三章第二节《诗歌》谈诗的第二个十年,两节合起来,就是一部1917—1935年新诗史。作者称"诗体的解放,本是文学革命运动时期一个重要的主题,所以它站足于新文坛上的时期独较小说、戏剧为早"。② 最先是胡适《尝试集》的大胆尝试,这部集子决不会因为新体诗技术的幼稚而被埋没。《尝试集》出版后,"有胡怀琛出来和作者讨

---

① 赵景深:《第十六讲 现代文学》,赵景深《新编中国文学史》,第348页。
② 谭正璧:《新编中国文学史》,上海光明书局,1935年,第432页。

论诗中的'双声叠韵'问题,参加者有朱执信、朱侨、刘伯棠、胡浈、王崇植、吴天放、井湄、伯子等,一时颇为热闹"。① 这场讨论在后来的新诗史中鲜被提及,实是对白话诗废除形式的反拨。继起的是无韵诗和小诗,谭正璧称其为"诗体解放后的成功者",在这里诗体实验走向成熟。他以十位诗人的创作勾勒第一段的历程:一是作白话诗的胡适、刘大白、刘复;二是作无韵诗的康白情、俞平伯、郭沫若、汪静之;三是作小诗的谢婉莹、宗白华、梁宗岱等。新诗第一、二期的界线比小说等略早,大约在 1924 年前后。第二期以徐志摩主编《晨报副刊·诗镌》为开端,作者称,"这个时期的新诗人,大都是些新进的作家。老作家虽有徐志摩、闻一多、塞先艾等,但他们的作风和前一时期所作全然异致。这时期的新诗,都采取西洋的方法,而另外创造出新的风格,无论内容方面,技术方面都有了很大的进步"。② 这个时期的新诗实验,新人辈出,线索多元。谭著介绍了几个群体:《诗镌》群体除了徐志摩、闻一多外,有朱湘、刘梦苇、于赓虞、王希仁、饶孟侃、于成泽;创造社三位年轻诗人王独清、穆木天、冯乃超;以李金发为发端的象征派诗人,包括戴望舒、姚蓬子;难以归派的谢采江、童国华(白采)、高长虹、向培良、邵冠华、陈梦家、方纬德、任兆和、杨骚、蒋光慈、臧克家等,还有词人兼散曲家的卢冀野。这批后起之秀,共构了第二期新诗多姿多彩的局面。

第一、二章的两节《小说》,一方面是小说流派的整体贯通,一方面是小说文本的解读,颇见匠心。流派群体方面,有以鲁迅为开路者的乡土小说群,包括许钦文、冯文炳、王鲁彦、黎锦明、胡也频;有女作家小说群,包括冰心、庐隐、沅君;有文学研究会小说群,包括叶绍钧、许地山、王统照、孙俍工、王任叔、顾仲起、许杰、王以仁;

---

① 谭正璧:《新编中国文学史》,第 434 页。
② 同上书,第 456 页。

有创造社小说群,包括郁达夫、张资平、周全平、倪贻德、滕固、洪为法;还有没法归群的刘大杰、蹇先艾、杨振声、徐雉等。这张名单基本囊括第一个十年重要的小说作者,形成以鲁迅为塔尖,以各群体领头人冰心、叶圣陶、郁达夫为第二层的小说家等级图谱。

下半期以茅盾、舒庆春、巴金三位为重点对象;再介绍该期几位女作家:谢冰莹、苏雪林、凌叔华、沉樱;革命文学家群:蒋光慈、戴平万、魏金枝、楼建南、龚冰庐;恋爱小说家群:叶灵凤、罗西、金满城、叶鼎洛。有趣的是,谭著将沈从文与施蛰存、穆时英、张天翼视为一类,他们都是风格独特、有爆发力的新秀。作者称:"沈从文与施蛰存是两个以平静的作风著称的作家,沈从文尤以作品的数量的宏富称雄一时。"① 又称:"穆时英与张天翼是近几年来新起的最有希望的两个小说家。穆时英长于运用日常应用的口语入文字,所写的都是些落魄的流浪汉,封建制度压迫下的末路英雄等属于下流阶级的人物。……张天翼也是以善于运用新颖的方法著名的,他的眼光特殊的锐利,能够洞察到社会的幽暗的角落。他所描写的人物,上自官僚,下至流氓,他们的原形,在他的笔下无可遁逃的显露。"② 从艺术笔法着眼,他找到四位后起之秀的共通性,点明他们很好的发展前景,但他也指出,这个时期的小说多数是二流以下的作品。究其原因,"这时有许多较有资本的创作家,都自己开书店来印行自己的书;就是自己不开书店,只要和书店老板有相当关系,便不愁作品不能出版。这样,自然好坏不分了"。③ 谭著将作家个体创作与阶段性文学潮流变迁相联系,既注重作家作品的微观分析,又指出个体创作与时代潮流间的关系,是创作史与运动史结合得较好的一种做法。

---

① 谭正璧:《新编中国文学史》,第472页。
② 同上书,第473页。
③ 同上书,第463页。

从创作史角度来梳理新文学的,还有苏雪林《中国文学史略》中《三〇、现代文坛鸟瞰》。此篇不谈思潮运动,只谈二十年的创作,"自民国八年五四运动始到民国二十六年七七事变为止"。苏指出:"新文学第一次试验品不是小说不是戏曲却是新诗,第一部创作便是胡适的《尝试集》。""胡氏诗的优点以内容论,第一是明白清晰,第二是完全写实,第三是哲理化。以形式论,则首首有韵,组织严密,不过少含蓄的意味,缺乏深厚的感情也是它的短处。"① 她称五四新诗人多为"半路出家",脱离不了"旧诗窠臼",只有"刘复的扬鞭瓦缶两集"较成功。有几个青年诗人,"像康白情草儿之豪放不羁;俞平伯的冬夜西还之冗长晦涩;汪静之蕙的风之幼稚放肆",虽不能算诗,但其泼辣新鲜的少年朝气倒的确替新诗"斩除许多荆棘"。稍后朱自清、王统照、焦菊隐、于赓虞的散文诗,"都是由康俞一个系统发展下来的"。② 苏氏在点评中梳理新诗脉络,揭示其流变轨迹。她又说:"使诗的形式带上西洋色彩者为郭沫若……他以雄浑豪放的声带唱着英雄调子,颇合阳刚之美,但艺术不甚成熟,不算成功作品。同派有王独清,蒋光慈,成仿吾等则更自郐以下。"③将郭、王、蒋、成视为一派,颇有意思。对象征诗派的李金发,苏氏称其诗"暧昧恍惚,极难捉摸,但自有一种异样情调,使人心醉"。她称邵洵美为颓废派的代表,为邵留下一笔。苏氏有自己的学术个性和历史判断,认为"对新诗坛有真正贡献者,实为徐志摩闻一多和他们手创的新月诗派"。这一派有共同特点:"第一是讲究诗的体制";"第二是实行胡适'国语的文学'的教条,以纯粹的国语写诗";"第三是写长诗的试验,如闻一多《李白的死》,朱湘《王娇》,徐志摩《爱的灵感》,孙大雨《自己的写照》,方

---

① 苏雪林:《中国文学史略》,武汉大学,1938年印行,第145页。
② 同上书,第145—146页。
③ 同上书,第146页。

陈二家合作的《悔与回》都是开阖动荡、大气磅礴的巨作"。① 她重点分析徐诗和闻诗的特色。称闻一多是抱着"语不惊人死不休"宗旨的诗人，受"西洋文化的影响，但所用典故术语完全以中国本位为前提。决不像郭沫若等之满纸洋典逐句镶嵌洋字那类非驴非马的恶模样"。② 赞闻氏而贬郭氏，苏有自己的尺度。

与谭正璧认为散文"成就不大"不同，苏雪林称二十年新文学成就最高者，除了小说，就是散文。小品文第一人是周作人。她说，周作人引蔼利思之说，称自己心里有两个鬼，"正因为他性格上有这么深的矛盾，所以既不能循规蹈矩，做一个道学先生又不能以什么'战士'自命，随青年们起哄。在这瞬息万变的大时代里，他好像很感苦闷与彷徨，又有点不屑之意，最后只好将自己关闭在苦味雨斋中……"③她说，周氏一派散文，以平淡清涩为主，俞平伯、废名与之相呼应，朱自清、丰子恺、孙氏兄弟作风"虽未必尽同，但皆属阴柔一派"。她还谈到幽默小品文的分途："所谓讽刺与幽默本来是从周作人所创办的语丝周刊出来的，后来便分途发展了。前者我们应以鲁迅为代表，后者则应以林语堂为代表。"④三言两语，将1920—1930年代小品文的原初格局和流变轨迹托出。

谈到小说，苏雪林称"垦荒第一人"是鲁迅。鲁迅在日本学医，"洞悉解剖原理……我们灵魂深处的秘密我们掩藏最力的弱点，都逃不过他一双锐眼的观察。尤其你平日以道学先生自命的或搭着正人君子架子的人更为遭殃，他举起那把锋利的解剖刀对准你的要害刺进去，不把你心肝肠肺血淋淋地挖出，决不罢手"。他的文字给人"一种久久郁闷麻木之后由强烈刺激梳爬起的轻松

---

① 苏雪林：《中国文学史略》，第146页。
② 同上书，第147页。
③ 同上书，第148页。
④ 同上书，第149页。

的感觉"。但她又指出,鲁迅将世人都视为"自私自利的伪善者,即有人行善,他也要寻出他不纯洁的动机来。……所以他的小说毫无浑厚和穆博大昌明的气象,只是一味冷酷,凶狠,字字像恶毒的诅咒,句句是狞厉的冷笑"。① 她对鲁迅总是这种赞扬与批评参半的说法。对乡土作家群、文学研究会作家群、女作家群、新感觉派作家群,她也有评述。称乡土小说"受苏俄及弱小民族作品的感染,喜表现平凡的人生,替卑微的猥琐的不幸的人说话,近于柴霍甫所谓含泪的微笑者"。② 她将1920年代秉承鲁迅批判国民性风味的乡土小说与1930年代的左翼小说相接通,对这群作家中的废名和吴组缃评价最高。对文学研究会,她称之为"五四后崛起南方与北京晨报对峙的一个大文艺团体",会员多为小说家。称叶圣陶"好写愚陋,低能,贫弱,被压迫者的灵魂,教人从污秽不堪的湿抹布中看出美丽微妙的灵感";王统照"早年作品拖沓繁冗,肉多于骨,读之令人沉闷。惟山雨共二十万言,写北方农村经济破产情况辛酸入骨,可称力作";茅盾"善于表现时代性,如《蚀》之三部曲写民国十五年国民革命军北伐至定都南京经过",他有计划地解剖社会现象,如《子夜》,"把那些疯狂的颓废的怀疑的进取的堕落的人们的心理;啼饥的号寒的失业的自杀的人民生活;混乱的黑暗的呻吟的流血的破坏的社会现象;阴谋的诡计的武力的经济的文化的帝国主义的侵略",全加摄取而呈现。③ 她善于揭示作家与作家的关联点,称巴金与茅盾是近年来新文坛的"一双柱石","提倡与冰心'爱的哲学'相反的'憎的哲学'"。④ 称沈从文"具有特殊天才","想象丰富联想力特强,每能无中生有,平地涌起千丈

---

① 苏雪林:《中国文学史略》,第151页。
② 同上。
③ 同上书,第152页。
④ 同上书,第153页。

波澜"。① "受沈氏特殊风格之薰陶感染而技术上加之精练者为左翼女作家丁玲"。② 她又称"凌叔华乃立于谢冰心丁玲作风系统以外一个女作家……她以纯粹国语写文章,笔致雅洁清醇,无疵可摘,诚不啻百炼精金,无瑕美玉"。③ 她称"老舍是现代唯一幽默作家";"张天翼似乎是一位有意学老舍的青年作家,他的小说也用流利自然的北方方言,也多轻松滑稽的富于幽默味的笔调,不过学问修养都不及老舍,只学到老舍一点形式而已,精神却大不相同"④。"施蛰存虽属文坛后起之秀,但艺术上的成就,实胜出一般先进作家",他取材于历史的《将军的头》等小说,"描写细腻,色泽美丽,远胜于沈从文《月下小景》";"穆时英是和施蛰存一样有好几种作风又被嫉忌他的人诟为'海派'的一个新进的作家"。⑤ 对戏剧,她梳理了五四以后新剧的发展情况,指出曹禺"是最近数年成名的青年剧作家,他以他优异的天才,磅礴的精力,笼盖一代的气魄,才现身于当代剧坛,便使得田汉失色,洪深却步,确是不可多得的人才"。⑥ 对于新文学批评,她也作评述。称"五四运动以后,所有文艺鹄的都趋于人生艺术派"。北伐以后,国共两党分家。左翼批评,先有蒋光慈、钱杏邨,后有茅盾、胡风、穆木天等,右派批评有梁实秋,超然派有韩侍桁、朱光潜、梁宗岱、李健吾、沈从文、李长之、长风等。她对超然派的评价最高,如评韩侍桁:"他是一个为批评而批评的作家,故能以无党无派的态度,公平正直的立场,衡量现代文学作品。他又能注重文艺的特质,尊重文艺的独立性,

---

① 苏雪林:《中国文学史略》,第153页。
② 同上书,第154页。
③ 同上。
④ 同上。
⑤ 同上书,第155页。
⑥ 同上书,第158页。

评判准确,文笔谨严,在现代贫弱评坛,韩氏应该有个地位。"①这也许是苏雪林的夫子自道。同样无党无派,苏雪林也不趋附潮流,从学术角度写史,评论作家作品,梳理新文学线索,以一方声音,参与1930年代新文学史构建。

相比于运动史,创作史的评论规则更为多元。艺术是一种个人的创造,这不仅指创作一方,也指阅读接受一方。创作和解读的多元,带来评论和鉴定的多元。每一篇艺术作品都是独一无二的,其价值的论析和揭示,需要有一套贴切的语言和得体的评鉴,需要创作者与接受者的契合。因此创作史不可能像运动史那样有章可循,将相关理论和方法引入史实中,就可以进行阐释。它形态多元,充满个人解读的丰富性,史家或评论者个人的艺术趣味直接间接地影响其对作品的价值衡定。当然,这种丰富性背后仍有大致的规则可循。从上述几种新文学创作史的撰述看,有以下几点值得注意:一是在推举各种体裁的代表性作家方面基本达成共识;二是群体、流派的划分及其艺术特点评论,观点和结论趋于一致;三是党派集团的社会学评价无法取替艺术的价值衡定,衡量作品价值的背后,仍受艺术规则的制约。1935年《中国新文学大系》出版,其中七本作品选集在艺术上的整齐面貌,体现了这种规则已经形成,并为各位选家所自觉或不自觉地认可。

三、保守主义者的另建规则:钱基博的撰史

在其时的新文学史写作中,钱基博用文言文写的《现代中国文学史》(上海世界书局,1933年)有其另类性。以文言文作为语言方式,其对古文的倚重及保守主义的文化态度显然。此著原题为《现代中国文学史长编》,据作者称,起笔于民国六年,历时十余

---

① 苏雪林:《中国文学史略》,第160页。

年,"起王闿运以迄胡适,蔚然成巨帙,人不求备,而风气之变迁,大略可睹"。在此期间,作者曾"以稿相示"于陈石遗、康有为、梁启超、章士钊几位,"惟任公晤谈时,若不愉色然;辄亦无以自解也"。① 任公为何"不愉",作者没有进一步说明。但从其对康、梁的不同评价,可知钱氏对梁启超的态度。钱氏说:"康南海,维新先锋;而垂老有笃古之论,著《欧洲十一国游记》,然疑欧化,若图晚盖;回首前尘,能无惘然。独梁任公沾沾自喜,时欲与后生相追逐,与之为亡町畦;若忘老之将至,而不免贻落伍之讥;耗矣哀哉!乃知推排已成老物,此亦无可如何之事。"② 康、梁相比,钱氏对梁启超"欲与后生相追逐""忘老之将至"不以为然,暗含讽刺之意。此番表述,也可见钱氏保守的文化态度。此著是钱氏在无锡国学专门学校和上海光华大学任教时的教材,初版由"无锡国学专门学校诸生……集资经铅字排印贰百部"。③

《现代中国文学史》设上下编,上编为"古文学",设"文""诗""词""曲"四章;下编为"新文学",设"新民体""逻辑文""白话文"三章。下编的"新文学"包括康、梁之后的近代文学,呈现两个特点:

一是对这一段文学,从语言着眼,作了三个阶段、三种类型的划分,且勾勒彼此的关联性:"论今文学之流别:有开通俗之文言者,曰康有为、梁启超。有创逻辑之古文者,曰严复、章士钊。有倡白话之诗文者,曰胡适。"④ 他从文学语言角度,沟通这三个阶段,指出其环环相扣的联系。第一章"新民体",谈康有为、梁启超;第

---

① 钱基博:《现代中国文学史·跋》,钱基博《现代中国文学史》,中国人民大学出版社,2008年,第448页。
② 同上。
③ 同上。
④ 钱基博:《现代中国文学史》,第297页。

二章"逻辑文",谈严复、章士钊;第三章"白话文",谈胡适(附:黄远庸、周树人、徐志摩等)。三者之间,其实互为关联,比如谈及高一涵、李大钊,作者说:"士钊始为《甲寅杂志》于日本,以文会友,获二子焉:一直隶李大钊,一安徽高一涵也。皆摹士钊所为文,而一以衷于逻辑,掉鞅文坛,焯有声誉。而一涵冰清玉润,文理密紧,其文尤得士钊之神。其后胡适著《五十年来中国之文学》,乃以高一涵与士钊骈称,为《甲寅》派。及是唾弃甲寅不屑道,而习为白话,倒戈以向,骂士钊为反动,助胡适张目焉。"①可见几个阶段人员之间的互为关联。

二是采用传统史著的体例,从人物入手,以"人"带史。尽管作者宣称"文学史之职志,则在纪实传信。……文学史乃纪述之事,论证之事"。"所重者,在综其百家,博古今文学之嬗变,洞流索源,而不在姝姝一先生之说;在记载文学作业,而不在铺叙文学家之履历"。写法上依然以"人"为线索,通过提纲挈领的人物,"博通古今文学之嬗变,洞流索源"。他强调文学史与文学的不同,文学史重客观记事,文学重主观抒情。太史公的《史记》不为史,因其为发愤之作,"工于抒慨而疏于记事"。胡适的《五十年来中国之文学》也不为文学史,"盖褒弹古今,好为议论,大致主于扬白话而贬文言;成见太深而记载欠翔实也"。②尽管钱氏有一套写史的主张,其实仍是由记人而记事,且颇为主观。《白话文》一节,三分之二篇幅在记述胡适事迹。从胡适的籍贯、童年谈起,谈及其在美国留学、从师、交友情况及至其学毕归国,遂任北京大学文科教授,登高而呼,倡导白话文。文学革命一事是"适发其机械":

> 胡适自美州毕所学而归,都讲京师,倡为白话文。其友人

---

① 钱基博:《现代中国文学史》,第426页。
② 钱基博:《现代中国文学史·绪论》,钱基博《现代中国文学史》,第5、6页。

> 陈独秀诵其说而张之,以其长大学文科,锐意于意大利文艺改革之事也! 登高之呼,薄海风动,骎骎乎白话篡文言之统,而与代兴为文章之宗焉。①

白话的篡文言之统、成为文章之宗,胡适是举大旗者。钱氏列举胡适的《文学改良刍议》《建设的文学革命论》《历史的文学观念论》《五十年来中国之文学》诸文,交代白话文运动的来龙去脉。也谈到胡适自己的文学试验——《尝试集》。钱氏说:"《尝试集》者,适所为之诗集也,其为文章,坦迤明白而无回澜;条理清楚而欠跳荡;阐理有余,抒情不足。而诗亦伤于率易,绝无缠绵悱恻之致,耐读者之寻味。……适之为诗,则只耐一回读;幸尚清顺明畅,不为烂套恶俚耳!"②他举胡诗两首为例,一是《病中得冬秀书》,一是《新婚》,皆胡诗中的佳作,的确"清顺明畅",从中颇能看到胡氏澄澈敦厚的心性。钱氏知人论世,指出胡适的矛盾之处:"适游美洲自由之邦,少年才俊,自由恋爱,匪无艳遇;而适不忍相负,矢志无他,卒归娶焉。然于友朋之离婚再娶者,则必以婚姻自由,放言高论,而特赞之。"胡适天性敦厚,孝顺母亲,"而言必非孝"。他将胡适与章炳麟比较,认为章"制言未尝不平正,而举止偏若佯狂",胡"律己未尝不谨笃,而论议僻好新奇"③,颇能道出这两位文化改革者不同的特点。

钱氏还引用同时代新、旧几类文人台前幕后的材料,从不同侧面考察文学革命,既分析其大势所趋的背景,又指出其不足。比如,记及胡适等摘取林纾、马其昶言论,以"王敬轩"之名质疑《新青年》。"及纾弟子李濂镗,欲访所谓王敬轩者而与之友,则乌有

---

① 钱基博:《现代中国文学史》,第431页。
② 同上。
③ 同上书,第432页。

先生也"①,揭露《新青年》唱双簧一事。钱著还多处以胡适与胡先骕的论争为例,引据胡先骕的观点,反证白话文运动之不足:

> 顾先骕治植物学而好谈文学,与胡适友善,而论文不为惟阿。"时代精神"者,胡适之所鹜也。先骕曰:"勿鹜于'时代精神',须知文学之最不可恃者,厥为时代精神;以其事过境迁,不含'不朽'之要素也。""文学创造"者,胡适之所夸言也。先骕曰:"勿夸言'创造',而忘不可免之摹仿。须知茹古者深,含英咀华;'创造'即在摹仿之中也。"著有《中国文学改良论》《文学之标准》《评尝试集》《评胡适五十年来中国之文学》,具载《学衡杂志》,皆难适而作。浸以失欢,绝交于适焉。②

作为白话文运动的反对派,钱氏用同情理解的态度记述了林纾、学衡派和甲寅派的言论,呈现其合理性。这种记述带有他个人的倾向,体现了一个保守的文史学家对新生事物既抱有成见而又企求客观的复杂态度。对白话文学的生硬摹仿欧文,钱氏也有看法,称"有摹仿欧文而谥之曰'欧化的国语文学'者,始倡于周树人之译西洋小说,以顺文直译为尚;斥意译之不忠实,而摹欧文以国语,比鹦鹉之学舌,托于象胥,斯为作俑。效颦者乃至造述抒志,亦竞欧化。《小说月报》盛扬其焰,然而佶屈聱牙,过于《周诰》;学士费解,何论民众"。③ 对周树人的翻译,提出尖锐批评。

他又说,白话文运动开始之后,"周树人以小说,徐志摩以诗,最为魁能冠伦以自名家。而树人著小说,工于写实;所为《阿Q正传》,尤为世所传诵!志摩为诗,则喜堆砌,讲节奏,尤贵震动,多

---

① 钱基博:《现代中国文学史》,第 432 页。
② 同上书,第 436 页。
③ 同上书,第 445 页。

用叠句排句,自谓本之以希腊;而欣赏自然,富于玄想,亦差似之;一时有诗哲之目。树人善写实,志摩喜玄想,取径不同,而皆揭'平民文学'四字以自张大。后生小子始读之而喜,继而疑,终而詆曰:此小资产阶级文学也,非真正民众也"。① 钱氏指出,随着形势的变化,阶级论调成为主流,"树人颓废,不适于奋斗。志摩华靡,何当于民众"。"波靡流转,莫知所屆。向之诮人落伍者,转瞬而人讥落伍! 十年推排,已成老物;身名寂寞,胡适盖不胜今昔之感! 而逐林纾之后尘,以为后生揶揄云!""人情喜新,亦复好古,十年非久,如是循环;知与不知,俱为此'时代洪流'疾卷以去,空余戏狎忏悔之词也"。② 钱氏用历史循环论观点,指出新文学家与时代潮流之间的进退关系及其历史得失,不无道理,但对多变的时代风云,他其实也不甚了然。他将其时文艺团体分为左右两派,称文学研究会、新月社代表右倾;左联、自由运动大同盟、无产阶级文艺俱乐部、马克思主义文艺理论研究会、普罗诗社等代表左倾。将文学研究会纳入右派一翼,未必准确,但也别有意思,可见站在圈外的钱氏的另一种理解。

　　钱基博对新文学成就的评价偏低。比如,对小品文,他说:"阿英有现代十六家小品之选,自作人迄语堂,附以小序,详评其流变;吾读之而有感,喟然曰:此岂'今文观止'之流乎?"③颇含讽刺之意。他引周作人《中国新文学之源流》中称袁中郎"性灵"之说为言志派,慨叹道:"呜呼,斯文一脉,本无二致;无端妄谈,误尽苍生!"④他抹去新旧文学界线,对新文学运动的无端折腾,发出"误尽苍生"的感叹。与前述多种新文学史对新文学持认同态度

---

① 钱基博:《现代中国文学史》,第446页。
② 同上书,第447页。
③ 同上书,第446页。
④ 同上书,第447页。

不同,钱氏以新文学反对派的身份写史,虽力求客观,终究倾向显然。他的《现代中国文学史》作为一家之说,参与了1930年代的新文学史构建。其低调的评价,对于其时众多新文学史家乐观的新文学成就估计,是一种反拨。

  早期的新文学史写作,呈现了一种多元共生景象。其时,新文学是一种正在发生、发展的文学,一切尚在进行之中,尚未成定局。多元的文学创作形态和理论批评实践,共存并置。多种声音相生相克、相辅相成、砥砺互长,构成早期新文学史撰写多声部的特征。这种"史"的写作,一方面有其建立在基本价值认知基础上的大致相同的历史脉络,另一方面又在撰写者各有坚持之中形成其不确定性和开放性。由上述梳理得知,1930年代的新文学史撰写,呈现了运动史与创作史两条线索各有侧重、穿插进行的情况,大体形成以运动史为主创作史为辅、运动是骨架、创作是血肉的格局。相比之下,运动史有其已经形成的路径和格式,创作史则呈各抒己见、多元共生局面。总体而言,这个时期的新文学史撰写有两大特征:一是由于文学史家多是该时期新文学的参与者或当事人,其对这段文学历史记述之贴切,自是后来的撰史者所难以相比的。这种"贴切"不仅指所记叙史事更接近史实,可信度高,更指由于作者的亲历现场,那些文字充溢着感情,具有历史的细节感和妥帖感。二是他们对第一个十年枝叶繁生的新文学的原生形态作了修整,通过筛选、甄定、梳理和重新整合,不仅勾画出一部脉络清晰的十年新文学的历史,更在这一过程中形成一套评估新文学的思想、艺术价值的规则,新文学的知识图谱由此而形成。

第十五章　从专题着眼
——新文学的初步历史化

1920年代末到1930年代,新文学已经枝繁叶茂、生根开花,已经过了常识普及的自我阐释期,而进入知识垒建的自我确立期。作为一种较为成熟的文学形态,它是怎样成长,它与赖以存在的时空环境关系怎样、其结构形态如何,都需要从学术的角度来考量。新文学专题研究在1920年代下半期已经展开。与1920年代初期以新文学常识普及为目标的那种研究,如沈雁冰《小说研究ABC》、孙俍工《小说作法讲义》之类有所不同,1920年代下半叶以后的专题研究,从学术着眼,将相关问题放在特定的历史时空中来考察,摸索其规律,确定其性质,区分其类型,认识其价值,揭示其意义。那是一种专题性的历史研究,它与文学理论、文本批评有联系更有差别,它将新文学视为一种历史现象,是一种史学意义上的研究。

新文学专题研究是一种细节研究,从各个局部进入,分门别类,如以文体为划分的专题史研究、文学思潮及现象研究、社团流派研究、年度研究、地域研究、出版和读者研究等。正是这些细节的垒建,为新文学知识系统奠定了基础,注入了内容,梳理出脉络和方位,由此确立价值规则。1930年代新文学的"专题研究"特别火热,专题史研究方面有克川《十年来的中国文坛》[①]、华汉《中国

[①] 克川:《十年来的中国文坛》,《文艺月刊》1930年第1卷第3号。

新文艺运动》①、王独清《创造社与中国文化过程》②、鲁迅《上海文艺之一瞥》③、阿英《上海事变与鸳鸯蝴蝶派文艺》④、苏汶《一九三二年的文艺论辩之清算》⑤、草川未雨《中国新诗坛的昨日今日和明日》⑥、胡风《"五四"时代的一面影》⑦、春深《小品文在一九三四年》⑧、蒲风《五四到现代的中国诗坛鸟瞰》⑨、李骅括《三十年来中国文学运动线》⑩、贺玉波《中国新文艺运动及其统制政策》⑪、汪膺闻《现代中国文学运动的趋势》⑫、李旭《廿三年来的中国文化运动及其前途》⑬、高滔《五四运动与中国文学》⑭等;社团流派专题研究方面有鲁迅《我和〈语丝〉的始终》⑮、黄人影编《创造社论》⑯、郭沫若《创造十年》⑰、茅盾《关于

---

① 华汉:《中国新文艺运动》,《文艺讲座》第1册,1930年。
② 王独清:《创造社与中国文化过程》,《文艺新闻》1931年第11期。
③ 鲁迅:《上海文艺之一瞥》,《文艺新闻》1931年第20期和第21期。
④ 钱杏邨:《上海事变与鸳鸯蝴蝶派文艺》,阿英《现代中国文学论》,上海合众书店,1933年。
⑤ 苏汶:《一九三二年的文艺论辩之清算》,《现代》1933年第2卷第3期。
⑥ 草川未雨:《中国新诗坛的昨日今日和明日》,北平海音书局,1929年。
⑦ 胡风:《"五四"时代的一面影》,胡风《文艺笔谈》,上海文学出版社,1936年。
⑧ 春深:《小品文在一九三四年》,《文化与教育》1935年第42期。
⑨ 蒲风:《五四到现代的中国诗坛鸟瞰》,蒲风《现代中国诗坛》,诗歌出版社,1938年。
⑩ 李骅括:《三十年来中国文学运动线》,《中华季刊》1934年第2卷第3期。
⑪ 贺玉波:《中国新文学运动及其统制政策》,《前途》月刊1934年第2卷第8期。
⑫ 汪膺闻:《现代中国文学运动的趋势》,《正中》半月刊1934年第1卷第1期。
⑬ 李旭:《廿三年来的中国文化运动及其前途》,《文化与教育》1935年第42期。
⑭ 高滔:《五四运动与中国文学》,《文学》1934年第2卷第6期。
⑮ 鲁迅:《我和〈语丝〉的始终》,《萌芽月刊》1930年第1卷第2期。
⑯ 黄人影编:《创造社论》,光华书局,1932年。
⑰ 郭沫若:《创造十年》,现代书局,1932年。

文学研究会》①、张资平《曙新期的创造社》②、杨邨人《太阳社与蒋光慈》③、陈翔鹤《关于"沉钟社"的过去现在及将来》④、杨邨人《上海剧坛史料》⑤等；刊物研究方面有茅盾《几种纯文学刊物》⑥、曹聚仁《清末报章文学的起来和它的时代精神》⑦等；年度研究方面有钱杏邨《一九二九年中国文坛的分析》⑧、《一九三一年中国文坛的回顾》⑨、杨晋豪《二十四年度的中国文坛考察》⑩、立波《一九三五年中国文坛的回顾》⑪、左衣梦《一九三五年中国文艺界》⑫等。各类专题研究，其时空、主题及内容均有交叉，分类只是为了便于说明。

这个时期，各类作品集、文献史料集的编纂和出版，也成为一大景观。将已经发表的文章、作品及史料文献分门别类、汇编出版，呈现各个系列创作和研究的成果，诸如作品集、论文集、评论集（包括作家论、作家评传）、史料文献集等，这是垒建新文学知识库的重要举措。其中最值得一提的是新文学运动/论争文献集的汇

---

① 茅盾：《关于文学研究会》，《现代》1933 年第 3 卷第 1 期。
② 张资平：《曙新期的创造社》，《现代》1933 年第 3 卷第 2 期。
③ 杨邨人：《太阳社与蒋光慈》，《现代》1933 年第 3 卷第 4 期。
④ 陈翔鹤：《关于"沉钟社"的过去现在及将来》，《现代》1933 年第 3 卷第 6 期。
⑤ 杨邨人：《上海剧坛史料》（上下篇），《现代》1933 年第 4 卷第 1 期、1934 年第 4 卷第 3 期。
⑥ 茅盾：《几种纯文学刊物》，《文学》1933 年第 1 卷第 3 期。
⑦ 曹聚仁：《清末报章文学的起来和它的时代精神》，《文学》1935 年第 5 卷第 3 期。
⑧ 参见阿英《文艺批评集》，神州国光社，1930 年。
⑨ 参见阿英《现代中国文学论》，上海合众书店，1933 年。
⑩ 参见杨晋豪编《中国文艺年鉴》(1935 年度)，北新书局，1936 年。
⑪ 同上。
⑫ 同上。

编,如李何林编《中国文艺论战》①、顾凤城编《中国普罗文学概观》②、阮无名编《中国新文坛秘录》、③林淙编《现阶段的文学论战》④、张若英编《中国新文学运动史资料》⑤、赵景深编《文坛忆旧》⑥、苏汶编《文艺自由论辩集》⑦、新潮出版社编《国防文学论战》⑧、杨晋豪编《现阶段文艺论战》⑨等,这种汇编将各段文学运动和论争和盘托出,让当时态的文献史料说话。用文献保留了一个细节性的文学历史"现场"。1935年,上海良友图书印刷公司出版的十卷本《中国新文学大系》,将这种汇编热潮推向高峰。

  这个时期,新文学界的有识之士,已怀有"抢救"新文学的紧迫感。刘半农在《初期白话诗稿·序》中说:"这十五年中,国内文艺界已经有了显著的变动和相当的进步,就把我们当初努力于文艺革新的人,一挤挤成了三代以上的古人……"⑩阮无名(阿英)编纂《中国新文坛秘录》时,对刘半农之语深表同感。他说,当时"要想在新近出版的文学史籍里,较活泼充实的看到一些当时的运动史实,和文献的片段,同样的是难而又难。较为详尽的新文学运动史,既非简易的一时的工作,为着搜集的不易,与夫避免史料的散佚,择其主要的先刊印成册,作为研究的资料,在运动上,它的意义

---

① 李何林:《中国文艺论战》,中国书店,1929年。
② 顾凤城:《中国普罗文学概观》,光华书局,1930年。
③ 阮无名编:《中国新文坛秘录》,南强书局,1933年。
④ 林淙编:《现阶段的文艺论战》,上海书店,1936年。
⑤ 张若英编:《中国新文学运动史资料》,1934年。
⑥ 赵景深:《文坛忆旧》,上海书店,1938年。
⑦ 苏汶:《文艺自由论辩集》,上海现代书局,1933年。
⑧ 新潮社编:《国防文学论战》,上海新潮出版社,1936年。
⑨ 杨晋豪:《现阶段文艺论战》,上海北新书局,1937年。
⑩ 刘半农:《初期白话诗稿·序》,《新文学史料》1979年第3期。

是很大的"。①出于保护历史的自觉,1930年代,编写新文学史、展开专题研究、编纂文献史料集,成为一种热潮。

一、专题研究的细节打捞与历史构想

专题研究是一种窄而深的方式,涉及面的窄使它有可能网罗被遗漏的历史细节,它就相关专题作深入细致的记述和研究,关注被主流历史所忽略的人物事件及相关创作。相对于文学史著,它是一种细节打捞和专题延伸,勾勒历史的细部,雕刻历史的肌理,复原新文学多层多面的景观。

草川未雨的《中国新诗坛的昨日今日和明日》,是专题史研究方面的一部代表性著作,完成于1929年,是新诗史的体例。全书分"新诗坛的萌芽期""草创时期""进步时代""将来的趋势"四章,含新诗坛的昨日、今日和明日三个时间段,谈得非常具体,为历史留下了精彩的细部。如谈新诗萌芽期的理论,从胡适诗体大解放主张谈起,带出刘半农的旧诗批评、康白情的关于音节之说、"解放后三年间的新诗"、俞平伯的《诗的进化还原论》和周作人的《诗的效用》等,萌芽期的诗论,蹒跚走来,一路成熟。又对其时新诗内部讨论有所展示,从诗的"做、写、吟"谈起,梳理宗白华与郭沫若的讨论、"丑的字句"的讨论,宗白华《新诗略谈》、康白情《新诗的我见》、叶绍钧《诗的源泉》等关于诗人修养、新诗作法若干问题的讨论,是萌芽期新诗理论摸索及其合法性论证历程的记录。第二章以"鸟瞰"方式勾勒草创期的新诗创作。所谓草创期,指新文学运动发起后白话诗的出现起至1924年止,这段时间出版的新诗集约三十部。作者分析思想精神自由的时代如何带来诗体的大

---

① 钱杏邨:《〈中国新文学运动史资料〉序记》,《阿英文集》,香港三联书店,1979年,第138页。

解放。自辛亥革命以后,中国人"精神上去了一层束缚,思想上染得一点自由,一切的社会组织,各种学术根本起了摇动,在文学上便起了这次新文学——活的文学的革新运动,在诗体上也有了这次的大解放"。① 他以一批诗作如胡适《尝试集》、康白情《草儿》、郭沫若《女神》、汪静之《蕙的风》、徐玉诺《将来之花园》、冰心《繁星》《春水》、谢采江《野火》、宗白华《流云》、胡思永《胡思永遗诗》等为例,证明草创期新诗的"自由"特质。有意思的是,作者将小诗分两派:冥想的与现实的,前者以冰心的诗为代表,后者以谢采江的《野火》为代表。他特别推出早逝的鲜为人知的诗人胡思永,称1924年出版的《胡思永的遗诗》"是作者死去经旁人手编订出版的,颇受胡适的褒奖,作者死时只二十一岁,他对于诗的见解有一篇附录:《初作诗时自序》"②,为这位早逝的诗人留下一笔。第三章谈"进步时代"——1920年代下半叶五年间的新诗情况。认为1924—1925年出版的诗集少了,"报章杂志上的诗篇也不如以前的风行了",新诗正经历一个"最寂寞的时期"。③ 第一期那几位诗人都退步了,诗坛上已没有他们的位置:提倡新诗尝试的胡适,"早回了他的本行,正在作他的考据去了";"康白情自己说他不是诗人,果然也没有心绪再携上他记账簿式的诗册再去写纪游";"郭沫若冒了一股黑烟,啊,哟了一本《女神》,便一直的向后退";汪静之"如新生幼苗,被风一刮就倒,慢慢地把水气消散变作灰尘";"站在病人一边呢喃着劝慰话"的冰心,"仍然没有离开她的母亲"。④ 昨日的诗人不行了,今日诗坛又怎样?他以"《晨报·诗

---

① 阜川木雨:《中国新诗坛的昨日今日和明日》,北平海音书局,1929年,第44—45页。

② 同上书,第50页。

③ 同上书,第115页。

④ 同上书,第117—118页。

镌》群"为例,称他们的主张"与新诗发展相冲突","根本走错了道路"。他们讲格律,包括两方面:"一属于视觉方面的,二属于听觉方面的,属于视觉方面的格律又分节的匀称,有句的均齐,属于听觉方面的有格式、尺音、平仄、韵脚……这种四行成一节啦,每句的字数都是一般多啦,看起来如刀子切的一般,这不是离开新诗相去万里了,这样便演成了千篇一律的方块板诗,盗去了一部分新诗的领域,几乎送了新诗的生命。"① 否定了"《晨报·诗镌》群"的主张之后,作者仍认为,这个时期诗论方面的新收获是周作人的"融化之说"、张中秀的"漫画式的文艺"、郭沫若的"论节奏"、穆木天的《谭诗》、王独清的《再谭诗》等,特别推荐张中秀为谢采江《荒山野唱》所写"引论"中提出的"漫画式的艺术"。所谓漫画式艺术,指写意式的粗率简洁,捉住要害,"力强、潇洒、纯是即兴的表现"。② 谢采江《荒山野唱》就是一例。以谢采江为代表的海音诗社诗群的短歌创作,是一种典型的"北方乡土文学",代表着诗坛明日的趋向。该章还细致讨论了海音诗社的小诗集《短歌丛书》、谢采江《弹簧上》等,将海音诗社的"短歌丛书"、谢采江《荒山野唱》第三章《弹簧上》的八十首短歌,纳入新诗史中,作为小诗的一种,论述其价值和意义——从草创期的《野火》到进步时代的《荒山野唱》到"明日之诗"的《不快意之歌》,谢诗贯穿着诗坛的三个时期,"在新诗勃兴中,有燃烧不尽的野火,在今日的苦闷病态的生活中有荒山野唱,这种'野唱'正是现在生活上的意义"。③ 草川未雨将谢采江及其海音诗社放在新诗史重要位置上,给予高度评价。他对"荒山野唱"式北方乡土诗和漫画式艺术的推荐,与左翼文艺思潮的兴起密切相关。这部新诗史,有自己的立场、题旨和历史构图,

---

① 草川未雨:《中国新诗坛的昨日今日和明日》,第 119—120 页。

② 同上书,第 124 页。

③ 同上书,第 199—200 页。

呈现了新诗的另一种走向。几年后，朱自清写《中国新文学大系·诗集·导论》，将草川未雨《中国新诗坛的昨日今日和明日》列入参考书目，可见其对新诗史写作的影响。

新诗专题研究另一典型的例子是 1938 年中国诗歌出版社出版的蒲风《现代中国诗坛》(下称《诗坛》)，这是一部站在左翼文化立场上写的新诗史。《诗坛》按照中国社会性质来划分新诗的四个时期：1919—1925 年("五卅")为第一个时期，此为"反封建的新兴资产阶级势力的启蒙运动"时期，也是诗的"尝试期和形成期"；"五卅"至 1927 年是第二个时期，此为"反国际资本帝国主义的各阶级的合作运动"，也是诗的"聚盛和呐喊期"；1927—1931 年("九一八")是第三个时期，此为"革命战线的分裂"时期，也是诗的"中落期"；"九一八"—1937 年为第四个时期，此为"帝国主义间的和自身的矛盾的尖锐化，对半殖民地的中国实行武装的侵占"时期，也是诗的"复兴期"。①《诗坛》以社会革命潮流涨退情况划分新诗时期，并对敌我矛盾最尖锐时期即第四个时期("复兴期")的新诗歌派评价最高，其革命性优先原则显然。《诗坛》称，近二十年新诗坛先后活跃着三大派：新月派、现代派、新诗歌派。"九一八"之后，前两派已经"在大时代下苟延残喘"。而"新诗歌"派，自 1932 年成立中国诗歌会，1933 年出版《新诗歌》，"1934 年声夺新月现代两派"②，到 1936 年成立北方中国诗歌作者协会，1937 年成立中国诗人协会，已成为最有生命力的一派。作者介绍该时期新诗歌派的四项活动——大众化运动、国防诗歌运动、新诗歌的斯达哈诺夫运动、复兴期的新现象，称之为"九一八"之后的中国诗坛里程碑式的活动，在新诗史上占有重要的位置。蒲风是中国诗歌会负责人，他的新诗史贯穿着自己的立场和思路。他按这种思路来铺排

---

① 蒲风：《现代中国诗坛》，中国诗歌出版社，1938 年，第 37—85 页。
② 同上书，第 88 页。

历史、确立价值，为新诗歌派在中国新诗史上争得一席之位。

刊物是专题研究最强有力的推手。"一·二八"淞沪会战后崛起的上海几份大型文学杂志，都设有新文学专题研究栏目，如《文学》设有"文学论坛"，组织"从五四说起""我们有什么遗产？""三十年来中国文学新资料的发现史略"等笔谈；又设"社谈"一栏，讨论"文坛往何处去""批评家的神通""怎样编制文艺年鉴"等；设"论文栏"，讨论"五四文学运动之历史的意义"，郁达夫、金兆梓、适夷、胡秋原、杜衡、沈起予等参加笔谈；发表史料类文章，如茅盾《几种纯文学刊物》、曹聚仁《清末报章文学的起来和它的时代精神》《〈现代〉与〈文学〉斗争尖锐化》等。《现代》也设"论文"栏，刊载周起应、苏雪林、李长之、穆木天等人的文章；设"文艺独白"栏，刊载苏汶《新的公式主义》《文人在上海》、穆木天《关于中国小说之研究的管见》、舛犬《自由主义在哭》、杨邨人《小品文与大品文》等；设"文艺史料·逸话·考证"栏，刊载茅盾《关于文学研究会》、张资平《曙新期的创造社》、郁达夫《光慈的晚年》、杨邨人《太阳社与蒋光慈》《上海剧坛史料》、陈翔鹤《关于"沉钟社"的过去现在及将来》等文。在刊物的推动下，新文学研究热潮迅速形成。

1933年初，施蛰存约茅盾写"文学研究会小史"。当年5月，茅盾的《关于文学研究会》在《现代》第3卷第1期上发表。作为五四时期最重要的同人社团，文学研究会曾占新文学的半壁江山。茅盾是重要的组织者之一，他叙述非常低调："文学研究会是一个非常散漫的文学集团。……发起诸人，什么企图，什么野心，都没有的；对于文艺的意见，大家也不一致——并且未尝求其一致；如果有所谓'一致'的话，那亦无非是，'将文艺当作高兴时的游戏或失意时的消遣的时候，现在已经过去了'。"这话针对当时有人称文学研究会"包办""把持"文坛而发出，处处含辩解之意。他说："文学研究会既成立后，也没有任何'工作计划'一类的决议。……文学研究会同人'各自的行动'，并没有什么总机关在那里有计划地布置。……所以有此'人自为战'的情形,当然不是想'包办'新文坛,而是要打破旧文学观念的包围。""为人生的艺术"的主张,也是几个热心者"个人"的主张,并非"集团"的主张。当然,"文学研究会多数会员有一点'为人生的艺术'的倾向,却是事实"。总之,说文学研究会"只是一个空名目么? 事实不然。说它是有组织的集团么? 却又不然。办杂志的人有两句经验之谈:起初是人办杂志,后来是杂志办人。文学研究会这团体也好像如此"。茅盾强调作为一个群体,文学研究会在运作上是自觉或不自觉的,当初的积极投入与后来的被事务牵着走——从"人办杂志"到"杂志办人",倒有几分无奈。像文学研究会这样的大社团,也未必如外人所想象的那么有计划,步调一致,试图把持文坛,更可能是"各自为战",为事务牵着走,对局面难以控制。①

局外人贺玉波在 1934 年 3 月《前途》第 2 卷第 8 期上发表《中国新文艺运动及其统制政策》,则对文学研究会在新文艺运动中的实绩作较高评价,称它是当时最重要的文学团体,出版方面,办有两份杂志《小说月报》《文学旬刊》,"还出版了大批'文学研究会丛书'……其种类有:新诗,小说,戏剧,世界译品等";组织方面,"严密而牢固";成绩方面,"美满而丰富";主义方面,却"比较保守"。"但无论怎样,他们的热心和努力,是可钦佩的;而他们所给与后来者的功效,也是不可磨灭的"。② 两位撰述者角度不同,茅盾从内部角度谈文学研究会运作的实际情形,贺玉波从外部角度谈文学研究会在新文艺运动中扮演的角色。两种说法内外对照,互为补充,共构了文学研究会的历史面相。

与茅盾上述文章相隔一期,张资平的《曙新期的创造社》也在《现代》发表,这也是施蛰存约稿的结果。邀写"文学研究会",也

---

① 茅盾:《关于文学研究会》,《现代》1933 年第 3 卷第 1 期。
② 贺玉波:《中国新文艺运动及其统制政策》,《前途》1934 年第 2 卷第 8 期。

必邀写"创造社",这是新文坛不可绕过的双子峰。也许施蛰存请不动郭、成、郁来写,只好约当时名声已有些狼藉的张资平写,且正值郭沫若《创造十年》一纸风行的时候。张资平也称《创造十年》已经出版,"我如再来写,不单赶不上《创造十年》,并且也是多余的工作",因此他只写"曙新期"的创造社,包括那段史前史。张资平笔下,几个留日学生无意间的交往,促成了创造社的诞生。那天在郁达夫寓所,"我们只坐着瞎谈,话题都不出异性和电影。郭研究神经病最得意的,把喀利克利博士的电影情节讲给我们听。我记得我们四人之外,还有杨正宇君也在座"。①几个年轻人以异性和电影为话题的一场瞎聊,成为创造社成立的会议。"由1922至1924一余年间——郭、郁、成都在上海很热烈地谋社的发展,就中以成个人的努力为最大。当然,在文章方面,还是由郭撑大旗啊。""创造社的黄金时代是在《日刊》和《周报》同时进行的时代。"②四个创始人中最为离群的张资平,反倒能以平常之心看待这场结盟。与茅盾的低调相似,张也强调创造社聚合的偶然性。

在当时的社团研究中,关于创造社的文章最多。《创造十年》《创造十年续篇》是其代表作。③ 前文针对鲁迅《上海文艺之一瞥》中"把创造社和《论语》派、鸳鸯蝴蝶派归为一类,而使文学研究会继承着《新青年》和胡适之《终身大事》的正统"④的说法,抗议其"替创造社创作出了一部'才子加流氓痞棍'的历史"⑤。两

---

① 张资平:《创造社的曙新期》,《现代》1933年第3卷第2期。
② 同上。
③ 相关内容参见本书"中编"第九章"三、传记热与作家的历史评估"中关于郭沫若《创造十年》的评述。
④ 郭沫若:《创造十年》,《沫若文集》第7卷,第21页。
⑤ 同上书,第27页。

文介绍1918—1926年创造社的"历史"。① 从几位留日学生因喜欢文学而走到一块儿谈起，谈创造社的成立和"创造系列刊物"的出版；他们为书商所压榨、为同行所排斥的经历及自立出版部至出版部被封。娓娓道来，有声有色，充满细节，托出一段圆融自洽的创造社的历史。郁达夫《创造社出版部的第一周年》也颇有代表性，记述了创造社出版部的运营情况，出版部的成立是为创造社的生存杀出一条血路。"我们一边在饮书局的薄醴，一边更在受社会上已成名的诸人的反对，苦战恶斗，拼命的吃苦，拼命的做文章。这中间就出了几期季刊，一年周报，和一百日的《创造日》。"其中之艰难一言难尽。正是不愿再为资本家卖命，他们自办出版部。谁知并不顺利："去年一年中间出书不多，又因年终时局不靖，创造社被封了一次以后，风鹤时惊，弄得一般办公者，无心专业，所以结算下来，却只够开销伙食，而一般出资股东的红利，到现在还没有分发。"②此时正是创造社转换路向的时期，他们开始结合革命文艺理论，推出一系列回顾性兼自我申辩的文章。麦克昂（郭沫若）《文学革命之回顾》划出两个时期，将他们与新文学元老派作区分："前一期的陈、胡、刘、钱、周主要在向旧文学的进攻，这一期的郭、郁、成、张，却主要在新文学的建设，他们以'创造'为标语……他们所攻击的对象都是所谓新的阵营内的投机分子和投机的粗制滥造，投机的粗翻滥译。这在新文学的建设上，新文学的价值的确立上，新文学的地位的提高上是必经的过程。……由本阵营内起了一支异军，要严整本阵营的部曲，于是群议哗然，而创造

---

① 作者说，所谓历史"其实就只是小说，是由阶级的立场或个人的私怨所写出来的小说"。"不敢僭分地说它（指《创造十年》）是历史"，就称它是"自叙传"吧。郭沫若：《创造十年》，《沫若文集》第7卷，第29页。

② 郁达夫：《创造社出版部的第一周年》，原载《新消息》1927年创刊号。《创造社资料》（下），知识产权出版社，2010年，第548、549—560页。

社的几分子便成了异端。他们第一步和胡适之对立,和文学研究会对立,和周作人等语丝派对立,在旁系上复和梁任公、张东荪、章行严也发生纠葛……"①这是一支向新文学阵营内部发难的"异军",他们的攻击目标不是外部的旧文学,而是内部的新文学的投机分子,由此挑起内战。郭沫若申述理由,为创造社的异端性正名,将对手称为投机者。又借革命文学运动兴起之机,对五四元老派进行清算进而否定,为自己行为的正当性张目,为自己树碑立传。他们从自己的角度为创造社留下了历史记录。

两位背叛者——王独清和张资平对创造社各有所述。1930年王独清在《展开》第1卷第3期上发表《创造社——我和它的始终与它底总账》,就他与创造社的关系及其最终的决裂作了一次交代。他将创造社的活动分为三期,自称是第二期的参与者甚至是主事者。他揭开创造社的人际内幕:"几个核心人物内部一向的冲突",上层成员与"小伙计"之间的"利害之争",成仿吾对李初梨等的表里两套,中心分子对新进分子的"防制""作梗"等。② 相比于创造社系列诸刊,他称《洪水》有另一番意义:"它所登载的文字并不限于文学,一切政治,经济的论文都一齐登载;它是接近一般青年的公共会场,对于外边的投稿几乎十有八九是不拒绝的;还有当时与国家主义的'醒狮'派和'独立青年'派的论战都由它当了先锋。"③又称"周全平这人是一个很好的实际事务家,他对创造社出版部的尽力,我们是不应该忘记的"。④ 还透露郭沫若给他的

---

① 麦克昂:《文学革命之回顾》,《郭沫若全集》第16卷,人民文学出版社,1989年,第96、97页。
② 王独清:《创造社——我和它的始终与它底总账》,原载《展开》1930年第1卷第3期。《创造社资料》(下),第564、565、566页。
③ 同上书,第562页。
④ 同上书,第563页。

信中对张资平的袒护,对李初梨、冯乃超的防范等。这是一篇"把创造社许多内部底事实都白直地暴露"①出来的文章,颇招非议。1932年1月张资平发表《读〈创造社〉》(《絜茜》第1卷第1期),对王独清上文作了"订正"。张称,王把自己"写成煞像一个创造社的领袖",令他"喷饭"。他记叙王如何摇摆于新、旧创造社成员之间,如何敲成仿吾的"竹杠",其性情"有时是脱落不拘慷慨淋漓,但有时又胸地狭隘,常因友人的'无心之言'而挹郁不快者数日"。创造社同人错综复杂的关系预示了这个社团的兴衰盛败。贺玉波的《中国新文艺运动及其统制政策》第四节"创造社和革命文学"则对后期创造社偏激的思想行为所有批评,他说:"严格地说,他们后期的工作,给刚刚萌芽新文艺运动一种巨大的伤害。他们毫不顾及它的初具的基础,突然施以猛烈的毒化政策……它不啻一个罪之魁,祸之首,直接间接酿成新文艺运动的混乱现象……"②也属一家之言。1932年上海光华书局出版黄人影编《创造社论》,收入关于创造社的文献8篇,除上述文章外,还有顾凤城《创造社和中国文学运动》、郭沫若《创造社的自我批判》《眼中钉》、徐祖正《创造社访问记》等,并附有《创造社各作家略传》,呈现了多声部的关于创造社的景观。

以鲁迅的名气,《我和"语丝"的始终——"我所遇见的六个文学团体"之五》③成为1920年代新文学研究不可绕过的一篇重要文章。该文记述"语丝"群体由聚而散的历程,勾勒五四之后新文坛急剧转变的情形。作者从孙伏园为晨报馆所挤兑,一气之下办

---

① 王独清:《创造社——我和它的始终与它底总账》,原载《展开》1930年第1卷第3期。《创造社资料》(下),第571页。

② 贺玉波:《中国新文艺运动及其统制政策》,《前途》月刊1934年第2卷第8期。

③ 鲁迅:《我和"语丝"的始终——"我所遇见的六个文学团体"之五》,《萌芽》月刊1930年第1卷第2期。

《语丝》谈起,谈《语丝》名字的来由、用稿倾向、作者队伍(包括跑腿小青年),介绍《语丝》办刊特色——"任意而谈,无所顾忌,要催促新的产生,对于有害于新的旧物,则竭力如以排击"以及在几所大学中"一纸风行"的盛况等。1926年,《语丝》"终究被'张大元帅'所禁止",之后搬到上海,渐渐变成"并非纯粹的同人杂志了",终于办不下去。这是1920年代新文学历史图景中的重要细节,它透出在外部环境制约下的新文学正在改变方向的迹象。杨邨人的《太阳社与蒋光慈》①是另一篇重要文献,记载了"革命文学"社团的崛起及其很快被边缘化的过程,分"太阳社的起源""太阳社的经过"和"光慈的史略"三部分。太阳社的聚集缘于要办一份自己的杂志,杂志定名《太阳》,表明他们向往光明——以文学追求社会理想的初衷。《太阳社与蒋光慈》一文以四位重要成员——蒋光慈、钱杏邨、孟超和作者本人为线索,谈他们如何苦心经营,办刊物、办书店,与创造社、与鲁迅进行论争及最后的和解等,重心放在蒋光慈这个扛起革命文学大旗又很快为其同党所清除的悲剧人物身上。这是1928年革命文学运动发起后两三年内新文坛陡转的一个侧面。作为从革命文学到左翼文学的积极参与者和最终的背离者,杨邨人见证了这段历史峰回路转的各个细节。杨邨人的另一篇文献《上海剧坛史料》记述1930—1933年上海左翼剧坛的活动情况,以1932年"一·二八"淞沪战争为界,分上下篇。上篇从1930年6月7日艺术剧社在上海西藏路宁波同乡会上演德国米尔的《炭坑夫》、法国罗曼·罗兰的《爱与死之角逐》、美国辛克莱的《樑上君子》三部剧谈起,那是郑伯奇自1929年开始"酝酿",并于上海北四川路永安里文献书房组织新兴戏剧社、展开左翼戏剧创作的实绩展示。艺术剧社成员除创造社、太阳社部分成员外,主要是上海艺术大学的学生。运动发起者在艺大开办戏剧讲习班,

---

① 杨邨人:《太阳社与蒋光慈》,《现代》1933年第3卷第4期。

课程包括戏剧史略、戏剧概论、导演论、舞台装置学、化妆学、音乐初步、舞蹈概论、演技实习、化妆实习等。讲师有郑伯奇、叶沉、许幸之、陶晶孙、鲍铭强、王一榴和杨邨人等。经一年多的启蒙、引导和演练,终于推出上述三剧,并开启了"到工人区域去出演"的先例。这一公演,不但奠定了新兴戏剧运动的地位,"而且影响了一般有思想的戏剧家,促进了中国戏剧运动的革命的动向"。① 正是在大环境、小环境的影响下,上海戏剧界迅速转向,辛酉剧社的朱穰丞、罗鸣凤,戏剧协社的洪深,南国社的田汉,都意识到"只顾演剧的技巧而忽略了演剧的意义之干法是错误的"。他们"打破粉红色的梦",转向"急进的左倾"。于是,艺术、南国、辛酉、协社、光明、大夏、摩登七剧社成立上海剧团联合会,并于成立大会上改名为"左翼剧团联盟"。② 1930 年代左翼文艺运动最大实绩,就是将上海戏剧界整个儿地带上左翼之路。"九一八"之后,围绕"救亡"主题的演出,如《放下你的鞭子》《饥饿线》《乱钟》《怒吼吧,中国!》,更将新兴戏剧运动推向高潮。③ 杨邨人站在左翼角度记述 1930 年代前期上海的演剧活动,虽有其倾向性,却仍比较客观。他特别交代了 1930 年之后上海各戏剧团体纷纷"左转"原因,指出这既与国难当头的社会形势有关,也与剧团内部谋求生存有关。此外,像陈翔鹤的《关于"沉钟社"的过去现在及未来》④、余慕陶的《新月派的文学》⑤、阿英的《上海事变与鸳鸯蝴蝶文艺》⑥、巴宁

---

① 杨邨人:《上海剧坛史料·上篇》,《现代》1933 年第 4 卷第 1 期。
② 同上。
③ 杨邨人:《上海剧坛史料·下篇》,《现代》1934 年第 4 卷第 3 期。
④ 陈翔鹤:《关于"沉钟社"的过去现在及未来》,《现代》1933 年第 3 卷第 6 期。
⑤ 余慕陶:《新月派的文学》,《朝阳集》,上海光华书局,1932 年。
⑥ 阿英:《上海事变与鸳鸯蝴蝶文艺》,《现代中国文学论》,上海合众书店,1933 年。

的《现代中国文艺界》①等,都是新文学社团专题的重要文献。

这个时期,关于社团的回顾性、研究性文章源源推出,这是梳理、编织新文学历史的一种方式。这将原本碎片状态的社团人事活动进行整合和历史化处理,网结细节,疏通脉络,交代前因后果,使之成为一个环环相扣、理路清晰、人与事有序展开的"片段"。正是一个一个"片段",组成一部完整的历史。这个过程既是史料铺排、梳理、逻辑化、合理化的组织过程,也是借助相关叙述,坐实历史细节、确定主次关系、厘定价值实质的过程。社团书写以自己的方式,参与了新文学知识图谱构建。

二、年度研究的编结时间之网

以时间为轴,对某一时段的文学作史实梳理、创作分析和史料汇编,是当时流行的一种方式。赵景深的《一九二八年的中国文坛》和阿英的《一九二九年中国文坛的分析》《一九三一年中国文坛的回顾》,开启了文学的年度评论的先例。1932年由杜衡、施蛰存以"中国文艺年鉴社"名义编选、上海现代书局印行的《中国文艺年鉴·一九三二年第一回》出版。一年一度,将本年度出版的文学作品和文献史料汇于一集,配以回顾性、总结性的"总论",即为"年鉴"。鉴者,原义镜子,引申为借鉴、鉴定、鉴别之意。年鉴,对一年文学活动予以审察和鉴定。这种体例,将新文学放在特定的时间框架里,文学的动态关系得以清晰呈现。而年鉴的"总论",则是该年度的一篇总结性文本。诚如《中国文艺年鉴·创刊缘起》称:"我国新文学运动发生到现在,已经有了十多年的历史,每年出版的文艺书报,亦不在少数;文艺的著作者,几乎每年都有新陈代谢的情势,文艺界的活动,亦是每年总有一些值得注意的波

---

① 巴宁:《现代中国文艺界》,上海文艺批判社,1930年。

澜。……我们决心编印《文艺年鉴》,就是企图给我国文艺界每年摄一帧清晰的照片。"①摄一幅一年全景照片,将一年间的文学定格,作质量评估、档案录入及保存,为历史存档的意识显然。而存档,选或不选,就是一种价值估量。1932年的年鉴体例是:一、该年度"中国文坛鸟瞰";二、作品选刊,分小说、诗、散、剧本四类;三、该年度作家著作索引和该年度出版文艺书目。有点有面,点面结合,一年间的文学活动被编织成一张纵横交错、彼此联系的网络。

1932年是特殊的一年,这年年初日本人的炮火轰炸了上海。该年年鉴的"总论"《一九三二年中国文坛鸟瞰》(下称《鸟瞰》)这样描述1932年的境况:

> 一般的说,一九三二年的中国文坛,也像全国的各种事业同样,应当说是衰落的。日本帝国主义的炮火……轰炸了久已成为文化中心的上海。这期间,重要的文化机关被毁坏,交通的纲线被截断,出版事业完全停顿,全市的印刷机差不多专为刊印临时的战事新闻而设……一九三一以来硕果仅存的文艺刊物《小说月报》与《北斗》的停顿;《北斗》虽然在战事平静之后又恢复了两期,而有几十年历史的《小说月报》却竟至现在还没有复活的可能。这就是一二八战争所给予我们文艺界的最直接而且莫可补偿的损失。②

这场轰毁后,原先硕果仅存的《小说月报》和《北斗》被迫停顿,出版业陷入瘫痪状态。比起"同时有二十多种重要的纯文学刊物在上海一地刊行的一九二九年,真叫人不得不生今昔之感"。③ 因

---

① 《中国文艺年鉴第一回编辑凡例》,中国文艺年鉴社编《中国文艺年鉴·一九三二年第一回》,现代书局,1933年,第9页。

② 《一九三二年中国文坛鸟瞰》,中国文艺年鉴社编《中国文艺年鉴·一九三二年第一回》,第21页。

③ 同上书,第22页。

此,1932年5月1日,战后的第一份大型刊物——《现代》的创刊,成为文坛恢复的"纪元"。将一切都置入特殊背景后,《现代》的意义凸显了出来。其时文艺衰落的原因,还不能完全归咎于"一·二八"战争,也与当时社会经济衰落、政治势力干涉、出版物审查严厉有关。"一九三二年度,被禁止刊行的文艺刊物,有《北斗》,而《文学月报》在年尾也遭到同样的命运。至于其他警告,扣留,停寄等办法的施行,更多至不可胜数。"①1932年文学生存之艰难可见一斑。《鸟瞰》对该时期的理论批评、小说创作等作梳理和考察。1928年后,曾一度非常激烈的文艺理论纷争,于此时也消沉下来了。"作为理论争执的重心点的左翼文坛,到一九三一年前后也无可讳言地是在一种疲惫的状态之下支持着……"至1932年,理论探讨才"重新兴起"。这一年的中心问题有两个:一是文艺大众化的问题;二是文艺创作自由的问题。关于后者,《年鉴》的编者之一杜衡(苏汶)是重要的参与者。《鸟瞰》指出,文艺自由论辩经过了几个回合,但问题并未真正解决。"一方面,左翼文坛虽然自己相信已经把苏汶说服而满意,另一方面,苏汶也不得不姑认为已经争到文艺创作自由而顺便收场,但纠纷却仍然有随时重新引起的可能。"②这场论争谁也没有服谁。

关于该年度小说创作,《鸟瞰》敏锐地抓住一个变化:"罗曼主义的主观主义的衰落和客观的现实主义的抬头。"前些年盛行的以蒋光慈为代表的革命罗曼主义"突然过去"了,1932年"根本就找不出革命与恋爱互为经纬的作品";"创造社的那风气……也逢到它的衰落的命运"。《鸟瞰》以郁达夫为例,认为郁达夫式以赤裸的自我表现来博得广大读者同情的做法已行不通。郁达夫本人

---

① 《一九三二年中国文坛鸟瞰》,中国文艺年鉴社编《中国文艺年鉴·一九三二年第一回》,第24页。

② 同上书,第25—26、31页。

在沉默了几年之后,"到一九三二年,他却像得到新的力量似的重新写作,接连的发表了他的中篇《她是一个弱女子》以及后来收在《忏余集》里的五六个短篇"。这一年是郁达夫"多产的一年",作品更"老练""纯净""蕴藉""含蓄",却不能"重行掀起一度波澜"——因为时代不同了。这一年,冰心也明显地失去其"魅力",她的处境比郁达夫更为"寂寞"。《鸟瞰》指出,为这种抒写个人感情的罗曼主义创作注入生机、走出一条新路的,是巴金和靳以。他们"把个人的、特殊的,扩大到全人类的,普遍的方面去"。他们的特点是:"一、取材的世界性;二、笔致的华美和流畅;三、浸透了全部作品的浓郁的罗曼的气氛。"①他们既保持浪漫主义热情,又将个人情感扩大为全人类的情感,从而使创作有了新的突破。

　　与浪漫主义的衰落相对照的,是现实主义的抬头。最值得注意的是茅盾。1932年,茅盾"以几个惊人的短篇,换上全新的面目"。《林家铺子》《春蚕》等作,"主题的精慎的选择,材料的勤恳的搜集和适当的配置,都使作者获得了空前的成功"。这一年丁玲的"转变"也颇明显,但水平没超过早一年的《水》,原因是"熟练的技巧也掩饰不了那种过于阿谀革命的特征"。"她的从切身的刺激而来的对革命的热情使她成为比茅盾更为'政治的'作家。""一九三二年的丁玲,是一个运用得不恰当的政治热忱损坏了对现实的认识的好例子。"②这一年还涌现了一批写实主义作家——蓬子、魏金枝、沙汀、东平、张天翼等,这批写实派作家中贡献"最大"的是杜衡。其短篇"结构的绵密""真挚的感情""精慎的描写""可说是人生的写实主义这个曾经盛于一时的流派的顽固的支持者"。而作家中把"艺术"当作作品的唯一对象、"有一种专注

---

　　① 《一九三二年中国文坛鸟瞰》,中国文艺年鉴社编《中国文艺年鉴·一九三二年第一回》,第32—36页。

　　② 同上书,第36—37、38页。

力于文字的"是沈从文。《鸟瞰》称沈是"为了故事而说故事的人","他的那种极广博的铺叙,多变换的句法,曾经招引了许多的模仿者"。《鸟瞰》还特别提到"把弗洛伊特的学理运用到作品里去的中国第一个作家"的施蛰存,认为"都会主义的文学"是这一年文坛出现的"重要姿态之一",代表作家有刘呐鸥、叶灵凤、穆时英等。①

《鸟瞰》还对 1932 年诗坛"三个流派"作概括:一是象征诗派,"创始者是李金发,而有了可观的成就的是戴望舒和蓬子"。他们"以无韵诗的形式,在幻美的笔致下寄托着飘渺的情思"。施蛰存的"意象抒情诗",也是一个重要的尝试。二是新月诗派,继承"徐志摩的遗风","提倡着专重韵律和音节的整齐"。代表人物有饶孟侃、陈梦家、卞之琳、朱湘等。三是新兴阶级诗派。此派"一洗以前以诗歌为抒情的习性,而使他成为阶级斗争的歌颂"。因刚兴起,"没有重要的作家出现"。末了,还提到与三派无关的罗曼主义诗作已经在文坛上"绝迹","郭沫若只在《现代》发表了两首诗,这大概要算是最后的罗曼诗歌的标本了吧"。② 至于散文、戏剧,成绩和特色均不很突出。

《鸟瞰》是一部以"一年"为限度的横断面文学史。将一年来文学作为文学沿革历史长河中的一个片段、一个环节截取下来,既揭示 1932 年文学自身的特点,又涉及这一时段文学与新文学整体的关系,梳理其内在脉络,凸显其线索,考察全面,评述恰切,见解独到。比起通史,更有横断面的肌理和细节,是 1930 年代《中国文艺年鉴》编纂的代表作。

由 1932 年《年鉴》首开先例,1934 年、1935 年、1936 年都有

---

① 《一九三二年中国文坛鸟瞰》,中国文艺年鉴社编《中国文艺年鉴·一九三二年第一回》,第 43、44、45、46 页。

② 同上书,第 49、50、51 页。

《年鉴》出版。① 1934年《中国文艺年鉴》由杨晋豪编,北新书局出版,体例上与1932年《年鉴》略有变化。分四部,第一部为《二十三年度中国文坛巡阅》(下简称《巡阅》),也是一篇总论;第二部为《二十三年度中国创作选》,含小说、新诗、散文;第三部为《二十三年度内地文坛报告》,介绍北京等12个城市文学活动情况;第四部为《二十三年度出版文艺书目》。

《巡阅》有几方面值得注意。首先,对这一年的文学情况评价不高:

> 本年度的中国文艺界,演成了像下面的变态,就是:文艺单行本的出版减少,乌七八糟杂志的纷纷发刊;伟大作品的不得产生,小品散文的广泛盛行;重要理论的探讨避却,消闲幽默的高度畅销等等。②

其次,对1934年消闲幽默小品文盛行现象不满,称之为这一年"变态"的盛事。并指出该年度没有"文艺主潮",前些年"三派文学盘踞"局面已不存在,有的是"琐碎"的多股潮流。他列举了六种情况:"农村破产的描写增加""历史故事的接续出现""战争小说的常有发表""幽默闲适的风行一时""小品文字的极度兴盛""翻译工作的继起复兴"。相比之下,似乎"文艺论战"热闹些,作者概述了该年度的五次论战:"京派海派之争""伟大作品不产生的讨论""接受文学遗产的问题""小品文的提倡和攻击""文言白话和大众语的论战"等。对该年度去世的三位作家——朱湘、庐隐、刘半农作生平、著述介绍,并附录三篇怀念的文章——赵景深

---

① 笔者没找到1933年度《中国文艺年鉴》,上海现代书局既然出版中国文艺年鉴1932年"第一回",就应该有计划出版第二回、第三回的。但不知何故,之后没见继续出版。1934年及之后的《中国文艺年鉴》,改为由上海北新书局出版,杨晋豪编。

② 杨晋豪:《二十三年度中国文坛巡阅》,杨晋豪编《二十三年度 中国文艺年鉴》,北新书局,1935年,第3页。

的《朱湘》，苏雪林的《关于庐隐的回忆》，刘育伦、刘小蕙、刘育敦的《父亲的死》。有意思的是，"剧"没有被收入"创作选"中。"散文"收入量几乎是小说、诗的入选量的六倍，分出六小节——"小品""记事""游记""日记""传记""随笔"来编选，这种划分未必合理，但可见这一年散文类作品数量多、品种杂、佳作不少，独占文学发表的鳌头。相比于1932年《年鉴》，1934年《年鉴》关于文学运行规律的总结较弱，而动态史料文献搜集则有所增强。

1935年——《廿四年度 中国文艺年鉴》仍由杨晋豪编，北新书局出版。共四辑：《廿四年度中国文坛考察》（下称《文坛考察》）《廿四年度的中国文艺理论》《廿四年度的中国创作选集》《廿四年度文艺新书要目》。将文艺理论单列一辑，是此前所没有的。《文坛考察》为这一年定的调子是"纷乱"，无论经济、政治还是文化。作者说："在本年度中，中国社会之中的各种矛盾表现得愈益深刻，而导始着转剧的变化——虽在表面上似在麻痹的状态中衰疲地消沉着。城乡经济的崩溃，已经达到无可挽救的地步；内政外交的失措，几乎至于一蹶不振的状态；思想文化的紊乱，诊断着时代末运的痼疾……"[①]一方面"由于政治意识的纷歧，而形成了混乱庞杂的这一年度的中国文化界"[②]；另一方面破败的经济使书业不景气，最受损害的是文学。光华书局"因丁老板拖债太多，无从清偿，结果有今年春关门大吉"；现代书局"因积欠房租和工部局的捐税以及印刷等费，突要十二月二日为第一区地方法院所封闭"；"施蛰存所主办的《文饭小品》……出到六期宣告停刊。戴望舒所主编的《现代诗风》，只出了一期，便不继续了，陈望道所主编的《太白》，因了生活书店改变出版计划，仅出尽二卷。郑君平

[①] 杨晋豪：《廿四年度中国文坛考察》，杨晋豪编《廿四年度 中国文艺年鉴》，北新书局，1936年，第1页。

[②] 同上书，第6页。

所主编的《新小说》，因了良友图书公司的紧缩，也只出了八九本。林语堂所主编的《人间世》，接着在年底停刊了……"①在这种背景下，该年度各种文体创作呈衰落之态。1935年轰动一时的《雷雨》《日出》等，仍未进入编者的视野中，"创作选"第四部倒有选"剧"——墨沙的《父子兄弟》。但该《年鉴》特别推出"几篇作为开辟或反映时代性的论文"，称之"树立了今后文艺评论的基础，较之一般麻糊浅薄的对这一问题的文字，是具有着更丰富充实的意义在"。② 特辟《廿四年度的中国文艺理论》收辑这批文章：少问《文艺作品的价值问题》、秦甫《论文学批评之基准》、林语堂《说本色之美》、苏汶《作家的主观与社会的客观》、辛人《文艺自由论》、任白戈《农民文学的再提起》、张庚《中国舞台剧的现阶段》等。这批文章观点各异，以唯物的客观的社会存在决定文学艺术价值的意见为主调，也包含苏汶等继续申述文艺创作自由的声音。该《年鉴》还附录五篇年度回顾性文章：伍蠡甫《一年来的中国文学界》、立波《一九三五年中国文坛的回顾》、左衣梦《一九三五年中国文艺界》、叶籁士《一九三五年的中国语文运动》、路维嘉《一九三五年之中国剧坛》，构成以理论总结为侧重的该年鉴的特色。

1936年，随着社会形势的日益严峻，《中国文艺年鉴》更注重社会问题的考量。1936年《中国文艺年鉴》③的总论《一九三六年中国文艺界的考察》，分"动乱的世界，更深的国难""新阶段中文艺运动的特质""巨浪一样文艺界的活动""推动新运动的文艺的论争""创作活动的新的主潮""文艺界的最大的损失"六个部分，

---

① 杨晋豪：《廿四年度中国文坛考察》，杨晋豪编《廿四年度 中国文艺年鉴》，第12页。

② 同上书，第14页。

③ 中国文艺年鉴社编，杨晋豪主编：《廿五年度 中国文艺年鉴》，北新书局，1937年。

设四个附录:"一九三六年的回顾""哀悼鲁迅先生特辑""哀悼高尔基特辑""重要文献一束"。关于一年来的文学运行,重点考察"新现实主义的倾向""国防主题的把握""监狱生活的写实""报告文学的升华""集体创作的实践""大众化的行进""戏剧的高潮"等。1936 年已是日本侵华的前夜,总论对大局有自觉的把握:"站于被侵略的弱小民族地位的中国,由于整个民族危机的深化,因此有了汉奸以外的全国民众,不分阶层党派,一致联合起来,反抗敌人侵略的民族革命的要求、呼声和实践。"这种形势决定了这一年文艺运动的特点:一、以文艺活动当作民族革命的一环;二、文艺工作者在民族抗战的共同目标下团结起来;三、文艺创作与批评介入现实生活斗争;四、创作和理论深入到大众层中去。那与其说是现实的总结,不如说是作者顺乎事理的推演——将文学纳入民族革命事业中的考虑。1936 年《中国文艺年鉴》围绕"民族"主题选辑作品和史料,有强烈的年代特征。对年度文学作品的筛选鉴定、文学成就的整体估计、文学主题渲染和文学走向判断等,都深受该年度环境的制约。无论如何,它还是以鉴定的方式将该年度重要作品和文学活动信息保留了下来,成为历史汰选、存档重要的一笔。

1935 年,国难逼临,文学评论界渐失 1934 年那种就事论事的平静,出现将社会问题套在文学身上的趋向。立波的《一九三五年中国文坛的回顾》就指出,1935 年是"充满了灾难又充满了英雄事业"的一年。这一年,人们被"急剧变化的政治旋风弄昏眩了",文学也因此"比较沉寂"。他对这一年出现的几部"反帝"作品《八月的乡村》《生死场》《南国之夜》和《咆哮的许家屯》评价最高,认为 1935 年还有几种现象值得注意:一是出现"许多回忆"文章,二是出现"牢狱文学",三是"翻译的旺盛",四是"通俗和复古"的同时出现,五是"林语堂先生的'改变作风'",六是官办半官办刊物的"贫瘠"等。作者从救亡角度考察文学质量,评估其价值,呈现了战争前夕文学价值判断的新动向。①

左衣梦的《一九三五年中国文艺界》则关注1935年度小说题材和形式的变化,称短篇小说题材有几方面的变化:一是纯粹描写男女恋爱的小说已不多见;二是把家庭和个人放在社会动荡中来描写;三是历史小说以反映"现实"为重,借古喻今;四是"关于农村崩溃的题材"写得成功;五是军旅生活得到较好表现。形式方面也有几点变化:一是"第一人称的写法减少";二是不单纯描写个性,而是运用社会学的观点,将个性植根于社会现实土壤中;三是立体的、集体的描写法;四是写作态度变得沉重、严肃。文章指出了战争来临前夕文学创作发生的一些变化,预示了未来的文学走向。②

将文学活动锁定在特定的时间之轴上,时间只是一个框架,对特定时间段中社会局势的不同理解,会导致不同的文学价值论定。立波将《八月的乡村》《生死场》《南国之夜》和《咆哮的许家屯》作为1935年标杆性的作品,推崇其描写抗日的题旨;杨晋豪称幽默小品文的盛行是一种"变态",持的也是以救亡重负规训文学的态度;与之相反,春深认为小品文本身不该反对,任何文学文体都有其存在的理由、美学的标准;周怀求对1935年新文坛所谓"批评的批评"予以肯定,认为那是文学"健康和坚实"的标志,文学批评不该是一言堂。时段研究固然有其时间的规定性,也仍有因作者立场的不同而形成的不同的情势估计及价值裁定。时段研究以时间为段落,编结历史之网,同样将碎片化的史事加以有机排列,合成整体性的历史片断,参与1930年代新文学史构建,汇入多声部的历史叙述中。

---

① 立波:《一九三五年中国文坛的回顾》,杨晋豪编《廿四年度 中国文艺年鉴》,第98—106页。

② 左衣梦:《一九三五年中国文艺界》,杨晋豪编《廿四年度 中国文艺年鉴》,第117—119页。

第十六章　史料汇编与新文学秩序建构
——以阿英编史为例

史料汇编是1930年代新文学修史热中的重要举措,阿英(原名钱杏邨,1900—1977)于其中扮演了重要角色。早些年,他作为太阳社首席批评家,活跃于革命文学倡导和批评的风口浪尖上,他以《死去了的阿Q时代》为代表的清算"五四"一辈作家的文章,让他名声大振。在他1928—1932年出版的近百万字批评文集里①,一个年轻气盛、左倾激进的新兴文学批评家形象跃然纸上。

1932年对于阿英来说是陡然转折的一年,这一年他成为胡秋原向左翼阵营发难的靶子。1932年第2卷第1期《读书杂志》发表胡秋原的长文《钱杏邨理论之清算与民族文学理论之批评》,从"基础理论之混乱""俗流观念论之本体""非真实批评""右倾机会主义"四个方面,对阿英的四本书——《怎样研究新兴文艺》《现代中国文学作家》(第1、2卷)、《文艺批评集》——作一一清算。胡秋原引文摘句,分析阿英在运用别林斯基、普列汉诺夫、波格达诺夫、藏原惟人、青野季吉等人理论时出现的谬误,并得出结论:自称为"马克思主义批评家"的阿英,其实与"马克思主义毫不相

---

① 1928—1932年阿英将其时发表的新文学批评文章先后结集出版,计有:《麦穗集》《作品论》《现代中国文学作家》(第1、2卷)、《力的文艺》《怎样研究新兴文艺》《文艺批评集》《文艺与社会倾向》《现代中国文学论》《现代中国女作家》《小品文谈》等。

干",是一个"庸俗的观念论者"。① 更有意思的是,这回左翼阵营没有为阿英辩护,反倒是阿英在文坛累积几年的问题被揭开。冯雪峰说:"钱杏邨的文艺批评,自他的开始一直到现在,都不是正确的马克思主义的批评,并且对他的批评的不满现在已成为一种普遍的意见……""要批判杏邨的错误,特别是他的政治的,阶级的错误,是八九个月以前就决定了的,然而除在会议上给以原则的批评以外,竟到现在也还没有形成一篇有系统的批判他的错误的论文。……杏邨的批评上的错误,我们不但承认,并且非愈快愈好的给以批判不可,我们欢迎一切人的严厉的批判"。② 阿英的问题终于由胡秋原文章而引发出来。阿英本人说:"一九三二年,对于我,是最有意义的年头。……从批判我过去的倾向,一直到关于'第三种人'的论争上,也给了我不少影响……我是用了绝大的努力,把自己从过去的泥沼里拔出来了。"③"这些,现在想来,真不禁'恍如隔世',而'遍身发麻'。总之,我一样的从这些错误上走了过来,截至写这篇序文时还没有完全克服……"④正是这场"清算",促使阿英将兴趣转移到历史研究上来。

来自芜湖、学土木工程出身、以学生运动领袖为起点步入文坛的阿英,其实没有多少新文学创作经验和理论积累。与1928年结成"文化批判"阵线的后期创造社和太阳社几位青年革命文学家情况相似,他们只是冲锋在前的历史过渡性人物。1928年的热闹

---

① 胡秋原:《钱杏邨理论之清算与民族文学理论之批评》,《读书杂志》1932年第2卷第1期。
② 洛扬:《致文艺新闻的一封信》,《文艺新闻》1932年第58号。
③ 钱杏邨:《〈现代中国文学论〉前记》,《阿英全集》第1卷,安徽教育出版社,2003年,第523页。
④ 钱杏邨:《革命的罗曼谛克——序华汉的三部曲〈地泉〉》,《阿英全集》第1卷,第674—675页。

很快过去,左联成立,文坛形成新格局,而他们并没有成为1930年代左翼文坛的核心人物。1932年之后,阿英很少写文学批评文章,而转向"代书店编书"①,开始其新文学史料搜集、整理、汇编工作。1933—1935年他接连编纂几本新文学史料集:《中国新文坛秘录》(署名阮无名,上海南强书局,1933年)、《中国新文学运动史资料》(署名张若英,上海光明书局,1934年)、《中国新文学大系·史料索引》(署名阿英,上海良友图书印刷公司,1936年)。他的晚清小说、晚清文艺报刊汇编也于此时开始。

一、藏书癖、唯物史观与私人编史:《中国新文坛秘录》的起步

阿英以史料汇编方式走进新文学领域,缘于两个原因。一是藏书癖。经过广泛阅读和涉猎,他心里有一本十来年新文学的充满细节的"谱"。1934年正筹划出版《大系》的赵家璧到过阿英家,几个装书籍和期刊的木箱被打开:"我才发现上海各大图书馆所没有的书他都有……大量文学期刊几乎是整套的。……他对五四新文学运动正在做整理研究工作。"②一是早年涉足文学批评,他形成了一种"唯物史观"。两者的参差体悟形成了他的历史方位感,他对"时间"有一种特殊的认识:

首先,他对事物的价值判断和逻辑推演,依循一套今昔有别的时间观念。《死去了的阿Q时代》隐含这样一种逻辑:阿Q时代已

---

① 王易庵《记阿英》称,1929年阿英开始"代书店去编辑青年参考书和学生课外补充读物去了。……他在这一时期编的书相当多,有以钱谦吾笔名为乐华图书公司编的《语体模范文选》,又以阮无氏为笔名代南强书局编的《中国新文坛秘录》,更有以张若英笔名为光明书局编《中国新文学运动史资料》。"《杂志》1943年第10卷第6期。

② 赵家璧:《编辑忆旧》,三联书店,1984年,第165页。

经过去,在新时代里再写阿 Q 就是背时,从民初走过来的鲁迅"已走到了尽头",如果不另找"生路",将成为时代的落伍者。他说:"老年人的记性真长久,科举时代的事件,辛亥革命时代的事件,他都能津津不倦的,不知有汉,无论魏晋的叙述出来,来装点'现代'文坛的局面,这真是难得!……他不过是如天宝宫女,在追述着当年皇朝的盛事而已;站在时代的观点上,我们是不需要这种东西的。"①"时代"成为他提出问题的逻辑起点,胡秋原就讽刺说:"统观钱先生批评'四大作家',无论谈鲁迅,谈郭沫若,谈郁达夫,乃至他的光慈,以及此外论张资平,论茅盾,论徐志摩,以至论几个外国作家和中国女作家,他告诉我们一点什么?他之所谓'马克思主义',只是搬弄'时代'两个大字,开口时代,闭口时代,左一个时代,右一个时代,将时代两字极抽象地,极混乱地使用,仿佛多写几个'时代'就成了马克思主义批评似的。"②此话正言中阿英的要害。将文学锁定在"时间"之轴上,为阿英的历史认识确定了坐标。1929 年起,他先后写《一九二九年中国文坛的回顾》《一九三〇年一月创作评》《一九三一年中国文坛的回顾》《上海事变与鸳鸯蝴蝶派文艺》《上海事变与大众歌曲》《上海事变与资产阶级文学》《上海事变中的北方作家》《杂志年》等,突出时间刻度,把文学放在特定时空环境中来考察,阿英的文学评论已隐含史的意味。

其次,藏书癖让阿英对时间流逝高度敏感,对史料损耗、遗失忧心忡忡,促成其汇编史料的决心:"一九三二年冬,因为要编《现代中国文学史》,从离开多年的故乡,把所藏的新文化运动初期的书报杂志,全都带到了上海。就在翻检资料的时候,回想当年,不

---

① 钱杏邨:《死去了的阿 Q 时代》,《现代中国文学作家》第 1 卷,上海泰东书局,1930 年。

② 胡秋原:《钱杏邨理论之清算与民族文学理论之批评》,《读书杂志》1932 年第 2 卷第 1 期。

仅感到了恍如隔世,也觉得许多不曾辑集材料,就此埋没下去,真是可惜的很。于是,便私自打算,想把其间重要的部分挑选出来,编成一部文献的书,既可以免散佚,便检阅,在文学运动方面,也是很有意义的。"①曾经轰动一时的出版物正在变黄、发霉,随时会为战火所焚毁(该年"1·28",商务印书馆及其东方图书馆毁于日军炮火)。这一年刘半农出版《初期白话诗稿》,刘在序中感慨:"当时所以搜集(指早期白话诗),只是为着好玩,并没有什么目的,更没有想到过了若干年后可以变成古董。"刘借用陈衡哲的话说:"那已是三代以上的事了,我们都三代以上的人了。"②这段历史正渐远去,为岁月所尘封。刘的忧虑正是阿英的忧虑,这段话为他一再引用,成为他汇编新文学史料的理由。

与这一时期多数人写新文学史缘于大学或中学里讲授文学史课时将讲义整理成文学史著③不同,既非教员、也非专业文学史家的阿英,主要出自一种个人爱好:藏书,广泛涉猎而形成的历史癖和文献保护意识,以及编书可能获得的经济利益。④ 1933 年以阮

---

① 阮无名:《中国新文坛秘录·前记》,《中国新文坛秘录》,上海南强书局,1933 年,第 1 页。

② 刘半农:《初期白话诗稿·序》,《新文学史料》1973 年第 3 期。

③ 这一时期出版的王哲甫《中国新文学运动史》、陈子展的《最近三十年中国文学史》、谭正璧的《新编中国文学史》、赵景深的《中国文学小史》、陆侃如和冯沅君的《中国文学史简编》、胡云翼的《中国文学史》、钱基博的《现代中国文学史》、苏雪林的《中国文学史略》、霍衣仙《最近二十年中国文学史纲》等,都是作者在大、中学讲授文学史课时撰写的文学史著。

④ 王易庵《记阿英》称:"在杂志上发表作品的收入是零星的,编书的收入则是整批的,而且编者可以利用现成材料,只须加以剪贴即可,不必费力,写批评却要绞脑汁一个字一个字地写出来,两两相较,自然是以编者为进益多而不吃力了。钱杏邨自从吃着编书的甜头以后,时刻不忘,从此就开始成为文艺界的两栖动物,市侩式的文人,每逢写作碰壁的时候,就摇身一变,钻到编书的路上去。"此说虽有偏见,也是事实。

无名为笔名,阿英的第一本新文学史料集《中国新文坛秘录》(下称《秘录》)由上海南强书局出版。

得助于个人丰富的藏书而非体系化文学史框架的指引,初次涉足新文学史编纂的阿英,将《秘录》编成了一本"掌故""野史""秘录"类史书,或称,阿英以非常个人化的方式走进新文学修史之门,参与关于"五四"新文学的叙述——《秘录》明显带私人编史印记。

《秘录》编纂框架几经调整,体例上有些零乱。最初是"根据这些材料,写一部随笔,把各文的精粹部分节要介绍出来,并写述一些系统的关于文学运动的史事"。之后又调整为"为着保存这些不易搜集的文学的完整性,想按发表时期的先后排列起来,前面加上一篇说明的长序"。最后才是成书时的样子:保存原文完整性,每篇文献"都加上详细的说明",并收入"文学运动史事片断的叙述"。① 将"随笔""谈荟"与文献汇编整合在一起。排列顺序也不讲究,"大致是想到哪件事便写哪件事,想到什么材料便用什么材料"。各篇虽"与文学运动有关系的,但为着调剂严肃的空气起见,有兴味的文人趣事也说了一些"。② 其体例的随意性和主题的模糊性显而易见。"秘录"一词有拾遗、记事、揭秘之意,显然定位于"野史"。实际上,《秘录》芜杂、多元,参差对照,反而赋予它一种意想不到的客观效果。

《秘录》出版之前,关于新文学"史"的轮廓已被初步勾画。最早是胡适1922年《近五十年来之中国文学》③第十节的"这五六年

---

① 阮无名:《中国新文坛秘录·前记》,《中国新文坛秘录》,第2—3页。
② 同上书,第3—4页
③ 胡适:《五十年来中国之文学》,1922年3月为上海《申报》馆五十周年纪念特刊《最后之五十年》所撰,收入《胡适文存二集》卷二。

的文学革命运动"。之后有陈子展1929年的《中国近代文学之变迁》①对胡适说法的进一步确认。《秘录》没有按胡、陈勾勒的文学运动轮廓选文章,而是随藏书所及,收辑当时不大为人注意的十六组"散佚"文献,配以编者对这些文献的说明性文字,构成十六个专题。如第一篇《周作人与阿Q正传》,对周作人与《阿Q正传》的关系作了钩沉。周家兄弟是新文学运动中举足轻重的人物。1923年兄弟失和,这一私人事件给新文学带来的影响是潜在而微妙的。编者指出,周作人在《自己的园地》和《中国新文学源流》两书中避而不提《阿Q正传》,而李何林1928年编《鲁迅论》同样没有收周作人的文章。实际上,《自己的园地》结集前,曾在《晨报》1922年1月至10月作19次连载,其中第八次,题为《阿Q正传》(《晨报·副刊》1922年3月19日),即周作人谈《阿Q正传》。但结集出版时这一节被删去。兄弟失和后互不买账之情形可见一斑。出于对阿Q原型及绍兴人际背景的稔熟,周作人对该作的解读能道人之未道,是一篇重要文献。《秘录》重刊此文,既保存文献,又有弦外之音:周氏兄弟失和的个人恩怨如何造成新文学文献的流失。

仔细辨识,《秘录》还是受胡适、陈子展勾勒的新文学运动轨迹所影响,从"周作人与阿Q正传"到"文字之狱的黑影""老章又反叛了""林琴南先生的白话文",到"郭著小品六章序""北京诗刊的始终""新月派的戏剧运动""小说月报的创作论特辑"等,十年新文学发生发展的先后顺序、人际分合的典型片段从这些文字中浮现。由于是文献辑录,大轮廓之下有丰富的细节——原生态的、无意识的、充满歧义的,文献由此呈多义性特征。

---

① 陈子展:《中国近代文学之变迁》,上海中华书局,1929年。之后,陈著又作修改、补充,撰成《最近三十年中国文学史》,署名陈炳堃著,1930年由上海太平洋书局出版。

胡适的《五十年来之中国文学》写于1922年,其时新文学阵营与章士钊的论争尚未发生。陈子展《最近三十年中国文学史》对此倒有记述。但陈没有提及1925年8月30日《京报》副刊《国语周刊》上的"反章专号"。这组文章多数作者与章士钊有私交,语言犀利、性情化,推心置腹与唇枪舌剑、学理与意气兼具,自成一体,是一场真正意义上的"五四"文人的思想交锋。以胡适《老章又反了》为例。从题目看,胡氏那种居高临下、稳操胜券的态度显然。胡文用夹叙夹议的笔法,述章士钊《评新文化运动》发表时,他正在烟霞洞养病。他托友人转告章:其文章"不值得一驳"。之后,胡、章同席,胡将此话当面告诉章。章有雅量,不回驳。后胡与章再次同席、合影,章在照片背面题上打油诗,息事宁人又软中带硬,称功过是非候"三五十年后"的裁判。① 胡也与人为善,称"同是曾开风气人,愿长相亲不相鄙"。② 两人态度坦诚但彼此心里不服。之后,《甲寅周刊》声称"白话恕不刊布",章再次撰文攻击白话文。胡也转了口气,不再"受降"。当时这场论争没有如后来新文学史著所描述的那么剑拔弩张。双方虽意见不合,仍同席,合影、和诗,一个"顽固死虎",一个"白话皇帝",各执己见,但仍通情达理。③ 三年后,《老章又叛反了》再次被郑振铎收入《中国新文学大系·文学论争集》中,成为这段论争的经典文献。

1926年初因北京女师大风潮中维护学生方与维护校方的不

---

① 胡适《老章又反叛了》中记及章士钊诗:"你姓胡来我姓章,/你讲什么新文学,/我开口还是我的老腔。/你不攻来我不驳,/双双并座各有各的心肠。/将来三五十年后,/这个相片作文学纪念看。/哈哈,我写白话歪词送把你,/总算是老章投了降。"《京报·国语周刊》1925年第12期。

② 胡适:《老章又反叛了》,《京报·国语周刊》1925年第12期。

③ 参见《中国新文坛秘录·老章又反叛了》编者评论,《中国新文坛秘录》,第34页。

同观点而引起的《语丝》同人与《现代评论》主笔陈源之间的那场论战,在《秘录》里另有展示,以《幸福的连索》为题,辑录两组文献,一组由"陈西滢的妹妹(或者姐姐)说陈西滢的英文比狄根司还好"而引发;一组由"有人说西滢曾经讲过北京的女学生可以叫局"而引发。前者发生在刘半农与陈西滢之间,辑有刘复的《骂瞎了眼的文学史家》、署名"爱管闲事"的《刘博士订正中国现代文学史冤狱图表》以及陈与刘一来一往两封信。后者发生在周作人与陈西滢之间,辑有岂明的《陈源先生的来信》、志摩的《关于下面一束通信告读者们》、西滢编的《闲话的闲话之闲话引出来的几封信》(以周、陈通信为主的 13 封书信),双方讥讽、辩护、揭短、捅漏子,连鲁迅也被扯进来。① 和事佬徐志摩说:"我愁的是双方的怨毒愈结愈深,结果彼此都拿出本性里的骂街婆甚至野兽一类东西来对付,倒叫旁边看热闹人中间冷心肠的耻笑,热心肠的打寒噤。"②实际上,这场论争有文人间小题大做的意气之争,但相关文献为新文学史留下了一段野史式的异调。

《秘录》致力于搜索冷僻史料,以此呈现充满细节纹理的十年新文学史片段。《文字之狱的黑影》根据 1924 年 6 月 17 日《晨报副刊》"零碎事情"栏一则谜语式的短讯,推测《胡适文存》《独秀文存》于该年端午被禁事实,浮现当时"定期焚禁书"的文字狱黑影;《〈读书杂志〉与〈努力〉》辑两杂志不大为新文学家注意却在当时思想界影响深远的"科学与玄学"论争文章目录,试图留住这段论争的概貌;刊出为刘半农《初期白话诗稿》所遗漏的几首早期白话诗——李大钊的《欢迎独秀出狱》、陈独秀的《答半农的

---

① 陈西滢给徐志摩的信上提及鲁迅到处说"北大教授兼国立京师图书馆长月薪至少五六百元的李四光"一事,认为那是鲁迅对李四光的污蔑。参见《中国新文坛秘录》,第 133—134 页。

② 徐志摩:《关于下面一束通信告读者们》,《中国新文坛秘录》,第 111 页。

D——诗》和署名双明①的《一个农夫》《泥菩萨》,丰富了早期白话诗的面貌;梁任公晚年为时代所淡忘,《秘录》辑梁氏在《晨报》六周年纪念刊上的《痛苦中的小玩意儿》一组对联,呈现他晚年苦中作乐的才情。国粹派林琴南早年也有不俗的追求,《秘录》辑胡适发表于《晨报》六周年纪念刊上的《林琴南先生的白话文》——林作于 1897 年的《村先生》《小脚妇》《百忍堂》三文,呈现林纾早年也写白话文质疑传统陋俗的一面。此外,对郭沫若遗文《孤山的梅花》《小品六章序》的钩沉,对"打孔家店的老英雄"吴虞赠妓女艳诗的展示,对北京诗刊、新月派戏剧运动、小说月报创作论特辑等的辑录,呈现了 1928 年以前多色调、多声部、细节丰富的新文坛面貌。凭借个人藏书,采用文献辑集及编者导读方式,《秘录》从党派成见和胡适、陈子展、王哲甫等主流新文学运动史叙述模式中脱离出来,呈现新文坛良莠杂陈的原貌。从"掌故"起步,作史料汇编,《秘录》有当时诸多讲义式新文学史所没有的鲜活、丰富和另类性。

二、回到正史:《中国新文学运动史资料》的"阿英构架"

阿英在《秘录·前记》提及:"因为要编《现代中国文学史》,从离开多年的故乡,把所藏的新文化运动初期的书报杂志,全都带到上海。"不知是怎样一本"文学史"? 与《秘录》出版隔年,以张若英署名、由光明书局出版的《中国新文学运动史资料》(以下简称《资料》),是否为同一件事? 如果是,他所谓"文学史",仍是一本史料集? 两年间出版两本史料集,它们之间构成什么样的关系?

---

① 《秘录》编者称,陈独秀笔名"双明","双明"与"独秀"正好是一对子。故《新青年》第 8 卷第 1 期署名"双明"的两首诗《一个农夫》《泥菩萨》,应为陈作。参见《在博士所说的而外》,《秘录》,第 53 页。

仔细比较，两本集子各有分工:《秘录》是野史，主干隐匿，枝丫横生；《资料》是正史，主干突出，主次分明，结构严谨。后者是阿英参与新文学正史建构的开始，它在《中国新文学大系》之前出版，其对十年新文学文献谱系的划定，有某种原创性意义：也许是翌年出版的《中国新文学大系·建设理论集》和《中国新文学大系·文学论争集》的蓝本？这本集子包括"建设理论""文学论争""社团史料"三方面内容，通过新文学史文献具有倾向性的辑选，约简而清晰地勾画出1917—1928年新文学运动的线索、片段和层次，为《中国新文学大系》上述两书提供了辑选文献、确立历史段落的基本思路。

《资料》设八编，除"绪论"外，其余七编，恰好构成首尾夹着两个"运动"（"新文学建设运动"与"革命文学运动"），中间包含"对旧作家的论争""对学衡派的论争""整理国故问题""对甲寅派的论争""文学研究会与创造社"五个段落的基本内容。对照前此几种新文学史，作为当事人之一，胡适写《五十年来中国之文学》较早，第十节谈"文学革命运动"对这场运动有清晰描述：从《文学改良刍议》到《文学革命论》到《新青年》内部讨论文学问题的通信再到《建设的文学革命论》；之后是白话诗的试验，《每周评论》《新潮》等出版；再后是林纾的反对白话文及林、蔡之辩，教育部的"读音统一"、白话成为国语（白话文运动胜利的标志）。陈子展《最近三十年中国文学史》的"文学革命运动"基本沿用胡适的线索，凸显从白话文倡导到语音统一到白话为国语之地位确立的脉络。陈著完成于1920年代末，对新文学运动"三大波澜"有概述：林纾及严复等古文家的反抗，《学衡》同人及章太炎等对白话文的质疑，后《甲寅》章士钊与吴敬恒、唐钺、胡适等的论辩。与《资料》同年出版的王哲甫《中国新文学运动史》（北平杰成书局，1933年），则有意摆脱胡、陈说法，将十年新文学分为12个段落："新文学运动的前前后后——新青年——胡适——陈独秀——反对派之论调——林琴南——五四运动——新文学运动之影响——会社团体之成立——出版物之盛行——外国名流之来华讲学——学生参加实际运动。"王著虽摆脱了胡适的白话文主线论,但将文学运动与社会运动混为一谈,结构零乱,难以浮现文学自身的脉络。相比之下,《资料》将十年新文学历史条理化的思路,比较上述几著,有独到之处。

首先,他在胡适白话文主线论基础上,凸显新文学兴起过程中新旧两派之争,将之作为新文学内部运行、自我演绎的显线索来呈现;同时以文学研究会与创造社关于创作方法之争为潜线索。而第一阶段的结束点放在五卅运动发生——新文学走向革命文学之路。既突出文学内部运行的线索,又强调社会环境对文学的规定性作用,有其站在时代高度看文学的新眼光。作为"十年新文学"局外人,阿英旁观者清,从《序记》看出他对这段历史的理解:

> 这里面一共作八编,除"绪论"外,每一编是说明了在运动中的一个过程,最初是新文学的建设运动,相应着来的,就是对封建作家林纾等的论争。在运动中克服了阻碍而走向坦途的时候,迎上来的,又有"学衡派"——一个进步的封建阶层的战斗。接着就是所谓整理国故问题的发生,一部分的新文学运动者开始对封建势力投降。往后,再来一个反动期,"老虎报"的"评新文化运动""评新文学运动",以及新文学运动阵营里和他们的对抗。在这些过程之间,还产生着的,有"创造社"与"文学研究会"的论争——"浪漫主义"与"写实主义"的论争。然后,就是"五卅运动",中国的新文学运动,开始走向革命文学之路。①

---

① 张若英编:《中国新文学运动史资料·序记》,《中国新文学运动史资料》,第2页。

经历革命文学运动后,阿英回过头来检视十年新文学,有一个七段落的划分法,并从"阶级属性"角度对这些"段落"作性质论定。与《秘录》从小处着眼、辑录轶事遗文不同,《资料》从大处着眼,辑录的都是白话文运动中重要的文献。如第二编新文学建设理论,收入六篇文章:《文学改良刍议》(胡适)、《文学革命论》(陈独秀)、《历史的文学观念论》(胡适)《关于文学革命的两封信》(钱玄同)、《我的文学改良观》(刘半农)、《建设的文学革命论》(胡适)。尽管篇目不多,运动倡导期的重头文章已囊括其中。编者有意删繁就简,凸显运动的主干脉络。这六篇文章为次年胡适编纂《中国新文学大系·建设理论集》"发难时期的理论"部分再次收入,成为描述这一历史段落的骨架文章,早期新文学史图谱轮廓初步形成。

其次,《资料》的论争类文献辑录,相比《中国新文学大系·文学论争集》有两个特点。一、辑录文献少而线索清晰,以第三编"对旧作家的论争"为例,该编突出林纾、蔡元培之辩,收入林纾的《论古文与白话之消长》《致蔡元培书》和蔡元培的《复林琴南书》《国文之将来》,加上严复的《书札六十四》、王敬轩与刘复通信。六篇文献涵括三个小段落,层次分明。《中国新文学大系·文学论争集》与之对应的是第二编"从王敬轩到林琴南",以王敬轩《文学革命之反响》为头条,突出王、刘之争。实际上,王敬轩是《新青年》虚拟出来的子虚乌有的人物,并无代表性。此编共收20篇文献,线索纷繁零乱。林纾只有一篇,主线凸显不出来。二、《资料》明确以文学革命运动倡导方为"我方"(叙事主体),几个题目为"对旧作家的论争""对学衡派的论争""对甲寅派的论争",采用主语省略法,显示了"我方"(新文学方)的不言而喻及其对整个叙述的控制——文献辑录为"我方"视角和立场所控制。这种方式为后来的李何林等所沿用。

再次,《资料》文献辑录有其让史料说话的客观性。如第四编

"对学衡派的论争"共辑四篇文章,三篇为反方文章:《评提倡新文化者》(梅光迪)、《评今人提倡学术之方法》(梅光迪)、《论新文化运动》(吴宓),"我方"文章只有罗家伦的《驳胡先骕君的中国文学改良论》。这种方式使反方的意见充分表达。三位反方作者均学贯中西,三篇文章由没有标点但语言浅显的文言文写成,洋洋洒洒,头头是道,旁征博引,激烈偏执,有大势已去却据理力争之执拗。相比之下,"我方"罗家伦的《驳胡先骕君的中国文学改良论》,孤军作战,却有舌战群儒的从容。罗文驳胡先骕的《中国文学改良论》①,引文摘句,层次分明。首先,说明什么是文学,白话文同样能写出像《红楼梦》《水浒》这样的杰作。其次,对白话文含义作缜密界定,以西洋新诗潮流为例,论证白话入诗的可行性和合理性。再次,论证白话文同样有传世、保存、创造之特点。文学的价值是为人生不是为艺术,不能抱住形式不放。最后指出,胡文"实是自己毫无主张和办法,只是与白话文吵嘴。而且意义文词太笼统,不着边际"②。比起胡文那种"与白话文吵嘴"式的激烈,以及"学衡"派诸文对文学革命的恶意贬低③,罗文显得温和理性,以理服人。文献辑录不仅呈现论争内容,更隐含弦外之音:论争双方的优劣态势、强弱程度,论争话题的上下文关系,作者的行文风格和心智特点等。这一部分《资料》没有收入鲁迅的《估学衡》,也

---

① 此文 1919 年"五四"前发表于南京《高等师范日刊》。有趣的是,阿英没有将之收进《中国新文学运动史资料》中,使罗家伦的反驳文章缺乏对照,不知是编者的疏忽抑或有意为之。

② 罗家伦:《驳胡先骕君的中国文学改良论》,张若英编《中国新文学运动史资料》,第 186 页。

③ 《中国新文学运动史资料》第四编中,梅光迪的《评提倡新文化者》从四个方面对新文化倡导者作论定:"彼等非思想家乃诡辩家""彼等非创造家乃模仿家""彼等非学问家乃功名之士""彼等非教育家乃政客",其恶意贬低的口吻显然。

没有收入《中国新文学大系·文学论争集》①所收西谛、玄珠、郢生几篇短文,可见编者的惜墨如金及其史料辑录的分寸感。相比上述文章,罗文无疑是富有学理性和说服力的。同时也可看出,这场与学衡派的论争,新文学阵营有质量的文章并不多。

还需一提的是,《资料》在有限篇幅里辟出"整理国故"一编。"整理国故"性质复杂,放在以反传统的激进主义思潮为主导的新文化运动中,有保守、倒退之嫌,与新文学发展呈相悖之态。② 这方面文献,不论是《中国新文学大系》的《建设理论集》《文学论争集》,还是李何林《近二十年中国文艺思潮论(1917—1937)》(上海生活书店,1940年),均没有收入。《资料》留住了这一页,收入五篇文献:胡适《国学季刊宣言》、郑振铎《新文学之建设与国故之新研究》、顾颉刚《我们对于国故应取的态度》、成仿吾《国学运动的我见》、郭沫若《整理国故的评价》、周作人《古文字》。除成、郭两文持反对或怀疑意见外,胡文是"整理国故"的纲领性文献,其他几篇也拥护"整理国故",并对其合理性作了论证。设置这一编不大符合《资料》去繁就简原则,后来的新文学史料集多抹去一段,有其理由。但将之保存下来,《资料》在三大反复古片段之外,加

---

① 郑振铎编《中国新文学大系·文学论争集》时所收的史料,基本上是由阿英提供的,郑振铎《中国新文学大系·文学论争集·导言》和赵家璧《话说〈中国新文学大系〉》(赵家璧《编辑忆旧》第174页)均记及此事。故聚集所收文献,阿英都应该了如指掌,之所以没有收入《中国新文学运动史资料》中,可能是一种自觉的选择。

② 从"文学革命"到"整理国故",其实体现胡适改造旧文化、建设新文化相贯通的思路。1919年胡适写了《新思潮的意义》《论国故学——答毛子水》《清代学者的治学方法》等文,正式亮出"整理国故"的旗帜。他将新思潮概括为"研究问题,输入学理,整理国故,再造文明"四个环节。从胡适初衷看,此举是将工作重点由文化批判转向传统文化学术整理,以重建历史和学术的新系统。但刚从古书堆中走出来的青年学生,对此不免有些茫然;新文化阵营内部多数人也不认同,将此理解为胡适的临阵倒戈。

上新文学倡导者的回归古书堆,别有意味,它透出新文学运动"破"与"立"互动的复杂思路,貌似迂回实有其统一之处。《资料》的新文学史框架有其别样的细节。

《资料》主线清晰而枝叶繁茂,一些中间派文章被辑录,如严复的《书札六十四》、徐志摩的《守旧与玩旧》,使文献保存了另一种声音。编者有一种史家的理性,这种理性使他能够仔细掂量文献的价值,由此形成有其内在理路的新文学史框架,一种带有私人编史特征的阿英框架。这一点进一步体现在他的《中国新文学大系·史料·索引》中。

三、编结历史之网:《中国新文学大系·史料·索引》与新文学文献学的奠基

1934年良友版《中国新文学大系》(以下简称《大系》)编纂工作启动,阿英于其中发挥着举足轻重的作用。酝酿初期,赵家璧虽有好招:"物色每在一方面的权威人士来担任,由他择优拔萃,再由他在书前写一篇较长的序言,论述该一部门的发展历史,对被选入的作家作品进行评价……"①毕竟仍局限于作品结集思路。赵家璧有幸遇上阿英。阿英向赵家璧介绍他的《中国新文学运动资料》和刘半农的《初期白话诗稿》,让赵觉得"我要把我的那个理想用分集编选方法来实现是有例可援的,刘半农的《初期白话诗稿》,不就是我理想中那本'五四'以来诗集的雏形吗?而读完《运动史资料》②后,我对这套理想中的大书的内容又有了补充"③。

---

① 赵家璧:《话说〈中国新文学大系〉》,《编辑忆旧》,三联书店,1984年,第163—164页。

② 指张若英编《中国新文学运动史资料》一书。

③ 赵家璧:《话说〈中国新文学大系〉》,《编辑忆旧》,第167页。

所谓补充包括两方面:一是由原来"仅限于作品"结集,改为"把史料附在各集之后";二是"单单有作品集是不够的,前面应该有理论文章的结集"。① 由此形成《大系》包括作品集、理论集和史料集三大部分的基本轮廓。这是《大系》酝酿的一次飞跃,显然受阿英的启发。

  《大系》的酝酿有意无意启动了一项新文学修史的大工程,采用的是修史的体例和笔法。编选作品集、每集写一篇史论类文章都不难,要每集后面"附史料,作家传记,文学团体资料"却不易,幸得阿英的慷慨相助。"阿英当时就表示将来良友如有需要,他愿意无条件供应。""从赵家桥回家途中,我第一次感到,我为编这套书所首要解决的资料来源问题,已找到了一个大宝库。"②被赵家璧称为"大宝库"的阿英藏书,不仅成全了原先拟附在各集后面、后来独立成书的阿英主编的《史料·索引》,也支援了其他各集。郑振铎最受益于阿英:"有了阿英的支援,就事半功倍了。"③在该集导言里郑又说:"最后应该谢谢阿英先生,本集里有许多材料都是他供给我的,没有他的帮助,这一集也许要编不成。"④《文学论争集》不仅史料来自阿英,其结构也明显借鉴了《资料》。鲁迅编选《小说二集》时所需的旧刊物,也从阿英那里借得。⑤ 几十年后,赵家璧提及此事,仍感慨不已:"回忆使这一庞大的五百万言史料整理工作得以胜利完成的支持者中间,如果没有阿英(钱

---

  ① 赵家璧:《话说〈中国新文学大系〉》,《编辑忆旧》,第167、168页
  ② 同上书,第165页。
  ③ 同上书,第174页。
  ④ 郑振铎编选:《中国新文学大学·文学论争集·导言》,蔡元培等《中国新文学大系导论集》,上海良友复兴图书印刷公司,1940年,第80页。
  ⑤ 鲁迅1935年1月24日日记:"夜选《中国新文学大系》小说开手";2月12日日记又记:"得钱杏邨信并借《新青年》《新潮》等一包。"(《鲁迅全集》第15卷,第208、212页)可见《大系》诸集,得到阿英的多方面帮助。

杏邨)的热情帮助,这个编辑计划也是不可能实现的。"①

就阿英当时的身份而言,主编其他各集,他的权威性显然不够,但主编《史料·索引》则非他莫属。有《建设理论集》和《文学论争集》在前,《史料·索引》不可能再辑录新文学运动发生期理论、论争的重要文献,只能从总体上作细节拾遗和整体缝合工作——将已经问世作品、理论文章及相关文献尽可能一网打尽,作目录式修辑,织成一张"五四"新文学概貌图——既呈现总体形貌又不遗漏每个细节。这一图谱的修辑,考验着编者的文献工夫。

游走于新文学的内部与外部、中心与边缘,阿英的《史料·索引》不负众望。全书共设十一章:"总史""会社史料""作家小传""史料特辑""创作编目""翻译编目""杂志编目""中国人名索引""日本人名索引""外国人名索引""社团索引"。截至1934年,新文学十年方方面面、林林总总囊括于其中,被规整为主干、支干、旁系、流脉、背景整然有序的一个系统。这是首次凭个人力量对十年新文学作目录学意义上的全景式描述。编者从细节出发,画出新文学的基本轮廓,标出每一角落,尽可能穷尽与新文学相关的所有线索。这个总图谱的原创性价值和史学意义,也许是《大系》另外九本专集所难以相比的。

第一卷"总史"摘选三篇文章:周作人《中国新文学的源流》(第五讲)、胡适《五十年来中国之文学》(第十节)和陈子展《最近三十年中国文学史》(第十、十一章)。三篇均冠以《文学革命运动》之名,旨在给文学革命运动一个总体描述。在"总史"的海选中,阿英至少注意到八篇文献,除上述三篇外,还有郭沫若的《文学革命之回顾》、华汉的《中国新文艺运动》、高滔的《五四运动与中国义学》、郑振铎的《新文坛的昨日今日与明日》、阿英的《中国新文学的起来和它的时代背景》。就文学观点而言,后五篇可能

---

① 赵家璧:《话说〈中国新文学大系〉》,《编辑忆旧》,第235—236页。

更为阿英所欣赏。当时让胡适编《建设理论集》,赵家璧就担心阿英等左翼作家会反对,后来也证明胡适和周作人"两人的文艺思想,同《大系》其他编选者相比,唱的是另一个调"。①但与赵的理解不同,作为史家,阿英有他的史识和胸怀,在篇幅有限情况下,他放弃郭、华、郑和他自己几篇用后来者眼光评判历史、带激进倾向的文章,而选择周、胡两位当事人文章,以及陈的客观的史论文章。从而使"总史"与《史料·索引》集的客观性题旨相一致。

《总史》三篇文章各司其职,其背后有阿英精心的选择和安排。周、胡两位"五四新文学的干部"对白话文何以取代文言文的说法并不一致。胡适沿着其白话文学史思路,提出两个观点:一、文学向来是朝着白话的路子走的,1917年白话文运动是一种必然结果。二、古文是死文字,白话是活文字。②周作人恰好反驳了这两个观点:"中国的文学一向没有目标与方向,有如一条河,只要遇到阻力,其水流的方向即起变化,再遇到再即变。"他以"言志"与"载道"轮番替代证明这个过程是一个循环过程。另者,"古文和白话并没有严格的界限,因此死活也难分"。周提出两个观点:"因为要言志,所以用白话。""因为思想上有了很大的变动,所以须用白话。"③陈文则以引录史料为特色,将当时各种声音浮现出来。《总史》三篇文章成为《大系·史料·索引》实际上的三篇导言,关于"文学革命运动"的三种讲述,有多种声音交锋、辩驳、交汇之意。比起另外九本专集由导言者统率一切,反倒显示其丰富性。阿英将周文放在三篇之首,也蕴含他的倾向性。

"会社史料",辑刊物宣言、发刊词、缘起、纪事、社章、编者按

---

① 赵家璧:《话说〈中国新文学大系〉》,《编辑忆旧》,第202页。

② 胡适:《文学革命运动》,《中国新文学大系·史料·索引》,上海良友图书印刷公司,1936年,第12—13页。

③ 周作人:《文学革命运动》,《中国新文学大系·史料·索引》,第8、10页。

语等文献54篇,浮现了一个多层次、多脉络、众声交汇的新文坛缩影。主要涉及几大块:《新青年》群体(含《新潮》《少年中国》),文学研究会群体,创造社群体;杂文、思想评论群体及刊物:《语丝》《读书杂志》《北京大学国学周刊》《国学季刊》;诗刊、剧刊及其群体;未名社、沉钟社、狂飙社;反对派的《学衡》群体、《甲寅》群体等。发刊词类文献,宣明各群体的立场态度,比起论争类文献,更常态而理性,有其独特的历史价值。

《大系·史料·索引》的特色在"编目"上。其时阿英搜集的1935年以前全国出版物目录共八种,其中纯属文学类的有四种:1924年蒲梢、星海编《最近文艺出版物编目》、1932年中华图书馆协会编《文学论文索引》以及两本年度目录:中国文艺年鉴社编《一九三二年出版文艺书目》和杨晋豪编《一九三四年出版文艺书目》。用阿英的话说,已有书目"贫乏得可怜","除开原本,可谓毫无凭借。杂志编目,是连这两本也无可借助"。因此杂志单本的编目,"完全是依靠着私人的藏书",或到"各书店借抄",赵家璧等办的永久读书会也"给予了很大帮忙"。"翻译部分,虚白蒲梢的辑本是很有用的"。[①] 可以说,阿英凭个人力量,在其目所能及的范围内,编织出新文学第一个十年的这张图谱。这一集至1936年2月才装订出样书,是大系十本书中出版最迟的一本,其原因除了阿英个人遭遇意外——父亲被国民党特务拘捕,书籍被封锁不能使用外,与这本书"工作量大"[②]也不无关系。

将新文学史的总体面貌和局部细节勾勒出来,阿英对"目录"有其史家的自觉:"有了这样一个编目,再加有出版期的注明,则一路看来,使从题目上也可见当时文运是如何的向前发展,好像是在读一部有系统的文学史书。若是在论战期内,更可连同对方杂

[①] 阿英:《序例》,《中国新文学大系·史料·索引》,第5—6页。
[②] 赵家璧:《话说〈中国新文学大系〉》,《编辑忆旧》,第212页。

志目录互看,看双方如何的在刀枪相敌,各文来路极明。"正是这种自觉,阿英筚路蓝缕,尽其所能,将触角伸至各个角落。而且,为校勘的错漏,为"杂志目排列格式,亦经排者改动,未能与单本行款一律。预备校时删去的衍字,亦完全印出"①等而痛心不已,引为遗憾。

阿英未必像胡适、周作人等亲历者和领袖那样,拥有描述新文学发生史的权威性,可以理直气壮地论说历史;也没法如茅盾、郑伯奇、洪深等作为新文学一方代表在其系列范围内拥有说话的空间。阿英只是一位历史的爱好者,有一屋子"上海各大图书馆所没有的书"。② 这个"宝库"让他在为《大系》提供史料资源的同时也获得编纂一册《史料·索引》的机会。这是一本关于十年新文学的工具书,工具书的客观性、周密性、全方位性使它具有更恒定的价值,有着上述各集所无法替代的意义。这本书深藏着阿英对历史的理解和铺排,他让细节说话,通过细节(文献、目录、索引)的有序排列,建立了一张有丰富肌理的新文学史图谱。这张地图,引领你观看各处风景,让你自己去领略其中的精彩。这种细节铺排和图谱确立甚至比一些指点江山的大文章具有更潜在而深远的影响力。

从某种意义上说,1933—1936年阿英先后编纂的三本新文学史料集,深藏着一种"阿英框架"。阿英以其丰富的藏书和作为旁观者的个人方式参与新文学史的叙述,通过史料的筛选、铺排、序列化、等级化,确立一个有主干有支干、枝叶繁茂、层次分明的新文学谱系图。从《秘录》野史式的秘闻实录、拾遗补阙,到《资料》秩序化的海选整合、确立新文学史主线,到《史料·索引》结网式的文献目录谱系图,阿英这三本史料集形成其修史的三个渐进式阶

---

① 阿英:《序例》,《中国新文学大系·史料·索引》,第6页。
② 赵家璧:《话说〈中国新文学大系〉》,《编辑忆旧》,第165页。

段,有一个从芜杂到有序、由点到面的推进过程。在这一过程中,他既参照已有新文学史著的基本思路,又蕴含其个人的见解。其文献辑录,述而不作,貌似客观的文献汇编背后,有他的判断、选择和详略有序的铺排,隐含他个人的倾向性。这三本史料集完成于1935年,捷足先登,有某种原创性意义。他所编纂的这张中国早期新文学史图谱,影响了一代又一代新文学史的修辑者,为新中国成立后现代文学的大规模修史,奠定了地基。

第十七章 《中国新文学大系》编纂
——汰选后的新文学历史图景

上述讨论阿英《大系·史料·索引》时,已交代1935—1936年上海良友图书印刷公司出版的十卷本《大系》的编纂过程、思路形成及调整、最终的定局等,为总结新文学"第一个十年"而编纂的《大系》,不仅保存了大量珍贵史料,更酌定了一幅相当完整的新文学历史图景。它分门别类,设立各体专集,每集由"导论"和"选本"两部分构成。"导论"是对"选本"及相关现象作学术论定,蔡元培的总序和胡适、郑振铎、茅盾、鲁迅、郑伯奇、周作人、郁达夫、朱自清、洪深为各卷所撰写的导论,都是各个专题的新文学史论文章,包括新文学运动史论、作家史论、各体裁作品史论多个系列。"选本"为"导论"提供了历史依据,我们需要追究"选本"基于什么标准,其必然性和偶然性何在,因为这是一种历史裁定。这些作品进入《大系》之后被保留了下来,流传后世,构成新文学史的脉络细节。选择背后隐含评价,是一种历史的海选。这一筛选过程是新文学评价标准细节化、具体化、清晰化的确立过程,新文学史图谱由之而形成。对这一过程作考察,是对新文学价值垒建实践的一次细节性考察,极有意义。十位编撰者基本是新文学运动的开路人和参与者,他们以当事人的冷暖自知,为十年新文学作梳理和总结,其贴切的程度非后来者所能比的。十本《大系》有选本、有史论、有史料、有目录,从不同角度奔赴新文学史构建的总目标。这种按体分集、有论有作、立体多层的"大系"做法,有文学通史所达不到的效果。十篇"专题史"汇合起来,就是一部"通史"。

一、各集《导论》:为新文学立论奠定根基

十篇《导论》,有总论有分论。各专集以小说、散文、诗、理论、论争和史料分门别类。十个专集,不是单纯以体裁来划分,更有以社团群体来划分,如小说分三集:文学研究会集、创造社集和"杂牌军"集;散文分两集,以两位编纂者私下约定的作者群来划分。因此各集导论分工只是大体而言,内容多有交叉,同中有异。重要的是,各有侧重,各有角度,各有自己的声音,从而构成《大系》关于"史"的多层次、多角度、多声部的论述而又不失其内在的统一性。

蔡元培的《总序》,高屋建瓴,将"五四"新文学运动放在古今中外的时空坐标轴上,考察新文学的性质,衡量它的价值位置。首先,他梳理古今中外文学运动发生的背景和规律,以近代中国社会思想背景对照之,寻找二者的共通之处。指出从明清之际黄宗羲的《明夷待访录》、戴震的《原义》、俞正燮的《癸巳类稿》等反对男尊女卑伊始,到清季以政治文化革新为号召的康有为《大同书》、谭嗣同《仁学》,到孙中山的辛亥革命,到陈独秀办《新青年》,晚近的思想变革一脉相承。其次,他将文学改革放在思想文化改革的大结构中来认识:"为什么改革思想,一定要牵涉到文学上?这因为文学是传导思想的工具。"对这"工具"进行强有力改革者,就是白话文运动。再次,他以欧洲文艺复兴运动"把各民族的方言利用为新文学的工具"为例,指出"以白话文为文学革命的条件,正与但丁等同一见解"。因此"五四"新文化运动、白话文运动与欧洲文艺复兴运动相类似,是世界现代文明演进的一种结果,是中国现代文明演进的重要步骤。这篇"总论"为新文学的性质意义定下了基调。

如果说蔡元培是为新文学作宏观定位,那么胡适《大系·建

设理论集·导论》则是具体梳理 1917—1920 年间文学革命理论发布的微观图景,为新文学作了"小心的求证"。胡适化繁为简,称其导论要说两点:一是"叙述并补充了文学革命的历史背景";二是"简单的指出了文学革命的两个中心理论的涵义"。所谓两个中心理论是建立一种"活的文学"和建立一种"人的文学"。他说:"前一个理论是文字工具的革新,后一种是文学内容的革新。"胡适注重实证,花很长篇幅记述晚近白话文整个沿革的过程。从最早与西洋传教士接触、创造中国拼音字母的厦门卢戆章"切字新法"和龙溪蔡锡勇"传音快字"谈起,至戊戌变法领袖之一王照创造"官话字母"、音韵学专家劳乃宣将王照官话字母与江宁、苏州、闽粤音谱相结合,合成《简字全谱》。之后,1912 年教育部召开读音统一会,制定注音字母,1918 年底正式颁布。1922 年颁布"注音字母书法体式",1926 年颁布"国语罗马字",1928 年公布"国语罗马拼音法式"。他将《新青年》白话文运动置入 30 年音标文字改革的历史中,坐实其于语言文化演进的贡献。胡适也承认,周作人《人的文学》是关于文学改革内容方面的"一篇最重要的宣言",但"这一次的文学革命的主要意义实在只是文学工具的革命"。[①] 他将新文学运动的性质定位为"文学工具的革命",而他本人正是这场工具革命的发起者。他严谨低调,言必有据,小心求证,使新文学运动的理论线索清晰浮现,将当时的理论倡导落实为一桩有据可循的历史事实,那是实证型史家的手笔。

  文学理论倡导与文学论争是"五四"新文学运动的一体两面,互为关联又互为牵制。郑振铎的《大系·文学论争集·导论》(下称《论争》)没有正面介绍各次论争的情况,而是重点对各次论争背景、来龙去脉及其因果关系作梳理。将所选辑论争文献加以衔

---

① 胡适:《中国新文学大系·建设理论集·导论》,蔡元培等《中国新文学大系导论集》,上海良友复兴图书印刷公司,1940 年,第 51 页。

接、缝合,使之成为一个有机的整体。比如,他以目击者的身份介绍《青年杂志》创刊后那几年的情况。"那时我已经是一个读者",这份刊物开始时,"无殊于一般杂志用文言写作的提倡'德智体'三育的青年读物"①,其更名《新青年》,移迁北大,陈、胡"发难"文章问世后,才发生"激烈的变异"。他特别提到,对白话文,"同情者们固然是一天天的增多了,反对的人却也不少"。当时的情况是"恐矫枉过正,反贻人之唾弃。急进反缓。不如姑缓其行"。②折中论者似乎比复古派更有市场,这一情况多为论者所忽略。白话文运动"突飞的发展"是学生运动发生的1919年。这一年"反对者的口完全沉寂了下去",出现了至少四百种白话报。③ 第一个十年新文学内部的论争,主要在文学研究会与创造社之间展开,那是对人与文学关系的不同理解引起的论争,这一论争结束于"五卅"前后。"五卅"之后,"以另一种方式来攻击、来破坏传统的文学乃至新的绅士文学的运动产生了。"革命时代"的到来使中国变了颜色,"五四"前后那种论争思路也改弦易辙。作为一种思想交锋,《论争》更客观地呈现了十年新文化思潮演进的轨迹。

三本小说集《导论》,针对不同作家群、从不同学术路径进入,各说各话,共构十年新小说的多元景观。茅盾小说一集《导论》采用社会学分析方法。首先,由社团、刊物的分类统计、量化数据进入,论述1922—1925年新文学的大致走势及其历史得失。他说,那几年间,国内文学社团和刊物蜂拥出现,"好比是尼罗河的大泛滥,跟着来的是大群的有希望的青年作家"。他以文学研究会的

---

① 郑振铎:《中国新文学大系·文学论争集·导论》,蔡元培等《中国新文学大系导论集》,第55页。

② 郑振铎:《中国新文学大系·文学论争集·导论》,《中国新文学大系·文学论争集》,上海良友图书印刷公司,1935年,第5页。

③ 同上书,第7页。

活动为中心,旁及北京、天津、上海、江苏、浙江、广东、湖南、四川、云南、湖南及湖北等地文学社团及刊物的活动情况,参加者的身份特征——"青年学生以及职业界的青年知识分子",团体和刊物旋起旋落的踪迹等,以大数据锁定十年新小说的基本走势①。其次,按题材类型对小说作归类统计,分析该时期小说创作的类型分布和发展态势。比如《小说月报》1921 年 4—6 月三个月共发表小说一百二十余篇,其中恋爱题材占 98%,农村生活、城市劳动者生活、家庭及学校生活等题材只占 2%。从而得出结论:"大多数作家对于农村和城市劳动者的生活很疏远,对于全般的社会现象不注意,他们最感兴味还是恋爱,而且个人主义的享乐的倾向也很显然。"这个时期小说存在两个缺点:"第一是几乎看不到全般的社会现象而只有个人生活的小小的一角,第二是观念化。人物都是一个面目的,那些人物的思想是一个样的,举动是一个样的,到何种地步说何等话,也是一个样。"他对"五四""人的文学",否定多于肯定,称"追求'人生观'的热烈的气氛,一方面从感情的到理智的,从抽象的到具体的,于是向一定的'药方'在潜行深入,另一方面则从感情的到感觉的,从抽象的到物质的,于是苦闷彷徨与要求刺激成了循环……"②与郑振铎一样,他也以"五卅"为转折点。"五卅"之后出现一批小说界新秀,如乡土作家群以及利民、王思玷、朴园、李渺世等,"作家的视线从狭小的学校生活以及私生活的小小的波浪移转到广大的社会的动态。'新文学'渐渐从青年学生的书房走到了十字街头"。③ 在这种比较中,由"五四"个性解放"人生观"带来的对个人爱情及生活的描写,是"个人主义的享

---

① 茅盾:《中国新文学大系·小说一集·导论》,蔡元培等《中国新文学大系导论集》,第 92 页。

② 同上书,第 92、93、94、97 页。

③ 同上书,第 96 页。

乐",而描写"广大的社会的动态"才值得肯定。茅盾以其社会学演绎路径,以集体主义的社会描写优于个人主义的私生活描写为判断,裁定第一个十年的小说价值,揭示小说演变的规律,这种观点影响了其后几十年的文学批评及文学史的立论。

由鲁迅作导论的《大系·小说(二)》收入非主流的"杂牌军"的小说:有早期《新潮》上的小说以及弥洒、浅草、沉钟、莽原、狂飙、未名等社团成员的小说。正是这种非主流的"杂"反倒能逸出大路货的主流模式,形成自己的个性特色。

《新潮》上的小说,是最早的现代小说,"自然,技术是幼稚的,往往留存着旧小说上的写法和情调;而且平铺直叙,一泻无余;或者过于巧合,在一刹时中,在一个人上,会聚集了一切难堪的不幸"。但"这时的作者们,没有一个以为小说是脱俗的文学,除了为艺术之外,一无所为的。他们每作一篇,都是'有所为'而发,是在用改革社会的器械"。① 他们的认真、纯粹,使每一篇作品都是改革社会的利器。边缘的小群体有主张"为人生"的,如弥洒社,有主张"为艺术而艺术"的,如浅草社。前者的目标是与文学的商品化对着干;后者的作品"低唱着饱经忧患的不欲明言的断肠之曲","废名"就是其中一例。还有"如'沉钟'的铸造者,死也得在水底里用自己的脚敲出洪大的钟声";"狂飙"之声"虽然是微弱的罢,听呵,从东方,从西方,从南方,从北方,隐隐的来了强大的应声";"未名"的韦素园"宁愿作无名的泥土,来栽植奇花和乔木的人,事业的中心,也多在外国文学的译述"。② 鲁迅用诗一般的语言,描述由青年人组成的几个小社团的思想艺术形态,他们位于边缘,却是十年新小说最动人的景观。

---

① 鲁迅:《中国新文学大系·小说二集·导论》,蔡元培等《中国新文学大系导论集》,第126页。

② 同上书,第129—141页。

鲁迅《导论》最大的贡献是对一些小说群体作学术定位。他称《晨报·副刊》《京报·副刊》上活跃着一个"乡土文学"群,有蹇先艾、许钦文、王鲁彦、黎锦明等。"蹇先艾叙述过贵州,斐文中关心着榆关,凡在北京用笔写出他的胸臆来的人们,无论他自称为用主观或客观,其实往往是乡土文学。从北京这方面说,则是侨寓文学的作者。"他首次提出"乡土文学"一说,并定义其"侨寓"特质。他说:"许钦文自名他的第一本短篇小说集为《故乡》,也就是不知不觉中自招为乡土文学的作者,不过在还未开手来写乡土文学之前,他却被故乡所放逐,生活驱逐他到异地去了,他只好回忆'父亲的花园',而且是不存在的花园……"乡土文学是侨寓他乡的作者对"父亲的花园"的回忆。还有另一类,像王鲁彦和黎锦明。"王鲁彦的一部分的作品的题材和笔致,似乎也是乡土文学的作家,但那心情和许钦文是极其两样的。"相类似的还有湘中作家黎锦明:"大约自很小就离开了故乡的,在作品里,很少乡土气息,但蓬勃着楚人的敏感和热情……"①乡土已融进他们的血液中。他们虽不直接写乡土,却无处不沸腾着他们作为乡之子的热血。鲁迅经由几位作家创作的分析,指出乡土文学的性质特征及其与"侨寓"之关系,诠释这种书写的故乡他乡内涵,赋予它以流派的意义。这是文学史对1920年代中期乡土题材小说的首次命名,实际也包含鲁迅《呐喊》等乡土写作的含义阐释。"乡土文学"一说,为20世纪不同时段的文学史家所不断援用。

　　郑伯奇的《大系·小说(三)》导论,另有阐释框架。他将创造社置于西方文学潮流格局中来阐释:"所谓'人生派'实接近帝俄的写实派,而所谓'艺术派'实包含着浪漫主义以至表现派、未来派的各种倾向。……这些倾向中比较长远而最有势力的当然是浪

---

① 鲁迅:《中国新文学大系·小说二集·导论》,蔡元培等《中国新文学大系导论集》,第133、134、135页。

漫主义了。"①将创造社的文学追求定位于"浪漫主义"之上，又特别强调其虽然倡导艺术至上，却没有"忘却了一切的社会的关心而笼居在'象牙塔'里面"，他们是"在社会的桎梏之下呻吟着的'时代儿'"。②因此，1920年代末创造社群体"转向"，也是自然而然的事。他比较郭沫若、郁达夫、成仿吾"浪漫主义"的异同，称郭沫若"受德国浪漫派的影响最深"，"崇拜自然"，"尊重自我"，"提倡反抗"；郁达夫"给人的印象是'颓废派'，其实不过是浪漫主义涂上了'世纪末'的色彩罢了。他仍然有一颗强烈的罗曼谛克的心；他在重压下的呻吟之中寄寓着反抗"；成仿吾"受了德国浪漫派的影响，可是，在理论上，他接受了人生派的主张；在作品行动，他又感受着象征派，新罗曼派的魅惑"。③创造社诸君，由于"阶层，环境，体格，性质等种种的不相同，各人便有各个人独自的色彩"：张资平的小说貌似写实，"但他所'写'的'实'只是表面的现象，不曾接触事实的核心"④；陶晶孙"就他的作风看来，当然属于浪漫派，不过他没有沫若仿吾那样的热情，也没有达夫那样的忧郁。在初期，他有点艺术至上的倾向。他保持着超然自得的态度"；何畏"在同人中，也是很奇特的一个"。上大学后，先是研究美学，而后转为社会学。"与陶晶孙相反，他是喜欢理论的"。其小说可以看出"他对社会问题的关心"；方光焘同样好研究学问而牺牲创作，"是一个相当写实的人道主义作家"，善于写平凡而悲苦的故事；滕固也有写实的作风，写自己熟知的人事，其作品"相当圆熟。人物的性格，事件的推移都很真实"；张定璜的《路上》是

---

① 郑伯奇：《中国新文学大系·小说三集·导论》，蔡元培等《中国新文学大系导论集》，第147—148页。
② 同上书，第154页。
③ 同上书，第160页。
④ 同上书，第161页。

一篇身边小说,"作者简洁朴素的笔致"显示了他的擅长;周全平小说也相当写实,带着人道主义的色彩,"但他毕竟年青,他的主观的情绪常常妨害他的客观的写实……弄得他的作风不甚一致"。与周全平相比,倪贻德的作风是"一贯的",始终保持"他的感伤情调","带着欹歟叙述自己的身世,有时还有点低调的愤慨"。① 作者描述了创造社各成员个人气质和思想背景的差异,指出社会际遇与个性心理是如何制动、造就了这个群体复杂而丰富的面貌,他们的所谓"浪漫主义"其实千姿百态。郑伯奇的《导论》既有宏观的艺术潮流概述和位置确认,又有微观的作家作品细读,将这个群体所谓"浪漫的""表现的""艺术至上的"诸特征落到实处,阐述其性质,为"五四"新文学的中西关联、个性解放思潮影响下文学创作形貌等提供具体的佐证。需要指出的是,小说一集与小说三集,作为文学研究会与创造社的作品集遥相对照,两篇《导论》隐含着两个集团的一次对话。

三篇小说集《导论》,共构了一部第一个十年小说发展史。由于面对的群体、切入的角度、采用的方法不同,它们梳理出各自的景观。将之摆在一起,可以看出这十年间,新文学的板块分布、小说潮流酿造及流变、文学价值变异及交锋诸情形。其中,鲁迅关于"乡土文学"的界定评述,茅盾对"为人生"小说描写私人情感的否定、对描写现实劳苦生活的呼吁,郑伯奇关于"为艺术"小说的历史定位和个案解读等,都各有自己的学术理路和价值依据。他们为小说分析提供了操作范例和价值规则,从不同侧面拓展新文学研究的疆域,为日后现代小说研究、社团流派研究定下了基调。

散文是一种人皆能写的文体,关于它的性质——是个人言志的文章还是社会介入的武器,在1930年代争论不休。两篇散文集

---

① 郑伯奇:《中国新文学大系·小说三集·导论》,蔡元培等《中国新文学大系导论集》,第164—169页。

《导论》,从不同角度触及这一问题。周作人《大系·散文一集·导论》与其说是一篇散文史论或作家作品论不如说是一篇现代散文源流考,沿着他前几年《中国新文学的源流》的思路而展开。他追踪现代散文源流,描述中外古今散文的文体形态、演变轨迹及可类比关系、现代散文成功的内外原因等,都是为了证明散文是一种个人文体。相比之下,郁达夫《大系·散文二集·导论》的目的性没那么强,全文分五部分,涉及散文的"定义""外形""内容"、品质属性和作家作品论等五个方面,颇为面面俱到,且侧重于作家论。他说:"五四运动的最大的成功,第一要算'个人'的发见。从前的人,是为君而存在,为道而存在,为父母而存在的,现在的人才晓得为自我而存在了。""现代散文最大的特征,是每一个作家的每一篇散文里所表现的个性,比从前的任何散文都来得强。"但在肯定散文是"个人文体"、有"幽默味"的同时,他又称它"是人性、社会性,与自然的调和",它的范围比以往"扩大"了。① 试图将两种散文论调相折中。两篇导论都持散文是"个人文体"说法,从这一角度估量散文的历史价值,现代散文的文体规则和评价标准悄然确立。

从作品集的安排看,《大系》以小说为重头戏,散文次之,诗和剧各占一席之地。《大系·诗集》由朱自清编纂。朱自清诗人出身,1927年任教于清华大学,专业从事学术研究。《大系·诗集·导论》只有五千多字,是十篇导论中最短的一篇,却颇为深思熟虑,作者对十年新诗的来龙去脉,熟稔于心。以1926年为界,分两个阶段。第一段从1918年1月《新青年》第4卷第1号上发表三位诗人胡适、沈尹默、刘半农的九首诗伊始,至1926年《诗镌》创刊前止;第二段从1926年4月1日"北京《晨报诗镌》出世"伊始,

---

① 参见郁达夫《中国新文学大系·散文二集·导论》,蔡元培等《中国新文学大系导论集》,第205—212页。

至 1930 年代中期止。与《大系》编选第一个十年作品的约定不尽一致,朱自清选编至 1930 年代戴望舒、姚蓬子的诗作。他将新诗坛分为三派:自由诗派、格律诗派、象征诗派。自由诗派以胡适为第一人,经历了从胡适、康白情、周氏兄弟、俞平伯到湖畔诗人,再到来自日本的"异军"突起的郭沫若。郭沫若是自由诗派的高峰也是其尾声,是浪漫主义、感伤主义诗潮的一个典型"代表"。[①] 第二个时期以《诗镌》创刊为开端,代表人物有闻一多、徐志摩、朱湘、饶孟侃、刘梦苇、于赓虞等,这就是所谓格律诗派。"《诗镌》里闻一多氏影响最大。徐志摩氏虽在努力于'体制的输入与试验',却只顾了自家,没有想到用理论来领导别人。""闻氏才是'最有兴味探讨诗的理论和艺术的'。"闻氏"作诗有点像李贺的雕镂而出,是理智的控制比情感的驱遣多些"。"作为诗人,徐氏更为世所知。他没有闻氏那样精密,但也没有那样冷静。他是跳着溅着不舍昼夜的一道生命水"。[②] 两人构成该派从理论到实践两个侧面。

值得注意的是,朱自清首次梳理了象征诗派在中国发生发展的脉络——从李金发到王独清、穆木天、冯乃超到戴望舒、姚蓬子的发展线索。他将象征诗从自由诗派和格律诗派中区分出来,当作新诗三足鼎立之一方,阐释其精神特质、艺术异端、与上述两派的不同处及其在新诗史的意义。他称李金发是一支"异军","他的诗没有寻常的章法",虽不缺乏想象力,"但不知是创造新语言的心太切,还是母舌太生疏,句法过分欧化,教人象读着翻译;又夹杂着些文言里的叹词语助词,更加不像——虽然也可说是自由诗体制"。此派经王独清、穆木天、冯乃超的接棒,至戴望舒有质的飞跃。戴望舒也取法象征派,但他"不是铿锵的而是轻清的;也找

[①] 朱自清:《中国新文学大系·诗集·导论》,蔡元培等《中国新文学大系导论集》,第 350—354 页。

[②] 同上书,第 356 页。

一点朦胧的气氛,但让人可以看得懂;也有颜色,但不像冯乃超氏那样浓。他是要把捉那幽微的精妙的去处"。① 诗集《导论》将诗评、诗论和诗史熔为一炉。将自"五四"新诗运动伊始诗的走向、其吸收外来的或本土的资源而展开的实验、实验的成败得失、诗人的艺术长短等,慢慢道来。既有新诗潮线索的梳理,也有诗的艺术品评,更有诗史的总结定位。将新诗的发展、诗潮的交替、诗群的分布、众诗人的艺术追求及其个体化写作,视为一个互相牵动、互为制约的整体,滴水不漏,言之有据。为十多年新诗历程画出一份历史图谱。

为十年新剧撰史,洪深的《大系·戏剧集·导论》应该是第一部。该导论以近乎史料摘录的方式,引录这个时期重要的文献史料——戏剧理论和评论文章、剧作家私人通信、报刊上的演剧动态、报道文章、演出海报、演员表等,将十年新剧的观念探索、演制实践和剧运展开,网罗于其中,记述从晚清文明戏一路走来的现代剧的各次运动、各阶段各群体的路线和主张、剧作家的创作情况、各剧社的办刊和演出情况等,以之构成该导论的特色。比如,作者摘录陈大悲的《戏剧指导社会与社会指导戏剧》,描述早年文明戏技巧的笨拙:"一个不疯不癫的人,跑上台去,念一长篇说白。天天扮'激烈派'的,扭转身子,把头凑上手腕擦眼泪。去正经角色的,开口便是'四万万同胞','手枪','炸弹','革命','流血';说几句肤浅的时髦新名词与爱国话,包管得'满堂彩'。去诙谐角色的,腰里挂着一把便壶,鼻上涂满了红硃,上台去,居然引得全场捧腹大笑。这就是当时的演作技术。"寥寥数语,文明戏生硬的表演如在眼前。洪深谈他自己饰演赵阎王,也引录《时事新报》"青光"栏上季志仁的一段文字:"洪深先生所饰演的赵阎王,在第一幕里

---

① 朱自清:《中国新文学大系·诗集·导论》,蔡元培等《中国新文学大系导论集》,第356—357页。

尚不能充分的表出一个忠良兵士的性格……在以后几幕,作者利用赵阎王灵肉交战所起的模糊的神志,来表示他以前种种回忆,并忏悔他以前做士兵时候所做的非人的行为,像第三幕,他用拟人的方法,向空对话,表出战争时士兵的苦况;在第五幕里,兼用拟物的方法,表明士兵于战争时奸淫杀掠的情形,人民遭劫的苦况,洪深先生都能曲曲折折地,细腻地体贴出来……"①细节的摘录使这段剧史充满肌理,作者少作抽象的论说,更致力于呈现原生态的景观。

《大系》十篇《导论》撰写者,各具学术个性和文学才情。他们或用史家严谨的笔法总结历史,或以作家横溢的才情感受历史,留下各自的新文学史论稿。他们对每一个节点的把握,对每一部作品的论述,对每位作家的评定,都成为日后的经典之论。那是细节性的新文学价值建构,它分门别类,逐条缕析,评析之笔涉及各个角落,为后人论断提供了榜样。为新文学史立论,奠定根基。

二、作为编纂者:当事人的冷暖自知与当局者迷

《大系》包含"选本"和"文学史"两个学术向面,十位编撰者,既是"选本"编者,也是"文学史"作者。他们大都直接参与这十年的新文学活动,于其中扮演重要角色。他们经由选本和导论,呈现的,是各自心中的文学史图景。作为当事人,他们冷暖自知,能够贴切地道出其时文学的来龙去脉、创作的赢输得失;但作为当事者,他们也可能会因置身于碎片化的当下状态中而减弱了整体感受力和判断力,看不清问题的实质或事物连贯性发展的大趋势。

鲁迅是"五四"新小说的开创者。小说二集《导论》中最精彩

---

① 洪深:《中国新文学大系·戏剧集·导论》,洪深编《中国新文学大系戏剧集》,上海良友图书印刷公司,1935年,第92页。

的是鲁迅关于自己五篇小说的阐述。鲁迅是作家而非学者,他述多于论。他说,《新青年》创刊之初,发表"苏曼殊的创作小说,陈嘏和刘半农的翻译小说,都是文言"。《文学改良刍议》发表后,"作品也只有胡适的诗文和小说是白话。后来白话作者才逐渐多了起来"。他没有强调1918年5月《狂人日记》是该运动发表的第一篇白话小说,只称《狂人日记》《孔乙己》《药》等陆续的出现,"算是显示了文学革命的实绩,又因那时的认为'表现的深切和格式的特别',颇激动了一部分青年读者的心"。他坦言这三部作品对欧俄文学的模仿:"一八三四年顷,俄国的果戈里(N. Gogol)就已经写了《狂人日记》;一八八三年顷,尼采(Fr. Nietzsche)也早借了苏鲁支(Zarathustra)的嘴,说过'你们已经走了从虫豸到人的路,在你们里面还有许多份是虫豸。你们做过猴子,到现在,人还尤其猴子,无论比那一个猴子'的。而且《药》的收束,也分明的留着安特莱夫(L. Andree)式的阴冷"。但这三作有自己的含义且超越前人:"后起的《狂人日记》意在暴露家族制度和礼教的弊害,却比果戈里的忧愤深广,也不如尼采的超人的渺茫。"更有意思的是,鲁迅又指出,之后,"脱离了外国作家的影响,技巧稍为圆熟,刻划也稍加深切,如《肥皂》《离婚》等,但一面也减去热情,不为读者们所注意了"。① 这里包含几层意思,一、这几篇小说,从精神、内容到形式,直接借鉴果戈里、尼采、安特莱夫等作品。二、几篇小说有果戈里、尼采所不及之处。三、摆脱外国文学影响、技巧更成熟之后,却因减少热情而失去读者。冷暖得失,只有作者自知。那是鲁迅的自我叙述、自我度量和自我评价。这几句话为日后研究者所不断沿用,成为阐释鲁迅的经典之语。

与鲁迅作家式的感性叙述不同,胡适用历史学家的平实,指出

---

① 鲁迅:《中国新文学大系·小说二集·导论》,蔡元培等《中国新文学大系导论集》,第125页。

新文学成果尚不丰富,目前作"史"的总结尚不合适。他说:"中国新文学运动的历史,我们至今还不能有一种整个的叙述。为什么呢?第一,因为我们的记载与论断都免不了带着一点主观情感的成分,不容易得着客观的严格的史的记录。第二,在这短短二十年里,这个文学运动的各方面的发展是很不平均的,有些方面发展的很快,有些方面发展的稍迟;如散文和短篇小说就比长篇小说和戏剧发展早多了。一个文学运动的历史的估价,必须包括它的出产品的估价……在今后新文学的各方面都还不会有大数量的作品可以供史家评量的时候,这部历史是写不成的。"他称十集《大系》只是新文学运动第一个十年"史料大结集"而已,"人们要你结的果实来评判你"①,有一分果实,说一分成绩。对此,他保持一种低调姿态。

作为当事人,编纂者仍会陷入一种当下的争辩状态中。如上所述,小说一集与小说三集就遥相对话。郑振铎《大系·论争集》导论在介绍文学研究会与创造社的论争时,也明显站在前者的立场上。茅盾《大系·小说一集》导论,为文学研究会"包办"文坛、"把持文坛"一说辩冤,为这个集团作解释,针对的是创造社的说法。由于有一个潜在的对话者,当事人道出的大实话就显得特别诚恳而低调。他说,文学研究会"有三种意思要请大家注意":第一是"联络感情",第二是"增进知识",第三是建立著作工会的基础"。② 后来煞有介事的文学研究会,其实只是个联络、组织作家的"工会"。有趣的是,他还引用阶级论观点识别"五四"反封建时阶层的含混性。他说,"五四"时期反封建,但"反了以后应当

---

① 胡适:《中国新文学大系·建设理论集·导论》,蔡元培等《中国新文学大系导论集》,第15页。

② 茅盾:《中国新文学大系·小说一集·导论》,蔡元培等《中国新文学大系导论集》,第86页。

建设怎样一种新的文化呢？这个问题在当时并没有确定的回答，不是没有人试作回答，而是没有人的提案能得普遍一致的拥护，那时候，'反封建'运动的人们并不是属于同一社会阶层，因而到了问题是'将来如何'的时候，意见就很分歧了"。那是"个人主义"而非"集团主义"时代，反封建的人们不属于"同一社会阶层"，各人有各人的看法，很难"包办"或"垄断"。茅盾无意间地道出"五四"新文坛宽松多元的特点，道出了个人主义时代的一种生态现象。

创造社与文学研究会是一个铜币的两个面，他们在对比中确认自己。郑伯奇的《大系·小说三集》导论则处处维护创造社。他引用成仿吾《创造社与文学研究会》和郭沫若《创造十年》中的记载，回顾创造社早年的活动，突出创造社的资历。成仿吾说："沫若与我，想约几个同志来出一种文艺上的东西，已经是三四年以前的事，那时候胡适之才着手提倡国语的文学，文学研究会这团体还没有出世。"[1]争"第一"之意识显然。郑伯奇和茅盾，一致认为新文学创作的真正繁荣，是民国十一年（1922）起的事，正是两个社团的成立，带动了文学创作。郑振铎和郑伯奇，都强调两个社团艺术主张上的对立。郑振铎说："与文学研究会立于反对地位的是创造社。"[2]郑伯奇也说："创造社的倾向，从来被做和文学研究会所代表的人生派相对立的艺术派。"这种"对立"成为他们确认自己的标记。创造社一方，"为艺术而艺术"的主张，有躲进象牙塔之嫌，与北伐前后革命时代精神不符合，所以郑伯奇要反复为"艺术派"作解释，援引欧洲的浪漫主义、表现主义和未来派以自拟，想说的是，他们的作品"显示出他们对于时代和社会的热烈的

---

[1] 成仿吾:《创造社与文学研究会》,《创造季刊》第1卷第4期。
[2] 郑振铎:《中国新文学大系·文学论争集·导论》,蔡元培等《中国新文学大系导论集》,第67页。

关心。所谓'象牙之塔'一点没有给他们准备着。他们依然在社会的桎梏之下呻吟着的'时代儿'"。① 事后看来，他们努力澄清的，未必就是应该摒弃的东西，反之，"艺术而艺术"有其独特的历史价值。可见当局者迷。

　　周作人的《大系·散文一集》导论，也有他的对话者：一是胡适，一是左翼文化阵营。胡适将清末戊戌前后开始的白话运动与"五四"白话文运动视为相关联的事。周作人则仔细辨识清末白话运动与"五四"新文学运动在"白话"上质的差别，指出前者只是一种"手段"，后者是一种文学书面语言，"民国六年以来至八年文学革命的风潮勃兴，渐以奠定新文学的基础，白话被认为国语了"。② 胡适从新陈代谢的角度，阐释活文学必然取代死文学，持的是进化论历史观；周作人则持循环论的历史观："我的意见是以为中国的文学一向并没有一定的目标和方向，有如一条河，只要遇到阻力，其水流的方向即起变化，再遇到即再变。"③ 由此，他才从明末公安派那里找到"五四"新文学的根。与左翼文化的对话中，他申述自己一贯的观点："小品文是文艺的少子，年纪顶小的老头儿子。……小品文则又在个人的文学之尖端，是言志的散文，他集合叙事说理抒情的分子，都浸在自己的性情里，用了适宜的手法调理起来，所以是近代文学的一个潮头……"④ 小品文是个人文学之尖端，它纯粹而"无用"，让人浸在自己的性情里，与干预现实的投枪

---

　　① 郑伯奇：《中国新文学大系·小说三集·导论》，蔡元培等《中国新文学大系导论集》，第 154 页。

　　② 周作人：《中国新文学大系·散文一集·导论》，蔡元培等《中国新文学大系导论集》，第 184 页。

　　③ 周作人：《文学革命运动》，《中国新文学大系·史料·索引》，上海良友图书印刷公司，1936 年，第 8 页。

　　④ 周作人：《中国新文学大系·散文一集·导论》，蔡元培等《中国新文学大系导论集》，第 187 页。

匕首无关。他将文学比喻为一个香炉,香炉两边有一对烛台——左派和右派。"文学无用,而这左右两位是有用有能力的。……作法的人不立文字,知道它的无用,却专寻别的途径。辟历似的大喝一声,或一棍打去,或一句干矢橛,直截地使人家豁然开悟……"缠缚在文字语言里的文学不管怎样挣扎,总追随不上他们。① 作为现代散文发生期的关键性人物,周作人写这篇《导论》时大段引录自己的文字,即兴发挥,疏古通今,将历史叙述与个人体验相贯通,坚持文学的个人立场,凸显自己在这段历史上的主导性位置,构成关于现代散文史的个人叙述,引领现代散文建史的方向路径,影响着后来者的眼界和趣味。

郁达夫是作家出身,更注意艺术细节评论而非观念申述。与周作人不对所辑作品作评论、认为此时期"要分期分派的讲我觉得还无从说起"②不同,郁达夫以"妄评一二"为题,对所辑作家一一评论,颇为认真。如他重点评论文学研究会几位作者的散文。他说,散文方面,文学研究会成员中成就数一数二者是冰心和朱自清。朱自清有"江北人的坚韧的头脑",却"能写出江南风景似的秀丽的文章";王统照和许地山,"文字同属于致密,但一南一北,地理风土感化的不同,可以在两人的散文看得出来";郑振铎是个好杂志编辑者,又转入考古,是"中国古文学鉴定剔别的人。按理而论,学者是该不会写文章的,但他的散文,却也富有着细腻的风光,且取他的叙离别之苦的文字,来和冰心的一比,就可以见得一个是男性的,一个是女性的了";"叶绍钧风格严谨,思想每把握得住现实,所以他所写的,不问是小说是散文,都令人有脚踏实地,造

---

① 周作人:《中国新文学大系·散文一集·导论》,蔡元培等《中国新文学大系导论集》,第196、197页。

② 郁达夫:《中国新文学大系·散文二集·导论》,蔡元培等《中国新文学大系导论集》,第194页。

次不苟的感触";"茅盾是早就从事写作的人,唯其阅世深了,所以行文每不忘社会,他的观察的周到,分析的清楚,是现代散文中最有实用的一种写法"。论者与作者是同辈朋友,知根知底。更可贵的是,郁氏没有集团偏见,他贴切善意,为散文史提供不同个案范本。

在美国受过戏剧科班教育、1922年回国后即成为国内剧运领袖的洪深,被委以戏剧集编者之任,再合适不过。由于没有亲历新文化运动,谈大形势,他显得外行。他花较长篇幅谈反帝的学生运动的经过,以及"中国的资本势力如何与知识分子合作"①,从社会运动的角度来诠释,他对新文化运动的评价不高,认为那是"'维新''开明''致中国于富强'的一种手腕"。② 但谈到戏剧,他则是行家里手。从近代梁启超的戏剧改革谈起,如数家珍:"从梁启超时代到民国六年,从事戏剧运动的,不是文人,而是旧的与新的戏子们";他特别强调戏子与文人之别,早期戏剧改良主要由"戏子们"推动:"旧戏子中,最早的能够自己创作剧本,发挥他个人底感时伤世的心怀而对观众为'发聋振聩'的呼号的,要推汪笑侬。……他的戏,并不主张政治的或社会的革命,但是影射时事讽刺当局的意义是相当浓厚的。"③之后,有上海的夏月润潘月樵等对旧戏的改良。与此同时,中国留日学生开始创作写实的、模仿人生的、废除歌唱而全用对话的新戏。辛亥革命成功后,春柳社回国,演出大为成功,"于是新组织的表演文明戏的团体,乃如风起云涌。这是文明戏的全盛时代"。但到民国六七年,"文明戏已经是失败了"。④作为戏剧行家,洪深不仅关注"纸面上的戏剧"——剧作家及其创

---

① 洪深:《中国新文学大系·戏剧集·导论》,蔡元培等《中国新文学大系导论集》,第229页。

② 同上书,第230页。

③ 同上书,第238页。

④ 同上书,第242页。

作,更关注"舞台上的戏剧"——"戏子"和表演,舞台建制等。他沿着三条线索考察十年新剧:一是戏剧观念变革及理论创建;一是舞台体制改革;一是戏剧艺术创作。三者相融汇,通盘考虑。他说:"汪仲贤陈大悲等都是从职业的文明戏出身的;他们目击当时新剧界情形的不堪,奋起而为'真新剧'运动,所注目而努力的,当然是在实践一方面了。可是和他们差不多同时,另外有几个人(全是文人),不是从舞台而是从文学走向戏剧的,如田汉、郭沫若、成仿吾、叶圣陶等。"这两类人对戏剧的理解很不一样。后者写出"富有诗意的词句美丽的戏剧,即不在舞台上演出,也可供人们当做小说诗歌一样捧在书房里诵读"。① 那是文学与戏剧的合流。实际上,舞台戏剧与纸上戏剧是不同的,小说家和诗人把他们的作品写在纸上,工作就完成了。对于戏剧作者来说,这只完成了三分之一的工作,"他还得把这个剧本搬上舞台,他便不得不有处理舞台的能力——适当地运用布景光影服装等等物事。他又得把这个剧本付托几个演员将里面所描写的人生,艺术地'活化',他便不能没有应付社会的能力——否则聚集几个脾气才能都不相等的人在一处,要他们各尽其长已是很难,更不必说能够互相合作,把剧本的意义统一地传达给观众"。② 以这种同情理解之心来考量十年新剧史及其成就,洪深的《导论》有其后人所难以企及的宽容度和贴切度。

关于这一当代人写史编史的行为,郁达夫有一段精彩的话:"照灯笼的人,顶多只能看清他前后左右的一圈,但在光天化日之下,上高处去举目远望,却看得出四周的山川形势,草木田畴。中国的新文学运动,已经有将近二十年的历史了,自大的批评家们,

---

① 洪深:《中国新文学大系·戏剧集·导论》,蔡元培等《中国新文学大系导论集》,第282页。

② 同上书,第288页。

是在叹息着中国没有伟大的作品,可是过去的成绩,也未始完全是毫无用处的废物的空堆。现在是接迹于过去,未来是孕育在现在的胞里的,《中国新文学大系》的发行主旨,大约是在这里了罢?"①由当事人勾勒的这一段文学图景,有很多细节性的精彩,得失寸心知的贴切,有压在纸背的心情。因此,十部《导言》和十本《大系》,自有事后人的文学史著所没有的丰富的肌理和毛糙糙充满生气的质感。但当事人也容易陷入照灯笼者的盲视中,郁达夫强调应站在高处举目远望,站在史的高处展开这项工作。这段话道出了编者们对"近"与"远"、"贴"与"隔"的理解和认知。

三、选或不选:"选本"的历史评定和价值确立

《良友画报》第 103 期介绍《大系》,醒目的通栏标题有些夸张——"中国文学千古不朽的纪念碑"。十位导论者的《选编感言》手迹和夹在中间的两则广告:"最理想的编选人,用最客观的目光,在最复杂的材料里,作中国新文学史上最有价值的伟举";"有了这部'新文学大系',等于看遍了五四运动以来十年间数千种的刊物杂志和文艺书籍。专家选择了最好的作品,可以省却你的许多时间和金钱!"②两则广告特别强调《大系》编纂者身份的权威性和文学筛选的意义,它连续用多个"最"字,想说明这是一项确立十年新文学历史价值的伟举,这其实在构造一段历史。

1935 年《大系》的出版是一种商业行为,但作为对那个时代的文学果实的一次学术采撷和历史保存,《大系》的编纂仍持自由宽松的方式:尊重各位编纂者的学术判断,容纳各家之说;没有硬性

---

① 郁达夫:《中国新文学大系·散文二集·选编感言》,上海《良友画报》1935 年第 103 期。

② 《中国新文学大系》广告,上海《良友画报》1935 年第 103 期。

指标,不强求立场和方法的一致。所谓用"客观的目光",在"复杂的材料"里选择新文学"最有价值"的作品,这既是事前的一种理想化的期待,也是事后"选本"被确认的事实。编选者之间虽有分工,编选过程却基本是一种个人劳动,具体取舍由编者决定,自由度颇大,每位编者又都有自己的文化立场和文学观念,但这并没有影响他们在编选过程中对历史负责的共同态度。他们心中自有一把尺。因此,十本《大系》,一方面是众声喧哗,各擅胜场;另一方面,选或不选,仍有其内在的规约性和统一性。

对"五四"新文学作历史保护,是这次《大系》编纂者共同的心愿。他们不时提及刘半农在《初期白话诗稿·序》中引陈衡哲的话,称"五四"一代人已被压成"三代以上古人"。1928年革命文学运动对"五四"新文学的摒弃,代际之间,先行者与后来人之间,过去、现在与未来之间,如何勾连,成为一个问题。1934年,刘半农突然去世。蔡元培为刘半农写了几篇文章《哀刘半农先生》《刘半农先生不死》《刘复碑铭》,感慨万端。在这种背景下,作为过来人,为新文学建构历史,是他们不约而同的想法。蔡元培欣然应允良友图书公司赵家璧的约邀,为《大系》写总序。他期望很高:"我国的复兴,自五四运动以来不过十五年,新文学的成绩,当然不敢自诩为成熟。……对于第一个十年先作一总审查,使吾人有以鉴既往而策将来,希望第二个十年与第三个十年时,有中国的拉飞儿与中国的莎士比亚等应运而生。"①把十年总结与新文学的持续发展相联系,继往开来,期待中国的拉飞尔、莎士比亚应运而生。鲁迅对未来不抱太高期望,倒是对早期新小说有较好评价:"新的小说开始的时候,技术是不能和现在的好作家相比较的,但把时代记在心里,就知道那时很少有随随便便的作品。内容当然更和现在

---

① 蔡元培:《中国新文学大系·总序》,蔡元培等《中国新文学大系导论集》,第10—11页。

不同了,但奇怪的是二十年后的现在的有些作品,却仍然赶不上那时候的。"现在的作品虽进步了,同时也多"滥造"。① 即便是消极者如周作人,也称"这回西谛先生介绍我编选一册散文,在我实在是意外的事。因为我与正统文学早是没关系的了。但是我终于担任下来了……文章好坏还似乎知道一点,不妨试一下子"。② 低调之中仍看出他的热心和自信。帮赵家璧策划这套书的郑振铎、茅盾、郑伯奇、阿英等,更明白其中的意义。茅盾说:"'新文学'发展的过程是长长的一条路。这条路的起点以及许多早起者留下的足迹,有重大的历史价值。"③郑振铎说:"从前许多生龙活虎的文学战士们,现在多半是沉默无声……这本书的出版,可以省得许多'旧话重提'。或不为无益的事罢。"④郑伯奇说"……十多年来许多将被遗忘的作品因此而获得保存",就"很重要"。⑤ 为新文学构建历史这一点上,他们的认识是一致的。

选文各有根据。胡适说,建设理论很简单,只有两个主要理论:要做"活的文学"和要做"人的文学"。前者涉及语言工具的问题,后者涉及内容的问题。建设理论集分三部分:"历史的引子""发难时期的理论""发难后期的理论"。发难期的理论多涉及语言工具问题,发难后期理论多涉及文学内容和形式的问题。该集收入文献 51 篇,其中,胡适本人文章 20 篇,占全书总数的 39%。这表明:一、作为新文学运动主要发起者和阐释者的胡适,其相关表达构成了这场运动的理论主线;二、作为编选者,胡适以当事人

---

① 鲁迅:《〈中国新文学大系〉小说二集编选感想》,见王世家、止庵编《鲁迅著译编年全集》第 18 卷,第 19 页。
② 周作人:《选编感想》,《良友画报》1935 年第 103 期。
③ 茅盾:《编选感想》,《良友画报》1935 年第 103 期。
④ 郑振铎:《编选感想》,《良友画报》1935 年第 103 期。
⑤ 郑伯奇:《编选感想》,《良友画报》1935 年第 103 期。

的姿态,梳理自己在这场运动中的文章,确立其作为这段历史主角的位置。他选用自己写于1933年《四十自述》中的一章,以《逼上梁山——文学革命的开始》为题,置于文集之首,作为"引子"。这篇文章用传记笔法,从清华学生监督处一个给他们寄发生活费的书记谈起,娓娓道来,有鼻子有眼睛,将事情归因于这个基督教徒坚持不懈地在寄来月费中夹着汉语字母化的宣传品,这激怒了他,引起他对这个问题的留意。那个最终被"逼上梁山"并带出这段历史的,正是他本人。胡适有历史癖,他的文献选辑翔实严谨,线索清晰。作为这场历史的主角,他被摆在主导者的位置上。

郑振铎文学论争集的编选线索就繁复得多,共辑录文献107篇,分八编:"初期的响应和争辩""从王敬轩到林琴南""学衡派的反攻""文学研究会与创造社的活动""甲寅派的反动""白话诗运动及其反响""旧小说的丧钟""中国剧的总结账"。不像胡适是新文学运动的领袖,可以清晰地拎出运动主线而不及其他,郑振铎是新文化运动培养出来的新一代文化人,作为众多参与者之一,他对新文学运动过程的理解更客观化、细节化。论争集107篇文献,呈现了新文学运动众声喧哗局面,突出了反对者的声音。初期争辩,他辑选曾毅《与陈独秀书》、李濂镗《与胡适书》、方孝岳《我之改良文学观》、张护兰《与陈独秀书》、余元濬《读胡适先生文学改良刍议》、沈藻墀《与新青年记者书》等文,都是折中派的质疑之文,并附陈独秀简短而不留余地的回复。这些来信当年均刊载于《新青年》上,与稍后的林纾、学衡派、甲寅派诸反对派相比,微不足道,日后的文学史著基本不提这些文章。论争集将早年这些声音保留下来,另有一番景观。此类文献,还有朱经农与胡适的通信《新文学问题之讨论》,任鸿隽、与胡适、钱玄同的通信《新文学问题之讨论》,朱我农与胡适的通信《革新文学及改良文学》,慕楼与胡适的通信《论句读符号》等,呈现了当年白话文倡导过程中一种更为复杂的面相。与当局者的胡适相比,郑振铎留住了历史的另一面,别有另一种眼光。

三部小说集的选文,赵家璧事先作过分工协调。茅盾说:"按照出版家的计划,本书的材料主要的是文学研究会各位作家的作品。"①他还对两种例外情况作了说明,一是收入非文学研究会成员、1926年以前在《小说月报》《文学旬刊》发表的几篇小说:"利民的《三天劳工底自述》,王思玷的《偏枯》等三篇,朴园的《两孝子》,张维祺的《赌博》,以及李渺世的《搬后》等两篇。"二是收入"早先是什么文学团体的分子(照出版家的计划,这就应当归入本丛书的《小说二集》),但是一则因为分别搜采的缘故,二则作风上和本书全体是调和的,于是就选进了"。② 这是指王任叔的《疲惫者》、李劼人的《编辑室的风波》、许志行的《师弟》等。两种例外收辑,体现了茅盾的"个人角度"——他对用写实笔法描写底层生活、反映民间疾苦作品的推崇。他在《导论》中极力推荐的,正是这类作品,他断定这是新文学未来的发展方向,而对自己分工选辑的文学研究会成员作品没有投注太多热情。后者关注个人情感和私生活的倾向受到他的批评。因此,选本可以说包含了他的历史理解。

鲁迅的小说二集,分工收辑初期新小说和杂牌社团作者的作品。与鲁迅写作经验有关联的小说作者主要有两类,一是《新青年》《新潮》时期的启蒙小说作者,一类是稍后的乡土小说作者。再者就是具有青年人的坚韧、抵抗气质的一些作者。他选沅君、凌叔华、陈翔鹤、川岛、汪静之、小酩等人的作品,将之列入"五四"启蒙小说范围。鲁迅为早期新小说的"把时代记在心里"、不"随便"、不"滥造"③叫好,同时更关注杂牌社团作者。他说,社团不重

---

① 茅盾:《中国新文学大系·小说一集·导论》,蔡元培等《中国新文学大系导论集》,第98页。
② 同上。
③ 鲁迅:《〈中国新文学大系〉小说二集编选感想》,见王世家、止庵编《鲁迅著作编年全集》第18卷,第19页。

要,"文学社团不是豆荚,包含在里面的,始终是豆"。① 于文学创作而言,每个人,每一颗豆,才是最重要,最值得关注。对这些不成"群"的作者,鲁迅能从他们之间找到关联性,找到切入点和阐释面。如将乡土作者看成一个"群"来解读。他对乡土作者的界定,较之通常的说法,更为宽泛。所搜录的,不仅有冯文炳、蹇先艾、许钦文、王鲁彦、台静农等,还有黎锦明、黄鹏基、魏金枝、李霁野、尚钺、向培良等。这些侨居北京的青年,不仅回望乡土,还摄取"异域的营养又是'世纪末'的果汁:王尔德(Oscar Wilde),尼采(Fr. Nietzsche),波特莱尔(Ch. Bandelaire),安特莱夫(L. Andrev)们所安排的",他们的作品"低唱着饱经忧患的不欲明言的断肠之曲"。② 在这种宽泛的侨寓者的乡土视角下,鲁迅确立了他选文的规则和线索,形成了他关于乡土文学的立论,从而使这一历史叙述具有理论的维度和含义。一些被后来文学史遗忘了的作者,如胡山源、赵景沄、林如稷、顾琅、高世华、莎子等,在这一集中默然屹立。鲁迅选文人数多而篇数少,最多者鲁迅本人、台静农、陈炜谟有四篇,次之者冯文炳、许钦文、黎锦明、向培良有三篇,再次之者汪敬熙、冯至、陈翔鹤、沅君、蹇先艾、王鲁彦、朋其(黄鹏基)、尚钺、李霁野有两篇,其余人各一篇。这都是经过掂量的成果。他不推荐经典,更注重选拔新秀。

主持小说三集的郑伯奇,比起上述两位资历较浅,1926年从日本回国后才正式参与创造社工作。他的选文显得慎重而严谨,其《导论》第五、六两节,细谈其选文依据。他说,郭沫若小说有两类,"一类是寄托古人或异域的事情来抒自己的感情的,可称寄托小说;一类是自己身边的笔记式的小说,就是身边小说"。前者更

---

① 鲁迅:《中国新文学大系·小说二集·导论》,《中国新文学大系·小说二集》,上海良友图书印刷公司,1935年,第16页。

② 同上书,第6页。

为"成功"。所选郭氏四篇作品《牧羊哀话》《函谷关》《Lobenicht 的塔》《歧路》,也考虑两路小说各有"代表",能看出"作者发展的足迹"。① 郁达夫的出世作是《沉沦》,由此他得到"颓废派"称号;《茫茫夜》之后,他写了一些变态性生活短篇;到北京后又写狭邪小说,主人公都是郁氏本人。所选四篇作品,恰好是他四种形态小说的代表作。② 郑伯奇的选文有颇为周密的学理考虑。值得注意的是,他全面收辑创造社中期青年作者的作品,就连被驱逐出创造社的叶灵凤,在《幻洲》上发表的《女娲氏之遗孽》也被收录。"小伙计"群作品的收辑,使创造社近十年小说创作显得丰富饱满,两代人间一脉相承又层次丰富的轨迹显然。郑伯奇细心,选本大都来自同人杂志:"副刊和外边的杂志没有去搜寻,但,主要作品,自信是没有遗漏的。"③因敬隐渔作品为小说一集所选,淦女士作品为小说二集所选,所以小说三集就没有再选他们的作品。郑伯奇的选本依据清晰、方法严谨,是一种较为自觉的学术裁定。

两部散文集的选文分工为两位编者所多次提及。在选文之初,周作人对《大系》选文截止时间有看法,1935年1月6日他致信赵家璧:"大系规定至民国十五年止,未免于编选稍为难,鄙意恐亦未能十分严格耳";该月15日他再次致赵家璧信,称"达夫来信拟以人分。庶几可行,已复信商定人选矣"。④ 散文不像小说,很难按社团来分集,按具体人来分,颇可行,但可能会有疏漏。关于他们的商定,郁达夫在其《导论》中也述及:他们"往返商量了好

---

① 郑伯奇:《中国新文学大系·小说三集·导论》,蔡元培等《中国新文学大系导论集》,第160、161页。

② 同上书,第161页。

③ 同上书,第176页。

④ 1935年1月6日、15日周致赵家璧信,孔另境:《现代作家书简》,上海生活书店,1936年,第60页。

几次",先是拟按文学团体来分,郁选创造社,周选语丝社和文学研究会,但"自己选自己的东西,生怕割爱为难,就是选比较亲近的友人的作品,也难免不怀偏见"。之后又拟按时下流行的派别,分言志派、载道派来选,也觉得不可行。最后决定"以人为标准……凡鲁迅,周作人,冰心,林语堂,丰子恺,钟敬文,川岛,罗黑芷,朱大枬,叶永蓁,朱自清,王统照,郑振铎,叶绍钧,茅盾的几家,归我来选,其他的则归之于周先生"。① 郁达夫指定了他的人选,其余归周作人,至于"其余"到什么程度,则未说明,周的选择空间显然更大。周作人首先选四位已故的文学家徐志摩、刘半农、刘大白、梁遇春置于"卷首"。其次,将吴稚晖选入集中,置于在世者的第一位,此公虽是文学革命以前的人物,因其文章"特别的说话法与作文法可惜至今竟无传人,真令人有广陵散之感。为表示尊重这奇文起见,特选录在民十以后所作几篇……"② 再次,议论文不选,因此蔡子民、陈独秀、胡适之、钱玄同、李守常、陶孟和等文章皆没选。另者,废名的小说可当散文读,故从《桥》中选取六则。又特别说明梁实秋、沈从文、谢六逸、章克标、赵景深等文章皆好,可惜大部分作品写于1926年之后,故未选。周作人与胡适一样,作为现代散文的倡导者和引路人,他心中有一把尺,随心所欲不逾矩。他说:"文章好坏还似乎知道一点……选择的标准是文章好意思好,或是(我以为)能代表作者的作风的,不问长短都要……"③ 创造社他只选郁达夫、郭沫若两位,其他人选是俞平伯、顾颉刚、江绍原、陈西滢、徐祖正、孙伏园、孙福熙、徐蔚南、王世颖等,通过这份名单,可

---

① 郁达夫:《中国新文学大系·散文二集·导论》,蔡元培等《中国新文学大系导论集》,第214、215页。

② 周作人:《中国新文学大系·散文一集·导论》,蔡元培等《中国新文学导论集》,第195页。

③ 周作人:《选编感言》,上海《良友画报》1935年第103期。

见周作人对好文章的一种判断和掂量。

　　诗集的编者人选落实时间最迟,拟请在日本避难的郭沫若执编不成,临时由朱自清代任。朱自清对十年新诗早已胸有成竹。1921年他就与叶圣陶谈及"该有人出来选汰一下,印一本诗选"的事。① 1929年他在清华开设"新文学研究"课程,已将十年新诗史做成了讲义。接到任务时他颇想大干一番:"原先拟的规模大得多,想着有集子的都得看;《小说月报》《创造季刊》《周报》《月刊》《诗》《每周评论》《晨报副刊》《时事新报学灯》《民国日报觉悟》也都想看"。他将清华大学图书馆的新诗集全借出来,想看《开明》"诗矗"上的新诗集目录和开明版《全国出版物总目录》等。② 可见他想一网打尽,做一部完整的新诗史。1935年7月2日他进城访周作人,"下午进城,见周岂明,借新诗集甚多。询以散文一集之编选方法"。③ 周作人的做法消减了朱的热情。周说,如果要遍读各刊物,非得一年不可。朱说:"回来一核计,我原拟的规模,至少也得三五个月,那显然不成。"④于是,他采用周的方法:"先主观确定十七八位作家,再从中选作品。"⑤可见择文的第一道环节是编者的"主观确定"。说"主观"也不主观,像朱自清,对新诗大量的阅读和收藏,他如数家珍。一些已经"遗失"、连诗人自己编选诗集都被删去的诗,仍出现在他编选的诗集中,如胡适的《一念》,

---

① 朱自清:《中国新文学大系·诗集·导论·选诗杂记》,蔡元培等《中国新文学导论集》,第358页。

② 同上书,第361页。

③ 1935年7月22日朱自清日记,见朱乔森编《朱自清全集》第9卷,江苏教育出版社,1997年,第372页。

④ 朱自清:《中国新文学大系·诗集·导论·选诗杂记》,蔡元培等《中国新文学导论集》,第361页。

⑤ 1935年7月22日朱自清日记,见朱乔森编《朱自清全集》第9卷,第372页。

"虽然浅显,却清新可爱,旧诗里没有这种,他虽删,我却选了"。①由于之前朱自清已有《开明》"诗蠹"上新诗集目录和开明版《全国出版物总目录》那种眼界,他对诗作的选择了然于心,选文的主观性中已包含客观性,有其客观的水准。

十册《大系》的选文,在编选者的历史估价与个人兴趣的多方掂量中完成,既是偶然也是必然,得失寸心知。同时代人兼文学行家的沈从文可能旁观者清。1935年11月29日天津《大公报·文艺副刊》发表"炯之"的《读〈新文学大系〉》,对十册《大系》的选文作了点评。他说:"洪深选戏剧,在已出版六本书中可算得是最好的一个选本";"茅盾选小说,关于文学研究会作者一部分作品,以及对于这个团体这部分作品的说明,是令人满意的";"郑伯奇选关于创造社一方面作家的作品,大体还妥帖";至于"鲁迅选北京方面的作品,似乎因为问题比较复杂了一点,爱憎取舍之间不尽合理";"郁达夫选散文全书四百三十余页,周氏兄弟合占二百三十一页,分量不大相称"。沈从文关注选本的艺术价值和历史价值的公平性,对选家因个人性情而影响其选文公正情况则颇有议论。他说:"一种书的编选不可免有'个人趣味',不过若这种书是有清算整理意思的选本,编选者的自由就必须有个限制。个人趣味的极端,实损失了这书的真正价值。"②也属一家之言。这一次选文,其实是十年新文学的一次海选和拔优,其背后是专家对新文学成就的评估,有"清算整理"的意思,留下来的,就是历史的遗产;沉淀下来的,则是文学的评价规则。

---

① 朱自清:《中国新文学大系·诗集·导论·选诗杂记》,蔡元培等《中国新文学大系导论集》,第363页。

② 炯之(沈从文):《读〈新文学大系〉》,《沈从文全集》第16卷,第236—239页。

第十八章　培养信仰群体
——新文学与中学国文教学(1920—1937)

　　1910年代起步的中小学教学改革,与1917年问世的白话文运动同期相遇,结伴而行。1920年,白话文运动发起者胡适就有这样的计划:推行白话文,先是文学,而后是教育,二者互为推动。他将创造优秀的白话文学视为白话文普及的第一步:"现在这种已狠通行又已产生文学的普通话认为国语,推行出去,使他成为全国学校教科书的用语,使他成为全国报纸杂志的文字,使他成为现代和将来的文学用语——这是建立国语的唯一方式。"①他想象白话文运动的两驾马车——文学与教育并驾齐驱的情况:先创造新文学而后普及白话文,使白话文成为学校教科书用语,成为报纸杂志用语。白话文(国语)的普及目标即可实现。他没想到,白话文在学校教科书占一席之位的时间,比他的预想要早得多。② 借助官方教育界新文化力量占主导地位的优势,中小学的国语教学迅速铺开,它甚至比"创造优秀的白话文学"来得更快,实现得更早。之后,新文学与新教育携手共进,互为推动。

　　一方面,新文学为国文新教育提供了教学依据,后者依循前者

---

① 胡适:《建设的文学革命论》,《新青年》1918年第4卷第4号。
② 胡适事后说:"当我在一九一六年策动这场运动时,我想总得有二十五年到三十年的长期斗争,[才会有相当的成果],它成熟的如此之快,倒是我意料之外的。"胡适口述、唐德刚整理/翻译:《胡适口述自传》,第184—185页。

的特质建立起相应的学科体系,完成其自身的现代转型;另一方面,新教育对新文学作出遴选的裁定,为其提供衍生、传播、进入历史的空间。哈罗德·布罗姆说:"(文学)经典的原义是指我们的教育机构所遴选的书。"①从这个角度看,进入中学教材的"新文学",已迈向"经典"的台阶。"五四"之后,以新文化知识分子为向导,以新文学成果为摹本,以中小学课堂为场域,新文学与新教学共构了新文化的知识谱系和艺术样式。这不仅培养了新文学的同道者和信仰者,也为新文学的合法化、经典化推进奠定了基础。

一、教学改革的文白之争:新文化的统帅与妥协

1910 年代末起步的中小学教学改革,是由新文化人主导的一场改革运动。同时,以建设国语为目标的白话文运动,最早的实验场域是小学教育,语言改革与教学改革同步进行。1917 年《文学改良刍议》发表,"推行国语""改国民学校之国文科为国语科"②的呼声四起。1919 年中华民国国语研究会成立"国语统一筹备会"。在第一次大会上,刘半农、周作人、胡适、朱希祖、钱玄同、马裕藻等提出《国语统一进行方法》议案,其中第三件事是"改编小学课本","把小学所用的各种课本看作传布国语的大本营"。③ 新文化人对这个"大本营"的重要性有充分的认识。1920 年 1 月,在国语标准规则尚未出台的情况下,教育部即颁发修改版《国民学

---

① [美]哈罗德·布罗姆:《西方正典——伟大作家和不朽作品》,第 11 页。
② 1917 年 10 月第三届全国教育会联合会会议决了《推行国语以期言义一致案》,主张将国民学校的国文科改为国语科,要求教育部速定国语标准。
③ 《国语统一进行法》,参见《1920 年修正〈国民学校令〉,改"国文"为"国语"。宣告"国语科"诞生》,顾黄初主编《中国现代语文教育百年事典》,上海教育出版社,2001 年,第 95 页。

校令》,训令各国民学校"自本年秋季起,凡国民学校一、二年级,先改用国文为语体文"。有人质疑在国语文法句法形成之前,这样做是否合适①,胡适当即反驳:"凡是国语的发生,必是先有了一种方言比较通行最远,比较的产生了最多的活文学,可以采用作国语的中坚分子;这个中坚分子的方言,逐渐推行出去,随时吸收各地方言的特别贡献,同时逐渐变换各地的土语;这便是国语的成立。"国语规则是渐次形成的:"有了国语,有了国语的文学,然后有些学者起来研究这种国语的文法、发音法,等等;然后有字典,词典,文典,语言学等等出来;这才是国语的成立。"从这个角度看,若要等国语标准出来后再来说国语、做国语文字,"那不要说十年二十年,只怕等到二三百年后,还没有国语成立的希望哩!"②1920年3月胡适应北京高师附中国文研究部邀请,作题为《中学国文的教授》的演讲。他谈了七个问题:中学国文的目的,假定的中学课程,国语文的教材和教授法,演讲和辩论,古文的教材和教授法,文法与作文等。③ 胡适虽自称门外汉,却谈得具体且肯定。其中包含几个重要信息:一、国语文与古文分开教学,国语文占主导位置,确立中学国语文为主、古文为辅的教学格局;二、将演讲和辩论列入中学国文课程内容,强调以辩论、演讲练习语言,一方面从口语生成国语,另一方面以演讲方式鼓励学生参与社会活动;三、关于古文选本,主张"第一年专读近人文章",包括梁启超、康有为、严复、章太炎、蔡元培、李大钊等的文言散文和林琴南译的小说。选本按时代先后编排,突出文本的时代性。这是"五四"之后新文化人对中学文科课程所作的系统而周密的安排,显示了他们将中

---

① 参见胡适《国语讲习所同学录序》中所举"最近某杂志说"一例,《胡适文存》卷一,外文出版社,2013年,第326页。

② 胡适:《国语讲习所同学录序》,《胡适文存》卷一,第326—327、328页。

③ 胡适:《中学国文的教授》,《胡适文存》卷一,第303—324页。

学教育纳入新文化改革中的整体思路。

也就在1920年这一年,中学白话教科书旋即出现,黎锦熙称之"为专选语体文作中学课本之最早者"。① 是年4月,中华书局出版朱毓魁(文叔)编《国语文类选》;紧接着,5月、8月、9月、12月,商务印书馆也出版何仲英编、中等学校用《白话文范》(共四册)。《国语文类选》选文95篇,选自下列刊物:《新青年》29篇,《解放与改造》13篇,《新潮》10篇,《新教育》8篇,《星期评论》7篇,《时事新报》6篇,《每周评论》5篇,《建设》和《中华教育界》各4篇,《教育潮》3篇,其他9篇分别选自《晨报》《国民公报》《少年中国》等。② 教材编纂呈现了对新文化刊物的倚重。

1922年10月"壬戌学制"出台后,中学国文教学改革进一步深化、细化,实行三三制,初级、高级分开,国语文与古文分工明确。按顺序渐进思路,初中教科书的白话文选用率更高,高中选文反之。胡适说,国语与古文是中学教学的两个阶段,"国语文通顺之后,方可添授古文";"先学习国语到了明白通顺的程度,然后再去学习古文,所谓事半功倍,自然是容易得多"。③ 至此,白话文以"合法"身份进入中学教科书中。壬戌学制是新文化运动的产物,它强调适应社会进化之需要,弘扬平民教育精神,推动教育普及等,这种思路确定了白话文的主导位置。1922年沈仲九、孙俍工编《初中国语文读本》(共六编,上海民智书局出版),全部使用白

---

① 黎锦熙:《三十年来中等学校国文选本书目提要》,《师大月刊》1933年第2期。黎此话指的是《白话文范》,李斌的《民国时期中学国文教科书研究》中《〈新青年〉与最早两套中学白话国文教科书》一节,考证了两套教材的出版时间,《国语文类选》比《白话文范》早出版一个月,故称两套教材为最早的中学白话国文教科书。李斌:《民国时期中学国文教科书研究》,北京大学出版社,2016年,第97—98页。

② 参见李斌的统计,《民国时期中学国文教科书研究》,第98页。

③ 胡适:《再论中学国文的教学》,《胡适文存二集》卷四,外文出版社,2013年,第246—247页。

话课文,以"五四"之后的白话论文、诗和小说为主,选自《新青年》《国民日报·觉悟》《诗》和《小说月报》等刊。编者以让学生"了解新思潮底大概"和"培养美的情感,并且了解彼底变迁和性质"为选文两大宗旨。① 沈仲九说,与其让学生"读《庄子》《墨子》《荀子》等,不如叫他读《胡适文存》《独秀文存》这一类书"。② 尽管壬戌学制颁布后,全国各地中学教育仍各行其是,到底,像沈仲九、孙俍工这样的新文化知识分子,已是以自己的文化理解来编撰教材,而且影响颇大。③ 1923—1924年,商务印书馆出版共六册的《初中国语教科书》,由周予同、吴研因、范善祥、顾颉刚、叶绍钧编,胡适、王云五、朱经农校订。这套教材以新文化人为编纂队伍,贯穿着新文化的思路。全套六册共260篇课文,白话文95篇,占36.5%;文言文165篇,占63.5%。与沈仲九等编的课外"读本"不同,后者是教科书,其文白兼顾、通盘考虑的特点更明显。该教材出版后备受欢迎,为各地中学所广泛采用。于此时,白话课文作为教材的基础性文本,其位置已不可动摇。

朱自清说:"新学制实施后,关于国文教材的文言文、白话文配置问题一直是争论的焦点。"④ 按主导教学改革的新文化知识分子的思路,这场改革分两步走,第一步是确立白话(国语)在中小学教学中的主导地位,并稳固这种地位——拿出相应的教学实绩来。在当时的背景下,白话文主导地位的确立并不难,难的是稳固这种地位。后者需要一系列的实绩支持和学理论证,需要对现代

---

① 孙俍工、沈仲九:《编辑大意》,《初中国语文读本》第一编,上海民智书局,1922年。

② 沈仲九:《中学国文教授的一个问题》,《教育杂志》1924年第16卷第5期。

③ 之后,沈星一编、中华书局出版的《初级国语读本》,秦同培编、世界书局出版的《中学国语文读本》,选文几乎有三分之二来自《初中国语读本》。

④ 朱自清:《中等学校国文教学的几个问题》,《教育杂志》1925年第17卷第7号。

文作知识化的处理,归纳其词法、句法、文法等,供学生学习、仿照,培养新一代白话文运用者,那是整个教学的重头戏。同时,文、白始终是一体两面的事,推荐古文篇目,整理古文内容,厘定古文的功能位置,是另一翼的工作。胡适对此有一番安排。首先,他推荐近人文章,从梁任公到章太炎,以之作为模范近古文。他说:"平心而论,章行严一派的古文——李守常,李剑农,高一涵等在内——最没有流弊,文法很精密,论理也好,最适宜于中学模范近古文之用。"李、高是他的朋友,他们的思想和笔法与那个时代相吻合;其次,进入教材的古文必须经过整理。"古书不经过一般新式的整理,是不宜于自修的",胡适以英国学校的莎士比亚戏剧进入教材都经整理为例,强调"整理国故"的重要性。① 再次,他主张"学生作文仍应以国语体为主","作古体文但看作实习文法的工具,不看作中学国文的目的"。② 练习作文,以写国语体文章为目标,古语体只做文法练习,主次分明,一切为国语教学护航。

  当时,中学教学中的文白之争,潜在而别有意味。首先是教员的变化。周予同说:"自国语运动与文学革命发生以来,国文教师起了一个大变动。从前在中学校担任国文的大半是老先生们,现在居然是有许多少年们在讲台上出现了。从前高师国文部的毕业生差不多是销不动的呆货,现在偏远的地方居然想聘请也没有人了。"③

---

 ① 胡适:《再论中学的国文教学》,《胡适文存二集》卷四,第256页。相比之下,胡适态度还较温和,钱玄同的观点则更为激进。他说:"即国文一科,虽可选读古人文章,亦必取其说明精粹,行文平易者。"他称秦汉文古奥,两汉文动辄引经,六朝文淫靡,唐宋八大家摇头摆尾,皆不该选入。(《通信》,《新青年》1917年第3卷第5期)周予同、沈兼士还划出一个不该入选教材的文言文篇目。对文言文的选择和整理,体现着新文化人的一种态度。
 ② 胡适:《再论中学的国文教学》,《胡适文存二集》卷四,第257页。
 ③ 周予同:《对于普通中学国文课程与教材的建议》,《教育杂志》1922年第14卷第1号。

接受新式教育的高师学生成为抢手货,即便保守的学校也会酌情聘用新式教员。这些教员自然是新文化和国语教学的推动者。其次,文、白教学的配置也有不同主张。胡适虽是国语教学的推动者,但对古文的学习仍予以倾斜,主张中学四个年级,国文每周教学时间要有五小时,其中,中一至中四,古文教学均为三小时,文法和作文各一小时,国语文教学仅在一二年级进行,每周一小时。① 周予同的设计是,中学国文教学,仅第一学年每周三小时学习国语文,后三学年均学习古文。② 叶圣陶的设计是,初中国文白话文言兼教,白话的比例从初一至初三,分别为四分之三、二分之一和四分之一。叶的设计较为合理,其后作为指导教学的官方文件问世③,被多种国文教材所沿用,得到一线教员的普遍认同。

但1920年代中期,中学国文教学改革的负面效果也显露出来,引起争议。1924年章士钊发表《评新文化运动》,反驳胡适1923年在《国语月刊》上发表的《"〈国语月刊〉汉字改革号"卷头语》一文。章氏言之凿凿,以其时中学生白话文写作的一塌糊涂为例,称"前岁北京农业大学,招考新生。愚在沪理其文卷。白话占数三之二,文言三之一。文言固是不佳,白话亦缴绕无以。愚曾告人,此事应由适之全然负责。盖适之倡为白话文,恰是五年。中学卒业,出应大学初试,即其时也。今年愚复试农大新生,限令不为白话文,乃全场文字,词条理达,明瞻可观。猝然得此,迥出意计之外。"他说,文言文时代过去与否,"岂是由一人之

---

① 胡适:《中学国文的教授》,《胡适文存》卷一,第306—307页。
② 周予同:《对于普通中学国文课程与教材的建议》,《教育杂志》1922年第14卷第1号。
③ 叶圣陶起草《新学制课程标准纲要初中国文课程纲要》(1923年),课程标准起草委员会复订。

口说而定?"①此时,章士钊恰好在教育总长位上,他在小学重新推行尊孔读经,也基于这种保守主义的认识。

　　章士钊对中学国文教学改革的不满和感慨,并非个别现象。当时南方的学校没有像北方的学校那么紧跟新文化步伐。如东南大学国文入学试题对学生的古文阅读能力就极为重视,其考试题目的设置即从这方面考虑。而高考的指挥棒直接引导中学教学,位于江南地区的上海澄衷中学国文会考也注重"国故"考查,其理由是"提高升学率"②,显然与东南大学入学考试方向相一致,也与其时的"整理国故"主题貌合,实则仍视古文为国文学习之首要,有"鉴于学生国文程度,逐渐退化","厉行会考,以图补救"③之愿望。这种倾向在当时遭到严厉批评。1924年杨贤江在《学生杂志》第11卷第2号发表《国故毒》一文,对澄衷中学的"复辟"行为予以抨击。澄衷中学校长曹慕管来信回驳,称杨贤江"无所知而轻于执笔","只知鼓吹破坏,掀起学潮,贻害青年"。④ 双方的激烈言词带出轩然大波。以《中国青年》为主要阵地,沈雁冰、陈望道等发表文章批评曹氏。曹的支持者,朱旭、项衡芳、钱振声等,也在《时事新报·学灯》上撰文,陈述理由,为澄衷中学辩护。而《文学》的同仁则指出,曹氏等所维护的"国故",并非"整理国故"意义上的"国故","所谓国故,一定要加一个'治'字,才符合国故大家们所做的工夫"。⑤ "研究国故不是复古……乃是真切研究中国历史的一切材料,确实地找出一个逐渐演化的迹象来。今曹先生会

---

① 章行严:《评新文化运动》,张若英编《中国新文学运动资料》,上海光明书局,1934年,第227页。
② 《曹慕管致本社社员杨贤江函》,《学生杂志》1924年第11卷第3期。
③ 同上。
④ 同上。
⑤ 李茂生:《国故大家应负的责任》,《文学》1924年第115期。

考国文的三道策问,令人读了恍如置身场屋中博功名,简直回到了原来八股时代的老路了。"①朱自清的意见是:"文言有时代的价值,文言所代表的思想是过去文化的一部分,懂得一点古代的文化思潮,也未尝不是有益的事。没有文言的阅读能力,也是很不方便的。"②这场论战持续了三个月,它将潜伏着的中学教学文白之争挑开,摆在整理国故背景下,从多个角度重新考虑这个问题。

在新的背景下,新文化队伍也发生分化,对文白的取舍,呈现更复杂多元的态度。文言的篇目怎样设置?教学怎样引导?白话该白到什么程度?1934年春波及全国的新一轮文言与白话论战再度发生,其范围从教育扩大到文学、电影和戏剧。在新文化阵营内部,主张纯白话与主张文白夹杂的语录体之间也形成清晰的界线。一直隐藏在白话后面的语录体受到清算。③ 后者与文言文呈现某种胶合之态,显示了白话文对文言文的某种妥协和调和。这一现象别有趣味。在教育领域,出于文化接续传承的学理考虑,白话与文言之争留有一种商讨的余地,白话文推动者并没有放弃对文言文作仔细的掂量和理性的安排,整个中学国文教学在有序展开的同时渐渐蜕变,彼此达成一种良性的关系。

二、新文学如何教:从信仰培养到文学考量

白话文在占领中学国文教学地盘之初,遇到的最大问题是白话课文如何教?新式学校的文言文教学,仍延续私塾时代的方法,教师讲解题目、字词、句子、语音,学生抄典故,做翻译。用这种方

---

① H:《策问式的国故》,《文学》1924年第114期。
② 朱自清:《中等学校国文教学的几个问题》,《教育杂志》1925年第17卷第7号。
③ 《太白》的创刊,左翼大众语运动的发生,标志着纯白话对语录体的清算。

法来教白话文是失效的。白话文无需翻译,不用典故,难懂的字词句子不多,阅读理解难度不大。该如何教? 有人回忆,1924年在春晖中学任教的朱自清,这样处理白话课文的教学:"开始时他为我们选几课白话文,他自己念,或叫同学念给大家听。有问题时停下来给大家讲解。"当他觉得学生能够看懂白话文章及报纸时文时,就建议还是挑选些好的文言文和古诗词来学习。① 从这段回忆看出,朱自清似乎觉得白话文的学习难度不大,学生能读懂就行。值得讲的,倒是有难度的文言文和旧诗词中的"好东西"。沈仲九也说:"这几年,讲授白话文很困难的声浪,常流动在教育界中……在真主张白话文的,不忍不教白话文,于是不得不以'演讲'代替'翻译'。文章的逐字逐句的意义,不容详加解释,只好专就其中的意义加以发挥。"② 在这种情况下,结合新文化的启蒙题旨,课文的"思想""意义"被细密挖掘,过度阐释。

最早的白话教科书之一,朱毓魁(文叔)编、中华书局1920年出版的《国语文类选》四编,所选95篇白话课文,来自《新青年》《思想与改造》《新潮》《新教育》《星期评论》《每周评论》《建设》《中华教育》《教育潮》等刊物,作者都是当时活跃的新文化人,计有:胡适14篇,戴季陶、高一涵各6篇,张东荪、李大钊各5篇,周作人、陈独秀、胡汉民、蒋梦麟、罗家伦各3篇。编者对所选文章分门别类,"分文学、思潮、妇女、哲理、伦理、社会、教育、法政、经济、科学"共十类,采用社会学分类方法,多收议论文,对各种社会问题展开讨论。编者对课文的分析和命题,也着眼于社会思想方面。早期另一套白话文教材何仲英编《白话文范》,同样"侧重于各种

---

① 徐伯鋆:《对几位授业老师的片段回忆》,《浙江省春晖学校》,人民教育出版社,2008年,第81页。

② 沈仲九等:《国文科试行道尔顿的说明》,商务印书馆,1925年,第5页。

问题的讨论"。①

在强调社会文化改革、相关白话文文体规则又未出台的背景下,白话文因其文字浅白易懂,很快为中学教学所吸纳。中学国文课堂成了新思想培养的场所。从课文选择、教师讲解、练习设置到课堂讨论、作文应用等,都围绕思想问题和社会问题展开,这种方式颠倒了国文课目标主次——不仅旨在提升学生的思想素质和社会参与意识,更旨在培养学生的语文能力。事后有人指出:"有些教师竟把'了解人生真义和社会现象'视为中学国文教学的目的。有些老师也不得不去信仰几种主义,找得几个问题,来应付学生的需要了。实际上那时所谓新思潮,人生哲学和社会问题,几乎占了全部的地位;从报纸上抄下来的文章,也多是讨论主义问题的新思潮。还有好些教师,不知白话文如何讲法,倒不如拿些主义问题,可以离开文字。凭空口讲。只要学生欢迎,便是一等教师,一等新教法!"②这道出了当时的某种情况。

准确地说,1920年代初期,中学国文教学重"思想"也重"文学",体现着"五四"新文化以文学表达思想的思路。二者在教学中或兼顾通融或各有偏执,都与彼时彼地教学改革思路相关。1922年起陆续出版的沈仲九、孙俍工编《初中国文读本》(共六编),就采用"思想"与"文学"并重的方式。孙俍工说,国文教学要注重"知""情""意"三方面培养:"对于知的方面,以'启发思想,并且了解现代思潮底大概'为主旨;对于情方面,以'培养美的情感,并且了解彼此底变化和性质'为主旨;对于意方面,以'发表情思,记叙事物'为主旨。"③教学思路趋于清晰。如《初中国语文读本》第三编,对《故乡》《狭的笼》等作,从"思想"角度启发学生:

---

① 李斌:《民国时期中学国文教科书研究》,第111页。
② 阮真:《时代思潮与中学国文教学》,《中华教育界》1934年第22卷第1期。
③ 孙俍工:《初级中学国文教授大纲》,《中等教育》1924年第2卷第5期。

"社会制度把一般同生共命的人类,强分出无限智愚强弱的主奴阶级来,要免除人类的悲苦,便要将这一层层的障壁打倒,一切不合理的思想、制度,都给完全解放改造,重新再铸文明。"编者为这几课所设计的作业是,分析作品"所含蕴的思想问题,所表现的人生问题及学生对本篇的感想和批评"。特别提示学生要注意作家的略历、思想学说和艺术主张,作家所受时代影响等。① 以"知"的培养为牵头,带出学生的"情"和"意"。同时,孙俍工非常强调"文学"在人生中的位置,他说:"在中国现代的文学界里,如果不极力把文艺的意义阐明到真确的时候,把文艺底生命扩张到人们全体的时候,把文艺底基础弄到极稳固的时候,不但永远没有真正的纯粹的文艺呈现出现,甚或至于连现在所流行的时髦的白话文底声浪也将毫无声息地消沉下去"。文学要"发展到人们底生命中间去"②,将文学铸入人的生命中,是教育工作者的"责任"。文学应成为新一代人的生命信仰。于此,文学的位置被凸显出来。还有一种抬文学而贬思想的说法,以何仲英为代表。何对当时国语课本选文"以新出版各杂志中关于某一问题的文章为目"、着眼于"思想"的做法不认同,称之"喧宾夺主"③,认为国文教材应以"文学的意味"为要。他编的《白话文范》着眼于"文学",所选"模范的白话文学"较多,包括小说、诗、小品和传记等,此做法回应了胡适所谓国语文教材宜以小说、戏剧、诗歌和古白话文学为内容一说④——虽然"内容"教学依然是其重头戏。

---

① 沈仲九、孙俍工编:《初中国语文读本·第三编·导读》,《初中国语文读本》,上海民智书局,1923年。

② 孙俍工:《文艺在中等教育中的位置与道尔顿制》,《教育杂志》1922年第14卷第12期。

③ 何仲英:《白话文教授问题》,《教育杂志》1920年第12卷第2期。

④ 参见胡适《再论中学的国文教学》,《胡适文存二集》卷四,第249页。

"了解现代思潮底大概"和"培养美的情感"兼重的教学思路,在1920年代中后期占主导地位。之后,随着中学国文教学的成熟,"思想"渐次退出首要位置,而"文学"占据主要位置。1931年商务印书馆出版傅东华、陈望道合编初中《国文》(共六册)。选文上,编者认为国文教科书与伦理教科书有别,重在培养语文能力,为某种文体和技巧示例,思想上不产生"坏影响"即可。该教材每篇课文后面附有"注释与说明""文法与修辞"两项,主要做知识性的提示和说明。如《荷塘月色》的"注释和说明",首先解释词语,"旋律""梵婀玲""梁元帝""妖童媛女""羽杯""西洲曲"等。其次对文中"直观判断"笔法作举例说明:"叶子底下是脉脉的流水,遮住了,不能见一些颜色;而叶子更风致了。……虽然是满月,天上却有一层淡淡的云,所以不能朗照,但我以为是恰到了好处。"这就是主观之景。这种写情状物非常微妙,作者之情与眼前之境糅合在一起,里面有"文法",有"修辞"。又以《荷塘月色》为例,说明"白话里常用的后附助动词共有三种,表持续,表完成,表过去,这篇恰恰都有"。① 朱自清文字优美且章法中规中矩,从句式、修辞到篇章结构,都是中学教学理想的文学"范本"。

　　1920年代之后,国文教学中"文学"位置明显提升。1929年9月由刘大白等编订的教育部《初级中学国文暂行课程标准》颁发,第三条提及两个目标:"养成阅读书报的习惯和欣赏文艺的兴趣。"徐蔚南认为,培养学生阅读报纸的习惯容易,但让其拥有欣赏文艺的能力和兴趣就不容易。② 鉴于此,徐蔚南编、1932年4月起世界书局陆续出版的《创造国文读本》(共六册),旨在解决这一

---

① 1931年傅东华、陈望道合编《初中〈国文〉问世》,顾黄初主编《中国现代语文教育百年事典》,第195页。

② 参见徐蔚南《关于初中创造国文读本》,《创造国文读本》第一册,世界书局,1932年,第1—4页。

问题。这是一套"重文艺,多小品"①的读本,古文方面,多选明清小品文,来自《陶庵梦忆》《笠翁偶集》《长物志》等,呈现了苦雨斋师生群的美学趣味。现代文选辑方面,周作人是一个重点,共选周氏文章11篇。与其时初中课文多选周作人"五四"时期的作品不一样,徐本选的是《故乡的野菜》《北京的茶食》《苦雨》一类后期的"平淡自然"之作,着眼于美文。有趣的是,徐本没选鲁迅、郭沫若、茅盾的作品,可能这几位的文章不符合他的美文思路。编者自称,所选作品"尤其注重于深入浅出而又耐人寻味者"。②徐本不作文前文后的注释和说明,而是"每册中选辑议论作文法的文章约五六篇",每一单元有一篇。这类文章,既谈文章作法,其本身也是可供仿效的"范文"。与其时言志小品文的美学潮流相呼应。当时有人就指出:"现代中学的教学,大都有倾向休闲目标而忽略社会目标的趋势。"③

《创造国文读本》代表着中学国文教材从注重"思想"到注重"文学"的变化,但这种思路很快又受到质疑,毕竟不是每个中学生都要成为文学家的,文学化训练把学生作文引向另一种困境——文艺腔十足,却文句不通,无法写通一张便条。刘半农早年就指出,中学生学习应用文比学习文学文更重要,应用文是家常便饭,文学文是大鱼大肉,"不能写通畅之家信,看普通之报纸杂志文章",是因为"天天不吃饭,专吃肥鱼大肉"害的。④叶圣陶也指出:"国文的涵义与文学不同,它比文学宽广得多,所以教学国文

---

① 黎锦熙:《三十年来中等学校国文选本书目提要》,《师大月刊》1933年第2期。

② 徐蔚南:《关于初中创造国文读本》,《创造国文读本》第一册,世界书局,1932年,第3页。

③ 程其保:《初级中学课程标准之讨论》,《教育杂志》1931年第23卷第9期。

④ 刘半农:《应用文之教授》,《新青年》1918年第4卷第1期。

并不等于教学文学。""五四运动以前,国文教材是经史古文,显然因为经史古文是文学。……五四以后,通行读白话文了,教材是当时产生的一些小说、戏剧、小品、诗歌之类,也就是所谓文学。"因此,国文教学被理解为文学教学。殊不知文学只是国文中一个品种而已。因为学生所读的纯是文学,材料不容易消化,技术不容易仿效,导致他们很难写好普通的文字。叶说,国文教员让学生自由写作,学生交来的"往往是一篇类似小说的东西或是一首新体诗"。他收过几位学生的白话信,"景物的描绘和心情的抒写全像小说,却与写信的目的全不相干"。① 云南教师何振基也说,中学生的作文深受报纸文习气的影响,文笔轻佻,东拉西扯,谩骂成风。形容词堆砌,谈了半天没有入题。② 沈仲九称其见过这样的学生:"小说、诗歌、戏曲即能做得像煞有介事,而写一张通告条子竟写不通,记一段会场的记事都记不清,草一宣言也草不来。"③这可能是当时一种普遍现象。以新文学为教材的白话文教学弊端明显呈露出来。1934年底《中学生》第49期就中学生国文程度低落问题展开讨论,触及中学国文教学改革的软肋,学生"国文之技术极劣,思路不清"的问题可能与思想化、文学化教学有关。

三、化为"知识":新文学种子的落地生根

由1920年代初起步的中学教学改革,带来了从学制设置到教材语言到办学理念的全面变化。尤其初中部分,以白话为载体的新文学迅速占据这个领域的中心位置,成为国文教学"知识"系统

---

① 叶圣陶:《对于国文教育的两个基本观念》,此文作于1940年8月18日。张圣华主编:《叶圣陶教育名篇》,教学科学出版社,2007年,第135、139、140页。
② 参见何振基《关于初中国文教科书》,《新教育评论》1927年第3卷第15期。
③ 沈仲九:《初中国文教科书问题》,《教育杂志》1925年第17卷第10期。

的重要部件。这大致经过了三个阶段：第一个阶段是新文学作为新教材，传递新思想、新信息，参与对学生的现代人格心理的塑造；第二个阶段是新文学作为一种模范文——学生语文能力训练的摹本，培养学生的思想情感表达能力，铸就其心理感受样式，形成其人生信仰；第三个阶段是新文学作为一种知识常识和价值观念，被传授、被吸收，以"知识"的方式进入受教育者的生命中，陪伴其终生。这是一个步步推进的过程。最后的环节，新文学作品进入"知识"生产与消化阶段，那是新文学自我价值化的最终实现。

中学国文教学的白话化改革，倚重的是新文学作品，以"思想"启蒙和"文学"熏陶为方式。经过一个阶段的实践，新文化精神已如水银泻地，渗入受教育者的心田。但中等教育不只是铸造新思想的场所，也不以培养文学家为目的。早期改革存在明显的缺陷，随着中学教学体系的整体性成熟，以新文学为内容的教学方式也在不断调整，"思想"教育和"文学"教育一并进入"知识"教育阶段。有识之士意识到，白话文教学，单纯让学生从读写中自己去摸索是不够的，尚需要有学理的指引。需要从文学作品里提炼"知识"，梳理规律，约化章法，供学生学习和运用。① 至此，中学文学教学摆脱盲目的新思想灌输，走向自觉的新文化知识学习和知识体系构建。

1930年代，影响较大、应用较广的几套教材，有傅东华、陈望道编《基本国文教科书》（商务印书馆，1931—1933），徐蔚南编《创造国文读本》，王伯祥编《开明国文读本》，傅东华编《复兴初中国文》，夏丏尊、叶圣陶等编《开明国文讲义》，夏丏尊、叶圣陶编《国

---

① 1930年代中期以后，多数初中国文教科书以文章作法为纲，编选课文。相关的思路可见：《编辑大意》，《朱氏初中国文》第一册，上海世界书局，1933年；《编辑例言》，《开明国文讲义》第一册，上海开明书店，1934年；《文话——文章面面观》，《国文百八课》第一册，上海开明书店，1938年；等等。

文百八课》等,都呈现一个明显的变化,那就是注重"文章作法"的演示和训练。以有代表性的新文学作品为选文,尽量贴紧文本,从"作法"角度对选文作分析、提炼、概括,归纳"知识"点,梳理思想线索,分析文章的形式构成、修辞设喻和文笔风格等。引导学生吃透文章的章法,由之带动读写训练。这是一个将新文学作品部件化、抽象化,将之转换为一系列"知识"和章法、编织新文学的知识体系、确立新文学的美学规则的过程。作品教学由原来的灌输新思想和模仿新文学写作,到进入构建文章学阶段。经由作品而学习文章法,举一反三,拓展思维,涵养感情,提升学生的语文能力和心智水平。这一改进,有效地促进了新文学知识生产的展开。

较早将中学教学中有关文章学的讲义编纂成书的是夏丏尊。该讲义出版前一年,由其同事刘薰宇作为教案"教了一年,修改了一年"。① 1926年8月夏、刘署名的《文章作法》由开明书店出版。这是一本从中学教学实践出发而编纂的关于文章体式及作法的知识性读物。首先,它摆脱"文学"的单线考虑,对更广义的"文章"作划分,划出记事文、叙事文、说明文、议论文、小品文等五种文类,其次,对这五种文类分门别类,作文章体式分析,阐述每一种文体写作的意义、程序、结构及特点。其时正值新文学小品文流行时期,《文章作法》在记事文、叙事文、说明文、议论文四种基本文体之外,还单列出"小品文"一项。前四种文体的性质,小品文都有。小品文不是以内容或形式与其他文体有别,而是以"外形"——篇幅的"短"来决定,指"二三百字乃至千字以内的短文,称为小品文"。它"内容性质全然自由,可以叙事,可以议论,可以抒情,可以写景,毫不受任何的限制"。② 由于"小品文以日常生活为材料,

---

① 夏丏尊、刘薰宇:《文章作法·序》,《文章作法》,上海开明书店,1926年,第1页。

② 夏丏尊、刘薰宇:《文章作法》,中华书局2007年,第75页。

并且是片断地收取,因而容易捕捉,材料既不复杂,安排也容易;即使作了不好,改作也不费事"。① 作者竭力推荐"小品文",说明其易于让学生学习、仿效的特点,并将书札和日记等也纳入小品文范围。分析小品文作法——着眼小处,印象的、暗示的,把握中心,文笔机智,以及添削、分段和选题等。《文章作法》对小品文的推崇,应该是当时中学作文教学的一个趋向,它对小品文的"知识"作梳理、提炼,总结规律,摸清方法,推荐范文,培养学生审美趣味和写作技能。这种教学推动了小品文知识谱系的形成和创作的普及。

在新文学作家中,鲁迅是一个标杆性的人物。1920年代中学教科书对鲁迅作品的选文及识读,重在弘扬新思想新文化。如上述,沈仲九、孙俍工编《初中国语文读本》第三编,引导学生从社会制度、阶级分层、底层悲苦、再铸文明诸角度来理解《故乡》。到了1930年代,情况就发生变化。与1920年代多从鲁迅《呐喊》和《热风·随感录》中选文不同,1930年代入选率最高的是《野草》。《野草》有些篇目颇为深奥难懂,选文者并不太多讨论其哲学命题和生命深意,而是将之作为文章作法的案例来解读,讨论其记事、写景、描写、抒情诸作法。傅东华编《复兴初中国文》(商务印书馆,1933年)、王伯祥编《开明国文读本》(开明书店,1932年)、傅东华、陈望道编《基本教科书国文》(商务印书馆,1933年)、颜友松《初中国文教科书》(大华书局,1935年)、宋文翰《新编初中国文》(中华书局,1937年),都选了《秋夜》。《开明国文读本》课后"说明"中称,《秋夜》是一篇"描状秋夜静趣的叙述文",所谓记"事"包括外部事象和内部心象,《秋夜》"偏重于作者内心的活动"。"说明"分析该文写景状物的"头绪"和"脉络":"从后园墙外的两株枣树叙起,因树杪的高耸而说到怪高的天空;因天空洒降的繁霜而说到园里的野花草;因野花草的命运而织进诗人、蝴蝶、

---

① 夏丏尊、刘薰宇:《文章作法》,第80页。

蜜蜂、小孩以及天空的星眼和月亮,(最后)仍结到枣树干的挺劲。"①指导者尽量将问题讲得浅显,经由文章意象脉络梳理,分析其作法,带出其寓意,由形式及思想。循序渐进,由浅入深。《基本教科书国文》对《秋夜》设计了这样的思考题:"算算这篇文章一共写了几样东西,这许多东西是怎样串联起来的?……你记得春天、夏天、冬天的天空是怎么样的?试找几个字将它形容形容。"②循循善诱,浅显易懂。将《秋夜》的描写归纳为若干知识点,引导学生注意它写了什么、怎样写以及怎样串联起来等。要求学生联系实际,模仿课文,对自己印象中几种季节的夜空景色作描写,从造句练习到全文写作的过程中,新文学作品的抒情、书写样式作为"知识"传授给学生。夏丏尊、叶圣陶编《国文百八课》,则从"拟物拟人"的修辞格入手,提示学生注意《秋夜》运用了几种拟物、拟人的修辞格,它们的效果和规律如何等,总结语言、文笔、修辞运用的规律。修辞理论于这种教学实践中形成。颜友松编《初中国文教科书》将《秋夜》放在一篇名叫《春晨》的课文之后,与之作比较:一春一秋,一早晨,一深夜。文体虽一样,时间、季节、景象却都不同。对比之下,后者的特点更清晰:思想的"复杂",材料的丰富,内涵的深刻,笔法的老辣。而一切不仅与作者的心理性格有关,更与写作背景相关:"民国十二年,北方有奉直之战,南方有陈炯明之变,中部有苏浙之战,湖南护宪战争。满地干戈,民生凋零,宜其借'秋夜'以发哀感"。③ 与中学生的理解水平相适应,该课后"指

---

① 王伯祥编:《开明国文读本参考书》第一册,开明书店,1932 年;见李斌编《打开民国老课本》,人民文学出版社,2015 年,第 3 页。

② 傅东华、陈望道编:《基本教科书国文》第一册,商务印书馆,1933 年;见李斌编《打开民国老课本》,第 4 页。

③ 颜友松:《初中国文教科书》第一册,大华书局,1935 年;见李斌编《打开民国老课本》,第 4—5 页。

导"不将《秋夜》拔高,不作形而上阐释,而是在生活现实中找到其写作根据,让学生根据自己的经验,设身处地理解课文。指导者站在普及角度,将文本生活化、经验化,诉诸学生的直觉,召唤其"共鸣",催化其"接受"。

新文学诸作者的作品,由于思想艺术的风格特点各不相同,在中学教材里,承担着不同的示例功能。作为记叙性美文,从人性启迪的角度被编排,如周作人、冰心、朱自清、徐志摩、俞平伯、丰子恺、落花生等的作品;作为说明性、说理性文章,从介绍新思想、新理论、新方法的角度被编排,如梁启超、蔡元培、胡适、夏丏尊、朱光潜等的文章;作为叙事性纪实文,从了解"时代""社会"的角度被安排,如叶圣陶、茅盾等作品。当然,这只是大体情况,新文学作品被选作哪一种文学知识的示例,主要看作品本身。周作人"五四"时期的作品与 1920 年代末以后的作品,其功能性内涵就不一样。1920 年代的初中教材,多选他"五四"时期的创作和译作,到 1930 年代,选用情况就不一样,如徐蔚南《创造国文读本》基本选周作人后期闲适平淡文章,缕析其超然物外的情操和审美特质,渲染"趣味"于写作之重要性。戴叔清编《初中国语教科书》(文艺书局,1932 年)为《故乡的野菜》设计的作业题是:1. 从本篇中所看到的作者与田园生活的关系和批判;2. 在技巧上,本篇有哪些地方值得学习。朱剑芒编《初中国文》(第二册,世界书局,1937 年),就《故乡的野菜》提出问题:"作者说起荠菜,为什么就想念到浙东的故乡?乡村中许多很重要的植物,寻常都被人贱视,是何缘故?"不约而同地引导学生思考乡土、人性、记忆、人与自然关系等问题,彰显作品的艺术魅力。周作人的《乌篷船》也被多种教材选入。傅东华编《复兴初中国文》(第一册,商务印书馆,1933 年)提示此文"是记述文,目的却在指导":"客观的记述",风物志式的笔调和人情/民性的体味。① 编者关注该文的笔法和技巧,他给出的作业题是:"文中关于船的指导有几点?关于坐船的指导有几点?作者为什么单要指导这几点?"②从"指导"入手,追踪该文的意涵,讨论其笔法。朱剑芒编《初中国文》(第一册,世界书局,1929年)也强调《乌篷船》的修辞笔法,他给的思考题是:"说坐船的不性急,何以用游山的态度来比拟?记叙文字,有叙人、叙地、叙物的不同,本篇是属于哪一类?描写乌篷船,把白篷船、小船也连带描写,还要牵到轿子、驴子、电车、汽车、人力车,这是什么作法?"③修辞直接关联意涵,通过修辞分析,编者将学生带进周作人的世界里,窥看周作人的性情、趣味和思考。文章作法的引导路径是文本细读,引领学生在作品的各个艺术环节上逗留,体会其寓意。细读之下,新文学作品的艺术细节充分显现,精神内涵得到传达,由此开启了学生的感受力和表达力。

1935年夏丏尊、叶圣陶编的《国文百八课》,更自觉追求编排的"科学性"。以文章作法为纲,组织选文。每课为一单元,"内含文话、文选、文法或修辞、习问四项,各项打成一片"。④ 首先是有关于所选作品的文类/文体特点及规律的"文话",接着是作为课文的"文选"本身,再接着是关于课文的文法/修辞解读,最后是习题。比如,第三册的第一课《文话》讲"记叙文和小说",文选一是周作人的《卖汽水的人》,文选二是鲁迅的《孔乙己》。《文话》介绍小说和记叙文的特征及其异同:"不错,小说就是记叙文。凡是

---

① 傅东华编:《复兴初中国文》第一册,商务印书馆,1933年;见李斌编《打开民国老课本》,第17页。

② 同上书,第18页。

③ 朱剑芒编:《初中国文》第一册,世界书局,1929年;见李斌编《打开民国老课本》,第18页。

④ 《编辑大意》,夏丏尊、叶圣陶编:《国文百八课》第一册,开明书店,1935年。

关于记叙文的各种法则,在小说方面都适用,但是小说究竟和记叙文有分别"。① 周氏兄弟上述两文正是编者用来说明记叙文与小说同中有异的示例。卖汽水的伙计只是一个天真烂漫之中含有一点狡狯的普通人,孔乙己则是一个被旧文化浸透了的有象征意义的旧文人。前者只是普通人生中的一幕,后者则蕴含与人生有重大关系的"意义":"引动小说家写作欲望的并不是早已相存在、业经发生的某事物,而是他从许多事物中看出来的,和一般人生有重大关系的一点意义"。② 二者的差别显然。二文之后对动词用法作归纳和练习,并附"习问":"1. 文选一和文选二,哪一篇像记叙文,哪一篇像小说?为什么?2. 文选二的作者所想写的是哪一点?"把周氏兄弟二文编在一个单元里,颇有意思。一个是客观地记叙一件事,写日常生活中随处可见的一个普通人,他既不是完美的高大者,也不是彻底的卑劣者,这是周作人小品的笔法。一个是绵密繁复的细节,情节波澜曲折——铺垫、蓄势,最终引向悲剧的结局。借助观念指引、情节虚构和人物间互动的结构性安排,将一个深中旧文化之毒、老实迂腐的文人和盘托出。这是鲁迅小说的笔法。教材编者没有将话说尽,只是提供两个文本。教学并不单纯依赖教材,教材只提供一个大致轮廓,具体仍有待于教师在课堂上的阐发、补充和学生的阅读、理解。在"注重于形式,对于文章体制、文句格式、写作技术、鉴赏方法等,讨究不厌详细"③的教学格局中,新文学作品的结构肌体被放大、被解剖,其方方面面的"知识"得到梳理和编排,构成文章学之框架,进入基础教育之"常识"系统中。这是一个复杂的新文学知识化生产过程。

---

① 《第一课·文话一·记叙文与小说》,夏丏尊、叶圣陶编:《国文百八课》第三册,开明书店,1937年。
② 同上。
③ 《编辑大意》,夏丏尊、叶圣陶编:《国文百八课》第一册,开明书店,1935年。

1920—1930年代,中学教学中的新文学教育,从思想启蒙进入。之后,驻足于艺术美学和写作技能层面,文学仿写和艺术欣赏,成为教学的重心。最终发现,"文学"不该是语文教学的主要方向,文学写作只是受教育者众多写作技能培养之一种,而且不该是主要的一种。教学终于落足在新文学知识提炼、总结和体系化构造上。这是中学新文学教学成熟的表现。淡化选文的思想内容和文学形态,追究其相对稳定的文体特征和句法文法规律——将一种深层的包含文化心理内容的语言积淀物规律化,有章可循地教给学生如何读、如何写的方法技能,进而模塑学生的思维/心理。这其中,新文学作品作为语文知识解剖的案例被学习、被仿效,为未成年学生的文化修养铺定底色。那不仅是一种技能培养,更是一种精神信仰、人生方式培养。至此,将文学铸入人的生命中的目标初步现实,文学于有意无意间成为一代人的生命信仰。

第十九章　学院派的遴选与新文学的大学课堂实践

新文学作为一种学习内容,进入大学的课堂,始于1920年代初期。上述周作人主持燕京大学国文系现代文学组,教授新文学文本讲读、翻译、写作、外国文学史诸课,就是一例。与新文学以教材的方式进入中学的情况不太一样,新文学进入大学得助于一批在大学任教的新文化人的推动。1922年初,胡适推荐周作人到燕大任教,就有意让他给新文学"开辟一个新领土"。① 同年6月,燕大校长司徒雷登向校董会推荐周作人时,称周是文学革命之精英群体的一分子、创造并推行国语的开路人之一,希望他能开设新文学写作课。虽然周作人对此建议并不积极,他仍开了习作讨论类课程。② 他说,到燕大上课,原先只想"兼任","不料要我做主任"。"现代国文这半个系只有我一个人,唱独角戏也是不行,学校里派许地山来帮忙做助教,我便规定国语文学四小时,我和许君各任一半,另外我又设立了三门功课,自己担任,仿佛是文学通论,习作和讨论等类"。③ 作为助教,许地山的参与,加强了燕大国文教学的新文化取向。教学之外,周作人还以投稿方式扶持《燕大

---

① 周作人:《知堂回想录》(下),第518页。
② 参见胡楠《文学教育与知识生产:周作人在燕京大学(1922—1931)》,《现代中文学刊》2014年第1期。
③ 周作人:《知堂回想录》(下),第518页。

周刊》,关注国文系学生冰心的创作,给英文系学生凌叔华"看所写的文章",将她的文章推荐给刊物。① 其时,燕大新文学作者队伍的形成,该作者群新文学创作的初见成效,与周作人的努力分不开。

在大学任教的新文化人是新文学教育的积极推进者。1928年8月17日国民政府决议改清华学校为国立清华大学,罗家伦任校长,杨振声为中国文学系主任。杨一到任,就与朱自清商量中文系改革之事。他说:"自新文学运动以来,在大学中新旧文学应该如何接流,中外文学应该如何接流,这都是必然会发生的问题,也必然要解决的问题。可是中国文学系一直在板着面孔,抵拒新潮。"在朱自清的小屋子里,他们"商定了国文的计划"②,确立了"创造我们这个时代的新文学"③的目标。于是就有1928—1929年度第二学期清华的比较文学、新文学习作和中国新文学研究几门课程的开设。朱自清为"中国新文学研究"一课而编的讲义《中国新文学研究纲要》,从学院教学角度为新文学作了"史"的设计,包括经典作品的划定,布罗姆所谓"教育机构所遴选的书"④,隐含遴选意向。

一、开路人的历史原创:朱自清的《中国新文学研究纲要》与教案中的新文学史

1928—1929年度第二学期在清华大学国文系开设"中国新文学研究"课的朱自清,是首次系统地在大学课堂讲授新文学的教

---

① 周作人:《几封信的回忆》,《文学界》2008年第12期。
② 杨振声:《纪念朱自清先生》,《新路》1948年第1卷第16期。
③ 朱自清:《清华大学的中国文学系概况》,见朱乔森编《朱自清全集》第8卷,江苏教育出版社,1996年,第405页。
④ [美]哈德罗·布鲁姆:《西方正典——伟大作家和不朽作品》,第11页。

师,那是一门原创性的新课程开设。上课时,朱自清给选课学生发一个非常详细的课程提纲,这个提纲将十年新文学的发展历程作了一个自成体系的勾勒。

1980年代初,赵园将朱自清先后为这一课程而编写的几份提纲手稿整理合并,以《中国新文学研究纲要》为题(下称《纲要》),由上海文艺出版社出版。① 朱自清的弟子王瑶事后称,《纲要》是"最早用历史总结的态度来系统研究新文学的成果。当时大学中文系的课程还有浓厚的尊古之风,所谓许(慎)郑(玄)之学仍然是学生入门的先导,文字、声韵、训诂之类课程充斥其间,而'新文学'是没有地位的。朱先生开设此课后,受到同学的热烈欢迎,燕京、师大两校也由于同学的要求,请他兼课;但他无疑受到压力,一九三三年以后就再没有教这门课程了"②。这课只开了两三年,朱自清受到了什么样的压力,王瑶没具体说。

《纲要》设"总论"和"各论","各论"包括"诗""小说""戏剧""散文"和"文学批评"五个部分。苏本授课时间比《纲要》迟四年,涉及一些新的史事。《纲要》只是提纲,点到即止,由教师在课堂上即兴发挥,个人表达的空间更大。因为提纲挈领,进入纲目之中的,都是不可绕过的新文学知识节点和重要线索,"遴选"意味更浓。作为一份原创性的纲目,《纲要》更能呈现大学课堂上的新

---

① 朱自清这份讲义保留下来的原稿有三种:"一为铅印,一为油印,第三虽有部分油印,但以手写为主。这第三种扉页上书有'十八年'(1929年)字样,且内容也较其他两本粗略,当为初稿。"(赵园:《整理工作的说明》,《朱自清全集》第8卷,第124页)1948年《朱自清全集》编委会拟将《纲要》整理后收入"全集",并推定由李广田负责整理。后因"全集"改为精简本的《朱自清文集》,未收此稿。1980年代初,由王瑶的学生赵园根据三种稿本,整理为《中国新文学研究纲要》,上海文艺出版社,1982年。

② 王瑶:《先驱者的足迹——读朱自清先生遗稿〈中国新文学研究纲要〉》,《文艺论丛》第十四辑,上海文艺出版社,1982年。

文学史构建的原初情形。

《纲要》清晰地勾勒了新文学十年发展的图谱。节点密集,前因后果,环环相扣,原本零散的新文学事迹被整合成一个整体,有自己的主干和枝叶。自由时代的自由讲学,在开放的心态之下,朱自清对新文学历程的检视,对作家作品的解读、赏析,对文学群体/潮流的分期分类,从自己的学术理解出发,用原创性的术语和方法,为新文学作细节铺排和学理体系设定,创建新文学的学术样式。这是从学术研究切入的一种初期新文学史纲目构建,蕴含学院派知识分子建立新文学历史的尝试和创造,标志着新文学历史化、知识化实践的开始。下面从新文学知识衍生探源角度,对《纲要》作细读分析。

《纲要》"总论"共三章:《背景》《经过》《"外来的影响"与现在的分野》,将背景拉到晚清,以"新文学"为中心环节,分四级标题,形成四个层次。第一章从"戊戌政变"和"辛亥革命"谈起,谈梁启超的新文体、吴沃尧等的谴责小说、林纾的翻译小说、苏曼殊和章士钊的小说、"礼拜六派"、晚清白话运动,依次下来,前后勾连,构成新文学运动不可或缺的"背景"。从纲目中的关键词,能看到作者对历史节点把握的准确。比如,谈及林译小说,他引胡适的话,称林译"替古文开辟一个新殖民地"。谈苏曼殊小说,他从"礼教与个性的冲突""悲剧的意味""诗人的情调""谈话的口吻"四方面来谈,强调其写人情人性。与其时章士钊的政治小说《双枰记》作比较,指出人情人性小说与政治小说之异同。对白话文的前期酝酿,特别提到 1916 年周瘦鹃主编的《欧美名家短篇小说丛刊》和晚近的"字母运动""白话报运动",几者正构成白话文运动的"上部"。后几项胡适提过①,但关于周氏"丛刊"于白话文推进的

---

① 参见胡适《五十年来中国之文学》,洪治纲主编《胡适经典文存》,第 179—193 页。

贡献,则是朱自清首次的圈点。这是从文学创作演进角度的爬梳,别有价值。

第二章谈新文学运动的"经过",按时间先后,分十四节:"《新青年》时期""国语运动及其他""第一次反响""五四运动时期""文学研究会""第二次反响——学衡社的复古运动""创造社时期""语丝社时期""革命文学与无产阶级文学时期""新月派""民族主义文艺运动""大众文艺的讨论""'文艺自由'论辩""幽默文学",这十四个片段是1915—1933年新文学运动不可绕过的段落。对《新青年》时期胡适、陈独秀、周作人三位领袖各自的贡献及其差异性,有提纲挈领的讲述。首先,列出胡适两篇文章及其关键词:一是《文学改良刍议》,涉及"历史进化的眼光""八不主义""美国印象派"三个问题;二是《建设的文学革命论》,又用"国语的文学,文学的国语"、"真文学"与"假文学"、"活文学"与"死文学"等关键词,勾画胡适发起这场运动的思路、目标、方法、术语及脉络。其次,列出陈独秀的《文学革命论》,阐释"三大主义"的意涵;引陈独秀在《新青年》"通信"栏的一句话:"必不容反对者有讨论的余地",强调陈氏强硬的革命态度,与胡氏温和的改良态度形成对照。再次,提到周作人。周虽不是揭旗者,却以两篇文章《人的文学》《平民的文学》,为运动做了理论铺垫。从人的界说(从动物进化的)到人道主义(个人主义的人间本位主义)到人道主义的文学(正面的侧面的),从普遍与真挚的平民特质到感情与理性的调剂。周氏上述二文的内涵和行文脉络被清晰呈现,其思想价值被摆在与陈、胡文章平起平坐的位置上。值得注意的是,1920年周作人《新文学的要求》关于"直译的文体"一说被特别提及,此提倡在当时白话文学实践中影响甚大,成为新文学语言"欧化"的一个因由。《纲要》客观地记述这一史迹,为十年白话文的内部生成提供了一个面相。此外,将国语运动从文化运动中单列出来,以民国元年"读音统一会议定三十九个'注意字母'"始,至民国九年"教育部令,国民学校一二年的国文,从这年秋季起,一律改用国语"止,浮现十年间作为政府行为的国语改革历程,肯定了政府的介入是白话文运动获得成功的因素之一的事实。

对运动和社团的梳理,《纲要》更是密而不漏、有条不紊。反对白话文运动者,列出"两次反响":第一次反响包括"《国故》杂志""林纾蔡元培之争""胡先骕罗家伦的辩论"三场。将1919年发生于南京《高等师范日刊》与《新潮》上的胡、罗之争,与1922年《学衡》创刊后"第二次反响——学衡社的复古运动"区分开来。前者争论文白能否合一和文学如何改良问题,后者揭橥"四义",讨论文化的整体建设问题。从"学衡"角度看,是两个阶段,有前与后的推进。《纲要》没有将甲寅派章士钊的复古运动列为第三次"反响"。教育总长倡导尊孔读经,是一种官方行为,已不仅仅是民间文化保守派的"反响"。《纲要》的学术严谨性,正体现在其恰如其分的分寸感上。对"无产阶级文学",则讨论三个群体:创造社、太阳社和左联,他们的观点和主张,并以"茅盾的理论"为附录。针对一种以"阶级意识"和"集团主义"为基础的文学,从集团(社团)角度来讨论其观点是合适的。而茅盾理论一方面对上述几家的"口号标语"弊端作纠正,另一方面对文艺的"时代性和社会化"作正面阐述,从而奠定了左翼文艺论的根基。正是后者的理论阐释,使无产阶级文学得以确立。

关于1930年代那场激烈的"文艺自由"论辩,朱自清对其结局作了这样的认定:

> 文艺创作自由的原则是一般地被承认了(指较进步的文学),左翼方面的狭窄的排斥异己的观念是被纠正了,"武器文学"的理论是被修正到正确的方面了(广义的非狭义的)。"第三种人"是被左倾宗派主义的铁门评出来的名词,本没有成立的必然和可能,不如取消。左翼文坛的态度和理论的重

新□定。①

朱自清这个结论非常有意思。联系1949年以后新文学史对"自由人""第三种人"基本持否定态度,当时的情况未必如朱自清所估计的那样乐观,但从这一结论中可以看出朱自清对"论辩"的某种一厢情愿的理解。或者说,它道出了当时一群自由作家维护文坛健康宽松环境的愿望。它作为一种认定参与1930年代新文学史构建,与左翼说法构成对照。

《纲要》总论第三章对当时文坛作了五个团块的描述:"无产阶级文学""语丝社及其追随者""新月派""郁达夫及其追随者""民族主义的文艺",称这是文坛"现在的分野"。其中,"郁达夫及其追随者"的说法颇为特别,谁是郁达夫的追随者?1920年代写自叙传的淦女士?写私小说的滕固、陶晶孙、倪贻德、敬隐渔?高扬新流氓主义(唯美/颓废派)的创造社后期"小伙计"叶灵凤、周全平?郁达夫作为1920年代自我抒写潮流的引领者,虽无"社"也非"派",却如水银泻地般地影响了一代人的文学书写。《纲要》别具慧眼,将之放在"现在的分野"中,作为其时五个团块之一来论,浮现这一时期新文学创作的一种现象,不落俗套,不流于概念,有当代人的鲜活感受。

《纲要》最精彩的是"各论",分"诗""小说""戏剧""散文"和"文学批评"五部分,体例严谨,结构工整。每章由两项内容构成,一是该文体创作理论,二是该文体创作成就。按时间先后排列,穿插展开。

诗论梳理是《纲要》的擅长。"初期的诗论"介绍了胡适诗论、刘复诗论、《少年中国诗学研究号》中诗论(包括"宗白华说""康

---

① 朱自清:《中国新文学研究纲要》,朱乔森编《朱自清全集》第8卷,第82页。□是原稿此字模糊不清,参见该页注②。

白情说")、俞平伯《诗底进化的还原论》、郭沫若诗论,末了,附"'丑的字句'讨论"(含"梁实秋说"和"周作人说"),堪称详尽。从纲目可知,1926年新月派的"三美"说,早在1920年代初就有人提过,康白情有诗之"音乐的和刻画的两个作用"说。初期诗论强调"打破文法底偶像",与后来"三美"说的推崇"文法",判然有别。"初期的创作",绕不过《尝试集》,朱自清推荐了两篇文章:胡先骕的《评尝试集》①和朱湘的《新诗评(一)》②。两者均为有学术分量的批评文章。胡文对《尝试集》提出六点意见,有理有据,富有学理性。朱自清没有将胡氏打入"保守派"的冷宫,反而选其文章,作为一方代表。关于"初期的名作",朱自清推荐了几首:"以写景著"的,分"朴素真实胜的"和"以设色胜的"两类,前者有傅斯年的《深秋永定门晚景》、俞平伯的《春水船》,后者有康白情的《江南》;以设色胜的,又分"以写情著的"和"以音节谐美著的"两种,前者有胡适的《应该》、康白情的《窗外》,后者有沈尹默的《三弦》、康白情的《送客黄埔》;以"象征"为特色的长诗,有周作人的《小河》。朱自清对初期白话诗艺术价值有仔细掂量,作为早期新诗作者之一,他以诗人的体贴之心和研究者的严正之眼,圈定"名作",申述理由。名作既有出自名家的也有出自新秀的,后者包括冯乃超的《红纱灯》、戴望舒的《我的记忆》、臧克家的《烙印》和卞之琳的《三秋草》等。1920年代末期,这几位刚刚冒出来,已为朱自清所注意,可见他对诗坛情况的了然于心。又比如,新月派的新诗格律化倡导其实是"新诗韵律"的一个环节,之前关于新诗的韵律已被探讨了相当长一段时间,经历了"胡适说——刘复说——陆志韦说——赵元任《国音新诗韵》——《晨报诗镌》主张——陈勺水'有律现代诗'——杨振声说"等八个讨论性节点。将这些节

---

① 胡先骕:《评尝试集》,初载1922年1月《学衡》第1、2期。
② 朱湘:《新诗评(一)》,初载1926年4月1日《晨报副刊·诗刊》第1号。

点联系起来,新月诗群在《诗镌》上的韵律倡导,就是一件水到渠成的事。第十节还列出"读诗与唱诗"一项,关注朱湘《我的读诗会》和浩徐《新诗和读诗》①的读诗提倡,陶晶孙等《新诗的乐谱》和赵元任《新诗歌集》的"唱诗"尝试;还关注"仿作的歌谣":俞平伯的《吴声恋歌十解》和刘复的《瓦釜集》等。从这一章的纲目看,作者将新诗十多年实践的方方面面都作了爬梳和分析,界域开阔,细节丰富,条目缜密清晰,材料鲜活,见解独到,活脱脱一幅新诗史的图谱。

第五章"小说",也是理论、翻译和创作交错考察,既有时段分切及衔接,也有群体描述,更有文体特征归纳,纵横交错,合理编织,自成网络,分"短篇小说""长篇小说"和"其他"三部分。"短篇小说"分几个群:《小说月报》群(含冰心、许地山、叶绍钧),创造社群(含郁达夫、张资平、郭沫若、成仿吾、周全平、倪贻德),"鲁迅及其追随者"(含许钦文与王鲁彦、冯文炳与沈从文),女作家群(含冰心、庐隐、冯沅君、凌叔华、苏梅、丁玲)。"鲁迅及其追随者"一节最有意思。一是将鲁迅视为乡土小说的创始者,这一路的写作都是对他的追随。二是指出乡土小说有两种写作样式:"冷酷的感伤主义者"的批判路线,代表者有许钦文、王鲁彦;"平凡生活""美型的塑捏"的抒情路线,代表者有冯文炳、沈从文。同样写乡土,这两条路线的审美姿态殊异。关于《倪焕之》,不像茅盾从知识分子投身社会斗争的角度赞誉《倪焕之》,称之为其时小说中的"扛鼎"之作,《纲要》只谈其缺点,所谓"头重脚轻""穿插不恰当""前半部说教的冗长的对话""后半部给人以'空浮的不很实在的印象'"。②朱自清与叶圣陶是好朋友,但这并不影响朱氏对叶

---

① 朱湘:《我的读诗会》,《晨报副刊》1926 年 4 月 24 日;浩徐:《新诗和读诗》,《现代评论》第 4 卷第 99 期。

② 朱自清:《纲要》,朱乔森编《朱自清全集》第 8 卷,第 112 页。

作艺术欠缺的批评。一个真诚的学者更忠实于学术的审美的判断。对盛行一时的普罗文学,朱自清也直言其缺陷:"革命遗事的平面描写","革命理论的拟人描写","题材的剪取,人物的活动,完全是概念在支配着"。他称华汉的《地泉》"用小说体演绎政治纲领"①,正击中左翼小说的软肋。他对刘呐鸥《都市风景线》的描述,用了这样一组关键词:"恋爱的现代主义(暂时的,游戏的)""感觉主义与享乐——神经敏锐""忙与游戏""含蓄奢华的描写"等,提纲挈领,极为准确。

"戏剧"和"散文"两章,相对比较简单,提纲条目没有那么繁富。戏剧部分,将运动与创作相联系,梳理出这样一条线索:《新青年》时期的戏剧改良——易卜生问题剧的引进——剧本《终身大事》的问世——爱美剧的剧论和演出——陈大悲剧本《幽兰女士》等及其舞台设置——以田汉为线索的南国社——以洪深和欧阳予倩为线索的上海戏剧协社时期的剧论剧作等,纲目明晰,轨迹圆融。对剧作家的创作,他有简约而到位的点评,称田汉第一期作品,"感伤与教训。或堕入感伤,或称偏于概念","诗的,非写实的,非戏剧的","感觉敏锐,情感丰富,但对于人生缺少观察";称洪深《贫民惨剧》"幼稚,形容太过而失真";称郭沫若的剧"把自己替古人说话,借古人来说自己的话",其特色在于"教训";称丁西林的剧"想不到的男女间的事实","幽默的渲染","俏皮人,漂亮话","结尾的突变",出人意料。作为一份讲课提纲,这些短语既是讲课的提示语,也是十年新剧创作特点的纲目,以一批重要戏剧家为节点的新剧创作线索由之浮现出来,新剧的历史和成就也悄然显现。

值得一提的是散文。朱自清自己也写散文,在阿英的《现代十六家小品》中名列第三,位于周作人、俞平伯之后,有人认为他

---

① 朱自清:《纲要》,朱乔森编《朱自清全集》第 8 卷,第 112、113 页。

的散文成就高于俞平伯,但他没有将自己列入《纲要》的《散文》中。该章"几个作家",他提到六位:鲁迅、周作人、俞平伯、徐志摩、陈西滢、梁实秋,自有他一番掂量,人数少而精,六人各有特点,而将西滢散文、实秋散文列于六人之中,更是别有见地。

关于文学批评,他列出九个节点:初期的理论——文学研究会的文学论——创造社的文学论与批评——"读后感"——周作人印象的批评论——梁实秋的古典主义的批评论——革命文学论——梁实秋对于现代文学批评的批评——书评等九项,颇为独特。其实,前面文体各章,已包含文论和批评,引据批评来评定创作的成就。因此"文学批评"一章,他主要从观念论和方法论来梳理。文学研究会与创造社,一个"为人生",一个"为自我",一个推崇写实主义,一个推崇浪漫主义,观念的差异带来方法的差异。周作人的印象批评论,梁实秋的古典主义批评论以及革命文学论,等等,都事关观念和方法。由观念和方法切入,朱自清触及了新文学理论构建的问题,这使他的新文学历史叙写更加完整。

朱自清的《纲要》,是最早的学院派研究者从"课程"角度对新文学所作的一次历史化、学术化的讲述和价值评估。其时,年轻的新文学尚在成长之中,以新文学为对象的大学课程设置,更是刚刚草创。说什么,怎么说,都具有原创性意义。这既是教学的过程,也是新文学最早的圈定原典、勾勒史迹、甄别真伪、去粗存精、形成秩序、确立规则、厘定价值的过程。借课堂讲授和教材编写,朱自清一方面将当下丰富多彩的新文学实践转换为结构完整的文学知识,在大学课堂上讲授、传播,作为一门学科推出;另一方面他借此完成对新文学最初的历史构建。从学术原则和教学要求出发,梳理文学创作的历史,勾画文学"观念"演进历程,建立新文学发展的合理性线索,为新文学的存在提供合法性依据。作为一名真诚的学者,朱自清不趋时附势,不为党派政治所牵制。他站在知识分子独立不阿的立场上,凭自己的学术理性和文学经验,以教学的名义,对新文学做历史的遴选,参与新文学的学术裁决,为后人留下一部自成体系的十年新文学史纲,其影响颇为深远。当年,朱自清在清华大学课堂上的学生、新中国成立后新文学史第一位撰写者王瑶的《中国新文学史稿》,其框架体例和重要观点,显然继承和借鉴了乃师的《纲要》。

二、培养同道者:沈从文的新文学习作课

比朱自清开课时间略迟,1929 年 9 月,沈从文应上海中国公学校长胡适之聘,任该校文学讲师。主讲"现代文学研究"与"新文艺试作"两课。① 沈从文在中国公学任教一年,颇受学生爱戴,胡适说:"北大国文系偏重考古,我在南方见侃如夫妇皆不看重学生试作文艺,始觉此风气之偏。从文在中公最受学生爱戴,久而不衰。大学之中国文学系当兼顾三方面:历史的;欣赏与批评的;创作的。"② 与周作人、朱自清不同,沈从文既讲"研究",也讲"试作",当然更热衷于后者,甚至将"研究"当作"试作"的前半部来进行——通过"研究",总结创作规律以指导学生的"试作"。这位学历不高却有丰富的阅读量和创作经验的青年作家,把教学重心放在"试作"上,形成他与学院派教授不同的讲述方式。1930 年 8 月,他又应邀至武汉大学任助教,主讲"新文学研究"。《新文学研究——新诗发展》③是他在中国公学和武汉大学讲授新诗的讲义,分为两部分,前半部分是现代中国诗集目录与新诗分类引例,后半部分是沈写的六个新诗专题:《论汪静之的〈蕙的风〉》《论徐志摩

---

① 中国公学大学部编:《中华民国十九年中国公学大学部一览》。

② 胡适 1934 年 2 月 14 日日记,《胡适全集》第 32 卷,安徽教育出版社,2003 年,第 310 页。

③ 沈从文:《新文学研究——新诗发展》,1930 年 9 月武汉大学印行。

的诗》《论闻一多的〈死水〉》《论焦菊隐的〈夜哭〉》《论刘半农〈扬鞭集〉》《论朱湘的诗》。1930年7月26日他又写《我们怎么样去读新诗》①,此文虽未收进讲义中,但作为一部纵向梳理的新诗史文章,与上述六个专题恰好构成纵横照应关系,应该是沈从文在大学讲"新诗发展"的又一讲义底本。从上述文本可见其时活跃于大学讲坛上的沈从文,如何在新文学与学习者之间构筑一座桥梁:为学习者提供详尽的新诗集书目和分类引例。② 他将新诗分为三个时期③,描述各个时期、各个环节的关系。他说:"诗的革命虽创自第一期各诗人,却完成于第二期。能守着第一期文学革命运动关于新诗的主张,写成比较完美的新体诗,情绪技巧也渐与旧诗完全脱离,这是第二期几个诗人做的事。"他认为,第二期诗人因无须再与旧诗拥护者作战,他们更有机会"在合作上清算成绩"。新诗标准的完成,成绩最好的,都是这一期。诗到第三期,中国已进入革命时代,写口号标语的诗人出现了。不同意口号标语诗的作者,又走了一新方向:"从新的感觉上赞美官能的爱,或使用错觉,在作品中交织幻想的抒情美;或取回复姿态,从文言文找寻新的措词。"④他认为第三期的诗在成熟中趋于"沉默",不能算丰收。他对第二期评价最高,认为第三期无法超越第二期作者所显示出来的文字完美与韵律完美。这种新诗史勾勒,带有沈从文个人理解的印记。"个人化"不仅体现在他的新诗解读上,也体现在他对每

---

① 沈从文:《我们怎么样去读新诗》,《现代学生》1930年创刊号。

② 沈从文《新文学研究——新诗发展》的"现代中国诗集目录"里,列举了124本诗集,比朱自清编《中国新文学大系·诗集》时选用"三十家,五十种集了"多得多。

③ 沈从文在《我们怎么样去读新诗》中认为,新诗似乎应当分作三个时期:尝试时期(民国六年到十年或十一年)、创作时期(民国十一年到十五年)、成熟时期(民国十五年到十九年)。

④ 沈从文:《我们怎么样去读新诗》,《现代学生》1930年创刊号。

位诗人的"个人"体会上。上述六篇专论的六位诗人都没有被他放入分期中,而是做相对独立的、时段含义更为宽泛的艺术解读。比如在谈及1927年出版的《草莽集》对中国韵文辞藻处理的高明时,沈从文以沈尹默、刘半农、刘大白的"摆脱旧辞藻的努力,使新诗以一个无辞藻为外衣的单纯形式而存在"为对比,称沈尹默们"这完全弃去死文字的勇敢处,多为由于五四运动对诗要求的一种条件所拘束"。反之,"朱湘的诗稍稍离开这拘束,承受了词曲的文字,也同时还承受着词曲的风格,写成了他的《草莽集》"。①他对闻一多《死水》的创作过程进行直接讲解,指出作者的视点、观察方法、文字处理的对象及文字本身。② 这更像是在向学生讲解闻诗的写作方法而非梳理其历史脉络,他希望学生能够在他感性的描述中获得启发与灵感,他旨在培养"作者"。谈到情诗,他理出几条线索:"到一九二八年为止,以诗篇在爱情上作一切诠注,所提出的较高标准,热情的光色交错,同时不缺少音乐的和谐,如徐志摩的《冷翡翠的一夜》。想象的恣肆,如胡也频的《也频诗选》。微带女性的忧郁,如冯至的《昨日之歌》。使感觉由西洋诗取法,使情绪仍保留到东方的、静观的、寂寞的意味,如戴望舒的《我的记忆》。肉感的、颓废的、如邵洵美的《花一般的罪恶》。在文字技术方面,在形式韵律方面,也大都较之《蕙的风》作者有优长处。"③他以情致为区分而非作知识归纳,每一位诗人都是独一无二的。

沈从文的《我们怎样去读新诗》,强调一个"读"字。"读"与"论"不同,"读"更带随意性和个人性,更注重读者的介入和将心比心的体悟,注重读者与作者间的对话。沈从文以一个文学青年

---

① 沈从文:《论朱湘的诗》,《沈从文全集》第16卷,第139页。
② 沈从文:《论闻一多的〈死水〉》,《新月》1930年第2卷第3期。
③ 沈从文:《论汪静之的〈蕙的风〉》,《沈从文全集》第16卷,第93年。

的身份站在大学讲坛上,他与学生几乎站在学习者的同一位置上,从学习的角度来读诗,指点其中的妙处,激发同好者的模仿兴趣,把他的同伴带进新诗的世界里。他用平等的、和风细雨的方式,将新文学种子植进学生的心田。1929年9月至1930年7月,他在中国公学任教那一年,何其芳恰好在中国公学读预科。在沈从文的影响下,何其芳开始新文学创作,以处女作《摸秋》①登上文坛。

其时大学的文学教育有两种方向。一种是对文学作历史梳理和归纳,从学术研究的角度,确立其"史"的脉络、位置和艺术价值,整理出系统的文学知识体系。朱自清、苏雪林的新文学课程采用这种方式,那是一种"文学史"教学方法。另一种是将文学作为创作的示范,研究其"文章作法",目的在于指导学生习作,培养新文学的同道者,沈从文的《新文学研究——新诗发展》、废名的《新诗》②、汪静之的《作家的条件》诸课程采用这种方法。按胡适"大学之中国文学系当兼顾三方面:历史的;欣赏与批评的;创作的"③的设想,前一种方法侧重第一方面,后一种方法侧重第三方面,两种方法均兼顾"欣赏与批评"。鉴于新文学是当时正在进行的一种文学形态,胡适的设想重在"创作"。这才有1931年他重返北大,对国文系实行改革,力主开设"新文艺试作"课程。但1930年代正是中国各大学转向学术化、专业化时期,新文学习作课的开设为这种趋向所排斥。杨振声、胡适在大学国文系推行新文学习作课的尝试,均没有太获成功,有这方面的原因。

非学院派出身的沈从文,一直是新文学习作课忠实的推动者。1931年8月至1933年8月,他又转至青岛大学任讲师,主讲"中国

---

① 何其芳以"禾止"署名,在《新月》1930年第3卷第1期发表小说《摸秋》。
② 废名1935—1937年在北京大学开设"现代文艺"课,以"新诗"为主导。
③ 胡适1934年2月14日日记,《胡适全集》第32卷,安徽教育出版社,2003年,第310页。

小说史"与"高级作文"。① 作文/习作课一直是沈从文的强项,与学院派教师的追求知识体系化不同,他把"研究"与"试作"放在一起考虑,让"研究"服务于"试作",致力于培养新文学的兴趣群体和实践群体。1937 年 7 月 4 日,他在《独立评论》第 241 号发表致胡适信《关于看不懂》,谈到这个问题。《独立评论》第 238 期刊载中学国文教员絮如来信,称其读不懂卞之琳的诗、何其芳的散文和无名氏的作品。胡适附按语,支持絮如的说法,称"其所以如此写些叫人看不懂的诗文的人,都只是因为表现能力太差,他们根本就没有叫人看得懂的本领"。② 沈从文不同意胡适的观点,认为新文学二十年来活动"发展得太快了",已不满足于初期只追求"明白易懂"的状况。他指出,有两类人可能没跟上这种发展,一类是中学国文教员,一类是初期新文学创始者如胡适等。看不懂文章可能不是作者的问题而是读者的问题:新文学发展了,而读者的阅读习惯没改变。他说,"创始者不能追逐时变,理所当然,但一个中学教员若对这种发展缺少认识,可不是一件很好的事"。中学教员多数"从大学出身",这个问题应由大学来负责。沈从文又回到大学教育问题上来。他说,从大学"中国文学系的课程表上",会发现其对新文学教学"实在太疏忽了","课程表上照例有'李白''杜甫'或'文选'的专题研究,有时还是必修课,一礼拜上两小时或四小时,可是把明清'章回小说'的研究列入课表上就很少。至于一个学校肯把'现代中国文学'正式列入课程表,作为中国文学系同学必修课程的,那真可说是稀有的现象"。他指出,这是现代大学体制的"拘束"所造成的。实际上,现代出版物多是白话文,学生的"人生观,社会观,文学观,差不多都由读杂书而定",新文

---

① 见青岛大学编《中华民国二十年度国立青岛大学一览》;山东大学编《中华民国二十一年度山东大学一览》《中华民国二十二年度国立山东大学一览》。

② 胡适:《读者来信·按》,《独立评论》1937 年第 238 期。

学教育非常重要。他呼吁"在大学课程中,应当有人努力来打破习惯,国文系每星期至少有两小时对于'现代中国文学'的研究,作为每个预备作中学教员的朋友必修课"。① 他从人生观和应用效果角度,认识新文学教育的重要性,指出大学教育体制、包括新文化知识分子在内的一些人对这个问题的认识盲点。

沈从文是新文学作者,又是新文学读者,同时还是新文学教员,他深知这几者的关系。他说:"中国过去是这样情形,目下还是这样情形,焦菊隐的诗歌,较之闻一多的诗歌,为青年男女所'欢喜',也当然是毫无问题的。在'读者是年轻人'的时代里,焦菊隐的诗,是一定能比鲁迅小说还受人爱悦而存在的。"②他了解青年学生的心理,从学习者的需求出发开设他的课程。这可能是他选择"新诗"作为他"新文学研究"第一门课的原因。由于以受教育者为本位,他的教学倒像一位播种者,从大学生中撒下新文学种子——这些人的未来可能是新文学作者,更可能是中学教员,后者是第二轮、第三轮的播种者。当年胡适就说:"要造成一些有价值的国语文学,养成一种信仰新文学的国民心理,然后可望改革的普及。"③沈从文正是胡适这种构想的得力实践者。

由周作人开始的,杨振声、胡适、废名、苏雪林等都有尝试的,沈从文最为用心推行的新文学习作课教学,在十来年的实践中颇有成效,第二、第三代的新文学作者,正是在这种培养中成长起来的。这是从培养爱好者和新文学信仰者的角度来推行的一种方式,其目标明确、实践性强,是新文学自身的自我繁殖。实际上,大学教学并不满足于培养个别的文学家,它更注重学院派知识体系

---

① 沈从文:《关于看不懂》,《沈从文文集》第12卷,花城出版社、香港三联出版社,1984年,第334—339页。

② 沈从文:《论焦菊隐的〈夜哭〉》,《沈从文全集》第16卷,第117页。

③ 胡适:《论文学改革的进行程序》,《新青年》1918年第4卷第5号。

对新文学的裁定和接受,从文学史的角度对新文学作遴选和鉴定,所谓学院派的遴选。那是一种体制对另一种体制的批判性吸纳和转换,一经这一转换,新文学即为更普泛的人类知识体系所收编,以知识的形态保存下来,其影响将更为深远。

三、学院教学的体系化尝试:苏雪林的《新文学研究》

接手沈从文在武汉大学继续开设"新文学研究"课程且长达六年之久的苏雪林,对沈从文的教学方式就不满意。她回忆道:"到武大的第二年,学校以学生要求讲现代文艺,即所谓新文艺,与我相商,每周加授新文学研究二时。"开课之前,她看了沈从文的讲义,颇不以为然:"我觉得并不精彩,比他的创作差远了。像沈氏这样一个彻头彻尾吮'五四'法乳长大的新文人,教这门课尚不能得心应手,又何况我这个新不新,旧不旧的'半吊子'?"①她也许没有看懂沈从文的用意和特点。她对这门课一直颇有疑虑:"知道教这门课有几层困难。第一、民国廿一年距离五四运动不过十二三年,一切有关新文学的史料很贫乏,而且也不成系统。第二、所有作家都在世,说不上什么'盖棺定论'。又每人作品正在层出不穷,你想替他们立个'著作表'都难措手。第三、那时候虽有中国文学研究会、创造社、左翼联盟、语丝派、新月派各种不同的文学团体及各种派别的作家。可是时代变动得厉害,作家的思想未有定型,写作趋向也常有改变,捕捉他们的正确面影,正如想摄取飘风中翻滚的黄叶,极不容易。"②接受过正规学术训练的苏雪

---

① 苏雪林:《我的教书生活》,《苏雪林文集》第二卷,安徽文艺出版社,1996年,第88页。

② 同上。

林，其课程思路更接近朱自清而不是沈从文。她显然是从学术研究的角度考虑这门课，因而才有资料贫乏、"著作表"难措手、作家在世——没法盖棺定论、团体派别纷繁难以把握正确影面之类的忧虑。正因此，苏雪林讲义的编写，与沈从文按"作家"来编写不同，她说："我是以作品性质来分别的，共分为'新诗''散文''小说''戏剧''文评'五个部门，作家专长某一类文学，即隶属于某部门之下。"①这是体系化的文学史的做法。将新文学摆在研究的格局中，将之整合为一个知识体统，注重知识的结构、性质、分布、类型及规律。以学术研究的方式，尽可能完整地将新文学史知识体系传授给学生。在这个意义上，苏雪林并不太看重学生的参与度。

由于在学术研究的格局中展开，这门为正在进行的新文学作"史"的课程，备课工作格外繁重，因为新文学史不像"中国文学史"古代部分，有现成的前人整理的讲义。苏雪林说，新文学研究的备课所花时间与劳力要比同时进行的"中国文学史"课程多一倍以上。她在日记中记及："今日为病后第一次上课，精神萎靡，口欲衔枚，期期艾艾，学生无不浑然思睡，自觉惭愧，恨无地洞可钻。"②"下午睡起，想起明日新文学，拟讲凌叔华，而参考材料不够。到消费合作社打电话与黄孝微先生，觅曼殊菲儿小说集，又打电话与杨绯久久始通，云无此书。四时半，亲赴图书馆借此二书不得，只好借巴金作品五本而归，连原有十一本，看《海行》一本。晚间抄《赵子曰》一段……"③她所要分析的作家，有的就生活在身边，凌叔华、袁昌英就是她武大的同事，但要搜集她们的资料却不

---

① 苏雪林：《我的教书生活》，《苏雪林文集》第二卷，第88页。
② 苏雪林1934年5月1日日记，《民国日记》，商务印书馆，1934年，转自增林《苏雪林与中国新文学学科的创建》，《淮北师范大学学报》2013年2月。
③ 苏雪林1934年5月9日日记，商务印书馆，1934年，转自增林《苏雪林与中国新文学学科的创建》，《淮北师范大学学报》2013年2月。

容易。她为上课的事忧心忡忡:"昨日昏睡,竟日不能预备功课,故新文学只得请假。……晚间陈焕文君来,云明日放假,余大喜,盖功课正恐预备不出也。"①放假令她有解脱感。

更让苏雪林尴尬的是,1934年下半年选"新文学研究"课程的学生只有四人。她在日记中写道:"今年新文学研究选课这仅四人,一人中途又引去,此皆余上年讲演不太精彩之故,今年若不努力,恐明年一人都无矣。"②11月29日她又记及:"余今日身体异常疲乏……功课好无预备,故今日讲得毫无精彩,自上课以来为今日之出丑者,早知如此,今日此刻请假矣。"③她一直自怨自艾,为自己没有上好这门课而内疚,客观上则呈露了学生对这门课的不积极,其原因值得深究。尽管如此,她仍坚持着,自1932年开始至1937年抗战爆发,武大迁川,这门课才停了下来。值得一提的是,据1935年《国立武汉大学一览》,苏雪林共担任三门课程:"作文"(刘异、朱世溱、苏雪林合授)、"中国文学史""新文学研究"。也就是说,除后两课外,她还与人合授"作文",这门课应该是配合"新文学研究"而展开的创作练习,承接的是沈从文之路径。将"新文学研究"与"习作"分开、并置,其教学思路更清晰、更合理。

1932—1935年度《国立武汉大学一览》中"新文学研究"课程的介绍,三年间有一个简单到详细的变化过程,可见苏雪林对该课不断的调整和完善。1935年"新文学研究"课程附有指导书,称:"本学程讲授五四运动后之国语文学。先叙新文学之运动,及文坛派别等等,用以提挈纲领。继分五编,评论新诗、小品文、小说、戏剧、文学批评。一面令学生研读名人作品,养成新文艺之鉴赏

---

① 苏雪林1934年5月15日日记,转自增林《苏雪林与中国新文学学科的创建》,《淮北师范大学学报》2013年2月。

② 苏雪林1934年9月27日日记,转引同上。

③ 苏雪林1934年11月29日日记,转引同上。

力,随时练习创作,呈教员批改。"①从中可知,一、该课原定是正文共五编,讲义印制时,只有四编,缺"文学批评"编,下面再述。二、学生可以根据学习内容,随时练习创作,呈教员批改。也就说,"新文学研究"附带"习作",是该课程的一项设置。而主讲者苏雪林依然将教学重心放在"文学史"上,按文学史的格局编排讲义,呈现了学院派主讲者在新文学知识处理上的一种方式。这种方式让授课者劳心劳力,有建立新学科的拓荒之艰难。而对于学生来说,则可能因课程过于学术化的处理而有隔膜之感。学生上课不积极,是否有这样的原因?

作为一份学术成果,苏雪林在武汉大学 1932—1937 年授课的讲义《新文学研究》受到校方的肯定和重视,被列入 1934 年武汉大学讲义第 121 种,由国立武汉大学印行,线装装订,古籍版式,白棉纸,半页十三行三十五字,铅印,共 280 页,厚厚一册。苏雪林的《新文学研究》是否参考了朱自清的《纲要》,不得而知,但二人对这一课的开设——采用文学史叙述的思路,基本一致。他们都以新文学史构建为目标。结构上,以文体为纲,以作家为目。这一体例由《纲要》开创,苏本沿用并完善。与朱自清只有《纲要》不同,苏雪林这本讲义完整成文,全书约三十万字,含"总论""论新诗""论小品文""论小说""论戏剧"五部分,每部分涉及的新文学内容,于当时而言,应属非常详尽的。全书目录如下。"总论"分六章:"新文学运动前文学界之大势""五四运动""新文学的精神""新文学引起的反动""现代文坛的派别""对今后新文学之希望"。第一编"论新诗"共九章:"胡适的尝试集""尝试集之后的几个青年诗人""五四左右几个半路出家的诗人""冰心女士的小诗""郭沫若与其同派诗人""徐志摩的诗""闻一多的诗""朱湘和其它诗刊派诗人""邵洵美和李金发的诗"。第二编"论小品文"共

---

① 《国立武汉大学一览》(中华民国廿四年度),国立武汉大学印制,第 21 页。

八章:"周作人的思想及其著作""讽刺派与幽默派""俞平伯和他同派的文字""孙福熙兄弟与曾仲明""几个女作家的作品""徐派散文""几个文学研究会旧会员的作品""自传文学与胡适的四十自述"。第三编"论小说"共十八章:"鲁迅的呐喊和彷徨""叶绍钧的作品""王统照与落华生""郁达夫的沉沦及其他""多角恋爱小说家张资平""废名晦涩的作风""王鲁彦许钦文和黎锦明""沈从文的作品""丁玲和胡也频""凌叔华的花之寺与女人""幽默作家老舍""茅盾作品的研究""巴金的小说""心理小说家施蛰存""穆时英的作风""张天翼的小说""郭源新的神话和历史小说""几个描写农村生活的青年作家"。第四编"论戏剧"共六章:"所谓爱美剧提倡者熊佛西""几个以古事为题材的剧作家""田汉的戏剧""袁昌英的孔雀东南飞及其他""丁西林和另外几个剧作家""洪深的戏曲"。从这份目录看,这是一部精心之作,其印行时间为1934年,比朱自清的《纲要》迟五年,相比之下,它不只是一份提纲,更是一部完整的新文学史著作,而且结构更严谨,层次更丰富,线条更绵密。以对左翼作家记述为例,可见其新文学史梳理的绵密程度。苏雪林从不讳言她对1928年革命文学运动以来文学赤化现象的反感,也称"我的讲义给应赞美的人以赞美,应咒诅的人以咒诅,说丝毫不夹杂私人的情感是未必,说绝对没有偏见也未必,不过我总把自己所想到看到的忠实地反映出来";"当时文坛名士十九思想赤化,我讨论叶绍钧、田汉、郑振铎、甚至左翼巨头茅盾仍多恕词,对于他们的文章仍给与应得的评价。对于中立派沈从文,文字方面批评仍甚严酷,即可观我态度之为如何"。① 《新文学研究》记及1934年以前有影响的左翼小说作家颇为齐全,有茅盾、丁玲、胡也频、张天翼、沙汀、徐转蓬、魏金枝、吴组缃等,与20世纪八九十年代较有影响的几部新文学史著如钱理群等的《中国

---

① 苏雪林:《我的教书生活》,《苏雪林文集》第二卷,第89页。

现代文学三十年》、杨义的《中国现代小说史》相比，同时段小说家只少柔石一人。苏雪林努力挖掘这批左翼小说家作品的文学意味，从乡土写实的角度来论。借韩侍桁《文坛上的新人》①说开去，她称鲁迅之后，许多作品已嗅不到"作家的故乡的气味了"。② 只是到了近期，情况才有所变化，徐转蓬、沙汀、姚蓬子、魏金枝和吴组缃等是其代表。苏雪林用文学规则来衡量，追究人物性格、情节设计的合理性，指出其特点和不足。比如对徐转蓬笔下一个靠卖馄饨度日的农人，她认为"一个破产的农人，家里是否藏得住一副馄饨担，是否养得起一只大猫，都是问题"。她称沙汀同样缺乏社会生活体验，其人物"仅是一个典型，而捉不住个性"，"他描写极其精致细微，但一切观察毫无曲折轻重之分放在同一平行线上来描写，更是作者艺术上绝大的毛病"。③ 曾写诗而与戴望舒并称"象征派的巨子"的姚蓬子，"一转而为无产阶级的歌颂者"。他的《一个人的死》写得很动人，主人公很像孔乙己。"但蓬子囿于左派作家的'观念论'"，写主人公死之后，又赘了一个"似通非通的结论"，可见"左派文学之感情用事"。苏雪林用纯文学的方法规则衡量左翼作品，自然问题多多。作为学院派的一方遴选，《新文学研究》守住自己的规则，从文学出发，裁定作品的价值，阐释其学理性依据，使之进入新文学的历史之中。

　　从沈从文到苏雪林，1930年代武汉大学前后两位"新文学研究"主讲者，呈现了不同的新文学教学理念和讲述方式。前者从

---

① 1934年2月1日和4月1日，韩侍桁在《现代》第4卷第4期和第4卷第6期发表《文坛上的新人（上）》和《文坛上的新人（下）》，评三位新人臧克家、徐转蓬和沙汀的创作。

② 苏雪林著，谢泳、蔡登山编：《新文学研究》，台湾秀威资讯科技股份有限公司，2016年，第482页。

③ 同上书，第484页。

培养新文学的继承者和信仰群体着眼,注重学习者的心理感受和兴趣特点,尽量缩短教与学的距离,将"研究"落足在"习作"上。关注新文学的被消化、被吸收,引导学生走进其中看个究竟,学会读新文学和写新文学,切实提升学生的读写水平、艺术修养和学识眼界;后者注重对新文学作"史"的勾勒和知识系统构建,将十多年新文学编织成一张纵横交错、环环相扣的知识图谱。以学院派的严谨,遵循学术规则,筛选和厘定每一位作家和每一部作品的价值位置,通过历史叙述和学术鉴定,确立新文学的合理/合法性地位,构建新文学的历史。当然,二者不可能截然分开,其合力互补,正构成大学的新文学教育的总体面貌。

1920年代中期至1937年抗战爆发之前,武汉大学是新文学传播的重镇。1920年代中期,杨振声、张资平、郁达夫先后任教于武昌师范大学(武汉大学前身),学生的新文学社团"艺林社"随之出现。1928年9月闻一多出任改名后的国立武汉大学文学院院长。1930年夏,闻一多离开武大后由陈源代理院长。1931年10月陈源正式任文学院院长,1935年续聘,连任两届院长。原《现代评论》的王世杰、李四光、王拱星、周鲠生、陈源、凌叔华、杨端六、袁昌英等,新文学家杨振声、张资平、郁达夫、闻一多、沈从文、苏雪林等,先后任教于武大,武大的新文化力量之强大,是其时国内其他大学所难以相比的。苏雪林的"新文学研究"选课学生虽少,中文系的保守力量也颇强,却能一直开下去,不像朱自清在清华大学的课只开两年就停止,可见其背后有支持、有后盾、有基础。从沈从文到苏雪林,正是这批新文化人持之以恒的教学,一方面培养了学生的新文学兴趣,提升了学生的新文学读写水平,形成新文学的信仰群体;另一方面,促进了新文学的历史化,建立新文学的知识图谱,使新文学进入大学体制中,参与大学课堂的知识生产,加快了其体系化的完成。

从朱自清到沈从文到苏雪林,1930年代大学的新文学教育有多方面、多层次的展开。新文学课程在大学开设之初,原设想是引导学生尝试当下的新文学创作,胡适较早就有这种想法,旨在培养信仰者。1928年清华大学国文系教学改革,新增加的课程目录有新文学习作一项。但一经实践,情况就有所变化。在已经拥有成熟的学术体系制度的大学国文专业,"文学史叙述"引领主流。新文学课程本有与旧文学课程争一高低之意,一经进入大学课堂,受建立学科的思路所指引,基本上走的是文本研究、批评观念演进历程总结和文学史构建的路子,朱自清、苏雪林走的即是这条路。大学作为权威的学术研究机构,以自己方式,将新文学整合入编,从而加速了新文学知识化、学科化、历史化的进程。

参考文献

(按所参考文献的版本出版时间先后排列)

报刊文献类

《新青年》《小说月报》《一般》《语丝》《山雨》《学衡》《创造月刊》《创造周报》《洪水》《中国青年》《文化批判》《太阳》《北新》《真美善》《新月》《无轨列车》《新文艺》《文化评论》《文艺新闻》《读书杂志》《清华周刊》《诗刊》《现代》《世界文化》《文学周报》《拓荒者》《北斗》《论语》《申报·自由谈》《文学月刊》《晨报副刊》《萌芽》《文学杂志》《青年界》《骆驼草》《人间世》《宇宙风》《大公报·文艺副刊》《文艺月刊》《新诗月刊》《新诗歌》《新文学史料》《中国现代文学研究丛刊》

民国时期出版文集/专著类

胡适:《胡适文存》第1、3卷,上海亚东图书馆,1921年。
谭正璧:《新编中国文学史》,上海光明书局,1926年。
赵景深:《中国文学小史》,上海光华书局,1928年。
赵祖抃:《中国文学沿革一瞥》,上海光华书局,1928年。
胡适:《胡适文存二集》第4卷,上海亚东图书馆,1929年。
陈子展:《中国近代文学之变迁》,中华书局,1929年。
李何林:《中国文艺论战》,中国书店,1929年。
钱杏邨:《现代中国文学作家》第1卷,上海泰东图书局,1930年。
钱杏邨:《现代中国文学作家》第2卷,上海泰东图书局,1930年。
草川未雨:《中国新诗坛的昨日今日和明日》,北平海音书局,1930年。
《文艺讲座》,上海神州国光社,1930年。

钱杏邨:《怎样研究新兴论》,上海南强书局,1930年。
陈炳堃:《最近三十年中国文学史》,太平洋书店,1931年。
《文艺创作讲座》,上海光华书局,1931年。
伏志英编:《茅盾评传》,上海现代书局,1931年。
素雅编:《郁达夫评传》,上海现代书局,1931年。
钱兼吾:《现代中国女作家》,上海北新书局,1931年。
陈子展:《最近三十年中国文学史》,上海太平洋书店,1932。
陆侃如、冯沅君:《中国文学史简编》,上海开明书局,1932年。
胡云翼:《新著中国文学史》,上海北新书局,1932年。
阳翰笙:《地泉》,上海湖风书店,1932年。
黄人影编:《创造社论》,上海光明书局,1932年。
李伯素:《小品文研究》,新中国书局,1932年。
黄人影编:《创造社论》,上海光华书局,1932年。
阮无名编:《中国新文坛秘录》,上海南强书局,1932年。
贺玉波:《中国现代女作家》,上海现代书局,1932年。
草野编:《现代中国女作家》,北平人文书店,1932年。
贺玉波:《现代中国作家论》第1卷,上海光华书局,1932年。
史秉慧编:《张资平评传》,上海现代书局,1932年。
李希同编:《冰心论》,上海北新书局,1932年。
《一九三二年中国文艺年鉴》,上海现代书局,1933年。
石苇:《小品文讲话》,上海光明书店,1933年。
王哲甫:《中国新文学运动史》,北平杰成书局,1933年。
钱基博:《现代中国文学史》,上海世界书局,1933年。
谭天编著:《胡适与郭沫若》上海书报论衡社,1933年。
何凝编:《鲁迅杂感选集》,上海青光书店,1933年。
苏汶编:《文艺自由论辩》,上海现代书局,1933年。
《当代中国作家论》,上海乐和图书公司,1933年。
邹啸编:《郁达夫论》,上海北新书局,1933年。
区梦觉编:《王独清论》,上海光华书局,1933年。
张惟夫:《关于丁玲》,上海立达书局,1933年。

林语堂:《大荒集》,上海生活书店,1934年。
陶明志编:《周作人论》,上海北新书局,1934年。
梁实秋:《偏见集》,南京正中书局,1934年。
张若英编:《中国新文学运动史资料》,上海光明书局,1934年。
伍启元:《中国新文化运动概观》上海现代书局,1934年。
韩侍桁:《文学评论集》,上海现代书局,1934年。
庐隐:《庐隐自传》,上海时代书局,1934年。
郑振铎、傅东华编:《我与文学》,上海生活书店,1934年。
韩侍桁:《参差集》,上海良友图书印刷公司,1935年。
陈望道编:《小品文和漫画》,上海生活书店,1935年。
阿英:《现代十六家小品》,上海光明书局,1935年。
王丰园:《新文学运动述评》,新新学社,1935年。
谭正璧:《新编中国文学史》上海光明书局,1935年。
赵景深:《新编中国文学史》上海北新书局,1935年。
胡适编选:《中国新文学大系·建设理论集》,上海良友图书印刷公司,1935年。
郑振铎编选:《中国新文学大系·文学论争集》,上海良友图书印刷公司,1935年。
茅盾编选:《中国新文学大系·小说一集》,上海良友图书印刷公司,1935年。
鲁迅编选:《中国新文学大系·小说二集》,上海良友图书印刷公司,1935年。
郑伯奇编选:《中国新文学大系·小说三集》,上海良友图书印刷公司,1935年。
周作人编选:《中国新文学大系·散文一集》,上海良友图书印刷公司,1935年。
郁达夫编选:《中国新文学大系·散文二集》,上海良友图书印刷公司,1935年。
洪深编选:《中国新文学大系·戏剧集》,上海良友图书印刷公司,1935年。
朱自清编选:《中国新文学大系·诗集》,上海良友图书印刷公司,1935年。

阿英编选:《中国新文学大系·史料·索引》,上海良友图书印刷公司,1936年。
杨晋豪编:《中国文艺年鉴》(1934年度),上海北新书局,1935年。
杨晋豪编:《中国文艺年鉴》(1935年度),上海北新书局,1936年。
张资平:《资平自传》,上海时代书局,1936年。
霍衣仙:《最近二十年中国文学史纲》,广州北新书局,1936年。
张资平:《资平自传》,上海时代书局,1936年。
刘西渭:《咀华集》,上海文化生活出版社,1936年。
李长之:《鲁迅批判》,上海北新书局,1936年。
孔另境:《现代作家书简》,上海生活书店,1936年。
中国文艺年鉴社编:《中国文艺年鉴》(1936年度),上海北新书局,1937年。
陈望道编:《小品文与漫画》,上海书店1937年出版,1981年重印。
苏雪林:《青鸟集》,长沙商务印书馆,1938年。
苏雪林:《中国文学史大纲》,国立武汉大学,1938年印行。
蒲风:《现代中国诗坛》,中国诗歌出版社,1938年。
蔡元培等:《中国新文学大系导论集》,上海良友复兴图书印刷公司,1940年。
刘西渭:《咀华集二集》,上海文化生活出版社,1942年。
常风:《弃余集》,北京新民印书馆,1944年。

1949年后专著类

赵家璧:《编辑生涯忆鲁迅》,人民文学出版社,1981年。
王永生主编:《中国现代文论选》第一册,贵州人民出版社,1982年。
赵家璧:《编辑忆旧》,生活·读书·新知三联书店,1984年。
梁宗岱:《诗与真,诗与真二集》,外国文学出版社,1984年。
李何林:《近二十年中国文艺思潮论》,陕西人民出版社,1984年。
茅盾等作:《作家论》,人民文学出版社,1984年。
王永生主编:《中国现代文学理论批评史》,贵州人民出版,1988年。
温儒敏:《新文学现实主义的流变》,北京大学出版社,1988年。
[美]哈罗德·布鲁姆:《影响的焦虑:一种诗歌理论》,徐文博译,生活、读书、新知三联书店,1989年。

钱理群:《周作人传》,北京十月文艺出版社,1990年。
艾晓明:《中国左翼文学思潮探源》,湖南文艺出版社,1991年。
温儒敏:《中国现代文学批评史》,北京大学出版社,1993年。
王晓明:《无法直面的人生——鲁迅传》,上海文艺出版社,1993年。
许道明:《京派文学的世界》,复旦大学出版社,1994年。
黄修己:《中国现代文学史编纂史》,北京大学出版社,1995年。
吴中杰:《中国现代文艺思潮史》,复旦大学出版社,1996年。
[捷]玛利安·高利克:《中国现代文学发生批评史》,社会科学文献出版,
　　1997年。
俞元桂主编:《中国现代散文史》(修订版),山东文艺出版社,1997年。
廖超慧:《中国现代文学思潮论争史》,武汉出版社,1997年。
王晓明主编:《二十世纪中国文学史论》(第二卷),东方出版中心,1997年。
[法]米歇尔·福柯:《知识考古学》,谢强、马月译,生活·读书·新知三联
　　书店,1998年。
陈平原:《中国现代学术之建立:以章太炎、胡适为中心》,北京大学出版
　　社,1998年。
郜元宝编:《李长之批评文集》,珠海出版社,1998年。
孙玉石:《中国现代主义诗潮史论》,北京大学出版社,1999年。
张梦阳:《鲁迅学通史》(上、中、下卷),广东教育出版社,2001年。
章清:《"胡适派学人群"与现代中国自由主义》,上海古籍出版社,2004年。
温儒敏等:《中国现当代文学学科概要》,北京大学出版社,2005年。
王锡荣:《周作人生平疑案》,广西师范大学出版,2005年。
[美]哈罗德·布鲁姆:《西方正典:伟大作家和不朽作品》,江宁康译,译林
　　出版社,2005年。
朱光潜:《我与文学及其他》,安徽教育出版社,2006年。
罗志田:《激变时代的文化与政治:从新文化运动到北伐》,北京大学出版
　　社,2006年。
钱理群:《大小舞台之间——曹禺戏剧新论》,北京大学出版社,2007年。
姚玳玫:《中国现代文学研究史·第二卷·多元共生(1928—1937)》,黄修
　　己主编《中国现代文学研究史》(上),广东人民出版社,2008年。

陈树萍:《北新书局与中国现代文学》,上海三联书店,2008年。

颜浩:《北京的舆论环境与文人团体:1920—1928》,北京大学出版社,2008年。

金观涛、刘青峰:《观念史研究:中国现代重要政治术语的形成》,法律出版社,2009年。

王奇生:《革命与反革命:社会文化视野下的民国政治》,社会科学文献出版社,2010年。

李洁非:《解读延安》,当代中国出版社,2010年。

施蛰存:《雨的滋味》,江办文艺出版社,2011年。

唐德刚:《胡适杂忆》,台北,远流出版公司,2011年。

陈平原:《作为学科的文学史》,北京大学出版社,2011年。

洪钤:《中国话剧电影先驱洪深历世编年纪》,台北,秀威资讯科技,2011年。

季剑青:《北平的大学教育与文学生产:1928—1937》,北京大学出版社,2011年。

程凯:《革命的张力:"大革命"前后新文学知识分子的历史处境与思想探求(1924—1930)》,北京大学出版社,2014年。

陈平原:《"新文化"的崛起与流播》,北京大学出版社,2015年。

苏雪林著,谢泳、蔡登山编:《新文学研究》,台北,秀威资讯科技,2016年。

李斌:《民国时期中学国文教科书研究》,北京大学出版社,2016年。

史料汇编类

唐沅等编:《中国现代文学期刊目录汇编》,天津人民出版社,1981年。

吉明学、孙露茜编:《三十年代"文学自由论辩"资料》,上海文艺出版社,1990年。

邵华强编:《沈从文研究资料》(上、下),花城出版社、香港三联书店,1991年。

田本相、胡叔和编:《曹禺研究资料》,中国戏剧出版社,1991年。

贾植芳、俞元桂主编:《中国现代文学总书目》,福建教育出版社,1993年。

张桂兴编撰:《老舍年谱》(修订本,上、下),上海文艺出版社,1997年。

顾黄初主编:《中国现代语文教育百年事典》,上海教育出版社,2001年。
商金林编著:《叶圣陶年谱长编》(共4卷),人民教育出版社,2004年。
王增如、李向东编著:《丁玲年谱长编》(上、下),天津人民出版社,2006年。
苏关鑫编:《欧阳予倩研究资料》,知识产权出版社,2009年。
中国社科院文学所现代文学研究室编:《"革命文学"论争资料选编》(上、下),知识产权出版社,2010年。
贾植芳等编:《文学研究会资料》(上、下),知识产权出版社,2010年。
饶鸿竞等编:《创造社资料》(上、下),知识产权出版社,2010年。
方铭编:《蒋光慈研究资料》,知识产权出版社,2010。
孙玉蓉编:《俞平伯研究资料》,知识产权出版社,2010年。
陈振国编:《冯文炳研究资料》,知识产权出版社,2010年。
潘光武编:《阳翰笙研究资料》,知识产权出版社,2010年。
孙中田、查国华编:《茅盾研究资料》(上、中、下),知识产权出版社,2010年。
王训明编:《郭沫若研究资料》(上、中、下),知识产权出版社,2010年。
王自立、陈子善编:《郁达夫研究资料》,知识产权出版社,2010年。
姜建、吴为公:《朱自清年谱》,光明日报出版社,2010年。
邵华强编:《徐志摩研究资料》,知识产权出版社,2011年。
廖久明:《高长虹年谱》,人民出版社,2011年。
徐从辉编:《周作人研究资料》,天津人民出版社,2014年。

作家作品集/文集类

《沫若文集》第7卷,人民文学出版社,1958年。
《胡适来往书信选》(上),中华书局,1979年。
《冯雪峰论文集》,人民文学出版社,1981年。
《郁达夫文集》(第2、3卷),花城出版社、香港三联书店,1982年。
《周扬文集》,人民文学出版社,1984年。
《沈从文文集》第11、12卷,花城出版社、香港三联书店,1984年。
《胡风评论集》(上、下),人民文学出版社,1984年。
《瞿秋白文集》(文学编),人民文学出版社,1985年。

《郁达夫文论集》,浙江文艺出版社,1985 年。
《朱光潜全集》第 9 卷,安徽教育出版社,1987 年。
《曹禺文集》,中国戏剧出版社,1988 年。
钟叔河编:《知堂序跋》,岳麓书社,1987 年。
《周作人日记》(影印,上、中、下),大象出版社,1996 年。
赵遐秋等编:《徐志摩全集》(第 1—5 卷),广西民族出版社,1991 年。
《鲁迅全集》第 3、4、5、6、11、12、13 卷,人民文学出版社,1981 年。
朱乔森编:《朱自清全集》第 8、11 卷,江苏教育出版社,1996 年。
胡适著、曹伯言整理:《胡适日记全编》第 4、6 卷,安徽教育出版社,
    2001 年。
《萧乾自述》,郑州大学出版社,2003 年。
钟叔河编订:《周作人散文全集》第 4、5、6 卷,广西师范大学出版社,
    2009 年。
王世家、止庵编:《鲁迅著译编年全集》第 6、12、18 卷,人民出版社,
    2009 年。
施蛰存:《雨的滋味》,江苏文艺出版社,2011 年。
《沈从文全集》第 16、17 卷,北岳文艺出版社,2012 年。
《茅盾回忆录》,华文出版社,2013 年。
止庵校订:《知堂回想录》(上、下),北京十月文艺出版社,2013 年。

中学国文课本类

夏丏尊、叶绍钧编著:《国文百八课》,生活·读书·新知三联书店,2008 年。
叶圣陶、宋云彬、陈望道合编:《开明国文讲义》,人民文学出版社,2011 年。
李斌编:《打开民国老课本》,人民文学出版社,2015 年。

论文、文章类

鲁海:《阿英在目录学上的贡献》,《四川图书馆学报》1982 年第 2 期。
王水:《关于"五四"运动中叶圣陶的两则资料》,《中国现代文学研究丛刊》
    1983 年第 1 期。
林达祖:《我与邵洵美合编〈论语〉之回忆》,《新文学史料》1997 年第 3 期。

赵景深:《永远纪念着他——回忆阿英同志》,晓光编《阿英纪念文集》,中国戏剧出版社,2000年。

桑兵:《厦门大学国学风波——鲁迅与现代评论派冲突的余波》,《近代史研究》2000年第5期。

龚德明:《叶圣陶〈倪焕之〉的版本》,《百家书话》2001年第9期。

温儒敏:《从学科史考察早期几种独立形态的新文学史》,《中国文化研究》2003年春之卷。

钱理群:《五四新文化运动与中小学教育改革》,《中国现代文学丛刊》2003年第3期。

沈卫威:《新文学进课堂与中国现代文学学科的确立》,《山东社会科学》2005年第7期。

罗志田:《从新文化运动到北伐的文化与政治》,《社会科学研究》2006年第4期。

王彬彬:《两个瞿秋白与一部〈子夜〉——从一个角度看文学与政治的歧途》,《南方文坛》2009年第1期。

姜涛:《革命动员中的文学和青年——从1920年代〈中国青年〉的文学批判谈起》,《中国现代文学研究丛刊》2009年第4期。

王娜:《苏雪林一九三四年日记研究》,《长江学术》2009年第1期。

姚玳玫:《1924—1926:生存夹缠与中期创造社的海派变异》,《文学评论》2009年第4期。

尹奇岭:《泰戈尔访华与革命文学初潮——从1924年泰戈尔访华讲学受到抵制说起》,《安徽大学学报(哲学社会科学版)》2010年第3期。

商金林:《朱自清日记中的沈从文》,《汉语言文学研究》2011年第2卷第3期。

刘纳:《新文学何以为"新"——兼谈新文学的开端》,《中国现代文学研究丛刊》2012年第5期。

胡楠:《文学教育与知识生产:周作人在燕京大学(1922—1931)》,《现代中文学刊》2014年第1期。

金鑫:《民国时期新文学作家大学讲义编写活动初探索》,《中国现代文学研究丛刊》2016年第8期。

作者小传

姚玳玫,女,广东省汕头市人,华南师范大学文学院教授,博士生导师。毕业于中山大学。从事中国现代文学史研究多年。主要研究方向:中国现代文学研究史、民国时期海派文化/文学、民国时期女性文学/艺术等。已出版学术著作:《自我画像:女性艺术在中国(1920—2010)》《中国现代文学研究通史·第二卷(1928—1937):多元共生》《想像女性——海派小说(1892—1949)的叙事》《中国现代文学研究史》(合著,上下)、《文化演绎中的图像:中国近现代文学/美术个案解读》。

本书系国家社会科学基金项目"中国新文学评价体系建构实践研究"(12BZW108)结项成果,获华南师范大学哲学社会科学优秀学术著作出版资助。

学术史丛书

中国禅思想史	葛兆光 著
——从6世纪到9世纪	
士大夫政治演生史稿	阎步克 著
中国文学研究现代化进程	王 瑶 主编
中国现代学术之建立	陈平原 著
——以章太炎、胡适之为中心	
陈寅恪先生史学述略稿	王永兴 著
明清之际士大夫研究	赵 园 著
儒学南传史	何成轩 著
西潮激荡下的晚清地理学	郭双林 著
中国文学研究现代化进程二编	陈平原 主编
文学史的权力	戴 燕 著
《齐物论》及其影响	陈少明 著
文学史书写形态与文化政治	陈国球 著
晚清女性与近代中国	夏晓虹 著
北京：都市想象与文化记忆	陈平原 王德威 编
中国民间文学研究的现代轨辙	陈泳超 著
触摸历史与进入五四	陈平原 著
制度·言论·心态	赵 园 著
——《明清之际士大夫研究》续编	
近代中国的百科辞书	陈平原 米列娜 主编
清末民初的晚明想象	秦艳春 著
德语文学研究与现代中国	叶 隽 著
作为学科的文学史	陈平原 著

| 儒学转型与文化新命 | 彭春凌 著 |

——以康有为、章太炎为中心(1898—1927)

| 政教存续与文教转型 | 陆 胤 著 |

——近代学术史上的张之洞学人圈

| 世运推移与文章兴替 | 王 风 著 |

——中国近代文学论集

文化制度和汉语史	〔日〕平田昌司 著
现代中国述学文体	陈平原 著
晚清女性与近代中国	夏晓虹 著
晚清女子国民常识的建构	夏晓虹 著
胡适之《说儒》内外	尤小立 著

——学术史和思想史的研究

| * 近代的专家文研究 | 王 风 著 |
| * 文白雅俗 | 王 风 著 |

——新文学的建立与现代书写语言的形成

| * 当代文学如何可能？ | 洪子诚 贺桂梅 著 |
| * 中国文化书院 | 王守常 著 |

文学史研究丛书

中国现代主义诗潮史论	孙玉石 著
小说史：理论与实践	陈平原 著
上海摩登	〔美〕李欧梵 著 毛尖 译

——一种新都市文化在中国 1930—1945

北京：城与人	赵 园 著
中国小说叙事模式的转变	陈平原 著
晚清至五四：中国文学现代性的发生	杨联芬 著
词与文类研究	〔美〕孙康宜 著 李奭学 译

二十世纪中国文学三人谈·漫说文化

钱理群 黄子平 陈平原 著

唐代乐舞新论	沈冬 著
文学复古与文学革命	〔日〕木山英雄 著 赵京华 译
鲁迅·革命·历史	〔日〕丸山昇 著 王俊文 译
——丸山昇现代中国文学论集	
鲁迅、创造社与日本文学	〔日〕伊藤虎丸 著 孙猛 徐江 李冬木 译
被压抑的现代性	〔美〕王德威 著 宋伟杰 译
——晚清小说新论	
汉魏六朝文学新论	梅家玲 著
——拟代与赠答篇	
重建美国文学史	单德兴 著
明代复古派唐诗论研究	陈国球 著
新文学现实主义的流变	温儒敏 著
丰富的痛苦	钱理群 著
——堂吉诃德与哈姆雷特的东移	
大小舞台之间	钱理群 著
——曹禺戏剧新论	
地之子	赵园 著
《野草》研究	孙玉石 著
中国祭祀戏剧研究	〔日〕田仲一成 著 布和 译
韩南中国小说论集	〔美〕韩南 著
才女彻夜未眠	胡晓真 著
——近代中国女性叙事文学的兴起	
中国现代小说的起点	陈平原 著
——清末民初小说研究	
朱有燉的杂剧	〔美〕伊维德 著 张惠英 译
后殖民理论	赵稀方 著
耻辱与恢复	〔日〕丸尾常喜 著 张中良 孙丽华 编译
——《呐喊》与《野草》	
鲁迅与中国现代文学批评	陈方竞 著

鲁迅：中国"温和"的尼采	张钊贻 著
左翼文学的时代　　　　王　风　〔日〕白井重范 编	
——日本"中国三十年代文学研究会"论文选	
中国戏剧史　　　　　　〔日〕田仲一成 著　布　和 译	
上海抗战时期的话剧	邵迎建 著
屈原及其诗歌研究	常　森 著
鲁迅：无意识的存在主义　〔日〕山田敬三 著　秦　刚 译	
情与忠：陈子龙、柳如是诗词因缘　〔美〕孙康宜 著　李奭学 译	
知识与抒情	张　健 著
——宋代诗学研究	
唐代传奇小说论　　　　　〔日〕小南一郎 著　童　岭 译	
临水的纳蕤思：中国现代派诗歌的艺术母题	吴晓东 著
美人与书　　　　　　　　〔美〕魏爱莲 著　马勤勤 译	
——19世纪中国的女性与小说	
近代书局与白话小说	潘建国 著
——以上海（1843—1911）为考察中心	
屈原及楚辞学论考	常　森 著
史事与传奇	黄湘金 著
——清末民初小说内外的女学生	
跨越闺门：明清女性作家论　〔加拿大〕方秀洁　〔美〕魏爱莲 编	
物质技术视阈中的文学景观	潘建国 著
——近代出版与小说研究	
王瑶与现代中国学术	陈平原 编
古代小说研究十大问题　　　　刘勇强　潘建国　李鹏飞 著	
文学史的书写与教学	陈平原 编
书写"中国气派"：当代文学与民族形式建构	贺桂梅 著
西海遗珠：欧美明清诗文论集　　　　叶　晔　颜子楠 编	
垒建新文学价值的河床（1923—1937）	姚玳玫 著

其中画 * 者为即出